中國傳記評論

（第七辑）

2025-1

主编　熊　明

中国海洋大学出版社

·青岛·

图书在版编目(CIP)数据

中国传记评论. 第七辑 / 熊明主编. -- 青岛:中
国海洋大学出版社,2025.6. -- ISBN 978-7-5670-4295-
7

Ⅰ. I207.5-53

中国国家版本馆 CIP 数据核字第 2025RG1704 号

出版发行	中国海洋大学出版社				
社　　址	青岛市香港东路 23 号		**邮政编码**	266071	
出 版 人	刘文菁				
网　　址	http://pub.ouc.edu.cn				
电子信箱	cbsebs@ouc.edu.cn				
订购电话	0532-82032573(传真)				
责任编辑	赵孟欣		**电　　话**	0532-85901092	
印　　制	青岛国彩印刷股份有限公司				
版　　次	2025 年 6 月第 1 版				
印　　次	2025 年 6 月第 1 次印刷				
成品尺寸	185 mm×260 mm				
印　　张	17.5				
字　　数	353 千				
印　　数	1—1000				
定　　价	68.00 元				

发现印装质量问题,请致电 0532-58700166,由印刷厂负责调换。

中国传记评论

China Biography Review

第七辑

2025-1

地　　址：青岛市崂山区松岭路 238 号

邮　　编：266100

投稿邮箱：zgzjpl@163.com

主管单位：中国海洋大学

主办单位：中国海洋大学中国传统文化研究中心

目　录

钱锺书研究

会文未来论坛

Contents

Research on Qian Zhongshu

Huiwen Future

特　稿

论新时代中国传记学学科的创生依据、
体系建设及时代意义

张元珂

内容摘要：中国传记学自成一体、一科，应是一门独立的综合性交叉学科，并在大学学科目录中占据一席。中国传记学学科的创生与发展，有其坚实的理论依据、事实基础、时代需要：从历史本体一元论、文学本体一元论、历史与文学双本体论，到"非文非史，自成一科"说，正可表明，学界关于传记属性及学科归属的把握、阐释、认定，正是在继承前人基础上，透过现象看本质，对其本体或真理越辩越明的发展过程；从古代到现代，传记作为一种绵延至今的、既古老又现代的文类，一种文史哲研究的固定对象或课题，一直独立存在着，发展着；传记在建构民族国家话语、助力国民教育、为改革开放四十年留存"记忆"、推动"新文科"建设中都有其不可或缺的地位、功能、意义。在新时代国家大力发展"新文学""交叉学科"背景下，创生并强化建设中国传记学学科，恰逢其时。对包括制度体系、人才体系、课程（教材）体系在内的学科体系、话语体系予以强化建设，实乃其中重中之重。

关键词：中国传记学学科　中国传记学　传记　学科体系　话语　本体　建设

作者简介：张元珂，文学博士，研究员，中国艺术研究院传记研究中心副主任、《传记文学》编辑。研究方向：中国新文学版本、中国当代小说和传记文学。

　　中国是传记大国，有源远流长的传记写作传统。但是，在现代学科体系划分中，由于传记理论建设的薄弱、文体性质及归属不清晰等原因，致使学科建设与发展长期滞后。这不仅使传记的历史价值、文化价值、学术价值得不到充分重视，也无法为日益繁荣的传记写作提供学科指导和理论支撑。中国传记学学科建设的滞后性，正如习近平总书记在《在哲学社会科学工作座谈会上的讲话》中所指出："一些学科设置同社会发展联系不够紧密，学科体系不够健全，新兴学科、交叉学科建设比较薄弱。"[①]在人文社会科学领域，传

---

① 习近平：《在哲学社会科学工作座谈会上的讲话》，《人民日报》2016 年 5 月 19 日第 2 版。

记有作为一种文类的悠久历史、丰富资源、多元价值，以及作为一门学科的跨多领域、多学科属性和培根塑魂的育人功能，有其他学科所不具备或不可替代的特质、作用。这从根本上决定了传记学科在新时代人文学科设置与建设中的不可或缺性。

一、中国传记学学科创生的理论基础

在现代大学学科体系中，中国传记学本是一门自成一体、一脉的独立学科。但是由于长期以来学界对于传记文体属性及文类功能的争论不休，以及被传统所拘囿的狭隘视野、认知缺陷，致使其直到今天依然在学科目录中难有归属。梳理并重释学界关于传记本质及学科归属的变迁史，也即意味着从根源上为创生这个学科寻找到了切实的理论依据。

其一，历史本体一元论，即以本质属性归入史学，乃历史门类之一种。

古今中外，认定传记乃史学门内一支的观点，或秉承此种理念从事创作与研究的实践，可谓源远流长。在中国古代，受史传传统深度影响，史与传合一，传记在主流上一直被归入史学范畴。绝大部分人物传记创作，重事轻人，人在其中成为工具。这突出表现在，大都力戒或不注重对个体情绪、情感及生活细节的表达、描述，所以，像《战国策》《穆天子传》《晏子春秋》这类带有一定文学色彩的传记因所述带有一定想象和虚构而不被重视。中国古代传记大都篇幅短小，叙述简洁，普遍忽视对"人"本身的探讨，加之古代传记写作，避讳心理和法则不宜破除，由此所带来的"传料"的匮乏和真伪问题一直为后人所诟病。所以，茅盾先生有感于此，不免偏颇地说："有人说，中国人是有着五千年家谱的民族。但是，我却要说，中国人是未曾产生过传记文学的民族。"[①]当然，这并不是说中国古代不存在"传记文学"，而是说可信者太少或近于无，或者说传记文学并没有脱离史学范畴而实现文类独立。

在古代中国，传记一直位居史学边缘、末流，不具有主体性，且从未发生文类或文体的独立与自觉。但是，史传传统对后世传记家传述理念的影响至深至巨。传记作为史学门类之一种，即便在"传记文学"创生并得到初步发展的 20 世纪三四十年代，不认同传记乃文学门类者也大有人在。比如，林国光的观点颇有代表性："其实传记作家的搜罗材料，考订调核，排比分析，批评评估等等，惨心经营，有如一般史家修史，所以传记与其属'文'，不如属'史'。""传记是史籍的一种，至少也可以算是个人的历史。"[②]在今天，相较于古代，虽然个体传记的重要地位及独特功用，越来越受到史学界的重视，并由此引出"传记史学"的兴盛。然而，不用说在史学界，即便在文学界、传记学界，据守传统史学观念及

---

① 茅盾：《传记文学》，《茅盾全集》第 19 卷《中国文论二集》，黄山书社 2014 年，第 613 页。

② 林国光：《论传记》，《学术季刊》（哲学号）1942 年第 1 卷第 1 期，第 64 页。

学术范式，并重申传记本质属性归于史学的"声音"依然足够强大。比如，朱文华说："认定传记作品的本质属性归于史学范畴，其实际意义在于坚定不移地强调传记的写作必须贯彻历史科学所必须遵循的事实和材料的真实性、可靠性原则。这是关系到传记作品的兴亡的关键问题。如果认定传记作品属于文学范畴，那么其最终必然导致传记作品因虚假失去固有的价值。"[①]又比如，孟晖认为："如果过于强调传记的文学属性，是一种危险的做法，往往导致传记作者们对于传记文本客观、真实性的不够坚守。传记本质上应该属于史学范畴，只有充分认识到这一点，我们才能够以一种对学术充满敬畏、毫不动摇地坚持实事求是的写作态度，高度重视传记的真实性原则，将一位面目清晰而可信的传主形象呈现在读者面前。"[②]朱、孟两位学者坚定地秉持历史属性"一元论"，实乃"实录"、"史传合一"、崇史抑文等史学传统在今天传记学领域内的"回光返照"。

其二，文学本体一元论，即本质属性归入文学，乃文学门类之一种。

自胡适引入"传记文学"以来，现代意义上的传记即由此诞生。新文学奠基者们对现代传记理念、样态和写法的探讨，是促进中国现代意义上的"传记文学"真正生成的重要力量。在这一过程中，胡适从西方引入并首倡"传记文学"，其开创之功和启蒙之力是巨大的。[③] 此后，郁达夫、梁遇春、阿英、茅盾、朱东润、林语堂、叶圣陶等众多作家不仅都有专论，也有切实的传记文学实践。他们对文类和文学属性的强调及对相关理论问题的讨论，为推动中国现代传记的发展迈出了最具建设性的一步。一方面，"传记文学"作为一种新式文类在其创生源头上即被纳入中国新文学文类谱系予以阐释。对此，主倡者胡适说得最直接："我很盼望我们这几个三四十岁的人的自传的出世可以引起一班老年朋友的兴趣，可以使我们的文学里添出无数的可读而又可信的传记来。我们抛出几块砖瓦，只是希望能引出许多块美玉宝石来；我们赤裸裸地叙述我们少年时代的琐碎生活，为的是希望社会上做过一番事业的人也会赤裸裸地记载他们的生活，给史家做材料，给文学开生路。"[④]胡适的抛砖引玉在当时虽应者不多，但作为一种号召，其对新文学作家的鼓舞、启发，是毋庸置疑的。同时，传记的独立性和文类归属也被作了明确界定和申明。比

---

① 朱文华：《传记通论》，复旦大学出版社 1993 年，第 15 页。

② 孟晖：《"传记式批评"研究——以中国近现代作家传记文本为主要考察对象》，上海社会科学院出版社 2019 年，第 40 页。

③ 1914 年 9 月 23 日，胡适在日记中从内容、体例、优缺点三方面谈了自己的看法。在胡适看来，中国古代传记"体例"简单，缺乏对"人格进化之历史"的审视与书写，且无长篇自传。他所谓"太略""太易""不足征信""静而不动"等对中国传记"短处"的认定也都有切实的针对性。而西方传记除长篇"太繁""取材无节，或使之滥"外，在其他诸项上都远远优于中国传记。因此，若使中国现代传记发达，必须引进西方传记的理念，并充分吸纳其上述"长处"，以求取质的突进。更重要的是，他将这一传统文类与刚创生不久的新文学关联一起，拟将其作为一个独立的新文体予以提倡，并赋予其现代内涵、功能、意义。毫无疑问，如同他在《文学改良刍议》中提出的"文学八事"一样，这则专谈"传记文学"的短小日记也同样具有重要的纲领意义。

④ 胡适：《四十自述·自序》，四川大学出版社 2024 年，第 4-5 页。

如，郁达夫认为"传记是文学上的一个独立部门。传记一方面固然可以作为历史的资料看待，但决不就是历史"①。朱东润说："在现代中国文学里面，传叙文学因为是新的文学、人的文学，所以值得提倡。"②再比如，有关现代传记"写什么"和"怎么写"的讨论也全面展开。梁遇春主张引进西方"新传记文学"写法，即可以用小说的笔法和戏剧的艺术③。他所倡导的写法和理想中的传记样式极类今天的"传记体小说"。这可充分表明，彼时有关现代传记本体属性和文类特质的认知、探讨已经有了质的升华。

在现代中国前三十年间，在胡适、郁达夫、茅盾、朱东润等新文学奠基者及理论家的引介、阐释及实践下，传记归于文学的呼声及实践深入人心且成果卓著。该时期，传记和小说、散文、诗歌等文学门类一样，倾向于被认定为现代文学的独立文体。对此，我曾撰文说道："现代意义上的'传记文学'与古代传记关联不太大，是伴随新文学的发生而逐渐创生出的一种新文类。这种在'五四'时期与小说、新诗、散文、话剧并列存在的新文体，在新文学奠基者的理论倡导和实践下，进入中国新文学发生现场的核心地带。新文学作家纷纷尝试创作传记文学，以此作为反抗旧文学、建设新文学，完成'给文学开生路'的伟大愿望。将传记从传统史学教条中解放出来，并充分肯定其文学属性，在新文学范畴内赋予其文体创生意义，是标志'文学革命'取得重大成就的成果之一。"④由此，自"五四"以来，"传记文学"替代"传记"，成为约定俗成的统一指称或命名。直到今天，传记乃文学之一种的观念在文学界及普通读者中依然有着较为广泛的认定。如今，传记文学虽然常被与报告文学、纪实文学、非虚构混为一谈，但整体上已被认定为文学中的一门，并在文学评奖中给予一定位置。

传记由古代向现代转换，其标志之一，即对史学与文学性的双重肯定与实践。传记作为文学之一种的认知理念，在经历现代文学三十年的发展后，已在文学界和大众读者中达成了相当广泛的共识。尤其在新时期以后，"传记文学"取代"传记"，不仅在期刊出版（比如 1984 年创刊的《传记文学》）、图书版权页上的文体分类、文学评奖（鲁迅文学奖在散文大类中就包括"传记文学"）、学会名称（比如中国传记文学学会、中外传记文学学会）等领域中得到一致使用，也在普通读者阅读领域也约定俗成为一种统一指称。很多历史学者之所以喜欢阅读传记，很大原因不仅在于被其中以文学性方式书写历史的笔法及艺术感染力所诱惑，更为其中所提供的绵密而真实的历史细节所吸引。也就是说，一部优秀传记，须同时具备严谨的历史真实性，同时又具有文学性。这就是为什么《史记》

---

① 《怎样写传记》，新缘文学社编《名家传记》，文艺书局 1934 年，第 2 页。
② 朱东润：《为什么我要提倡传叙文学》，《正气杂志》1946 年 5 期，第 29 页。
③ "先把关于主要人物的一切事实放在作者脑里镕化一番，然后用小说家的态度将这个人物渲染得同小说里的英雄一样，复活在读者的面前"。"将主人翁一生的事实编成一本戏，悲欢离合，波起浪涌，写得可歌可泣，全脱了从前起居注式的干燥同无聊"。（梁遇春：《新传记文谭》，《新月》1929 年第 2 卷第 3 号，第 2 页。）
④ 张元珂：《现代作家传记入史谈》，《中国文化报》2022 年 10 月 21 日第 3 版。

《从文自传》《朝花夕拾》以及王鼎钧的《回忆录四部曲》等传记名著或力作在今天依然被各领域学者和普通读者广为喜爱和阐释的重要原因所在。

其三，双本体二元论，即同时兼有历史、文学双本体属性，可双跨文学与史学学科。

中国传记的史学传统过于强大，在历史学领域内，自然不缺乏理论阐释者和实践者。绵延至今并深刻影响今天的传记研究，首先就表现为对此前被边缘化的传记的史学价值的发现与重释。比如，张乃和教授曾撰文呼吁："让传记学回归大历史，不仅是史学学科发展的内在要求，也是传记学今后发展的必然选择。"①王成军教授认为"历史和传记是人们自我认识的两种重要的史学表现形式"②，并提出和阐释"传记史学"的学术概念③，以助力当代史学话语体系的建构。他们重新肯定传记在历史研究中不可或缺、不可取代的价值和功能，其本质是对传记文学性重又施予史学考量并从中发现、获取有效推动史学发展的方法、视角、资源。如今，为历史小人物作传，特别是采用以文学笔法主述人物生活及生命的实践，在历史学界也甚为流行。比如，罗新的《漫长的余生：一个北魏宫女和她的时代》和鲁西奇的《喜：一个秦吏和他的世界》④之所以成为读者所广为关注、喜爱的史学著作，其主因就在于对历史真实性与传记性（文学性）的双重营构。这在传统一派的史学家看来，传记中的文学性内涵，特别是侧重深度关涉个体生活或生存的生命传记，是被排挤或不受重视的要素。

"真实"是传记的第一生命。因此，胡适所说的"纪实传真"，以及朱东润所说的中国传记主流作法——"中国所需要的传记文学，看来只是一种有来历、有证据、不忌繁琐、不事颂扬的作品"⑤，同样是持文学属性一元论者所重视的实践向度或标准。与前者不同在于，在他们看来，历史真实固然重要，但艺术真实也同样不可低估，因此，对文学性的营构，甚至在细部或细节上施与必要的想象与虚构，就必然成为其传记写作的不二法门。鲁迅的《朝花夕拾》、郁达夫的《达夫日记》、胡适的《四十自述》等归入文学门类，自然没有什么争议；而像埃德加·斯诺的《红星照耀中国》、齐邦媛的《巨流河》、王鼎钧的《回忆录四部曲》⑥这类作品归入文学或历史范畴，也同样争议不大。这说明，传记在文学与史学之间的边界及归属也并非互不兼容。从词源学上来说，"传记"与"传记文学"本来是包含与被包含的关系，但在今天文学界和大众读者中，前者大有被后者所取代之势；在学界，为进一步区分，也有学者将传记分为文学色彩比较浓的"文学传记"和偏重史学性的"历

---

① 张乃和：《传记学：向大历史回归》，《光明日报》2017 年 7 月 3 日第 14 版。
② 王成军：《中西古典史学观念的异同——兼及司马迁史学观念的基本特征》，《陕西师范大学学报》（哲学社会科学版）2009 年第 6 期，第 108 页。
③ 参阅王成军：《中西古典史学的对话：司马迁与普鲁塔克传记史学观念之比较》，中国社会科学出版社 2009 年。
④ 两著皆由北京日报出版社于 2022 年出版。
⑤ 朱东润：《〈张居正大传〉序》，《朱东润传记作品全集》（第 1 卷），东方出版中心 1999 年，第 6 页。
⑥ 王鼎钧的《回忆录四部曲》被北京大学指定为历史专业必读书目。

史传记"。但不管哪一种名称或分类，这并不妨碍史学界和文学界各说各法、各自为政：无论史学界认同传记乃史学之一种，还是说文学界认为传记乃文学之一种，彼此都在倾向于认同这样一种基本事实，即文学性和史学性都是传记的本体属性。或者说，传记本体属性并非一维的，而是两者兼具、缺一不可。这就好比人走路的两条腿，马车的两个轮子，缺了或坏了哪一个都不行。所以，从具体实践上来说，传记在学科归属上，既可归入史学范畴，也可归入文学范畴。事实上，对传记双重属性以及同时可归入文学、历史范畴的观念，早在民国时期就有着较为广泛的认定。比如，朱东润说："传叙文学是文学，同时也是史，所以在材料方面，不能不求十分的真实。"①"传叙文学是文学，然而同时也是史；这是史和文学中间的产物。"②再比如，孙毓棠也说："理想的新传记不只是一种史学的著作，它同时还应该是一种文学的著作。"③又说："传记就其主要的性格讲，是历史的一个支庶，是文学的一个部门。"④很显然，同样是"传记文学"的奠基者，以朱、孙为代表的业界部分学者、传记家们，并不赞同郁达夫那种文学本体一元论的极端观念及实践。

其四，"非文非史，自成一科"说，即本质属性既不隶属于史学，也不归于文学，而压根就是一门独立存在的学科。

学界对传记本质的理解与实践在持续发展中，也突出表现在，关于传记兼具史学与文学双重属性的认知，依然不能弥合学术界的分歧。其根本原因就在于，前述三个界定都不能对传记的属性及学科地位作出完备的科学阐释。这种不可排解的矛盾主要表现在：归入史学，必然削弱文学，因而文学界不满意；归入文学，又必然弱化史学，因而史学界不满意；既可归入历史，又可归入文学，但传记边界又变得愈发模糊。所以，早在20世纪80年代，詹德光就鲜明地提出了"人物传记是门独立学科"的崭新观点。他的理由是："历史和文学，只能起到为人物传记创作提供史料和创作手段。如果把人物传记简单地划归于谁，那就势必使人看不清人物传记的本质，而这正是当前对传记归属见解不一、概念含糊之所在。"⑤当然，传记发展到今天，传主也不仅限于人物，也可以是城市、江河湖海等非人物。因此，他的观点完全可以修正为"传记是一门独立的学科"。詹德光的这种观点在当时并未引起重视。直到进入新时代，这一观点才得到较多学者的呼应。这首先得益于外部文化环境骤变使然，即在国家大力推进"新文科""交叉学科"建设背景下，传记所具有的跨多领域、多学科属性，进一步启发了学者们关于传记本质及学科归属的再讨论。讨论的最终结果是，大家都倾向于认为，传记既不能归入史学，也不属于文学门类，

①　朱东润：《传叙文学底真实性》，朱东润著，陈尚君整理：《中国传叙文学之变迁》，复旦大学出版社2016年，第209页。
②　朱东润：《八代传叙文学述论·序一》，复旦大学出版社2006年，第1页。
③　孙毓棠：《传记与文学》，俞樟华等编：《中国现代传记文学编年史》（下），浙江大学出版社2019年，第607页。
④　湘渔：《新史学与传记文学》，转引自辜也平：《论中国现代传记文学理论建构之流脉》，《山东师范大学学报》（人文社会科学版）2016年第6期，第37页。
⑤　詹德光：《人物传记应是门独立学科》，《社会科学家》1986年第2期。

因而压根就是一门独立存在的综合性的交叉学科。也就是说，它和文学、史学、心理学、社会学等人文社会科学虽都关联甚密，但其本体属性不属于其中任何一门。

简述上述关于传记本体属性及学科归属的四种观念，旨在为中国传记学学科的创生寻求理论上的支撑。那么，如何评定上述四种观念？首先，不能说上述四种认定谁对谁错，尤其在特定时期或语境中，这四种观念都有其必要性、合理性。这也是现代学术发展和学科分化的必然结果。在古代，文、史、哲不分，但在主流史学界，传记无法也不能喧宾夺主，即作为个体史的传记被长期边缘化、不被重视，更遑论文类自足、学科独立了；在现代，学科进一步细化，被认为是学问或学科趋向现代化的重要标志，但将传记归属于文学范畴，大都是文学界的呼吁与实践，而并未获得史学、社会学、人类学、心理学等其他人文社科学界的广泛赞同。学界对传记本质属性的认定和理解不一致，也就必然影响其在学科归属和述史原则上的最终认定。但是，无论依附史学，还是归入文学，还是两者兼认，最终结果都不能实现自身在学科地位上的独立性。作为一种文类或文化现象尚且不能独立，至于求取学科独立，就更无从谈起。其次，这种被搁置或被无限边缘化的局面，不仅因学者身份和学术观念使然，更是其学术视野及认知缺陷所致。我们知道，人类对事物本质、科学规律的认知与把握，不是一劳永逸、静止不变的，而总是随着时代发展、主客观条件的变迁，而趋向辩证、科学、准确。自有传记这种文类以来，学界对传记本质属性及其学科归属的认识也遵循这样一种客观规律，即在文体或文类属性上虽具有突出的文学或史学特征，但绝非定于一端，因而，在学科归属上，也不能单一性地定于历史或文学范畴。在笔者看来，从归向史学、文学，到文、史双跨，再到谁也不属而单列一科，这种认定看似前后矛盾，实则不然：虽然传记在表现形式上总是以"既有……又有……"或"既是……又是……"方式显示自身独特存在，但这并非指向本质或本体；此前那种把传记某一外在属性或表现特征，经由无限扩大、泛化并等同于其唯一本体属性的认识与实践都是失之偏颇的。这可以充分表明，从古代中国到现代中国，从新时期中国到新时代中国，学界关于传记属性及学科归属的把握、阐释、认定，正是在继承前人基础上，透过现象看本质，对其本体或真理越辩越明的发展过程。在今天，现代传记的两大主体属性（文学意义上的审美性、史学意义上的真实性），以文学、历史为支柱并向着各人文社科领域拓展的多元演进的发展趋向，以及在此过程中所不断生成的传记新形态、新功能，都使得我们不能再固守传统一端，更不能以旧体系、老传统来规范今天的学术观念及体制，而须以辩证思维和发展观念并结合新时代传记演进态势，重估其地位、特征、价值、意义。

二、中国传记学学科创生的事实基础

作为一种研究对象，继而发展成为一个学科，首先需要这个学科及研究对象相对独立、系统且自成一体。具体到中国传记学，如果说关于传记在文体或文类独立性上的阐释与认定,也就意味着为中国传记学学科的成立,找到了坚实的理论基础。那么,古今中外不胜枚举的传记家、传记文本、传记现象以及以此为中心所生成的传记史,则是支撑传记学科得以成立的事实基础。传记学科所要整理和研究的对象、课题自成一体并有其独到的价值。那些优秀的传记家、经典文本以及与之密切关联的历史风景,作为人类文化遗产的重要组成部分,不仅已成为今人所必须全面整理、深入考究、充分阐释的对象,更成为今人借此追溯历史渊源、总结历史经验、传承人类文明、助力当前文化建设的重要资源。

从古代中国到现代中国,中华传记史自成一体,传承有序,相关文献集成极其丰富,待拓空间巨大。中国古代传记从战国后期第一部正式传记《晏子春秋》出现①,到汉代即出现以《史记》《汉书》为代表的第一次传记高峰,司马迁及其《史记》是中国作为传记大国第一标志。在此后相当长的一段历史进程中,虽艺术性已大不如前,且多因媚上、媚俗、避讳、"谀墓"等而致使真实性大打折扣,但历代正史中的传记,以及正史之外各种形态的巨量散传、杂传,依然是构成这个学科得以成立的事实基础。作为中国传记学所要重点发掘、整理与研究的独立对象,它们也都需要从传记学角度——而非中国古代文学、历史学——予以文献集成并作系统研究,以改变其被史学所末端化、边缘化的境地,并从中开掘或激活与弘扬中华传统文化、建构三大话语体系密切相关的崭新视角和丰厚资源。在笔者看来,在古代传记研究领域内,虽然每年都不乏若干高质量论文出现,而且在某些领域也出现一批相当成熟的公认的学术成果,但对传记史作系统性史论的理论研究尚不多见。

中国传记由古代向现代的转型发生于社会政治剧烈变动的晚清时期。因为西方传记理论、方法和传记作品的陆续引入,特别是在 1910—1917 年上海广学会《大同报》《协和报》《教育杂志》、上海商务印书馆推出了大量西洋传记,从而大大改变了中国传记生态场域。虽然彼时关于传记本质的理解依然固守单一历史范畴,但对传记内容、形态和写法的认知与实践已发生变化。这不仅突出表现在传主不再聚焦帝王将相、才子佳人,而转向对中外政界精英、英雄人物、功勋学者等各行业典型人物的撰述,还表现在传记将被从史学中解放出来而逐渐拥有独立发展的可能。当梁启超提出"仿西人传记之体"、作"人的专史"、以"人物为本位"的作传理念时,作为史学附属物的古典形态的传记即已昭示出由"丫鬟"扶正变为"小姐"、由"跟班"擢升为"主人"的行将自立为主体的新形象。而在林纾《冷红生传》、王韬《弢园老人自传》、容闳《西学东渐记》等经典文本中,无论对自我形象的个性宣扬,还是对传主精神内核及其与时代关系的深度开掘,均有开一代风气之先。事实上,类似王韬、林纾那种在自传中充分彰显主体性乃至直接袒露一己性格、心

---

① 参阅朱东润的说法:"所以要谈到古代传叙文学,只能从《晏子春秋》说起。""《晏子春秋》是传叙之祖""《四库全书》说《晏子春秋》是传叙文学之祖,正和达尔文说猿猴是人类之祖一样。猿猴不是人,《晏子春秋》也还不是传叙文学。"(《中国传叙文学之变迁》,复旦大学出版社 2016 年,第 1、9、13 页。)

理、隐私或非常态遭际，与后来徐志摩、郁达夫、郭沫若等作家的自传文学创作可谓渊源相继。而在梁启超《南海康先生传》和《李鸿章传》，以及同时期从欧美翻译过来的《华盛顿传》《林肯传》等经典传记中，从作者愿景、传主建构到时代速写，其诉求大都指向对"新我"和民族的文化启蒙。实际上，类似梁启超那种将传记与"新民"密切关联并在为包括政敌（比如李鸿章）在内的中外杰出人物立传时所竭力秉承的世界视野、"我注六经"式的综合阐释，以及自由畅达、丰富多彩的新语体实践（比如，半文半白的"新的语体文"），对后来胡适、朱东润、林语堂等现代传记主倡者或主将们的启发不可谓不大。由是观之，虽然胡适、郁达夫等现代传记奠基者们一再宣称西方现代传记理念在其传记创作实践中占据无可争议的主导地位，但在纵向上也不可能不同程度地从晚清传记创作者们的探索与实践中获得启发。然而，他们依然据守于历史和古代传记范畴内，而旨归并未从文体和本体意义上求取中国传记的质变，故其"现代性"的充分发生，除注意前述自晚清以来的历时线索、动因外，依然更多考量新文学运动在中国现代传记发生过程中所起到的根本推动作用。[1]

　　现代传记是中国传记学又一个崭新的课题。现代中国三十年多间，单从作品数量上来说，从1912年至1949年，共有各类传记文学作品1641种出版，传主涉及政治、经济、农业、科技、军事、文艺、军事、体育、医学卫生等各领域[2]。更重要的是，中国现代传记不仅名家、名作众多，而且经典或力作频出。比如：梁启超的《李鸿章》、胡适的《四十自述》、鲁迅的《朝花夕拾》、郭沫若的《沫若自传》、黄庐隐的《庐隐自传》、郁达夫的《达夫日记》、朱东润的《张居正大传》、闻一多的《杜甫传》、巴金的《巴金自传》、沈从文的《记丁玲》《从文自传》、李长之的《鲁迅批判》、埃德加·斯诺的《红星照耀中国》、陶菊隐的名人传记系列[3]、沙汀的《记贺龙》、吴晗的《明太祖传》、张默生的《义丐武训传》、王森然的《近代二十家评传》、萧红的《回忆鲁迅先生》、林语堂的《苏东坡传》等。在话语体系上，从他传、自传、评传、书信、日记、年谱、作家论、书信体小说、日记体小说等传记文体形态的生成，到领袖传、将军传、作家传、名人传、亲人传、民族伟人传等新生传记样式，也都表明，现代传记相较于古代传记，更是自成一体。尤值得一提的是，张立群的《中国现当代诗人传记版本辑录》和俞樟华等主编的《中国现代传记文学编年史》（上、下），已为现代传记史的研究提供了厚实的资料基础。

　　从"现代"进入"当代"，我国更是传记创作、出版、阅读的大国，与之关联的新传记、新现象、新文化更是层出不穷。

---

①　该部分论述参阅自笔者的另一篇论文：《论中国现代作家传记的发生、发展及入史问题》，熊明主编《中国传记评论》第2辑，中国海洋大学出版社2022年，第107页。

②　俞樟华等编：《中国现代传记文学编年史》（上），浙江大学出版社2019年，前言第4页。

③　比如《吴佩孚将军传》（1941）、《六君子传》（1946）、《蒋百里先生传》（1948）、《督军团传》（1948）等等。

其一，从创作与出版来看，长篇传记数量惊人且名著频出。一方面，长篇传记数量之大，作者之多，覆盖范围之广，均达到了历史新高度。据有人统计："1949 年至 1978 年近30 年间，我国出版传记文学图书 2960 种，2012 年一年出版传记文学作品就达 5744 种，此后每年传记文学作品出版数量保持在 6000 至 10000 种，目前传记类图书在售 251046种。"①"当前，传记进入又一个黄金期，作品数量不断增加，目前各种形式的长篇传记每年大约出版 1 万部左右，远远超过长篇小说的约 1200 部"②。以作家传记为例，鲁迅、郭沫若等新文学名家长篇传记动辄几十部乃至上百部的出版量。据笔者统计，截至 2022 年单以鲁迅为传主的"鲁迅传"就多达 398 部。其他如（长篇他传，不含长篇自传），胡适：185 部、林徽因：151 部、郭沫若：115 部、徐志摩：141 部、冰心：51 部、闻一多：41 部、周作人：39 部、艾青：22 部、朱自清：29 部、胡风：25 部、海子：21 部。③ 在当代，传记已成为真正的"大国第一文体"。另一方面，各类长篇传记名著数量多，传播范围广，影响力大。从1949 年 10 月以来，不仅吴运铎的《把一切献给党》、马蜂的《刘胡兰传》《星火燎原》《红旗飘飘》、彭德怀的《彭德怀自述》、叶永烈的《高士奇爷爷》、溥仪的《我的前半生》、林贤治的《人间鲁迅》、王晓明的《鲁迅传》、韩石山的《徐志摩传》、岳南的《南渡北归》、齐邦媛的《巨流河》、王鼎钧的《回忆录四部曲》、田本相的《曹禺传》、杨苡的《一百年，许多人，许多事：杨苡口述自传》等传记名著纷纷出现，而且《鲁迅传》《焦裕禄》《黄金时代》《柳青》等众多优秀传记电影也屡见不鲜。

其二，从接受与影响来看，传记作为一种文化力量，已广泛参与时代社会建构。传记备受各类读者喜爱，亦在说明，它已非边缘文类——超越小说、散文、诗歌等文类而成为一种不折不扣的大众文体。如今，传记已在事实上成为国民第一大文类并与每一个人切实发生内在关联。如今，几乎人人都在通过自媒体在创作、阅读、分享"片传"或"视频传记"。普通人以普通人为传主制作的视频传记动辄有上千万的浏览量，也在说明，当代传记已从媒介、生产、传播、影响方面发生了翻天覆地的变化。比如：张小砚以自有"视频传记"（每天点击量达到 2000 万以上）为基础，改编而成的《走吧，张小砚》成为超级畅销书；"李子柒的 151 个视频传记，介绍她在四川农村的生活和美食，她在抖音粉丝 4000 万以上，在百度条目 8000 万以上"④。这都充分表明，中国传记学研究对象以及由之所生成的课题也发生了巨变。这主要表现在：传记作者不再由精英群体所独享，借助自媒体，普通大众都可以轻易成为作者中的一员；传主不再单纯聚焦名人，而广泛涉及各类平民与城市、江河湖海等非人物（比如邱华栋的《北京传》、叶兆言的《南京传》、赵德发的《黄海

① 李一鸣：《为天地立心　为人民立传——漫谈中国传记文学的前世今生》，《文艺报》2022 年 12 月 21 日第 6 版。
② 杨正润：《传记出版为何这么热》，《光明日报》2011 年 11 月 2 日第 5 版。
③ 此数据统计时间截至 2020 年，参考张立群：《中国当代诗人传记版本辑录》，社会科学文献出版社 2020 年。
④ 杨正润：《传记的变革与传记研究的任务》，《传记文学》2023 年第 8 期，第 143 页。

传》）；传记书写媒介的巨变，引发传记样式的新变（比如：传记电影、自媒体传记）；回忆录、年谱、名人传记迎来创作和出版高峰（比如岳南的《南渡北归》、王鼎钧的《回忆录四部曲》、齐邦媛的《巨流河》，都是畅销书）。

其三，从传记新现象、新命题来看，从"向大历史归回"、传记史学、传记诗学、传记性、年谱学、日记学等新传记理论的提出，到领袖与将帅传、作家评传、学者传、科学家传、江河湖海传、城市传、企业家传、影视明星传、恶人传等传记品种的不断涌现，再到对片传、大传、全传、评传、诗传、自媒体传记、传记电影、图像传记、视频传记、比较传记、心理传记、思想传记、口述传记、群体传记、生命叙事、伤病叙事等传记学新概念的命名与阐释，也都在表明：一方面，关于传记在学术研究或创作中的价值及意义的认定，再也不能固守传统、食古不化、闭门造车、自以为是；另一方面，从"现代"到"当代"，中国传记从理念、创作到现象，其演变速度及所呈现的文化景观，已越出学术界的阐释视野及能力。很多传记现象、规律或文本都没有或无力得到很好的阐发与推介。

综上，从古代中国到新时代中国，传记作为一种绵延至今的、既古老又现代的文类、一种文史哲研究的固定对象或课题，一直独立存在着，发展着。然而，古代传记依附历史学、中国古代文学，相关研究及学术成果已有序展开与呈现，但对传记史发展规律、学科建构问题的探讨几难见到；现代传记依附中国现代文学也不断有成果出现，但在整体上缺乏对现代传记本体及传记史发展规律的有效、深入研究；1949 年以后，特别是新时期以来，相关研究才刚刚起步，不系统，也很零碎；21 世纪以来，特别是进入新时代，与井喷式的传记创作与出版态势相比，相关研究严重滞后、相当薄弱，不仅绝大部分传记家、传记作品甚至呈现无人问津的地步，而且对一些传记现象、新思潮无力作出理论上的阐释。因此，从传记研究到传记批评，对包括传记家、传记作品、传记思潮、传记史在内的中国传记，须有全面、系统、深入、持续地开掘、整理与研究。在今天，成立传记学科，实乃历史发展之必然。

三、中国传记学学科创生的现实基础及时代意义

传记之于个体、学术、时代、民族、国家的价值及意义早已今非昔比，其地位和功能上可关联国家、民族——"为天地立心，为人民立传，为民族铸魂"[①]，下可关涉个体生活与生命，已经成为一门不可或缺的"国民文类"。更重要的是，它在当前建构国家民族话语、促进国民教育、助力述史和学科建设过程中都具有无可取代的价值和意义。这为创建中国传记学学科打下了坚实的现实基础。

中国传记学作为一门学科的重要意义，首先在于，它是参与并建构民族国家话语的

---

① 李一鸣：《为天地立心　为人民立传——漫谈中国传记文学的前世今生》，《文艺报》2022 年 12 月 21 日第 6 版。

重要力量。中国进入新时代，从国家层面上来说，要实现马克思主义与中国的"第二个结合"，即"在五千多年中华文明深厚基础上开辟和发展中国特色社会主义，把马克思主义基本原理同中国具体实际、同中华优秀传统文化相结合"①，以"让我们能够在更广阔的文化空间中，充分运用中华优秀传统文化的宝贵资源，探索面向未来的理论和制度创新"②，在此宏大的民族国家话语背景下，传记作为一个贯穿中华文明史的显赫文类，在承载和宣扬中华优秀传统文化，特别是在讲好中国故事、传播好中国好声音方面，就具有了特殊而重要的地位、功能。在悠久的中华文明进程中，在浩如烟海的中华典籍中，传记与传记文化无处不在，承载、隐含、保存中华民族的记忆、基因、密码。如何对之予以重勘、重释、重解，都是中国传记学最基本的研究课题。这也是这门学科得以独立、成立并得以强化建设的最充分的因由。

其次，传记是推进国民教育的主要工具。因为"传记是人生的纪念碑，传记首先是纪念用的，纪念自然带来教诲；传记是为了教育青年、教育国民而作的"③，所以，传记在推进教育、提升国民素养方面的功用不可小觑。以真实性（历史）与审美性（文学）为两大本体属性的传记，特别是以《史记》、《朝花夕拾》、《焦裕禄》（传记电影）为代表的诸多传记经典，在面向国民普及知识、人生教育、灵魂启迪方面，有其先天优势。比如，最早引入"传记文学"概念的胡适曾说："假使我们中国从前多有几部优美的可爱的传记文学，也许我们的国家不至于糟到现在这样的程度。"④他所强调的就是传记在国民自我教育中所起到的巨大作用。再比如，陕西师范大学张新科教授也说："传记是人类生命的一个载体，使有价值的生命走向永恒，超越时间、空间。……传记学具有自我激励价值、人生教育价值、艺术审美价值，甚至于还有经济价值。"⑤中国是一个有着 14 亿人口的世界大国，人口基数庞大，作为一种宣教手段或工具，传记在其中所起到培根铸魂功用，应得到足够重视。

再次，传记可为改革开放四十年保存"记忆"。传记不仅保存"过往"，也记录当下，并在历史与文学之间起到了为其他文类所永远不可替代的价值和功能。当前，改革开放四十年的历史书写已提上日程，如何全面、客观记录并呈现这段历史，传记在其中也起到了不可或缺的作用。其重要性就在于，传记以个体视角记述和保存改开四十年间的"记忆"，通过口述、访谈、自传、他传等方式为述史提供丰富的一手资料。这也是成立和建设中国传记学的又一要义所在，即作为一门学科，它能够担负起这个分内之责、之职。比

① 习近平：《在文化传承发展座谈会上的讲话》，《求是》2023 年第 17 期，第 6 页。
② 习近平：《在文化传承发展座谈会上的讲话》，《求是》2023 年第 17 期，第 9 页。
③ 杨正润：《传记的变革与传记研究的任务》，《传记文学》2023 年第 8 期，第 140 页。
④ 胡适：《中国的传记文学》，俞樟华等编：《中国现代传记文学编年史》（上），浙江大学出版社 2019 年，第 235 页。
⑤ 张新科：《关于传记学学科建设问题》，《传记文学》2023 年第 8 期，第 148 页。

如,各行业口述传记库、人物库、各地史志库、自媒体视频库等大型文献库应着手建设。其中,对各领域、各行业的标志性人物作口述或访谈,以及以个体视角记述自我与四十年的关联及时代变迁,更会为史家述史提供更多真实而鲜活的材料。

最后,成立中国传记学学科,也是当前国家推进人文学科建设需要。在"新文科""交叉学科"建设成为学科建设与发展主潮背景下,传记学科建设又一次迎来新机遇,因此,关于传记作为一门独立学科的范畴厘定、体系建设、价值重构、意义阐释,以及落实于大学学科序列的具体实践,都须有开创性进展、实质性突破。即使从实践层面上来说,值此千载难逢之际,为促进传记学科建设在新时代再次获得突破性发展,关于传记学科属性及最终归属的争议,或者目前难以达成一致认同的传记学命题,都可暂时搁置不议,而专注于重新考量传记学科建设在当前大力发展交叉学科背景下获得突破性发展的可能性,也即如杨国政所说:"我们可以不纠缠于传记的学科归属,跳出真实与虚构的争议,跳出传主形象的刻画、传记的语言特色等传统框架,将其作为一个交叉的跨学科门类加以研究,以一种更加开阔的视野,在一个更高维度上探讨传记的文学、历史之外的意义和价值。"①这种搁置争议、求同存异的现实考量,以及从更高视野与维度重勘传记研究和学科建设之意义的崭新构想,也是一种颇具建设性的意见。但不管怎样,在中国式现代化进程中,有关何谓传记学、传记学何为的回答及实践将显得愈发重要。

四、中国传记学学科的体系建设

传记包括自传和他传两类,一般指记录人物生平、生命及其事迹的文字,广义上也涵盖非人物传记;传记学就是一门以传记为研究对象,侧重探析本体之谜、阐发演进规律、归纳创作成就、总结历史价值或时代意义的学问②。它链接传统,深扎现实,接通世界,走向未来,从而具有突出的跨多学科、多领域、多层面的学科特征。传记学研究对象可进一步细分如下:传记基础理论、传记家与传记作品、传记现象与传记史、传记接受(即"研究之研究")与传记批评、传记史料与史料学等。以传记学的科研成果为依托并落实于具体的教学实践,即可形成一门教、学、研一体化的独立学科。传记学科如何建设?③ 在笔者看来,学科体系建设——制度体系、人才体系、课程(教材)体系——乃其中重中之重。

首先,制度建设是外因,是保证。任何一个学科的创生与发展,都必须有健全、充分

---

① 杨国政:《在新文科背景下深化传记文学学科发展》,《传记文学》2023 年第 9 期,第 159 页。
② 作为概念的"传记学",译自西方。目前,笔者所见,最早出自美赖士惠作、坎侯译的《传记学的科学的研究》一文中(《人文月刊》1932 年第 3 卷第 4 期,第 1-5 页);此后在王元的著作《传记学》(国立中山大学出版组出版 1938 年)、沈嵩华的《传记学概论》(教育图书出版社 1947 年)中陆续出现,并得到系统的理论阐述。
③ 张新科教授从实操层面提出了"十个一工程"的设想:"一个平台、一个阵地、一支队伍、一个数据库、一本教材、一个讲坛、一本年鉴、一个网站、一个公众号、一门学科"。(刘宸芊:《新时代新的学术命题:新时代中国特色传记学学科建设学术研讨会综述》,《传记文学》2023 第 12 期,第 137-148 页。)

的制度保证,正如刘佳林所说:"制度化是学科获得合法身份的途径和表现,它涉及理论建设,也包含许多实践性活动。……在制度层面确立一些学科的地位,恰恰是现代学科观念成熟的标志,也是学术繁荣与发展的必然要求。"①传记学科的制度建设主要包括专业期刊、科研中心、社团组织等学术平台的建设,以及编辑、出版、批评、教学、评奖、论坛、会议等一系列学术活动的正常、有效开展。这可以为传记研究和传记学科发展提供良好的学术环境、必要的激励功能和自洽性的知识生产机制。在所有制度建设中,社团组织、学术会议、学者科研在其中起到了关键性的推动作用。具体来说:其一,拥有一至两个核心期刊,以及出现数家有影响力的学术中心,是标志一个学科是否成熟的基本前提与标志。目前,《现代传记研究》(CSSCI)、《传记文学》、《中国传记评论》(辑刊),以及中国传记文学学会、上海交通大学传记中心、中国艺术研究院传记研究中心、北京大学世界传记中心、中国海洋大学传记与小说研究团队为代表的传记学术期刊或研究中心,在引领和推动国内传记研究、交流方面,作出了可持续性的突出贡献。其中,《现代传记研究》在学科建设与传记研究中的重要地位及作用,特别是为助推传记研究上档次、推介传记学人及优秀成果,更是展现出为其他平台所无可比拟的助推力。其二,学会、研究中心等专业组织在生成并维护学术共同体内部正常交流机制、促进学科建设方面所起到的作用不可小觑。不同于中文、历史等传统强势学科,目前尚无固定学科可靠的传记学一直以来处于人文学科的边缘地带,不仅学术会议少,而且学术共同体内部分歧也大。因此,在传记学界,依托会议、论坛等学术平台,团结、聚集各领域、各学科力量共商议题,共建学科,就显得极其迫切而重要。比如,中国艺术研究院传记研究中心举办的"新时代传记学科建设"论坛(第十期)就是很好的例证。论坛邀请杨正润、张新科、刘佳林、李心峰、杨国政等业内专家,共商如何建设传记学科的理论与实践问题,就是很切合当前"新文科""交叉学科"等当前国家人文社科建设与发展大势的重要命题。因此,许多诸如此类涉及学科前沿热点问题及制度建设方面的建议、策略,都是学术共同体内部研讨和协商的结晶。其三,申请进入国务院颁布的高校学科目录,是实现传记学科跨越式发展的根本性的制度保证。这需要有两方面的行动:一是先行在高校中自设传记专业课程,开展人才培养工作。事实上,在没有进入教育部的学科目录之前,传记作为一门课程,早就在北京大学、复旦大学、南京大学、浙江师范大学、上海交通大学、中国海洋大学等国内众多高校及科研院所本科和研究生课堂上得到有效展开,并培养了众多传记人才。这主要是朱东润、杨正润、赵白生、俞樟华、张新科、刘佳林、熊明等传记学界一大批领军人物参与并主导的结果。由他们所探索、累积并约定俗成的传记研究、教学与人才培养模式,直到今天依然

---

① 刘佳林:《传记的制度化实践与学科建设》,《传记文学》2023 年第 9 期,第 150 页。

在主导着这个专业的发展；二是争取进入国家颁布的学科专业目录①。只有列入学科目录，才能实现教、学、研三位一体协同发展，才能从根本上保证并标志一个学科的正式建成。如何落实？在具体实践上，既可主打交叉学科特色并在其门下自立为一科，也可申请挂靠于中文、历史、艺术学一级学科之下，成为其中的二级学科。比如，中国艺术研究院可在艺术学或中国语言文学一级学科下，设立传记研究与创意写作专业，先行开展这方面的实践。但不管怎么说，只有最终列入教育部学科目录，传记学科的良性发展才能得以保证，才不会发生因人调离、因项目完结或因环境改变而被终止的现实遭际。综上，传记学科的制度建设已颇具规模且成效显著，目前已基本形成了一套以学者科研、社团组织、科研中心、期刊出版、教育教学为主体，各方力量协同参与并实现有效互动的良好局面。这使得传记作为一门独立学科的认知愈发深入人心，从而为学科趋向高质量发展打下了坚实的基础。当然，制度体系建设是一个系统工程，目前依然存在诸多亟待提升的空间，比如，目前尚无传记学类的全国性专业大奖，全国性的有组织的学术活动太少，聚力学科发展的合作交流机制有待深化，等等。

其次，人才队伍建设是内因，是根本。任何一个学科的建设与发展，都离不开拥有真才实学的专业人员的深度参与；或者说，没有或缺乏领军人物及其团队，人才培养严重滞后或近无，所谓学科建设也必将是空谈。一个学科的成立或建设，很多时候，就是依托若干领军人物的出现，但从长远来看，还需要合理的、可持续的人才队伍梯队建设。这在传记学科中体现得尤其明显。从这个意义上来说，杨正润、张新科、赵白生、全展、熊明、刘佳林等以传记研究为志业的领军人物及其领衔的学术团队，活跃于人文社科各学科门类内的专业人员，以及依托现有高校机制所开展的传记教育教学所培养出的本、硕、博"后备军"，都是这一环节中的重要组成部分。当前，如何把这些分散的力量聚合在一起，开展"有组织的学术"，也是人才建设活动中的重要一环。因为传记的跨学科属性，每一位学者都有其明显的学术特长和专业壁垒，因此，传记学科创生与发展，最终一定是各方面人才集体参与、合力而为的结果。其中，在高校，因为以传记为专业的人才主要集中于中文、历史、外文三系，所以，如何打破专业壁垒或隔阂，联合三系力量共同助力中国式现代化传记学科实现跨越式发展，是人才队伍建设中非常重要的环节。从现实操作层面来说，这不仅需要学术共同体内部各领军人物及其话语力量的有力整合，更需要各科研、教育主管部门的必要撮合、大力支持。

再次，课程建设是中心，是阵地。若要使传记学成为一门成熟的学科，不仅要著书立

---

① 传记研究进入大学课堂最早可追溯至1939年："直到二十八年教育部颁布大学中国文学系科目表，才有'传记研究'一项，这是传记二字见于官府文书之始"。朱东润：《关于传叙文学的几个名辞》，俞樟华等编：《中国现代传记文学编年史》（下），浙江大学出版社2019年，第593页。

说，还要创建核心课程。条件成熟，即可为本科、硕士、博士开课并培养这方面的专门人才。这门学科的骨干课程至少有：传记学概论、中国传记批评史、中国传记史（含古代、现代、当代）、中国自传史、外国传记史、传记史料学、中外传记经典选读、传记前沿热点问题研究。其中，传记学概论主要研究传记基础理论。这方面的著作有不少。比如，赵白生的《传记文学理论》（北京大学出版社 2003 年）、朱文华的《传记通论》（复旦大学出版社 1993 年）、杨正润的《现代传记学》（南京大学出版社 2009 年）、李祥年的《传记文学概论》（安徽文艺出版社 1993 年）等个人学术专著都可以作为这方面的参考资料。中国传记批评史主要是系统研究中国传记的渊源、特征、文体建构、理论争鸣、话语体系、经典评论家及经典著述的专门学问，目前并无一部这样的相关专著。中国自传史目前除日本学者川合康三所著的《中国的自传文学》（中央编译出版社 1998 年）外，也尚无一部中国学者的著作。外国传记史是关于各国传记史的综论，目前只有杨正润的《传记文学史纲》（江苏教育出版社 1994 年）、唐岫敏等人的《英国传记发展史》（上海外语教育出版社 2012 年）、邹兰芳的《阿拉伯传记文学研究》（中国社会科学出版社 2015 年）等少数几部。传记史料学是关于传记史料形态、层位、类属、功能以及版本、辑录、校勘、辨伪等史料理论与方法上的通论，目前除张立群的《中国现当代诗人传记史料问题研究》（社会科学文献出版社 2020 年）外，也没有一部这方面的系统性著作。中国传记史已有若干部［比如：朱东润的《中国传叙文学之变迁》（复旦大学出版社 2016 年）和《八代传叙文学述论》（复旦大学出版社 2006 年）、陈兰村主编的《中国传记文学发展史》（语文出版社 2012 年）、韩兆琦主编的《中国传记文学史》（河北教育出版社 1992 年）、李祥年的《汉魏六朝传记文学史稿》（复旦大学出版社 1995 年）、辜也平的《中国现代传记文学史论》（人民文学出版社 2018 年）］，但大都较为浅显——多较为平面的作家、作品介绍，欠缺传记史规律的科学探讨，或者仅为"断代史"而不能支撑起作为一个学科的基础，所以，也须汇聚学界各方力量，重写一部有分量、有代表性、可通用的中华传记通史。以上课程都是传记学不可或缺的重要门类，也是见证传记学科趋向成熟的标志。然而，若要开展上述骨干课程的建设，首先需要领军人物及其团队在科研上长久而艰苦的身心奉献、睿智而卓绝的智力付出。因此，对于有志于传记学研究和学科建设的学界同仁来说，这不仅是一项事业或职业，更是一种情怀或理想，尤其需要全体同仁的持续努力与集体合作。

最后，传记学还须在夯实学科基础方面有较大人力、物力、智力上的持续投入和相关成果的陆续产出。对任何一门学科来说，基础不牢，地动山摇。在传记学科领域，中外传记文献资料的发掘、整理、研究以及数据库建设（比如：中国历史人物传记资料库、中国家谱或族谱资料库、中国古代传记理论与批评文献集成、中国传记编年史、各种研究资料汇编等等），都须下大功夫一一完成。到目前为止，传记学界有关这方面的设想或行动，虽然在若干领域有所开展——比如：杜石然主编的《中国古代科学家传记》（科学出版社

1992 年）、张新科、高益荣和高一农主编的《史记研究资料萃编》（三秦出版社 2011 年）、熊明主编的《汉魏六朝杂传集》（中华书局 2017 年）、杨正润主持的重大课题"境外中国现代人物传记资料整理与研究"、斯日主编的《鲁迅传记研究资料汇编》（文化艺术出版社 2022 年）——但从整体上来看，特别是在现当代领域，尚处于刚刚起步阶段。外国传记理论资料整理更是如此，正如杨国政所说："在传记理论方面，国外的各种传记理论一直被学者广泛使用，但是大多没有被译成中文，即使尽人皆知的莫洛亚的《传记面面观》到目前为止尚没有一个完整的中译本"①。实际上，不论古代传记还是现当代传记，由于长时期以来的各自为政，在文献、史料等传记学科基础上的建设甚为薄弱。好在，这已逐渐引起学界的重视。近年来，像国家图书馆编的《历代人物传记资料汇编》（全 118 册）（国家图书馆编 2016 年）、程仁桃主编的《清代文集人物传记资料汇编》（国家图书馆出版社 2022 年）、俞樟华和陈含英主编的《中国现代传记文学编年史》（上、下）（浙江大学出版社 2019 年）、中州古籍出版社的《中国族谱丛刊》（全 1293 册）（李吉辑录，中州古籍出版社 2019 年）、张立群主编的《中国现当代诗人传记版本辑录》（社会科学文献出版社 2020 年）等大型传记资料汇编丛书的出版，特别是由哈佛大学牵头创建的"中国历代人物传记资料库"（CBDB）②，对于传记学科的文献基础建设，就显得弥足珍贵。此类大有利于学科基础建设的文献工程亟须全面展开。

　　中国传记学的话语体系也自成一体，即在文体、创作、批评（研究）等方面都形成了自身独具的话语体系。因此，除以上实操层面的学科体系建设外，还要致力于中国传记学的话语体系建设。对此，张新科教授曾以关键词方式对之作了初步归纳，但他仅局限于古代传记领域③。不过，他提出的文体话语、批评话语、创作话语的三大框架，可推而广之用于对打通古今后的中国传记学话语体系的梳理、释义、建构。一是文体话语：史传、杂传、专传、合传、类传、正传、大传、全传、评传、别传、小传、家传、补传、行传（事状、行述、行实、事略）、全史、合状、碑志、年谱、世家、自述、年谱、日记、书信、轶事、事略、志略、述略、略传、传略、征略、纪略、回忆录、年表、人表、纪实、铭、诔、录、志、记、述、考等；二是创作话语：发愤著书、以史为鉴、序跋、目录、本纪、列传、世家、互见、自纪、自叙等；三是批评话语：春秋笔法、知人论世、以意逆志、微言大义、"德、识、才、学"、实录、直书、曲笔、避讳、褒贬、文采、摄要、汇总、省繁、正误、整叙、散叙、分叙、合叙、补叙、预叙、别裁、简洁、飞动、传神、雄奇、传叙、传主、传材、传记性、真实性、传记文学、传叙文学、传记体、传记式批评、传记诗学、年谱学、日记学、自传、他传、物传、城市传等。这是一个长长的名单，需要学术同人通力合作，不断补充、释义。通过对这些关键词逐一作词源学上的梳理与系统的理论

---

①　杨国政：《在新文科背景下深化传记文学学科发展》，《传记文学》2023 年第 9 期，第 160 页。

②　截至 2023 年 5 月，共收入约 529560 人的传记资料。

③　张新科：《在"新时代中国特色传记学学科建设"学术会议上的讲话》，中国艺术研究院主办，2023 年 11 月 16 日。

阐释，中国传记学的话语体系建设的大框架即可由此生成。目前，"中国传记学关键词词典""中国传记学学科话语研究""中国传记学理论资料汇编"等奠定学科话语基础的若干著述亦应着手编纂或撰写。

传记学科建设与传记研究始终相向而行、互为助力，其最终目标是脱离文学或史学门类而单列一科，从而实现在学科地位的完全独立——以列入教育部学科目录为正式标志。但目前若要实现这一目标，尚存一定的专业障碍。这主要表现在，史学、文学、社会学、教育学、心理学等各人文社科界的传记研究者的理论思维、资源、方法主要来自各自学科，所以，他们对传记学范畴、体系、特征、功能、价值、意义的理解与实践肯定存在一定差异；传记学的研究对象也异常丰富而复杂，不仅古今中外之间存在较大差异，而且各历史时期、各发展阶段也大有不同。既然要在交叉学科背景下推动中国特色传记学科建设并使其自成一门，那么，如何消弭彼此差异，以求取在全新维度和更高意义上推进传记研究和学科建设迈上新台阶，则实在是一个颇费思量但又须予以破解的学科难题。即便在实操层面上，这在课题研究、教材编写、人才培养、学位设置等诸多环节均需来自各方的沟通与协作。所以，王中忱教授认为："传记学就是一个交叉学科。目前，传记批评极其薄弱、滞后，传记理论研究不到位，都是制约着学科发展的因素。因此，中国传记学学科的成立与建设，更要有一个长远的考量。"[1]江东研究员认为，对于传记学学科来讲，与艺术学学科类似，似乎也有"学"和"术"的问题，存在把理论和实践分开的倾向，所以在学科建立之初，可以尽早平衡这样一对二元的关系，可能不会走太多弯路。[2] 这都说明，传记学科建设绝非一蹴而就、一劳永逸，从长远来说，须有良好的制度保证、充分的人才跟进、完善的课程设置、可持续的财力投入。

---

① 党云峰：《传记学学科建设迎来新发展机遇》，《中国文化报》，2023-11-30。

② 刘宸苇：《新时代新的学术命题：新时代中国特色传记学学科建设学术研讨会综述》，《传记文学》2023 第 12 期，第137-148 页。

专题：中国古代杂传整理与研究

《曹溪大师传》考辑

熊 明

内容摘要:《曹溪大师传》,唐佚名撰。原一卷。一作《曹溪大师别传》。日僧最澄《传教大师将来越州录》著录《曹溪大师传》一卷。此本最澄贞元二十一年(805)携归日本。胡适以为,北宋契嵩利用此传对《坛经》做了改编增补,其本在北宋时尚能见之,其佚或在此后。今见存本为最澄携归日本之写本。今以日本驹泽大学禅宗史研究会编《慧能研究》卷首所刊比睿山写本影印本为底本,参之京都大学图书馆所藏日江户时代无着道忠之钞写本等各本辑校全文。

关键词:《曹溪大师传》 流传 辑校

基金项目:全国高等院校古籍整理研究工作委员会直接资助项目"唐五代杂传记辑校"(项目批准号:2047)中期成果

作者简介:熊明,中国海洋大学中文系教授,博士生导师,国家社会科学基金重大项目首席专家。研究方向为中国古代传记与传记文献,中国古代小说与小说文献。

唐代佛教兴盛,大师辈出,而多有为之作传者。六祖惠能,又作慧能,俗姓卢,继承了东山法脉而开创南宗,世称禅宗六祖。慧能常住曹溪宝林寺(今广东韶关南华寺)达 37 年之久,不仅对华南诸宗派影响至深,在中国佛教史、文化史上也有深远影响。约成书于唐贞元年间、佚名撰作的《曹溪大师传》,由日本入唐求法高僧最澄于唐贞元二十一年(805)将之携带回日本国,而在中国国内则亡佚不传。考此传内容,与《坛经》及一般流通的慧能大师传记所载多有不同,于佛教研究、中日文化交流史研究皆有价值。

一、《曹溪大师传》流传考

《曹溪大师传》,佚名撰。原一卷。一作《曹溪大师别传》。

日僧最澄《传教大师将来越州录》著录《曹溪大师传》一卷。此本由最澄于贞元二十一年(805)携归日本。胡适以为,北宋契嵩利用此传对《坛经》做了改编增补,①其本在北

---

① 胡适:《坛经考之一(跋〈曹溪大师别传〉)》,《胡适文存》第 4 集,首都经贸大学出版社 2013 年,第 194-199 页。

宋时尚能见之，其佚或在此后。今见存本为最澄携归日本之写本。正文后有"贞十九二月十三日毕"九字，当指此本钞写时间为贞元十九年（803）二月十三日。其背面"比睿寺印"四字，另有三个斜体方框印，分别为"第一""天台""第一""最澄封"。日本学者以为此为最澄携回之原本。日本享保乙巳（1725）春，东武儒官山田大介延同学天野丈右卫门在比睿山子院京都兴圣寺发现其一种钞写本，此本乃江户时代无着道忠手钞本，题《六祖大师别传》。日本宝历十二年（1762），日僧草山祖芳据京都兴圣寺藏本雕印刊行，题《曹溪大师别传》，卷首有金龙沙门敬雄叙，卷后有草山祖芳跋。敬雄叙略承天台宗传入日本之机缘经过，叙及草山祖芳雕刻此传，亦云草山祖芳跋述及《曹溪大师传》与《坛经》相出入者。草山祖芳此跋，言及日本享保乙巳（1725）春"东武儒官山田大介延同学天野丈右卫门"在比睿山子院京都兴圣寺发现《曹溪大师传》钞写本之经过，描述其所见本"传末有贞元十九二月十九日毕天台最澄封之字"，保存了此传在日本之发现经过事实与刊刻经过。

　　《续藏经》第一辑收录此传，题《曹溪大师别传》，即以兴圣寺钞写本为底本，校以比睿山藏本而成。1978年由日本驹泽大学禅宗史研究会编、东京大修馆书店出版之《慧能研究》，卷首载比睿山本影印本，第一章对此传有校订训注，题《校订训注曹溪大师传》。其后，石井修道作《〈曹溪大师传〉考》又加重校，刊于1988年《驹泽大学佛学部研究纪要》第四十六号。1993年上海古籍出版社出版杨曾文《敦煌新本六祖坛经》，附录《曹溪大师传》，乃据《慧能研究》之校订训注及石井修道重校。① 其传后"说明"云："本传取自一九七八年日本驹泽大学禅宗史研究会编，大修馆书店版《慧能研究》所载以比睿山本为底本的校订本。正文中括号中的校正文字，是一九八八年《驹泽大学佛教学部研究纪要》第四十六号发表的石井修道《译注曹溪大师传》所加。另有《续藏经》第一辑第二编乙第十九套第五册所收本。"日本现存《曹溪大师传》诸本，驹泽大学禅宗史研究会编《慧能研究》第一章第一节有介绍。②

　　最澄携回日本之原本，现藏于京都大学，《续藏经》第一四六册，《新纂续藏经》第八十六册，《禅宗全书》第一册收录全文，《续藏经》本、《新纂续藏经》本、《禅宗全书》本皆以草山祖芳刊本为底本校录。③

　　《曹溪大师传》传中有云："大师在日，受戒开法度人三十六年。先天二年壬子岁灭度，至唐建中二年，计当七十一年。其年，众请上足弟子行滔守所传衣，经四十五年。""至唐建中二年"（781）当是此传作年。

---

① 2001年5月，宗教文化出版社出版杨曾文校写《新版敦煌六祖坛经》，附编一有《曹溪大师传》。见杨曾文校写：《新版敦煌新本六祖坛经》附编（一）《曹溪大师传》，宗教文化出版社2001年，第118-132页。2007年，杨曾文撰《〈曹溪大师传〉及其在中国禅宗史上的意义》一文，文末又附《曹溪大师传》校文，此文发表于2007年《法源》辑刊总第25期。

② 〔日〕驹泽大学禅宗史研究会编：《慧能研究》，东京大修馆书店1978年。

③ 佚名：《曹溪大师别传》，《续藏经》第146册，新文丰出版公司1993年，第965-975页。

此传前有"唐韶州曹溪宝林山国宁寺六祖慧能大师传法宗旨并高宗大帝敕书兼赐物改寺额及大师印可门人并灭度时六种瑞相及智药三藏悬记等传"句,或以为传名。① 考其义,或是传前题句之类,而非传名。

最澄《传教大师将来越州录》著录《曹溪大师传》一卷,未注作者,此传作者为谁,今已不可考。胡适认为"然可以考定他是江东或浙中的一个和尚"。胡适之所以言"江东或浙中",乃据"预言中说是'东来菩萨'"推断,"而此本作于建中二年,到贞元二十一年(永贞元年,805)最澄在浙中钞得此传时不过二十四年,当时写本书流传不易,钞书之地离作书之地未必甚远,且越州、台州页都在东方,正是东来菩萨的家乡"②。或然,当禅门弟子或信众,其于慧能思想,当颇熟悉。至于《曹溪大师传》之价值,胡适以为"实在是一个无识陋僧妄作的一部伪书,其书本身毫无历史价值,而有许多荒谬的错误"③。而杨曾文认为,"《曹溪大师传》在忠国禅宗史、文化史上都有重要意义",体现在三个方面,一是"为了解惠能生平、禅法和早期禅宗历史提供了新的资料",二是"《曹溪大师传》是考察诸本《六祖坛经》的形成演变问题的重要资料",三是"《曹溪大师传》中关于惠能在广州法性寺对印宗和众僧说法中对佛性的阐述,所谓'佛性是不二之法','无二之性即是实性';在接待中宗派的中使薛简过程中的说法,'烦恼即菩提,无二无别','实性者即是佛性。佛性在凡夫不减,在贤圣不增','心要者,一切善恶都莫思量'等等,为了解、研究惠能为代表的南宗顿教禅法提供了新的资料"。④

二、《曹溪大师传》辑录

今以日本驹泽大学禅宗史研究会编《慧能研究》卷首所刊比睿山写本影印本为底本,参之京都大学图书馆所藏日江户时代无着道忠之钞写本、《续藏经》第一辑刊本、《慧能研究》第一章第二节《校订训注〈曹溪大师传〉》、石井修道《〈曹溪大师传〉考》(载《驹泽大学佛教学部研究纪要》一九九八年第四六号)、杨曾文《敦煌新本六祖坛经》附编(一)录《曹溪大师传》,重加辑录,且据最澄《传教大师将来越州录》著录,题其名曰《曹溪大师传》[杨曾文校写:《新版敦煌新本六祖坛经》附编(一)《曹溪大师传》,宗教文化出版社二〇〇一年,第一一八—一三二页]。前附敬雄叙,后附草山祖芳跋。2007 年杨曾文撰《〈曹溪大师传〉及其在中国禅宗史上的意义》一文,文后附《曹溪大师传》校文。⑤

① 杨曾文:《〈曹溪大师传〉及其在中国禅宗史上的意义》,《法源》2007 年,总第 25 辑。(以下所引皆为此版本)
② 胡适:《坛经考之一(跋〈曹溪大师别传〉)》,《胡适文存》第四集,首都经贸大学出版社 2013 年,第 195 页。
③ 胡适:《坛经考之一(跋〈曹溪大师别传〉)》,《胡适文存》第四集,首都经贸大学出版社 2013 年,第 197 页。
④ 《〈曹溪大师传〉及其在中国禅宗史上的意义》。
⑤ 《〈曹溪大师传〉及其在中国禅宗史上的意义》。

《曹溪大师别传》叙

　　吾始祖传教大师之航海求法于唐也。其所传者三：曰台教，曰密乘，曰禅门。此时本邦唯有华严、唯识等教，而未曾知法华妙旨、密乘奥义。故专主张台教、密乘，而禅门但列相承谱而已。古称三藏十二分如画龙，直指之旨如点睛，其龙未成，何处复施其睛乎哉？慈觉、智证相嗣入于支那，亦惟从事台、密，禅门旁参已。于是圆顿之旨、三密之宗，光被四海，其教大备矣。后三百余年，而龙已成矣，其睛可点也。乃觉阿、荣西、道元之徒，俱出乎本宗，能体始祖相承之意，乃入宋、入元，嗣法传心，归以举唱，时至机熟，风靡寰区也。由是观之，则本邦之禅，发源于传教，分委于慈觉、智证、觉阿，波及于荣西、道元，乃遂汇归于诸大宗匠耳。予教门种艹诵法传教者也，而私淑直指之旨，欲顺相承谱，故游乎吾门，士每有禅机，辄使劝参宗乘，亦仰左溪激永嘉之高踪也。古人曰禅者教之纲，教者禅之网。岂惟有禅纲而无教网可乎哉？岂惟有教网而无禅纲可乎哉？夫禅有教而证悟其密矣，如临济机用则非卤莽也。教有禅而作略斯活矣，如四明垂示则非按排也。故禅者须达教，教者须参禅也。而后世不知三学一源，甚则至分河饮水，可叹哉！禅人芳公，持传教请来《曹溪大师别传》，来请作之序。予睹此胜举，乃言始祖所相承并所蕴于怀者，以为之序。此传与《坛经》等二三所出入者，具于芳公之跋，故不赘乎此云。

　　宝历十二壬午夏，金龙沙门敬雄谨撰。

曹溪大师传

　　唐韶州曹溪宝林山国宁寺六祖慧能大师传法宗旨，并高宗大帝敕书兼赐物改寺额〔一〕，及大师印可门人，并灭度时六种瑞相，及智药三藏悬记等传。

　　〔一〕并高宗大帝敕书兼赐物改寺额："高宗"，杨曾文《〈曹溪大师传〉及其在忠国禅宗史上的意义》校注云："据正文相关年号，应为中宗"。

　　梁天监壬午元年正月五日〔一〕，时婆罗门三藏，字智药，是中天竺国那烂陀寺大德，辞彼国王，来此五台山，礼谒文殊，将弟子数十侍从〔二〕。三藏博识多闻，善通经论星象之学〔三〕，志弘大乘，巡历诸国，远涉沧波，泛舶至韶州曹溪口村，谓村人曰："看此水源，必有胜地，堪为沙门居止，代代高僧不绝，吾欲寻之。"行至曹溪，劝村人修造住处。经五年，号此山门名宝林寺。人天所敬，海内归依。

　　〔一〕梁天监壬午元年正月五日：《续藏经》本校云："'九'一作'元'。"后文有"天监五年"云云，作"元"为是，杨曾文《新版敦煌新本六祖坛经》附编校写本、《〈曹溪大师传〉及其在中国禅宗史上的意义》校文作"元"。

　　〔二〕将弟子数十侍从：《续藏经》本"将"作"时"。杨曾文《新版敦煌新本六祖坛经》附编校写本、《〈曹溪大师传〉及其在中国禅宗史上的意义》校文作"将"。

〔三〕善通经论星象之学:《续藏经》本"通"作"学"。杨曾文《新版敦煌新本六祖坛经》附编校写本、《〈曹溪大师传〉及其在中国禅宗史上的意义》校文作"通"。作"通"为是。

　　至天监五年二月十五日,敕天下名僧大德,令所在州县,进入内道场供养。时韶州刺史侯公表进三藏入内。使君问三藏云:"何以名此山门为宝林耶?"答曰:"吾去后一百七十年,有无上法宝于此地弘化,有学者如林,故号宝林耳〔一〕。"三藏四月初,得对奏为宝林寺,敕赐田五拾顷。至天监十年,三藏入台山,却还本国。至隋大业十三年,天下荒乱,寺舍毁废。至天平元年,乐昌县令李藏之请宝林额,于乐昌灵溪村置寺〔二〕。

〔一〕故号宝林耳:杨曾文《新版敦煌新本六祖坛经》附编校写本、《〈曹溪大师传〉及其在中国禅宗史上的意义》校文"耳"作"耶",《续藏经》本作"耳",作"耳"为是。

〔二〕于乐昌灵溪村置寺:"乐昌灵溪",杨曾文《〈曹溪大师传〉及其在中国禅宗史上得意义》校注云:"或认为此为曹溪之误。但曹溪在曲江县,乐昌县在曲江县之北。"

　　至咸亨元年,时惠能大师,俗姓卢氏,新州人也。少失父母,三岁而孤。虽处群辈之中,介然有方外之志。其年,大师游行至曹溪,与村人刘至略结义为兄弟〔一〕。时春秋三十〔二〕。略有姑出家,配山涧寺,名无尽藏。常诵《涅槃经》。大师昼与略役力,夜即听经。至明,为无尽藏尼解释经义。尼将经与读,大师曰:"不识文字。"尼曰:"既不识字,如何解释其义?"大师曰:"佛性之理,非关文字能解,今不识文字何怪。"众人闻之,皆嗟叹曰:"见解如此,天机自悟,非人所及,堪可出家住此宝林寺。"大师即住此寺。修道经三年,正当智药三藏一百七十年悬记之时也。时大师春秋三十有三〔三〕。

〔一〕与村人刘至略结义为兄弟:《续藏经》本"至"作"志"。杨曾文《新版敦煌新本六祖坛经》附编校写本、《〈曹溪大师传〉及其在中国禅宗史上的意义》校文作"至"。

〔二〕时春秋三十:"三十",杨曾文《〈曹溪大师传〉及其在中国禅宗史上的意义》校注云:"惠能卒于唐先天二年(七一三),年七十六岁,当生于公元六三八年。据此应为三十三岁。"

〔三〕时大师春秋三十有三:"三十有三",杨曾文《〈曹溪大师传〉及其在中国禅宗史上的意义》校注云:"应为三十六。"

　　后闻乐昌县西石窟有远禅师,遂投彼学坐禅。大师素不曾学书,竟未披寻经论。时有惠纪禅师,诵《投陁经》。大师闻经叹曰:"经意如此,今我空坐何为?"至咸亨五年,大师春秋三十有四〔一〕。惠纪禅师谓大师曰:"久承薪州黄梅山忍禅师开禅门,可往彼修学。"大师其年正月三日,发韶州往东山寻忍大师。策杖涂跣,孤然自行,至洪州东路。时多暴虎,大师独行山林无惧。遂至东山,见忍大师。忍大师问曰:"汝化物来?"能答曰:"唯求作佛来。"忍问曰:"汝是何处人?"能答曰:"岭南新州人。"忍曰:"汝是岭南新州人,宁堪作佛?"能答曰:"岭南新州人佛性与和上佛性,有何差别?"忍大师更不复问。可谓自识佛性,顿悟真如,深奇之奇之。

〔一〕大师春秋三十有四:"三十有四",杨曾文《〈曹溪大师传〉及其在中国禅宗史上的意义》校注云:"应为三十七。"

忍大师山中门徒至多,顾眄左右,悉皆龙象。遂令能入厨中供养,经八个月。能不避艰苦,忽同时戏调,嶷然不以为意,忘身为道,仍踏碓。自嫌身轻,乃系大石着腰,坠碓令重,遂损腰脚。忍大师因行至碓米所,问曰:"汝为供养,损腰脚,所痛如何?"能答曰:"不见有身,谁言之痛。"忍大师至夜,命能入房。大师问:"汝初来时,答吾岭南人佛性与和上佛性,有何差别。谁教汝耶?"答曰:"佛性非偏,和上与能无别,乃至一切众生皆同,更无差别。但随根隐显耳。"忍大师征曰:"佛性无形,如何隐显?"能答曰:"佛性无形,悟即显,迷即隐。"于时忍大师门徒,见能与和上论佛性义,大师知诸徒不会,遂遣众人且散。忍大师告能曰:"如来临般涅盘,以甚深般若波罗蜜法付嘱摩诃迦叶,迦叶付阿难,阿难付商那和修,和修付忧波掬多。在后辗转相传,西国经二十八祖〔一〕,至于达磨多罗大师,汉地为初祖,付嘱惠可,可付璨,璨付双峰信,信付于吾矣。吾今欲逝,法嘱于汝。汝可守护,无令断绝。"能曰:"能是南人,不堪传授佛性。此间大有龙象。"忍大师曰:"此虽多龙象,吾深浅皆知,犹兔与马,唯付嘱象王耳。"忍大师即将所传袈裟付能,大师遂顶戴受之。大师问和上曰:"法无文字,以心传心,以法传法,用此袈裟何为?"忍大师曰:"衣为法信,法是衣宗。从上相传,更无别付。非衣不传于法,非法不传于衣。衣是西国师子尊者相传,令佛法不断。法是如来甚深般若,知般若空寂无住,即而了法身;见佛性空寂无住,是真解脱。汝可持衣去。"遂则受持,不敢违命。然此传法袈裟,是中天布,梵云婆罗那,唐言第一好布,是木绵花作,时人不识,谬云丝布。

〔一〕西国经二十八祖:《续藏经》本校云:"一无'经'字。"

忍大师告能曰:"汝速去,吾当相送。"随至蕲州九江驿,忍大师告能曰:"汝传法之人,后多留难。"能问大师曰:"何以多难?"忍曰:"后有邪法竞兴,亲附国王大臣,蔽我正法。汝可好去。"能遂礼辞南行,忍大师相送已,却还东山,更无言说。诸门人惊怪问:"和上何故不言?"大师告众曰:"众人散去,此间无佛法,佛法已向南去也。我今不说,于后自知。"忍大师别能大师,经停三日,重告门人曰:"大法已行,吾当逝矣。"忍大师迁化。百鸟悲鸣,异香芬馥,日无精光,风雨折树。

时有四品官,俗姓陈氏,舍俗出家事和上,号惠明禅师。闻能大师将衣钵去,遂奔迤南方〔一〕。寻至大庾岭，见能大师。大师即将衣钵递还明。明曰:"来不为衣钵,不审和尚初付嘱时,更有何言教? 愿垂指示。"能大师即为明禅师传嘱授密言。惠明唯然受教,遂即礼辞。明语能曰:"急去急去,在后大有人来相迳逐〔二〕。"能大师即南行。至来朝,果有数百人来至岭,见明禅师。禅师曰〔三〕:"吾先至此,不见此人。问南来者亦不见。此人患脚,计未过此。"诸人却向北寻。明禅师得言教,犹未晓悟,却居庐山峰顶寺,三年方悟密语。明后居蒙山〔四〕,广化群品。能大师归南。略至曹溪。犹被人寻逐。便于广州四会怀集两县界避难。经于五年。在猎师中。大师春秋三十九。

〔一〕遂奔迳南方:《续藏经》本"迳"作"趁"。杨曾文《新版敦煌新本六祖坛经》附编校写本作"迳",《〈曹溪大师传〉及其在中国禅宗史上的意义》校注云:"原作'迳'字。"

〔二〕在后大有人来相迳逐:《续藏经》本"迳"作"趁",杨曾文《〈曹溪大师传〉及其在中国禅宗史上的意义》校注云:"原作'迳'字。"

〔三〕禅师曰:《续藏经》本"禅师"作"师"字。杨曾文《新版敦煌新本六祖坛经》附编校写本、《〈曹溪大师传〉及其在中国禅宗史上的意义》校文作"禅师",作"禅师"为是。

〔四〕明后居蒙山:"明",杨曾文《〈曹溪大师传〉及其在中国禅宗史上的意义》校注云:"原误作'能'字"。《续藏经》本作"明"。

至仪凤元年,初于广州制旨寺,听印宗法师讲《涅盘经》。法师是江东人也。其制旨寺是宋朝求那跋摩三藏置,今广州龙兴寺是也。法师每劝门人商量论义。时属正月十五日悬幡〔一〕。诸人夜论幡义,法师廊下隔壁而听。初论幡者:"幡是无情,因风而动。"第二人难言:"风幡俱是无情,如何得动?"第三人:"因缘和合故动〔二〕。"第四人言:"幡不动,风自动耳。"众人诤论〔三〕,暄喧不止。能大师高声止诸人曰:"幡无如余种动,所言动者,仁者心自动耳〔四〕。"印宗法师闻已,至明日讲次欲毕〔五〕,问大众曰:"昨夜某房论义,在后者是谁? 此人必禀承好师匠。"中有同房人云:"是新州卢行者。"法师云:"请行者过房。"能遂过房。法师问曰:"曾事何人?"能答曰:"事岭北蕲州东山忍大师。"法师又问:"忍大师临终之时云佛法向南,莫不是贤者否?"能答:"是。""既云是,应有传法袈裟,请一暂看。"印宗见袈裟已,珍重礼敬,心大欢喜。叹曰:"何期南方有如是无上之法宝!"法师曰:"忍大师付嘱,如何指授言教?"能大师答曰:"唯论见性,不论禅定、解脱、无为、无漏。"法师曰:"如何不论禅定、解脱、无漏、无为?"能答曰:"为此多法不是佛性。佛性是不二之法,《涅盘经》明其佛性不二之法,即此禅也。"法师又问:"如何佛性是不二之法〔六〕?"能曰:"《涅盘经》高贵德王菩萨白佛言:世尊,犯四重禁,作五逆罪及一阐提等,为当断善根,佛性改否? 佛告高贵德王菩萨:善根有二,一者常,二者无常。佛性非常非无常,是故不断,名之不二,一者善,二者不善。佛性非善非不善。是故不断。名为不二。"又云:"蕴之与界,凡夫见二,智者了达其性无二,无二之性即是实性。明与无明,凡夫见二,智者了达其性无二，无二之性即是实性，实性无二。"能大师谓法师曰："故知佛性是不二之法。"印宗闻斯解说〔七〕，即起合掌，虔诚愿事为师。明日讲次，告众人曰："印宗何幸，身是凡夫，不期座下法身菩萨。印宗所为众人说《涅盘经》，犹如瓦砾，昨夜请卢行者过房论义，犹如金玉，诸人信否？然此贤者，是东山忍大师传法之人。诸人永不信，请行者将传法袈裟呈示诸人。"诸人见已，顶礼，咸生信重。

〔一〕时属正月十三日悬幡：续《藏经》本、杨曾文《新版敦煌新本六祖坛经》附编校写本皆作"嘱"，杨曾文《〈曹溪大师传〉及其在中国禅宗史上的意义》校改作"属"，校注云："原作'嘱'字。"作"属"为是。又，《续藏经》校云："'三'一作'五'。"杨曾文《新版敦煌新本六祖坛经》附编校写本作"五"，《〈曹溪大师传〉及其在中国禅宗史上的意义》校改亦作"五"，作"五"为是。

〔二〕因缘和合故动："故动"，《续藏经》本"故"下有"合"字，校云："一无'合'字。"杨曾文《新版敦煌新本六祖坛经》附编校写本及《〈曹溪大师传〉及其在中国禅宗史上的意义》校文"故"下无"合"字，无"合"为是。

〔三〕众人净议：《续藏经》本、杨曾文《新版敦煌新本六祖坛经》附编校写本皆作"论"，杨曾文《〈曹溪大师传〉及其在中国禅宗史上的意义》校文改作"议"，作"论"为是。

〔四〕仁者心自动耳：《续藏经》、杨曾文《新版敦煌新本六祖坛经》附编校写本"仁者"作"人者"。《续藏经》本校云："'人'疑'仁'。"杨曾文《新版敦煌新本六祖坛经》附编校写本作"人者"，《〈曹溪大师传〉及其在中国禅宗史上的意义》校注改作"仁者"，校者按云："原作'人者'。"作"仁者"为是。

〔五〕至明日讲次欲毕：《续藏经》本校云："一无'至'字。"

〔六〕如何佛性是不二之法：《续藏经》本、杨曾文《新版敦煌新本六祖坛经》附编校写本作"如何"，《〈曹溪大师传〉及其在中国禅宗史上的意义》校文改作"云何"。作"如何"为是。

〔七〕印宗闻斯解说："解说"，杨曾文《〈曹溪大师传〉及其在中国禅宗史上的意义》校注云："原误作'解脱'。"

仪凤元年正月十七日，印宗与能大师剃发落。二月八日，于法性寺受戒。戒坛是宋朝求那跋摩三藏所置。当时遥记云："于后当有罗汉登此坛，有菩萨于此受戒。"今能大师受戒，应其记也（出《高僧录》）。

能大师受戒，和尚西京总持寺智光律师，羯磨阇梨苏州灵光寺惠静律师，教授阇梨荆州天皇寺道应律师。后时，三师皆于能大师所学道，终于曹溪。其证戒大德，一是中天竺多罗律师，二是密多三藏。此二大德，皆是罗汉，博达三藏，善中边言。印宗法师请为尊证也。又萧梁末，有真谛三藏，于坛边种菩提树两株，告众僧曰："好看此树，于后有菩萨僧于此树下演无上乘。"于后能大师于此树下坐，为众人开东山法门，应真谛三藏记也（出《真谛三藏传》）。

其年四月八日，大师为大众初开法门，曰："我有法，无名无字，无眼无耳，无身无意，无言无示，无头无尾，无内无外，亦无中间，不去不来，非青黄赤白黑，非有非无，非因非果。"大师问众人:"此是何物?"大众两两相看,不敢答。时有荷泽寺小沙弥神会,年始十三,答:"此是佛之本源〔一〕。"大师问云:"何是本源?"沙弥答曰:"本源者,诸佛本性。"大师云:"我说无名无字,汝云何言佛性有名字?"沙弥曰:"佛性无名字,因和上问,故立名字。正名字时,即无名字。"大师打沙弥数下。大众礼谢曰:"沙弥小人,恼乱和上。"大师云:"大众且散去,留此饶舌沙弥。"至夜间,大师问沙弥:"我打汝时,佛性受否?"答云:"佛性无受。"大师问:"汝知痛否?"沙弥答:"知痛。"大师问:"汝既知痛,云何道佛性无受?"沙弥答:"岂同木石! 虽痛而心性不受。"大师语沙弥曰:"节节支解时,不生嗔恨,名之无受。我忘身为道,踏碓直至跨脱,不以为苦,名之无受。汝今被打,心性不受。汝受诸触如智证,得真正受三昧。"沙弥密受付嘱。大师出家开法受戒,年登四十。印宗法师请大师归制旨寺。今广州龙兴寺经藏院是大师开法堂。法师问能大师曰:"久在何处住?"大师云:"韶州曲江县南五十里曹溪村故宝林寺〔二〕。"法师讲经了,将僧俗三千余人送大师归曹溪,因兹广阐禅门,学徒千万〔三〕。

〔一〕此是佛之本源:《续藏经》本"是"作"之"。

〔二〕韶州曲江县南五十里曹溪村故宝林寺:《续藏经》本"曲江县"作"曲县"。杨曾文《〈曹溪大师传〉及其在中国禅宗史上的意义》校文改作"曲江县",校注云:"原本作'曲县'。"作"曲江县"为是。

〔三〕学徒千万:《续藏经》本"千"作"十",校云:"'十'一本作'千'。"杨曾文《新版敦煌新本六祖坛经》附编校写本、《〈曹溪大师传〉及其在中国禅宗史上的意义》校文皆作"千",作"千"为是。

至神龙元年正月十五日,敕迎大师入内。表辞不去。高宗大帝敕曰〔一〕:

朕虔诚慕道,渴仰禅门,召诸州名山禅师,集内道场供养,安、秀二德,最为僧首。朕每咨求,再推南方有能禅师,密受忍大师记〔二〕,传达磨衣钵,以为法信,顿悟上乘,明见佛性。今居韶州曹溪山,示悟众生,即心是佛。朕闻如来以心传心,嘱付迦叶,迦叶辗转相传,至于达磨,教被东土,代代相传,至今不绝。师既禀承有依,可往京城施化,缁俗归依,天人瞻仰。故遣中使薛简迎师,愿早降至。

神龙元年正月十五日下。

〔一〕高宗大帝敕曰:"高宗",杨曾文《〈曹溪大师传〉及其在中国禅宗史上的意义》校注云:"应为'中宗'。中宗于神龙元年即位。"

〔二〕密受忍大师记:《续藏经》本"记"下有"传"字,校云:"'传'字疑衍。"杨曾文《新版敦煌新本六祖坛经》附编校写本、《〈曹溪大师传〉及其在中国禅宗史上的意义》校文"记"下皆无"传"字,"传"字衍。

韶州曹溪山释迦惠能《辞疾表》:

惠能生自偏方,幼而慕道,叨为忍大师嘱付如来心印,传西国衣钵,授东土佛心。奉天恩遣中使薛简，召能入内。惠能久处山林，年迈风疾。陛下德包物外，道贯万民，育养苍生，仁慈黎庶，旨弘大教，钦崇释门。恕惠能居山养疾，修持道业，上答皇恩，下及诸王太子。谨奉表。

释迦惠能顿首顿首。

中使薛简问大师："京城大德禅师教人，要假坐禅。若不因禅定解脱得道，无有是处。"大师云："道由心悟，岂在坐耶！《金刚经》：若人言如来若坐若卧，是人不解我所说义。如来者，无所从来，亦无所去。故名如来。无所从来曰生，亦无所去曰灭，若无生灭，而是如来清净禅，诸法空即是坐。"大师告言中使："道毕竟无得无证，岂况坐禅。"薛简云："简至天庭，圣人必问。伏愿和上指授心要，将传圣人及京城学道者，如灯转照，冥者皆明，明明无尽。"大师云："道无明暗，明暗是代谢之义。明明无尽，亦是有尽，相待立名。《净名经》云：法无有比。无相待故。"薛简云："明譬智慧，暗喻烦恼，修道之人，若不用智慧照生死烦恼〔一〕，何得出离？"大师云："烦恼即菩提，无二无别。汝见有智慧为能照，此是二乘见解。有智之人，悉不如是。"薛简云："大师，何者是大乘见解？"大师云："《涅盘经》云：明与无明，凡夫见二，智者了达其性无二，无二之性，即是实性。实性者即是佛性。佛性在凡夫不减，在贤圣不增，在烦恼而不垢，在禅定而不净，不断不常，不来不去，亦不中间及内外，不生不灭，性相常住，恒不变易。"薛简问："大师说不生不灭，何异外道？ 外道亦说不生不灭。"大师答曰："外道说不生不灭，将生止灭，灭犹不灭，我说本自无生，今即无灭，不同外道，外道无有奇特，所以有异。"大师告薛简曰："若欲将心要者，一切善恶都无思量，心体湛寂，应用自在。"薛简于言下大悟，云："大师，今日始知佛性本自有之，昔日将为大远；今日始知至道不遥，行之即是；今日始知涅盘不远，触目菩提；今日始知佛性不念善恶，无思、无念、无知、无作不住；今日始知佛性常恒不变〔二〕，不为诸惑所迁〔三〕。"中使薛简礼辞大师。将表赴京。

〔一〕若不用智慧照生死烦恼："智慧"，杨曾文《新版敦煌新本六祖坛经》附编校写本作"智惠"，《续藏经》本作"智慧"。杨曾文《〈曹溪大师传〉及其在中国禅宗史上的意义》校注云："原本作'智惠'，现皆改为'智慧'。"作"智慧"为是。

〔二〕今日始知佛性常恒不变：《续藏经》本"恒"作"住"。杨曾文《新版敦煌新本六祖坛经》附编校写本、《〈曹溪大师传〉及其在中国禅宗史上的意义》校文作"恒"，作"恒"为是。

〔三〕不为诸惑所迁：《续藏经》本"惑"作"恶"。杨曾文《新版敦煌新本六祖坛经》附编校写本、《〈曹溪大师传〉及其在中国禅宗史上的意义》校文作"惑"，作"惑"为是。

高宗大帝赐磨衲袈裟一领及绢五百疋〔一〕。敕书曰：

敕：师老疾为朕修道，国之福田。师若净名托疾，金粟阐弘大大法〔二〕，传诸佛心，谈不二之说，杜口毗耶，声闻被呵，菩萨辞退。师若此也，薛简传师指授如来智见，善恶都莫思量，自然得入心体，湛然常寂，妙用恒沙。朕积善余庆，宿种善因，得值师之出世，蒙师惠顿上乘佛心第一。朕感荷师恩〔三〕，顶戴修行，永永不朽。奉磨衲袈裟一领、绢五百疋。供养大师。

神龙三年四月二日下。

〔一〕高宗大帝赐磨衲袈裟一领及绢五百疋："高宗"，杨曾文《〈曹溪大师传〉及其在中国禅宗史上的意义》校注云："应为中宗。"

〔二〕金粟阐弘大大法：《续藏经》本校云："弘大"，"一无'大'字"。杨曾文《新版敦煌新本六祖坛经》附编校写本、《〈曹溪大师传〉及其在中国禅宗史上的意义》校文作"弘大"作"弘"，"弘大"作"弘"为是。

〔三〕朕感荷师恩：杨曾文《〈曹溪大师传〉及其在中国禅宗史上的意义》校"感"作"咸"，误，当作"感"为是。《续藏经》本、杨曾文《新版敦煌新本六祖坛经》附编校写本作"感"。

又，神龙三年十一月十八日，敕下韶州百姓，可修大师中兴寺佛殿及大师经坊，赐额为法泉寺。大师生缘新州故宅为国恩寺。

延和元年，大师归新州修国恩寺。诸弟子问："和上修寺去，卒应未归〔一〕。此更有谁堪谘问？"大师云："翁山寺僧灵振，虽患脚跛，心里不跛。门人谘请振说法。"又问："大师何时得归？"答曰："我归无日也。"大师在日，景云二年先于曹溪造龛塔，后先天二年七月，廊宇犹未毕功，催令早了，吾当行矣。门人犹未悟意。某年八月，大师染疾。诸门人问："大师，法当付嘱阿谁？"答："法不付嘱，亦无人得。"神会问："大师，传法袈裟云何不传？"答云："若传此衣，传法之人短命。不传此衣，我法弘盛。留镇曹溪，我灭度七十年后，有东来菩萨，一在家菩萨，修造寺舍；二出家菩萨。重建我教。"门徒问大师曰："云何传此衣短命？"答曰："吾持此衣，三遍有刺客来取吾命，吾命若悬丝〔二〕。恐后传法之人被损，故不付也。"大师力疾劝诱徒众，令求道忘身，唯勉加行。直趣菩提。某月三日。奄然端坐迁化。春秋七十有六。

〔一〕卒应未归：《续藏经》校云："'未'疑'不'，一本作'来'。"

〔二〕吾命若悬丝：《续藏经》本"若"作"如"。杨曾文《新版敦煌新本六祖坛经》附编校写本、《〈曹溪大师传〉及其在中国禅宗史上的意义》校文作"若"。

灭度之日，烟云暴起，泉池枯涸，沟涧绝流，白虹贯日。岩东忽有众鸟数千，于树悲鸣。又寺西有白气如练，长一里余，天色清朗，孤然直上，经于五日乃散。复有五色云，见于西南。是日西方无云〔一〕，忽有数阵凉风，从西南飘入寺舍。俄而香气氛氲，遍满廊宇。地皆振动，山崖崩颓。大师新州亡广果寺，寺西虹光三道，经于旬日。又寺前城头庄，有虹光经一百日。众鸟悲鸣，泉水如稠泔汁，不流数日。

〔一〕是日西方无云：《续藏经》本"西"作"四"。杨曾文《新版敦煌新本六祖坛经》附编校写本、《〈曹溪大师传〉及其在中国禅宗史上的意义》校文作"西"，作"西"为是。

又翁山寺振禅师于房前与众人夜间说法，有一道虹光，从南来入房。禅师告众人曰："和上多应新州亡也。此虹光是和上之灵瑞也。"新州寻有书报亡，曹溪门徒发哀，因虹光顿谢，泉水渐流。书至翁山，振禅师闻哀，设三七斋，于夜道俗毕集，忽有虹光从房而出，振禅师告众人曰："振不久住也。经云：大象既去，小象亦随。"其夕中夜，卧右胁而终也。

曹溪门人迎大师全身归曹溪，其时首领不肯放，欲留国恩寺起塔供养。时门人僧崇一等，见刺史论理，方还曹溪。大师头颈，先以铁鍱封裹，全身胶漆。其年十一月十三日，迁神入龛。至开元二十七年，有刺客来取头，移大师出庭中〔一〕，刀斩数下。众人唯闻铁声，惊觉，见一孝子奔走出寺，寻迹不获〔二〕。

〔一〕移大师出庭中：《续藏经》本"移"上有"头"字，校云："一无'头'字。"杨曾文《新版敦煌新本六祖坛经》附编校写本、《〈曹溪大师传〉及其在中国禅宗史上的意义》校文无"头"字，无"头"字为是。

〔二〕寻迹不获：《续藏经》本、杨曾文《新版敦煌新本六祖坛经》附编校写本作"迹。"作"迹"为是。杨曾文《〈曹溪大师传〉及其在中国禅宗史上的意义》校文作"趍"，校云："原本作'迩'字。"作"迹"为是。

大师在日，受戒开法度人三十六年，先天二年壬子岁灭度〔一〕，至唐建中二年，计当七十一年。其年，众请上足弟子行滔守所传衣。经四十五年〔二〕，有殿中侍御史韦据，为大师立碑。后北宗俗弟子武平一，开元七年磨却韦据碑文，自着武平一文。开元十一年，有潭州瑝禅师，曾事忍大师，后时归长沙禄山寺。常习坐禅，时时入定，远近知闻。时有大荣禅师，住曹溪事大师，经三十年。大师常语荣曰："汝化众生得也。"荣即礼辞归北，路过瑝禅师处，荣顶礼问瑝曰："承和上每入定，当入定时，为有心耶？为无心耶？若有心，一切众生有心应得入定；若无心，草木、瓦砾亦应入定。"瑝答曰："我入定，无此有无之心。"荣问曰〔三〕："若无有无之心，即是常定，常定即无出入。"瑝即无对。瑝问："汝从能大师处来，大师以何法教汝？"荣答曰："大师教荣不定、不乱、不坐、不禅，是如来禅。"瑝于言下便悟，云〔四〕："五蕴非有，六尘体空。非寂、非照、离有、离空，中间不住，无作、无功，应用自在，佛性圆通。"叹曰："我三十年来，空坐而已。"往曹溪，归依大师学道。世人传：瑝禅师三十年坐禅，近始发心修道。景云二年，却归长沙旧居，二月八日夜悟道，其夜空中有声，告合郭百姓，瑝禅师今夜得道，皆是能大师门徒也。

〔一〕先天二年壬子岁灭度：杨曾文《〈曹溪大师传〉及其在中国禅宗史上的意义》校注云："'壬子'应改为'癸丑'。"

〔二〕经四十五年：《续藏经》本"四十五"作"三十五"。杨曾文《新版敦煌新本六祖坛经》附编校写本、《〈曹溪大师传〉及其在中国禅宗史上的意义》校文作"四十五"。

〔三〕荣问曰:《续藏经》本"问"作"答"杨曾文《新版敦煌新本六祖坛经》附编校写本、《〈曹溪大师传〉及其在中国禅宗史上的意义》校文作"问",作"问"为是。

〔四〕云:《续藏经》本"云"作"去",校云:"'去'一作'云'。"杨曾文《新版敦煌新本六祖坛经》附编校写本、《〈曹溪大师传〉及其在中国禅宗史上的意义》校文作"云",作"云"为是。

　　上元二年〔一〕,广州节度韦利见奏僧行滔及传袈裟入内,孝感皇帝依奏,敕书曰:

　　敕:曹溪山六祖传袈裟及僧行滔并俗弟子韦利〔二〕,见令水陆给公乘。随中使刘楚江赴上都。

　　上元二年十二月十七日下〔三〕。

〔一〕上元二年:杨曾文《〈曹溪大师传〉及其在中国禅宗史上的意义》校注云:"据下述行滔乾元二年上表,应为乾元元年。"

〔二〕曹溪山六祖传袈裟及僧行滔并俗弟子韦利:杨曾文《新版敦煌新本六祖坛经》附编校写本、《〈曹溪大师传〉及其在中国禅宗史上的意义》校文此句,"传袈裟"作"传法袈裟","韦利"作"五人,利"。"韦""五人"形近,当是误读所致。

〔三〕上元二年十二月十七日下:"上元二年",杨曾文《〈曹溪大师传〉及其在中国禅宗史上的意义》校注云:"应为乾元元年。"

　　又乾元二年正月一日,滔和上有表辞老疾,遣上足僧惠象及家人永和送传法袈裟入内,随中使刘楚江赴上都。四月八日,得对。滔和上正月十七日身亡,春秋八十九。敕赐惠象紫罗袈裟一对,家人永和别敕赐度配本寺〔一〕,改建兴寺为国宁寺,改和上兰若,敕赐额为宝福寺。又僧惠象随中使刘楚江将衣赴上都讫。

〔一〕家人永和别敕赐度配本寺:《续藏经》本"别"作"州"。杨曾文《新版敦煌新本六祖坛经》附编校写本、《〈曹溪大师传〉及其在中国禅宗史上的意义》校文作"别",作"别"为是。

辞归表

　　沙门臣惠象言:臣偏方贱品,叨篸桑门,乐处山林,恭持圣教。其前件衣钵,自达磨大师已来,转相传授。皆当时海内钦崇,沙界归依,天人瞻仰,俾令后学,睹物思人。臣虽不才,滥承付嘱,一昨奉恩命,敕送天官〔一〕,亲自保持,永无失坠。臣之感荷,悲不自胜。是知大法之衣,万劫不朽,京城缁侣,顶戴而行。然臣师主行滔,久传法印,保兹衣钵,如护髻珠〔二〕。数奉德音,不敢违命。一朝亡殁〔三〕,奄弃明时〔四〕。臣今欲归至彼,启告神灵,宣述圣情,陈进衣改寺之由,叙念旧恤今之状。臣死将万足,不胜涕恋恳欵之至,供奉表辞以闻。

　　沙门惠象诚悲诚恋,顿首顿首谨书。

〔一〕敕送天宫：《续藏经》本"敕"作"勒"。杨曾文《新版敦煌新本六祖坛经》附编校写本、《〈曹溪大师传〉及其在中国禅宗史上的意义》校文作"敕"，作"敕"为是。

〔二〕如护髻珠：《续藏经》本校云："'护'一作'获'。"

〔三〕一朝亡殁：《续藏经》本"亡"作"已"。杨曾文《新版敦煌新本六祖坛经》附编校写本、《〈曹溪大师传〉及其在中国禅宗史上的意义》校文作"亡"，作"亡"为是。

〔四〕奄弃明时：《续藏经》本"时"作"朝"。杨曾文《新版敦煌新本六祖坛经》附编校写本、《〈曹溪大师传〉及其在中国禅宗史上的意义》校文作"时"，作"时"为是。

孝感皇帝批僧惠象表

敕曰：师之师主行滔，戒行清循，德行孤秀。传先师所付衣钵〔一〕。在炎方而保持，亟换岁年，曾不失坠。朕虔诚慕道，发使退求，师绵历畏途，顶戴而送，遂朕恳愿，何慰加之〔二〕。行滔身虽云亡，其神如在。师归至彼，具告厥灵，知朕钦崇〔三〕，永永不朽矣。即宜好去。

又乾元三年十一月二十日，孝感皇帝遣中使程京杞，送和香于能大师龛前供养，宣口敕，焚香，龛中一道虹光，直上高数丈。程使见光，与村人舞蹈，录表奏〔四〕。

〔一〕传先师所付衣钵：《续藏经》本"先师"作"先贤"。杨曾文《新版敦煌新本六祖坛经》附编校写本、《〈曹溪大师传〉及其在中国禅宗史上的意义》校文作"先师"，作"先师"为是。

〔二〕何慰如之：《续藏经》本"如"作"加"。杨曾文《新版敦煌新本六祖坛经》附编校写本、《〈曹溪大师传〉及其在中国禅宗史上的意义》校文作"如"，作"如"为是。

〔三〕知朕钦崇：《续藏经》本"钦"作"叙"。杨曾文《新版敦煌新本六祖坛经》附编校写本、《〈曹溪大师传〉及其在中国禅宗史上的意义》校文作"钦"，作"钦"为是。

〔四〕录表奏：《续藏经》本"奏"作"送"。杨曾文《新版敦煌新本六祖坛经》附编校写本、《〈曹溪大师传〉及其在中国禅宗史上的意义》校文作"奏"，作"奏"为是。

又宝应元皇帝送传法袈裟归曹溪，敕书曰：

（袈裟在京总持寺安置经七年）敕：杨鉴卿久在炎方，得好在否？朕感梦，送能禅师传法袈裟归曹溪。寻遣中使镇国大将军杨崇景顶戴而送。传法袈裟是国之宝，卿可于能大师本寺如法安置，专遣众僧亲承宗旨者守护，勿令坠失。朕自存问。

永泰元年五月七日下。

六祖大师在日及灭度后六种灵瑞传

大师在日，寺侧有瓦窑匠，于水源所煿鸡，水被触秽，旬日不流。大师处分瓦匠，令于水所焚香设斋,稽告才毕,水即通流。

又寺内前后两度经军马,水被触污,数日枯渴。军退散后,焚香礼谢,涓涓供用。

又大师住国宁寺及新州国恩寺,至今两寺并无燕雀乌鸢。

又大师每年八月三日远忌,村郭士女云集,在寺营斋。斋散,众人皆于塔所礼别。须臾之间,微风忽起,异香袭人,烟云覆寺,天降大雨,洗荡伽篮寺,及村,雨即不降。

又大师灭后,法衣两度被人偷将,不经少时,寻即送来,盗者去不得。

又大师灭后,精灵常在,恍恍如睹,龛塔中常有异香,或入人梦。

前后祥瑞,其数非一,年月淹久,书记不尽。

贞十九二月十三日毕〔一〕。

〔一〕贞十九二月十三日毕:"贞十九",杨曾文《〈曹溪大师传〉及其在中国禅宗史上的意义》校注云:"意为贞元十九年。"《续藏经》本无此九字。

书《曹溪大师别传》后

曹溪大师初樵采供亲,一日负薪于市,闻客诵《金刚经》,至应无所住而生其心,感悟,直趋黄梅,诸传所载咸尔。独《坛经》记曰:三鼓入室,祖以窜造作之语,而加恰至二字,原其鄙意,即谓亲从其师言下而悟,亲得其法,乃绍六祖位也。殊不知具无师智,自然智,自得自悟,方堪传受。又云:以袈裟遮围不令人见,其袈裟乃有神通,人之不能见欤?否则但是踏袭世尊于多子塔前命迦叶以僧伽黎围之之语耳。忠国师云:把他《坛经》改换,添糅鄙谈,削除圣意,惑乱后徒,斯论尽矣。昔于东武获《曹溪大师别传》,襄古传教大师从李唐手写赍归,镇藏睿岳,何日流落子院秘之年尚。享保乙巳春,东武儒官山田大介延同学天野丈右卫门,历观京师名区,偶获此宝册,拜写。十袭其家焉。传末有贞元十九二月十九日毕天台最澄封之字,且搭朱印三个,刻比睿寺印四字。贞元十九当日本延历二十年乙酉也。大师迁寂乃唐先天二年,至于贞元十九年,得九十一年。谓《坛经》古本湮灭已久,世流布本宋后编修,诸传亦非当时撰。唯此传去大师谢世不远,可为实录也。而与诸传及《坛经》异也。然捡黄梅传法一事,师资唱酬,机缘如此,实可尊信哉。乃前疑方消,竺仙评论亦有验,惜乎失编者之名,考请来进官录,曰《曹溪大师传》一卷是也。呜呼!何幸假鸿德乎!千年旧物流于吾桑域,是国之宝也。仍欲垂不朽,授之歙厥氏云。

宝历十二年壬午夏四月,祖芳谨识。

释灌顶《天台智者大师别传》述略

——兼及中古沙门传"圣俗""虚实"问题探析

李永添

内容摘要：《天台智者大师别传》，一卷，是隋释灌顶追忆智颛大师生平事迹而写成。关于《天台智者大师别传》，入藏，《隋书·经籍志》等史志目录无录，见于宋元《碛砂藏》、明《洪武藏》《永乐北藏》《永乐南藏》、清《乾隆藏》以及日本《大正藏》。《大唐内典录》《阅藏知津》等佛教内典录对其归属和分类较为含混，后被认定为佛教史传作品。据传文末所收录"大业元年二月二十日，土人张子达母俞氏，年登九十"①为传文中最晚的时间信息，加之以灌顶为之作传的迫切心境，或成书于大业元年（605）二月之后不久。与《史记》《汉书》等正史不同，以《天台智者大师别传》为代表的佛教沙门传，在处理"圣俗""虚实"问题时，充分考虑传主超凡入圣而又扎根世俗的特质，采用虚实参半的艺术手法，以达到标榜世人和宣扬佛教的双重目的。

关键词：《天台智者大师别传》　灌顶　沙门传　神圣修辞

基金项目：国家社会科学基金重大项目"中国古代杂传叙录、整理与研究"（项目批准号：20&ZD267）

作者简介：李永添，德州学院文学与历史文化学院讲师。研究领域：中国古代传记文学与文献、中国小说史与文献。

　　杨坚代周建隋，在统一全国后继续扶持佛教发展。随着国家的统一，政局稳定，经济复苏，南北佛教思想观念开始融合。建隋之初，杨坚便对度僧采取了非常宽松的政策，《隋书·经籍志四》卷三十五云："开皇元年，高祖普诏天下，任听出家"②，另《续高僧传》卷十《释靖嵩传》又云："开皇十年，敕僚庶等有乐出家者并听。时新度之僧乃有五十余万，

---

① ［隋］灌顶：《天台智者大师别传》，高楠顺次郎等编：《大正新修大藏经》（第50册），新文丰出版公司1975年，第197页。（以下所引皆为此版本）
② ［唐］魏徵等：《隋书》，中华书局2000年，第732页。

爰初沐化,未曰知津。"①不仅如此,隋文帝还大肆兴建佛教寺庙,《续高僧传》卷十五末云:"隋高荷负在躬,专弘佛教。开皇伊始,广树仁祠,有僧行处,皆为立寺。"②卷十八《释昙迁传》又云:"(仁寿)二年春,下敕于五十余州分布起庙,具感祥瑞,如别传叙之。四年,又下敕于三十州造庙,遂使宇内大州一百余所皆起灵塔。劝物崇善,迁实有功。"③而杨广对佛教多是利用其巩固自身统治,在位晋王时期就已经开始广泛结交名僧,笼络佛教领袖人物,大大提高了自身在宗教界的地位。隋开皇十一年(591),杨广为晋王时,曾请天台宗大师智顗为授菩萨戒,称智顗为"尊者",在智顗去世后又遵其遗愿,大力扶持天台宗。

经过隋朝文、炀两帝对佛教的扶持,中土佛教从北周武帝灭佛的阴霾中走了出来。伴随着佛教的再度振兴,沙门传创作也较之北朝有所发展,其中以释灌顶《天台智者大师别传》最为著名。

一、《天台智者大师别传》的著录、作者及成书

《天台智者大师别传》一卷,又称《隋天台智者大师别传》《天台智者师别传》《天台智者别传》,隋释灌顶撰。《隋书·经籍志》等史志目录无录。《大唐内典录》卷五"隋朝传译佛经录"、《阅藏知津》卷四十二《杂藏·此方撰述·天台》均有著录,现存于宋元《碛砂藏》、明《洪武藏》《永乐北藏》《永乐南藏》、清《乾隆藏》以及日本《大正藏》"史传部"。

关于《天台智者大师别传》归属和性质的说法一直较为含混。无论是唐道宣《大唐内典录》将其归入"隋朝传译佛经录",抑或是明释智旭《阅藏知津》将其归入天台宗内,均是将此传与佛经、杂论混淆著录。不仅佛经目录中关于本传的归类含混不清,在入藏时候亦是如此。或是由于智顗在天台宗地位举足轻重,故而《频伽藏》并未将《天台智者大师别传》归入"传记部",而是归入"诸宗部(阳十一)",《永乐北藏》《乾隆藏》亦是将其笼统归入"此土著述",并未明确划分。直至日本高楠正次郎等编纂《大正新修大藏经》时才将其放置于"史传部",对《天台智者大师别传》的传记性质有了一个较为清晰的认定。汤用彤在《隋唐佛教史稿》中将"史地编著"分为七类,其中"僧传类"便将《天台智者大师别传》收录在内,刘保金《中国佛典通论》也将其纳入"史地著作"类,默认此传为佛教史传作品。其实,《天台智者大师别传》的传记文学属性相当明显,然而古代佛教内典录并未设置"传记文学"一类与之对应,其"传记类"的定位自近代以来才明晰起来。

传主天台智者大师智顗是佛教天台宗创始人,《续高僧传》卷十七有传。隋炀帝杨广经智顗授菩萨戒后,赠予其"智者"称号,故世称"智者大师"。据唐道宣《续高僧传》载,智

---

①　[唐]道宣撰,郭绍林点校:《续高僧传》,中华书局2014年,第338-339页。(以下所引皆为此版本)

②　《续高僧传》,第549页。

③　《续高僧传》,第666页。

颛于隋开皇十七年（597）圆寂，开皇二十一年（601）开府柳顾言来天台山访问智者大师"俗家桑梓，入道缘由"①，由释灌顶回忆其师智颛生平而写成此传。据文末十条文字信息中的其八，云："大业元年二月二十日，土人张子达母俞氏年登九十"②为传文中最晚的时间信息。加之以灌顶感慨智颛"俗家桑梓，入道缘由，皆不能识。"③为之作传的迫切心境，因此，此传或成书于大业元年（605）二月之后不久，此时距智颛大师圆寂已有八年之久。

灌顶，《续高僧传》卷十九有传，据本传所载"贞观六年八月七日，终于国清寺房，春秋七十有二。"④由此倒推其出生于陈天嘉三年（562）。灌顶，字法云，祖籍常州义兴（今江苏省宜兴市），俗家姓吴，祖辈迁至临海章安。父亲早逝，由母亲独自抚养长大。七岁时，灌顶拜摄静寺慧拯为师，"日进文词，玄儒并骛，清藻才绮，即誉当时"⑤，于二十岁受具足戒。慧拯圆寂后，灌顶往天台山修行，于陈至德元年（583）拜师智颛，研习教观。隋开皇八年（588），晋王杨广渡江逼降陈后主，陈亡。陈亡之后，灌顶随智颛南游，《续高僧传》卷十九云："胜地名山，尽皆游憩。三宫庐阜九向衡峰，无不揖迹……依迎，访问遗逸。"⑥隋开皇十一年（591），应晋王杨广之邀，陪同智者大师至扬州禅众寺讲经。不久便随大师至当阳县（今当阳市）玉泉山立寺讲经。开皇十五年（595），灌顶陪同智者大师至扬州，次年返还天台山。至开皇十七年（597），智者大师现疾，灌顶"瞻侍晓夕，艰劬尽心"⑦。智者大师圆寂后，灌顶将智者大师遗书上呈杨广⑧，杨广为"智者设千僧斋，置国清寺"⑨。隋大业年间，灌顶备受杨广知遇，于唐贞观六年（632）圆寂于国清寺，享年七十二岁。据《大唐内典录》载，灌顶共有"《舍宝舍身详诸别录》、《四念处观》（四卷）、《天台山国清寺百录》（五卷）、《金光明行法》、《修禅证相口诀》、《天台智者师别传》、《杭州真观法师别传》"七部十三卷。《佛祖统纪》又有"《涅槃玄义》（二卷）、《涅槃经疏》（一十卷，荆溪治定十五卷，今十八卷）、《观心论疏》（二卷慈云目录云考其所说知入品位然江浙名流或云疑伪）、《智者别传》（一卷）、《国清百录》（五卷别传百录是大师始终化迹）、《八教大意》（一卷）、《南岳记》（一卷亡）、《真观法师传》（一卷亡）"共二十卷。其中，《真观法师传》传主为杭州灵隐山天竺寺释真观，此传或作于《天台智者大师别传》之前。

自灌顶于陈至德元年（583）拜师，至开皇十七（597）年智颛圆寂，灌顶跟随智颛大师

① 《天台智者大师别传》，第 197 页。
② 《天台智者大师别传》，第 197 页。
③ 《天台智者大师别传》，第 197 页。
④ 《续高僧传》，第 718 页。
⑤ 《续高僧传》，第 716 页。
⑥ 《续高僧传》，第 716 页。
⑦ 《续高僧传》，第 717 页。
⑧ 智者大师在《赴晋王召道病遗书告别》中言："不见寺成，瞑目为恨"。晋王杨广（后为隋炀帝）见书后，极为感动，便派司马王弘监造国清寺。国清寺取名于"寺若成，国即清"之义。
⑨ 《续高僧传》，第 717 页。

十余年时间。可以说，灌顶对智颛大师中晚年的人生经历较为熟稔，而有关智颛早年、青年的经历则是大多间接来源于传闻或其他史料，由于这些史料来源则并非灌顶所亲历的，因而更大程度上掺杂了想象和虚构成分。全文笔法婉丽，通篇以四字句为主，更兼有骈句，对仗工整。其中，如"照了法华，若高辉之临幽谷；达诸法相，似长风之游太虚""扬簸慧风，则糠秕可识。淘汰定水，故砂砾易明""朱轮动于路，玉佩喧于席"①之句，对仗工整，不胜枚举。

隋唐时期以隋天台大师智颛为传主的沙门传，除灌顶《天台智者大师别传》外，仍流传有五种。据北宋昙照为《天台智者大师别传》作注所云："四本不同，一章安所记，二玉泉法论所记，三会稽智果所记，四终南山龙田寺法琳所记。此四人皆大师弟子，唯章安所述流行于世，余三绝闻，惜哉亡矣。"《国清百录》序文亦有："先师神光而生，结跏而灭，处证妙法，出作帝师，备是诸宫法论、会稽智果、国清灌顶等三传所载。"②可见，智颛圆寂后，其徒章安灌顶、玉泉法论、会稽（今浙江省绍兴市）智果、终南山法琳均有为其作传之举，但法论、智果、法琳所作传记在宋代或者宋前便已亡佚，难得一见，仅有灌顶所作得以流传。四部《天台智者大师别传》中，灌顶、法论、智果出于隋，法琳出于唐。在昙照为《天台智者大师别传》作注之前，曾有北宋吴兴合溪（今浙江省湖州市吴兴区埭溪镇）广福寺智谌法师为此传作笺注，但惜已亡佚。仅有昙照于北宋宣和三年（1121），为使"祖师行业光昭于万世"传之无穷，乃依据《隋书》《续高僧传》《国清百录》《玉泉行状碑》等书为《天台智者大师别传》作注留存至今。其后附有梁肃《天台智者大师传论》、唐颜真卿《天台智者大师画赞》二文，今存于日本《卍续藏经》"中土撰述 史传部"。《传教大师将来台州录》又有道证《天台智者大师别传》，《大唐国法华宗章疏目录》有颜真卿《智者大师传》。灌顶《隋天台智者大师别传》前文叙已详，兹将法论、智果、法琳、道证、颜真卿等外五种叙录如下。

（1）《智者大师传》，隋释法论撰，见于北宋昙照《天台智者大师别传注》卷一，其云"玉泉法论所记"。诸目录书无录，或北宋时已不可见。释法论，俗家姓孟，南郡人，《续高僧传》卷九"义解类"有"隋东都内慧日道场释法论传"，云其"博通内外，词理锋挺""崇尚文府""外涉玄儒"，颇受文帝、炀帝倚重，后随炀帝至洛阳，不久而终，卒年七十八岁。此外，法论曾担忧高僧大德事迹难以流传而为僧人作传。传云："缵叙名僧，将成卷帙，未就而卒"。或《智者大师传》为法论"缵叙名僧"的部分内容。据《续高僧传》，智颛本为"答生地恩"于当阳县玉泉山立精舍，戒场讲坐，听众甚多，或于此时法论拜师智颛。原书亡佚。

---

① 《天台智者大师别传》，第 793-824 页。
② ［隋］灌顶：《国清百录》，高楠顺次郎等编：《大正新修大藏经》（第 46 册），新文丰出版公司 1975 年，第 793 页。

（2）《智者大师传》，隋释智果撰，见于北宋县照《天台智者大师别传注》卷一，其云"会稽智果所记"。释智果，会稽剡县（今浙江省嵊州市）人，《续高僧传》卷三十"杂科声德篇"有"隋东都慧日道场释智果传"，传云智果"率素轻清，慈物在性"，又"颇爱文笔"，因违逆晋王杨广诏令而囚困江都，"令守宝台经藏"。杨广为太子后，智果作《太子东巡颂》而被释，卒于东都，享年六十余岁。原书亡佚。

（3）《智者大师传》，唐释法琳撰，见于北宋县照《天台智者大师别传注》卷一，其云"终南山龙田寺法琳所记"，又《续高僧传》卷十七《隋国师智者天台山国清寺释智颛传》篇末云："终南山龙田寺沙门法琳，夙预宗门，亲传戒法。以德音遐远，拱木俄森，为之行传，广流于世"①。可见，法琳因感慨"德音遐远"而为智者大师作传。释法琳，俗家姓陈，颍川（主体部分在今河南省禹州市）人，《续高僧传》卷二四"护法类"有"唐终南山龙田寺释法琳传"。传云，法琳"游猎儒释，博综词义"，在唐初佛、道论衡中，因护佛教正法而多次忤逆皇帝。法琳所撰《智者大师传》，原书亡佚。

（4）《天台智者大师别传》一十二纸，道证撰，见于《传教大师将来台州录》。道证，诸书无传，生平不详。原书散佚。

（5）《智者大师传》一卷，唐颜真卿撰，见于《新编诸宗教藏总录》卷一，云"《智者大师传》一卷　颜真卿述"。颜真卿，《新唐书》卷一五三有传。原书散佚。

5 种智颛传记，具体成书时间均不详，大多作于隋朝或初唐时期。

二、虚实之间：智颛大师的"真我"与"神化"

如前文所言，智者大师于开皇十七年（597）圆寂，灌顶于四年后，即开皇二十一年受柳顾言之邀为智颛作传。灌顶对中晚年时期的智者大师生活经历较为熟悉，然而关于智者大师早年的生活经历，则多是依据传闻所写，其中不乏想象的内容，又或者灌顶为其师作传，为夸大佛教灵验而进行一些夸张描写。无论是史料本身的虚构性质，抑或是灌顶主观夸张描写，对于传记文学而言，其真实性均会大打折扣。当然，从唯物史观的角度来看，《天台智者大师别传》中真实与虚构的成分较容易区分。

其中，笔者梳理《天台智者大师别传》的时间线索发现，该传主要描写了智颛七岁结佛缘，十八岁出家修道，拜师慧思禅师，居瓦官寺讲《法华经》，于陈太建七年（575）住天台山，后受朝廷尊奉为杨广授"菩萨戒"，最后开皇十七年圆寂的生平经历。大致看来，灌顶按照智颛的生平线索，以近乎编年的形式撰述其一生，当是一种写实。

然而细究之，不难发现，智颛大师每一段真实的历史生平背后，均包含灌顶的合理想象成分。故将智颛人生轨迹分段叙述如下。

---

① 《续高僧传》，第 635 页。

(一)出家前

灌顶在为其师作传时,融入了中国本土的"梦感"思想。所谓梦感,或称梦应,是指与神明在梦中呼应,有所感通的超自然现象。写灌顶降生之前,"母徐氏温良恭俭,偏勤斋戒,梦香烟五彩,轻浮若雾,萦回在怀,欲拂去之,闻人语曰:'宿世因缘,寄托王道,福德自至,何以去之?'又梦吞白鼠,因觉体重。至于载诞,夜现神光,栋宇焕然,兼辉邻室"①。传中此段与中土梦应观念相类似。据史传文学和小说记载,中国历史上贤人或帝王在出生前会伴有瑞相,如《汉武帝别国洞冥记》云:"汉武帝未诞之时,景帝梦一赤彘从云中直下,入崇兰阁。帝觉而坐于阁上,果见赤气如烟雾来蔽户牖。望上,有丹霞蓊郁而起,乃改崇兰阁为猗兰殿。后王夫人诞武帝于此殿"②,《新唐书》卷二百二《李白传》云:"白之生,母梦长庚星,因以命之。"③在佛经中亦有相类现象,《修行本起经》云:"梦见空中有乘白象,光照悉照天下。弹琴鼓乐,弦歌之声,散花烧香。"④当然,传中这种描写并未像佛陀降生那样夸张和渲染,但是不难看出,这种想象内容是将中土的神话传说融入其中了的。

与中国本土叙事文学相呼应,灌顶创作《天台智者大师别传》时记录了智颉出生后亦有不同常人的特征,诸如"眼有重瞳"异于常人的形貌,"诸僧口授《普门品》,初启一遍即得"⑤的超强记忆力,等等。尤其是智颉十五岁时,感慨家国衰亡而欲出家,梦见佛陀点化之事,云"既精诚感通,梦彼瑞像飞临宅庭,授金色手,从窗隙入三遍摩顶"⑥,又拜佛时恍然如梦"见极高山临于大海,澄渟蓊郁,更相显映。山顶有僧招手唤上,须臾申臂至于山麓,接引令登,入一伽蓝,见所造像在彼殿内,梦里悲泣而陈所愿:'学得三世佛法,对千部论师,说之无碍不唐世间四事恩惠。'申臂僧举手指像而复语云:'汝当居此,汝当终此。'"⑦无论是前者佛像摩顶点化,还是后者梦中僧人为其预示未来,均预示了智颉在佛教中的成就以及定居天台山、圆寂于天台山之事,为后文埋下伏笔。

(二)居天台山前

智颉拜师思禅师一段则较多掺入佛教轮回思想。《天台智者大师别传》云:"先师遥餐风德,如饥渴矣……初获顶拜,思曰:'昔日灵山同听《法华》,宿缘所追,今复来矣',即

① 《天台智者大师别传》,第191页。
② [汉]郭宪:《汉武帝别国洞冥记》,《阳山顾氏文房小说》,北京图书馆古籍出版编辑组:《北京图书馆古籍珍本丛刊》(第84册),书目文献出版社1988年,第459页。
③ [宋]欧阳修、宋祁:《新唐书》,中华书局1975年,第5762页。
④ [汉]竺大力、康孟详译:《修行本起经》,中华书局1988年,第331页。
⑤ 《天台智者大师别传》,第191页。
⑥ 《天台智者大师别传》,第191页。
⑦ 《天台智者大师别传》,第191页。

示普贤道场，为说四《安乐行》。"①作者借思禅师之口，讲述智颛拜师的渊源，既融合了佛教因缘轮回思想，亦描绘出智颛佛缘深厚。

智颛居瓦官寺讲《法华经》一节同样饶有趣味：

> 仪同沈君理请住瓦官开《法华》经题，敕一日停朝事，群公毕集。金紫光禄王固、侍中孔焕、尚书毛喜、仆射周弘正等朱轮动于路，玉佩喧于席，俱服戒香，同餐法味。小庄严寺慧荣负水轻诞，其日扬眉舞扇，扇便堕地，双构巨难难不称捷，合掌叹曰："非禅不智今之法座乎。"②

此段文字简洁而富有表现力，如"朱轮动于路，玉佩喧于席"，短短十字，便通过视觉与听觉的描写，将高官显贵前往听经时的豪华排场生动地展现出来，用词精炼且画面感十足。"俱服戒香，同餐法味"则运用通感手法，将抽象的佛法感受具象化为嗅觉和味觉体验，让读者更易感知众人沉浸佛法的状态，增强了文字的感染力与艺术效果。虽无复杂的长篇叙事，但情节发展张弛有度。从邀请高僧讲经、皇帝敕令群臣听经的庄重开篇，营造出严肃而盛大的氛围，到慧荣轻慢出场制造冲突，再到其最终折服，情节有起有伏，形成了一个微型的叙事高潮与转折，吸引读者兴趣。这种情节的巧妙编排，使故事在简洁中蕴含波澜，符合文学创作中情节引人入胜的基本要求。而慧荣的"负水轻诞""扬眉舞扇"等动作细节，将其轻慢无礼的形象刻画得淋漓尽致，与众人的虔诚形成强烈反差，使人物形象跃然纸上。

（三）圆寂前

智颛于陈太建七年(575)秋九月初入天台山。在定居天台山之前，神僧在夜景中设置幻象考验智颛。传文云："先师舍众，独往头陀，忽于后夜，大风拔木。雷震动山，魑魅千群，一形百状，或头戴龙虺，或口出星火，形如黑云，声如霹雳。倏忽转变，不可称计。图画所写，降魔变等，盖少小耳。可畏之相，复过于是，而能安心，湛然空寂。逼迫之境，自然散失。又作父母师僧之形，乍枕乍抱，悲咽流涕，但深念实相，体达本无，忧苦之相，寻复消灭。强软二缘，所不能动。"③一为鬼魅恫吓，一为亲情默默，皆不能使智颛动情。通过描述智颛面对种种恐怖和情感诱惑时的表现，最终达到"强软二缘，所不能动"的境界，体现了佛教修行中对定力和智慧的追求。

临海内史计诩请智者大师讲《金光明经》，又舍弃郡内捕鱼之业，将之改为放生池。后，计诩获罪，请教智者大师，于是"其夜梦群鱼巨亿不可称计，皆吐沫濡诩。明旦，降敕

---

① 《天台智者大师别传》，第191页。
② 《天台智者大师别传》，第193页。
③ 《天台智者大师别传》，第193页。

特原诩罪。"①此段宛如一段志怪小说,《太平广记》中亦有"报应"一类,与之相类似。其中不乏虚构和想象的内容,而这些虚构的成分大多源自灌顶所采用的史料。

虽然传文中描写了诸多虚构和想象的内容,但是这些想象和虚构并非空穴来风,而是扎根于现实所进行的合理化想象。当然,《天台智者大师别传》亦不乏立足于现实,体现脉脉温情的桥段。诸如智颛双亲去世,在出家前与其兄的对白,"后遭二亲殒丧丁艰荼毒,逮于服讫,从兄求去,兄曰:'天已丧我亲,汝重割我心。既孤,更离,安可忍乎?'跪而对曰:'昔梁荆百万,一朝仆妾。于时久役,江湖之心不能复处,碨磊之内,欲报恩酬德。当谋道为先,唐聚何益,铭肌刻骨意不可移。'"②通过人物对话塑造出不同形象:兄长的话语尽显其对亲人的眷恋和面对再次分离的痛苦,展现出一个重情重义、依赖家人的形象;而"跪而对曰"之后的言辞,塑造出智颛坚定求道、心怀大志、不为亲情羁绊的人物形象。两人不同的态度和诉求,形成鲜明对比,使人物跃然纸上。作者不仅正面描写智颛佛法造诣精深,还运用侧面烘托的手法塑造人物。"仆射徐陵德优名重,梦其先门曰:'禅师是吾宿世宗范,汝宜一心事之。'既奉冥训,资敬尽节。参不失时序,拜不避泥水。若蒙书疏,则洗手烧香,冠带三礼,屏气开封,对文伏读,句句称诺。若非微妙至德,岂使当世文雄屈意如此耶。"③仆射徐陵乃是南朝文学"宫体诗"代表人物,堪称"当世文雄",而智颛之文令其唯唯诺诺。传文通过徐陵这一"当世文雄"对智颛的极度尊崇,从侧面烘托出智颛"微妙至德"。这种侧面描写手法,给读者留下广阔想象空间,比直接赞美更具感染力与说服力。

《天台智者大师别传》不仅在写人上具有较高的艺术成就,在描绘自然景观上亦然。灌顶通过对不同景观的描写有力地烘托了智颛的修行境界、精神品质和传奇经历,如面对狂风惊雷等恶劣的自然景观凸显其坚定不移的修行决心。景观与修行进程紧密相连,映衬大师在佛法研习上不断精进、智慧超凡,已触及深层佛理境界,体现其在佛法海洋中探索升华,自然元素成为其精神境界提升的见证与象征。

优美的自然景观描写为《天台智者大师别传》增添了别致的趣味,使之诗意盎然,这也是此传艺术成就高于《续高僧传·智颛传》之处。

通读全文不难发现,灌顶文笔优美,喜用四字句和骈句,读之朗朗上口。尤其是智颛住天台山赏风景一段:"初入天台,历游山水,吊道林之栱木,庆昙光之石龛,访高察之山路,漱僧顺之云潭。数度石梁,屡降南门,茌苒淹流,未议卜居",夜间"乃宿定光之草庵,咸闻钟磬寥亮,山谷从微至著,起尽成韵。"④游历山水,有栱木、石龛、山路、云潭,夜宿草

① 《天台智者大师别传》,第 193 页。
② 《天台智者大师别传》,第 191 页。
③ 《天台智者大师别传》,第 192 页。
④ 《天台智者大师别传》,第 193 页。

庵更闻钟磬寥亮。有动有静,动静结合,由钟磬寥亮凸显出山夜幽静。后于天台北峰建寺,"北峰创立伽蓝,树植松巢,引流绕砌。瞻望寺所,全如昔梦,无毫差也。寺北别峰,呼为华顶。登眺不见群山,暄凉永异余处"①与前文智颛"(年幼)当拜佛时,举身投地,恍焉如梦,见极高山临于大海,澄渟翁郁,更相显映"②,将前佛陀显圣与后亲临其境,一前一后,互相映衬,别有风味。此外,灌顶还通过陈郡袁子雄的视角赏观天台盛景,云:"雄见堂前有山琉璃映彻,山阴曲涧,琳琅布底,跨以虹桥,填以宝饰。梵僧数十,皆手擎香炉从山而出,登桥入堂,威仪溢目,香烟彻鼻。"③如果说前文大多运用视觉和听觉描写景物,那么此处便涉及嗅觉,通过香炉中的烟味衬托出寺庙香火旺盛。此处运用第三人称限知视角,仅由袁子雄的所见、所闻,由点带面,从部分探知整体,写出天台山之美和寺庙香火之旺盛。

智颛游历江溪,"船出海口望芙蓉山。耸峭丛起,若红莲之始开。横石孤垂,似萎华之将落"④。由仰角瞻视群山,既像红莲始盛开,又似萎华将衰败。此处不仅描绘山水景观之美,更将花开、花败两组对立比喻蕴含其中,花开花败均无二致,其中含有无尽禅观趣味。此外,在一些征应瑞祥征兆中亦有不少美景显现。如计诩延请智颛讲经,并通过智颛顺便化解渔民捕捞杀业。后,计诩因罪入狱,但不久豁免,之后"午时忽起瑞云,黄紫赤白,状如月晕。凝于虚空,遥盖寺顶。又黄雀群飞,翩动嘈嘈,栖集檐宇,半日方去"⑤。当然,其中较为详尽的现象可能为灌顶亲自经历,然而其先智颛初入天台山、以袁子雄的视角赏观天台盛景则是灌顶道听途说而来的,其创作之源或是来自自己对天台山已有的认知进行合理化的想象。这也是《天台智者大师别传》不同于一般佛教史书著作的原因。

三、中古沙门传"圣俗"与"虚实"问题探析

灌顶《天台智者大师别传》是中古时期单篇沙门传记的代表。智颛作为天台宗的开创者自然有其超凡脱俗的一面,但作为"人",其又生活于世俗之中。灌顶为智颛作传时,在写实的基础上,运用合理的想象连贯智颛生平轨迹。可以说,灌顶在处理"圣与俗""虚与实"方面是较为成功的。若将研究对象扩大至佛教沙门传,乃至于包含道教传记在内的宗教传记,其在塑造传主形象时,又将采取怎样的写作原则呢? 笔者谨以中古时期的沙门传为例,略作阐释。

---

① 《天台智者大师别传》,第193页。
② 《天台智者大师别传》,第191页。
③ 《天台智者大师别传》,第193页。
④ 《天台智者大师别传》,第193页。
⑤ 《天台智者大师别传》,第193页。

基于传教和修史的双重目的，作者需要认真思考如何撰写沙门传才能够既让传主青史留名，又能有效地弘扬佛教这一问题。立足于此，沙门传创作者必然不会采用"流水账"式的写作方式记载传主的生活起居，而是在历史真实的基础上采用一系列的修辞手法对传主的形象加以美化：既要展示沙门释子超群脱俗的品格，又要立足于世俗社会的背景依托；在总传中，既要归纳多数传主的共性，又要突出某一位传主的个性，这样才能达到作者的最终目的。如此一来，沙门传所构建起来的佛陀、菩萨、释子等佛教人物形象既完整立体，又真实可感，完成了由历史真实向文学形象的华丽转身。我们不妨将作者的这种写作手法称之为"神圣修辞学"。

（一）圣俗之间：中古沙门传的创作实践

在史学角度上，梁慧皎《高僧传》和唐道宣《续高僧传》堪称佛教史之《史》《汉》。作者在择取传主时，一般会选择德行较高又精通佛理的僧人。在精神层面上，沙门传的传主大多被赋予"神圣的光环"，具有极为崇高且不可亵渎的意味。这在一定程度上与僧人作为佛教三宝之一备受信徒敬重的原因有关。然而更为重要的是，在现实生活中，中国古代涌现出一批品行高洁、志存高远的僧人，他们或不避艰苦、舍身求道，或宣讲佛法、度化世人，或埋头坟典、析经解义。中国古代高僧的品质通过佛教传记初期的书名便可观一二，如《高逸沙门传》《名德沙门题目》《名僧传》《高僧传》等。沙门传呈现出了化道众生、利乐有情又充满使命感、责任感的僧人群像，显露出其高尚的境界和神圣的品质。

沙门传在塑造僧人的神圣品质的同时，并未将其与世俗完全割裂开来，而是深深扎根于世俗生活。《高僧传》卷二《晋长安鸠摩罗什》言及鸠摩罗什在西域诸国求学讲法，中途其母离开龟兹去往天竺。在临别前，母亲对儿子传教东土需要历经磨难而又"于自身无利"的担忧和罗什为使得大化流传虽"身当炉镬苦"而无憾的笃毅坚定①，均通过母子二人对话这一细节塑造出来。耆婆与鸠摩罗什母子之间的脉脉温情，读之令人动容。佛教传记塑造高僧"神圣"形象时往往将之放置于普通僧众和世俗人物中，通过神圣与世俗、高尚与低劣的对垒进行体现，如《高僧传》卷五《晋长安五级寺释道安》言及道安形貌丑陋，却受到佛图澄赏识，通过世俗僧众"咸共轻怪""众未之惬"的烘托和映衬，道安学问高深、超凡脱俗的气质得以彰显出来。

僧传如此，佛传亦然。自古以来，儒家卫道者多以佛教"脱略父母、遗蔑帝王，捐六亲、舍礼义"②为由攻讦佛教。然而，佛传中所记载的情况并非如此。《释迦谱》中塑造佛陀神异特征时，也并未完全脱离世俗伦理。在出家前的宫廷生活中，佛陀为人子、为人

---

① ［梁］释慧皎撰，汤用彤校注，汤一玄整理：《高僧传》，中华书局 2007 年，第 48 页。（以下所引皆为此版本）
② ［唐］道宣：《广弘明集》，高楠顺次郎等编：《大正新修大藏经》（第 52 册），新文丰出版公司 1975 年，第 133 页。

夫、为人友,完全处于伦理社会之中,毋庸赘言。重要的是,佛陀出家之后亦并未完全脱离社会伦理。虽然佛传为了塑造佛陀修道者的慈悲形象多侧重描述其修道与度人的情节,而对于其亲情多做淡化处理。然并未完全隐去,如净饭王去世之后:

> 佛共难陀在丧头前肃恭而立,阿难、罗云住在丧足。难陀长跪白佛:"父王养我,愿听难陀担父王棺。"阿难合掌前白佛言:"唯愿听我担伯父棺。"罗云复白佛言:"唯愿听我担祖王棺。"①

白净王弥留之际,佛陀带已经出家为僧的释迦族人——难陀、阿难、罗云回家,了却净饭王最后的愿望并为其开导说法。在白净王逝世后,为尽最后的孝道,佛陀又以儿子的身份为其抬棺。佛陀不仅对父亲有难以割舍的感情,对于释迦族人同样有着深厚的感情。在释迦族面对琉璃王进犯时,佛陀以"亲族之荫,故胜外人"②的缘故前往说服。

沙门传作者塑造人物形象时,兼顾神圣与世俗两方面特征,既不为了突出高僧之神圣而过度拔高,亦不为了彰显高僧之平凡而堕于普通。沙门传作者兼顾神圣与世俗两方面进行塑造人物的形式与佛教进入东土之后的传播方式密切相关。佛教东传以来,与世俗生活相结合,与民间信仰相结合,成为带有浓厚中国化气息的佛教。因此,沙门传在塑造人物时不自觉地带有世俗化、民间化的艺术倾向亦顺理成章。

(二)虚实参半:中古沙门传的文学呈现

就塑造人物的角度而言,中国古代叙事文学中最为成功的当为史传和小说。因此,学界对人物形象的研究也主要聚焦于《史记》《汉书》等正史和《红楼梦》《儒林外史》等小说作品。隶属于历史范畴的史传和文学范畴的小说,二者虽然均将"写人"作为重点,但又有不同,前者侧重写"真人""真事",而后者则更加侧重于"虚构""想象"。那么,值得思考的是:作为交叉地带的沙门传在塑造人物时是应倾向于历史的真实,还是倾向于文学的虚构,抑或是真假参半? 一部艺术成就较高的沙门传作品,作者在创作时应运用怎样的写人技法才能平衡"真假""虚实"的关系? 在学界对于此问题关注甚少,尚有待于进一步展开讨论。

关于传记允不允许虚构这一问题的争论贯穿于传记文学的研究史,或以为"真实"是传记文学的生命,也是区分传记与小说的最主要的标准,不允许掺杂任何虚构成分;或以为传记文学可以在不损伤历史真实的前提下,补充空白史料,完善故事情节,允许适当虚构。然而当我们透过争论的表象审视背后的理论支撑,可以发现,争论双方或许讨论的

---

① ［梁］僧祐:《释迦谱》,高楠顺次郎等编:《大正新修大藏经》(第50册),新文丰出版公司1975年,第54页。(以下所引皆为此版本)
② 《释迦谱》,第56页。

并非同一对象。前者讨论的是"传记",后者讨论的是"传记文学"。前者站在历史的角度,认为真实就是真实,虚构就是虚构,绝不允许用虚假材料来填补历史史实;而后者站在文学角度,指出为了保障文本的流畅性,运用虚构成分进行填充是无可厚非的。笔者认为,站在文学的角度允许传记在不损伤历史真实的前提下进行适量虚构,更有利于我们对史传文学进行解读,而完全依赖写实笔法记录历史的史书,或许仅有部分"起居注"能够做到,《史记》《汉书》也很难纯史化。

《韩非子》卷六《解老篇》云:"人希见生象也,而得死象之骨,按其图以想其生也,故诸人之所以意想者皆谓之象也。今道虽不可得闻见,圣人执其见功以处见其形,故曰'无状之状,无物之象。'"①此篇探讨了人们根据死象之骨而想其生,根据现实存在的白骨之架,附骨添肉地揣测象形。这种"象骨附肉"式的想象与虚构在沙门传中俯拾即是。其中的"死象之骨"便是不可更改的历史真实,而"按图想生"则是沙门传根据象形而进行的虚构。

那么,哪些是"死象之骨",哪些又是"案图想生"呢? 史实和虚构分别需要占据多少比重呢? 笔者以为,沙门传中那些历史事实,多是传主人生节点和转折点,这个是如同"死象"的关节和骨架,是不允许虚构的内容,而那些生活中的故事经历,则容易充满虚构和夸张。如《释迦谱》在塑造释迦牟尼形象时,一方面根据佛陀生平节点,构建出真实佛陀存在的"故事线";另一方面又为了弘教的需要,用"象骨附肉"式的想象与虚构将佛陀神圣化。

在小乘和部派时期,佛陀是"释迦族的圣人""觉悟者",是以一位认识宇宙和社会的圣人和讲授解脱法门的导师形象出现于信众视野的。然而,大乘佛教兴盛以来,信徒在佛陀人生历程的故事线和时间节点附加以玄幻事件,并且对佛陀的形貌特征、行为表现进行夸张化处理,致使佛陀神圣的光环大大掩盖了之前苦修的凡人形象。佛经所载,在"八相成道"过程中佛陀的神迹几乎遍布于每一个环节。《释迦谱》所记记述佛陀的生平亦大致遵循"八相成道"的顺序,此中,佛陀的神格化形象亦逐渐建构起来。作为现实存在的释迦牟尼,同常人一样,经历了由生至死的人生历程。剥离佛教法术成分,将释迦牟尼人生"故事线条"单独拎出:摩耶夫人无忧树下产男婴,取名乔达摩·悉达多,七天后摩耶夫人去世;在孩提时期,净饭王为悉达多王子置办"所玩好具";七岁时,净饭王又延请婆罗门教其识物、习术;十七岁,悉达多太子娶婆罗门摩诃那摩女耶输陀罗为妻;后见世间生老病死之苦,十九岁出家修道;一生传道授徒,七十九岁于双树去世。刨除后世大乘佛经中故意神化的内容,不难发现,佛陀的人生历程和轨迹与常人无异。原因很简单,大乘佛教信徒或许会对佛陀人生的事迹加以虚构和想象,但是作为现实存在过的佛陀,其生

---

① ［清］王先慎撰,钟哲点校:《韩非子集解》,中华书局 2003 年,第 148 页。

命历程中重要的人生节点是绝不可能被虚构和想象的。

在佛陀人生的每一个阶段均有着常人般的生理体验与生活特征。佛陀并非生而知一切，而是经历了认识世界的过程。较为明显的是，悉达多太子成长于城中，对世间诸苦并不了解，乃至于十七岁之后出东、南、西门游观方知老、病、死等现象存在。同样，悉达多太子修行过程也不是一蹴而就，与正常人类似，也会经历修行的误区。修行之初，太子遵循外道所云"自饿是般涅槃因"，开启苦修之路，于是"净心守戒，日食一麻一米"①，如此六年，不得解脱。自此之后，佛陀改变自饿的修行方式，以草为坐，入定思惟，方才想通世间真理。此与西方神话传说中通达一切的神明形象有着显著的区别。除却佛陀人生经历与常人无异之外，佛陀也有着常人的生理体验。在修行过程中，佛陀"日食一麻一米，乃至七日食一麻米"，严苛的修行方式直接导致身体上的变化——"形消瘦，皮骨相连，血脉悉现"，以至于入水洗浴"不能自出"②。在面临死亡时，佛陀仍然会遭受病痛的缠绕，《释迦谱》卷四《释迦双树般涅槃记》引用《长阿含经》《大般涅槃经》记载了佛陀圆寂前的感触"佛身疾生，举躯皆痛"③，"我今背疾，举体皆痛。我今欲卧，如彼小儿及常患者"④。佛陀的行动、行为贴合实际，没有表现出大乘佛教中无所不能的超验主义。

剥离大乘时期僧徒对于佛陀的虚构和想象，真实存在的佛陀形象走向世人视野——一位迦毗罗卫城太子，在青年时期看破世间苦难出家修行，得道后为宣扬佛法四处奔波，面对释迦族的灭亡虽然痛心但无能为力，最终老年时期于双树之间病逝。随着大乘佛教的兴起，佛陀"人格化"的形象逐渐减弱。信徒往往在其修行的基础上附骨添肉，最终形成了具有"六神通""三十二相、八十种好"的神性形象。

余论

沙门传作者在为佛教出家者作传时所采用的"神圣修辞"主要取鉴于佛经和史传。作为佛教出家修行者，传主以佛经中人物作为修行的标杆，其言行、做派乃至于风格、气质直接受到佛经故事的熏染；作者在立足于原始史料为佛教出家者立传时，秉笔直书，其不虚美、不隐恶的创作理念则是直接继承了中国古代史学传统。

在沙门传的内容上，佛经如同宝库一般为其提供源源不断的营养。佛法东传的一个重要成就便是翻译佛典，使中土信众能够更为直接地获取佛教知识和理念。沙门传的作者作为佛教信众——对佛经故事最了解的一批人，在创作沙门传时往往会从中获得材

---

① 《释迦谱》，第 31 页。
② 《释迦谱》，第 141 页。
③ 《释迦谱》，第 68 页。
④ 《释迦谱》，第 71 页。

料,使传主的行为更贴合佛经故事。梁释慧皎作为沙门弟子,"学通内外,善讲经律"①。在撰写《高僧传》时,慧皎笔下僧人神通更广泛、更直接地来源于佛经。《长阿含经》卷九记载"云何六证法? 谓六神通:一者神足通证,二者天耳通证,三者知他心通证,四者宿命通证,五者天眼通证,六者漏尽通证。"②佛教认为"通"乃无碍之意,"三乘之圣者,得神妙不测无碍自在之六种智慧,是曰六神通"③。佛经中的"六神通"在《高僧传》中体现得相当充分,其中杯度"常乘木杯度水"④见其神足;佛图澄"以麻油杂胭脂涂掌,千里外事,皆彻见掌中,如对面焉"⑤见其天眼,又身在邺城听见襄阳弟子谈话足见其天耳,石勒欲加害佛图澄而被提前感知,足见其知他心;鸠摩罗什预知"胡奴"杀吕纂足见其知宿命。可以说,中古时期沙门传中的神异描写在很大程度上受到佛经故事的浸染。

但作为史学之流裔,沙门传又继承了中国古代史传中的实录传统。中国史学发达且影响深远,正如梁启超所言:"中国于各种学问中,惟史学为最发达;史学在世界各国中,惟中国为最发达。"⑥在先秦历史散文中,中国史学形成了一系列诸如"良史""春秋笔法""为尊者讳"等创作态度和编纂理念。西汉司马迁编纂《史记》时更是体现出了"不虚美,不隐恶"⑦的实录精神。史传的实录精神同样直接影响着沙门传创作,如宋朝赞宁著述《宋高僧传》时云:"或有可观,实录聊摹于陈寿;如苞深失,戾经宜罪于马迁。"⑧慧皎在著述《高僧传》时批评前人僧传创作"褒赞之下,过相揄扬"⑨的观念,将散在诸书的僧人传记"删聚一处""述而无作"⑩,秉持着严谨的著史态度来整理史料、讲述故事。慧皎在《高僧传》创作实践过程中也的确做到了这点,卷二《晋长安鸠摩罗什》中关于鸠摩罗什的家世和生平记录相当细致,可以说将一位学贯中西、充满传奇色彩的译经大师的形象建构起来。但又不局限于此,关于鸠摩罗什的两度破"色戒"等人生污点,慧皎也选择了和盘托出,照实录之,并未因其名望之高而曲笔或忽略。无独有偶,《高僧传》卷十《宋京师杯度》篇亦然,慧皎同样也对杯度的偷盗劣行进行揭露。由此可见,慧皎《高僧传》虽有突出高僧之"高",但也会揭露僧人的不为人知的污点和劣行。也只有这样,沙门传中的传主形象才更为立体、写实和逼真。

---

① 《高僧传》,第 554 页。

② [晋]佛陀耶舍共竺佛念译:《长阿含经》,高楠顺次郎等编:《大正新修大藏经》(第 1 册),新文丰出版公司 1975 年,第 54 页。

③ 丁福保:《佛学大辞典》,北京文物出版社 1984 年,第 325 页。

④ 《高僧传》,第 379 页。

⑤ 《高僧传》,第 345 页。

⑥ 梁启超:《史学论著三种》,商务印书馆 1947 年,第 56 页。

⑦ [汉]班固:《汉书》,中华书局 1964 年,第 2738 页。

⑧ [宋]赞宁撰,范祥雍点校:《宋高僧传》,中华书局 1987 年,第 1-2 页。

⑨ 《高僧传》,第 524 页。

⑩ 《高僧传》,第 525 页。

　　沙门传的作者在真实人物的基础上将佛经的神异成分灌注其中,使传主这一文学形象带有"神圣"的光环。然而,这与沙门传作者的"实录精神"并不冲突。沙门传的作者(多为佛教信徒)主观上对于佛经中的神异情节深信不疑,加之他们所采用的原始材料具有一定的虚构、夸张成分,这在一定程度上缓和了佛经中的"神异"与中国史学"实录"的冲突,进而有机地融合在一起。

阳湖派经世内涵及与常州今文经学派、桐城派之分野

陈奕颖

内容摘要： "经世"概念内涵丰富，常州今文经学派、阳湖派、桐城派均可冠以"经世"之名。阳湖派在地域文化归属上与常州今文经学派相互牵涉，在派系关系上也难以摆脱桐城派笼罩。因此，有些研究将常州今文经学派的"经世"内涵习惯性通用于阳湖派，或笼统地将"经世"视为阳湖派与桐城派的共同特质。本文将以长久以来都未能进入研究视野的阳湖派传记文本为依据，厘清这一存在于阳湖派研究中模糊不清的具体问题，为确立其独特的流派标识提供新佐证。阳湖派经世内涵并非常州今文经学派所主张的"经术所以经世"一途，根柢经术，附会现实；也不同于桐城派以道德扶植世道的心性之学，而是借独立的"经世之学"直接参与有济国计民生的实际事务。

关键词： 阳湖派　经世　传记　常州今文经学派　桐城派

基金项目： 国家社会科学基金重大项目"中国古代杂传叙录、整理与研究"（项目批准号：20&ZD267）

作者简介： 陈奕颖，中国海洋大学文学与新闻传播学院硕士研究生。研究方向：中国古代传记文学与文献、中国古代小说与文献。

　　嘉道之际常州区域文化发达，是全国文化活动最活跃的地区，阳湖派古文、常州词派、今文经学纷纷大放异彩。梁启超在评价常州时说："常州在有清一代，无论哪一门学问，都有与人不同的地方。古文有阳湖派，词有阳湖派，诗亦有阳湖派。尤其在学术上，另外成为一潮流，有极大的光彩。"①此地文化成就和特殊学风是因常州各文化领域都以"经世致用"的地域风尚为内在精神。张舜徽即直接以"经世致用"的学术风气作为理解常州学术兴起的前提，并以此学术精神为基础建构常州学术谱系，除列举庄存与、刘逢禄、宋翔凤等常州今文经学家外，将恽敬、张惠言、张琦、李兆洛等阳湖派古文家也一并囊

---

① 梁启超：《儒家哲学》，上海人民出版社 2009 年，第 95 页。

括在内①。常州今文经学派和阳湖派展现出的不同经世形态，可视作常州经世致用精神在经学领域和文学领域的多元化呈现。

一、常州今文经学派之"经世"：经术所以经世

常州今文经学派是清代中晚期的重要儒学流派，由常州庄存与、刘逢禄开派。乾嘉之际考据兴盛，庄刘以为古文经学偏重文字训诂，探索隐误，当物辨名，忽视对经典进行实际应用。在批判传统经学的同时创新经典诠释方法。其特点之一在于推崇今文经，以期更接近孔子原意，尤重蕴含政治理想与治世理念，强调"微言大义"的《公羊传》。之二在于经世致用，打破乾嘉考据学"为学术而学术"的局限，庄存与在《春秋正辞》中提出常州今文经学的核心理念"经术所以经世"，即经典学问必须与现实政治和社会治理紧密结合，经典的价值在于能从中提炼出治世理念，并指导解决现实问题。

因此，常州今文经学与古文经学的显著差异在于注重经学的现实意义与实践性，经学与治道相通，经典诠释与现实关怀相结合。例如，刘逢禄在《春秋公羊经何氏释例》中阐发"大一统"思想，为清代中央集权和边疆治理提供理论支持；龚自珍、魏源结合时代需求阐发《春秋》"三世说"，赋予其新内涵，呼吁革新和自强，为晚清借经言政，倡言改革的变法运动奠定基础，康有为的《新学伪经考》和《孔子改制考》即深受此影响。

二、阳湖派："经术""经世"相分离

作为清代唯一可与桐城派并提的古文流派，阳湖派除文学家外的成员身份具有多元倾向。以张惠言与李兆洛为代表的学者式文人和以恽敬与陆继辂为代表的文人式学者共同构成了阳湖派多样化的成员特征。恽敬在创作特色和理论阐发方面对阳湖派古文的艺术性进行总结，张惠言在文学宗旨方面确立了阳湖派古文的经世走向②，二者共同造就了阳湖派"瑰辞朴学"的总体风貌。李兆洛"大张公羊"，张之洞的《国朝著述诸家姓名略》将古文家张惠言与常州今文经学家庄述祖、庄存与、刘逢禄、宋翔凤等一并列为经学家，但阳湖派用以经世的"朴学"，学术来源并非同地域的常州今文经学。

（一）阳湖派学术根基并非今文经学

阳湖派与桐城派均以发源之地望得名，作为具有历时性、普适性的文章典范，桐城派虽产生于一地，"但它不是一种'方言'，而是文坛的'普通话'"③。或许在生成阶段还仰赖

---

① 张舜徽：《清儒学记》，齐鲁书社1991年，常州学记第九，第480-497页。

② 葛金华：《江苏地方文化史·常州卷》，江苏人民出版社2019年，第143页。

③ 纪健生：《相籁景萝稿》，黄山书社2013年，第176页。

地理前提和人文基础，上升为国家文化形态的典型样本后，桐城地域属性就已经非常稀薄。恒慕义在《清代名人传略》中说："方苞之所以受推崇，是因为他官高、年长，饮誉海内，也因为他是位皇帝称许的古文与八股文名家，这与他是桐城人毫不相干。"①相反，阳湖派的精神内核中蕴含常州独特地域精神，恰如蒋逸雪评价它是"土生土长"②的、梁启超、张舜徽、曹虹、杨旭辉等近现代学者在论及阳湖派时也重笔提及常州境域的独特风气对其产生的深刻影响，尤其是经世致用思想。梁启超曾评价"常州学派"有两个源头，一是经学，二是文学，后来渐合为一。他们的经学是公羊家学说……文学是阳湖派古文……两派合一产出一种新精神，就是想在乾、嘉间考据学的基础之上建设顺、康间"经世致用"之学③。艾尔曼也认为"常州的文学和群体……他们与张惠言、恽敬都是常州经世传统、文学风格、今文经学研究三结合的体现"④。

梁启超和艾尔曼将常州今文经学家和阳湖派文学家统归于"常州学派"这一地方性学术派别中，二者可统摄在一派之内的基础在于它们几乎同时发源于常州，且都贯穿着常州的经世精神。除此之外，两派成员联系密切，阳湖派领袖恽敬、张惠言与庄氏后学庄述祖、庄有可在京城往来稠密，商榷经义，张惠言虽以古文辞章著称，但其经学研究也带有今文经学的色彩。一脉相承的地域底蕴，部分作家的今文经学立场，使得有些研究认为常州今文经学为阳湖派的经世理念提供了重要的学术渊源，因此将阳湖派的"经世"等同于常州今文经学的"经世"，即"通经致用"。如刘师培认为阳湖派同样是借经术以经世："先是常州诸子工于诗词骈俪之文，而李兆洛张琦复侈言经世之术，又虑择术之不高也，乃杂治西汉今文学，以与惠戴竞长。"⑤梁堃在比较桐城派与阳湖派之异时也指出："阳湖作者多研西汉今文家经说，桐城作者多溺于两宋程朱性理。"⑥黄志浩认为常州经学、阳湖文派、常州词派是"三个别派，一套人马，互通声气"⑦。

陆继辂在《七家文钞序》中曾自述阳湖派渊源："子居、皋文遂弃其声韵考订之学，而学古文，于是阳湖为古文之学者特盛。"⑧他们实际上研治的还是"训诂名物"的古文经学，而非"通经致用"的今文经学。"只有文字训诂、说经考证以及古今之变才是他们最为关注的内容"。张惠言研究的虽是"今文"文本，但"研究的方法仍属吴、皖考据学派。与常州之学重微言大义，显然不同"⑨。阳湖派其他成员也都有深厚的古文经学学术根基。

---

①　恒慕义：《清代名人传略》，青海人民出版社 1990 年，第 2 页。

②　蒋逸雪：《南谷类稿》，齐鲁书社 1987 年，第 137 页。

③　梁启超：《中国近三百年学术史》，安徽师范大学出版社 2016 年，第 30 页。

④　〔美〕艾尔曼著：《经学、政治和宗族：中华帝国晚期常州今文学派研究》，赵刚译，江苏人民出版社 1998 年，第 208 页。

⑤　刘师培：《清儒得失论》，中国人民大学出版社 2004 年，第 248 页。

⑥　梁堃：《桐城文派论》，商务印书馆 1940 年，第 6 页。

⑦　黄志浩：《常州词派研究》，中国社会科学出版社 2008 年，第 39 页。

⑧　[清]陆继辂：《崇百药斋续集》卷 3，1878（光绪四年）兴国州署重刻本，第 7 页。（以下所引皆为此版本）

⑨　申屠炉明：《清代常州学派的名义及范围》，《社会科学战线》2011 年第 5 期，第 104 页。

吴育与李兆洛、丁履恒、陆继辂、董士锡交最密，以学问文章相砥砺。育之为学植基于小学故训，尝谓"欲读古书，必先识古人之字，许氏《说文解字》者，乃教人识字之书，考其形以定其声"①。

张成孙于文字声韵之学，功力至为湛深②。

董佑诚肆力于律历、数理、舆地、名物之学。张成孙因"共几席治经史"与之相交③。

丁履恒君著有《春秋公羊例》《左氏通义》《毛诗名物志》《说文谐声》④。

(二)阳湖派没有形成今文经学"经术所以经世"的学风导向

阳湖派作家创作了数量可观的传记作品，其中蕴含着丰富、关键的历史文化信息，可作为阳湖派为学宗尚的真实印证。阳湖派传记有强烈的情感表达和倾向性，既是个人情志的展现，也透露出他们的经学思想与经世观念。出于对家乡由衷的热爱与自豪，阳湖派为不少常州籍传主作传，并用"吾常""吾乡""吾邑"等更亲近的称呼来代指传主籍贯，或者直接在有突出成就的人物传记中赞叹"多士如吾乡""吾州多异才""吾郡英俊之域""我郡人文亦于斯为盛"。而在常州思想文化史占据重要地位，"自汉以来未尝有也"的常州今文经学家却很少被阳湖派作家选为入传人物，李兆洛在《礼部刘君传》中虽赞赏刘逢禄"洞明经术，究极义理"，将其今文经学成就比肩董仲舒唯一恪守师法的弟子东平嬴公，但在传中言明自己不仅从未向刘逢禄讨教过今文经学，甚至还曾刻意诘难："予弱冠即与君相知，爱君孜孜从事公羊家，言予浅陋极知其学之正而不能从问业，又时出不经语相难，君俯仰唯诺，木尝折之。"⑤

常州今文经学的显著标识其一在于根柢经术，其二在于重视经学的实践性，除了没有集中为常州今文经学家作传，对于其他研习经学的传主，阳湖派虽然也对其"通经致用"的学术路径给予肯定，如包世臣《清故优贡生孙君墓志铭》"纂集古今治术，本于经术者以明穷经致用之方"⑥，恽敬《汤贻汾墓志铭》"以经术为治术，以经济为文章"⑦，但能展现出这种学术与实用并重治经思想的传主同样也很少见。"通经"而借以"致用"仅为阳湖派传记中个别传主的学养特色，不具代表性和倾向性，更多的情况是研习经学的传主可以"通经"而不能"致用"，"学"与"用"分离，"经术"与"事功"割裂，如：

---

① ［清］吴育：《私艾斋文集·序》，1840（道光二十年）江阴暨阳书院刻本。

② ［清］张成孙：《端虚勉一居文集·序》，1840（道光二十年）原刻本。

③ ［清］董祐诚：《董方立文集甲集》，《清代诗文集汇编》编纂委员会编《清代诗文集汇编》第570册，上海古籍出版社2010年，第1页。

④ ［清］包世臣：《安吴四种·艺舟双楫》卷5《皇敕授文林郎山东肥城县知县丁君墓碑》，清（1644—1911）刻本。

⑤ ［清］李兆洛：《养一斋文集》卷14，1878（清光绪四年）重刻本，第2页。（以下所引皆为此版本）

⑥ ［清］包世臣：《安吴四种·艺舟双楫》卷4，清（1644—1911）刻本，第12页。

⑦ ［清］恽敬：《大云山房文稿初集》卷3，商务印书馆影印本，1919—1922年，第7页。

周凯《高秋水先生传》："先生学通经史，于书无不读，精九章算法旁及百家诸艺。"①

李兆洛《涧薲顾君墓志铭》："因尽通经学小学之义，尝论经学云'汉人治经最重师法，古文今文其说各异，混而一之，则缪辖不胜矣'。"②

陆继辂《龙泉教谕周君家传》："君以门祚中衰，又无趋庭之训，奋志为学，遂尽通五经及诸史。"③

陆继辂《庄传永墓碣铭》："传永少孤，受贤母夏太夫人之教，所诵经训史传数十百万言，所学为魏晋齐梁唐宋诗文亦数十万言。"④

由对传主选择的倾向可见，阳湖派所主张提倡的"经世"，不像常州今文经学以经术为致用工具和理论依据，援经论政，借古匡今。相比于对今文经学家和通经致用治经路径的淡漠态度，余治在《薛望之传》中极力赞赏传主敦崇实学，力矫浮靡："吾党中有如此人，洵足以励士风而敦实学，又何能已于言耶！"⑤沈用增的《永绥厅同知但公墓志铭》"公幼工举业，长发奋为经世学，自研习经史外，凡学术之真伪，文章之源流，与夫民生政治之利弊，莫不悉心……尝谓为学之要在讲求经济"⑥，将"经史之学"与"经世学"相区别，阳湖派真正所提倡的用世之道实际是讲求这种"经世之学"，或可称"实学"。

三、阳湖派之"经世"：以"经世之学"行"经世之务"

尽管阳湖派重经世致用是学界共识与定论，对阳湖派"经世"内涵的认识还是不够明确清晰，除了阳湖派的地域性和清中后期异军突起的今文经学，还因"经世"本身就是一个范围宽泛、内容复杂的概念：

凡是关怀现实社会、具有政治抱负的人，无论是处于知识积累阶段还是学富五车，无论是专门从事文学创作还是撰写历史，无论是究心舆地、军事还是研究农桑、治河，无论是师儒还是官吏，无论是在朝还是在野，甚至无论政治学术倾向如何，他们的言行均可归入"世事"的范围。⑦

且应时势而变，不易界定。章学诚《文史通义》说：

---

① ［清］周凯：《内自讼斋文集》卷 7，《清代诗文集汇编》编纂委员会编《清代诗文集汇编》第 528 册，上海古籍出版社 2010 年，第 22-23 页。
② 《养一斋文集》卷 11，第 35 页。
③ ［清］陆继辂：《崇百药斋文集》第 16，1878（清光绪四年）兴国州署重刻本，第 15 页。（以下所引皆为此版本）
④ 《崇百药斋文集》第 18，第 5 页。
⑤ ［清］余治：《尊小学斋文集》卷 5，《清代诗文集汇编》编纂委员会编《清代诗文集汇编》第 633 册，上海古籍出版社 2010 年，第 1 页。
⑥ ［清］沈用增：《棠溪文钞》卷 5，《清代诗文集汇编》编纂委员会编《清代诗文集汇编》第 739 册，上海古籍出版社 2010 年，第 15 页。（以下所引皆为此版本）
⑦ 杨念群：《百年清史研究》思想文化史卷，中国人民大学出版社 2020 年，第 62 页。

周公承文武之后，而身为冢宰，故制作礼乐，为一代成宪。孔子生于衰世，有德无位，故述而不作，以明先王之大道。孟子当处士横议之时，故力距杨墨，以尊孔子之传述。韩子当佛老炽盛之时，故推明圣道，以正天下之学术。程朱当末学忘本之会，故辨明性理，以挽流俗之人心。其事与功，皆不相袭，而皆以言乎经世也。①

"居今日而言经世，与唐宋以来之言经世者又稍异"②，不同学术背景、时代需要下的经世方法、行为大相径庭，而皆能称以"经世"之名。阳湖派的"经世"概念不仅与常州今文经学相混淆，也时常和同样有"经世"之称的桐城派混为一谈，整体看来两派极为相似，实则相去甚远。阳湖派经世观念、经世实践的着眼点落于何处，以及在这个层面上与桐城派的异同，同样可以通过阳湖派传记中传主的选择倾向、对传主行为的评价辨析澄清。

（一）阳湖派经世意识之强弱

阳湖作家多有经世之志，讲求当世之务。张惠言以为"古之以文传者"无一不是"施天下，致一切之治"③。

张琦"少时有天下之志，每以今事准古事，求其同异，于古名臣所设施有成效者，观其得失之故，以规其通变之方，庶几克济于用"④。

董祐诚"始工为汉魏六朝文，继通数理、舆地之学，既乃讨论经国治世之原，今古变迁之迹，根究大道而以用世自期，赍志宏远"⑤。

丁履恒"志欲有为于世，尝讲求农田、水利、钱法、盐政、兵制，皆有论说""每酒酣耳热，极论立身成败，民生利病，常痛哭嘘唏，不能自已"⑥。

冯桂芬"于学无所不窥，而期于实用，天下大计无日不往来于胸中。其于河漕、兵刑、盐钱、诸政、国家条例源流，洞达而持之介然"⑦。

周凯曾将文章送友陈善质正，陈善认为"立言非古文所重，不见用于世，始托之空言，乃古人不得已"，指责周凯身为兴泉永道只作空文，无济于事，"不及时奋勉整饬民

① ［清］章学诚：《文史通义·内篇六·天喻》，上海书店1988年，第90页。
② 梁启超：《湖南时务学堂学约》，朱有瓛编《中国近代学制史料》第1辑下册，华东师范大学出版社1983年，第297页。
③ ［清］张惠言：《茗柯文二编》，商务印书馆影印本，1912—1922年，第21-22页。
④ 《养一斋文集》卷14，第3页。
⑤ ［清］张成孙：《董方立文集甲集·董方立遗书序》，1869（清同治八年）成都董氏刻本，序第1页。
⑥ ［清］吴育：《山东肥城县知县丁君家传》，汪兆镛编《碑传集三编》，上海书社1988年，第455页。
⑦ ［清］左宗棠：《显志堂稿·中允冯君景庭家传》，《清代诗文集汇编》编纂委员会编《清代诗文集汇编》第632册，上海古籍出版社2010年，第417页。

事，以有用之岁月，为无益之文章"①，可见阳湖派把经世致用视为立身、治学、为文的基石与根底。

"文化结构造就了自己的传记家，文化结构决定了自己的传主……因为他们可以集中反映这种文化的主要特征。"②阳湖派经世意识的直观体现就是本文所依据的 21 位阳湖派主要作家的 300 余篇传记类作品，几乎每位作者都记录了具有"经世致用"品格的传主，甚至在部分作家那里集中、频繁出现，比例高且范围广。尽管传主涵盖文士、循吏、乡贤、亲友等不同身份，经世致用是他们之间最集中的共通点，即使是妇女，教子也有"宜讲求经世之务""以天下为己任"③之语。流派集体的传记创作形成了一个庞大的"经世"人物群：

李兆洛《蒙山路君墓志铭》："益讲求当世之务，经国济用，所宜因时通变之。规模古名臣所自树立者要以实见诸设施隐然自任，非一世士也。"④

冯桂芬《陈君若木家传》："君不屑习举业，究心朝章国故，舆地、水利、河渠、盐法、漕运洞悉源流利……尝为余言吾人宜为一二有益民生之事，庶不虚生天地间。"⑤

陆黻恩《杨君用明家传》："论当世利害、盐河诸大政是是非非，洞中窍要必可见之……君习闻苑邻张先生、泾县包先生绪论，务为有用之学。"⑥

余治《陶生介眉传》："尤留心经世之学，苏常失陷后时事日纷，而自顾无尺寸柄，拯人水火，惟借诸同志亟亟集捐，日以救济难民为务，谓不能杀贼且拯同济，吁生之用心苦而其志亦可见矣。"⑦

夏炜如《蓼洲公家传》："稍长，偕从弟韩起受业于乡先达宫傅凝斋先生之门，慨然以经世自任。"⑧

沈用增《永绥厅同知但公墓志铭》："公幼工举业，长发奋为经世学，自研习经史外，凡学术之真伪，文章之源流，与夫民生政治之利弊，莫不悉心……尝谓为学之要在讲求经

① ［清］周凯：《内自讼斋文集》卷 8《答陈扶雅》，《清代诗文集汇编》编纂委员会编《清代诗文集汇编》第 528 册，上海古籍出版社 2010 年，第 37 页。
② 杨正润：《现代传记学》，南京大学出版社 2009 年，第 80 页。
③ ［清］冯桂芬：《显志堂稿》卷 6，《清代诗文集汇编》编纂委员会编《清代诗文集汇编》第 632 册，上海古籍出版社 2010 年，第 47 页。（以下所引皆为此版本）
④ 《养一斋文集》卷 11，第 19 页。
⑤ 《显志堂稿》卷 6，第 24 页。
⑥ ［清］陆黻恩：《读秋水斋文》卷 4，《清代诗文集汇编》编纂委员会编《清代诗文集汇编》第 614 册，上海古籍出版社 2010 年，第 4 页。
⑦ ［清］余治：《尊小学斋文集》卷 5，《清代诗文集汇编》编纂委员会编《清代诗文集汇编》第 633 册，上海古籍出版社 2010 年，第 7 页。
⑧ ［清］夏炜如：《鞠录斋稿》卷 2，《清代诗文集汇编》编纂委员会编《清代诗文集汇编》第 604 册，上海古籍出版社 2010 年，第 2 页。

济,作官之要在培植人才。"①

沈用增《赠翰林检讨田君墓表》:"北方人尊朴学,不蹈标榜之习……生平著作皆有裨经济实用,非空谈性命者,比而江左文士衔然有遗议焉。"②

…………

陆宝千评价阳湖派古文是"经世之文章文学化","世人于桐城、阳湖之别,真从骈语之取舍着眼,固皮相焉"③,把经世致用视作阳湖派的内在精神和区别于桐城派最鲜明显著的特征。混淆模糊阳湖派所开掘的独特经世内涵,就难以明确清晰流派根底与特色。

(二)阳湖派经世思想梗概及与桐城派之异同

宋明以后的经世思想至少包括三个不同的层次:

一、价值取向的层次:经世思想代表儒家入世的精神。

二、治道的层次:经世思想特重道德与政治的关系。

三、治法的层次:经世思想家常在治道的基础上讨论典章制度的问题。第三层的最好例证,就是晚清嘉道以后流行的所谓"经世之学"。④

入世精神是经世观念的出发点,两派共有。不同之处是阳湖派在"入世"之外的强烈"用世"之心。周凯在《萧以堂先生传》中将"以期见用于世"视作君子读书续学的根本动力,经世最直接的途径莫过于入仕以实际参与政务,阳湖派成员大都有任官志向。恽敬在为祝百十所作《孝廉方正祝君行状》中说阳湖派成员之间"斐然以发名成业相砥砺",他们相互勉励"仍以借八股登科名为目的,只不过比碌碌余子多了一份志向及操守而已"⑤。阳湖派创造的"经世"人物群一部分表现出同样的入仕志向:《薛资塘先生传》"落落有用世志"、《杨君公兆家传》"充所学以需世用"、《庄叔枚墓志铭》"欲力学以致通显"、《杨君用明家传》"初亦欲有用于世"。在其位谋其政,"必欲见用于世者,岂为一身禄利哉?惧没没以死,而泽不加于民也"。李兆洛《祝君筠溪传》提出"君子之道,务于躬行",即将经世之意志主张付诸实践,这部分传主为政取向中同时具有注重践履的品格,以躬行为务,有实利及民。

《赠翰林检讨田君墓表》:"自少至老惟知实践躬行,以完性分内事,不事撰述,故无文

① 《棠溪文钞》卷5,第15页。
② 《棠溪文钞》卷6,第8页。
③ 陆宝千:《爱日草堂诸子:常州学派之萌坼》,《"中央研究院"近代史研究所集刊》1987年第16期,第67-83页。
④ 张灏:《宋明以来儒家经世思想试析》,"中央研究院"编《近世中国经世思想研讨会文集》,"中央研究院"1984年,第3页。
⑤ 蔡长林:《论清中叶常州学者对考据学的不同态度及其意义:以臧庸与李兆洛为讨论中心》,《中国文哲研究集刊》2003年第23期,第287页。

字流播人间。"①

《陶生介眉传》："生平励志劬学，砥砺躬行，惟日孜孜以古人自勉，持己刻苦。"②

《承拙斋家传》："以躬行为务……拙斋所授徒……皆以力行称于乡里。"③

《临县知县孙君墓志铭》："治官以通民隐，为务而实力行之，不钩铱细碎博浮誉。"④

"负宏毅之器，使得尽展布"只是理想状态，实际上阳湖诸子的举业和仕途多遭坎坷，张惠言《送恽子居序》说自己与恽敬"八年之间，共踬于举场，更历困苦，出俯仰尘俗，入则相对以悲"⑤。董佑诚"又自念才可用世，思以功名见，而屡进屡蹶"⑥。

此时他们一方面表现出对文人身份的勉强接受。陆继辂谈到与祝百十、祝百五、张琦、丁恒履、陆耀遹、薛玉堂、张惠言、恽敬、李兆洛订交时说："尔时识疏志大，挟其一隅之见，几以为天下士尽于此矣……此十数人者，其所自期待与所相勖勉，岂尝沾沾求以文辞自见哉？"⑦不甘愿仅以文辞自见，以文人自居，"怃然愿为文人，以自慰于没世"⑧，"竟以文人终"是退而求其次的无奈之举，将这种转向称为"折节读书"，折节即降低身份或改变平时的志趣行为，并在传记中表露壮志未酬的遗憾：

《瑞金知县恽君墓志铭》："呜呼！以君之才与其所学宜大有为于世，而顾止于斯耶……呜呼此造物之所主，而又谁尤耶！"⑨

《翰林院庶吉士孙君墓志铭》："君学足以治行，教足以泽远，才足以干事，乃甫登第而旋退，仅以诗称也，可不惜哉！可不惜哉！"⑩

《祝君赓扬家传》："嗟乎！以两先生之才，使其早宦达不致厄塞，岂不足以鸣国家之盛而为世所宗尚耶……不得一展其志。可悲也。"⑪

《庆阳府知府薛君墓讳铭》："呜呼！以君之言论风采……必能裨辅主德，匡济时务……违才易务之悲君固不以屑意，而于造物生材之意毋乃有所未尽欤。"⑫

另一方面转向经世的"治法"层次，由"治"转"学"，即潜心于研究"经世之学"。另一部分"经世"人物群践行了这条经世路径：

① 《棠溪文钞》卷6，第8页。
② [清]余治：《尊小学斋文集》卷5，《清代诗文集汇编》编纂委员会编《清代诗文集汇编》第633册，上海古籍出版社2010年，第7页。
③ [清]张惠言：《茗柯文四编》，商务印书馆影印本，1912—1922年，第15页。
④ 《养一斋文集》卷11，第7页。
⑤ [清]张惠言：《茗柯文初编》，商务印书馆影印本，1912—1922年，第22页。
⑥ 《养一斋文集》卷13，第26页。
⑦ 《崇百药斋续集》卷3，第2页。
⑧ 《崇百药斋续集》卷3，第2页。
⑨ 《崇百药斋文集》第17，第17页。
⑩ 《养一斋文集》卷10，第22页。
⑪ 《养一斋文集》卷14，第14页。
⑫ 《养一斋文集》卷11，第18页。

《冯桂芬墓志铭》："君于学无所不窥，而期于实用，天下大计无日不往来于胸中。其于河漕、兵刑、盐钱诸政、国家条例源流，洞达而持之介然。"①

《陈君若木家传》："君不屑习举业，究心朝章国故，舆地、水利、河渠、盐法、漕运、洞悉源流。"②

《陆以甯墓志铭》："以甯晚年喜论经世之学，好黄梨洲顾亭林之书，文通医善伤寒论，治有奇效。"③

《黄潜夫家传》："学不泥章句，而务合体用，自古昔礼乐、德刑以及赋税、田亩、职官、选举、钱谱、权量、水利、河渠、漕运、盐铁，诸事参校理势。"④

《江苏学政辛公行述》："其为学务适于用，不喜空谈性命之书……自经史诸子，以及天文、律算、地理、小学家言皆能通。"⑤

观之可见阳湖派对"经世之学"的两点认识如下。

其一，界定经世之学的内容。主要指具体直接关乎国计民生的学问，包括舆地、水利、河渠、盐法、漕运、养民等切于世用的务实之术，故李兆洛称之为实学，陆继辂称其为朴学。此类业务性、技术性的知识具有强烈的实用倾向，可以直接有效地形成针对性方策纾解民困：

> 君自以河工非所习，博求古今治河之书，访求素悉河防者，相与讲稽利病。僚佐及河卒有一言可采，必虚衷谘询。在任三年防河之费减于旧，而工固于昔。彰德窦公河为转漕运盐道，颇淤垫，水涨不能容，漫溢为民田患，水消则无以行舟。君设春秋两浚法，春以收潦，秋以通泅。⑥

> 府君手疏种植之法教民，多植树于卤斥之地，仿沟洫之意。相度地势为储泄之法，去水远者令多汲井置水器以便输灌，并用古代田法以养地，力田少者则用区种之法，乃先作区田式于东郊，又作诸水器，又取农事利弊诸器形制，切于斯土者纂其要为《劝农约说》，欲令民试行之。⑦

其二，为经世学作学术定位。阳湖派传记中的"经世"字眼往往与"学"连用，如"喜论经世之学""少时以留意经世之学""尤留心经世之学""发奋为经世学"，将此类知识归于

---

① 《显志堂稿》，第 3 页。
② 《显志堂稿》卷 6，第 24 页。
③ ［清］张惠言：《茗柯文四编》，商务印书馆影印本，1912—1922 年，第 17 页。
④ 《养一斋文集》卷 14，第 28 页。
⑤ 《养一斋文集》卷 12，第 11 页。
⑥ 《养一斋文集》卷 13，第 12 页。
⑦ ［清］张曜孙：《苑邻集·先府君行述》，清光绪盛氏刻常州先哲遗书本。

学术范畴，且是一门脱离义理、考据、辞章的独立学问。桐城派传记里传主类似"经世"的行为，桐城派作家多评价其为"善""贤""义""厚德""儒行"（方苞《沛天上人传》、姚鼐《程养斋暨子心之家传》《周梅圃君家传》、刘大櫆《江先生传》等），仅将经世言行与客观知识视为道德附庸，或加之以儒学外壳。相比之下，阳湖派所主张的经世学独立"把一向不受传统学术重视的属于社会科学和自然科学范畴的实政、实用的'专门之学'……提升到一定的高度"，这"意味着传统学术的异动"，"是对传统经史之学的'消解'和对传统学术门类的'扩展'……是中国学术由'古学'走向近代'新学'的最初征兆"①。

桐城派也有自觉的经世意识和深厚的家国情怀，始终关注国家前途命运与百姓疾苦。姚鼐即"非关天下利害，兹不著"，有心忧天下的格局。只不过程朱理学笼罩下的经世思想，较少涉及实务的研究探讨："'桐城派'的刘姚皆不甚讲究具体的'经世之学'，特别是姚鼐，他看出'刑官不易为'，洁身自好"②。他们的经世更多表现在"治道"层次，注重道德与政治的关系，秉持儒家的积极入世观念，坚守文统、道统，维护治统，因此，桐城文以"助流政教"为旨归，"明道义，维风俗以昭世"；以程朱理学为支撑，"必欲兴起人心风俗，莫如崇讲朱子之学为切"。正是这点招致贬桐城者的激烈批判：

……应用则未也。应用者，上之则言必有物，非徒有序而已；下之亦必须能说普通之事理而达，不至有何瘀塞，然桐城文人，空疏无学，物于何有？应用更难言矣。③

直至桐城派后期曾国藩等审时度势，将"义理、考据、词章、经济"四学并举，才弥补了实践中无用的缺陷。桐城派匡正世道人心的努力并非一无是处。实学实事仅为经世之一端，还需兼顾道德伦理的一端，万斯同认为离开典章法制、纲纪人伦的"经世"，只能称其为"经济"，结合伦理与经济才算是"经世"：

夫吾之所谓经世者，非因时补救，如今所谓经济云尔也。将尽取古今经国之大猷，而一一详究其始末，斟酌其确当，定为一代之规模，使今日坐而言者，他日可以行耳。④

程朱理学并不是经世思想的妨碍，且与桐城派的经世表现相辅相成。桐城与阳湖两派"治道"与"治法"；内在、主观的道德秩序与外在、理性的社会实务结合互补，组成了清代经世实践的多元内涵与路径。

---

①　冯天瑜、黄长义：《晚清经世实学》，上海社会科学院出版社 2002 年，第 592 页。
②　吴孟复：《桐城文派述论》，安徽教育出版社 1992 年，第 96 页。
③　姜书阁：《桐城文派评述》，商务印书馆 1930 年，第 94 页。
④　［清］万斯同：《石园文集》卷 7《与从子贞一书》，《清代诗文集汇编》编纂委员会编《清代诗文集汇编》第 161 册，上海古籍出版社 2010 年，第 8 页。

（三）阳湖派古文之经世化

正如曹虹评价阳湖派"致用"①，实际包含了强烈的入仕意识并躬行实践的官吏型经世，与以实际学问研讨经世，"学""用"紧密结合的学者型经世。经世之志发为经世之文，阳湖派论文之"道"不同于桐城派的程朱道统：

> 古之以文传者，传其道也。夫道，以之修身，以之齐家、治国、平天下。故自汉之贾、董，以逮唐、宋文人韩、柳、欧、苏、曾、王之俦，虽有淳驳，而就其所学，皆各有以施之天下，非是者其文不至，则不足以传今。②

而是一种切合实用、有施于天下的实用之道，反对空谈性理，将经世致用确立为文章根本："古昔帝王体国经野之大，圣贤持身涉世之故，古今治乱兴废，天下民俗利病，博稽而切究之……发诸文，则庶乎言有物，而不囿于藻采雕绘之末技也。"③将传统的"文以载道"扩展为"文以经世"，不仅要承载道德伦理，还须解决实际问题、弥合学术与文学的割裂，平衡文学性与经世性。作为其经世思想的实践与延展，文章喜发经世之论，少儒者气象，故称桐城文章为"儒者之文"，阳湖文章为"策士之文"。"经世之文，感时而发，纵横驰骤，可以慑人心魄"④，内容上和气势上都是对桐城派空疏窳弱文风的矫正。

结语

经世致用作为阳湖派最突出、最关键的流派特质，相较于常州今文经学派和桐城派，它的独特处其一为独立性，既独立于空疏无实的性理之学，也独立于据经决事的经史之学，是一门属于社会科学和自然科学范畴的专门之学。其二为实用性，毋须通过解读经典，托经学以言政事；也毋须进行道德宣教，明义理以适世用，摆脱了浓厚的学术性和道德色彩，可以运用业务性、技术性的专业知识直接解决实际问题。其三为进步性，阳湖派的经世观已经出现明显的近代化色彩。无论是今文经学派还是桐城派，纾解民困的方法仍然难脱窠臼，按照传统基调，借助古圣先贤，内容狭隘。"以经术为治术"是一条由书生设想出来的、无法走通的道路⑤，"若以对社会的贡献说，道光、咸丰以后，阳湖所起的作用，则远胜于桐城"⑥。

---

① 曹虹：《阳湖文派研究》，中华书局 1996 年，第 26—28 页。
② ［清］张惠言：《茗柯文二编·送徐尚之序》下卷，商务印书馆影印本，1912—1922 年，第 9 页。
③ ［清］张琦：《宛邻集》卷 4《答赵乾甫书》，清光绪盛氏刻常州先哲遗书本，第 2 页。
④ 陆宝千：《爱日草堂诸子——常州学派之萌坼》，《"中央研究院"近代史研究所集刊》1987 年第 16 期，第 79 页。
⑤ 易孟醇：《魏源传》，岳麓书社 2018 年，第 148 页。
⑥ 蒋逸雪：《南谷类稿》，齐鲁书社 1987 年，第 135 页。

　　不同于章培恒评价阳湖派"影响微弱而短暂"[①],章士钊认为阳湖派的崛起是中国文学发展的一线曙光:"桐城末流,而阳湖崛起,自是中国文坛光明一线,照澈幽隐,使文才茁壮,不至枯槁而死。"[②]除了丰富清代经世学内涵,旁贯经世精神的阳湖派古文页为晚清文学革新提供了启发性的思想资源。

[①]　章培恒、骆玉明主编:《中国文学史》下册,复旦大学出版社 1996 年,第 156 页
[②]　章士钊:《柳文指要校注》,世界图书出版公司 2016 年,第 1148 页。

综　论

出土文献"类杂史"散篇的故事化倾向

梁大伟

内容摘要：《隋书·经籍志》首创杂史类，但所述杂史，皆汉及汉以后之杂史，从所辑的先秦杂史文献来看，先秦无疑是有杂史的，《古文琐语》即是一例。马王堆汉墓帛书、上博简、清华简等皆可散见记事散篇，《越公其事》《昭王毁室》《系年》等尚多。严格来说这些记事散篇不能算是杂史，但又因其内含很多杂史特性，尚且可称为"类杂史"。因此，这些"类杂史"散篇应当成为杂史序列的有益补充。这些以记事为主的篇章主要有故事类、事语类两种类型，叙事各有特色，彰显了史书内在机理的发展特点。

关键词：出土文献　类杂史　故事化

作者简介：梁大伟，文学博士，鞍山师范学院人文与传播学院副教授。研究方向：中国古代杂史、小说及文献。

　　《隋书·经籍志》首创杂史类，但所述杂史，皆汉及汉以后之杂史，从所辑的先秦杂史文献来看，先秦无疑是有杂史的，《古文琐语》即是一例。马王堆汉墓帛书、上博简、清华简等皆可散见记事散篇，《越公其事》《昭王毁室》《系年》等尚多。严格来说这些记事散篇不能算是杂史，但又因其内含很多杂史特性，尚且可称为"类杂史"。因此，这些"类杂史"散篇应当成为杂史序列的有益补充。这些以记事为主的篇章主要有故事类、事语类两种类型，叙事各有特色，彰显了史书内在机理的发展特点。

一、故事类记史散篇：编年"变体"与有意"撰述"

　　故事体，言事兼具，以记事为主，以史官记录为史事来源，是对原始文献有整合、加工甚至虚构而成的新的历史故事文本，可以看成是传统编年类史书的"变体"①。在出土文献中，清华简《系年》、上博简《容成氏》《景公疟》等篇属于此种类型。

---

① 于凯：《早期古史书写及其体例的流变与分衍——以近40年新发现涉史类简帛为中心》，《社会科学战线》2018年第10期，第113页。

(一)清华简《系年》

清华简《系年》共 138 简,依内容可分为 23 章。原篇无题,名以"系年",是李学勤根据"篇中多有纪年"且与汲冢出土的《竹书纪年》相似而拟定的。[①] 清华简《系年》主要记录了从武王克殷一直到战国早期的重要历史事件,其作者应为楚国人。《系年》的 23 章内容完整,原文自然成章,非整理者编联整合而成,每章末尾均有墨迹标识,保留简文的原始性,这便让我们更清晰地看出其行文结构和顺序。这 23 章内容可分为两部分,第一部分是第 1~4 章,主要记述周之衰落,晋郑楚秦等诸侯国之代启;第二部分是第 5~23 章,主要以楚、晋为主,间涉秦、齐、吴、越、郑、宋等,各诸侯间征战、分合交好的历史过程。

《系年》的叙述方式与《左传》不同,它并非按照《春秋》的时间框架逐年展开。《系年》与《左传》《国语》等传世史书相比,大致吻合,但有明显的不同之处。《系年》的叙述者具有较为客观的叙述站位,虽然在其作者问题上有多位学者认定其为楚人之作,但其叙述者实质上要超出国别立场的站位,如对楚人的叙述"鲁阳公率师救武阳,与晋师战于武阳之城下,楚师大败,鲁阳公、平夜悼武君、阳城桓定君,三执珪之君与右尹昭之竢死焉,楚人尽弃其旃幕车兵,犬逸而还。陈人焉反而入王子定于陈。楚邦以多亡城"[②],并无明显的楚国立场的站位,其叙事立场超出晋、楚,是跳出国别立场的更为客观的审视。

从叙事的整体架构上说,其叙事以"秦晋合好""秦与楚为好""晋公以弱""晋越以为好""晋楚以战"等为叙事单元,以晋、楚为叙事主线,虽仍以时间为序,但是并非有意以时间编联历史事件,在这里时间仅是事件的自然发生顺序,而不是编年体中用来串连历史事件的"时间",因此其体例并非严格意义上的编年体。《系年》的每个叙事单元或对某一故事的叙事,力求完整,故其又兼有纪事本末体特征。事实上,从体例上说,很难将《系年》定论成哪一种体例,但可以清楚地看到,《系年》的作者没有简单地抄纂史书,已有明显的叙事架构的意识,布局谋篇,重述历史以示己意,秉笔直书;多闻善败以鉴戒,且不直接发表言论,作者的鉴戒意识和目的完全蕴含于叙事之中,属于春秋笔法;但又不同于春秋笔法"褒贬"的道德评判,且没有《左传》那么明显的道德评价意识,而作者的鉴戒意识则倾向于对谋略和实力较量的关注。

清华简《系年》述史的目的性还没有那么外显,展现了抄写并裁夺选编历史的早期形态的存在,体现出建构叙事的努力和一定的叙史的主观性、主动性。从《系年》看战国著史观念,秉笔直书与书法不隐相融合的表述更为确切,编年记事下多种叙事方法的融合是一种典型的存在。

---

① 李学勤:《清华大学藏战国竹简(二)》,中西书局 2011 年,第 135 页。(以下所引皆为此版本)
② 《清华大学藏战国竹简(二)》,第 136 页。

（二）上博简《容成氏》《景公疟》

上博简《容成氏》共存完、残简 53 枚,篇题存,于第 53 简背作“讼成氏”,李零根据简文内容推测,当是拈篇首帝王名中的第一个名字而题,此人为《庄子·胠箧》所述的上古帝王中的第一人容成氏。从全篇来看,虽有部分简脱佚,但是多简可连读,第 16～21 简、第 24～30 简、第 31～34 简,第 35～41 简,第 44～53 简,语意连贯,且表述完整,意旨可得。全篇讲述上古帝王传说。泛论容成氏等最古帝王 20 余人,尧前一帝王因简文残缺不可得,主要记述尧、舜、禹、汤、周文王和周武王之事。

于《容成氏》篇,多存古史佚说。这些古史佚说给予我们同一古史的不同面貌,具有补史之功、类似杂史的形态。以“九州”之说为例,《容成氏》篇有大禹治水、分九州的传说。整理者李零认为禹分九州所涉及的九州之名,与《尚书·禹贡》等书的记载不同。①

禹亲执枌耒耜,以陂明都之泽,决九河之阻,于是乎夹州、徐州始可处。禹通淮与沂,东注之海,于是乎竞州、莒州始可凥处也。禹通蒌与汤,东注之海,于是乎蓏州始可处也。禹通三江五湖,东注之海,于是乎荆州、扬州始可处也。禹通伊、洛,并瀍、涧,东注之河,于是乎豫州始可处也。禹通泾与渭,北注之河,于是乎虞州始可处也。②（第 24～27 简）

按照李零所释,上博简《容成氏》中的“九州”指夹、徐、竞、莒、蓏、荆、扬、豫、虞。与传世文献相较,《容成氏》中的“九州”除了徐、扬、荆、豫外,其余五州名均首次出现。周书灿在其论文中把《容成氏》的“九州”与传世文献做了对比,梳理了当下关于“九州”各家之论,认为不可把《容成氏》的“九州”与传世文献中的“九州”各地强行对号入座,坚持《容成氏》的“九州”当属于一独立系统的观点,这是十分公允的看法。另外,周书灿认为《容成氏》九州之名多与今天的山东有关,《容成氏》的学派属于儒家或墨家,推断此说产生地域在今天的山东一带。③《容成氏》讲述禹如何一点点按照顺序开决河泽、疏导洪水以复夹、徐、竞、莒、蓏、荆、扬、豫、虞之地,使之“可处”。禹是通过疏通挖掘壕渠沟洫的办法,将一块块小州从洪水中分离出来,所以大禹治水“画九州”是通过这样的方式形成的。上博简《容成氏》中给予我们“禹画九州”传说一个新的认识,同一古史可能存在着不同地域性文本。这对“禹画九州”一说具有补正之功。也说明春秋战国时期各地都有述写古史的传统。《容成氏》更证明了早在战国时期鲁地便有了大禹治水的传说。张淑一认为“禹画九州”传说从商周以来经历了“‘九’由虚转实,‘州’由小变大”④的变化,故事的内容也在不

①　马承源主编:《上海博物馆藏战国楚竹书(二)》,上海古籍出版社 2002 年,第 269 页。(以下所引皆为此版本)
②　《上海博物馆藏战国楚竹书(二)》,第 268-271 页。
③　周书灿:《上博简〈容成氏〉九州补论》,《史学集刊》2012 年第 3 期,第 95 页。
④　张淑一:《“禹画九州”传说流变析论》,《西南大学学报》(社会科学版)2020 年第 1 期,第 181 页。

断地被扩大和演绎。

孙国江梳理了大禹治水传说从集中于西北地区的区域性传说扩展到全国性传说,列述春秋战国、秦汉、魏晋、唐至清时期大禹治水传说形态和文本内容上的变化,给大禹治水传说的流传以清晰的脉络。① 大禹的各种传说自西周以后有一个逐渐发生、流变、综合、定型与统一的过程。在古老传说的基础上,经过各时期的不同形式的加工与整理,形成了传说、史书、子书中不同的面貌。

早期史书类的记述以《尚书》为代表。《尚书·禹贡》载:"冀州,既载壶口,治梁及岐。既修太原,至于岳阳,覃怀底绩,至于衡漳,厥土惟白壤,厥赋惟上上错,厥田惟中中。恒卫既从,大陆既作,岛夷皮服,夹右碣石,入于河……"②《尚书》属于在实录基础上进行的汇编,因此记述简洁凝练,纪实性最为突出。《史记·夏本纪》较《尚书·禹贡》更为详尽,述写了禹"左准绳,右规矩,载四时,以开九州,通九道,陂九泽,度九山"③的治水过程。"禹行自冀州始"④,一一列述九州、九道、九川为何地何处,至"东渐于海,西被于流沙,朔、南暨:声教讫于四海。于是帝锡禹玄圭,以告成功于天下。天下于是太平治"⑤。力求客观完整地建构历史的真貌,又彰显"秉笔直书"的史学特色。子书中,以《孟子》为例,"禹疏九河,瀹济、漯而注诸海,决汝、汉,排淮、泗而注之江,然后中国可得而食也。当是时也,禹八年于外,三过其门而不入,虽欲耕,得乎?"⑥孟子叙述禹之事迹是为了驳陈相之言论,用"史"的目的是立己之说,择事以证己。不求事之完整真实,重在意旨的建构。因此对史实的裁定由言说需要而定。而在明清野史小说中却又见不同风貌。明代周游《开辟演义》第四十九回"舜命禹治水救民"、钟惺《夏商野史》第一回《禹王伊水捉蛇怪 玄扈诸山服神妖》与第二回《神禹南山示白猿 黑水河射鲔鱼精》、清代的吕安世《二十四史通俗演义》第四回《尧让舜舜让禹总为斯民》、钟毓龙的《上古秘史》第一百五十一回《封义均命禹摄位 复九州玄都来朝》等都有对大禹治水之事的讲述。以周游《开辟演义》第四十九回"舜命禹治水救民"的故事情节最为完整,从帝召谓之、禹受命领旨,到祷神怜祐、梦神赐册,再到治水遇怪、复梦出策、三过家门而不入,最后洪水已平、百姓感激、回朝复命,情节完整,详略得当,语言流畅生动。怪诞离奇,以钟惺《夏商野史》《禹王伊水捉蛇怪 玄扈诸山服神妖》《神禹南山示白猿 黑水河射鲔鱼精》为最,大禹治水的故事演变为捉妖打怪的战斗史。大禹一路治水,每经一地必遇恶神精怪,又天威百灵咸助而逢凶化吉。它们

---

① 孙国江:《大禹治水传说的历史地域化演变》,《天中学刊》2012 年第 4 期,第 23-26 页。

② 〔唐〕孔颖达:《尚书正义》,《十三经注疏》,上海古籍出版社 1997 年,第 150 页。

③ 〔汉〕司马迁撰,〔宋〕裴骃集解,〔唐〕司马贞索隐,〔唐〕张守节正义:《史记》,中华书局 1999 年,第 38 页。(以下所引皆为此版本)

④ 《史记》,第 39 页。

⑤ 《史记》,第 57 页。

⑥ 〔清〕焦循:《孟子正义》,《诸子集成》第 2 分册,岳麓书社 1996 年,第 243 页。

共同之处是在基本历史事实的框架下，不受史书之规约和禁锢，对故事情节进行充分的演绎、增饰，用离奇的故事情节、生动的语言共同来突出大禹治水之事的神奇色彩。大禹治水之事在史书、子书的不同文本中体现出一古史传说演变的过程、方式、形态。《尚书》记事凝练简洁，纪实性大于叙事性。而在上博简《容成氏》中，虽然也是记述历史，但已不同于《尚书》记事。从整篇《容成氏》来看，虽然对遥远的帝王仅列述泛论，但是却有可颂的共同特征"皆不授其子而授贤"，且"上爱下"；对其后的尧、舜、禹、汤、文王、武王事迹的记述，包括对桀纣的记述，共同旨向是道德建构，历史的鉴戒意义通过叙事来实现。通篇来看，《容成氏》所述历史是有目的的叙述。而《孟子》又不同于上博简《容成氏》，是用史以证己，对历史可断裁处理。而到明清野史小说里，基本历史史实可能仅剩一"躯壳"，对情节可大肆渲染、虚构，而史学的精神和追求已全然不顾。

上博简中的《景公疟》篇所记的景公一事也反映出同一史实在史书、子书中不同的风貌。上博简《景公疟》围绕"齐景公疥且疟，逾岁不已"，病情迁延，年而未愈为中心，记载了由此引起的朝廷内部的争斗。宠臣割（会谴）和梁丘据为了推卸责任，进言说是齐国无良祝、史之故，欲诛祝、史。在齐景公尚未采纳宠臣的建议时，他们又求援于高子、晏子等。而晏子是齐国老臣，辅佐齐景公40余年，于是以范武子之德为例直谏齐景公，最后说服了齐景公，使得祝、史两大夫得以幸免。反映出晏子刚正不阿、廉洁公正、厚生爱民等高贵品质和善于化导的非凡智慧。此事又见于《左传·昭公二十年》《晏子春秋》，所述内容大体相仿，但翔实程度有所不同。从文本特征上看，上博简《景公疟》记言相对翔实，故事情节生动完整，可读性强，人物形象突出，《左传》所记内容与其较为相似，真实性强。而《晏子春秋》所记与其不同之处稍显大一些，如为了突出晏子的形象，详细讲述了景公与晏子的对话，且增加了晏子对景公病愈后的嘉奖辞谢不受等情节。从产生时间上看，应早于《左传》《晏子春秋》等各传本，今传各本则是根据各自的需要对《景公疟》进行事例取舍与重组来重新塑造以适应新语境的新文本。上博简《景公疟》的记录再次印证《晏子春秋》中对此事记录中的"加工"成分、《晏子春秋》中所述故事的小说性，同时也说明景公疟一事由记史进入小说的衍生过程。同一古史经历了时空之变，由传说进入文字记录，汇编及演绎，文本得以形成、定型后，又经历传播、接受的过程，亦有再生的过程。因此同一历史事实会形成不同时期、不同地域的不同文本。这种累积叠加的演变之迹也说明中国古代自有的"越出"历史、"演绎"历史、在史外留下一笔的创作激情和传统，这也反映出"出正史"的杂史产生的可能性和早期准备。

（三）上博简《昭王毁室》

《昭王毁室》讲述了楚昭王在新宫建成后与大臣们一起喝酒的情景。突然，一个身穿丧服的人闯入廷庭，并告诉大家他父母的尸骨就埋在新宫的阶前。由于新宫已经建成，他无法再进行祭祀仪式来追思父母。听到这个消息,昭王立即下令将室内摧毁。关于此事,其他史籍未载。

第一简:昭王为室于死滑之浒,室既成,将格之。王诫邦大夫以饮,饮既。劙条之,王入将格,有一君子丧服蹒廷,将跖闺。稚人止之,曰:[……]

第二简:"君王始入室,君之服不可以进。"不止,曰:"小人之告缠将专于今日,尔必止小人,小人将訇寇。"稚人弗敢止。至[……]

第三简:闺,卜令尹陈省为见日告:"仆之毋辱君王不逆,仆之父之骨在于此室之阶下,仆将埮亡老。

第四简:"以仆之不得,并仆之父母之骨私自。"卜令尹不为之告,"君不为仆告,仆将訇寇。"卜令尹为之告。

第五简:曰:"吾不知其尔葬,尔古鬣既格,安从事。"王徙居于平漫,卒以大夫饮酒于平漫,因令至俑毁室。①

从整体上看,叙事完整,篇幅短小凝练。从叙事上看,以事件为纲,对话为主,对话成为事件发展过程的主要书写内容,而对人物行为的整体书写较略。对人物形象的塑造也是通过详细的对话加典型行为来实现。对整个历史事件的叙述主要采取"背景—对话—结果"这样的模式,无时间、地点等显然的交代,也无寻求实录的意识。这不同于以"时间—地点—人物—事件"为模式的史书书写体例,事件与事件的连缀也无编年体的书写意识,人物行为的集合书写也不同于纪传体的人物书写模式。对事件和人物的书写的目的性主要体现为彰显人物的德行以实现道德的建构。因此,这里的叙事不是以求得记录的完整真实为目的,而是通过择叙一事达到道德建构的目的。这是用"史"言说、用"史"证己说的典型模式。上博简中与《昭王毁室》结构相似的篇目不少,如《柬大王泊旱》《昭王与龚之脽》《庄王既成》《申公臣灵王》《平王与王子木》《平王问郑寿》《鲁邦大旱》《姑成家父》。

综合来看,简帛的记录者不是记史的专家,有的是很普通的小吏。比如包山墓主是尹,不是专家,非史家身份的记事更为真实,很有可能是事情另一方面的反映。若有传本,便可与传本相印证,若无传本,那么出土文献就可能成为一种新证。传统文献所没有的佚文更反映原始记事的真实情况。这些相对可信的史实是用来言说立论的极具说服力的历史材料的,这些用来论说的历史材料基本保留史实的原貌,被"搬"进论述立说的逻辑框架中,用"史"者尚无窜改杜撰历史以证己说的胆量。当把这些单篇记事文字因同一论说主题或目的汇集到一起,便成了具有汇编性质的历史的"杂"作的雏形。

———————————————

① 《上海博物馆藏战国楚竹书(四)》,第182-186页。

二、事语类记史篇章：记言的故事化

"事语体"又称为"国语体"，以事为背景，言事并记，侧重记言，借对历史评述以证己说。其史事来源应为各国史官所保留的记事类档案文献，与诸子语录之史说不同。上博简和清华简有一大批"事语类"的古史佚篇，多以篇为单位，叙各国历史故事；马王堆帛书中的《春秋事语》和《战国纵横家书》，也是这类体裁的古史书，应该是从简书文献"转写"而成，是对已有历史史实的再次使用，属于"史之用"。

（一）清华简《越公其事》

清华简《越公其事》，共 75 支简，内容可分 11 章，主要记述了越王勾践从困于会稽、励精图治、实施五政、终以灭吴之事。据科学测定、整理者和多位学者的分析，认为《越公其事》为战国中晚期简书。关于其文本性质，目前有两种代表性观点，一种认为《越公其事》属于语类文献，文本风格近似《韩诗外传》《说苑》；另外一种认为《越公其事》为史书文献，其体例有纪传体或纪事本末体的特征，是纪传体史书的萌芽。

总括全篇《越公其事》的 11 章按照内容可以分成三部分。第 1～3 章是第一部分，记言记事兼具，但以记言为主，主要记述勾践兵败栖于会稽山、求成于吴之事。第 4～9 章是第二部分，记言记事兼具，但以记事为主，主要记述勾践"甚复"吴国的一系列措施，包括祈民安邦、五政之律的内容。第 4 章主要讲述勾践求成后回国用三年时间实行建宗庙、修崇位等休养生息的政策，使越国"农功得时，邦乃暇安，民乃蕃滋"，因而国力大增。"越王勾践焉始作纪五政之律"一句以引起下文对五政政策的详细介绍，意在凸显其政策不仅合乎当时的越国国情，而且具有史鉴的意义，然而若从整篇文章的谋篇布局来看实为过渡段落，故有学者在划分《越公其事》段落时将第 4 章单列出。这样看来，第 1～3 章是介绍越王勾践实施五政之律的相关历史背景，实为论述五政之律做铺垫。第 5～9 章则详细介绍五政的内容及实施过程，以记事为主，兼有记言。第 10 章和第 11 章是第三部分，以记事为主，主要讲述勾践国力恢复后攻打吴国的过程与结局。

从叙事体例上看，清华简《越公其事》既无编年体明显的时间标记，对勾践兵败被困，到求成以归，再到施五政，终以战胜吴国的过程是按照史实的发展顺序叙写的，故事框架虽然呈现一定的时间顺序，但不同于编年体的有意以时间顺序为编联方式。同时《越公其事》也无国别体明显的国别标识，而是表现出以越王勾践为轴心、以吴王夫差为关系人的以史为鉴的楚人书写特色。没有引入越国其他历史事件来进行叙写，也无以别国历史为叙写中心的关联叙事，未呈现出对同一历史时期不同历史事件做全方位立体化铺写的特征，所叙写的人与事相对集中，较为单一纯净，是一种从事件发生、发展到结局的线条化的书写。

《越公其事》全篇 2000 余字,第 5～9 章有 1000 余字,占《越公其事》整篇字数的一半,可见文章以五政之律为叙写中心,且每一新政的叙写具有统一的模式,如下所示。

第 5 章:

五政之初,王好农功。王亲自耕,有私畦。王亲涉沟淳泑涂,日靖农事以劝勉农夫。越庶民百姓乃称嚣悚惧曰:"王其有劳疾?"王闻之,乃以熟食脂醢脯羹多从。其见农夫老弱勤历者,王必饮食之。其见农夫稽顶见,颜色顺比而将耕者,王亦饮食之。其见有察、有司及王左右,先谙王训,而将耕者,王必与之坐食。□□□□□□□□□□□□□□□□于越邦,陵陆陵稼,水则为稻,乃无有闲草。凡王左右大臣,乃莫不耕,人有私畦。举越庶民,乃夫妇皆耕,至于边县小大远迩,亦夫妇皆……越邦乃大多食。①

第 6 章:

越邦服农多食,王乃好信,乃修市政。凡群度之不度,群采物之不对,伴媮谅人则刑也。□□□而□债贾焉,则诘诛之。凡市贾争讼,反背欺诒,察之而孚,则诘诛之。因其过以为之罚。凡边县之民及有官师之人或告于王廷,曰:"初日政勿若某,今政重,弗果。"凡此类也,王必亲见而听之,察之而信,其在邑司事及官师之人则废也。凡城邑之司事及官师之人,乃无敢增益其政以为献于王。凡有狱讼至于王廷,曰:"昔日与己言云,今不若其言。"凡此类也,王必亲听之,稽之而信,乃毋有贵贱,刑也。凡越庶民交接、言语、货资、市贾乃无敢反背欺诒。越则无狱,王则闲闲,唯信是趣,及于左右,举越邦乃皆好信。②

第 7 章:

越邦服信,王乃好征人。王乃趣使人察省城市边县小大远迩之勾、落,王则比视,唯勾、落是察省,问之于左右。王既察知之,乃命上会,王必亲听之。其勾者,王见其执事人则怡豫憙也。不可□笑笑也,则必饮食赐予之。其落者,王见其执事人,则忧戚不豫,弗予饮食。王既比听之,乃品野会。三品交于王府,三品佞诼扑殴,由贤由毁。有爨岁,有赏罚,善人则由,谮民则背。是以劝民,是以收宾,是以勾邑。王则唯勾、落是趣,及于左右。举越邦乃皆好征人,方和于其地。东夷、西夷、古蔑、句吴四方之民乃皆闻越地之多食、政薄而好信,乃波往归之,越地乃大多人。③

第 8 章:

越邦皆服征人,多人,王乃好兵。凡五兵之利,王日瓹之,居诸左右;凡金革之攻,王日论省其事,以问五兵之利。王乃亲使人请问群大臣及边县城市之多兵、无兵者,王则比

---

① 李学勤:《清华大学藏战国竹简(七)》,中西书局 2017 年,第 130 页。(以下所引皆为此版本)
② 《清华大学藏战国竹简(七)》,第 133 页。
③ 《清华大学藏战国竹简(七)》,第 137 页。

视。唯多兵、无兵者是察,问于左右。举越邦至于边县城市乃皆好兵甲,越邦乃大多兵。①

第9章:

越邦多兵,王乃敕民、修令、审刑。乃出恭敬,王讯之,等以授大夫种,则赏谷之;乃出不恭不敬,王讯之,等以授范蠡,则戮杀之。乃趣徇于王宫,亦趣取戮。王乃大徇命于邦,时徇是命,及群禁御,及凡庶姓、凡民司事。唯位之次尻、服饰、群物品采之惌于故常,及风音诵诗歌谣之非越常律,夷鄙蛮吴,乃趣取戮。王乃趣至于沟塘之功,乃趣取戮于后至后成。王乃趣设戍于东夷、西夷,乃趣取戮于后至不恭。王有失命,可复弗复,不使命疑,王则自罚。小失饮食,大失绩墨,以励万民。越邦庶民则皆震动,荒畏句践,无敢不敬。徇命若命,禁御莫躐,民乃敕齐。②

即每"政"的叙写基本遵从"政策内涵—实施过程—相应成果"这样统一的书写程序,具体地说就是先简洁凝练地说明每一条政策包括哪些内容,再叙写实施的具体做法,最后以"……乃……"的说明句式交代此项政策实施后所产生的显著效果。这样的书写,虽然略显程式化,似乎缺少变化,有失文采,但作者意在向楚人介绍越人的成功经验,政策介绍简明、施政策略凝练、有效成果突出,如此书写方式能够让读者一目了然,印象深刻,可谓是该文写作中的一个以由因及果的排比来实现递进式说理的显著特色。从纵向上看,对五政的叙写也遵从一定的逻辑顺序:"五政之初,王好农功"(第5章)→"越邦服农多食,王乃好信,乃修市政"(第6章)→"越邦服信,王乃好征人"(第7章)→"越邦皆服征人,多人,王乃好兵"(第8章)→"越邦多兵,王乃敕民、修令、审刑"(第9章),从截取的每章首句看,以农功为首,是经济基础,是治国之本,只有让百姓丰衣足食、摆脱衣食之忧,方可"好信",激发国人对国家、国家对国民的相互信任;而提升相互信任的最好办法无过于"修市政","修市政"就是说让政府的政策有益于民,造福于民,取信于民,从而君民同心,生死与共;接着越王在"修市政"取得成效的基础上,才可提倡"好征人",即召回流民,壮大人口;征召人才,以辅国政;可见越王深谙人乃立国之本,人才储备是强国之策的道理;而"好征人"取得成效后,越国不仅有了"好农功"带来的经济基础、"好信"增进的民心所向,更有了"好征人"的人口;在此基础上,越王勾践才能"好兵",才能雪耻,才能复国。最后还必须"敕民、修令、审刑",整饬统一民心,修订统一政令,审定统一刑罚,做好复仇前的一切准备。

无论从纵向还是从横向来看,《越公其事》在叙写论述五政之律时,既有叙说的次序,又有递进的层次,更有书写的章法,还有流露出肯定赞同的语气。脉络清晰,结构完整,

---

① 《清华大学藏战国竹简(七)》,第140页。
② 《清华大学藏战国竹简(七)》,第141页。

句式以四言为主,整齐划一,表层次叙事,隐层次说理,论说隐含在叙事之中,颇有意在言外的写作命意。从叙事的角度说,专叙越国灭吴复国之事,叙事集中,可谓说史故事。从人物塑造的角度说,以越王勾践为中心,中心突出,类于人物传记。从语言风格的角度说,以四言为主,间以杂言,显有诸子语之风。从书写体例的角度说,既不同于《春秋》类的编年体,也不同于《国语》类的国别体,又不同于《吕氏春秋》类的杂言体,亦不同于先秦诸子的说理散文,其文体实难定论。熊贤品说:"《越公其事》关于吴越争霸事件记载的整体时间序列、地理背景不明显,叙事风格与清华简《系年》等不同,而更近似于《韩诗外传》《说苑》。"①《越公其事》叙述风格类似于《韩诗外传》和《说苑》,但时间序列和地理背景不明显。然而《韩诗外传》"以诗证史",《四库全书》归之于经部诗类,《说苑》"类记杂史",《四库全书》归之于子部儒家类,二书叙事多为转引,多有演绎,与《越公其事》基本尊重史实不可同日而语。如李守奎所说的"既有政论的特点,又不失记事的大体"②,然而不可将《越公其事》视为政论性的说理散文,也不能视为纯粹的记史散文。

第1章:

[吴王夫差起师伐越,越王句践起师逆之。]赶登于会稽之山,乃使大夫种行成于吴师,曰:"寡[君句践乏无所使,使其下臣种,不敢彻声闻于王,私于下执事曰,孤]不天,上帝降[祸于]越邦,不在前后,当孤之世。吾君天王,以身被甲胄,敦力锻枪,挟弪秉枹,振鸣[钟鼓,以]亲辱于寡人之敝邑。寡人不忍君之武励兵甲之威,播弃宗庙,赶在会稽,寡人有带甲八千,有旬之粮。君如为惠,徼天地之福,毋绝越邦之命于天下,亦使句践继纂于越邦,孤其率越庶姓,齐膝同心,以臣事吴,男女服。四方诸侯其或敢不宾于吴邦?君如曰:'余其必灭绝越邦之命于天下,勿使句践继纂于越邦矣。'君乃陈吴甲[兵],[建钲鼓]旆旌,王亲鼓之,以观句践之以此八千人者死也。"③

第2章:

吴王闻越使之柔以刚也,思道路之修险,乃惧,告申胥曰:"孤其许之成。"申胥曰:"王其勿许!天不仍赐吴于越邦之利。且彼既大北于平邍,以溃去其邦,君臣父子其未相得。今越公其胡有带甲八千以敦刃偕死?"吴王曰:"大夫其良图此!昔吾先王盍卢所以克入郢邦,唯彼鸡父之远荆,天赐忠于吴,右我先王。荆师走,吾先王逐之走,远夫勇残,吾先王用克入于郢。今我道路修险,天命反侧。岂庸可知自得?吾始践越地以至于今,凡吴之善士将中半死矣。今彼新去其邦而笃,毋乃豕斗,吾于胡取八千人以会彼死?"申胥乃

① 熊贤品:《论清华简七〈越公其事〉吴越争霸故事》,《东吴学术》2018年第1期,第86页。
② 李守奎:《〈越公其事〉与勾践灭吴的历史事实及故事流传》,《文物》2017年第6期,第77页。
③ 《清华大学藏战国竹简(七)》,第114页。

惧,许诺。①

第3章：

吴王乃出,亲见使者曰："君越公不命使人而大夫亲辱,孤敢脱罪于大夫。孤所得罪,无良边人称怨恶,交斗吴越,使吾二邑之父兄子弟朝夕粲然为豺狼,食于山林草莽。孤疾痛之,以民生之不长而自不终其命,用使徒遽趣听命于……人还越百里……今三年无克有定,孤用愿见越公,余弃恶周好,以傲求上下吉祥。孤用率我一二子弟以奔告于边。边人为不道,或抗御寡人之辞,不使达气,雁甲缨胄,敦齐兵刃以捍御寡人。孤用委命重臣,阖冒兵刃,葡匐就君,余听命于门。君不尝亲右寡人,抑荒弃孤,圮墟宗庙,陟栖于会稽。孤又恐无良仆驭燃火于越邦,孤用入守于宗庙,以须使人。今大夫俨然衔君王之音,赐孤以好曰：'余其与吴播弃怨恶于海济江湖。夫妇交接,皆为同生,济执同力,以御仇雠。'孤之愿也。孤敢不许诺,恣志于越公!"使者返命越王,乃盟,男女服,师乃还。②

徐开亚认为："在记事时不表明自己的主观态度和价值判断,只做真实的记述,用字、用词精准,力求再现历史事件。"③似乎欲将《越公其事》的文体看作单纯的记史书写,其设想亦难以成立,因为其文字绝不是简单地书写历史故事,而是有着以史为鉴的明确命意。面对繁多的历史资料,历史叙事的范围取决于史家的意图和观念,因此能够被纳入其中的内容也会有所不同。同时,选择不同的材料也会直接影响到叙事作品的风格。侯文学、李明丽认为："面对纷繁众多的历史材料,何者进入历史叙事者的视野,与史家的作意、观念密切相关。而材料选择的不同,也对叙事作品的风格产生直接影响。"④其关注"史家的作意"的研究视角,对我们的《越公其事》文体研究有着启发意义。清华简当为战国中晚期的书写文字,在战国中晚期楚国的国势已经开始走下坡路,尤其在楚怀王兵败于秦而后,楚国一蹶不振,因此重振国势当是楚国的当务之急。《越公其事》关于越由败转胜的书写无疑具有以史为鉴的主观意识。

第10章：

王监越邦之既敬,无敢蹜命,王乃试民。乃窃焚舟室,鼓命邦人救火。举邦走火,进者莫退,王惧,鼓而退之,死者三百人,王大喜,焉始绝吴之行李,毋有往来以交之。此乃属邦政于大夫种,乃命范蠡、太甫大历越民,厄卒协兵,乃由王卒君子六千。王卒既服,舟乘既成,吴师未起,越王句践乃命边人聚怨,变乱私成,挑起怨恶,边人乃相攻也,吴师乃起。吴王起师,军于江北。越王起师,军于江南。越王乃中分其师以为左军、右军,以其

① 《清华大学藏战国竹简(七)》,第119页。
② 《清华大学藏战国竹简(七)》,第122页。
③ 徐开亚：《清华简的叙事学研究》,闽南师范大学硕士学位论文,2019年,第11页。
④ 侯文学、李明丽：《清华简〈系年〉与〈左传〉叙事比较研究》,中西书局2015年,第27页。

私卒君子六千以为中军。若明日，将舟战于江。及昏，乃命左军衔枚溯江五里以须，亦命右军衔枚渝江五里以须，夜中，乃命左军、右军涉江，鸣鼓，中水以戰。吴师乃大骇，曰："越人分为二师，涉江，将以夹攻[我师乃不]"戰旦，乃中分其师，将以御之。越王句践乃以其私卒六千窃涉，不鼓不噪以侵攻之，大乱吴师。左军、右军乃遂涉，攻之。吴师乃大北，旋战旋北，乃至于吴。越师乃因军吴，吴人昆奴乃入越师，越师乃遂袭吴。①

第 11 章：

[越王句践遂]袭吴邦，围王宫。吴王乃惧，行成，曰："昔不穀先秉利于越，越公告孤请成，男女[服。孤无奈越之先君何，畏天之]不祥，余不敢绝祀，许越公成，以至于今。今吴邦不天，得罪于越[公]，越[公以亲辱于寡]人之敝邑。孤请成，男女服。"句践弗许，曰："昔天以越邦赐吴，吴弗受。今天以吴邦赐越，勾[践敢不听天之命而听君之令乎？]"句践不许吴成。乃使人告于吴王曰："天以吴土赐越，句践不敢弗受。殴民生不仍，王其毋死。民生地上，寓也，其与几何？不穀其将王于甫句东，夫妇三百，唯王所安，以屈尽王年。"吴王乃辞曰："天加祸于吴邦，不在前后，当役孤身。焉遂失宗庙。凡吴土地民人，越公是尽既有之，孤余奚面目以视于天下？"②

第 10～11 章，记述越王勾践"试民"、滋蜚、袭吴、"不许吴成"的过程。若把 1～3 章的内容与 10～11 章的内容对应来看，1～3 章交代越王句践兵败困于会稽山、求成于吴的历史事件，而 10～11 章的内容与开篇三章内容遥相呼应，紧密相扣。从外在结构看，《越公其事》确有"事为主而年系之"、记一事之始终的纪事本末体的特征，但不能就此断定其为纪事本末。从内在结构看，《越公其事》全篇以较大篇幅重点记述五政之律，似有在叙述历史的框架下以叙写五政之律为目的，即给五政之律的内容、实施过程及效果的介绍穿上了历史的外衣，在历史事件前因后果的从惨败到完胜的史实中，凸显五政之律的真实有效性，以示五政措施的历史经验，从而总结历史经验。因此，从总体上说，《越公其事》具有与先秦历史散文不同的无法划归其亚属类别的显层次叙事、隐层次说理的个性。

从人物形象塑造上说，对《越公其事》中出现的人物无明显而有意识的道德刻画。如在第 1～3 章勾践"求成"、夫差"许成"的过程中，多记录双方的言语辞令，这些言语多出于对客观形势、双方地位和实力的分析，说理性大于故事性的建构，没有述及能彰显人物道德品行的史事，即人物对话的出现，展现的是客观形势的矛盾对立，而不是人物道德形象上的矛盾对立。因此，可以说《越公其事》中的人物对话非以塑造人物形象为目的。与传世文献相较来看，仅以《国语》为例，《越公其事》对勾践、夫差的塑造较为客观，无过多

① 《清华大学藏战国竹简（七）》，第 145 页。
② 《清华大学藏战国竹简（七）》，第 146 页。

渲染，不及《国语》那么鲜明。《国语》中勾践举贤任能、从善如流，夫差刚愎自用、好色昏庸，形成鲜明的对比，以此明示道德立场。因传世文献中多把勾践作为正面人物，而夫差则作为反面人物，故有鲜明的道德站位和道德评价，而《越公其事》中的勾践并非如传世文献中那么完美，亦有狡诈冷酷的一面，夫差也非传世文献中那么十恶不赦，亦有谦和恭谨的一面。大夫种、范蠡、申包胥、鸡父等人物，对其无明显的刻画意识和道德上的评价，也无衬托主要的正面人物的作用。从语言上说，《越公其事》通篇多采用排比，句式整齐，音韵和谐，整饬有力，更显诸子论说之风。（因已有多位学者就此予以深刻论述，兹不赘述。）

《越公其事》属于研究者根据新近出土文献而概括出的语类文献的说法更为合理，但需要说明的是语类文献的大类当在史部的范围之中。过去一直认为古代历史书中的"春秋"最为重要，但通过考察出土文物发现，"语"的地位更加突出。因为这类历史书在故事性方面胜过了记录性，它是一种再次回忆和再创造的产物。就《越公其事》和马王堆帛书《春秋事语》《战国纵横家书》的类比来看，战国时期语类文献会依托历史事实的主体框架，尊重历史史事，不对历史事件做过多演绎，但在细节上会有所演绎附会，借用历史的"外衣"去论说，依然相当普遍。然而，当杜撰演绎达到虚构的程度，距离史实越来越远，历史性减弱，而文学性渐强，历史便被演绎成历史传闻、历史故事、历史小说，这可以说是"历史的故事化"，久而久之，便与史部文献分道扬镳了。

（二）马王堆汉墓帛书《战国纵横家书》

《战国纵横家书》于1973年发现于长沙马王堆汉墓，其写本时间据考证多认为在西汉初年，大约在公元前195年。所记内容为战国纵横家游说之辞。可见篇目共27章，其中有11章与今本《战国策》和《史记》大致相同，因此当下研究常把《战国纵横家书》与《战国策》《史记》并置作横向比较分析。实际上，从其叙事来说，《战国纵横家书》应被作一独立个体，去审视其熠熠生辉的与其他作品的不同之处。

在《战国纵横家书》的27章中，一般分成两组，第1~14章为一组，第15~27章为第二组，亦有把第25、26、27章单列为一组作为第三组来分析的。第1~14章内容较为集中，为苏秦的书信和谈话，第二组为其他纵横策士的游说之辞。一般把第一部分视为原作，主要记录苏秦替燕昭王游说齐国所进行的反间活动的过程。齐国因自视过高，频繁发动攻击，导致国力衰退，君臣心不一，燕国趁机率领五国联军大败齐国，从此齐国一蹶不振。燕昭王破齐为秦统一全国创造了有利的条件。对此历史上所记甚少，尤其是对苏秦的贡献只字未提。《战国纵横家书》以书信的集合体形式展示了苏秦的价值与贡献，同时也从侧面让我们看到了战国合纵连横局势发展的真实情况，以补历史之阙，这是《战国纵横家书》一大贡献。

　　《战国纵横家书》的另一大价值在于独特的叙事模式。第一，《战国纵横家书》打破了史传作品以时间为顺序的叙述传统。以人物为轴心的作品集合方式在《战国纵横家书》中已经很明显，虽为以记言为主的语类文献，尚不是严格的纪传体体例，出现的人物言论的集合体也未必以塑造人物形象为直接目的，但也彰显了以时间为序的编年记事体例向以人物为轴心的纪传记事体例在战国时期的突破和尝试。《战国纵横家书》中以苏秦为轴心的14章内容，记录了苏秦的与燕、齐的书信往来情况和游说之辞，或许是偶然形成的集合体，非有意而为之的以塑造人物形象为直接目的的集合形式，全文重点突出的是苏秦的游说逻辑和语言魅力，而不是出于树立苏秦历史形象的目的。第15章之后出现的人物及说辞言论，也都在突出这一时期纵横策士们的纵横捭阖、左右局势发展的威力，可以说《战国纵横家书》是纵横策士们游说说辞的教科书，而不是以塑造人物形象为核心任务的传记，其成书目的极为可能是为纵横策士提供学习的范本。这显然不同于《史记》的纪传体体例。

　　第二，从整体上看，《战国纵横家书》采用书信体的形式，以记言为主，记事辅助于记言。基本叙事模式主要有两种：一是"记事＋记言"，二是"记事＋记言＋评论"，叙事模式相对固定、程式化。《战国纵横家书》把纵横策士的语言作为记述的核心部分，突显纵横策士的语言价值和力量，那么策士之言何以达到真实可信且具有撼动性的程度呢？求真实可信莫过于历史的明鉴，求撼动性莫过于对当前局势的分析和利益的诱惑，于是在纵横策士的游说之辞中缺不得对历史的陈述和对当前局势分析及利益权衡。所以《战国纵横家书》以史为纲、以史为本，力求还原历史事件本身，以真实可信的"史"鉴力量以达到令人信服的目的。

　　第三，《战国纵横家书》的记事用以证己说，不是对史实的直接搬运，而是对史实的借用，带有更大的主观性。海登·怀特说："在努力重建历史上特定时期'发生的事件'时，历史学家必然要在叙事中包括对某一事件或系列事件的叙述，而要合理地解释这些事件何以发生，又缺少予以支持的事实。"①历史学家在叙述一个历史事件时，必须在叙述中包含对某一时间或系列事件的描述，并合理解释这些事件为何发生，但有时可能面临着缺乏支持性事实的挑战。这意味着他们需要依靠间接证据、推断和假设来填补资料不足的空白，从而构建出一个更完整、准确、合理的历史故事。因此，历史学家对历史事件的记述便有可能加入作者的主观想象与创造，发挥想象去"缝合"那些"不可陈述之处"。《战国纵横家书》以游说为目的，故对历史删繁就简，加工修改，扩大增饰。略述游说经过和结果，依目的而选择叙事角度，取舍详略程度，不免夸张，甚至假托虚构，涉及历史史实，则有所侧重择取，甚至不吝传闻，虚构故事以证己之说。对史实的裁夺、用"史"以证己说

---

① 〔美〕海登·怀特著：《后现代历史叙事学》，陈永国、张万娟译，中国社会科学出版社2003年，第63页。

的胆量已经大大超过了上博简中体现的战国前期的用"史"胆量。对历史的评述也更为直接，"故韩是(氏)之兵非弱也，其民非愚蒙也，兵为秦禽(擒)，知(智)为楚笑者，过听于陈轸，失计韩傰(倗)。故曰：'计听知顺逆，唯(虽)王可。'"韩国的军队并不弱，他们的人民也并非愚昧无知。他们的军队被秦国俘虏，智慧被楚国嘲笑，是因为"过听"和"失计"，所以说，"计"和"听"方知顺逆之道，而这些全在于王者。分析精准，一针见血。虽然为了证己之说大胆地删改或增饰史实，但也正因为他们为证己说、为谋一利，所以常有附会之辞，需要站在不同的利益方用不同于寻常叙述角度的历史事实去达到说服目的。因此，对历史的叙述也获得了不同于传世史籍的叙述角度和评价认识。如前所述在苏秦的书信中展现的合纵连横局势的变化。

第四，为了达到游说的目的，除了要把"事"说真实可信，还要诱使、煽动去按照计划实行，于是要借用预设问题、引君入彀、正反立说等表达技巧，用夸张、比喻、对仗、排比等修辞增强语言气势和力量来达到劝说的目的。此问题在陈其泰、张兵等人的论文中已有论述，不再赘述。《战国纵横家书》中使用的表达技巧和修辞手法已不同于为保存历史的记言记事，属于文学叙事手段。史学的发展可以追溯到甲骨文和青铜器铭文时期，而先秦时期的历史著作多由官方编纂。作为历史的记录者，他们的责任是记录历史事实以保留历史，当把若干历史记录汇编成篇成书时，也把自觉的叙述意识带进了历史撰述中，同时也在思考以何种优美精彩的方式来架构这些历史。① 而早期史传作品因出于保存历史的目的，故叙事意识不明显，或者说叙事意识和技巧暗藏在记述历史的过程中，但到了《战国纵横家书》这一时期对历史的评述和借用不再是"一字寓褒贬"，而是直接大胆地用史论事，以史证己说，不同于历史撰述，而是历史的二次演绎，属于"史之用"，其中体现出的用史的主观性不同于保存历史的客观性。这种主观性虽会被判定为对史学实录精神的叛离，但从文学发展的角度来说，是另外一种可贵的突破，如对历史的演绎式书写进入文学叙事领域，须经从"秉笔直书"的实录到评史用史，再到增饰虚构、杜撰演绎的过程。

(三)马王堆汉墓帛书《春秋事语》

关于马王堆汉墓帛书《春秋事语》，整理者推定其为秦末汉初时所作，无明确的作者信息。全书约分 16 章，无书题和篇题，每章所记之事彼此不相连贯，不分国别，内容涉及晋、燕、齐、鲁、宋、卫、吴、越八国事。除第二章关于燕国和晋国的战争不见传世文献外，其他的历史事件多见于《春秋》三传、《国语》等书。

《春秋事语》与《战国纵横家书》虽都属于兼具记事记言、以记言为主的文献，但是《春秋事语》从叙事上略有不同于《战国纵横家书》之处。《春秋事语》虽然残损严重、难窥全

---

① 傅修延：《先秦叙事学研究——关于中国叙事传统的形成》，东方出版社 2007 年，第 138 页。

貌，但就目前可见篇章来看，其结构相对稳定，基本上采用"事—言—事"形式，前有记事后有评论，每章各记一事，彼此不相关联。对事情原委经过的介绍相对简略，且主要为其中重点所述"言语"交代所涉背景或史事，以证其"所言极是"。记事简略，记言相对丰富，显然重在记言非记事，记事仅为记言服务，如第十章《吴人会诸侯章》：

> 吴人会诸侯，卫君后，吴人止之。子赣见大宰喜，语及卫故。大宰喜曰："其来后，是以止之。"子赣曰："卫君之来，必谋其大夫，或欲或不欲，是以后。欲其来者，子之党也；不欲其来者，子之雠也。今止卫君，是堕党而崇雠也。且会诸侯而止卫君，谁则不惧？堕党崇雠以惧诸侯，难以霸矣。"吴人乃□之。[1]

"吴人乃□之"中的缺字，按李学勤的考证当为"泽"，读为"释"。吴国人阻止卫国君后会见诸侯。子贡向太宰嚭提及卫国的情况。太宰嚭说："他后来，所以应该被阻止。"子贡说："卫国君的到来必定是为了与其大臣商议，有些人可能支持，有些人可能反对，所以才被拒绝。支持他来的是你的盟友；反对他来的是你的仇敌。现在阻止卫国君，就是背弃盟友而提拔仇敌。而且会见诸侯时阻止卫国君，谁不会感到恐惧呢？背弃盟友、提拔仇敌并让诸侯感到恐惧，这样很难称霸。"亦如第十三章《宋荆战泓水之上章》：

> 宋荆战泓水之上，宋人□□阵矣，荆人未济。宋司马请曰："宋人寡而荆人重，及未济，击之，可破也。"宋君曰："吾闻[之]，君子不击不成之行，不重伤，不擒二毛。"士偃为鲁君犒师，曰："宋必败。吾闻之，兵□三用，不当名则不克。邦治敌乱，兵之所□□也。小邦□大邦，邪以攘之，兵之所□也。诸侯失礼，天子诛之，兵□□□也。故□□□□□□□于百姓，上下无却然后可以济。伐，深入多杀者为上，所以除害也。今宋用兵而不□，见间而弗从，非德伐回，阵何为。且宋君不佴（耻）不全宋人之腹□（颈），而佴（耻）不金荆阵之义，逆矣。以逆使民，其何以济之。"战而宋人果大败。[2]

此二则，结构相对稳定、规整，具有一定程式化书写的特色，有意整理成书，记事部分相对简略，有《春秋》之本色，但记言相对丰富，有阐发之意图，这又有《左传》之模子，凸显其历史鉴戒意义。但从叙事风格上看，《春秋事语》又与《左传》有明显的不同，如第十章《吴人会诸侯章》之事在《左传》中也有相似记述：

> 秋，卫侯会吴于郧。公及卫侯、宋皇瑗盟，而卒辞吴盟。吴人藩卫侯之舍。子服景伯谓子贡曰："夫诸侯之会，事既毕矣，侯伯致礼，地主归饩以相辞也。今吴不行礼于卫，而藩其舍以难之，子盍见大宰？"乃请束锦以行。语及卫故，大宰嚭曰："寡君愿事卫君，卫君

---

[1]　裘锡圭主编，湖南省博物馆、复旦大学出土文献与古文字研究中心编纂：《长沙马王堆汉墓帛书集成（叁）》，中华书局2014年版，第187-188页。

[2]　裘锡圭主编，湖南省博物馆、复旦大学出土文献与古文字研究中心编纂：《长沙马王堆汉墓帛书集成（叁）》，中华书局2014年版，第192页。

之来也缓，寡君惧，故将止之。"子贡曰："卫君之来，必谋于其众，其众或欲或否，是以缓来。其欲来者，子之党也；其不欲来者，子之雠也。若执卫君，是堕党而崇雠也。夫堕子者，得其志矣。且合诸侯而执卫君，谁敢不惧？堕党崇雠，而惧诸侯，或者难以霸乎？"大宰嚭说，乃舍卫侯。①

　　秋天，卫侯与吴国在郧地会面。公及卫侯、宋皇瑗进行盟约，但最终放弃了与吴国的盟约。吴人驻扎在卫侯的住所附近。子服景伯对子贡说："诸侯会面结束后，诸侯贵族要向盟主送上礼物以表示辞别之意。现在吴国没有向卫国行礼，并且还驻扎在他们的住所附近制造麻烦，你为什么不去见太宰呢？"于是他请求带上束锦前往见太宰。谈到卫国拒绝来访时，太宰嚭说："我愿意事奉卫君，但是卫君来得太慢了，我感到担心，所以打算阻止他。"子贡说："当卫君来前必定经过商议，在商议中有些人可能赞成或反对前来。那些想要前来的人是你的朋党；而那些不想前来的人则是你的敌对势力。如果我们执意留下卫君，则等于背叛自己的朋党而提拔敌对势力。背叛自己将使其达到目标。再者，在联合其他诸侯并执掌卫君之后，谁敢不畏惧？背叛朋党提拔敌对势力，并且还怕其他诸侯团结起来共同抵抗？这样做或许难以实现霸业。"太宰嚭听后非常满意，并决定放弃阻止卫侯。《左传》的记述显然较《春秋事语》更为详尽，而《春秋事语》相对简单，记事简略，记言也仅记重要的、经典之语，记事为记言服务，对历史事件记述不以求完整详尽、客观真实为目的，其来源许是"抄录"或"转述"已有历史文献而成，至于抄录转述哪些内容而有所择取的标准则要依据撰述目的而定，主观性不言而喻。依龙建春在《〈春秋事语〉记言论略》一文中的分析，《春秋事语》通过补充性、推理性展示合理补充接续了所述之事未述及或述之不完整的部分，这种剪裁后的合理续接，展现出一定的叙事建构意识。②

结语

　　在近些年的出土文献中，记史类文献颇为多见，上博简、清华简中较多。虽然早期记史类篇章不易也不宜说清楚到底属于正史还是杂史，抑或是属于其他文类，但是这些记史类篇章也应成为彼时记史研究的有益补充。清华简《系年》述史的目的性还没有那么外显，展现了抄写并裁夺选编历史的早期形态的存在，体现出建构叙事的努力和一定的叙史的主观性、主动性。从《系年》看战国著史观念，"秉笔直书与书法不隐相融合"的表述更为确切，编年记事下多种叙事方法的融合是一种典型的存在。上博简《容成氏》，多存古史佚说。这些古史佚说给予我们同一古史的不同面貌，具有补史的功能，类似杂史的形态。上博简《昭王毁室》，叙事完整，篇幅短小凝练。从叙事上看，以事件为纲，对话

①　杨伯峻：《春秋左传注》（修订本），中华书局1981年版，第1672页。
②　龙建春：《〈春秋事语〉记言论略》，《江淮论坛》2004年第2期，第155-158页。

为主,对话成为事件发展过程的主要书写内容,而对人物行为的整体书写较略。对整个历史事件的叙述主要采取"背景—对话—结果"这样的模式,无时间、地点等显然的交代和求实录的意识。这不同于以"时间—地点—人物—事件"为模式的史书书写体例,事件与事件的连缀也无编年体的书写意识,对人物行为的集合书写也不同于纪传体的人物书写模式。对事件和人物的书写的目的性主要体现为彰显人物的德行以实现道德的建构,这是用"史"言说、用"史"证己说的典型模式。清华简《越公其事》在叙事上,既融合儒学与诸子的思想,又淡化叙事说道旨在微言大义的《春秋》史学观,表现出独特的特别关注历史经验的叙事观;其叙事特点,在于弱化史事的故事性与人物的典型性和叙述的文学性,表现出记史视角向叙写历史经验的倾斜或转移;其叙事风格,无论记言还是记事,于显层次平叙其言其事,于隐层次寄寓富民强国的成功史事;其叙事语言,颇具"语类"文体的特征。马王堆汉墓帛书《战国纵横家书》以书信的集合体形式从侧面让我们看到了战国合纵连横局势发展的真实情况,补历史之阙。《战国纵横家书》打破了史传作品以时间为顺序的叙述传统,以人物为轴心的作品集合方式在其行文中已经很明显,尚不是严格的纪传体体例,出现的人物言论的集合体也未必以塑造人物形象为直接目的,但也彰显了以时间为序的编年记事体例向以人物为轴心的纪传记事体例的转变在战国时期的突破和尝试。《春秋事语》与《战国纵横家书》虽都属于兼具记事记言、以记言为主的文献,但是《春秋事语》从叙事上略有不同于《战国纵横家书》之处,结构相对稳定、规整,具有一定程式化书写的特色,对历史事件记述不以追求客观真实为目的,通过续接所述之事未述及或述之不完整的部分,初步展现出一定的虚构意识。

《神仙传》疾病书写研究

——兼论仙传中的文化记忆

罗　欣

内容摘要:《神仙传》上承《列仙传》,下启《墉城集仙录》,是魏晋南北朝仙传的代表作。《神仙传》中的疾病书写熔铸了汉末以来人们对于疾病肆虐的痛苦记忆。《神仙传》中因病修仙、因病求仙故事成功地将医者与病者的医疗关系,置换为仙人与凡人的传教关系,实现了从医者到仙人,患者到信众的转变。《神仙传》所倡导的"先治病,后成仙"的观念,丰富了《抱朴子内篇》中"仙人实有,长生可致"的神学境域,划清了神仙道教与流俗道士的界限,提升了道教的宗教品格。后世道教对医疗知识的重视,以及以祠庙、祭祀、文学、图像为载体的仙人治病传说,体现了《神仙传》所宣扬的神仙治病观念在修行者内部及世俗社会不断交汇而又双向传播的文化记忆。

关键词:《神仙传》　疾病书写　清整道教　文化记忆

基金项目:2021 年度国家留学基金委西部项目"魏晋南北朝小说疾病叙事研究"(项目批准号:202108505025)

作者简介:罗欣,女,文学博士,重庆师范大学初等教育学院副教授。研究方向:魏晋南北朝文学与文化。

汉末以来受政局混乱、人口迁徙、气候变迁等因素的影响,爆发了多次疾疫。在此背景下,太平道、五斗米道以治病为名,乘势而起。尤其是太平道的兴起直接引发了黄巾起义,动摇了东汉政权。魏晋是道教发展的重要时期,"它(魏晋神仙道教)是从汉末早期道教结社到南北朝时期新天师道和上清派等成熟的教会道教之间必不可少的过渡桥梁"①。葛洪作为神仙道教的奠基者,所著《神仙传》上承《列仙传》,下启《墉城集仙录》,是魏晋南北朝仙传的代表作。关于《神仙传》的撰写缘由,葛洪在《神仙传自序》中有详细阐述:"洪著《内篇》论神仙之事凡二十卷,弟子滕升问曰:'先生曰神仙可得不死,可学,古之得仙者

---

① 胡孚琛:《魏晋神仙道教:〈抱朴子内篇〉研究》,人民出版社 1989 年,第 3 页。

岂有其人乎？'答曰：'秦大夫阮仓所记有数百人，刘向所撰又七十一人。盖神仙幽隐，与世异流，世之所闻者，犹千不得一者也……刘向所述殊甚简略，美事不举。此传虽深妙奇异，不可尽载，犹存大体，窃谓有愈于向多所遗弃也。'"①葛洪虽在《抱朴子内篇》中已经讨论了神仙之事，但其弟子对神仙是否实有，仍有疑问。由于"神仙幽隐"，而刘向《列仙传》中关于神仙的记载又过于简略，且多有遗漏。有感于神仙之事不易为世人所知、所信，"余今复抄集古之仙者，见于仙经、服食方及百家之书，先师所说，耆儒所论，以为十卷，以传知真识远之士"②。葛洪为了坚定信徒虔诚向道之心，同时也为了扩大神仙信仰在世俗世界的影响力，广泛收集了仙经、服食方、百家书所记，以及先师、耆儒所论，撰写了《神仙传》。葛洪兼具深厚的道教修为与文学修养，《神仙传》一问世，便产生了深远的影响。陶弘景"年十岁，得葛洪《神仙传》，昼夜研寻，便有养生之志"③。此后陶弘景成为道教上清派的重要学者与杰出医家，与自小研读《神仙传》有直接的关系。事实上，《神仙传》中描写了大量因病修仙，因病求仙的故事。这些故事，不仅记录了汉末以来道教神仙信仰的发展，而且保存了鲜活的疾病记忆，具有丰富的社会文化价值。

一、疾病的体验

《神仙传》中广泛探讨了疾病产生的原因，极力渲染疾病对身体及精神造成极大的痛苦。

（一）疾病的产生

上古时期，巫医不分，人们往往认为疾病是由鬼神所致。"在甲骨卜辞中有大量将病因归结为上帝降灾和鬼物作祟的记载。"④鬼神致病的思想在《太平经》中也屡有出现。《太平经》云："敬其兴凶事大过，反生凶殃，尸鬼大兴，行病害人。"⑤《神仙传》中延续了鬼神作祟，致人疾病的思想。《张道陵传》称："蜀中魔鬼数万，白昼为市，擅行疫疠，生民久罹其害。"⑥《董奉传》云："县令亲故家有女，为精邪所魅，百不能治。"⑦可见，《神仙传》认为魔鬼、精邪是产生疾病的重要原因。

除外在的鬼神外，道教认为人体内的三尸神往往害人性命。《列仙传》中朱璜"少病

---

① ［晋］葛洪撰，胡守为校释：《神仙传校释》，中华书局 2010 年，第 1-2 页。（以下所引皆为此版本）

② 《神仙传校释》，第 1-2 页。

③ ［唐］姚思廉撰：《梁书》，中华书局 1973 年，第 742 页。

④ 廖育群、傅芳、郑金生：《中国科学技术史》（医学卷），科学出版社 1998 年，第 31 页。

⑤ 王明编：《太平经合校》，中华书局 2014 年，第 53-54 页。（以下所引皆为此版本）

⑥ 《神仙传校释》，第 190 页。

⑦ 《神仙传校释》，第 335 页。

毒瘭"即是因为"腹中三尸"作祟①。但究竟何为"三尸",《列仙传》并未明言。《神仙传》则对此有详细描述,葛洪云:"伏尸常以月望晦朔上天,白人罪过,司命夺人筭纪,使少寿。人身中神欲人生,而三尸欲人死,死则神散,返于无形之中而三尸成鬼,而人享奠祭祀之,则得歆飨,以此利在人速死也。"②《神仙传》认为,三尸是人体内的司过之神,三尸伐命,促人速死。葛洪"三尸"致病观念也影响了后世医学的发展。南朝陶弘景《本草经集注》中出现了"道家去三尸方"③。隋代巢元方《诸病源候论》认为"三尸""与鬼灵相通,常接引外邪,为人患害"④,并在此基础上讨论了十二种尸病的症候。李时珍则从药物学角度探讨了黄精"下三尸虫",爪甲"斩三尸"⑤的疗效。

《灵枢》云:"夫百病之始生也,皆生于风雨寒暑,清湿喜怒。喜怒不节则伤脏,风雨则伤上,清湿则伤下。"⑥传统医学认为疾病产生与情志不节、外邪入侵五脏有直接的联系。《神仙传》延续了这一观点。《彭祖传》云:"人不知其经脉损伤,血气不足,内理空疏,髓脑不实,体已先病,故为外物所犯,因风寒酒色以发之耳。若本充实,岂有病耶! 凡远思强记伤人,忧恚悲哀伤人,情乐过差伤人,忿怒不解伤人,汲汲所愿伤人,戚戚所患伤人,寒暖失节伤人,阴阳不交伤人。"⑦彭祖的看法与《灵枢》一致,认为经脉损伤,血气不足,再加之寒暑阴阳失调,情志伤人,极易诱发疾病的产生。

综上,《神仙传》认为疾病的产生既与经脉损伤、情志不节、外邪入侵有关,又与鬼神作祟有关。这样的认识,既受原始巫术及早期道教思想影响,又有援医入道的成分,体现了《神仙传》疾病观的混溶色彩。

(二)疾病的痛苦

疾病不仅引发了病者的身心痛苦,而且也使病者的生活充满艰辛。《董奉传》载:"有一人少便病癞,垂死,自载诣君异,磕头乞哀。"⑧癞,即麻风病,是一种古老的恶疾,《黄帝内经》称之为"疠风",《五十二病方》中称为"冥病"。身患癞病极其痛苦:"眉睫堕落""鼻柱崩倒""孔气不通""耳鸣啾啾""肢节堕落"⑨。《董奉传》中的患者年少时便饱受麻风病摧残,垂死之际遇拜见仙人董奉,在"磕头"的大礼与"祈哀"的悲切中蕴藏了无限心酸以及强烈的求生欲望。

---

① 王叔岷撰:《列仙传校笺》,中华书局 2007 年,第 153 页。

② 《神仙传校释》,第 300 页。

③ [梁]陶弘景编,尚志钧、尚元胜辑校:《本草经集注辑校》,北京科学技术出版社 2019 年,第 187 页。

④ [隋]巢元方撰,丁光迪校注:《诸病源候论校注》,人民卫生出版社 2013 年,第 453 页。

⑤ [明]李时珍:《本草纲目》,人民卫生出版社 2004 年,第 720、2936 页。

⑥ 河北医学院校释:《灵枢经校释》,人民卫生出版社 2009 年,第 645 页。

⑦ 《神仙传校释》,第 17 页。

⑧ 《神仙传校释》,第 334 页。

⑨ [隋]巢元方撰,丁光迪校注:《诸病源候论校注》,人民卫生出版社 2013 年,第 53 页。

　　病人因身染恶疾难以治愈，还可能被家人抛弃。《神仙传》载："（赵瞿）病癞历年，众治之不愈，垂死，或云，不及活流弃之，后子孙转相注易。其家乃赍粮将之送置山穴中。瞿在穴中自怨不幸，昼夜悲叹涕泣。"①赵瞿的家人经历了照顾病人的经年辛苦，承受了"众治不愈"的巨大经济压力。眼看赵瞿即将病死，因为惧怕传染子孙，只得把赵瞿扔进山洞，让其自生自灭。麻风病的致命性与传染性不仅折磨病人身体，而且也给其家庭带来了精神及经济上的灾难性打击。

　　衰老是死亡的前奏，每个人终将面临年老体弱的生存困境。巫炎自述："年六十五时，苦腰脊疼痛，脚冷，不能自温，口中干苦，舌燥涕出，百节四肢各各疼痛，又足痹不能久立。"②巫炎之病由身体机体功能的衰退引发。改变年老体弱的身体困境，是凡人修仙的重要的动机。蓟子训文武全才，前半生践行儒家价值观，"少仕州郡，举孝廉，除郎中。又从军，拜驸马都尉。晚悟治世俗综理官无益于年命也，乃从少君学治病，作医法。"③蓟子训弃儒入道的人生经历，形象地阐释了相较于俗世功业，探索个人性命的延长更具永恒的吸引力。

　　汉末以来瘟疫蔓延，据统计，从汉灵帝到献帝的41年间，发生疫病9次，平均4.56年一次④。"魏晋南北朝362年中共有76年发生过疫灾，平均4.76年发生一次疫灾，疫灾频度为21.0%，高于先秦两汉时期的任何一个朝代。其中三国魏时期（220—264）疫灾年份7个，疫灾频度15.6%。西晋时期（265—316）疫灾年份18个，疫灾频度34.6%"⑤。《神仙传》描绘了瘟疫对社会生活造成的巨大破坏。《刘根传》载："颍川太守高府君到官，民人大疫，郡中死者过半。"瘟疫作为传染性强、发病率高的疾病，一旦在社会中蔓延，无论是平民百姓，还是政府官员，无一幸免，"太守家大小悉病"，太守只得派人向仙人刘根"叩头"，"求消灾除疫气之术"⑥。在可怕的瘟疫面前，太守放弃了尊贵的身份，恳求仙人伸出援手，救民于水火。

　　疾病损坏了个人健康，破坏了家庭亲情伦理，摧毁了社会正常秩序。由疾病所引发的一系列身体与心理的消极变化，导致了患者自我意识的破碎以及原有价值观的撤离，从而引发了因病求仙、因病修仙的行为。

二、疾病的治疗

　　《神仙传》中仙人治病的传统源于《太平经》所开创的"天医"信仰。所谓"天医"信仰，

---

①　《神仙传校释》，第253页。

②　《神仙传校释》，第291页。

③　《神仙传校释》，第264页。

④　王文涛：《汉代的疫病及其流行特点》，《史学月刊》2006第11期，第29页。

⑤　龚胜生、叶护平：《魏晋南北朝时期疫灾时空分布规律研究》，《中国历史地理论丛》2007第3期，第16页。

⑥　《神仙传校释》，第298页。

"即认为人若潜心修道而感动神祇,天医将会降临人间,为善人施予除病却灾"①。《长存符图》云:"天医自下,百病悉除,因得老寿。"②《有功天君敕进诀》载,天君将犯罪的神仙"谪于中和地上,在京、洛十年,卖药治病"③。《神仙传》中凡人患病濒临绝境,因虔诚而感动仙人,从而获救的故事,即"天医"信仰的延续。

《太平经》云:"天之格法,比如四时五行有兴衰也。八卦乾坤,天地之体也,尚有休囚废绝少气之时,何况人乎? 人者,乃象天地,四时五行六合八方相随,而壹兴壹衰,无有解已也。故当豫备之,救吉凶之源,安不忘危,存不忘亡,理不忘乱,则可长久矣。是故治邪法,道人病不大多。假令一人能除一病,十人而除十病,百人除百病,千人除千病,万人除万病。一人之身,安得有万病乎? 故能悉治决愈之也。"④《太平经》认为天地尚有兴衰,人的疾病亦不可避免。若能众采医术,将大益于修行。《太平经》中的"草木方诀""生物方诀""灸刺方诀""神祝文诀"等知识与技术,即这一思想的产物。掌握了大量治病知识与技术的修道者成为《神仙传》中仙人的原型。

(一)治疗知识的封闭性

《神仙传》中治疗知识源于神仙的密授,成为神仙的弟子是获得疾病治疗知识的唯一途径。弟子与仙人往往相遇于封闭的空间。费长房因为随"治百病皆愈"的仙人跳入壶中,才被认为"可教"。刘根与韩众相遇于华阴山(西岳华山)。华山以"险"著称,是魏晋时期道教灵山崇拜的重要场所。华山因地形险要所形成的封闭的地理环境为刘根的遇仙营造了神秘氛围。

为了拜师,凡人在仙人面前必须表现得极度虔诚:刘根遇到仙人韩众,"再拜稽首,求乞一言",苦苦哀求"今日有幸逢大神,是根宿夜梦想,从心所愿,愿见哀怜,赐其要诀"。⑤为了得到仙人的青睐,刘根一边"流涕",一边又采用了带有自虐色彩的"自搏重请"。费长房则把自己称为"无知"且"臭秽顽弊"的"肉人",反复表白对仙术的向往。凡人越谦卑,越能反衬神仙地位的崇高。

凡人要成为神仙的弟子必须经过严格考验。李八伯为了试炼唐公昉,隐藏了仙人身份,以佣客形象出现在唐公昉面前。

八伯乃伪作病,危困欲死,公昉为迎医合药,费数十万,不以为损,忧念之意,形于颜色。八伯又转作恶疮,周身匝体,脓血臭恶,不可近视,人皆不忍近之。公昉为之流涕,

---

① 姜守诚:《〈太平经〉研究:以生命为中心的综合考察》,社会科学文献出版社 2007 年,第 286 页。
② 《太平经合校》,第 341 页。
③ 《太平经合校》,第 628 页。
④ 《太平经合校》,第 302 页。
⑤ 《神仙传校释》,第 252 页。

曰:"卿为吾家勤苦累年而得笃病,吾趣欲令卿得愈,无所吝惜,而犹不愈,当如卿何!"八伯曰:"吾疮可愈,然须得人舐之。"公昉乃使三婢为舐之,八伯曰:"婢舐之不能使愈,若得君舐之乃当愈耳。"公昉即为舐之。八伯又言:"君舐之复不能使吾愈,得君妇为舐之当愈也。"公昉乃使妇舐之。八伯又言:"疮乃欲差,然须得三十斛美酒以浴之,乃都愈耳。"公昉即为具酒三十斛著大器中,八伯乃起入酒中洗浴,疮则尽愈,体如凝脂,亦无余痕。①

　　唐公昉为医治李八伯,舍弃了主仆身份之别,不计金银钱财;摒弃了舐疮的生理及心理的不适,不避脏污恶臭;抛弃了妻子与李八伯的男女之别,不拘伦理礼法。李八伯的要求越荒唐,越不近情礼,越能证明唐公昉品行纯良,求道至诚。李八伯通过侍疾的污秽与屈辱考验了唐公昉的虔诚与仁爱。唐公昉以绝对顺从的姿态迈出了世俗凡人走向仙界的第一步。

　　壶公在考验费长房的过程中,先强调"勿语人也",又"告长房曰:'我某日当去,卿能去否?"②费长房坚定地表达了修道决心,"思去之心,不可复言,惟欲令亲属不觉不知"。于是壶公指导费长房用一只竹杖完成了尸解,实现了与现实生活决裂。可见,仙与弟子之间的疾病知识传授建立在排斥世俗生活的基础之上。

　　仙人传授治病方法时往往配合秘传的口诀。安期先生授李少君"《神丹炉火飞雪》之方,誓约口诀"。口诀须由师亲传:"至真之诀,或但口传,或不过寻尺之素,在领带之中,非随师经久,累勤历试者,不能得也。"③因此,要获得仙的知识,"勤求"显得特别重要。"道家之所至秘而重者,莫过乎长生之方也。故血盟乃传,传非其人,戒在天罚。先师不敢以轻行授人,须人求之至勤者,犹当拣选至精者乃教之,况乎不好不求,求之不笃者,安可衒其沽以告之哉?"④马鸣生获得仙方的过程亦充满艰辛,随师"西之女几山,北到玄丘山,南凑泸江,周游天下,勤苦备尝,乃受《太清神丹经》三卷"⑤。

　　仙所传授的治病的知识只能在本派中流传。《神仙传》记载了五行派房中术在本派中传递谱系。玉子"精于五行之意,演其微妙。以养性治病,消灾散祸"⑥。太阳子"本玉子同年之亲友也。玉子学道已成,太阳子乃事玉子,尽弟子之礼,不敢懈怠"⑦。太阴女"好玉子之道,颇得其法,未能精妙",后又向太阳子学道,"遂授补道之要"⑧。仙人非常重

①　《神仙传校释》,第81页。
②　《神仙传校释》,第306-307页。
③　[晋]葛洪撰,王明校释:《抱朴子内篇校释》,中华书局1996年,第256页。(以下所引皆为此版本)
④　《抱朴子内篇校释》,第252页。
⑤　《神仙传校释》,第167页。
⑥　《神仙传校释》,第140页。
⑦　《神仙传校释》,第153页。
⑧　《神仙传校释》,第156页。

视传承的纯正性，如果弟子已死，仙人可以随时收回已经传授的治疗知识。王远曾"以一符并一传，著小箱中以与陈尉"，"可以消灾治病，病者命未终及无罪犯者，以符到其家便愈矣"。"陈尉以此符治病，有效"。陈尉"死后，其子孙行其符，不复效矣"①。师徒之间的密授，确保了知识只在修行者内部流传。

综上所述，《神仙传》中的遇仙大都发生在神秘的空间，修仙须彻底断绝世俗生活，由此建立神圣与世俗的区隔。在这个过程中，凡人需要反复强调对仙的仰慕，仙人则不断重申对凡人身体的批判。仙人从伦理、心理、生理等各个角度对凡人求道之心进行考验，培养凡人对于仙人的绝对信任以及对于信仰的绝对忠诚。神仙完全垄断了治疗知识的生产与分配。在封闭的知识传授链条下，严格的传授体系有效区隔了世俗的生活与治疗知识，保证了治疗知识传承的神圣性与神秘性。

(二)治病方法的多样性

《列仙传》中仙人治病方式以服食为主，而《神仙传》中因病修仙主要采用服食炼养的方式，因病求仙则主要采用符箓禁咒的方式。修行者和凡人不同的治病方式隐约地透露出《神仙传》对源于方仙道与民间道教的治疗传统的不同态度。

1. 服食炼养

服药是仙人治病的重要手段。《列仙传》中有赤将子舆"啖百草花"的记载②。《神仙传》中，凤纲"尝采百草花，以水渍泥封之，自正月始，尽九月末止，埋之百日，煎丸之"。百草花丸药效非常神奇，"卒死者，以此药内口中，皆立生"③。从百草花到百草丸，体现了神仙制药技术的进步。

《列仙传》从强身健体的角度，将松脂视为延年之药，仇生常食松脂，"三十余年而更壮"④。《神仙传》则将松脂视为治病之药。《神仙传》中仙人教赵瞿服松脂治癞，"瞿服之百许日，疮都愈，颜色丰悦，肌肤玉泽"⑤。安期先生以"神楼散"救"道未成而疾困于山林中"的李少君⑥。茅君二弟"年衰"，茅君"使服四扇散"⑦。尹轨之药，"入口即活"⑧。董奉以三丸药让"得毒病死"的交州刺史杜燮起死回生⑨。以上记载体现了葛洪在疾病治疗中对于服药的重视。

① 《神仙传校释》，第 95 页。
② 王叔岷校笺：《列仙传校笺》，中华书局 2007 年，第 7 页。
③ 《神仙传校释》，第 39 页。
④ 王叔岷校笺：《列仙传校笺》，中华书局 2007 年，第 36 页。
⑤ 《神仙传校释》，第 253 页。
⑥ 《神仙传校释》，第 206 页。
⑦ 《神仙传校释》，第 184 页。
⑧ 《神仙传校释》，第 318 页。
⑨ 《神仙传校释》，第 333 页。

《神仙传》中，药不仅可以口服，还可以涂抹。《尹轨传》云："天下大疫有得药如枣者，涂其门则一家不病，病者立愈。"①尹轨通过涂抹药物，抵御疫邪侵袭，保全了大疫中百姓的性命。

葛洪认为阴阳不调，易生疾病，房中术在疾病治疗中亦能发挥重要作用。《抱朴子》云："人复不可都绝阴阳，阴阳不交，则坐致壅阏之病；故幽闭怨旷，多病而不寿也。任情肆意，又损年命。唯有得其节宣之和，可以不损。"②《神仙传》中彭祖亦有类似的观点："人失交接之道，故有残折之期。能避众伤之事，得阴阳之术，则不死之道也。"③殷王曾修炼彭祖之术，试之有验。黄山君亦修彭祖之术，作《彭祖经》，成地仙。巫炎字子都，汉武帝曾向他习房中术，"颇行其法，不能尽用之，然得寿最，胜于他帝远矣。"④《抱朴子·遐览》中有《彭祖经》与《子都经》的记载。然而在后世仙传如《墉城集仙录》中延续了对于服药、行气在治病中的重要性的强调，但对于房中术在养性治病的疗效则持更加保守与谨慎的态度⑤，体现了道教治病思想的发展。

2. 符箓禁咒

符来源于原始巫术，具有沟通神灵，镇劾疫鬼之效。《神仙传》中仙人常常采用符为凡人治病，王远授陈尉符，"陈尉以此符治病，有效"⑥。壶公传符于费长房"治病消灾"，"长房乃行符收鬼治病，无不愈者"⑦。

受太平道和五斗米道符水治病的影响，魏晋时期，神水疗疾曾风靡一时。李家道李宽"祝水治病颇愈，于是远近翕然"⑧。神水疗疾，意在通过饮用神水，将神仙法力注入患者体内，消除病患。《列仙传》中负局先生为百姓引神水，"服之多愈疾"⑨。《神仙传》中玉子"其务魁时，以器盛水著两魁之间……以此水治百病，在内者饮之，在外者浴之，皆使立愈"⑩。"人有病者，（陈长）与祭水饮之，皆愈也"⑪。民间道教所擅长的符水疗病在《神仙传》中也占据了一席之地。

王遥、孙博、黄卢子等仙人擅长利用禁咒之术治病。王遥"颇能治病，病无不愈者。亦不祭祀，不用符水针药，其行治病，但以八尺布衄，敷坐于地，不饮不食，须臾病愈，便起

① 《神仙传校释》，第 318 页。
② 《抱朴子内篇校释》，第 150 页。
③ 《神仙传校释》，第 17 页。
④ 《神仙传校释》，第 291 页。
⑤ 罗争鸣：《〈墉城集仙录〉采自〈列仙传〉篇目探析——兼论杜光庭对房中术之态度》，《古籍整理研究学刊》2003 第 5 期，第 38-42 页。
⑥ 《神仙传校释》，第 106 页。
⑦ 《神仙传校释》，第 309-310 页。
⑧ 《抱朴子内篇校释》，第 174 页。
⑨ 王叔岷校笺：《列仙传校笺》，中华书局 2007 年，第 150 页。
⑩ 《神仙传校释》，第 140 页。
⑪ 《神仙传校释》，第 223 页。

去。其有邪魅作祸者,遥画地作狱,因召呼之,皆见其形物入在狱中,或狐狸、鼍、蛇之类,乃斩而燔烧之,病者即愈"①。孙博的治疗方式更神奇,"其疾病者,就博自治,亦无所云,为博直指之,言愈即愈"②。孙博治病时,虽能"直指"即愈,但尚须与病人见面,而黄庐子竟不见病人,隔空治病。"黄庐子,姓葛名起。甚能理病,若千里只寄姓名与治之,皆得痊愈,不必见病人身也。"③这些治疗技术的逻辑在于,神仙通过禁咒,对病人体内疾病进行驱逐,从而治愈病人的身体。

通过以上分析可以看出,《神仙传》的治疗技术整合了方仙道的服饵、房中术,民间道教的符箓、禁咒等技术,相较于《列仙传》单纯服药而言,治疗手段丰富得多。葛洪作为当世著名医家,有"《金匮药方》一百卷,《肘后要急方》四卷"④。但《神仙传》对于疗疾知识与技术的描写却是概略性的,缺乏细节描写,整个治病过程蒙上了一层若隐若现的神秘色彩。究其原因在于《神仙传》作为仙传,其目的在于宣扬"长生不死,神仙可得"的观念,治病是基础,成仙才是目的。《神仙传》对凡人身体脆弱性与短暂性的渲染,是为了与仙人坚固而持久的生命状态进行对比。换而言之,《神仙传》的叙事重点在于描绘神仙世界的美好,以此劝说人们接受神仙观念。由于具体的治疗知识与技术属于形而下的层面,与形而上的道相比,是低层次的存在,因此葛洪将治病的具体技术与知识进行模糊化的处理,仅将其作为修仙的背景。通过严格的师徒传授以及虔诚的神仙崇拜,葛洪将疾病治疗知识的流通控制在修道者的世界,而将仙人治病的传说散布于世俗人间。

(三)治疗效果的神奇性

《神仙传》中关于疾病治疗的有效性,通过仙人的自证,不信者的反证以及地方崇拜的旁证展开,为《抱朴子内篇》"神仙实有"提供了有利的辩护。

《神仙传》中仙术神奇的治病效果,往往围绕凡人因病修仙后身体变化而展开。彭祖自述,修仙之前"数遭忧患,和气折伤,令肌肤不泽,荣卫焦枯,恐不得度世";修仙之后,"至殷末世,年七百六十岁而不衰老"。⑤ 马鸣生"因逐捕而为贼所伤,当时暂死",得道士神药所救,后修仙"游九州五百余年,人多识之,怪其不老"⑥。赵瞿身患癞病,修道之后"在人间三百许,年色如小童"⑦。巫炎年老体衰,"得此道以来,已七十三年,有子三十六

① 《神仙传校释》,第 285 页。
② 《神仙传校释》,第 133 页。
③ 《神仙传校释》,第 164 页。
④ [唐]房玄龄等:《晋书》,中华书局 1974 年,第 1913 页。
⑤ 《神仙传校释》,第 16、15 页。
⑥ 《神仙传校释》,第 167 页。
⑦ 《神仙传校释》,第 253 页。

人,身体强健,无所病患,气力乃如壮时,无所忧患",在"年二百余岁"时,"白日升天"①。修习仙术之前,凡人或意外受伤,或身患恶疾,或年事已高,修习仙术之后身体发生了巨大的变化,不仅身强力壮,而且长生不老。

与之相对照,《神仙传》还描写了凡人由于心存怀疑,未服仙药,致使疾病缠身,后悔不已的故事。伯山甫"见其外生女年老多病,将药与之。女服药时年七十,稍稍还少,色如桃花"。"汉遣使者经见西河城东有一女子笞一老翁,其老翁头发皓白,长跪而受杖,使者怪而问之,女子曰:'此是妾儿,昔妾舅氏伯山甫,以神方教妾,妾教使服之,不肯,而致今日衰老,不及于妾,妾恚怒,故与之杖耳。'"②二百三十岁的母亲"色如桃花",七十岁的儿子"头发皓白",二者容颜形成了鲜明对比。《神仙传》通过母亲的"恚怒"与儿子的"长跪",有力地批判了对于仙药的怀疑态度。这个故事通过汉使与西河女子的对话还原了整个故事的原委。汉使流动的行迹有助于故事在不同地域的流传,汉使的政治身份也增强了仙药神效在不同社会阶层的宣传效果。

《神仙传》中董仲对仙药的态度也经历了从不信到信的变化过程。董仲本为儒生,"为人刚直,博学五经,然不达道术,常笑人服药学道,数上书谏武帝,以为人生有命,衰老有常,非道术所能延益"。然董仲与李少君"相亲"。李少君见董仲,"宿有固疾,体枯气少,乃与其成药二剂,并其方一篇"。"少君去后数月,仲病甚"。"仲乃忆所得少君药,试取服之,未半能行,身体轻壮,所苦了愈。药尽气力如三十时,乃更信世间有不死之道,即以去官行求道士,问以方意,悉不能晓,然白发皆还黑,形容甚盛,后八十余乃死。"董仲临死前嘱咐其子继续寻求李少君神方。"道生感父遗言,遂不肯仕,周旋天下求解方。"③董仲从服膺儒学转为信仰道教,而其子则彻底放弃人仕,专心求道。这种价值观的转变,形象地阐释了葛洪在《抱朴子内篇》中的观点:凡人由于见识有限,拘泥于儒家的世界观,否认仙道的存在。只有目睹了仙术治病延年的神奇效果才能真正意识到"道者,儒之本也;儒者,道之末也","儒者博而寡要,劳而少功","道家之教,使人精神专一,动合无形,包儒墨之善,总名法之要,与时迁移,应物变化,指约而易明,事少而功多,务在全大宗之朴,守真正之源者也"④。

病者对于医者治疗效果从信赖到信仰,是神仙崇拜得以产生的重要基础:茅山君治于句曲山,"山下之人,为立庙而奉事之"⑤;陈长"在苻屿山六百年,每四时设祭"⑥;沈建

---

① 《神仙传校释》,第291页。
② 《神仙传校释》,第119页。
③ 《神仙传校释》,第208-209页。
④ 《抱朴子内篇校释》,第184页。
⑤ 《神仙传校释》,第184页。
⑥ 《神仙传校释》,第223页。

"能治病，病无轻重，遇建则差，举事之者千余家"①。因疗病所形成的神仙信仰留下了大量的历史遗迹：葛玄由于"尤长于治病、收劾鬼魅之术，能分形变化"②，六朝以来，在吴地原扬州境内的句容、上虞、余姚、江宁、乌程、鄱阳、葛阳七个县及会稽郡里找到与葛仙公神仙传说有关的地方崇拜和祭祀。其中多处有葛仙公（翁）坛、葛仙公庵、葛仙公观、葛仙公庙等③。庐山北麓莲花峰下董奉杏林故址，曾建立祠庙。董奉最迟在唐代便纳入了官方的祭祀系统④。"为仙所建立的祠庙是家族、社群对离去的修道者集体记忆汇集和保存的场所。"⑤这些围绕在祠庙周围的家族、社群成为神仙治病有效性宣传的重要力量。

《神仙传》中仙人治病的故事一方面以祠庙为载体，通过民间或官方的祭祀系统保存于地理空间，另一方面还以历史、文学以及图像的方式进入了民族的集体记忆。壶公的故事，此后又见于南朝范晔《后汉书·费长房传》，其内容与《神仙传》基本一致。后世医家行医卖药，悬壶于门前作为标志，"悬壶济世"成为治病救人的代名词。尚颜《宿寿安甘棠馆》云"愿值壶中客，亲传肘后方"⑥，便是唐人歌咏悬壶济世的诗歌。后世诗歌将《神仙传》中仙人治病故事凝结为典故加以使用。王褒《和从弟祐山家诗》曰："若值韩众药，当御长房龙。"⑦杜甫《寄司马山人十二韵》云："家家迎蓟子，处处识壶公。"⑧王褒将韩众与费长房并举，杜甫将蓟子训与壶公并举，体现出知识阶层对于《神仙传》中仙人治病故事的熟悉。

综上所述，《神仙传》中作为医者的仙人在整个疾病治疗过程中占据了主动地位，决定治疗方式，保证治疗效果。作为病者的凡人在治疗过程中则始终保持沉默，被动地接受救治，没有任何机会发表关于治疗的意见与建议。仙人居高临下的治疗方式获得了对于凡人身体的绝对控制权，凸显了仙人治病方式的神秘感，渲染了神仙身份的优越性。《神仙传》成功地将医者与病者的医疗关系，置换成仙人与凡人的传教关系，实现了从医者到仙人，患者到信众的转变。仙人治病以集体记忆的方式进入传统文化。"记忆不断经历着重构。过去在记忆中不能保留其本来面目，持续向前的当下生产出不断变化的参照框架，过去在此框架中被不断重新组织。即使是新的东西，也只能以被重构的过去的

---

① 《神仙传校释》，第50页。

② 《神仙传校释》，第269-270页。

③ 黎志添：《从葛玄神仙形象看中古世纪道教与地方神仙传说》，《中国文化研究所学报》2001年新第10期，第495页。

④ 滑红彬：《庐山董奉杏林的历史与变迁》，《中国道教》2019第6期，第62-63页。

⑤ 〔美〕康儒博著：《修仙：古代中国的修行与社会记忆》，顾漩译，江苏人民出版社2019年，第180页。

⑥ 中华书局编辑部点校：《全唐诗》，中华书局1999年，第9669页。

⑦ 逯钦立辑校：《先秦汉魏晋南北朝诗》，中华书局1984年，第2338页。

⑧ 中华书局编辑部点校：《全唐诗》1999年，第2482页。

形式出现。"①仙人治病的集体记忆通过祭祀、文学、历史、图像等方式不断地被重构,实现了文化意义上的存储、认同与再生产,从而有效地促进了神仙信仰的传播与接受。

三、疾病的超越

《神仙传》中描写了两条成仙的路径:一是通过治疗自己身体的疾病,实现长生,最终成仙;一是通过行医,积善成仙。一则指向自我修行,一则面向社会救赎。《神仙传》中的两条成仙路径,延续了方仙道对于不死的兴趣,剥离了五斗米道、太平道的政治、军事色彩,体现了神仙道教以超越的姿态走向社会上层的努力。

(一)成仙

由于《神仙传》的成书晚于《抱朴子内篇》,《神仙传》明显受到《抱朴子》神仙学说的深刻影响。"《神仙传》始终已经置身于《内篇》所开启的神学境域的笼罩之中,或者说,《内篇》所抵达的神学境域始终统摄着和环绕着《神仙传》。"②《神仙传》通过塑造因病成仙的仙人形象有力地回应了《抱朴子内篇》"神仙实有,长生能致"的核心观点。

《神仙传》认为治病是长生的基础。仙人韩众告诉刘根:"必欲长生,且先治病十二年,乃可服仙之上药耳。"如果说,《神仙传》通过具体可感的神仙形象阐明"先治病,后成仙"的重要性,那么《抱朴子》则是从理论上论述治病与成仙的关系。《抱朴子内篇》云:"但患居人间者,志不得专,所修无恒,又苦懈怠不勤,故不得不有疹疾耳。若徒有信道之心,而无益己之业,年命在孤虚之下,体有损伤之危,则三尸因其衰月危日,入绝命病乡之时,招呼邪气,妄延鬼魅,来作殃害,其六厄并会,三刑同方者,其灾必大。其尚盛者,则生诸疾病,先有疹患者,则令发动。是故古之初为道者,莫不兼修医术,以救近祸焉。"③凡人由于"志不得专","懈怠不勤",在"孤虚"之时受到三尸的攻击,身染疾病。"百病兼结,命危朝露,不得大药,但服草木,可以差于常人,不能延其大限也。故《仙经》曰:'养生以不伤为本。'此要言也。神农曰:'百病不愈,安得长生?'信哉斯言也。"④葛洪引用了权威的《仙经》及神农之言论证了治愈疾病是实现长生的先决条件。

"道"具有虚静的特点,修仙须恬静淡泊。《抱朴子内篇》云:"学仙之法,欲得恬愉淡泊,涤除嗜欲,内视返听,尸居无心。"⑤因此,除"三尸"成为先治病,后长生的首要环节。

---

① 〔德〕扬·阿斯曼著:《文化记忆:早期高级文化中的文字、回忆和政治身份》,金寿福、黄晓晨译,北京大学出版社2015年,第35页。
② 余平:《神仙信仰现象学引论——对几部早期道经的思想性读解》,四川大学出版社2015年,第182页。
③ 《抱朴子内篇校释》,第271页。
④ 《抱朴子内篇校释》,第244-245页。
⑤ 《抱朴子内篇校释》,第17页。

《神仙传》云:"必欲长生,先去三尸,三尸去则意志定,嗜欲除也。"去"三尸"即断绝欲望,坚定意志,为坚定刘根的修道之心,仙人授其"神方五篇"以除"三尸"。《抱朴子内篇》中也记载了形形色色的除"三尸"法。《金丹篇》称九丹中的第二丹消三尸九虫,百病皆愈;羡门子丹三尸百病立下;小丹百病愈,三尸去。《仙药篇》将丹砂列入仙药中的上药,饵丹砂法可以愈百病,去三尸去,又认为服雄黄除百病,下三尸。

《抱朴子内篇》认为摆脱疾病的困扰,实现长生的过程需要博采包括了服药、行气、房中在内的众术。《至理篇》云:"服药虽为长生之本,若能兼行气者,其益甚速,若不能得药,但行气而尽其理者,亦得数百岁。然又宜知房中之术,所以尔者,不知阴阳之术,屡为劳损,则行气难得力也。"①《神仙传》中赵瞿、西河少女、茅固、茅衷、马鸣生、李少君、刘根等人成仙之前,服药以治病,彭祖、巫炎、玉子等人则以房中术养性治病。

《神仙传》认为服药是实现长生的重要手段。《神仙传》云:"服药有上下,故仙有数品也。不知房中之事,行气导引而不得神药,亦不能仙也。药之上者,唯有九转还丹,及太乙金液,服之皆立便登天,不积日月矣。其次云母雄黄之属,能使人乘云驾龙,亦可使役鬼神,变化长生者。草木之药,唯能治病补虚,驻年返白,断谷益气,不能使人不死也,高可数百年,下才全其所秉而已,不足久赖矣。"②《神仙传》遵从治病——长生——登天的修行秩序,将药分为三等,最上等的是丹药与金液,第二等是矿物之药,最下等是草木之药。丹药及金液对应登天,矿物之药对应长生,草木之药对应治病。《抱朴子内篇》中同样强调服食不同药物在修行中具有不同的功效。

抱朴子曰:《神农》四经曰,上药令人身安命延,升为天神,遨游上下,使役万灵,体生毛羽,行厨立至。又曰,五芝及饵丹砂、玉札、曾青、雄黄、雌黄、云母、太乙禹余粮,各可单服之,皆令人飞行长生。又曰,中药养性,下药除病,能令毒虫不加,猛兽不犯,恶气不行,众妖并辟。③

《抱朴子内篇》将药分为三等,认为上药成仙,中药养性,下药除病。不过《抱朴子内篇》增加了五芝的疗效,与《神仙传》略有不同。此外,《神仙传》中赵瞿服松脂先治病后成仙之事又见于《抱朴子内篇·仙药篇》。这两段记载基本一致,只是《仙药篇》在结尾处多了一段世人效法赵瞿"竞服"松脂却不能坚持的记载,强调了松脂作为草木之药,药效有限,在祛病、成仙过程中必须长服的重要性。

《抱朴子内篇》认为求长生的过程要勤求明师。《勤求篇》云:"天地之大德曰生,生,好物者也。是以道家之所至秘而重者,莫过乎长生之方也。故血盟乃传,传非其人,戒在

---

① 《抱朴子内篇校释》,第114页。
② 《神仙传校释》,第300页。
③ 《抱朴子内篇校释》,第196页。

96 中国传记评论（第七辑） 2025-1

天罚。先师不敢以轻行授人，须人求之至勤者，犹当拣选至精者乃教之，况乎不好不求，求之不笃者，安可衒其沽以告之哉？"①如前所述，《神仙传》在因病修仙的故事中强调了凡人必须以极其虔诚的态度接受仙的严格考验，以密传的方式，通过艰苦的修行才能获得来自仙界的治疗知识，从而实现长生久视。

通过以上分析可以看出，医与道均体现出对于疾病治疗的重视，道教中的服食与医家的药物学，道教的炼养与医家的养生学均有相通之处。但同样是治病，医家的治病，意在延长寿命，而道教的治病，则指向生命不朽。《神仙传》中围绕"先治病，后成仙"所展开的疾病书写，既清晰了仙家与医家的界限，又形象地营造了《抱朴子内篇》中仙人实有，长生可致的神学境域。长生久视的身体，既是道教的修炼目的，又成为道教超越性的见证。

（二）救赎

《神仙传》中"先治病，后成仙"的观念，还有另一种理解：通过治病积累功德，实现由凡人到神仙的身份转换。沈羲，"学道于蜀中，但能消灾治病，救济百姓，而不知服食药物，功德感于天，天神识之"。沈羲并不懂服食，但却因为治病救人，"有功于民"，在"寿命不长，算禄将尽"之际，由仙官下迎，拜"碧落侍郎，主吴越生死之籍"②。追溯沈羲成仙的过程，可以看出通过治病救人积累功德，是成仙的重要途径。《抱朴子内篇》云："按《玉钤经中篇》云，立功为上，除过次之。为道者以救人危使免祸，护人疾病，令不枉死，为上功也。欲求仙者，要当以忠孝和顺仁信为本。若德行不修，而但务方术，皆不得长生也。"③"忠孝和顺仁信"属于儒家的伦理范畴。将"忠孝和顺仁信"代表的德行作为修仙的先决条件，体现了葛洪援儒入道的意图。《抱朴子内篇》云："人欲地仙，当立三百善；欲天仙，立千二百善……积善事未满，虽服仙药，亦无益也。"④在葛洪看来，治病便是积累了善行，善行与功德紧密联系在一起，功德圆满便能成仙。

在疾病的治疗市场中，各种道术并存，竞争非常激烈。《抱朴子内篇》云："今杂猥道士之辈，不得金丹大法，必不得长生可知也。虽治百病有起死之效，绝谷则积年不饥，役使鬼神，坐在立亡，瞻视千里，知人盛衰，发沉祟于幽翳，知祸福于未萌，犹无益于年命也。"⑤杂猥道士虽能治病，但由于不懂得金丹大法，无法彻底解决生死问题。更为可恨的是，妖伪之道治病，耗费了大量钱财，常常使病家陷入穷苦。"疾病危急，唯所不闻，闻辄，

---

① 《抱朴子内篇校释》，第 252 页。
② 《神仙传校释》，第 69 页。
③ 《抱朴子内篇校释》，第 53 页。
④ 《抱朴子内篇校释》，第 53-54 页。
⑤ 《抱朴子内篇校释》，第 259 页。

修为,损费不訾,富室竭其财储,贫人假举倍息,田宅割裂以讫尽,箧柜倒装而无余。"①与妖伪之道行医诓骗钱财形成鲜明对比的是,《神仙传》中仙人治病消灾,不以赚钱为目的。壶公卖药"得钱日收数万,而随施与市道贫乏饥冻者,所留者甚少"②。董奉看病"所得粮谷,赈救贫穷,供给行旅,岁消三千斛,尚余甚多"③。壶公卖药所得金钱与董奉卖杏所得钱谷,均是为了救助生活在社会底层的穷苦大众。封君达"闻人有疾病时死者,便过与药治之,应手皆愈"的行为更是将道教的仙道贵生、无量救人推向了极致。壶公、董奉、封衡等仙人"积善立功,慈心于物,恕己及人,仁逮昆虫,乐人之吉,愍人之苦,赒人之急,救人之穷"④的形象,鲜明地体现了道教援儒入道的济世情怀。

妖伪之道在治病的过程中"假托小术",欺瞒百姓,纠集"奸党",破坏社会秩序,造成了恶劣的社会影响。《抱朴子内篇》云:"俗所谓道率皆妖伪,转相诳惑,久而弥甚,既不能修疗病之术,又不能返其大迷,不务药石之救,惟专祝祭之谬,祈祷无已,问卜不倦。""曩者有张角柳根王歆李申之徒,或称千岁,假托小术,坐在立亡,变形易貌,诳眩黎庶,纠合群愚,进不以延年益寿为务,退不以消灾治病为业,遂以招集奸党,称合逆乱,不纯自伏其辜,或至残灭良人。"⑤汉末以来,张角、张陵等人以治病为名,建立了三十六方、二十四治等宗教、政权、军队合一的组织,对世俗政权及官方意识形态造成了极大的威胁。"常常会刺激宗教权力的膨胀和政治力量的猜疑,这在古代中国这样一个世俗政治权力占有绝对控制力量的社会中,这是很容易使宗教遭致灭顶之灾的。"道教为了生存与壮大,"在魏晋以来'清整道教'这一自我整顿过程中,道教就在不断地、自觉地泯灭自己这种干预世俗事务的性质,也在不断地自觉地改变宗教的组织架构,而且也越来越靠近上层士大夫的伦理取向"⑥。《神仙传》云:"君异居山间为人治病,不取钱物,使人重病愈者,使载杏五株,轻者一株。如此数年,计得十万余株,郁然成林。而山中百虫群兽游戏杏下,竟不生草,有如耘治也。"⑦仙人董奉的杏林体现了《神仙传》对于公正、秩序、诚信、和谐的社会关系的追求与向往,杏林成为道教人间乐园的象征。葛洪将"延年益寿"作为个人修行目标,而将"消灾治病"视为道教的济世情怀,这便在很大程度上提升了道教的宗教品格,开启了"清整道教"的先声。

综上所述,《神仙传》中的疾病书写熔铸了汉末以来人们对于疾病肆虐的痛苦记忆。《神仙传》中因病修仙故事,体现了修道者以治病为基础展开的身体修炼;因病求仙故事,

---

① 《抱朴子内篇校释》,第172页。
② 《神仙传校释》,第307页。
③ 《神仙传校释》,第335页。
④ 《抱朴子内篇校释》,第126页。
⑤ 《抱朴子内篇校释》,第172、173页。
⑥ 葛兆光:《屈服史及其他:六朝隋唐道教的思想史研究》,生活·读书·新知三联书店2003年,第23、25页。
⑦ 《神仙传校释》,第335页。

体现了修道者以治病为名联系当地社群，吸引信众的努力。《神仙传》中治病方式，既有援医入道成分，又整合了早期道教不同教派的治病传统。《神仙传》成功地将医者与病者的医疗关系，置换为仙人与凡人的传教关系，实现了从医者到仙人，患者到信众的转变。《神仙传》所倡导的"先治病，后成仙"的观念，丰富了《抱朴子内篇》中"仙人实有，长生可致"的神学境域，划清了神仙道教与流俗道士的界限，清整了道教。后世道教对医疗知识的重视，以及以祠庙、祭祀、文学、图像为载体的仙人治病传说，体现了《神仙传》宣扬的神仙治病观念在修行者内部及世俗社会不断交汇而又双向传播的文化记忆。

贬谪途中的心灵回响

——欧阳修《于役志》的情感特色及成因

柳卓霞

内容摘要：宋仁宗景祐三年（1036），范仲淹因谏言忤逆宰相吕夷简，旋即谪贬饶州。时欧阳修任馆阁校勘，激于义愤，移书右司谏高若讷，严词斥责其不能为范公辨明冤屈，且直言其"不复知人间有羞耻事"。高若讷恼羞交加，竟奏于上，致欧阳修贬为夷陵令。欧公遂取《诗经》"君子于役"之意，作《于役志》。其间，自京师始发，沿汴河、涉淮水，泛长江一路赴任夷陵，皆按日序记录行程及沿途见闻感怀。《于役志》为宋代首部官员赴任之日记体游记，其文简约，然细品之下，欧公思家念友之情，隐然可见；政治讽谕之意，寓于其间；风雅生活之情趣，自然流露。《于役志》以惜墨如金之笔，于言简意赅之间巧妙布局，展现了一位士大夫的铮铮风骨与卓然神采。

关键词：《于役志》 夷陵 宴游 讽谕 生活

基金项目：本文为教育部后期资助项目《〈新唐书〉文学叙事研究》（项目批准号：18JHQ035）阶段性成果

作者简介：柳卓霞，中国海洋大学文学与新闻传播学院讲师，研究方向：唐宋文学、传记文学。

宋仁宗景祐三年五月九日，天章阁待制、权知开封府范仲淹，因用人之议与宰相吕夷简发生激烈争执，被诬为结党营私，旋即遭贬，出知饶州。十五日，集贤校理、大理评事余靖，毅然上书为范仲淹鸣不平，却因此获罪，被贬为监筠州酒税。十八日，太子中允、馆阁校勘尹洙，亦因范仲淹之事受牵连，被贬郢州监酒税。时为镇南节度掌书记、馆阁校勘的欧阳修，见此情景，义愤填膺，遂修书于右司谏高若讷。信中言辞犀利，斥责高若讷身为谏官，面对范仲淹蒙冤，"不能为辨其非辜，又畏有识者之责己，遂随而诋之，以为当黜"；在余靖、尹洙相继被贬后，"犹能以面目见士大夫，出入朝中称谏官，是足下不复知人间有

羞耻事尔"①。高若讷恼羞成怒,于二十一日上奏朝廷,致使欧阳修被贬为夷陵县令。遭此变故,欧阳修以笔为记,取《诗经》"君子于役"之意,撰写《于役志》一卷,记录了自"五月九日丙戌,希文出知饶州"起,至九月"壬辰,次公安渡"②止,他携家人沿汴水,渡淮河,泛大江,行程五千里,历经一百一十程,方至荆南的一路行程与所见所闻。这段旅程,不仅是地理上的辗转迁徙,更是他人生境遇的真实书写和心灵的深刻映照。

欧阳修作为北宋文坛泰斗,其诗文造诣精湛,声名远扬于朝野内外。而《于役志》却呈现出一种极为独特的风格,记事极为扼要,简直到了"惜墨如金"的程度,以至于有"质木无文"之感。然而,后周本、丛刊本《欧阳文忠公集》于卷一百二十五《于役志》之后皆加注云:"右《于役志》一卷,虽非著述,流传至今,则不可略。"③由此可见,尽管《于役志》在风格上迥异于欧公的鸿篇巨制,但它在流传中却有着不可忽视的地位。事实上,《于役志》不仅流传极为广泛,而且引发了众多文人的模仿。究其原因,行文简洁却蕴含丰富的特色,无疑是关键所在。这种简洁并非空洞无物,而是在寥寥数语中,蕴藏着深厚的内涵,如同璞玉,虽外表质朴,却内质温润。关于《于役志》内蕴的"春秋学"特色,学者成玮于《褒贬即从字面求——由〈于役志〉看欧阳修〈春秋〉学的特色》一文中,已作细致入微且条理清晰的剖析。④ 而本文旨在探究欧阳修在《于役志》中寄寓的思想情感,试图从另一维度解读这部特殊作品。此次夷陵之行,欧阳修内心,一方面满是对前途未卜的迷茫和对亲友的深切思念;另一方面,虽处贬谪之境,仍心系朝廷、忧国忧民,对当权者行径,虽未直白怒斥,却在字里行间巧妙渗透出难以掩饰的讽刺之意。尤为可贵的是,即便面临困境,他依然保持丰富雅致的情趣,将学问融入日常生活,展现出超脱豁达的人生态度。

一、夷陵羁旅:仓皇行色中的亲友眷念

《于役志》全文篇幅简短,不过 1800 字。在这寥寥文字之中,欧阳修着墨较多之处,乃是与新朋旧友的交游宴乐。以至于明代的王慎中曾以略带调侃的口吻评价此书,称其为"此公酒肉账簿也"⑤。欧阳修抵达夷陵之后,在写给尹师鲁(即尹洙)的信中曾提到:"行虽久,然江湖皆昔所游,往往有亲旧留连,又不遇恶风水,老母用术者言,果以此行为幸。"⑥夷陵之行,仓促惶恐,不难看出,与朋友的宴游互动,是漫漫长路上的温馨暖阳,不仅为漫长且艰辛的旅途增添了诸多愉悦,更在一定程度上,如春风化雨般,悄然缓解了欧

---

① [宋]欧阳修撰,李之亮笺注:《欧阳修集编年笺注》第 4 册,巴蜀书社 2007 年,第 273、275 页。(以下所引皆为此版本)
② 《欧阳修集编年笺注》第 7 册,第 91、99 页。
③ 李逸安点校:《欧阳修全集》,中华书局 2001 年,第 1905 页。
④ 成玮:《褒贬即从字面求——由〈于役志〉看欧阳修〈春秋〉学的特色》,《华东师范大学学报》(哲学社会科学版)2017 年第 2 期,第 107-115 页。
⑤ [明]陶珽重编:《说郛》卷 65,[明]陶宗仪等编《说郛三种》,上海古籍出版社 1988 年,第 3031 页。
⑥ 《欧阳修集编年笺注》第 4 册,第 280-281 页。

阳修因贬谪而滋生的内心迷茫。

(一)仓皇:夷陵之行的心灵底色

　　宋仁宗景祐三年(1036)五月九日,范仲淹因直言政事与用人之议忤逆宰相吕夷简,旋即被贬往饶州。短短数日间,风云突变,十五日,余靖亦遭贬谪;十八日,尹洙步其后尘;二十一日,欧阳修也未能幸免。半月之内,四位官员接连被贬,朝廷内部政争之激烈,可见一斑。欧阳修在《与尹师鲁第一书》①中详细记叙了彼时相送不得,以及自己匆忙离京的窘迫情形。尹师鲁被贬离京之际,欧阳修原本约定前往送行,"约使人如河上",然而命运弄人,自己竟也"既受命"被贬为夷陵令,终究未能践约。无奈之下,他"便遣白头奴出城",可那白头奴返回后却告知,未能见到尹师鲁的船只。到了晚间,"及得师鲁手简,乃知留船以待,怪不如约,方悟此奴懒去而见给"。由此可见,欧阳修在启程前,便已遭受波折。当欧阳修自己启程奔赴夷陵时,更是磨难重重。"临行,台吏催苟百端",严苛至极,全然不像催促尹师鲁时那般有礼,使得欧阳修"惶迫不知所为",令他甚至无暇在京师留下书信,只能"深托君贶,因书道修意以西"。起初,他本打算陆路前往夷陵,无奈"以大暑,又无马",最终只能选择水路出行。此般情景,恰似"虎落平阳",尽显落魄与无奈。不仅如此,在漫长的行程中,音书难通,又无疑给欧阳修增添了几分愁绪。"在路无附书处,不知君贶曾作书道修意否?"他满心牵挂,却不知好友君贶是否已按嘱托传递自己的心意。抵达荆州,询问当地人,得知"去郢止两程",又听兄长提及,有人见到尹师鲁路过襄州,想来如今已在郢州多时,这才稍感宽慰,得以写信向尹师鲁问候:"师鲁欢戚,不问可知,所渴欲问者,别后安否? 及家人处之如何,莫苦相尤否? 六郎旧疾平否?"②事实上,《于役志》中明确记载:"乙未,安道东行,不及送。余与君贶追之,不克。"③由此可见,欧阳修不仅未能为尹师鲁饯行,就连送别余靖,也未能如愿以偿。彼时,欧阳修仓促离京,无法送别挚友,在漫长的贬途中,又与亲朋好友几乎断绝了书信往来。仕途的骤变、亲友的分离、前途未卜的迷茫,让这段旅程充满了难以言说的沉重。

　　从他致丁宝臣的书信里不难发现,在奔赴夷陵的漫漫路途中,欧阳修已然设想到抵达贬所后或许会遭遇的歧视与冷遇。

　　昔春秋时,郑詹自齐逃来,传者曰:"甚佞人来,佞人来矣!"此不欲佞人入其邦,而恶其来甚之之辞也。修之是行也,以谓夷陵之官相与语于府,吏相与语于家,民相与语于道,皆曰"罪人来矣"。凡夷陵之人,莫不恶之,而不欲入其邦,若鲁国之恶郑詹来者,故曰

----

① 《欧阳修集编年笺注》第 4 册,第 280-284 页。
② 《欧阳修集编年笺注》第 4 册,第 280 页。
③ 《欧阳修集编年笺注》第 7 册,第 91 页。

夷陵不幸也。①

　　欧阳修猜想他此番前往夷陵，夷陵的官员、府吏、百姓或相聚于府衙，或相语于家中，或议论于街巷，都会认为是"罪人来了"。在他的想象中，仿佛夷陵的每一个人，自上至下，都会对他心生厌恶，恰似当年鲁国人嫌恶郑詹。他似乎已经预见，自己将会被众人冠以"佞人""罪人"的名号，成为夷陵人眼中的不祥之人。

　　不仅如此，欧阳修甚至还为自己可能遭受的种种排斥，悄然做好了心理建设与应对之策。他打算以一种逆来顺受的姿态，默默承受这一切，哪怕内心委屈，也选择委曲求全，只求能在这被贬之地，寻得一丝安身立命的可能。

　　幸至其所，则折身下首以事上官，吏人连呼姓名，喝出使拜，起则趋而走。设有大会，则坐之壁下，使与州校役人为等伍，得一食，未彻俎而先走出。上官遇之，喜怒诃诘，常敛手栗股，以伺颜色，冀一语之温和不可得。所以困辱之如此者，亦欲其能自悔咎而改为善也。②

　　悲苦心境中的无奈与隐忍，似一重沉重的枷锁，紧紧钳制着欧阳修。这种心境，在他与余靖于楚州见面交谈中，亦有所表露。《于役志》中欧阳修记录了六月间在楚州与余靖相见，仅言"泊舟西仓，始见安道于舟中"③。相关谈话内容实存留于欧阳修写给尹师鲁的书信之中。

　　安道与予在楚州，谈祸福事甚详，安道亦以为然。俟到夷陵写去，然后得知修所以处之之心也。又常与安道言，每见前世有名人，当论事时，感激不避诛死，真若知义者。及到贬所，则戚戚怨嗟，有不堪之穷愁形于文字，其心欢戚无异庸人，虽韩文公不免此累，用此戒安道，慎勿作戚戚之文。④

　　欧阳修对韩愈的学问文章，向来推崇备至，赞誉有加。然而，透过这段文字，我们却能清晰地察觉到，欧阳修对韩愈被贬后整日郁郁寡欢、满心牢骚抱怨的行为实在难以苟同。这从侧面深刻地反映出，欧阳修到达夷陵之前，便已在心理上做好了充分准备，哪怕面对种种冷嘲热讽，也能坦然应对。

　　所幸欧阳修抵达夷陵后，并未如他此前所担忧的那般，遭受来自各方的抵制和排斥。当地的官员与百姓，并未以冷漠、歧视的态度对待这位被贬而来的官员。恰恰相反，他们以热情的姿态，真诚地欢迎欧阳修的到来，并给予他周到的款待。尤为令人欣慰的是，甚

---

① 《欧阳修集编年笺注》第 4 册，第 291-292 页。
② 《欧阳修集编年笺注》第 4 册，第 292 页。
③ 《欧阳修集编年笺注》第 7 册，第 92 页。
④ 《欧阳修集编年笺注》第 4 册，第 281-282 页。

至在欧阳修尚未踏入夷陵界之时，丁宝臣等友人便已纷纷殷勤致信，信中的句句关切之语，如同冬日暖阳，给予了欧阳修莫大的慰藉与温暖，让他在这艰难的人生境遇中，感受到了真挚的情谊与温暖的力量。

（二）宴游寄思：情牵亲友的心灵行迹

《于役志》源自《诗经·王风·君子于役》："君子于役，不知其期。曷至哉？鸡栖于埘，日之夕矣，羊牛下来。君子于役，如之何勿思！君子于役，不日不月。曷其有佸？鸡栖于桀，日之夕矣，羊牛下括。君子于役，苟无饥渴。"[①]此诗深切表现了家人对在外行役"君子"的深深牵挂，饱含着盼其早日归来的殷切期望。欧阳修远赴夷陵，行程虽最终平安无虞，却充满了惊险波折。正如他自己所描述："修得罪也，与之一邑，使载其老母寡妹，浮五千五百之江湖，冒大热而履深险，一有风波之厄，则叫号神明，以乞须臾之命。"[②]此番言语，道尽一路艰辛，也足见他对携母妹同行、深陷险境的自责与不安。在《于役志》里，欧阳修对与新朋旧友的交游宴乐着墨颇多。彼时，自然险灾与渺茫难测的前途，如同阴霾笼罩心头。然而，亲朋好友间的宴饮聚会，恰似温暖的烛光，相互慰藉的话语，宛如轻柔的微风，在一定程度上驱散了这些阴霾。只是，每当再度踏上旅程，那暂被安抚的思家念友之情，便如潮水般再度涌来，愈发浓烈。这种真挚深沉的情感，在他的诗文中展现得淋漓尽致，每一处笔触都仿佛诉说着内心深处的眷恋与牵挂。

在奔赴夷陵途中，欧阳修挥毫写下诸多佳作，字里行间满溢着对亲友的深切思念。如《南征道寄相送者》："楚天风雪犯征裘，误拂京尘事远游。谢墅人归应作咏，灞陵岸远尚回头。云含江树看逆所，目逐归鸿送不休。欲借高楼望西北，亦应西北有高楼。"[③]欧阳修毫无避讳之意，径直道出自己被贬乃因"误拂京尘"，触怒京城权贵。诗中虽并未言明送行者究竟是谁，然而，从送别之际双方的难舍难分，离去后的伫立相望，以及分别后深沉的长久相思，皆清晰展现出送行者与欧阳修之间情谊的真挚纯粹与深厚笃实。再如《行云》一诗："叠叠眼波隔梦思，离愁几日减要围。行云自亦伤无定，莫就行云托信归。"[④]以"叠叠"之"眼波"，将对亲人望眼欲穿的相思之情展现得淋漓尽致，因思念心切，连夜晚都在梦中踏上归乡之路。短暂的相聚，却带来满怀的离愁别绪，使人更加憔悴消瘦。望着天空中飘忽不定的行云，诗人本欲借它传递对亲人的相思，可想到自己的身世竟也似行云一般，漂泊无依、居无定所，不禁悲从中来，一声喟叹，无尽的感伤在心头蔓延。其他

① 余冠英注译：《诗经选》，人民文学出版社1979年，第73页。
② 《欧阳修集编年笺注》第4册，第292页。
③ 《欧阳修集编年笺注》第3册，第522页。
④ 《欧阳修集编年笺注》第3册，第533页。

如《送窦秀才》："短亭山翠偏多叠，送目鸿惊不及群。一驿赋成应援笔，好凭飞翼寄归云。"①《旅思》："陌草薰沙绿，江枫照岸青。南陔动归思，兰叶向春馨。"②《倦征》："沈约伤春思，嵇含倦久游。帆归黄鹤浦，人滞白蘋洲。"③《高楼》："六曲雕栏百尺楼，帘波不定瓦如流。浮云已映楼西北，更向楼西待月钩。"④《宿云梦馆》："北雁来时岁欲昏，私书归梦杳难分。井桐叶落池荷尽，一夜西窗雨不闻。"⑤这些诗篇，无一不充溢着浓郁的思念之情，是一首首深情的乐章，奏响在欧阳修的羁旅途中。

对于欧阳修而言，宴游恰似及时雨，不仅有效缓解了他旅途的疲惫困乏，还大大减轻了其对京洛亲友的深切思念。同时，宴游所带来的欢乐，在相当程度上，消弭了欧阳修因被贬前后生活落差而产生的不适之感。在《张子野墓志铭》中，欧阳修曾详细记述自己被贬夷陵前后生活状况的显著差异：

初，天圣九年，予为西京留守推官。是时，陈郡谢希深、南阳张尧夫与吾子野，尚皆无恙。于时一府之士，皆魁杰贤豪，日相往来，饮酒歌呼，上下角逐，争相先后以为笑乐。而尧夫、子野退然其间，不动声气，众皆指为长者。予时尚少，心壮志得，以为洛阳东西之冲，贤豪所聚者多，为适然耳。其后去洛，来京师，南走夷陵，并江汉，其行万三四千里，山砠水厓，穷居独游，思从曩人，邈不可得。然虽洛人，至今皆以谓无如向时之盛。然后知世之贤豪不常聚，而交游之难得为可惜也。⑥

在洛阳与京师，那些与亲朋欢聚一堂的往昔岁月，成为欧阳修难以释怀的眷恋。景祐四年（1037），欧阳修在赠予丁宝臣的诗作里写道："春风疑不到天涯，二月山城未见花。残雪压枝犹有橘，冻雷惊笋欲抽芽。夜闻归雁生乡思，病入新年感物华。曾是洛阳花下客，野芳虽晚不须嗟。"⑦初抵夷陵的欧阳修，于《与尹师鲁第一书》中这般记述："昨日因参转运，作庭趋，始觉身是县令矣，其余皆如昔时。"⑧"其余皆如昔时"，这看似寻常的短短六字，实则蕴含深意。透过它们，我们不难窥探到，在那奔赴夷陵的迢迢征途上，宴游所带来的愉悦，在不经意间，于一定程度上冲淡了欧阳修对洛阳与京师那段往昔生活的深切追忆和怀想。然而，这种"冲淡"并非记忆的消逝，亦非情感的磨灭，而是在全新环境与宴游乐趣的交融之下，让那份往昔的眷恋，以一种更为温婉、柔和的姿态，深深烙印并留存于心底。

---

① 《欧阳修集编年笺注》第 3 册，第 525 页。
② 《欧阳修集编年笺注》第 3 册，第 525 页。
③ 《欧阳修集编年笺注》第 3 册，第 528 页。
④ 《欧阳修集编年笺注》第 3 册，第 531 页。
⑤ 《欧阳修集编年笺注》第 3 册，第 532 页。
⑥ 《欧阳修集编年笺注》第 2 册，第 411 页。
⑦ 《欧阳修集编年笺注》第 1 册，第 427 页。
⑧ 《欧阳修集编年笺注》第 4 册，第 281 页。

二、贬谪纪事：忧国之心与蔑敌之意

《于役志》之名，出自《诗经·王风·君子于役》。《小序》称："刺平王也。君子行役无期度。大夫思其危难以风焉。"①欧阳修《诗本义》言："毛公者，盖以其源流所自得圣人之旨多欤？今考毛诗诸序与孟子说诗多合，故吾于诗常以序为证也。"②在《王国风解》一文中，欧阳修明确指出《王风》是为讽刺周平王时局势衰微，"法不法，正不正"而作：

六经之法，所以法不法，正不正。由不法与不正，然后圣人者出，而六经之书作焉。周之衰也，始之以夷、懿，终之以平、桓，平、桓而后不复支矣。故《书》止《文侯之命》而不复录，《春秋》起周平之年而治其事，《诗》自《黍离》之什而降于《风》。绝于《文侯之命》，谓教令不足行也；起于周平之年，谓正朔不足加也；降于《黍离》之什，谓《雅》《颂》不足兴也。教令不行，天下无王矣；正朔不加，礼乐偏出矣；《雅》《颂》不兴，王者之迹息矣。《诗》《书》贬其失，《春秋》悯其微，无异焉尔。然则《诗》处于《卫》后而不次于二《南》，恶其近于正而不明也；其体不加周姓而存王号，嫌其混于诸侯而无王也。近正则贬之不著矣，无王则绝之太遽矣。③

欧阳修在《于役志》中也暗藏讽谏，这种意图主要体现在两个方面：其一，是对政局的深深担忧；其二，则是对政敌的蔑视。

（一）旅途思索：逆境之中的家国忧思

在出任试大理评事与监察御史之际，欧阳修于其创作的诗文中，便已毫不隐讳地流露出对吕夷简等把持朝政之人的强烈不满，且对他们的行径展开了凌厉的抨击。就以景祐三年（1036）被贬前所作的五言诗《颜跖》来说，诗中以颜回与盗跖进行鲜明对比："颜回饮瓢水，陋巷卧曲肱。盗跖厌人肝，九州恣横行。回仁而短命，跖寿死免兵。愚夫仰天呼，祸福岂足凭？跖身一腐鼠，死朽化无形。万世尚遭戮，笔诛甚刀刑。思其生所得，豺犬饱臭腥。颜子圣人徒，生知自诚明。惟其生之乐，岂减跖所荣？死也至今在，光辉如日星。"④颜回安贫乐道，即便身处陋巷，以瓢饮水、曲肱而卧，却依然坚守仁德；盗跖则残忍暴虐，以人肝为食，在九州大地肆意横行。生前，颜回的仁德并未换来长寿，盗跖的恶行也未招致恶果，如此"善不得善终，恶未得恶报"的遭遇，着实令人感慨。然而，死后的情形却截然不同，颜回的光辉如日星般闪耀，永垂青史；盗跖则如腐鼠般，死朽之后遭万世

① ［汉］毛亨传，［汉］郑玄笺，［唐］孔颖达疏：《毛诗正义》，北京大学出版社1999年，第256页。
② ［宋］欧阳修：《诗本义》卷14，摛藻堂四库全书荟要本，第14页。
③ ［宋］欧阳修：《诗本义》卷15，摛藻堂四库全书荟要本，第4-5页。
④ 《欧阳修集编年笺注》第1册，第1页。

唾弃，恶名远扬，被历史的笔锋批判，更甚于刀刑。在这首诗里，欧阳修巧妙地以颜回指代范仲淹等为朝廷殚精竭虑、鞠躬尽瘁的官员，而以盗跖影射吕夷简等任人唯亲、中饱私囊的小人。此诗意在告诫吕夷简等人，切莫因一时的权势与得意而忘乎所以，毕竟历史的评判公正无私，他们最终将难以逃脱被世人唾弃的命运。在《仙草》一诗中，欧阳修的愤懑之情更是表露无遗。当时，范仲淹遭受吕夷简等人越职言事、离间君臣、引用朋党的恶意诋毁，而高若讷等谏官却选择缄默不作为，对是非曲直"不辨真与伪"。欧阳修以"汝方矜所得，谓世尽盲昏。非人不见汝，乃汝不见人"①，表达了对这些谏官的愤慨。他们自以为得意，却浑然不知自己已陷入盲目与昏聩，并非世人看不到他们的所作所为，而是他们自己蒙蔽了双眼，看不到正义与真相。由此可见，在被贬夷陵之前，欧阳修目睹当时朝廷的混乱不堪，已然痛心疾首，其忧国忧民之情，在诗文中展现得淋漓尽致。

《于役志》的叙事起点，并非自景祐三年（1036）五月二十一日欧阳修被贬谪夷陵之时，而是回溯到五月九日范仲淹被贬饶州之际：

景祐三年丙子岁，五月九日丙戌，希文出知饶州。

戊子，送希文，饮于祥源之东园。

壬辰，安道贬筠州。

甲午，师鲁贬郢州。

乙未，安道东行，不及送。余与君贶追之，不克。还，过君谟家，遂召穆之、公期、道滋、景纯夜饮。

丁酉，与损之送师鲁于固子桥西兴教寺，余留宿。明日，道卿、损之、公期、君贶、君谟、武平、源叔、仲辉，皆来会饮，晚乃归。余贬夷陵。②

欧阳修敏锐地洞察到，范仲淹与吕夷简等人围绕用人问题所展开的激烈政争，绝非寻常的朝堂纷争。在他看来，这场政争对于打破当时混乱不堪的政治局面，具有举足轻重的意义。事实上，这一政争已然引发了朝野上下的广泛关注，从宫廷殿堂到市井街巷，人们纷纷热议，其影响力迅速蔓延开来：

五六十年来，天生此辈，沈默畏慎，布在世间，相师成风。忽见吾辈作此事，下至灶门老婢，亦相惊怪，交口议之。不知此事，古人日日有也，但问所言当否而已。又有深相赏叹者，此亦是不惯见事人也。可嗟世人不见如往时事久矣！③

然而，短短十三日间，范仲淹、余靖、尹师鲁与欧阳修竟接连被贬，这一事件在社会上激起轩然大波，引发了社会各界的强烈震动。馆阁校勘蔡襄为此创作《四贤一不肖诗》，

---

① 《欧阳修集编年笺注》第 1 册，第 5 页。
② 《欧阳修集编年笺注》第 7 册，第 91 页。
③ 《欧阳修集编年笺注》第 4 册，第 281 页。

诗中以"四贤"赞誉范仲淹、余靖、尹洙与欧阳修,盛赞他们"吾知万世更万世,凛凛英风激懦夫""贤才进用忠言录,祖述圣德垂无疆";"一不肖"则直指高若讷,并严正警告:"四公称贤尔不肖,谗言易入天难欺"①。据王辟之《渑水燕谈录》记载,此诗流传于京城开封,众人争相传抄,书商售卖该诗获利颇丰。就连契丹使者恰好来到此地,也购买了此诗带回,并张贴在幽州馆舍之中。此次贬谪事件,无疑给士人群体带来了沉重打击。苏舜钦在《乞纳谏书》中着重提及这一事件的恶劣影响,称其"使正臣夺气,鲠士咋舌,目睹时弊,口不敢论",并忧心忡忡地表示"窃恐指鹿为马之事,复见于今朝矣"②。欧阳修在撰写《于役志》时,特意将范仲淹被贬一事作为开篇。如此谋篇布局,绝非简单的就事叙事,而是"为自身行程勾勒出一个完整的政治背景"③,跳出了传统就事论事的写作模式,使得文章在叙事之中蕴含更为深远的意蕴,展现出更为深刻的历史与政治思考。

欧阳修在前往夷陵旅途中,于其创作的诗歌里,深切流露出对时局的忧虑。据《于役志》记载八月丙辰"至江州"④。江州的琵琶亭,乃是当地一处久负盛名的古迹,始建于唐代。唐宪宗元和十年(815),白居易从长安被贬为江州司马。元和十一年(816)秋天,白居易送客于浔阳江头,偶遇舟中女子弹奏琵琶,不禁触景生情,遂作《琵琶行》相赠,琵琶亭也因此得名。抵达江州后,欧阳修有感而发,创作了两首与琵琶亭相关的诗歌。其一《琵琶亭》写道:"乐天曾谪此江边,已叹天涯涕泫然。今日始知予罪大,夷陵此去更三千。"⑤而另一首《琵琶亭上作》,则更能深刻展现欧阳修彼时的心境:"九江烟水一登临,风月清含古恨深。湿尽青衫司马泪,琵琶还似雍门琴。"⑥在这首诗中,欧阳修不仅巧妙运用了白居易《琵琶行》送客江头的典故,还融入了雍门子周以琴见孟尝君的故事。《说苑》云:

> 雍门子周以琴见孟尝君。孟尝君曰:"先生鼓琴,亦能令文悲乎?"雍门子周曰:"臣何独能令足下悲哉……天下未尝无事,不从则横。从成则楚王,横成则秦帝。楚王秦帝,必报仇于薛矣。……天下有识之士,无不为足下寒心酸鼻者。千秋万岁之后,庙堂必不血食矣……"于是孟尝君泫然,泣涕承睫而未殒。雍门子周引琴而鼓之,徐动宫徵,微挥羽角,切终而成曲。孟尝君涕浪增欷,下而就之曰:"先生之鼓琴,令文立若破国亡邑之人也。"⑦

被贬夷陵之前,欧阳修便已将目光聚焦于宋王朝的种种痼疾,以笔为刃,写下一系列

① [宋]蔡襄撰,陈庆元等校注:《蔡襄全集》,福建人民出版社1999年,第69、72、73页。
② 沈文倬校点:《苏舜钦集》,上海古籍出版社1981年,第127页。
③ 成玮:《褒贬即从字面求——由〈于役志〉看欧阳修〈春秋〉学的特色》,《华东师范大学学报》(哲学社会科学版)2017年第2期,第108页。
④ 《欧阳修集编年笺注》第7册,第98页。
⑤ 《欧阳修集编年笺注》第3册,第562页。
⑥ 《欧阳修集编年笺注》第3册,第534页。
⑦ [汉]刘向撰,向宗鲁校证:《说苑校证》,中华书局1987年,第279-281页。

针砭时政的文章。景祐四年（1037）欧阳修所作《原弊》一文即是他经过深思熟虑后的心血之作。在这篇文章里，欧阳修敏锐地触及当时社会中普遍存在且亟待解决的诸多问题，如"诱民之弊""兼并之弊""力役之弊""不量民力以为节""不量天力之所任"等，这些问题广泛涉及农业生产与财政领域，深刻反映出当时社会经济的深层次矛盾。从欧阳修诗中所引雍门子周见孟尝君以琴言忧患的故事，不难看出他被贬之后，对时政的忧虑非但未曾消减，反而愈发深沉。尽管身处逆境，欧阳修却并未向朝廷中那些朋比为奸、沆瀣一气之徒低头折节。

景祐三年（1036）十月十七日，当贬谪之地夷陵已近在眼前，欧阳修怀揣着满心的愤懑与深邃的思索，挥笔写下了《读李翱文》：

> 呜呼！使当时君子皆易其叹老嗟悲之心，为翱所忧之心，则唐之天下，岂有乱与亡哉！然翱幸不生今时，见今之事，则其忧又甚矣。奈何今之人不忧也？余行天下，见人多矣，脱有一人能如翱忧者，又皆贱远，与翱无异。其余光荣而饱者，一闻忧世之言，不以为狂人，则以为病痴子，不怒则笑之矣。呜呼！在位而不肯自忧，又禁他人使皆不得忧，可叹也夫！①

这段文字，宛如振聋发聩的呐喊，从历史的深处传来，直击人心。欧阳修以敏锐的洞察与深切的忧虑，冷峻地审视着时代的弊病。他感慨，若唐朝的君子们能摒弃叹老嗟卑的狭隘，如李翱般心怀家国之忧，大唐盛世或许能够延续，不至于一步步陷入混乱，最终走向衰亡。然而更令他痛心疾首的是宋朝当下之境况，即便有人如李翱般忧心世事，却往往因地位卑微、远离朝堂而不被重视，而那些身处高位、尽享荣华之人，对忧世之言不仅充耳不闻，反而将其视为狂人之语、痴人之谈，或怒目以对，或嗤笑而过。鲁迅先生曾就此感慨："'八大家'中的欧阳修，是不能算作偏激的文学家的罢，然而那《读李翱文》中却云：'呜呼，在位而不肯自忧，又禁它人使皆不得忧，可叹也夫！'也就悻悻的很。"②《读李翱文》犹如一面镜子，映照出欧阳修内心深处的忧愤。这种忧愤，源自对国家命运的深切关怀，对时代沉沦的无奈与不甘，在字里行间澎湃涌动，震撼着每一位读者，引发人们对时代、对家国命运的深沉思索。

（二）贬谪宴饮：患难情谊背后的蔑敌之意

在宋朝，获罪贬谪的大臣一旦离京，送别者往往须直面巨大的政治风险。时至北宋，世袭门阀政治已然瓦解，以血缘为纽带的家世等先天社会关系，对个人及其家族发展的影响力削弱。与之相应，经由后天经营构建的社会关系，在仕途发展进程中的重要性愈

---

① 《欧阳修集编年笺注》第 4 册，第 391 页。
② 鲁迅：《花边文学·古人并不纯厚》，《鲁迅全集》第 5 卷，人民文学出版社 1957 年，第 367 页。

发凸显。在这样的时代大背景下，宋人不得不投入大量心力参与各类交际活动，以搭建有助于仕进的人脉网络。相较于日常交往，离京时的依依惜别，更能彰显双方情谊的深厚，故而对于维系彼此关系意义非凡。通过送别这一活动，地方士人与京城士人的关系得以巩固，为日后的沟通联络奠定基础。因此，当时之人对送别之谊极为看重。

范仲淹因触怒吕夷简，被冠以朋党的罪名，继而被贬往饶州。据《渑水燕谈录》记载：

初，范文正公贬饶州，朝廷方治朋党，士大夫莫敢往别，王待制质独扶病饯于国门，大臣责之曰："君长何自陷朋党？"王曰："范公天下贤者，顾质何敢望之。若得为范公党人，公之赐质厚矣！"闻者为之缩颈。①

"残酷的党争直接干扰到士人之间的正常交往，士大夫'无敢往别'正反映出政治斗争对于士人关系的异化。"②《宋会要辑稿》载余靖事："（景祐三年五月）十五日，秘书丞、集贤校理余靖（原抄作'华'）落职监筠州酒税，坐与范仲淹互相朋党、妄有奏陈故也。"③欧阳修的贬官制词亦明确表述："近者范仲淹树党背公，鼓谗疑众，……尔托附有私，……恣陈讪上之言，显露朋奸之迹。"④欧阳修因范仲淹被贬而义愤填膺，对司谏高若讷予以深切斥责，由此遭贬谪。在漫长旅途中，欧阳修得到了友人的盛情款待。这份真挚情谊，在他的诗文中亦有生动体现，展现出他们之间志同道合、惺惺相惜的深厚情感。例如，《于役志》记载："（六月）甲戌，知州陈亚小饮魏公亭，看荷花，与者隐甫、朱公绰。"⑤后来，欧阳修特地创作了《闻朱祠部罢浔州归阙》一诗，以表对友人的关切与情谊："汉柱题名墨未干，南州坐布政条宽。岭云路隔梅欹驿，使驿秋归柳拂鞍。建礼侵晨趋冉冉，明光赐对佩珊珊。颍川此召行闻拜，冠颏凝尘俟一弹。"⑥《汉书·萧育传》记载："（萧育）少与陈咸、朱博为友，著闻当世。往者有王阳、贡公，故长安语曰'萧、朱结绶，王、贡弹冠'，言其相荐达也。"⑦"冠颏凝尘俟一弹"即有日后相互引荐、提携之意。《与尹师鲁第一书》记载途中与余靖相遇，"谈祸福事甚详"，叮嘱余靖："每见前世有名人，当论事时，感激不避诛死，真若知义者。及到贬所，则戚戚怨嗟，有不堪之穷愁形于文字，其心欢戚无异庸人，虽韩文公不免此累，用此戒安道，慎勿作戚戚之文。"又叮咛尹洙："师鲁察修此语，则处之之心，又可知矣。近世人因言事，亦有被贬者，然或傲逸狂醉，自言我为大不为小。故师鲁相别，自言益慎职，无饮酒，此事修今亦遵此语。"⑧此般谆谆叮嘱、劝勉慰藉之辞，情真意切，足

① ［宋］王辟之：《渑水燕谈录》卷2，上海书店影印涵芬楼本1990年。
② 梁建国：《朝堂之外：北宋东京士人的交游》，中国社会科学出版社2016年，第278页。
③ ［清］徐松辑：《宋会要辑稿·职官》六四之三五，中华书局影印本1957年，第3838页。
④ ［宋］胡柯：《欧阳修年谱》，李逸安点校《欧阳修全集》，中华书局2001年，第2599页。
⑤ 《欧阳修集编年笺注》第7册，第93页。
⑥ 《欧阳修集编年笺注》第3册，第527页。
⑦ ［汉］班固撰：《汉书》，中华书局1962年，第3290页。
⑧ 《欧阳修集编年笺注》第4册，第282页。

见其情谊之笃厚深沉。德国学者梅绮雯在《游记》一文中指出："该文叙述欧阳修 1036 年因政治原因被贬谪而踏上去夷陵任新职的征途。但它不是作者的启程，而是以短短几天内就有两位志同道合者先行被谪贬为开端。文章的核心内容自始至终都是酒宴：这些朋友以及他自己的告别会邀请的亲友和途中来访的其他支持者，并介绍他们与他的朋友们相识。展现在读者眼前的不是旅行本身，而是一张密织的个人关系网。被迫而作的旅行并没有损伤这张网，而是为其进一步密实创造了机会。"①在《于役志》中，欧阳修记录了与亲朋好友相聚的诸多情景。表面观之，文中并未直接触及国事相关内容，然而，字里行间却悄然渗透出一种向政敌发起挑战的潜在意味。也正因如此，明代的王慎中一方面戏称《于役志》不过是"此公酒肉账簿也"，以诙谐之语形容其看似琐碎；但另一方面，又不得不承认此中"亦见史笔"②，认可这部作品于平凡记述之中蕴含的深刻价值与独特笔法。

三、学问践行：琐细生活中的风雅情致

宋神宗熙宁三年（1070），欧阳修六十三岁，在贬所颍州写下著名的《六一居士传》：

六一居士初谪滁山，自号醉翁。既老而衰且病，将退休于颍水之上，则又更号六一居士。客有问曰："六一，何谓也？"居士曰："吾家藏书一万卷，集录三代以来金石遗文一千卷，有琴一张，有棋一局，而常置酒一壶。"客曰："是为五一尔，奈何？"居士曰："以吾一翁，老于此五物之间，是岂不为六一乎？"③

在这篇传文中，欧阳修毫不隐讳地表达了自己对书籍、金石、琴艺、棋弈与美酒的钟情，其间尽显简淡高雅的生活意趣。《于役志》中记录了很多宴游活动和生活琐事，透过这些看似寻常的记述，可以探寻欧阳修的内心喜好与兴趣世界。

欧阳修对金石古迹的热爱，通过《于役志》记叙七月寿宁寺之游，得到了很好的展现。"甲申，与君玉饮寿宁寺。寺本徐知诰故第，李氏建国，以为孝先寺，太平兴国改今名。寺甚宏壮，画壁尤妙，问老僧，云周世宗入扬州时，以为行宫，尽朽漫之，惟经藏院画玄奘取经一壁独在，尤为绝笔，叹息久之。"④"叹息久之"，意味深长。一方面，欧阳修由衷赞叹留存壁画的绝美，其精湛的艺术造诣，如鬼斧神工，令他深深为之倾倒；另一方面，那些惨遭毁坏的壁画，恰似破碎的明珠就此消逝，让他痛心疾首。简简单单"叹息久之"四字，将欧阳修对艺术瑰宝的珍视，以及内心复杂深沉的心境，展现得入木三分。

欧阳修对琴艺情有独钟。在《于役志》中，欧阳修曾三次记述与友人一同宴饮且抚琴

---

①　〔德〕梅绮雯：《游记》，引自成玮《褒贬即从字面求——由〈于役志〉看欧阳修〈春秋〉学的特色》，《华东师范大学学报》（哲学社会科学版）2017 年第 2 期，第 107 页。

②　〔明〕陶珽重编：《说郛》卷 65，〔明〕陶宗仪等编《说郛三种》，上海古籍出版社 1988 年，第 3031 页。

③　《欧阳修集编年笺注》第 3 册，第 211-212 页。

④　《欧阳修集编年笺注》第 7 册，第 97 页。

弄弦的场景。离开京师时，"（五月）癸卯，君贶、公期、道滋先来，登祥源东园之亭。公期烹茶，道滋鼓琴，余与君贶弈"①。其后又记："明日，子野始来。君贶、公期、道滋复来，子夜还家，饮皆留宿。君谟作诗，道滋击方响，穆之弹琴。秀才韩杰居河上，亦来会宿。"②再有："（七月）辛卯，饮僧于资福寺。移舟溶溶亭，处士谢去华援琴，待凉，以入客舟。"③在《送杨寘序》中，欧阳修曾提到弹琴可以养生："予尝有幽忧之疾，退而闲居，不能治也。既而学琴于友人孙道滋，受宫声数引，久而乐之，不知疾之在其体也。"他认为"药之毒者，能攻其疾之聚，不若声之至者，能和其心之所不平"，学琴的好处在于"听之以耳，应之以手，取其和者，道其堙郁，写其忧思，则感人之际亦有至者焉，是不可以不学也"。④ 嘉祐七年（1062），欧阳修作《三琴记》："吾家三琴，其一传为张越琴，其一传为楼则琴，其一传为雷氏琴，其制作皆精而有法，然皆不知是否。要在其声如何，不问其古今何人作也。""余自少不喜郑卫，独爱琴声，尤爱《小流水曲》。平生患难，南北奔驰，琴曲率皆废忘，独《流水》一曲，梦寐不忘。今老矣，犹时时能作之。其他不过数小调弄，足以自娱。琴曲不必多学，要于自适，琴亦不必多藏，然业已有之，亦不必以患多而弃也。"⑤欧阳修一生钟情于琴，身处逆境，此爱愈笃。

　　欧阳修爱棋。在《于役志》中，四处着墨记述对弈之事："（五月）壬寅，出东水门，泊舟，不得岸，水激，舟横于河，几败。家人惊走登岸而避，遂泊亭子下。损之来弈棋饮酒，暮乃归。"⑥"癸卯，君贶、公期、道滋先来，登祥源东园之亭。公期烹茶，道滋鼓琴，余与君贶弈。"⑦六月己未，"安道会饮于仓亭，始食瓜，出仓北门看雨，与安道弈"⑧。"辛酉，安道解舟，不果别。与春卿弈于仓亭，晚，别春卿。"⑨对欧阳修而言，弈棋乃超脱尘世烦扰之径。他在《梦中作》写道："夜凉吹笛千山月，路暗迷人百种花。棋罢不知人换世，酒阑无奈客思家。"⑩在给元珍的诗《新开棋轩呈元珍表臣》中云："竹树日已滋，轩窗渐幽兴。人闲与世远，鸟语知境静。春光蔼欲布，山色寒尚映。独收万虑心，于此一枰竞。"⑪在欧阳修看来，棋友间切磋技艺可以使人心情愉悦，同时在对弈的过程中，秉持"胜败乃兵家常事"的豁达态度，可于无形中滋养身心，使内心归于平和，达到修身养性之妙境。

---

① 《欧阳修集编年笺注》第 7 册，第 91 页。
② 《欧阳修集编年笺注》第 7 册，第 92 页。
③ 《欧阳修集编年笺注》第 7 册，第 97 页。
④ 《欧阳修集编年笺注》第 3 册，第 154 页。
⑤ 《欧阳修集编年笺注》第 4 册，第 189-190 页。
⑥ 《欧阳修集编年笺注》第 7 册，第 91 页。
⑦ 《欧阳修集编年笺注》第 7 册，第 91 页。
⑧ 《欧阳修集编年笺注》第 7 册，第 92 页。
⑨ 《欧阳修集编年笺注》第 7 册，第 92-93 页。
⑩ 《欧阳修集编年笺注》第 1 册，第 466 页。
⑪ 《欧阳修集编年笺注》第 3 册，第 405 页。

　　欧阳公对美食颇为喜爱。在《于役志》中，欧阳公两记初尝地方特产之事："（六月）甲寅、乙卯、丙辰，独在泗州，始食淮鱼。"①又六月己未，"安道会饮于仓亭，始食瓜"②。成玮在《褒贬即从字面求——由〈于役志〉看欧阳修〈春秋〉学的特色》一文中从"春秋笔法"的角度对"始"字的用法进行了阐释：

　　　　每以"始"字，点明行程中的许多第一次。仔细推究，这些提点多有含意。除了结识新交，还有其他一些较郑重的用法。如六月甲寅、乙卯、丙辰（七、八、九日），"独在泗州，始食淮鱼"。欧阳修自言一路沿汴绝淮，而泗州（今江苏盱眙）为"四达之州"，北控汴水，南临淮水，恰是一个转换点。在此特标"始食淮鱼"，意正在提示水路变化。……这些"始"字领起的记叙，或别有怀抱，或标示重要事实，皆非泛泛之言。③

　　除了巧妙运用"春秋笔法"，从欧阳修对饮食的记述中，同样能深切感受到他对生活的浓厚兴趣。在与友人的书信往来里，欧阳修屡屡提及夷陵的特产。比如，在奔赴夷陵途中，他写给薛少卿（即薛仲孺）的信中就有所体现："今至此，向夷陵江水极善，亦不越三四日可到。又闻好水土，出粳米、大鱼、梨、栗、甘橘、茶、笋，而县民一二千户，绝无事。罪人得此，为至幸矣。"④到达夷陵后，在《与尹师鲁第一书》中道："又闻夷陵有米、面、鱼如京洛，又有梨、栗、橘、柚、大笋，茶荈皆可饮食，益相喜贺。"⑤在途中所作诗《初出真州泛大江作》中云："孤舟日日去无穷，行色苍茫杳霭中。山浦转帆迷向背，夜江看斗辨西东。澄田渐下云间雁，霜日初丹水上枫。莼菜鲈鱼方有味，远来犹喜及秋风。"⑥欧阳修对饮食的格外重视，与其欠佳的身体状况以及注重养生的理念紧密相连。景祐二年（1035），欧阳修就曾在《题荐严院》一诗中感叹"那堪多难百忧攻，三十衰容一病翁"⑦。在《于役志》中，欧阳修多次透露自己身体抱恙，诸如"余疾不饮"⑧"余病，呼医者，不果往"⑨"余疾，谋还江州，召庐山僧以医，不果"⑩"自丁巳余体不佳，至是小间"⑪等语句，皆表明他身体状况堪忧。也正因如此，他对饮食养生极为看重，例如他通过食用枸杞和菊花养生："宁伤桃李花，无损杞与菊。杞菊吾所嗜，惟恐食不足。"⑫不仅如此，欧阳修还留意到槐花在治疗失

①　《欧阳修集编年笺注》第 7 册，第 92 页。
②　《欧阳修集编年笺注》第 7 册，第 92 页。
③　成玮：《褒贬即从字面求——由〈于役志〉看欧阳修〈春秋〉学的特色》，《华东师范大学学报》（哲学社会科学版）2017年第 2 期，第 109-110 页。
④　《欧阳修集编年笺注》第 8 册，第 273 页。
⑤　《欧阳修集编年笺注》第 4 册，第 281 页。
⑥　《欧阳修集编年笺注》第 1 册，第 415 页。
⑦　《欧阳修集编年笺注》第 3 册，第 560 页。
⑧　《欧阳修集编年笺注》第 7 册，第 92 页。
⑨　《欧阳修集编年笺注》第 7 册，第 98 页。
⑩　《欧阳修集编年笺注》第 7 册，第 98 页。
⑪　《欧阳修集编年笺注》第 7 册，第 99 页。
⑫　《欧阳修集编年笺注》第 1 册，第 325 页。

音症方面的奇妙功效。皇祐五年(1053)，在与梅圣俞的书信中，欧阳修记载："失音可救，曾记得一方，只用新好槐花，于新瓦上慢火炒令熟，置怀袖中，随行随坐卧，譬如闲送一二粒置口中，咀嚼咽之，使喉中常有气味，久之，声自通。"①从这些细微之处，便能清晰洞察即便身处困境，欧阳修依然怀揣热忱，于充满烟火气的生活点滴间，兴致盎然地探寻着养生乐生之法。

欧阳修在《于役志》中记录的生活琐事，初看之下，仿若仅是些无关紧要的细枝末节。但细细思量，这些看似琐碎的记述，实则与他的学问脉络紧密交织。在《答李诩第二书》中，欧阳修指出："六经之所载，皆人事之切于世者。"②早在明道二年(1033)的《与张秀才第二书》中，欧阳修就批评当时学者"述三皇太古之道，舍近取远，务高言而鲜事实"，他进一步阐述自己的观点，认为："君子之于学也务为道，为道必求知古，知古明道，而后履之以身，施之于事，而又见于文章而发之，以信后世。"又说："孔子之后，唯孟轲最知道，然其言不过于教人树桑麻，畜鸡豚，以谓养生送死为王道之本。夫二《典》之文，岂不为文？孟轲之言道，岂不为道？而其事乃世人之甚易知而近者，盖切于事实而已。"③由此可见，欧阳修的学问观念，注重从贴近生活的实际事物中探寻道与理。而《于役志》中对于日常喜好、饮食起居等方面的记录，恰似他这一观念的生动注脚。一方面，这些记载展现出欧阳修在贬谪的艰难路途中，所秉持的从容淡定之态度；另一方面，也淋漓尽致地表现出他始终对生活葆有的浓郁兴致。

《于役志》作为宋代首部官员赴任的日记体游记，虽篇幅短小，文字质朴简洁，却蕴含着极为丰富复杂的情感，生动展现了欧阳修被贬谪时的心境。彼时，欧阳修既有对亲朋好友的深切思念，又因前途命运未卜而满心迷茫，惆怅之情如缕不绝。然而，困境并未动摇他的信念，他始终怀揣坚定的政治理想，坚守自我，面对政敌无畏无惧，心怀家国，尽显傲然风骨。更为可贵的是，即便身处逆境，他依然在从容淡定间，饱含着对生活的炽热热爱，展现出践行学问的风雅情致。《于役志》不仅是欧阳修个人心境的写照，更在文学史上留下了浓墨重彩的一笔。宋代官员调换任所时所作的旅行日记，便发端于《于役志》。这部作品一经问世，便引得张舜民、周必大、陆游、范成大等一众文人纷纷效仿，逐渐形成了宋代独具特色的一种文体。这一文体的影响力绵延不绝。后世文人如萧伯玉，在前人的基础上进一步发扬，使其展现出别样魅力。明代贺复徵评价："日记者，逐日所书。随意命笔，正以琐屑毕备为妙。始于欧公《于役志》，陆放翁《入蜀记》。至萧伯玉《诸录》，而玄心远韵大似晋人。"④《四库全书总目提要》认为，宋代张舜民《郴行录》亦受《于役志》的

---

① 《欧阳修集编年笺注》第 8 册，第 188 页。
② 《欧阳修集编年笺注》第 3 册，第 259 页。
③ 《欧阳修集编年笺注》第 4 册，第 248-249 页。
④ ［明］贺复徵：《文章辨体汇选》第 639 卷，台湾商务印书馆影印文渊阁四库全书本 1986 年。

影响:"《郴行录》乃谪监(郴州)酒税时纪行之书,体例颇与欧阳修《于役志》相似。"[①]在欧阳修的诸多作品中,《于役志》占据着特殊的地位。它为我们打开了一扇了解欧阳修被贬夷陵前后诗词创作背景与心态的大门,让我们得以深入洞察他彼时的心路历程,感受其在困境中情感的起伏与思想的转变。同时,从文学研究的角度来看,《于役志》对于探究日记体游记这一文体的发展,具有不可忽视的重要价值。

---

① [清]永瑢等撰:《四库全书总目》第 155 卷,中华书局 1965 年,第 1333 页。

宋代士人的自传创作与自我建构

宋　昭

内容摘要：宋代自传通过编年叙事构建个体生命史，借助隐喻修辞完成士人精神画像，书序传统与杂传体式共同构成其完整体系。士人通过自我命名、主客对话等话语策略，塑造出兼具社会角色、文化理想与私人情感的多维身份，使自传突破单纯史述功能而具有诗学价值。又以历史书写为基底，通过修辞策略对记忆进行审美重构，形成虚实相生的叙事空间，文本实现"史实之真"与"艺术之真"的辩证统一。在理学思潮影响下，自传写作成为士人实践儒家理想人格的重要场域，他们通过对生命历程的追述与阐释，既完成了个体道德形象的形塑，也实现了集体记忆的承传。宋代自传不仅是文学文体的革新，更是士人群体自我认知的转型，因此自传文本的生成机制、身份建构及文化意涵，为理解宋代文化精神提供了独特视角。

关键词：宋代传记　自传　自传话语　自传空间

基金项目：国家社会科学基金重大项目"中国古代杂传叙录、整理与研究"（项目批准号：20&ZD267）

作者简介：宋昭，山东大学文学院博士后，研究方向：中国古代小说、中国古代传记。

　　自传是作者叙述自我生平事迹的一种传记类型，其经汉唐时期的长足发展，在唐、宋社会变革之际迎来转折。身处"唐宋变革"浪潮的宋代士大夫，在新的历史语境中自我追忆、自我发明进而自我反省、自我转变，创造了诗情的"自传话语"体系，营构了"自传空间"。

　　目前学界对中国古代自传的研究大约分为两个路径。其一，整体性历时研究，即将自传置于整个中国古代文体中进行考察。美国学者吴沛宜《儒者的历程：传统中国的自传》①、日本学者川合康三《中国的自传文学》②首扣其端，对中国古代的"自传性"文学发展作详细梳理。骆兵《略论古代自传写作的历史进程与特点——兼论古代自传的自我身份

----

① Pei-yi Wu：*The Confucian's Progress*：*Autobiographical Writings in Traditional China*，Princeton University Press，1990.
② 〔日〕川合康三：《中国的自传文学》，蔡毅译，中央编译出版社 1999 年。（以下所引皆为此版本）

认同》，梳理了自传从先秦到清代的发展过程①；刘桂鑫、戴伟华《论自我命名在古代自传文学中的功能》则以"自我命名"为切入点，探究古代自传的自我辩护功能②；陈军《论中国古代自传的隐讳书写》《论中国古代自传的失实现象及其原因》则从自传的写作艺术方面入手，进而分析"隐讳""失实"现象发生的内在理路③。其二，个案的深刻解析，即专取某一篇自传文进行深入分析。如王莹《欧阳修自传的叙事技巧与哲思意蕴》从中西方叙事学视野分析《六一居士传》的结构技巧、叙事视角、叙事经验，来探讨欧阳修自我形象之再现④；其《家国、历史与叙事——文天祥自传文本中的"自我"呈现》从文天祥自传展现的三种"自我"定位，凸显国族危机下士大夫的政治选择与爱国书写⑤；孙娇《〈颍滨遗老传〉的文体新变》分析苏辙在文体体制、创作方式、形象塑造等方面对自传文体的突破与创新，加深了自传的史学意义⑥。此外赵白生《传记文学理论》"自传事实"一节以及王成军《20世纪中西自传理论的话语模式研究》为后学者建构了自传研究的相关理论⑦。

以上诸多研究虽然对宋代自传多有提及，然整体研究只浮光掠影，个案研究仅偏于一隅，并未对自传在宋代的发展演变做出全面深刻的把握。宋代自传所包含的诸多体类，不仅是士大夫撰述自我故事寄寓一己之思的文本，也是折射政治、文化等社会背景的"多棱镜"，探索宋代自传可深入宋代士大夫的精神世界，进窥自传创作背后潜藏的儒家理想人格追求，以及自我道德精神反思。

一、从书序中走来：士大夫自我意识的传统与自传文本的生成

20世纪，胡适因"深深的感觉中国最缺乏传记的文学，所以到处劝我的老辈朋友写他们的自传⑧，以奥古斯丁、卢梭、歌德等所创制"自传"传统为嚆矢作《四十自述》，在这种推广与影响下中国现代自传写作才开始崭露文坛。受"西欧式"自我告白、自我忏悔的"精神的自我形成史"自传界定的影响，许多学者认为中国古代没有真正的自传："对人生的整体、或人生主要经历的回顾才能算做自传，那么完全合格的中国自传就极为罕见。"⑨余英时则提出："中国自传的兴起不但远比西方为早（西方以4—5世纪奥古斯丁的《忏悔

① 骆兵、徐彩云：《略论古代自传写作的历史进程与特点——兼论古代自传的自我身份认同》，《写作》2018第8期，第77-83页。
② 刘桂鑫、戴伟华：《论自我命名在古代自传文学中的功能》，《社会科学研究》2013年第2期，第176-182页。
③ 陈军：《论中国古代自传的隐讳书写》，《首都师范大学学报》（社会科学版）2012年第2期，第139-144页；陈军、江君：《论中国古代自传的失实现象及其原因》，《安康学院学报》2020年第3期，第47-51页。
④ 王莹：《欧阳修自传的叙事技巧与哲思意蕴》，《郑州大学学报》（哲学社会科学版）2017年第4期，第85-90页。
⑤ 王莹：《家国、历史与叙事——文天祥自传文本中的"自我"呈现》，《郑州大学学报》（哲学社会科学版）第2021年第4期，第92-98页。
⑥ 孙娇：《〈颍滨遗老传〉的文体新变》，《现代传记研究》2022年第2期，第168-181页。
⑦ 赵白生：《传记文学理论》，北京大学出版社2003年。
⑧ 胡适：《四十自述》，《自序》，安徽教育出版社2006年，第1页。
⑨ 《中国的自传文学》，第9页。

录》为正式自传之始），而且确实形成了一个传统。"①他认为这种传统始于司马迁《太史公自序》和《报任安书》。这些自我叙述虽未以"自传"命名，然而具有了自传性质，哪怕是真正以"自传"为名的自传文学到唐代陆羽的《陆文学自传》就已经出现，同名异质的中国式"自传性文学"确有其传统，并且形成了"紧密结合社会、时代来描述个人的方式"与"缺乏自我省察精神互为表里"的重要特征。②

　　这种带有自传性质的文学在唐代之前称为"自叙""自序""自述"，刘知幾《史通·序传》将自叙的书写历程稍作阐释，并将其溯源至屈原："案屈原《离骚经》，其首章上陈氏族，下列祖考；先述厥生，次显名字。自叙发迹，实基于此。降及司马相如，始以自叙为传。……至马迁，又征三闾之故事，放文园之近作，模楷二家，勒成一卷。"③其所举屈原氏族、祖先和出生、名字的这种方式，原是人物传记所必备，又因作者和传主同一，因此把《离骚》作为自叙性文学的孳乳。司马相如的《自叙》为自传之始，虽然文章回顾了其自幼及长的生命历程，然而未涉及祖先，司马迁的《太史公自序》则重新效法屈原，以追述祖先开篇，可见刘知幾认为"记录祖考"是自叙的必要条件，显示出早期的自叙作品偏重"家风""世德"的倾向。司马相如的《自叙》今不传，现存最早的自叙为司马迁《太史公自序》。《太史公自序》前半部分对个人生平、创作背景以及创作动机的深刻剖析，展现了创作《史记》的复杂心理和艰难历程，开书籍序言自叙之风。④ 扬雄"遵其旧辙"其《自序》被班固增删抄录于《汉书·扬雄传》，虽局部略有改动，但亦可见扬雄自我安慰、立言流传的旨意。班固《汉书·叙传》详尽地解说了班氏一族的传承和著书之要，个人生平经历反而销声匿迹⑤。史书的自序之言不在重点书写自我，而成为慎终追远、嫡后嗣续的家族成员简传其后沈约《宋书·自序》⑥、魏收《魏书·自序》⑦、李延寿《北史·序传》⑧皆是如此，尤其是唐时史书由官方组织编撰，自叙也逐渐沉寂。哲学家王充的《论衡·自纪篇》⑨，记述了自我的家世背景、生平经历、核心理念以及创作《论衡》的初衷。这种文集自叙由曹丕《典论·自叙》扬光助澜，继续演进，至葛洪《抱朴子·自叙》标志了文集自叙的臻善，葛洪在自叙中详善地书写自我，以期"将来之有述"。

　　随着作者逐渐远离对祖先和世系的关注，他们转而内省发明自我人生之真谛。受书

① 余英时：《现代学人与学术》，广西师范大学出版社 2014 年，第 362-363 页。

② 《中国的自传文学》，第 3 页。

③ 刘知幾著，浦起龙释：《史通·通释》，上海古籍出版社 2009 年，第 238 页。

④ ［汉］司马迁撰，［南朝宋］裴骃集解，［唐］司马贞索隐，［唐］张守节正义，中华书局编辑部点校：《史记》卷 130《太史公自序》，中华书局 1982 年，第 3285-3300 页。

⑤ ［汉］班固撰，［唐］颜师古注，中华书局编辑部点校：《汉书》卷 100 上《叙传》，中华书局 1962 年，第 4197-4271 页。

⑥ ［梁］沈约撰，中华书局编辑部点校：《宋书》卷 100《自序》，中华书局 1974 年，第 2466-2468 页。

⑦ ［北齐］魏收撰，中华书局编辑部点校：《魏书·旧本魏书目录叙》，中华书局 1974 年，第 3063-3065 页。

⑧ ［唐］李延寿撰，中华书局编辑部点校：《北史》卷 100《李延寿》，中华书局 1974 年，第 3343-3345 页。

⑨ ［汉］王充著，黄晖撰：《论衡校释》卷第三十《自纪篇》，中华书局 1990 年，第 1187-1210 页。

序之体的拘囿，他们寻求其他渠道来自我表达。自传性质的因子，一部分在诗歌中催发，这是由于中国古代诗歌本自有"言志"传统，自传体诗歌很容易作为他们情感的出口，如蔡琰的《悲愤诗》叙写被掳匈奴以及弃子归汉的人生经历[①]，被视为最早的文人自传体诗歌。此后还有嵇康《幽愤诗》[②]、左思《咏史诗》[③]均在回顾自我生命之时抒发个人情志。另一部分则借用传记之体，逐渐成为独立的自传文类。

中国古代传记文体导源于《史记》的纪传体，六朝时期杂传日渐兴盛，无论是史传抑或是杂传皆为他人立传，然而随着士人自我意识的觉醒，个人遭际、仕宦沉浮使作家们将注意力转向内部自我反思，开始在生前为自己立传，寻求自我辩护。陶渊明《五柳先生传》即在书籍自叙之外，开拓了自传文学的新体式。川合康三将《五柳先生传》的成文，归结于三种形式的人物传合流，即书籍自序、虚构性人物传和理想化人物传。虚构性人物传是指东方朔《非有先生论》、司马相如《子虚赋》，这些汉大赋建构虚拟人物、设置主客问答的方式被陶渊明借鉴；理想化人物传即嵇康《圣贤高士传赞》、皇甫谧《高士传》《逸士传》，它们所传递的魏晋"隐逸"精神理想被陶渊明吸纳，于是"在书籍自序中叙述自己的人生，在实在或者虚构的他人传记中寄托自己的理想"[④]，正是这三种文学样式塑造了"五柳先生"的自传文本。其实，川合康三所谓的嵇康等人的"高士传"，我们现在称之为杂传，不仅为自传性文学提供了精神养料，而且随着杂传文体的成熟在书写方式上亦流播了"传记意识"，传记文本便开始承担"自我表述"的责任。此后，袁粲《妙德先生传》、王绩《五斗先生传》、白居易《醉吟先生传》、欧阳修《六一居士传》等酌《五柳先生传》之余波，壮大了"五柳"类型自传的体系。

唐代陆羽《陆文学自传》才开始以"自传"为题，文章开篇自报家门，虽然仍称"不知何许人"，但是文题"自传"、篇首名字，使得传主不再隐身，虚与实之间形成二重构造，自传也于此名实相符，真正迈向独立的传记文本。此时以"自传"为名的还有刘禹锡《子刘子自传》，重点回顾了其"永贞革新"的经历，凸显了自我坚贞不屈的政治立场和耿直品格。个体的独立精神在中唐时期进一步凸显，士人转向"观我"，从个人视角认知自我，"这种对自己以及对所有人类新的认识方式，正是中唐时期从集体转向个人、由共性转向个性的时代精神的产物"[⑤]。

---

① ［东汉］蔡琰：《悲愤诗》，载［南朝宋］范晔撰，［唐］李贤等注，中华书局编辑部点校：《后汉书》卷八十四《董祀妻传》，中华书局 1965 年，第 2801-2803 页。
② ［晋］嵇康：《幽愤诗》，载［唐］房玄龄等撰，中华书局编辑部点校：《晋书》卷四十九《嵇康传》，中华书局 1974 年，第 1372-1373 页。
③ ［晋］左思：《咏史诗》，［清］逯钦立辑校：《先秦汉魏晋南北朝诗·晋诗卷七·左思·咏史诗八首》，中华书局 1983 年，第 732-734 页。
④ 《中国的自传文学》，第 55 页。
⑤ 《中国的自传文学》，第 170 页。

　　逮至宋朝，随着社会经济、思想文化、传统教育高度发达，文学创作、艺术门类等各方面取得璀璨的成果，自传的写作也从中获得了诸多滋养，《全宋文》①辑录自传作品 15 篇：《东郊野夫传》《补亡先生传》《为长洲令自叙》《退士传》《六一居士传》《无名公传》《公默先生传》《颍滨遗老传》《跛鳖传》《愚翁自传》《自叙》《盘洲老人小传》《云溪逸叟传》《笑笑先生传赞》《一是居士传》。从命名上看，它们虽然没有延续陆羽"自传"命题，但是远眺陶渊明继续以"字""号"为题之时，内容上仍豁显身份继续虚构性和真实性的二重构造；书写策略上宋代自传之间却犁然判分，诸如柳开《东郊野夫传》《补亡先生传》、欧阳修《六一居士传》仍沿袭主客问答形式，在对问中展现自我生命之追问，而苏辙《颍滨遗老传》、洪适《盘洲老人小传》却回归杂传书写的传统路径，通过平实的记录回顾人生。正是经过"累积性"的自传文学的发展，宋代自传一方面接榫《五柳先生传》的书写范式，另一方面又承续汉魏六朝杂传的体式，这种书写的丰富性、多样性，昭示着"自传"脱离书籍附属，作为独立文体走向成熟，并在宋代熠熠生辉。

　　从"自传性"文学到"自传"文类，"自传"从书序中走来，随着士人"自我意识"的觉醒，"自传"也逐渐摆脱史书、文集序言的附属位置，嫁接汉魏六朝以来的杂传体式，踵事汉大赋主客问答的叙事策略，《五柳先生传》的成文标志着这一文类的独立。唐代以来自传文承续不绝，宋代自传则在演进中又二水分流，一部分自传仍像《五柳先生传》委婉叙事，另一部分则仿效史传体细数生平。不同文化背景下的作家会采用不同的方式去书写自我、构建自我，但是明志抒怀、凸显个性的自传目的是相同的，通过探究宋代自传的书写方式，亦可建构宋代自传体系。

二、镜像中的"真我"：宋代自传中"我"的多重身份与自传话语

　　"身份建构是在人与社会空间、文化空间互动的过程中建立的复杂关系"②，在身份建构的过程中，自传作家受到社会和文化环境的制约，在不同场合、交际中表达了人格、身份的多重性，塑造了多面的自我形象，读者则须透过文本"镜像"寻绎作家的真实意图。比如带有自传性质的《离骚》，屈原将自我描述为士大夫、流放臣子、隐士、神巫等多种角色，投射的是中国文人的理想自我。宋代士大夫通过自我命名、主客问答等方式，建构了多重话语身份，这种身份的形塑，不仅有助于自传文本的构建，而且有助于自传作者自我呈现。通过整合辨析这种自我叙述，自传文本也由史学上升至诗学。

（一）自我命名的身份塑造

　　"名"的选择具有目的性，是基于个人反思而获得的"自我概念"，突出传主的性格、经

---

① 曾枣庄、刘琳主编：《全宋文》，上海辞书出版社、安徽教育出版社 2006 年。
② 张云玲：《自传话语的身份构建研究》，《外语学刊》2023 年第 4 期，第 31 页。

历、情感、信念等身份组成，其本质是自我定义、自我身份认同。这种"自我命名"式的自传，早见于陶渊明《五柳先生传》："先生不知何许人也，亦不详其姓字。宅边有五柳树，因以为号焉。"①陶渊明对"五柳"的选择倾向于随意化，以婉曲手法隐姓埋名。宋代自传 15篇除了王禹偁《为长洲令自叙》以官职命名、李石直接作《自叙》之外，皆以"自我命名"作自传之题。

柳开《东郊野夫传》注重先写自我为人处世、言行取向的原则，将自我身份认同为唐代古文运动的领袖韩愈、柳宗元：

> 野夫性浑然，朴而不滞，淳而不昧，柔知其进，刚识其退。……与其交者，无可否，无疑忌，贤愚贵贱，视其有分，久与之往还，益见深厚。……野夫略不动意，益坚古心，惟谈孔、孟、荀、扬、王、韩以为企迹，咸以为得狂疾矣。②

显示了年轻时期的柳开在倡导古文运动时的文化自觉和文化自信。之后在《补亡先生传》里，柳开则把重点放在记述自我与古文运动的关联上，从诠释名号"东郊野夫"到"补亡先生"的改变："尤于余经博极其妙，遂各取其亡篇以补之。凡传有义者，即据而作之；无之者，复己出辞义焉。故号曰补亡先生也。"过渡到对孔孟圣贤及古文经典的价值阐发，慨叹世敝道否，申明自我有志"备其六经之阙也，辞训典正，与孔子之言合而为一"③，诚所谓"补亡"之深义也。这种身份的转变也反映了柳开在思想上对韩愈、柳宗元的超越，以及"不可谓代无其人"的勇敢担当。

李石的《自叙》虽然未以"自我命名"为题，但是全篇皆以"方舟子"进行自我叙述。文章开门见山，首先对"方舟子"这一"自我命名"做出解释：

> 方舟子甫冠，筮《易》，得《需》之《夬》，曰：吉哉，吾事济矣！……《需》与《讼》对变，☵（乾下坎上）《需》☱（坎下乾上）《讼》；《夬》与《姤》对变，☱（乾下兑上）《夬》☴（巽下乾上）《姤》。……《兑》泽《巽》木，舟楫之用，膏泽下民，如《需》《夬》焉，可跬待也。于是筑书台，作方屋，为方舟。④

李石通过筮《易》得《需》《夬》两卦，《需》与《讼》卦对变，两卦言"涉大川"利与不利十有一，即预示着以水为险，而"兑"代表泽"巽"代表木，君子进退涉川当用舟楫以膏泽下民，因此李石筑书台房屋，命曰方舟并以此自号。"方舟子"之称来源于《易》，为下文李石以研治《易》与《春秋》经典作铺垫。《自叙》在言说了命名缘由后，大部分篇幅通过学生问

---

① 陶渊明撰，袁行霈笺注：《陶渊明集笺注》，中华书局 2003 年，第 502 页。
② 柳开：《东郊野夫传》，载曾枣庄、刘琳主编：《全宋文》第 6 册，上海辞书出版社、安徽教育出版社 2006 年，第 390-392 页。
③ 柳开：《补亡先生传》，载曾枣庄、刘琳主编：《全宋文》第 6 册，上海辞书出版社、安徽教育出版社 2006 年，第 393-396 页。
④ ［宋］李石：《自叙》，载曾枣庄、刘琳主编：《全宋文》第 206 册，上海辞书出版社、安徽教育出版社 2006 年，第 44 页。

学,记叙了方舟子的治学理念,即"《易》者《春秋》之天,《春秋》者《易》之人,天人合统而皇极立矣",又"以《易》而读《春秋》则严而理,以《春秋》而读《易》则洁而通"①,将治学之本归之于《易》与《春秋》,因新学的倡导,惧经学旧废,因此多次重申其宗经主张。在"方舟子"自我命名的不断建构中,复兴蜀学为己任,尊经崇道的士大夫形象就被树立起来。

自传的命名具有特殊含义,具彰显自我个性,揭示自我身份之用,因此命名也成为文本创作之中心,是塑造自我人格的点睛之笔。宋代自传题名的选择,多来自作者的"字"或者"号",虽然在文本中,他们有意虚构一个人物形象代表自己发声,但是在人物命名上都自觉选择能彰显自我志趣的"号",来为自我"镜像"冠名,本质上仍是自我定义,诸如柳开从"东郊野夫"到"补亡先生",身份的动态变化,揭橥了其理想人格的变更。在传统社会中,个体的位置和角色常被姓氏、官职、地望等外在因素所定义,这种命名的选择,展现了他们自我觉醒和自我认同的过程,他们已经开始摆脱外在因素的束缚,转而关注自我价值和个性发展。

(二)主客问答的自我呈现

身份的塑造可以在情景活动中构造,在宋代自传中这一点主要通过对话互动实现。宋代自传以主客问答的方式通过设计对话双方的言语行为,从对话的维度彰显自我,并凸显身份的某一方面特征。主客问答本是汉大赋的主要形式特征,经《五柳先生传》的羼入,至宋代大行其道,如欧阳修《六一先生传》、王向《公默先生传》、邵雍《无名公传》等。这种主客问答形式,首先使自传行文更具艺术机杼,作者在大段自叙情志中操觚染翰,使文本更具审美趣味。其次,一问一答、互相驳难所催发的故事情节,使要表达的思想层层深入。最后,通过客体的发问在曲折盘旋中引导自我多种形象的描述。

这种主客问答的书写策略在欧阳修的自传中表现得尤为明显,其《六一居士传》共设五个问答,通过逐层解析"六一"的内涵,全面展示了自我人格标榜和价值取向。

客有问曰:"六一,何谓也?"居士曰:"吾家藏书一万卷,集录三代以来金石遗文一千卷,有琴一张,有棋一局,而常置酒一壶。"客曰:"是为五一尔,奈何?"居士曰:"以吾一翁,老于此五物之间,是岂不为六一乎?"②

开篇通过主客两次问答,引出"六一"具体所指:"藏书一万卷,集录三代以来金石遗文一千卷,有琴一张,有棋一局,而常置酒一壶"以及"吾一翁"。开门见山展现了欧阳修的金石学家、风雅文士等多面人格追求,继而对"六一"进一步解释,意在强调"吾一翁,老于此五物之间"凸显欧阳修自得其乐。第三问答中客认为欧阳修想通过"屡易其号"来

① ［宋］李石:《自叙》,载曾枣庄、刘琳主编:《全宋文》第206册,上海辞书出版社、安徽教育出版社2006年,第45页。
② 欧阳修撰,洪本健校笺:《欧阳修诗文集校笺·居士集》卷44,上海古籍出版社2009年,第1131页。

"逃名"，欧阳修则答"名之不可逃"且"不必逃也"。名之不可逃，是因为名自有意义，其作为一种符号已然成为人属性的表征；名之不必逃，是因为名自有价值，其作为一种"寄寓"也是自我志"乐"的途径。第四问答，客进而追问"其乐如何"，欧阳修将"乐"解释为一种超越物质，追求精神自由和内心平静的状态，并言"轩裳珪组""忧患思虑"劳形劳心，因此以"五物"告老还乡是其志向。第五问答，客认为仕宦累形，"五物"亦累心，欧阳修则用劳形多忧而累心无患反拨。最后，通过欧阳修自我感叹，总结虽无"五物"可休，亦有"三去"理由："夫士少而仕，老而休，盖有不待七十者矣。吾素慕之，宜去一也。吾尝用于时矣，而讫无称焉，宜去二也。壮犹如此，今既老且病矣，乃以难强之筋骸贪过分之荣禄，是将违其素志而自食其言，宜去三也。"①此文作于欧阳修晚年，其经历了贬官、衰病，垂暮之年的孤独落寞转向隐居田园、自得其乐，这种"乐"是一种人格境界，即使无五物也不改其志，最后的"三去"，则是对"六一"内涵的升华，它体现了欧阳修对"六一"旨趣的深刻理解和实践。文章模仿汉赋主客问答的形式叙议结合，展现作者徜徉雅趣好尚的理想擘画，以及对案牍劳形官场的深刻洞察，完成了对自我人格追求和多重自我建构的表述，"六一居士"也继"五柳先生""五斗先生"之后被类型化并成为一种形象传统。

王向《公默先生传》亦由"名号"的变更引发叙事，通过王向与弟子任意的问答叙述了王向由"公议先生"改号"公默先生"的过程：

（弟子任意）对曰："先生诚能不好议而好默，是非不及口而心存焉，何疾于不容？此策之最下者也，先生能用之乎？"公议先生喟然叹曰："吁，吾为尔用下策也。"……与其徒谢意，更因意请去"公议"为公默先生。②

王向由于"刺口论世事，立是立非，其间不容毫发"而遭"小人凿空，造事形迹"，因此要带领诸弟子离开颍地。弟子任意前来劝解："先生聪明才能，过人远甚，而刺口论世事，立是立非，其间不容豪发。又以公议名，此人之怨府也。"又提出上中下三种对策，其中，下策为："先生之行已，视世人所不逮何等也！曾未得称高世，而诋诃锋起，几不得与妄庸人伍者，良以口祸也。先生诚能不好议而好默，是非不及口而心存焉，何疾于不容？"③即建议王向口不谈是非，方能诋苛消解。王向亦采纳此"下策"改"公议"为"公默"，意在从好议论向好沉默转变，以规避口舌之祸。全文通过问对式的言语论说，艺术性地解答了"公默"之号的由来与意义，侧面描写了王向形象之转变，可见宋代自传这种问对方式在来往的对答中，不断深化个人形象，并由他人对"我"进行身份评价，最终重建自我生平事

① 欧阳修撰，洪本健校笺：《欧阳修诗文集校笺·居士集》卷44，上海古籍出版社2009年，第1131-1132页。
② 王向：《公默先生传》，载曾枣庄、刘琳主编：《全宋文》第75册，上海辞书出版社、安徽教育出版社2006年，第123页。
③ 王向：《公默先生传》，载曾枣庄、刘琳主编：《全宋文》第75册，上海辞书出版社、安徽教育出版社2006年，第122-123页。

迹与价值观念的一致性，自传也从自我形象的建构发展至自我形象的解析。

邵雍的《无名公传》在主客问答的形式之外，又新增加了"诗曰"结构，以自作的诗歌回应询问，以诗证行更加助益了文章书写艺术的复杂性：邵雍首先对他十至五十岁的问道之旅作了简要叙述，由尽里人之情、尽乡人之情、尽国人之情、尽故人之情最终得以尽天地之情。继而通过里人、乡人、国人、四方之人的提问无法得到解答，因号"无名公"。"无名"不但是作者自号，更融入了作者的哲学思考。邵雍又自问自答，对"无名"做出解释，即无心无迹者之谓。作者以诗证己"无贫无富，无贱无贵。无拒无迎，无拘无思""乐见善人，乐闻善事。乐道善言，乐行善意""不佞禅伯，不谀方士。不出户庭，直游天地"，再现了悠游豁达的无名公形象，以及"羲轩之书，未尝去手。尧舜之谈，未尝离口"①着重凸显其口道儒言、身行儒行的追求，形塑了至善至贤的理学家理想形象，这种镜像式的表达与理想心像的内化，升华为完美和谐的"我"。

宋代自传所运用"自我命名""主客问答"的书写策略对自我进行深刻的剖析，传记作家通过艺术的表达，再现了自我形象的复杂性以及士大夫形成史，"我"的形象也丰满立体起来，并实现了人物理想哲思升华，营构了自传"诗性"话语体系，从这一方面看，该时期自传的性质更接近于文学而非史学。

三、主客体的交感：宋代自传的结构真实与自传空间

自司马迁《史记》问世后，扬雄、王充、班固等在对《史记》的评价中提出了"实录"的书写原则，经由魏晋南北朝史家、帝王的推崇，"'实录'不仅被视为史学得以成立的根本，在史学批评领域更被广泛用作衡量史书质量高低的准绳"②，史传写作便以实录无隐、秉笔直书为准的。自传既然挪用传统史传的书写方式，那么在创作倾向上亦受"实录"精神影响，"它始终处于一种真实结构之内，即处于文本世界与自我人生之间的张力网中。与纯粹的虚构叙述不同，自传不能天马行空，它要与另一端的现实人生维系在一起"③，即具有"结构性真实"，是诗性成分基础上的自我真实。

（一）《盘洲老人小传》的自传结构与自传真实

宋代的诸多自传虽然不是对过往的完全实录，但是基于"历史证据"的验证，皆体现出这种"结构真实"，要想了解这种真实，我们必须进入自传文本的深处，从写作意图、身份认同、叙述手法等营造的结构和空间中，透过自传文本探索作者真实的自我。洪适《盘洲老人小传》（以下称《自传》）就是标准的自我纪实传记，此传开门见山直言，传主真实姓

① 邵雍：《无名公传》，载曾枣庄、刘琳主编：《全宋文》第76册，上海辞书出版社、安徽教育出版社2006年，第70-71页。
② 赵琪：《传统史学"实录"思想在汉唐间的发展》，《史学史研究》2023年第4期，第1页。
③ 王成军：《20世纪中西自传理论的话语模式研究》，九州出版社2023年，第310页。

名不再隐去，并且之后直截了当将传主的籍贯、家世全盘托出，讲述了鄱阳洪氏家族的兴盛与传承：

> 盘洲老人洪景伯，名某，初名造，字温伯，亦字景温，饶州人。……考徽猷阁直学士、兼直学士院、赠太师、魏国公、谥忠宣，妣沈氏，魏国夫人。……后十六年，当元丰乙丑，伯祖给事中始以进士起家。……又二十七年，绍兴壬戌，某同元弟遵中博学宏词科。后三年乙丑，仲弟迈继之。给事之后官者七，今一人存。①

其中，洪适的自我叙述始于建炎三年（1129），其时年十三：

> 及持节使虏，某时年十三，奉秦国归乡，以俸入在秀州，侍魏国以往凡九年。……乃同二弟闭门习为之，夜不安枕者余岁。既试，偶中选。宰臣进读制词，太上皇曰："父在远，其子能自立，可与升擢。"遂得敕令所删定官。②

其父洪皓持节使金，因不畏金人逼降被流放。洪适与诸弟则寓居秀州，在母亲沈氏的教诲下苦修学业。绍兴八年（1138），母亲"不疾而终"，洪适兄弟扶丧至外家并居于此，又受舅父沈松年的鞭策，洪适兄弟更日夜苦读。绍兴十二年（1142），"既试，偶中选"，开启了洪适仕宦的序幕。在洪氏兄弟中举之时，《自传》与《宋史》皆记录了一个"插曲"，高宗得知词科得中三人，其中二人为洪皓之子时言："是洪某子耶？父在远，子能自立，此忠义报也。"相较于《自传》，《宋史》本传多"此忠义报也"五字，强调洪皓忠臣之举。彼时南宋初立，高宗对洪氏父子的关注一方面出于对其忠贞不屈恪守臣感慨，另一方面则是为人臣树立忠孝典范。然而洪皓归国后因反对偏安、同情主战将士，触犯"国是"高宗不满斥其"人臣事君不可以有二心"。"忠义报"在《自传》中隐退，《自传》更侧重为父为己申诉辩冤。文章直指父亲洪皓遭受秦桧迫害"秦氏置我死地"被贬英州，洪皓屡遭攻讦，其诸子也均受牵连，"英州之祸起，台守撰弹文迎秦意，秦嗾言官上之，坐免官"，洪适通判台州，台州郡守依附秦桧常恶意中伤，又遭余姚弼弹劾，洪适被罢官。

《自传》彰显了洪适高昂的仕宦意识，他从追忆洪氏家族累世之荣写起，悲痛于父亲受小人谗害，之后又回顾本人于高宗、孝宗朝的仕宦经历，并引高宗、孝宗之语勾连全文。洪适登第之时，高宗言："父在远，其子能自立，可与升擢。"遂任敕令所删定官；复起之后与尹穑同赐对选德殿，孝宗赞其："为人温粹，文词有用，论事皆可行。"遂迁中书舍人，又语龙大渊："方欲大用之（洪适），可往谕朕意，令其自爱。"术士薛言中与监察御史刘贡之子为人求官，虽然刘贡因治钱塘寄囚事被洪适擢升为殿中侍御史，但洪适不隐其恶，孝宗赞其"如此无隐，向来宰执所无"；林安宅借"爨调无状"要其罢相，孝宗辩驳言："宰臣奉公

---

① ［宋］洪适：《盘洲老人小传》，载曾枣庄、刘琳主编：《全宋文》第 214 册，上海辞书出版社、安徽教育出版社 2006 年，第 1 页。（以下所引皆为此版本）
② 《盘洲老人小传》，第 2 页。

守法，纯诚不欺，近年无如洪某者。"林安宅继而"以去为谏"孝宗无奈使洪适罢相，惋惜道："观文在朝肯宣力，林安宅怀奸不能容，今以三请去，姑从之，有大藩阙即复用矣。"《自传》频繁引用高宗孝宗二帝的"金口玉言"，强化了自传的叙事因素，展现君主对洪适回护与赞赏，以第三人视角突出了对自身经历的叙述，使诗人自我经历成为自传的重要表现内容。洪适在对过去的"我"建构之时，或许羼入了艺术性的描绘，绘声绘色地展现君王的爱重，但其力图追忆的仍然是真实的自我。对照《宋史·洪浩传》，《自传》是一个真实的以自己生活为依据写成的回忆性文本，属于非虚构文学，"我"的人生历程的"真"，靠着自传文本这一外在符号形态，诉诸众人。

《宋史·洪皓传》附录有洪适传记，大抵疏略记录其官职迁谪，《自传》则以记叙的策略娓娓道来，尤其是罢官之事，较《宋史》记载更为详尽：

> 某以燮调无状，独章乞罢出，上慰谕，使安职。谏议大夫林安宅、侍御史王伯庠已乘间见攻。上随事诋之，安宅至居家待罪，遂以观文殿学士提举外祠。……林时在政地，语人曰："洪某若来奏事，即避之。"俄而殂于筠。①

乾道二年（1166）春季多雨，由于"燮理阴阳"为宰相之职，在久雨成灾之际洪适便以"燮调无状"引咎辞职，又因秉公办事揭发谢褒、张之纲、刘贡、林安宅诸人以权谋私而被联合攻讦，林安宅仍以"以去为谏"的强硬方式居家待罪，孝宗无奈准许洪适罢相"以观文殿学士提举外祠"。洪适罢相回归田园，因其妻亡故时，曾效仿汉人立双阙，而作此自传刻其上。过去的记忆碎片，纷然闯入现实中来，洪适着重记述罢官的前因后果，又以孝宗惋惜之语作为仕宦的总结："观文在朝肯宣力，林安宅怀奸不能容，今以三请去，姑从之，有大藩阙即复用矣。"不禁感叹："天光委照，察其浸润谤伤，使得终老丘壑，幸矣哉！"②正是圣明的君主体察，才使得臣子诽谤诬妄昭雪。在这些碎片式的记忆中，帝王的允诺便成为回忆的锚点，当他回想起孝宗的谆谆之言，当下的"我"便与过去的"我"互动组合，有关仕宦经历、罢官风云等记忆都铺陈开来，以叙述文字实现自我的描写与反思，具有"半诗半史"的特征，此后许及之《洪公行状》便以《自传》为蓝本摘录此事。

（二）《颍滨遗老传》的自传空间与自传真实

"要完整地认识自传者及其自传表现，就应当将其置于一个更大的空间中，综合考虑其坦白或虚构叙述"即"自传空间"。苏辙的《颍滨遗老传》在命名上仍延续《五柳先生传》一脉传统，自称"颍滨遗老"盖因其居颍州六年，筑室"遗老斋"以读书著述、默坐参禅。这一自传文本虽然与"自我命名"无甚关联，但正是基于对往昔仕宦的回顾，苏辙悟得"万法

---

① 《盘洲老人小传》，第4页。
② 《盘洲老人小传》，第1-4页。

皆空，惟有此心不生不灭"出处行藏之理，因以自号"颍滨遗老"。王若虚对此文持否定的评价："古人或自作传，大抵姑以托兴云尔，如《五柳》《醉吟》《六一》之类可也。子由著《颍滨遗老传》，历述平生出处言行之详，且诋訾众人之短以自见，始终万数千言，可谓好名而不知体矣。"①

叙事手法上看，《颍滨遗老传》确实与《五柳先生传》《醉吟先生传》《六一居士传》等委婉托寓的自传大相径庭，但是传文叙事翔实，有两千五百余字，对苏辙每一次官职迁转时的政治环境都进行了交代，展现了苏辙一生的仕宦经历。至于"诋訾众人之短以自见"，则是苏辙在"党政"激流中，为自己申辩，其间或有"诋訾"之语，恐怕只是申述一家政见，苏辙"好名"或言过其实。又云"历数平生出处言行之详"与此前自传作法不同，意在说明这种长篇叙事自传是苏辙在自传体中的一个创造。这种打破"托兴"命名传统的自传文本，以纪实手法历述生平，其开篇便交代了真实姓名与家世："颍滨遗老姓苏氏，名辙，字子由。父曰眉山先生，隐居不出，老而以文名天下，天下所谓老苏者也。"②从另一角度对士大夫进行了身份塑造，是对传统自传的一种开拓。

《颍滨遗老传》详细地叙述了苏辙生平，尤其与吕大防、刘挚矛盾的前后经过，揭示了元祐年间"旧党"内部矛盾：

> （苏辙）还朝，为御史中丞。命由中出，宰相以下多不悦。所荐御史率以近格不用。……吕微仲与中书侍郎刘莘老二人尤畏之，皆持两端为自全计。遂建言欲引用其党，以平旧怨，谓之调亭。③

在北宋党争中，苏氏兄弟既反对"新党"，又不附和"旧党"中其他派阀，自领一派，独出己见。徽宗朝对元祐党人的长期"党禁"迫害，使后来的人不愿意强调元祐党人内部的深刻矛盾；而南宋舆论对"新党"的否定，又使许多人不愿接受"旧党"的"君子"，原与"新党"的"小人"关系密切的事实，再加上程门后学对苏氏的偏见，令本来值得称道的写作态度，反被当作"曲笔"，或者是文过饰非的表现。朱熹评价此文："子由深，有物。作《颍滨遗老传》，自言件件做得是，如拔用杨畏、来之邵等事，皆不载了。"④所谓"件件做得是"，当指苏辙任尚书右丞，能够参与主持政事以后的行为，也正是与吕大防、刘挚的争议：

> 时吕微仲与刘莘老为左右相。微仲直而闇，莘老曲意事之。大事皆决于微仲，惟进退士大夫，莘老阴窃其柄，微仲不悟也。辙居其间，迹危甚。……莘老既以罪去，微仲知

---

① ［金］王若虚：《滹南遗老集》卷37《文辨》，《四部丛刊》本。
② ［宋］苏辙：《颍滨遗老传》，载曾枣庄、刘琳主编：《全宋文》第96册，上海辞书出版社、安徽教育出版社2006年，第213页。（以下所引皆为此版本）
③ 《颍滨遗老传》，第226页。
④ ［宋］朱熹：《朱子语类》卷130，《朱子全书》第18册，上海古籍出版社、安徽教育出版社2002年，第4061页。

辙无他，有相安之意。然其为人则如故，天下事卒不能大有所正，至今愧之。盖是时所争议，大者有二：其一西边事，其二黄河事。①

即处理与西夏的和战关系、黄河河道的走向问题。苏辙既然因此而与人争议，当然认为自己的意见是对的。至于"拔用杨畏、来之邵"，朱熹之所以关注此点，也无非因为这二人后来支持"新党"的复起。就党派斗争来说，这不妨被说成苏辙的一个失误，但"新党"之复起，关键在宋哲宗，对杨、来二人的作用本不必如此重视。苏辙力求澄清各方的政见，其着力点恰在努力澄清党争的史实，以突出交代苏氏兄弟自成一家的学识和独立的政治态度，现在看来无疑是可贵之处。

相较于其他自传的隐喻策略，苏辙的自传更偏向于严谨的史学书写。《东都事略·苏辙传》《宋史·苏辙传》对《颍滨遗老传》都有不同程度的取材，说明《颍滨遗老传》的内容得到了撰史者的认可，具有高度的史学价值。苏辙自传以"元祐党禁"为背景，叙写自我的生命历程，其身处党争风波之中，以参与者的视角从个人浮沉透视朝堂的风起云涌，他试图将文本自我与文外之"我"联结起来，既是作者对自身的叙写，又是从第三者角度的旁观；既是自己生活的真实写照，又是内心理想的热烈追求，苏辙的形象也由意气风发的士子到施政惠民的良吏，经由党争的"洗礼"最后转向著书立说、默坐参禅的"颍滨遗老"呈现出作家自我想象性认同。

及读《楞严》以六求一，以一除六，至于一六兼忘，虽践诸相，皆无所碍。乃油然而笑曰："此岂实相也哉？夫一犹可忘，而况《遗老传》乎？虽取而焚之，可也。"②

主客交感的过程被纳入叙事的整体结构，作者、叙述者、传主三者合一为多元立体的"颍滨遗老"身份。

自传的书写源于自我真实经历，"事实真理"客观存在，虽然有时通过艺术修辞等手段，对"传主"的过去作虚构性的处理，但是作者的人生经历并未改变，这样通过史书等资料进行相关验证，自传与事实之间便存在着坚韧的连接，在这个意义上，依旧能到达本体意义上的"真"。宋代的这些自传文本，皆与历史史实紧密贴合，并通过艺术性的写作方式将史实与自传二者互证互现。

四、士大夫的进阶：宋代自传的理想人格表达与自传记忆功能

中国传统思想重视自我肯定，但是这种肯定，是将个体作为家、国、秩序、天命、历史等宏大叙事的一部分而言的。宋代理学家更重视人的价值，他们继承先秦儒家尤其是思

---

① 《颍滨遗老传》，第231页。
② 《颍滨遗老传》，第239页。

孟学派的理论,肯定了"天地之性,人为贵"这一儒家传统。尤其是张载,其"民包物与"的理念,强调人皆为天地气化而成,与万物同胞同伴,在对人的认识与反思中肯定了人在宇宙中的地位,弘扬人的地位与价值。其"横渠四句"加强了"人能弘道"的意识,以立心、立命、继绝学、开太平显豁了"我"之主体力量的高度自信。理学哲思引领下的宋代士大夫继承了先秦儒家注重人生理想、伦理道德的传统,创作的自传文本充分体现了他们自我身份塑造与儒家理想人格的追求。

(一)儒者的自我身份塑造

首先,宋代自传多将"我"塑造为传统儒家士大夫形象。如郭应祥《笑笑先生传赞》,郭应祥声名不显,传记从官小而微的身份出发,以"笑笑"二字为线索塑造了痴迷书籍、超脱旷达的儒生形象:

及其在官,无俸余之财,视金玉如粪秽,独好聚书。聚书满屋,每游居寝饭其下,虽吏役拘縻、奔走尘埃中,亦未尝废卷也。……人或从而笑之,先生亦有时而笑人也。先生之与人各笑其笑,不知其孰是孰非耶?①

恰如其自传开篇所言:"名与字不甚显……人固莫己知,己亦不汲汲于人之知也。"②其仕宦经历大致为:"淳熙八年进士;淳熙十三年为巴陵县主簿;绍熙元年移衡阳县丞;庆元、嘉泰年间曾为浏阳令;嘉泰四年任龙泉令;开禧三年除谭洲别驾。"③虽然生活苦贫,无俸余财,却仍以诗书薰茗等清雅之物自持,寸案牍劳形中"力事一笑,山鸣谷应"④,传记最后特强调"笑"的哲思:"人或从而笑之,先生亦有时而笑人也。先生之与人各笑其笑,不知其孰是孰非耶?"郭应祥有《笑笑词》集,詹傅在《笑笑词序》中对"笑笑"二字作注脚,归纳为"闻道大笑"和"乐然后笑","笑"的意味便与郭应祥的形象叠映,凝聚了旷达乐观、超脱世俗的理想儒家人格。

吕皓《云豀逸叟传》则记其十岁至七十进修儒业之事,由事亲之道转向移孝于忠,然后励志于学,年踰五十善恶毁誉渐不为动,"叟"非庸言庸行而作《穷土本末》《三徙录》《西征倡酬》《老子通儒说》《东瓯漫录》,最后自警言:"为己有余,而推之人,人不答而反诸己,量力而后动,知难而遂止,此君子终身行之,死而后已者也。"⑤王禹偁《为长洲令自叙》记

---

① [宋]郭应祥:《笑笑先生传赞》,载曾枣庄、刘琳主编:《全宋文》第293册,上海辞书出版社、安徽教育出版社2006年,第269-270页。

② [宋]郭应祥:《笑笑先生传赞》,载曾枣庄、刘琳主编:《全宋文》第293册,上海辞书出版社、安徽教育出版社2006年,第269-270页。

③ 王福美:《郭应祥仕履考》,《中国社会科学院研究生院学报》2002年增刊,第96页。

④ 金启华、张惠民、王恒展等:《唐宋词集序跋汇编》,江苏教育出版社1990年,第231页。

⑤ [宋]吕皓:《云豀逸叟自传》,载曾枣庄、刘琳主编:《全宋文》第287册,上海辞书出版社、安徽教育出版社2006年,第267页。

叙了其长洲令任上遇吏好欺压、赋税越重，自感"读书为儒，胡宁忍此"而进行税务改革，最终"民有归其直者，盖三分有其二焉"①践行了儒家兼济天下的理念。以及李石《自叙》将自我人生经历，如方舟子之号、家学渊源和子孙后辈等悉数道出，李石幼年即承家学"大夫之隐，邃于《诗》《书》。手抄经说，如哺小雏"②，然后师从张子觉修《易》学，从范淑治《春秋》学，其学以《春秋》《易》为根本，从而出入六经。李石尤在《自叙》中对《易》与《春秋》的关系及与其他经书的内在联系进行了深入探讨，其言：

> 至于《诗》者，《春秋》之世，《书》者，《春秋》之事，二《礼》者，《春秋》之制，实则原于一也。或问二经之学，曰：以《易》而读《春秋》则严而理，以《春秋》而读《易》则洁而通。③

重释了六经地位，在说明其治学之本的同时，侧面树立了李石继往圣绝学的儒生理想。

(二)儒者的行为准则彰显

宋代许多士大夫，常以儒家价值标准作为自己的行为准则，并用自传来彰显这种价值观念，尤其是处于深刻变革的时期，这种愿望会变得特别强烈，如宋元之际的郑思肖所作《一是居士传》：

> 一是居士，大宋人也。生于宋，长于宋，死于宋。……普天率土，一草一木，吾见其皆大宋天下。……譬如孝子于其父，前乎无前，后乎无后，满眼唯父，与天同大，宁以生为在，死为不在耶？又宁见有二父耶？此"一是"之所在也。④

在国家危难之际，郑思肖将士大夫的历史使命感和社会责任感发挥到了极致。《一是居士传》开篇便重申"一是居士"郑思肖为大宋人，"生于宋，长于宋，死于宋"，且呼喊宣扬当今天下仍为赵氏天下、大宋疆域，普天之下皆为大宋王朝，"大宋，粹然一天也，不以有疆土而存，不以无疆土而亡"，并从孝子于其父的关系类比臣民于君、国，其言："满眼唯父，与天同大，宁以生为在，死为不在耶？又宁见二父耶？"⑤此处移孝作忠，引申之意便是大宋与天地同在，亦是对生死皆为宋人的重申，也是"一是"的缘由所在，即只作大宋之民，只忠大宋之君，并将其视为万古不变的道理。其忠贞不贰的遗民形象与理想自我实

---

① ［宋］王禹偁：《为长洲令自叙》，载曾枣庄、刘琳主编：《全宋文》第 8 册，上海辞书出版社、安徽教育出版社 2006 年，第 87 页。
② ［宋］李石：《自叙》，载曾枣庄、刘琳主编：《全宋文》第 206 册，上海辞书出版社、安徽教育出版社 2006 年，第 46 页。
③ ［宋］李石：《自叙》，载曾枣庄、刘琳主编：《全宋文》第 206 册，上海辞书出版社、安徽教育出版社 2006 年，第 44-46 页。
④ ［宋］郑思肖：《一是居士传》，载曾枣庄、刘琳主编：《全宋文》第 360 册，上海辞书出版社、安徽教育出版社 2006 年，第 126-127 页。
⑤ ［宋］郑思肖：《一是居士传》，载曾枣庄、刘琳主编：《全宋文》第 360 册，上海辞书出版社、安徽教育出版社 2006 年，第 126-127 页。

现了高度统一,钱穆先生曾言赞其"是一豪杰之士,应该归入孟子三圣人中伯夷的一路"①。传记在激昂申说大宋孤臣后,陡然转向平缓的叙述,开始记录"一是"居士的生平、爱好,由感恩父母写起,记其爱竹、嗜梅、喜雪等代表高洁的爱好,又录其不与人交、独来独往不随流俗的品格,文末呼唤有识之士可以识"一是"之理,真识"一是"居士。在自传文本的建构中,爱国已然成了郑思肖的主色调,且这种对大宋的坚守不仅在于"一是",更在于"本穴世界"(大宋世界),亦在于《大无工十空经》(大宋)。宋代理学对士大夫的人格建构,要求面对威逼利诱选择以身殉国,以崇高的精神品格名垂青史,这些在《一是居士传》中已成为郑思肖的最高追求:"爱国不仅成为作家们创作的主旋律,而且也成为他们生命的主旋律,成为他们人格的主色调。"②自传以文本为载体,抒国破家亡之叹,表赤胆忠心之志,饱含了家国情感的隐喻,这种叙事方式突破了文人私人化的叙述主题,升华为关乎国家民族的大义命题,由于其具有跨越时空的爱国普世性,这种宏大的叙事主旨增强了自传体裁的意识形态层次。

(三)儒家理想人格的追求

自传既是对现实生活的反映,也是人生理想的投影,作为人生某一断面的叙述,它可以不断被书写,作家和传主的真实生命给予它内在性自我意识,在这个意义上自传本身是一种生命表达,具有"生命练习"的功能。宋代自传书写自我出处行藏,探讨仕与隐命题之际亦包含"隐士"情结。种放《退士传》书写了其在仕与隐之间的徘徊:

> 以耕食于南山中,号"退士"。……著《蒙书》十二篇,大抵务黜邪反正,义磔奸蠹。……时议或诮者,则曰:"而退也,退其迹耶? 退其名耶?"退士则曰:"不退而迹,庸为尔直? 不退而名,庸为尔程? 于乎! 名迹判于时,神心交于机,俾道愉而下欺,义忒而中离,予独亡退乎! 予独亡退乎!"③

种放出身于官宦世家,他一方面常称自己为仲山甫后人,一方面又"恶时之苟进者",显示了出仕、入仕的矛盾心理,后因章句奇偶之学"不遂志"而尽弃,于是"退居空山穷谷中"。对于种放而言耕食南山并不单为寻求山林之乐,"夫圣人者惧道不明,志不坚,乃退学于山林寂寞之乡,以求其志"④。存济世之志以励学求道,专治九经、六籍、诸史,然后"知皇王大中之要,道德仁义之本",其著《蒙书》十二篇"黜邪反正,义磔奸蠹",三十年潜心经史百家,条列古文精粹"使学者窥之,则有列圣道德仁义之用"。种放之所以"退世"

---

① 钱穆:《国史新论》,九州出版社 2012 年,第 318 页。
② 王小舒:《中国文学精神·宋元卷》,山东教育出版社 2003 年,第 148-149 页。
③ 〔宋〕种放:《退士传》,载曾枣庄、刘琳主编:《全宋文》第 10 册,上海辞书出版社、安徽教育出版社 2006 年,第 220-221 页。
④ 〔宋〕种放:《自明》,载曾枣庄、刘琳主编:《全宋文》第 10 册,上海辞书出版社、安徽教育出版社 2006 年,第 217 页。

是厌恶浮华虚名,而非兼济天下的仕宦,"况仆岂无意于行道而致君泽民也哉！若此则独能无感乎？夫扬旌临高,其见必远；槌鼓当风,其声必振,盖得地而然也。如仆者,所谓乏其地也"①。致君泽民是其理想,因此,当真宗三次征召后,种放入朝对策,然其履隐履仕,又招致诟书嘲讽,其对"退士"的含义进一步阐释："不退而迹,庸为尔直？不退而名,庸为尔程？吁乎！名迹判于时,神心交于机,俾道愉而下欺,义忒而中离,予独亡退乎！"种放踟蹰于仕与隐之间,他一方面在山林之居研治百家经史积学储宝,另一方面在仕宦、讲学中推崇圣人之道,是自我志向与圣人之道的和谐融洽："志与道偕治,则求于时,施其用,以济生民焉。"②其所追求的仍是兼济天下的圣人情怀,具有浓重道义色彩的使命感。山林皋壤的静照默化给种放提供了身心的"绿洲",其内在德性自我完善、精神境界日渐提升,庙堂高台又让其实现了人格理想,践履经世济民、平治天下的理想目标,仕与隐的矛盾便于此消解,庙堂与山林在争胜中走向对话。

《无名君传》为邵雍绝意科场后而作：

> 当时也,四方之人迷乱,不复得知,因号为"无名君"。夫无名者,不可得而名也。……能造万物者,天地也；能造天地者,太极也。太极者,其可得而知乎？故强名之曰"太极"。太极者,其无名之谓乎？③

他本立意仕进"自雄其才,慷慨欲树功名。于书无所不读,始为学,即艰苦刻厉,寒不炉,暑不扇,夜不就席者数年"④,然元祐元年(1086)却谢绝举荐迁居洛阳,从而追问宇宙自然之道。此传以"太极"这一概念为关捩引出其闲居期间的自我剖析。其言"太极"为万事万物之本,以阴阳之气生成万物,"太极"本无名,是邵雍为之命名,他认为所谓太极有几个特点：不可得而有体而无迹；有用而无心；不可得而知。邵雍自称"无名君"只因"无心、无迹",亦"不可得而名"⑤,从本质上讲"无名"与"太极"都归于一途,虽皆无名,但"我"像太极包揽万物一样,亦集儒家道德修养为一身,其后传文叙事皆以诗相随,逐步揭橥了"无名"的包罗万象。《无名君传》又云其"性喜饮酒","所饮不多,微醺而罢","尝命之(酒)曰'大(太)和汤'"。"太和",张载谓之"道"⑥。邢恕《击壤集跋》称邵雍"熏然太和,不名一体"⑦,邵雍自云"朝廷授之官,虽不强免,亦不强起"。可见,"无名君"的处世态度,

① ［宋］种放：《答刘格书》,载曾枣庄、刘琳主编：《全宋文》第 10 册,上海辞书出版社、安徽教育出版社 2006 年,第 212 页。
② ［宋］种放：《自明》,载曾枣庄、刘琳主编：《全宋文》第 10 册,上海辞书出版社、安徽教育出版社 2006 年,第 217 页。
③ ［宋］邵雍著,郭彧整理：《邵雍集》,中华书局 2010 年,第 550-551 页。
④ ［元］脱脱等：《宋史》卷 427《种放传》,中华书局 1977 年,第 12726 页。
⑤ ［宋］邵雍著,郭彧整理：《邵雍集》,中华书局 2010 年,第 550 页。
⑥ ［宋］张载：《正蒙·太和》云"太和所谓道,中涵浮沉、升降、动静、相感之性"。见张载著,章锡琛点校：《张载集》,中华书局 1978 年版,第 7 页。
⑦ ［宋］邵雍著,郭彧整理：《邵雍集》,中华书局 2010 年,第 572 页。

体现了"道"的天然状态，于是邵雍就在与太极合一中实现了天人合一。

宋代的自传作品是宋代士人对自己亲身经历的回忆，既有整个人生的回顾，亦有人生阶段、重要时刻的表达，是一种自传体记忆。程瑀作《愚翁自传》"盖不虞之誉"，李石《自叙》"诏我后人"，抑或是种放"作传以述其志"，这些自传的写作皆是利用自传体的记忆为自我服务，这样自传体记忆便有了可利用性，即具有了自传记忆功能。具体而言，自传体记忆具有自我功能、社会功能和指导功能①。正如宋代自传作品，柳开从"东郊野夫"到"补亡先生"，树立了以接续"圣贤之道"为己任的复古者形象；吕皓则以"量力而后动，知难而遂止"为信条，塑造了"终身行之，死而后已"的君子形象；郭应祥在枵然四壁之室聚书满屋，豁然放旷中彰显书痴形象。这些自传塑造了复古者、君子、书痴等固定的自我表征，完成自我身份的同一建构，向他人说明了"我是谁"的重要命题。又如苏辙《颍滨遗老传》、洪适《盘洲老人小传》、李石《自叙》，他们的自传不单单是个体生命的表达，亦成为他人回忆中的文本机杼，以此取资的正史、行状、墓志铭出于共情与理解进行二次创作，使其可以流播百世以此建立社会联结。当然自传记忆功能的关键在于"指导性"，对往昔的追忆固然重要，既然创作者仍生活于当下，自传所表达的人格理想追求对当下与将来便具有深刻的启迪意义。宋代自传所体现的共同人格理想便是"修齐治平"的儒家圣贤之道。尽管士人精英群体对"道"有着不同的理解与诉求，通达内心或兼济天下，但在宋代统一概括为"以天下为己任"，并成为宋代士人自身社会功能的一种规范性定义。宋代士人在自传中通过建构坚决实践己任的自我角色，来传达符合"道"的言论主张，并期待以这种理想主张来统合天下人的思想与行动，推动天下走向理想秩序。而看似不可调和的仕与隐分歧，亦以儒家理想人格为精神基础，在宋代士大夫精神世界中走向统一。

关于"诗"与"真"的关系问题。一种极端的说法是，所有自传（autobiography）其实都是"自撰"（autofiction）——即是将真相与诗化结合起来的艺术。② 宋代士人从自我观看到自我再现，对传记事实发掘打磨，将历史真相点铁成金。通过史实与传记的比较分析，宋代自传文本以诗意的自传话语塑造了多重人格身份，又以真实的自传空间呈现人生的真相。于是在"诗"与"真"的合奏中，宋代自传言说着士人自我个体生命价值以及儒家人格理想的最高追求。

---

① 自我功能是指创造一个稳定且持久的自我表征，它帮助个体利用记忆来表达并理解自我，完成同一性建构，使个体明白"我是谁"。社会功能是指通过与他人分享自传体记忆，交换思想、情感和需要，表达同情和理解，以彼此建立亲密感和社会联结。指导功能是指通过对记忆事件的反思来理解并解决当前的问题，或者指导未来的行为和目标。（胡瑞恒、秦金亮：《自传记忆三大功能研究述评》，《心理科学》2009 年第 5 期，第 1159-1161 页。）

② 〔法〕菲力浦·勒热纳著：《自传契约》，杨国政译，北京大学出版社 2013 年，第 292 页。

儒道互动与元代道士碑志的书写策略及独特呈现

王鹏程

内容摘要：元代道教兴盛，道士求取碑志数量相较前代更多。碑志文体为世俗人士设计，其内容与格式要求与道士身份并不完全相符。在儒道文化固有的差异和元代文人对道教的不同态度下，元代文人从自身立场出发，结合碑主身份，在行文中采取不同的书写策略。随着对道教文化理解的加深，元代文人在书写道士碑志过程中，对碑志原有内容与格式进行调整，使其更加切合碑主的道士身份。儒道文化在元代道士碑志中的碰撞、融合，使得元代道士碑志在保留儒家文化底色的同时，又增添了道教文化因素，呈现出了独特的内在特征。

关键词：儒道互动　道士碑志　行文策略　文化融合　内在特征

基金项目：国家社会科学基金重大招标项目"制度、文体与中国古代文章学研究"（项目批准号：19ZDA246）

作者简介：王鹏程，首都师范大学博士生。研究方向：宋元文学。

元代是中国历史上较为独特的时代，统治者大都持有较为宽松的宗教观念，中国本土宗教道教在元代亦受到了统治者的青睐。元代宗教制度赋予了道士较高的社会地位，使其在元代政治、思想、文化等领域都更加活跃。金元之际文人与道士的交往日渐频繁，元代文人与道士大多保持着较为亲密的关系。随着元代文人与道士的频繁交往，道士求碑成为元代儒道互动的一种重要形式。道士碑志是碑志文的一种，其起源可追溯至六朝时期；唐宋间持续发展，但数量不多；直至元代发展至鼎盛，数量增多，质量显著提高。道士碑志是以碑志文体来容纳道教内容，在内容与形式上与传统碑志的要求并不完全相同。由于信仰、思想和身份的不同，元代文人在道士碑志书写中会采用一些书写策略来处理儒道文化的差异。随着对道教认识的加深，文人在书写道士碑志时会使用更加符合道士身份的内容文字，故道士碑志呈现出了不同于传统碑志的文体特征。

一、元代儒、道群体关系与道士求碑现象

唐宋时期碑志文盛行，但道士碑志文数量不多，且多不涉及儒道思想间的差异。隋唐道士碑志现存 30 多通，宋代道士碑志现存 10 多通，元代道士碑志现存则多至 130 多通，这些道士碑志大多出自文人之手。元人潘昂霄《金石例》言碑碣制度云："诸碑碣，五品以上立碑……七品以上立碣"，"五品以下，不名碑，谓之墓碣"①。在元代，五品以上官员去世后可以立碑，元代立碑制度亦较为严格，并非人人都可立碑。现存道士碑志中有 2 通神道碑，30 多通道行碑，这些"为佛教、道教的领袖人物所做碑文，称为《道行碑》《功德碑》，可以说是神道碑的变种"②。除了道行碑外，元代道士碑志还有多种命名方式，本行碑、仙迹碑、开道碑、成道碑等，且多为元代独有，后世亦不使用。

金元之际战争频繁，文人儒士在战乱受到迫害，如《黑鞑事略》中记载："外有亡金之士大夫，混于杂役，堕于屠沽，去为黄冠，皆尚称旧官，王宣抚家有催车数人，呼运使，呼侍郎，长春宫多有亡金朝士，既免跋焦，免赋役，又得衣食，最令人惨伤也。"③相较于成为杂役、屠沽，入道对士大夫而言是更好的选择。王鹗《玄门掌教大宗师真常真人道行碑铭》云："时河南新附，士大夫之流寓于燕者，往往窜名道籍，公委曲招延，饭于斋堂日数十人。或者厌其烦，公不恤也，其待士之诚类如此。"④当时道教受元统治者优待，故士大夫会窜名道籍以求自保，而道士也愿意为其提供庇护。金元之际文人儒士地位下降，生存困难，多有混迹道门以求自保之举动，为当时的道门增添了许多儒学色彩。具有儒学背景的道士会撰写道士碑志，或作为求碑的中间人。道士与文人、官员的友谊也在此时更加深厚，这些官员也会帮助道士言说。

从元好问留存的 7 篇道士碑志⑤中可见金元之际道士求碑之殷勤。元好问《紫虚大师于公墓》云："且致夷求予文有年矣，今年复自聊城走数百里及予于济上，待之者又数月"⑥。《通真子墓碣铭》情况与之类似，除道门弟子殷勤求文外，还有达官贵人为道士请托，"致终介于刘邓州光甫，丏予文以表先生之墓"，"见闲闲公，亦以为言"，"邦彦，先生曲乡，与之游甚款，用是重以斯文为请"⑦。元好问作为当时的文章大家，向他求碑之人自然

---

① ［元］潘昂霄：《金石例》，王水照编：《历代文话》第 2 册，复旦大学出版社 2007 年，第 1373 页。

② 陈高华：《元代墓碑简论》，刘晓、雷闻主编：《隋唐辽宋金元史论丛》第 7 辑，上海古籍出版社 2017 年，第 223 页。

③ ［宋］彭大雅撰，徐霆疏证，李国强整理：《黑鞑事略》，上海师范大学古籍研究生编《全宋笔记》第 7 编第 2 册，大象出版社 2015 年，第 254 页。

④ ［元］王鹗：《玄门掌教大宗师真常真人道行碑铭》，陈垣纂：《道家金石略》，文物出版社 1988 年，第 580 页。

⑤ 据《元好问文编年校注》和碑志文内容可知元好问现存的七篇道士碑志多作于金亡后的大蒙古国统治时期，如《紫虚大师于公墓》作于元太宗十年(1238)，《通真子墓碣铭》和《藏云先生袁君墓表》作于元定宗二年(1247)，故可将其视为元代道士碑志。

⑥ ［金］元好问：《紫虚大师于公墓》，狄宝心校注：《元好问文编年校注》，中华书局 2012 年，第 445 页。

⑦ ［金］元好问：《藏云先生袁君墓表》，狄宝心校注：《元好问文编年校注》，中华书局 2012 年，第 975 页。

不会少，道士能够三次请求其撰碑，且让文坛泰斗"闲闲公"赵秉文为之请碑，可见道士与当时官员、文士之关系。金元之际前怀州教授张宁远《天坛尊师周仙灵异之碑》也记载了官员为道士求碑之语："有宜差都总管下经历李邑祖曰：'世浊归道者众，但自冠簪得其门者寡矣！今周仙道门之龙象□有灵异事迹，葬知故窑，真所谓方外得道之士。若不发扬其美，使□人何景仰耶？'"①刑志玄《金华山三阳洞主阳和子白先生墓志》云："有宜差长次官僚致书敬请，道众殷勤为之求铭……更奈官员道众，再三虔诚敬拜恳求，辞不获已。"②上述两碑中都提到了道士立碑中官员和道众所起到的作用。另外，元代统治者亦有赐道士碑文之举，如赵孟頫《敕赐玄真妙应渊德慈济元君之碑》和《大元敕赐开府仪同三司上清辅成赞化保运大宗师志道弘教冲玄仁靖大真人知集贤院事领诸路道教事张公碑铭并序》都是由皇帝赐碑，后一篇云："皇帝若曰：玄教嗣师全节，其袭玄教大宗师，知集贤院总摄道教事，予告归治丧。前翰林学士承旨，其著铭文，书刻表世。"③要之，当时有多方力量因各种原因为道士求碑志，体现了统治者对道士的宠信以及道教的社会影响力。

一般来说，高官和文章大家的碑志比较难求，一方面是他们矜于文名不轻易应允，一方面是能够向他们请托碑志的多为社会地位较高的统治阶级、士大夫阶级、拥有血缘关系和姻亲之人。唐宋时期道士碑志的中仅有一篇为八大家中的苏轼所作，元代道士碑志的作者则涵盖了绝大多数的文章大家。如金元之际元好问、杨奂、高鸣、孟棋等人，元中后期姚燧、赵孟頫、虞集、袁桷、黄溍等人，他们大都在翰林院或集贤院任职过，或做过知制诰、嘉议大夫、各部尚书等官，其地位较高，但都撰写过道士碑志。元代道士之所以能够向其求取碑志，得益于与他们的亲密关系。

有元一代，文人儒士相较而言地位较低，仕进之路困难，而道教则为统治者推崇，道士受统治者宠信，具有一定的政治影响力，且部分道士能够直接参与朝政，"不少汉人儒士为了请求引荐、步入仕途选择了与道教联合。道教各教派为了重振威望，自然不能缺少汉人、南人的支持。因此，在此种条件下促成了双方的联合与扶持"④，双方在政治上互相支持，在文学上亦多交流切磋，结下了深厚情谊。从李国维《颐真冲虚真人毛尊师蜕化铭》"抑谓自大朝奄有天下，以至中统改元，当今皇天眷命皇帝暨后妃、太子、诸王，莫不敦尚玄风，敬礼高士"⑤，和王祎至正十三年(1353)《元故弘文辅道粹德真人王公碑》"惟大宗师、大真人及嗣教真人久侍中被宠遇，有号名命数，其贵视公卿伯侯，于玄教显荣极矣"⑥

① ［元］张宁远：《天坛尊师周仙灵异之碑》，陈垣纂：《道家金石略》，文物出版社 1988 年，第 489 页。
② ［元］刑志玄：《金华山三阳洞主阳和子白先生墓志》，陈垣纂：《道家金石略》，文物出版社 1988 年，第 1076-1077 页。
③ ［元］赵孟頫：《大元敕赐开府仪同三司上清辅成赞化保运大宗师志道弘教冲玄仁靖大真人知集贤院事领诸路道教事张公碑铭并序》，钱伟强点校：《赵孟頫集》，浙江古籍出版社 2012 年，第 473 页。
④ 刘晖：《元代集贤院与道教之关系》，《宗教学研究》2022 年第 3 期，第 64 页。
⑤ ［元］李国维：《颐真冲虚真人毛尊师蜕化铭》，陈垣纂：《道家金石略》，文物出版社 1988 年，第 535 页。
⑥ ［元］王祎：《元故弘文辅道粹德真人王公碑》，陈垣纂：《道家金石略》，文物出版社 1988 年，第 990 页。

之语，可见元代统治者对道士的礼遇和崇信。黄溍《玄明宏道虚一真人赵君碑》"久之，杜公欲广先生之见闻，乃勉之出游京师，诸公贵人多慕而与之交"①说明诸公贵人也都愿意与道士结交。诸如虞集这类在京做官的文士，与道士交往既多，关系密切，为其撰写碑志既出于"同僚"相知相识的友谊，又能够赢得道士的好感，为自己的仕途助力。

全真教人物大多属于有学养、饱读书本的文化士人，他们一方面读书授教，另一方面又著书立说，在中国道教史上组成了一个知识分子集团，这是一个独一无二的道教史现象。② 不唯全真教，元代的正一教、玄教等都有文学素养较高的道士。他们亲近儒学，具备儒家背景，重视以文字传教，且认同儒家丧葬"勒碑埋铭"之礼。有学者认为"与世俗葬制既有联系又有区别的全真葬制，在构建全真宗祖认同和教团凝聚力方面发挥了重要作用"③，作为葬礼中重要部分的碑志，也能够起到类似的作用。道教领袖多寻求文章大家撰写碑志自然也是为了增进教门凝聚力，宣传道教。元代道士李道谦编《甘水仙源录》云："每因教事，历览多方，所在福地名山，仙宫道观，竖立各师真之道行及建作腾缘之碑铭者，往往多鸿儒巨笔。所作之文，虽荆金赵璧，未易轻比。"④弋毂《玄门掌教清和妙道广化真人尹宗师碑铭并序》云："嗣教诚明张公一日语众曰：'清和恩师思报祖师之恩，遂大葬之礼……吾侪享其成业，今无以报，颜实腼矣。将刻碑纪实，以昭无穷，若何？'金曰唯。"⑤亦记载了元代道教高层对碑文的重视。要之，全真道士成功地利用了碑刻作为媒介力量，这使他们能够突显、巩固自己获得的特权。⑥ 同时，道士碑志也具有凸显其社会地位及其增强教门凝聚力的作用，故道教领袖重视道士碑志的书写，其余道士则效仿道教领袖的做法也为其道门前辈求取碑志，而从元致和元年（1328）的道士碑志："今外而路府州县皆为真人立道行之碑，若等曷不纪其延寿宫之大□汝先师玄应真人之行实，刻之贞珉，以垂永久，亦宗门之美事"⑦，说明当时各地为道士立碑之流行，从现存碑志数量可知其所言不虚。

撰上所述，元代道士与文人儒士一直保持着亲密的关系，通过两者间的亲密关系，道士得以向文人儒士求取碑志，以满足传教与扩大道教影响力的社会需要。但文人儒士作为书写者，在书写道士碑志时并不会一味迎合道士的要求，而是秉持自身立场，结合对道教的态度，在综合考虑多种因素后结构碑文，使得元代道士碑志呈现出不同于前代道士

① ［元］黄溍：《玄明宏道虚一真人赵君碑铭》，王颋点校：《黄溍全集》，天津古籍出版社 2008 年，第 635 页。

② 蒋振华：《元明清文学思想研究》，凤凰出版社 2018 年，第 43 页。

③ 宋学立：《全真葬制与宗族认同的构建》，《宗教学研究》2023 年第 5 期，第 52 页。

④ ［元］李道谦：《甘水仙源录》，张继禹编：《中华道藏》第 47 册，华夏出版社 2008 年，第 113 页。

⑤ ［元］弋毂：《玄门掌教清和妙道广化真人尹宗师碑铭并序》，陈垣《道家金石略》，文物出版社 1988 年，第 567 页。

⑥ 王锦萍：《蒙古征服之后：13—17 世纪华北地方社会秩序的变迁》，陆琪、刘云军译，上海古籍出版社 2023 年，第113 页。

⑦ 《尧帝延寿宫真大道真人道行碑记》，陈垣纂：《道家金石略》，文物出版社 1988 年，第 833-834 页。

碑志的时代特色。

二、元代道士碑志的书写困境与行文策略

元代道士与儒士在政治上的联合、思想上的交流并不能彻底磨灭儒道思想间的差异，故书写过程中儒士必须面对儒道思想之差异。自唐宋古文运动后，"文以明道""文以载道"等观念深入文人心中，元代文人也多持有"文道合一"之观念。元代文人儒士在书写文章时多秉持儒家文化立场，宣扬儒家文化思想和道德规范，所以多数儒士在书写道士碑志时，不会彻底舍弃自己的儒家立场，为宣传道教摇旗呐喊。同时，在书写道士碑志时，他们也要考虑到碑志的读者：一方面，他们要尽量让请托者即道士群体满意；另一方面，他们也要考虑到文人群体的阅读反应。元代道士受统治者崇信，政治影响力大，所以他们在书写过程中也要考虑到政治因素。元代道教繁盛，但发展过程中也暴露了许多问题，文人在书写道士碑志时会指出这些问题，在批判元代道教现实状况的同时，言说自己对于道教的理解和认识。

道士的道行事迹是构成道士碑志的主要内容，儒士在书写道士道行事迹时会根据碑主的社会身份来确定书写的内容要素和方式。道教高层的碑志具有政治意味，王利用《玄通弘教披云真人道行之碑》云："先师披云真人，今已改葬于纯阳宫乾维之原，倘不碑而表之，殆失皇家褒赠之意，抑亦法子法孙之过也"①，像这类受皇家褒奖的道士，文人在书写时不能任意发挥，必须考虑政治影响，要以其主要生平事迹为重点，突出其道行，篇幅合适，要素齐全。光绪《鹿邑县志》称揭傒斯《大元太清宫应缘扶教肇玄崇道真君□□碑铭并序》全篇"皆录马道逸语，末以神仙皆豪杰，一言结之，谄饰元门②，意盖不屑也。"③细读该文知其所言不虚，皆是录他人之语。揭傒斯写作态度较为消极，但该碑仍内容丰富，履历详细，洋洋洒洒千余字。书写被统治者赐碑的道士碑志时更要谨慎，如赵孟頫《大元敕赐开府仪同三司上清辅成赞化保运大宗师志道弘教冲玄仁靖大真人知集贤院事领诸路道教事张公碑铭并序》，长2000多字，内容齐全，事迹详细，且用语恭敬，作文态度十分谨慎。

在书写相知熟悉且不属于道教高层的道士碑志时，书写者可以自由发挥，选择材料也更自由，碑主的道士身份及其修道事迹也就不再成为书写重点，重点是碑主的个性才情。这些碑志主要以友情动人，多有细节，且融入个人情感，态度较为积极，文章质量也比较高。虞集《九万彭君之道行碑铭》通过"海内之彦，及其门者甚众，方外士以清通博雅

① ［元］王利用：《玄通弘教披云真人道行之碑》，陈垣纂：《道家金石略》，文物出版社1988年。
② 应为玄门，清人避讳玄字，故写为元门。
③ ［清］于澜沧等纂修：光绪《鹿邑县志》，成文出版社1976年，第469页。

见知遇"①"部使者张策以大儒卓行……留君舍，论民事疾苦与政令所宜，泛论经史古今治乱、天文地理之说，至于儒行道要，语至达旦，不能相舍去。"②塑造了一个饱读诗书典籍且识见卓宜的有道之士。黄溍《广莫子周君铭》写道，周德方"幼失身干戈中，不知父母所在"，但"流落野马毡求之乡，逾沙漠不啻万里。其地宜瓜宜蒲桃，间以进果至京师，见道家衣冠，心甚慕焉"③，"君自恨少不学，至是一意读书"，"坐卧一榻，积书数千卷"，"翻阅偶有得，则疏以别纸，岁久成巨帙"④。通过这两件事写出了周德方坚韧不拔之品质和向道与向学之心。柳贯《金溪羽人查广居墓表》则写先查广居学诗之勤思，后写两人最后一面时依依不舍之情，并未知其为最后一面，得知其身死之消息后，内心悲痛。"余为之西向哭，哭已，则曰：天果不欲昌吾诗乎？胡为使君之驾将聘而遂蹶？又胡为不葆君之玉未磷而已缺乎？"⑤作者西向而哭，诘问上天，悲哀之情和痛惜之意跃然纸上。这类道士碑志的书写不同于道教高层碑志的书写，文人具有更大的书写空间，不必拘泥于事迹和碑志要素的齐全，甚至会淡化碑主的道教背景。

　　元代道教宣扬"方技""神异"以传教，神异事迹是构成道士碑志的重要内容，但文人对于这些神异事迹有自己的立场和判断，或不写，或说明书写原因。王鹗《玄门掌教大宗师真常真人道行碑铭》云："予辞之力，不逾月，凡三见临，具状其师之道行，及持虚舟道人李鼎之和所为传，并以见示。予观其行实平美，略无纤芥谲怪之事，乃以予平昔之所见闻，并为次第其先后而铭之。"⑥他在书写中特别说明材料文献行实平美，无纤芥谲怪之事，可知他并不认可道士的神异事迹。高鸣《重玄子李先生返真碑铭》写"若夫万鹤饶醮坛而翔飞，蝗抱祭器而死，虎乘牒而杀田豕，雪失道而作司南，其灵异类此者甚多，皆先生平日所不喜道，亦不敢具书"⑦，来说明不书写这样神异事迹的原因。他在《崇真光教淳和真人道行之碑》亦有"若夫将适辽东也，祷之而愈风痹，又去许昌也，空中传玉帝有命，其灵异若是者甚多，然实非公之本心，且有淳和真人传在，兹略而不书"⑧之类似说法，可见是他以退为进，不愿书写。姚燧《玉阳体玄广度真人王宗师道行碑并序》云："燧由职史馆以来，常思古者良臣，不要死者之或知，不必生者之见求，于德于功，于事于言，见书见而闻书闻，信传信而疑传疑，实录直致，俾观者自判是非于千载下"，"况圣皇下诏褒崇有道之真人哉""不可以吾儒者不为其道，非职而辞也"⑨可见其儒者立场。他自己不信道教神

①　［元］虞集：《九万彭君之道行碑铭》，王颋点校：《虞集全集》，天津古籍出版社2014年，第1045页。
②　［元］虞集：《九万彭君之道行碑铭》，王颋点校：《虞集全集》，天津古籍出版社2014年，第1046页。
③　［元］黄溍：《广莫子周君碣铭》，王颋点校：《黄溍全集》，天津古籍出版社2008年，第605页。
④　［元］黄溍：《广莫子周君碣铭》，王颋点校：《黄溍全集》，天津古籍出版社2008年，第605页。
⑤　［元］柳贯：《金溪羽人查广居墓表》，魏崇武、钟彦飞点校：《柳贯集》，浙江古籍出版社2014年，第340-341页。
⑥　［元］王鹗：《玄门掌教大宗师真常真人道行碑铭》，陈垣纂：《道家金石略》，文物出版社1988年，第580页。
⑦　［元］高鸣：《重玄子李先生返真碑铭》，陈垣纂：《道家金石略》，文物出版社1988年，第571页。
⑧　［元］高鸣：《崇真光教淳和真人道行之碑》，陈垣纂：《道家金石略》，文物出版社1988年，第612页。
⑨　［元］姚燧：《玉阳体玄广度真人王宗师道行碑并序》，陈垣纂：《道家金石略》，文物出版社1988年，第718页。

异之说，但在不得不书写时，会先讲明自己的态度，信与疑让后世者自己判断。因该碑通篇书写神异事迹，姚燧未将其收入文集《牧庵集》。从上可知，他们在书写道士碑志时都坚持自己的儒家立场，不愿书写道教的"怪诞虚无之事"和"纤芥谲怪之事"，不得不书写时也会说明缘由。

相信道士神异事迹的文人会直接将其写入道士碑志中，有些甚至会为其辩白。虞集《玄门掌教孙真人墓志铭》写其求雨灵验之事，并云："盖真人端静贞一，自然感化如此，非有神怪谲幻者也，故君子信而传之"①，以自然感化为神怪谲幻辩白，进而表明君子信而传之。《陈真人道行碑铭》亦有求雨灵验和"推之以言其祸福寿夭奇中，人异之，公不以为事"②之事迹。以上两碑内容都表明他相信这些道教神异事迹，并且在碑志中大肆宣扬。王恽《故普济大师刘公道行碑铭》云："予尝以道家者流，以清寂为宗，一死生，外形骸，自放于万物之表，是不以一毫世故撄拂其心。至于挟方术，出秘艺，救时行道者，世有其人……往往验于事者，盖世所不废也。普济师其斯人之徒欤？较夫遗世绝俗，归洁一身，自放于万物之表，诚法教中有裨于世者耳！"③他认为道教应以老庄为归旨，但又肯定挟方技之道士，认为他们"裨于世"。单公履《太一二代度师赠嗣教重明真人萧公墓碑铭》中"本之以湛寂，而符箓为之辅……迹其冲静玄虚，与夫祈禳祷祀者，并行而不悖"④，亦认为两者并行不悖。总之，他们不避讳道士的神异事迹，并将其写入碑志中。

在书写道士各类事迹之余，元代文人儒士还会发表议论以表明自己对道教的认识与看法。元代道教自托于老氏，但其行为与老氏多有不符之处，文人对此有清楚的认识，但在书写道士碑志时，他们要顾及求碑者的需求和社会影响，以迂回的方式行文，表明其观点态度。吴澄《天宝宫碑》⑤云："若夫克尘不入而心常虚，主珍不出而腹常实，神气合一如夫妻子母之相恋而不离，长生久视以阅生生灭灭之众，此则老氏之末流，所谓神仙之伎也。予学孔氏，不足以知此，然或罔克究竟而欺世盗名者，盖亦不无。"之后表明："若子之师，洁白素志，泊然自守，庶乎可与游方之外者哉！"⑥他对"欺世盗名"的道士不满，但以猜测的语气写出，语气比较委婉，同时将碑主排除在外，使其更容易接受碑文内容。袁桷认为当时道士不修道家之本，所传仅有术法，且多有讹缺。他在《陆道士墓志铭》云："今世所传，唯法、药与术，药、术又鄙弃不用，而法仅传。谓其宜于水旱疾病，通得而用之也。

① ［元］虞集：《玄门掌教孙真人墓志铭》，王颋点校：《虞集全集》，天津古籍出版社2014年，第973页。
② ［元］虞集：《陈真人道行碑铭》，王颋点校：《虞集全集》，天津古籍出版社2014年，第1042页。
③ ［元］王恽：《故普济大师刘公道行碑铭》，陈垣纂：《道家金石略》，文物出版社1988年，第692页。
④ ［元］单公履：《太一二代度师赠嗣教重明真人萧公墓碑铭》，陈垣纂：《道家金石略》，文物出版社1988年，第844页。
⑤ 陈垣先生认为此碑名为天宝宫碑，实为真大道第九代张清志道行碑，且虞集《真大道第八代崇玄广化真人岳公道行碑铭》有"翰林学士吴公，尝移疾假馆于天宝宫之别业，其徒以真人道行记请"之说法，与该碑吴澄自述吻合，故笔者认同陈垣先生的观点。
⑥ ［元］吴澄：《天宝宫碑》，陈垣纂：《道家金石略》，文物出版社1988年，第828页。

余行天下，与方外士游，率不得一二，盖其传受讹缺，浮靡恣荡，摄思握神，罔不知所以，而其祛役禁制，按图以求叱咤，瞬息欲通灵于胗鬣，不可得也。噫，其教若是，而为其学者又皆不自植立，可哀也矣！"①他对元代道士之不满溢于言表，但对碑主则多有赞赏，称其殷勤学道，如此行文求碑者自不会心生不满。陈旅借碑主由道返儒之事迹来表明自己对黄老之道的真正看法，他在《郑君瑞墓碣铭》云："余谓道家宗黄老以为教，黄帝制法立极，老子为王官，有妻子，皆未尝离世俗，绝去伦类。而后世道家者流则异是矣。君瑞真能宗黄老之道者哉！既而反初服以儒自终，则又卓乎伟矣。"②他认为"离世俗、绝去伦"之道士偏离了道家初衷，故对碑主娶妻生子、弃道返儒之事迹称赞有加。同时，他将对元代道士离俗绝伦之批判暗含在后世道者中，并未直接点明。

总之，作为一种应用性文体，碑志往往与政治、文化等社会因素联系在一起，这些复杂因素是在书写碑志时必须考虑到的。在面临政治、文化等复杂因素造成的书写困境时，若是一味迎合请托者，必然会损坏作品的质量，降低作品的价值，而且会招致文人群体的质疑和批判。在书写道士碑志时，元代文人一方面要坚持自己的写作立场，一方面又要尽量满足道士请托者的要求。在面对道士神异事迹材料时，他们或不书写，或说明书写原因，以表明自己的态度，在自身立场、请托者道士群体和文人群体间取得平衡。在书写道教高层及重要道士碑志时，他们重视文章的篇幅内容，以其修道事迹为重点，但在不属于这类道士的碑志中，他们可以自由选择事迹材料，突出其个性才情。同时，他们在称赞碑主的同时，会表达对于元代道教现况的不满，语气较为委婉，更易使其接受。

三、儒道文化互动下元代道士碑志的独特呈现

碑志文一般包括序与铭两部分，元代道士碑志书写亦包括序和铭两部分，序文以散体为主，铭文以四言为主，同时多有七言、骚体、杂言及散句多种类型。明人王行在《墓铭举例》云："凡墓志铭书法有例，其大要十有三事焉：曰讳，曰字，曰姓氏，曰乡邑，曰族出，曰行治，曰履历，曰卒日，曰寿年，曰妻，曰子，曰葬日，曰葬地。"③他将碑志内容总括为"十三事"，传统方内人士的碑志多不出以上内容，其顺序会根据书写者的习惯调整。作为方外人士的道士碑志在文人手中也会按照此思路展开，从唐卢照邻《益州至真观主黎君碑》、李邕《唐有道先生叶国重墓碑》到宋蔡卞《茅山华阳先生解化之碑》、刘克庄《阁皂道士杨固卿墓志铭》都会追溯碑主的家世生平，若有妻、子也会提及。元前道士不强求出家，这样写无可厚非，但元代道士，特别是全真道士要求出家，再追溯其家世就会显得奇怪，而且道士的修道始末，在道教的地位和弟子等道行事迹又是书写要考虑到的。

---

① ［元］袁桷：《陆道士墓志铭》，王颋点校：《清容居士集》，浙江古籍出版社 2015 年，第 781 页。
② ［元］陈旅：《郑君瑞墓碣铭》，陈垣纂：《道家金石略》，文物出版社 1988 年，第 1193 页。
③ ［明］王行在：《墓铭举例》，［清］朱记荣辑：《金石全例（外一种）》上册，北京图书馆出版社 2008 年，第 257 页。

　　传统碑志为方内之人设计，方外之人出现碑志需求时，文人会注意到碑主的特殊身份，但传统碑志格式对文人的影响不可能彻底清除。在书写元代道士碑志时，文人通常还是会按照传统的"十三事"来写。王鹗《玄门掌教大宗师真常真人道行碑铭》写道："公讳志常，字浩然，其先洺州永年人，宋季避地璞之范阳，寻又徙开之观城，因著籍焉。高祖皓、曾祖昌、祖明、父蔓，皆隐德不耀，素为乡里所重。"这些内容放在传统碑主身上很恰当，但放在已经出家的道士碑志中则有些矛盾。元人写僧人塔铭多不会如此，虞集《大元广智全悟大禅师、大中大夫、住大龙翔集庆寺、释教宗主，兼领五山寺笑隐䜣公行道碑》只是简单介绍"公讳大䜣，字笑隐，姓陈氏。本九江义门唐尚书操诸孙，分居南昌"①，后便切入碑主事迹，不过多追写家世。部分道士碑志也会简化至此，王磐《玄门嗣法掌教宗师诚明真人道行碑铭并序》叙述全真掌教身世只言："师姓张氏，讳志敬，字义卿，燕京安次人"②，不再赘言碑主的家世。孟棋《应缘扶教重道张尊师道行碑》介绍碑主家世只用一句话："宗师姓张氏，讳志素，号谷神子，睢阳人。"③部分文人意识到追溯其家世与出家人的身份不符，但这部分又是碑志文体的内在规定，不得不去提及，故他们简化了这部分内容，不将其作为重点书写，一笔带过。

　　道士出家修道要选择道门拜师，故教门传承、师徒传承对其而言很重要，部分文人意识到这一点，在道士碑志开头部分书写其教门传承、师徒传承关系。单公履《冲和真人潘公神道之碑》云："祖师王公倡之于前，七真继起于后，而道大行矣。惟丘公起东海之滨，玄教真风，弥漫洋溢。其高弟一十八人，世称为十八大士者，师其一也。"④文章在开头追溯道教历史后，又描写其教派祖师和师承何人。高鸣《崇真光教淳和真人道行之碑》云："全真之教，始于少阳君，兴于重阳子，大盛于长春公。长春传之清和，清和传之真常，真常传之诚明，诚明传之淳和。"⑤则历数全真掌教传承，明确碑主所传之道。以上两碑都是在开头部分描写其传承，将其放在描写其家世之前，可见他们认为道士师承地位不弱于家世，这种认识对于出家的道士而言是合理的。

　　在书写道士碑志的安葬过程时，文人会写明安葬时间和安葬地点，并表明其合于儒家礼仪。元好问《朝列大夫同知河间府事张公墓表》云："孤子绰，以某年月日，葬公于某所之先茔，礼也。"⑥王恽《大元故广威将军宁晋县令李公墓碣铭》："越四日，葬县西北下王

① ［元］虞集：《大元广智全悟大禅师、大中大夫、住大龙翔集庆寺、释教宗主，兼领五山寺笑隐䜣公行道碑》，王颋点校：《虞集全集》，天津古籍出版社 2014 年，第 1046 页。
② ［元］王磐：《玄门嗣法掌教宗师诚明真人道行碑铭并序》，陈垣纂：《道家金石略》，文物出版社 1988 年，第 600 页。
③ ［元］孟棋：《应缘扶教重道张尊师道行碑》，陈垣纂：《道家金石略》，文物出版社 1988 年，第 603 页。
④ ［元］单公履：《冲和真人潘公神道之碑》，陈垣纂：《道家金石略》，文物出版社 1988 年，第 554 页。
⑤ ［元］高鸣：《崇真光教淳和真人道行之碑》，陈垣纂：《道家金石略》，文物出版社 1988 年，第 611 页。
⑥ ［金］元好问：《朝列大夫同知河间府事张公墓表》，狄宝心校注：《元好问文编年校注》，中华书局 2012 年，第 726 页。

里之新茔,礼也。"①他们都会关注葬礼是否符合礼仪,并且会特别强调"礼也"。虞集也认为葬礼非常重要,他认为:"古之称孝者,生事死葬一无违于礼而已。礼也者,序也。序也者,顺道也。"②他认为葬礼是否合"礼"十分重要,并将其上升到"道"的层面,可见他认为无违于礼即"礼也"具有重要的文化意义,故传统碑志中多用此套语也就不足为怪。元人在书写道士碑志时出于书写惯性,会直接套用这代表儒家礼仪的套语。赵著《佐玄寂照大师冯公道行碑铭》云:"享寿七十有五,二十六日葬之五华山之西南原,礼也。"③与元好问、王恽相比可知其与两者格式基本相同,套语也保留了下来。受文人影响,元代道士书写的碑志也使用此格式套语,何道宁《终南山重阳万寿宫无欲观妙真人李公本行碑》云:"诸徒奉枢西归,附葬于终南祖茔,礼也。"④这一套语适用于方内之人的碑志,但对于方外道士则并不切合。

　　元代文士在注意到注意方外之人的特殊身份后,或不用或改用适于方内人士的套语,使碑文更符合其道士身份。王博文《栖真子李尊师墓碑》改用套语云:"将以是年四月己酉葬师于太原府城之东南三里所,从遗命也。"⑤高鸣《崇真光教淳和真人道行之碑》也以遗命来代替礼的说法:"奉其衣冠,宁神于金坡山下,从治命也。"⑥这样的说法与碑主身份更相符,但仍有问题,即世俗葬礼是否适合出世之道士。道士认为死是遗其形骸而化去,故有羽化之说法,而其尸体则称为"遗蜕",故"遗蜕"之说法用在道士身上更合适。有文人注意到世俗葬礼与道士身份的矛盾,将葬礼转化成"藏礼"。黄溍在《玄和明素葆真法师陈君碣》言:"薛公冒炎暑、历崄巇,卜善地于兰溪,将以某月某日藏君遗蜕。"⑦其《玄明宏道虚一先生赵君碑》亦言:"守约与永寿之弟子杨玄鉴等,奉遗蜕藏于紫云关乾元山之麓"⑧,陈旅《毛先生碑》说:"某年八月丙辰,藏蜕于贵溪仙源乡之高陂山"⑨,黄溍和陈旅"藏遗蜕"的说法与碑主道士身份切合。文人在书写道士碑志时,逐渐认识到不能生搬硬套传统碑志的套语,用语要贴合碑主的身份。这些词语字句的转变,是文人对道教的认识加深的体现,将道教文化及具有道教色彩的词语字句融入碑志文体中。

　　传统碑志在书写葬礼后会写到碑主的后人,交代他们的品行、官职。元代道士多不

① 〔元〕王恽:《大元故广威将军宁晋县令李公墓碣铭》,杨亮、钟彦飞点校:《王恽全集汇校》,中华书局 2013 年,第 2635 页。
② 〔元〕虞集:《瑞鹤堂记》,王颋点校:《虞集全集》,天津古籍出版社 2014 年,第 706 页。
③ 〔元〕赵著:《佐玄寂照大师冯公道行碑铭》,陈垣纂:《道家金石略》,文物出版社 1988 年,第 521 页。
④ 〔元〕何道宁:《终南山重阳万寿宫无欲观妙真人李公本行碑》,陈垣纂:《道家金石略》,文物出版社 1988 年,第 523 页。
⑤ 〔元〕王博文:《栖真子李尊师墓碑》,陈垣纂:《道家金石略》,文物出版社 1988 年,第 583 页。
⑥ 〔元〕高鸣:《崇真光教淳和真人道行之碑》,陈垣纂:《道家金石略》,文物出版社 1988 年,第 612 页。
⑦ 〔元〕黄溍:《玄和明素葆真法师陈君碣铭》,王颋点校:《黄溍文集》,天津古籍出版社 2008 年,第 604-605 页。
⑧ 〔元〕黄溍:《玄明宏道虚一先生赵君碑铭》,王颋点校:《黄溍文集》,天津古籍出版社 2008 年,第 636 页。
⑨ 〔元〕陈旅:《毛先生碑》,陈垣纂:《道家金石略》,文物出版社 1988 年,第 947 页。

娶妻生子，部分文人会以他们的弟子后进来代替这部分内容。元前道士碑志中也会涉及弟子，但他们主要是作为求碑者出现，并不能替代碑主后人的部分。虞集为方内之人所作《焦文靖公神道碑铭》说碑主：“子一人，德方，荫承直郎、兴国路总管府判官……其外孙，则江西宪司经历、承直郎允德也。”①在道士碑志中，虞集将其转化为对弟子的书写。他的《张宗师墓志铭》说玄教大宗师张留孙“故弟子十人，其二为真人，徐懋昭、陈义高。今弟子五十四人，号真人者七，佩银章者四，以宣命者一十六人，余以诚，何恩荣，吴全寿，王寿衍云云”②。比较两碑可知其书写格式基本一致，只是以碑主弟子后进代替后代子孙。姚燧《玉阳体玄广度真人王宗师道行碑并序》、虞集《河图仙坛之碑》、黄溍《特进上卿玄教大宗师元成文正中和翊运大真人总摄江淮荆襄等处道教事知集贤院道教事夏公神道碑》都将其弟子后进作为道士碑志的正式内容书写，通过其弟子的道行成就来侧面突出碑主的道行成就。

　　碑志文体为传统方内之人设计，故其文体要求和书写格式是为其量身定做的。随着佛道的流行，佛道人士亦产生了碑志需求。文人在书写佛道人士碑志时会套用传统碑志的格式，但他们在书写中积累经验，注意到碑主身份与传统碑志书写格式的矛盾之处，并试图弥合这些矛盾。唐代僧人碑志已经较为流行，文人已经总结出一些为方外人士书写碑志的经验，其中仍可见传统碑志内容格式的内在影响，但其写法亦对后世方外人士的碑志书写提供了借鉴。道士碑志在元前数量不算多，且多数不是由文章大家书写，不考虑道俗人士身份的区别。元代道士碑志数量多，且文章大家、名家也参与书写，他们在沿用传统碑志内容格式的同时也会参照较早成熟的僧人塔铭③写法，再根据道士的身份特色，对碑志内容格式进行调整，或删减内容或增添内容，使用一些更加符合碑主身份的语言。但传统碑志的格式对他们的影响难以磨灭，他们对于道士的认知也不尽相同，故仍会写出许多不符合道士身份的内容。同时，他们作为世俗的方内之人，仍会以儒家立场看待和书写道士的行为，故在撰写道士碑志时更深层的碰撞是儒道文化间的碰撞。因而文人在保持其基本立场的基础上，以更符合道教文化的文化语言来调和这些矛盾，拓展了碑志文体的内容与格式。

结语

　　历代碑志绝大多数都是为方内人士所作，书写者也都是具有儒家背景的文人。碑志文体的内容、格式与儒家文化相关，为道士所作的碑志又必须涉及道家文化。儒道文化

---

① ［元］虞集：《焦文靖公神道碑铭》，王颋点校：《虞集全集》，天津古籍出版社2014年，第1076页。
② ［元］虞集：《张宗师墓志铭》，王颋点校：《虞集全集》，天津古籍出版社2014年，第977页。
③ 叶昌炽《语石》曰：“释氏之葬，起塔而系以铭，犹世法之有墓志也。”关于僧人塔铭的研究可参看李谷乔《唐代高僧塔铭研究》、潘高凤《唐代塔铭研究》、龚丹《宋代高僧塔铭研究》。

间固有的差异会影响道士碑志的创作，按照传统碑志创作的碑志内容会与碑主的道士身份会产生割裂，但传统碑志对文人的影响又不可能彻底磨灭。从元代文人为道士碑志书写的碑志中，可以看出元代文人在道士碑志文写作中并非仅仅沿袭成法。在书写道士碑志时，他们意识到了传统碑志文体与道教文化的抵牾之处，通过调整字句和内容，将道教文化融入碑志之中，创作出了更贴合道士身份的碑志。道教文化影响了元代碑志文的写作，碑志文的原有格式也影响了道士生平事迹的呈现。因此，元代道士碑志文内容的转变与结构的变化的背后，是文人在面临书写困境时的主动选择，也是儒道文化在碑志文体中的碰撞与融合。

曲笔讹文与道德镜鉴：
传记研究视角下的明代吴中笔记

黄静静

内容摘要：明代吴中笔记记录了前代先贤的遗闻轶事，这类作品往往以杂传和志人小说的面貌呈现。相较于史传与明代同时期的散传作品，其在人物逸事的真实性和文章道德化倾向上具有独特性，即人物逸事中有大量偏离史实的美化和曲写，此外，有关先贤或当代名人的记录中呈现出较高的道德化倾向。导致这种现象的原因较为复杂，笔者通过研究明代吴中文化和明代史学思潮，认为主要原因在于明代吴中地区特有的地域自守性、明代前期至中期史学思想中的理学化思潮。

关键词：传记　吴中　笔记

基金项目：2024 年度高校哲学社会科学研究一般项目"文体与视野：明代江南笔记小说研究"（项目批准号：2024SJYB0849）

作者简介：黄静静，江苏师范大学科文学院讲师，研究方向：明清文学与文化。

"传"，本义是指传车驿马，即指古代一种快速的交通设施。引申之，则记载人物事迹以传于世的文体，亦可曰传。战国时代的《世本》一书中已有"传"的文体。同时代产生的《穆天子传》这本书也是"传"的文体①。"传记"，最初出现在汉代，如《史记·三代世表》中有"传记"一词，指解说经典的文字，而表示记载一人生平始终的文体，则至迟在南朝开始。如沈约《宋书·裴松之传》载："奉命作《三国志注》，即鸠集传记，增广异文。"此处"传记"一词始有史料的意义，包括人物传记在内。到了唐、宋时期，"传记"的文体意义已渐为明晰。《隋书·经籍志》、郑樵《通志》都出现"传记"一词。清代章学诚的《文史通义》专立"传记"篇，文体意识更为明确。从发展的历史上看，两汉是我国古代"史传"文学最辉煌的时期，这时其他形式的传记文学还大都没有出现或没有大量发展起来②。从三国到

---

① 陈兰村：《中国传记文学发展史》，语文出版社 2012 年，第 2 页。（以下所引皆为此版本）
② 韩兆琦：《中国传记艺术》，内蒙古教育出版社 1998 年，第 4 页。（以下所引皆为此版本）

六朝,传叙文学盛行。唐初遂有《大慈恩寺三藏法师传》,这是传叙文学最盛的时期,但是也在唐代,传叙文学开始衰颓。中唐时代,韩愈、柳宗元都是声势驱驾一代的文人,但是他们不敢作传,认为这是史官的事。从此以后,开始了文人不当作传的传说①。这种局面直到明代才有改观,明清是碑文、墓志铭等应用文体逐渐退出文学舞台,以"传"命名的单篇人物传记逐渐兴盛的时期②。

中国史传文学高度发达,其涵养了古代各类文体。根植于史传传统,古代传记也以多样化的形态呈现。关于传记的分类,目前诸多学者都提出了自己的看法。韩兆琦在《中国传记艺术》中将中国古代传记文学分为四类:其一是"史传",是指历朝"正史"中的纪传作品;其二是"散传",是指历代文人所写的具有传记性质的单篇作品。这类作品的名目繁多,在当时有不少是用于各种场合的应用文,如碑文、墓志铭、墓表、祭文、行状,以及某些著作的自序和他人所写的序言等等,至于以"传"命名的单篇的人物传记,则产生得比较晚,而且在相当长的时间里不占重要地位;其三是"类传",是指以类相从而单本成书,或是一本书中按类编选的人物故事集;其四是"专传",是指篇幅较长,且又独立成书的单人传记③。这一分类与陈兰村的分类大体相似④。孙文起则认为,传记文学属于现代文学研究的新词汇。在中国古代,传记或称"传",其定名最初源于经典释读。而后,《史记》借鉴《左传》等先秦史籍,创立"纪传体","史传"遂有广义、狭义之分。狭义"史传"专指纪传体"列传",而广义"史传"则泛指"纪传""编年""实录""杂史"等各体史著。传记文学所说的"史传"通常是狭义的概念。随着纪传体逐渐确立"正统"地位,纪传体列传之外的人物传记多被归入"杂传"。"史传"(即纪传体史书中的"列传")和"杂传"是古代传记的主要构成部分,两者虽同属史部,然地位迥然不同⑤。考察古代传记的发展史及传记类笔记之特征,孙文起将古代传记作品分为"史传"和"杂传"两类,稍显笼统,其分类范畴无法恰当地对笔记中的传记作品样貌进行概括。而韩兆琦所言"类传",亦即陈兰村之"杂传"更符合笔记中传记文本的形态特征。但是需要补充的是,韩兆琦、陈兰村之"杂传"一定程度上排除了具有小说特征的笔记体传记作品,即包括志人小说在内的部分具有虚构情节的传记作品⑥。陈兰村在《中国传记文学发展史》中几乎完全避开了志人小说,其概述"杂传"时指出,"杂传因作者率尔而作,不在正史,离史独立,其传主形象反较真实"⑦,

① 朱东润:《中国古代传叙文学二题》,《文学遗产》2015年第5期,第60页。
② 《中国传记艺术》,第6-7页。
③ 《中国传记艺术》,第5页。
④ 《中国传记文学发展史》,第6页。
⑤ 孙文起:《宋代传记文学研究》,南京大学博士学位论文,2017年,第21页。
⑥ 关于志人小说等以传记面目出现的文言小说,韩兆琦将其归入中国传记文学的派生艺术,认为这种艺术作品是从传记中派生出来的(《中国传记艺术》,第10页)。
⑦ 《中国传记文学发展史》,第6页。

在具体论述中也排除了志人小说。尽管传记这一文体追求真实，但真实不应该成为判断是否为传记的唯一标准。因此，本文所考察之传记类笔记实际上包含"杂传"和"志人小说"两种文本类型。

明代野史传记发达，表现为明后期，尤其是晚明时期野史更多。所谓野史传记，指正史以外的纪传体历史传记。近人梁启超《中国近三百年学术史》说："明清鼎革之交，一段历史，在全部中国史上实有重大意义。当时随笔类之野史甚多，虽屡经清廷焚毁，现存者尚百数十种。"①今人谢国桢《增订晚明史籍考》载之甚详。明中后期野史传记作者广泛，内容丰富，以写当代人物为主，与现实问题联系密切。如王世贞作《嘉靖以来内阁首辅传》八卷，李贽著《藏书》《续藏书》，张岱作《石匮书》《石匮书后集》（今存《石匮书后集》）等②。依据本文之研究对象，笔者检索了全明笔记，从中筛选出十五位作家，二十一种笔记作品。从作品分类而言，其文本形态既有"杂传"类，亦有"世说"类。就形式而言，主要有三种：其一为模仿正史纪传体人物传记，如杜琼《纪善录》、王禹声《续震泽纪闻》等；其二属于典型笔记体文本，记事简洁，文本内容驳杂，如杨循吉《吴中故语》等；其三为世说体志人小说，如杨循吉《吴中往哲记》、何良俊《何氏语林》等。具体情况见表1。

表 1　明代杂传类吴中笔记编撰情况表

籍贯	编撰者	科举仕宦简况	小说名称	形式
长洲	杜琼 （1396—1474）	未仕	《纪善录》一卷	传记
吴县	王鏊 （1450—1524）	成化十一年（1475）进士，官至户部尚书、文渊阁大学士	《震泽纪闻》二卷、《王文恪公笔记》一卷	传记、笔记体
吴县	杨循吉 （1458—1546）	成化二十年（1484）进士，授礼部主事	《吴中往哲记》一卷、《吴中故语》一卷、《苏谈》一卷	《往哲》"世说"体、《故语》《苏谈》笔记
吴县	黄暐 （生卒年不详）	弘治三年（1490）进士，官至工部主事、刑部郎中	《蓬窗类记》五卷	传记、笔记
吴县	黄鲁曾 （1487—1561）	正德十一年（1516）中举，严嵩欲召其为官，力辞	《续吴中往哲记》一卷、《续吴中往哲记补遗》二卷	"世说"体

① 梁启超：《中国近三百年学术史》，东方出版社 2012 年，第 329 页。
② 《中国传记文学发展史》，第 302 页。

（续表）

籍贯	编撰者	科举仕宦简况	小说名称	形式
吴县	伍余福（？—1540）	正德十二年(1517)年进士	《苹野纂闻》一卷	笔记
长洲	刘凤（约1552—1590）	嘉靖二十三年(1544)进士，官至河南按察使金事	《续吴先贤赞》	传记
松江华亭	何良俊（1506—1573）	嘉靖贡生，官至南京翰林院孔目	《何氏语林》三十卷	"世说"体
松江华亭	陆楫（1515—1552）	未仕	《蒹葭堂杂著》一卷	传记、笔记
休宁	焦竑（1540—1620）	万历十七年(1589)进士，官至翰林院修撰、南京国子监司业	《焦氏类林》八卷、《玉堂丛语》(又作《玉堂丛话》)八卷	《类林》广"世说"体《玉堂》笔记体
吴县	王禹声（1543—1603）	万历十七年(1589)进士，官湖广承天府知府	《续震泽纪闻》一卷	传记
松江华亭	李邵文（生卒年不详）		《云间人物志》、《明世说新语》八卷	《云间》类方志人物记录《皇明》"世说"体
昆山	张大复（1554　1630）	诸生	《昆山人物传》《昆山明宦传》	传记
常熟	徐复祚（1560—1629）	未仕	《花当阁丛谈》八卷	笔记、传记
松江华亭	范濂（1540—？）		《云间据目抄》五卷	传记体

　　从作者生平及成书时间来看，这些作品大多写于明代中后期，具体而言，更集中于弘治至万历年间。成书最晚的徐复祚《花当阁丛谈》约成书于明天启七年(1627)。① 其他笔记多在万历及万历之前。如范濂《云间据目抄》前有万历二十一年(1593)高进孝序。《蓬窗类记》所载多成化、弘治前事。明代前期，自太祖至成祖，政治上普遍高压，文坛整体晦暗，成化、弘治始，稍有弛禁，吴中文学创作由此日渐恢复往日活力。得益于前代先贤的丰富文化遗存和吴中便利的出版条件，著书立说成为吴中文人的一大兴趣。而史传传统

---

① 上海辞书出版社文学鉴赏辞典编纂中心编：《明清传奇鉴赏辞典》，上海辞书出版社2019年，第1564页。

的深刻熏陶，又造就了吴中笔记创作的辉煌成就。这些形式多样、文本丰富的笔记作品为我们研究明代吴中传记类笔记提供了绝佳素材。

一、明代吴中笔记中的故实与曲笔谀文

明代吴中笔记记录了前代先贤和当代人物的轶事，这类作品往往以志传和志人小说的面貌呈现。相较于史传与明代同时期的散传作品，其人物逸事中有大量偏离史实的美化和曲写。这一点从明代作家的评论中也可得到证实。李开先认为传记作品对真实性的要求比画像还要高，要能表现出人物的"容止行藏"，要"直书其事"。李开先又在另一篇《老黄、浑张二恶传》开头说："传乃文中一体，善恶皆备可也，诸作者多溢美人善，而恶则未之及。"①李梦阳在《论学》中论道：宋儒兴而古之文废矣。非宋儒废之也，文者自废之也。古之文，文其人如其人便了，如画焉，似而已矣。是故贤者不讳过，愚者不窃美。而今之文，文者无美恶皆欲合道，传志其甚矣，是故考实则无人，抽华则无文。故曰宋儒兴而古之文废。②尽管李梦阳是从整个文学发展的角度来批判宋儒及今人之文，但李梦阳和李开先所发之论，都抨击了当时包括传记文在内的文章中的虚假内容，和时人传记文多溢美之弊。李开先从史传的传统强调传记文的真实性，并就具体创作实践对明代传记中多溢美之词提出批评。而李梦阳之批判则是从思想层面指出明文"考实则无人"之根源在于宋儒之理学。这些都指向了一个现实，即明代传记文学存在普遍的失实现象。要想弄清楚这个问题，我们不妨将本文所涉的 21 种笔记放在一起加以比较，将重要人物（在不同笔记中出现至少四次）故实与正史进行对照，如表 2。

表 2　笔记所录重要人物故实与正史比较

人物	涉及笔记	《明史》卷次	人物	涉及笔记	《明史》卷次
杨翥	《纪善录》	卷一百五十二	陈镒	《苹野纂闻》	卷一百五十九
	《蓬窗类记》			《蓬窗类记》	
	《苹野纂闻》			《续震泽纪闻》	
	《吴中往哲记》			《吴中往哲记》	
	《续吴先贤赞》			《续吴先贤赞》	
	《明世说新语》			《明世说新语》	
	《花当阁丛谈》			《花当阁丛谈》	

---

① 《中国传记文学发展史》，第 330 页。
② ［明］李梦阳：《论学》上篇，《空同集》卷 66，明万历三十年长洲邓云霄刻本。

(续表)

人物	涉及笔记	《明史》卷次	人物	涉及笔记	《明史》卷次
姚广孝	《蓬窗类记》	卷一百四十五	陈继	《续震泽纪闻》	卷一百五十二
	《震泽纪闻》			《震泽纪闻》	
	《苏谈》			《吴中往哲记》	
	《续吴先贤赞》			《续吴先贤赞》	
	《花当阁丛谈》			《明世说新语》	
	《明世说新语》				
吴宽	《吴中往哲记》	卷一百八十四	刘铉	《吴中往哲记》	卷一百六十三
	《震泽纪闻》			《蓬窗类记》	
	《续震泽纪闻》			《震泽纪闻》	
	《续吴先贤赞》			《续吴先贤赞》	
	《明世说新语》			《明世说新语》	
	《花当阁丛谈》				
祝允明	《吴中往哲记》	卷二百八十六	陈祚	《续震泽纪闻》	卷一百六十二
	《续震泽纪闻》			《吴中往哲记》	
	《续吴先贤赞》			《续吴先贤赞》	
	《明世说新语》			《明世说新语》	
	《花当阁丛谈》				
徐祯卿	《吴中往哲记》	卷二百八十六	韩雍	《苹野纂闻》	卷一百七十八
	《续震泽纪闻》			《吴中往哲记》	
	《续吴先贤赞》			《续吴先贤赞》	
	《明世说新语》			《明世说新语》	
徐有贞	《吴中往哲记》	卷一百七十一			
	《续震泽纪闻》				
	《续吴先贤赞》				
	《明世说新语》				

《明史》中对表2中人物所记长短不一,较长的如韩雍和徐有贞有两千余字,姚广孝传全文不到一千五百字,这三篇传记内容较为充实,可资参考。陈镒、陈祚、刘铉、吴宽传皆数百字。篇幅较短者如祝允明、陈继、杨翥、徐祯卿皆不足两百五十字,几乎仅对传主的科举和仕宦生涯作一简单梳理或稍涉其诗文著作。因此,本文在将笔记中条目与《明史》进行对比时有意选取篇幅相对较长的传记文,如姚广孝传、徐有贞传等。

以最有争议性的姚广孝故实为例。《明史》卷一百四十五记录了姚广孝、张玉、朱能等十八人。《姚广孝传》文本内容涉及7个叙事单元，概括如下："广孝相面""辅佐成祖举兵""军功卓著""出赈苏、湖，留辅南京""求赦溥洽""晚著《道余录》，亲友皆不认可""移祀大兴隆寺"。其中的第一个叙事单元"广孝相面"几乎很少在明代吴中传记类笔记中看到。"广孝相面"中相者袁珙见广孝言："是何异僧！目三角，形如病虎，性必嗜杀，刘秉忠流也。"[①]"形如病虎，性必嗜杀"指出姚广孝性格中残酷的一面，而"刘秉忠流也"则认可其权术，亦能如元初怪僧刘秉忠一样成就一番功业。《明史》将袁珙相面之语记叙在姚广孝的传记中，并且置于传记的开篇部分，其文本结构的选择自然意有所指，权谋家姚广孝一生遭际命运都围绕此展开。而我们所见明代吴中传记类笔记在评述姚广孝时多将其归入高士（黄晖《蓬窗类纪》），称其雅量（杨循吉《苏谈》，陈复祚《花当阁丛谈》），而隐藏了其权谋的一面。

再就具体情节片段而言。黄晖《蓬窗类纪》高士纪著录姚广孝与王宾交往的片段，其目的在于"著仲光之美德，见少师公之下贤也"。姚广孝拜访王宾，第一次将吏威从，王闭门不纳，第二次步行前往，门启而谈良久。"或闻公有悔辞者。王忽茗瓯坠地，而仆口目具敨。"[②]此故实《明史》亦存，但叙述角度颇有不同。王鏊《震泽纪闻》也论及此事："尝以赈饥还吴。有王宾者，高士也。广孝与有旧，诣之，闭门不纳，三往乃得见。无他言，第云：'和尚错了也'。"[③]《明史》中的《姚广孝传》第六个叙事单元论及此事：广孝少好学，工诗。与王宾、高启、杨孟载友善。宋濂、苏伯衡亦推奖之。晚著《道余录》，颇毁先儒，识者鄙焉。其至长洲，候同产姊，姊不纳。访其友王宾，宾亦不见，但遥语曰："和尚误矣，和尚误矣。"复往见姊，姊詈之。广孝惘然。[④] 徐复祚的《花当阁丛谈》"姚少师"条虽未提及王宾事，但在"王光菴"条有简单记叙，解释王宾不纳姚广孝入门的原因在于，姚广孝随者众多，恐惊其母。少师徒步角巾乃得入。对比几则叙事，《蓬窗类纪》《花当阁丛谈》和《震泽纪闻》都写姚广孝见到了王宾，但《蓬窗类纪》《震泽纪闻》省略了"王忽茗瓯坠地"或"无他言，第云：和尚错了也"的原因。《明史》所记则是"宾亦不见"，其不见的原因似在于"晚著《道余录》，颇毁先儒，识者鄙焉"。可见修撰《明史》的清朝臣工著录此事，意在贬斥姚广孝的离经叛道。有意思的是，姚广孝和王宾的这段插曲《皇明世说新语》未记录，但"排调"记录了关于《道余录》的一则趣闻：姚广孝著《道余录》，识者非之。张洪舆曰："少师与我厚。今死矣，吾无以报，但见《道余录》辄为焚弃耳。"[⑤]可见《明史》关于王宾与姚广孝之

---

① [清]张廷玉：《明史》，中华书局1974年，第4079页。
② [明]黄晖：《蓬窗类纪》，明抄本。
③ [明]王鏊：《震泽先生别集》，中华书局2014年，第83页。
④ [清]张廷玉：《明史》，中华书局1974年，第4079页。
⑤ [明]李绍文：《皇明世说新语》卷7，明刻本。

冲突应当是基本符合事实的，《蓬窗类纪》和《震泽纪闻》叙述此故实片段则有意曲写，将姚广孝与王宾之冲突部分解释为王宾的高士之风，而《花当阁丛谈》则为了拔高姚广孝的形象，某种程度上矮化了王宾的形象。

二、明代吴中笔记中的道德镜鉴

司马迁在《史记·太史公自序》中说："上明三王之道，下辨人事之纪，别嫌疑，明是非，定犹豫，善善恶恶，贤贤贱不肖，存亡国，继绝世，补敝起废。"①以后历代的史学更是继承了甚至绝对化了《史记》这种道德责任感。刘知幾《史通》言："汝、颖奇士，江、汉英灵，人物所生，载光郡国，故乡人学者，编而记之。若圈称《陈留耆旧》、周斐《汝南先贤》、陈寿《益州耆旧》、虞预《会稽典录》，此之郡书之谓也。"②及至明代，笔记中人物的编辑选定都有着强烈的道德倾向。这种道德化的著录观念在明代吴中笔记的序跋或评论中随处可见。《皇明世说新语》陆从平序云：

> 余友李节之……居恒慕《世说新语》一书，而惜其拘于古昔，不及今时。每于耳目所逮，凡名公巨卿嘉言懿行，或方外吊诡之谈，荒逖瑰傥之迹，可以观风考德，衷思大蓄者，有见必札，有闻必书，分门比类，大约仿刘氏《世说》。③

陆从平序指出李绍文《皇明世说新语》意在仿效《世说新语》记录当代，其取材标准主要有三：名公巨卿嘉言懿行、方外吊诡之谈、荒逖瑰傥之迹。而作书之主旨在于可以观风考德，衷思大蓄。这种"观风考德，衷思大蓄"的观念在明代笔记的创作中具有鲜明的代表性，翻看魏良贵《序震泽纪闻后》、黄鲁曾《吴中往哲两记序》和范濂《云间杂识》卷首《凡例》即可得到明证。魏良贵《序震泽纪闻后》指出王禹声所续记：

> 大都称述其乡之先哲，以寄高山仰止之思……盖自洪、永迄于弘、德，凡忠贤之遗行，奸佞之隐情，靡不毕载，而列圣圣职之大者，亦多附见。其文直，其事核，而是非不缪于古人，其于正史不为无补。④

黄鲁曾《吴中往哲两记序》：

> 故见杨君谦先生《吴中往哲记》而悦焉。……愚窃有志于续之，是以采之闻见，考之儒学，参之公论，询之故实，较之优劣，思之真妄，律之德义，合之先轨。凡取一人，沉吟进

---

① ［汉］司马迁撰，［南朝宋］裴骃集解，［唐］司马贞索隐，［唐］张守节正义：《史记》卷130《太史公自序》，中华书局1982年，第3297页。
② ［唐］刘知幾撰，［清］浦起龙通释：《史通》，上海古籍出版社2008年，第194页。
③ ［明］李邵文：《皇明世说新语》，1771（日本明和八年）皇都书肆菊屋喜兵卫刻本。
④ ［明］王鏊：《王鏊集》，上海古籍出版社2013年，第603页。

退者百数，恐修名永述之不足以兴后人之仰叹也。①

值师道不立，惟以时业弋功名者先之，而贤善之训寂如也，是以续《往哲记》矣。②

《云间杂识》卷首《凡例》云：

是编遍考郡中百年来事迹，或传父老，或垂简编，或忆庭训，不拘巨琐雅俗，足令人回心易虑者，辄用采撷，倘无关世道，弃去弗录……近来风俗最为可异者，曰奢靡，曰浮薄，编中谆谆言之，亦冀挽回于万一耳③。

评论此书者言：

范氏直书时事，于手工业、商业及江南城市生活多所反映，既褒扬名士、廉吏和守节之人，又痛诋贪官、乡绅之恶行劣迹，时人称道说："孔子作《春秋》而乱臣贼子惧，范君作《据目抄》而贪官污吏惧。"④

以上笔记所见序跋都在反复强调其笔记书写的核心主旨在于"观风考德，衷思大蓄"，在这样观念的指导下作家笔记所录人物无不具有道德典范性。祝允明在《寓圃杂记》中梳理这种野史创作风气指出"史之初为专官，事不以朝野，申劝惩则书"⑤，官史渐衰，于是野史救之。国初稍歇，至明中叶野史创作又渐作。以"申劝惩则书"来看，其文本的道德倾向不言而喻。

再就笔记具体条目而言，传记类笔记共通道德审美集中于"刚介""忠节""厚德""廉信""孝德"等。"刚介"如《吴中往哲记》"刚介第二"所录佥事陈公祚、御史练公纲、长史顾公昌。"忠节"如《吴中往哲记》"忠节第一"所录祭酒刘公铉，《蓬窗类纪》"忠烈纪"忠烈纪所记副宪兵马公俊和刘源。"厚德"如《蓬窗类纪》"厚德纪"尚书杨公仲举、陈僖敏公、周文襄公，《苹野纂闻》杨尚书厚德条，《吴中往哲记》"德义第五"都御史徐公源、御史夏公玑、都御史王君守等。"忠孝节义"几乎是杂传和志人类笔记作品所呈现的核心道德观念。有意思的是，"忠孝节义"作为明清社会的核心价值观，其最早出处史无定论。但其作为封建社会三纲五常核心价值体系的精炼，广泛流行则是在宋明重建儒家纲常伦理秩序后。又如焦竑的《焦氏类林》卷一包括"编纂""君臣""父子""兄弟""夫妇""师友"六类。除"编纂"外，其余五类正是儒家强调的"五伦"。吴中杂传和志人类笔记，其道德指向具有浓厚儒家色彩。

---

① ［明］黄鲁曾：《吴中往哲两记序》，《四库全书存目丛书》史部第 89 册，齐鲁书社 1996 年，第 2 页。
② ［明］黄鲁曾：《续吴中往哲记一补遗序》，清（1644—1911）刘氏味经书屋钞本。
③ 佚名：《云间杂志》卷上，1928 年，上海奉贤褚氏刻本。
④ 佚名：《云间杂志》卷上，1928 年，上海奉贤褚氏刻本。
⑤ ［明］王锜：《寓圃杂记》，《续修四库全书》子部第 1170 册，上海古籍出版社 2002 年，第 507 页。

三、曲笔谀文与道德镜鉴成因

明代吴中笔记记录了前代先贤的遗闻轶事，这类作品往往以杂传和志人小说的面貌呈现。相较于史传与明代同时期的散传作品，其在人物逸事的真实性和文章道德化倾向上具有独特性，即人物逸事中有大量偏离史实的美化和曲写。此外，有关先贤或当代名人的记录中呈现出较高的道德化倾向。导致这种现象的原因较为复杂，笔者通过研究明代吴中文化和明代史学思潮，认为其主要原因在于明代吴中地区特有的地域自守性、明代前期至中期史学思想中的理学化思潮。

（一）文化自信与地域自守

记录名贤是史传的天然使命，清代王猷定论道："史有时不在朝而在野，兰台不能守经，草莽自当达变。不然，天下之忠魂贞魄，幽蔽泉壤，而姓名不著于后世，于后死奚赖焉。"①吴中文人基于本地丰富的文化遗产和浓郁的文化氛围，在名贤与吴中文化记录上有更浓厚的兴趣。皇甫冲在《吴中往哲两记后序》中言："吾苏自太伯来奔，礼让攸兴，言偃北游，文学斯在。由兹以降，闻人达士希声踵武者，夫岂少哉？而湮没不称，非后人之过乎？"②黄鲁曾《吴中往哲两记序》就其写作宗旨也说道："恐修名永述之不足以兴后人之仰叹也"。③《苏谈》《吴中故语》《昆山人物传》《续吴先贤赞》《吴中往哲记》《续吴中往哲记》《云间人物志》《云间据目钞》，由书名即可知以上八部作品所涉人物皆为吴中乡贤，可以称得上是明代吴中乡贤的百科全书。此外，单篇篇幅最长的王禹声的《续震泽纪闻》所记十一位人物也皆为吴中先哲，正如魏良贵《序震泽纪闻后》所说，"大都称述其乡之先哲，以寄高山仰止之思"④，通过续写王鏊《震泽纪闻》，家族文化得以延续传承，该乡先贤事迹得以存史流传。这便是大量吴中文人在笔记中不断叙写乡贤的重要动因，这些文本不仅保存了当地文化，在其刻印出版之后又成为本乡后来者效仿学习的对象，共同构成了独特的吴中文化体系。在不断叙写吴中先贤的创作实践中，吴中士人进一步衍生出更加浓厚的地域文化自信，甚至出于过度的文化自信，企图为了不断扩大吴中文化的影响而造成了吴中地区文化自守的现象。其重要表现便是在对吴中先贤和当代名人的记录与评价上存在美化和过度拔高。

（二）史传的功利性与理学思潮

对读者来说，传记的直接吸引力是双重的：在讲清"到底发生了什么事"的时候，它投

---

① ［清］王猷定：《四照堂集》卷1《与顾亭林书》，《清代诗文集汇编》第12册，上海古籍出版社2010年，第5页。

② ［明］皇甫冲：《吴中往哲两记后序》，《四库全书存目丛书》史部第89册，齐鲁书社1996年，第30页。

③ ［明］黄鲁曾：《续吴中往哲记—补遗序》，清（1644—1911）刘氏味经书屋钞本。

④ ［明］王鏊著：《王鏊集》，上海古籍出版社2013年，第603页。

合我们对人的个性的好奇心和了解事实真相的兴趣。当然，两个方面是很难分开的，它们覆盖的道德光谱幅度很宽而且很复杂①。毕晓普·伯内特在 1682 年写道："历史的任何部分都没有那些伟大而高尚的人物的传记更有教育意义和令人愉快"。传记的功利性与传主的生平实际二者之间的一致性，是中国传记文学发展的正常现象。中国古代的传记文学有"明确的功利性"。这主要指"以史为鉴""教化作用""成一家之言"等。司马迁在《史记·高祖功臣侯者年表序》指出："居今之世，志古之道，所以自镜也"②。总结古代历史经验，以史为鉴几乎是史传的核心目的。可以说，从司马迁开始确立的"以史为鉴"的写作宗旨强调了古代传记文学的功利性，但这也恰恰构成了史传文本的价值意义，促进了中国史传文学的发展。

这种功利性的道德教化观念在史传及传记的写作中传承不断。司马迁在《史记·太史公自序》说《春秋》能"善善恶恶，贤贤贱不肖"，即说《春秋》有教化作用。而《史记》是"继《春秋》"之书，当然也有教化作用。司马迁还在《报任安书》中表明写《史记》的目的是"成一家之言"，发表自己对社会、人生的主张。《史记》的功利性是很明显的。后世的史传和散传也多受《史记》的影响有自己的功利性③。这一点可以何良俊笔记为例。何良俊的《语林》通过对大量素材的筛选，寄予了他对现实的感慨和批判。《语林》二千七百多条的记载中，有相当大一部分的情形类似于此。何良俊"不遗于细小"的目的，就是希望读者阅读时在方方面面都引起与现实的对比与联想，他也正是通过积少成多的方式，构成了对当时社会全方位的批判④。这些杂传和志人类笔记通过"褒扬名士、廉吏和守节之人"宣扬以仁善为核心的道德价值，从而达到观风改化的社会功用。正如清吴讷《文章辨体序说》说："后世之学士大夫，或值忠孝才德之事，虑其湮没弗白，或事迹虽微而卓然可为法戒者，因为立传，以垂于世。"⑤

艾伦·谢尔斯顿在《传记》中说"传记作家的真实，像历史学家的真实一样，恰恰多么强烈地必须依赖其时代的理性气候"⑥，这一论断恰可描述明代吴中传记类笔记与理学之关系。李梦阳在《论学》中论道："宋儒兴而古之文废矣。……空同子曰：嗟，宋人言理，不烂然欤？ 童稚能谈焉。渠尚知性行有不必合邪？"⑦李梦阳从思想层面指出明文"考实则无人"之根源在于宋儒之理学。钱茂伟在《明代前期史学特点初探》指出明代前期是理学

①　〔美〕艾伦·谢尔斯顿：《传记》，昆仑出版社 1993 年，第 4 页。
②　［汉］司马迁撰，［南朝宋］裴骃集解，［唐］司马贞索隐，［唐］张守节正义，中华书局编辑部点校：《史记》卷 18《高祖功臣侯者年表》，中华书局 1982 年，第 878 页。
③　《中国传记文学发展史》，第 10 页。
④　陈大康：《明代小说史》，上海文艺出版社 2000 年，第 305 页。
⑤　吴讷著：《文章辨体序说》，人民文学出版社 1962 年，第 49 页。
⑥　〔美〕艾伦·谢尔斯顿：《传记》，昆仑出版社 1993 年，第 19 页。
⑦　［明］李梦阳：《论学》上篇《空同集》卷 66，1602（明万历三十年）长洲邓云霄刻本。

化史学垄断的时期。这个时期，以《纲目》为代表的所谓宋明新史学即理学化史学垄断一切；而以《左传》《史记》《汉书》《通鉴》为代表的传统史学遭到空前的冷遇①。他在《明代前期史学特点初探》中也谈到明代"摘编风盛行"，而"摘编则是以所选历史内容能阐明理学思想为己任"②。史学领域的这种浓厚理学思潮必然影响到笔记，大量笔记作品的编著者承接宗经和卫道的使命，使传记类笔记成为理学和道德的传声筒，发挥其道德镜鉴的作用。

余论

　　通过对明代吴中传记类笔记的全面梳理和对文本的深入解读，本文总结了明代吴中杂传和志人笔记所具有的鲜明特征，即曲笔谀文与道德镜鉴。从明代地域文化和史学思潮方面来看，造成吴中杂传和志人笔记这种现象的原因主要有两点：一是吴中文化自信与地域自守，二是史传的功利性与理学思潮。上述动因是我们理解明代传记类作品失实和道德化的关键。但是，如果转换视角，回到传记文体本身，我们不难发现，传记之失实与道德功利性似是一个永远无法回避的两难困境。艾伦·谢尔斯顿在其著作《传记》中说道："不过，正如我所表明的那样，传记作家并不仅仅是叙述，他也解释，而且传记中总有一种为了解释而去选择［史料］的倾向——去选择，更甚或是去捏造。"③陈兰村在《中国传记发展史》中说："应该说，后世的大多数史传对保存古代历史文化有功，其历史价值不容置疑。但如果从传记文学的角度去要求，古代许多史传既受篇幅，又受写作指导思想的限制，未能较全面地写出传主的一生，也未能多侧面刻画传主的性格，这也是不能回避的事实。"④这一问题值得我们在笔记体传记文学的研究中继续思考。

---

① 钱茂伟：《论明中叶史学的转型》，《复旦学报》（社会科学版）2001年第6期，第46页。
② 钱茂伟：《明代前期史学特点初探》，《华东师范大学学报》（哲学社会科学版）1998第3期，第65页。
③ 〔美〕艾伦·谢尔斯顿：《传记》，李光辉、尚伟译，昆仑出版社1993年，第20页。
④ 《中国传记文学发展史》，第11页。

文史互动视域下的抗战中学西迁书写

——以新见"二史馆"档案与王鼎钧回忆录为中心

吴泰松

内容摘要：抗战时期的流亡中学生，是北美华文作家王鼎钧书写的一类文学形象。王鼎钧在回忆录中对流亡中学生活、西迁途中见闻以及流亡中学生的理想和困惑作了细腻书写。同时，中国第二历史档案馆馆藏国立第二十二中学相关的档案，这些档案既涉及国立第二十二中学的创办经过、在陕西汉阴与地方士绅的交流，也有陕西省政府与国民政府教育部关于国立第二十二中学办学条件的往来电文。将王鼎钧的回忆录与"二史馆"馆藏国立第二十二中学档案结合，在文史互动视域下，探讨民族危急时刻下的流亡中学生所承载的文化西迁精神。

关键词：文史互动　王鼎钧回忆录　中学西迁　档案

基金项目：江西省社会科学基金青年项目"文学地理学视域下新世纪江西散文创作研究"（项目批准号：23WX25），江西省高校人文社会科学研究青年项目"新时期'江西散文流派'风格研究"（项目批准号：ZGW23201）

作者简介：吴泰松（1992—　　），男，江西赣州人，南京大学文学博士，现为赣南师范大学文学院讲师，研究方向：中国现代文学、台港暨海外华文文学。

　　抗战时期的流亡中学生，是北美华文作家王鼎钧书写的一类文学形象。关于流亡，沈卫威认为有两种状态："一是知识分子不容于现实政治环境的自我逃离或被驱逐；二为战乱、自然灾害下的逃难。身体的空间漂移，思想与情感双重离散。"[①]抗战时期的流亡中学生王鼎钧即属于后者的流亡，即因战乱、自然灾害影响下的逃难。流亡学生是现代中国特定历史时期出现的特殊现象。第一阶段的流亡学生出现在"九一八"事变发生之后，大量东北青年入关。第二阶段的流亡学生出现在抗战爆发后，沿海各省青年大批内迁。1942 年，王鼎钧进入国立第二十二中学学习，成为抗战时期的流亡中学生。1944 年，王

---

① 沈卫威：《"流亡学生"齐邦媛、王鼎钧对历史的见证》，《读书》2018 年第 10 期，第 32 页。

鼎钧跟随国立第二十二中学西迁，最终到达陕西汉阴。晚年的王鼎钧在回忆录中对抗战时期的流亡学校生活，以及西迁途中的见闻作了细腻书写。同时，本文查阅了中国第二历史档案馆馆藏与国立第二十二中学相关的档案，这些档案既涉及国立第二十二中学的创办经过、在陕西汉阴与地方士绅的交流，也有陕西省政府与国民政府教育部关于国立第二十二中学办学条件的往来电文。本文尝试将王鼎钧的回忆录与"二史馆"馆藏国立第二十二中学档案结合，探讨民族危急时刻下的流亡中学生所承载的文化西迁精神。

一、民族危急时刻的中学西迁

兰陵县隶属于山东省临沂市，自古以来深受儒家文化浸染。《苍山县志》载："苍山的文学创作历来活跃，许多文人曾虎步中国文坛。……1921 年至 1924 年王思玷先后在《小说月报》上发表《风雨之下》《偏枯》等 7 篇短篇小说，被誉为中国现代文坛上的一颗'彗星'。"①抗战时期的兰陵成为日本沦陷区，教育也沦为日本的奴化教育。王鼎钧于 1941 年受父亲安排，前往兰陵插柳口的进士第学习唐诗。1942 年，17 岁的王鼎钧早已到了上中学的年纪。他的出路问题便很尖锐地摆在这个深受儒家文化浸染的传统乡绅家庭面前。虽然王鼎钧在兰陵接受王氏乡贤传统的家庭教育，但科举制度早已于 1905 年废除，1922 年现代新学制②也已推广全国。王鼎钧的父亲考察兰陵沦陷区的中学教育后，发现日本控制学校，修改文史课程，办理各种亲日的活动，对中国国民实行的是奴化教育。王鼎钧的父亲不希望他留在沦陷区接受日本的奴化教育，于是通过兰陵基督教会的朋友将他送至安徽阜阳的国立第二十二中学学习。

国立第二十二中学作为战时的流亡中学，由国民政府山东籍将领李仙洲创办，并由李仙洲任校长，收容了很多从日占区逃出的山东籍中学生。李仙洲是鲁籍名将，时任第二十八集团军总司令，率九十二军驻扎安徽阜阳，就地在阜阳成立"私立成城中学"，不久经国民政府教育部同意转设为国立第二十二中学。查中国第二历史档案馆中的国民政府教育部档案，在《李仙洲为设立国立二十二中与陈立夫往来公函及该校校长被控舞弊的有关文书》档案中，有李仙洲呈请国民政府教育部就设立"私立成城中学"的文书：

> 立公部长钧鉴久违
>
> 道范。时切仰慕前为争取华北陷区青年，爰于客岁八月在阜阳筹设成城中学一处，本年一月正式成立。洲以各方之督促，兼长斯校，校务发展迭经，通电奉陈谅蒙。

---

① 苍山县志编纂委员会办公室编：《苍山县志》，中华书局 1998 年，第 609 页。

② 即"壬戌学制"。随着五四新文化运动在全国产生影响，原有的学制不再适应新的形势。1922 年 9 月，北洋政府召开全国学制会议，制定并通过了《学制改革案》。同年 11 月以大总统的名义颁布。学制采用的是美国式的"六三三"分段标准，因此又称"六三三学制"。从纵向看，小学 6 年，初中和高小 4-2 分段。初中 6 年，初中和高中 3-3 分段。大学 4～6 年，小学之下有幼稚园，大学之上有大学院。从横向看，与中学校平行的有师范学校和职业学校。

垂察，日前俞同志云飞莅校视察，代表钧座每听指示，复予嘉勉，全体职教员与学生均极感奋兹。将最近校务概况陈述为左：

一、校址共分三处。校本部设阜阳城西柴集镇，一分校设城西四十里浚湖村，二分校设阜阳西关外校舍，除二分校外余二处多拟新建。

二、学生已到一千五百余人，前后举行编级试验五次，共二十四班。校本部高中部六班，初中部三年级三班，一分校初中部六班，二分校初中部九班。署何后拟增设师范一班，简易乡师一班。

三、全校职员八十余人，每聘自大后方及鲁冀苏各等省。过去或从事教育行政，或富有教学经验，聘请时均以能授高中课程为标准。资历既合，故月薪较高，兹以校方助以路费。

四、学生一切用费概由学校供给。但学校统费，除收到钧部补助五万元暨鲁省府补助四万元外，不敷甚钜。过去均由洲设法筹垫，或向各方劝募，然终非长久之计。在预算呈送审核期间，需救孔急。拟请先行拨支若干，以资维持。

再者，成中已奉令改称山东临时中学。及指示编造预算标准，累陈刍见，恭请采择：

一、成中之创设，原拟接受各方之意见，与应事实之需要争取东北华北及苏皖豫敌伪匪区失学青年。为政为省立只收鲁籍学生，不特与原旨相左，而且各地学生跋涉前来，拒不收容则必颠连无告，陷于倍蓰之境。

二、前以收容皖省陷区学生，地方协力颇大不无原因。若学校名称易以某某省立，地方不但不予协助，甚至物议，难免故障滋，每影响学校发展非浅。

三、山东省府前核准补助费十二万元，因省库支绌，迄未为数拨给。下年度全部经费由省府负担尤启难能。

四、学校预算遵照部令，以安徽省立各中为标准，职教员待遇较之现在降低不少，在校者必以生活困难渐谋他就，再聘优良师资则尤为不易。

以上启陈均为事实。为蒙改为国立中学，自无困难。尚祈采择施行为祷。嵩此敬请！

职李仙洲谨启

八月七日①

在李仙洲致函国民政府教育部部长陈立夫的电文中，讲述了成城中学近期的校务概况以及办学过程中存在的财政困难等情况。同样，在该卷档案中，还有一份"成城中学概况"的档案：

① 《李仙洲为设立国立二十二中与陈立夫往来公函及该校校长被控舞弊的有关文书》，国民政府教育部档案，中国第二历史档案馆馆藏，全宗号：五，案卷号：7930。（注：由于档案原件中并未添加新式标点，新式标点为笔者所添加。）

成城中学概况

一、设立原因

1. 九二军移驻皖北后，鲁省学生纷纷来阜，请求补助路费，转送后方入学，此项学生于去年暑假内经转送者，不下一百六十人。

2. 华北及苏皖豫各陷区，经敌匪区蹂躏，学校停办，失学青年何止千万，国家命脉，无形损失，堪为隐忧。

3. 军人保卫国家，浴血抗战，无暇照料子女。复以生活程度过高待遇较低，子女因此失学，殊为可惜。

二、成立经过

1. 客岁八月初九二军及中央军校驻鲁干训班一部分人员（前曾服务教育界）集议，即根据上项三种原因，决设立成城中学，以争取陷区青年，培养国家命脉。

2. 八月中旬，即印发发起缘起及捐启，当时山东沈主席孔议长路经阜阳，均极赞助，即推军长兼长斯校，并蒙沈主席拨款五万元作为开办费，筹备委员会当即成立。

3. 九月初旬筹备委员会勘定阜阳城西五十里柴集镇中心小学为校址。十一月即购到材料，建筑校舍，同月派委员会赴华各省招生，平津另托人代办。

4. 缘起及捐启发出后，各方热心教育人士，函电纷至，均表示赞助。

5. 十二月底已到学生一百六十余名，所聘之教职员已到十五人，于是于一月开始补习课业，并决定于二月中旬正式上课。

三、校务概况

1. 校址与校舍：本校本部设柴集镇，新校舍八十余间，一分校设城西后湖村（距本校十里）新建校舍七十间。二分校设阜阳西关外，元系打蛋厂旧址，房舍均加以改造。一分校校址于本年二月勘定，二分校于五月勘定。

2. 课程及编制：课程按部定标准进行，高中部六班附设初中三年级三班设校本部。一分校初中部六班，二分校初中部九班，共计学生一千五百二十三名。

3. 教职员：共八十九人。临时派往服务之教官十二人在内，教职员大学毕业者占五分之四，或从事教育行政多年，或富有教学经验，待遇均在三百元左右。来校视道路之远近，补助路费五百元至一千五百元，职教员眷属按国立中学办法，发给米贴。（成人麦六十斤柴二斤小孩减半）

4. 经费：自一月至六月共开支九十余万元，除收到部补助及省补助十四万元外，不足之数由九二军或向各方劝募（劝募共计五十万元借垫三十余万元）学生一切用费，概由学校供给，开支颇巨，现在需款甚为孔急。

5. 学生：截至八月初十日至，已到一千五百余名，每日报到仍不下十人。目下虽为二十四班，若按此比数前来，寒假以前，非再添二十四班，不能收容。现学校已遵部令，不收其他各陷区学生(只收鲁省学生)。但来要求入学者,此月内有一百八十余名之多,均遵部令拒收,颠连无告,诚属可怜。

6. 组织:校本部校长以下设教务训育总务等处,分校主任以下设教务训育事务三组长。

四、下年度计划

1. 增设师范一班,简易师范一班。

2. 鲁省学生仍继续收容。寒假前有到学生一千五百名之可能。拟增二十四班,设分校三处。

五、学校困难

1. 经费短绌,部内如能提前发一部分经费最好。

2. 不收皖省陷区学生,地方人颇有物议。

3. 部令只准鲁省学生,其他各陷区学生不收,与创设原旨不合。且各方亦多责难。

4. 学校名称改为山东省立临时中学,地方不予协助。①

该档案详细记录了成城中学设立的原因、成立的经过以及校务的概况,对于了解成城中学的成立和运行情况具有重要的史料价值。档案中提到成城中学设立的一个重要原因是华北许多地区成为日本沦陷区,学校停办,成千上万的失学青年作为国家的命脉,如果不进行抢救,将对国家和民族造成极为严重的损失,后果不堪设想。同时,电文中也提到成城中学在办学中存在经费短绌的实际困难,希望国民政府教育部能够拨发相应办学经费。这是抗战时期国立第二十二中学成立的历史背景。大历史造成的结果是,有一位兰陵的失学青年逃离沦陷区前往阜阳的这所战时中学,之后再也没有回过故乡。这就是后来成为散文家的王鼎钧。

王鼎钧在回忆录《昨天的云》中写到,有一位云游客从安徽阜阳来到兰陵,劝说王鼎钧的父亲将他送往国立第二十二中学。这所战时中学管吃管穿,专门收容沦陷区青年。"那到底是一座什么样的学校? 据五姨介绍,那是按照教育部中学课程标准办的学校,加上军事训练。男生女生一律穿军服、佩手枪,上午上课,下午打靶,晚上演戏,将来是文武全才。"②通过以上国民政府教育部的档案资料和王鼎钧的回忆录,可以看到,李仙洲创办战时流亡中学的目的,"一方面可以减少日军侵华对中国教育事业造成的损失,另一方面可以让流亡学生继续学业,为抗战输送具有较高文化素养的青年人才"③。王鼎钧正是在此历史背景下进入国立第二十二中学学习。1944 年夏天,由于战争形势的变化,阜阳也面临沦陷,国立第二十二中学决定分批西迁,从安徽阜阳出发,在河南驻马店附近越过平

① 《李仙洲为设立国立二十二中与陈立夫往来公函及该校校长被控舞弊的有关文书》,国民政府教育部档案,中国第二历史档案馆馆藏,全宗号:五,案卷号:7930。

② 王鼎钧:《昨天的云》,生活·读书·新知三联书店 2015 年,第 221-222 页。

③ 崔增峰:《抗战时期山东流亡学生内迁研究——以国立六中为个案》,聊城大学硕士学位论文,2018 年,第 4 页。

汉路,经南阳、内乡、湖北的老河口,最终沿汉江入陕南汉阴县设校。此类战时国立中学的设立,在民族危急时刻为国家保存了人才薪火和文化血脉。

探讨王鼎钧在抗战时期的这段流亡中学生经历,如果不考虑成城中学设立的原因和经过,将失色不少。因为,"对于人来说,除了大环境之外,小至个人的日常生活,还有无数小环境。将小环境下作出的选择累积起来,在某种方面就会具有决定大环境下选择的力量。倘若只讨论大环境下的选择,无视小环境中的犹疑,或至少前者未得到后者充分铺垫的话,文学,就会变得粗糙"①。也即,个体在面临时代巨变之际,难以置身事外,甚至不免被文化和政治裹挟前进。但如果只考虑时代的大环境,而不考虑具体个体在面临巨变之际的心理和情感状态,那么历史也将失色不少。身为国立第二十二中学学生的王鼎钧后来成为散文家,他晚年以个人回忆录反观抗战时期的这段历史,可以看到文学叙述和历史叙述互相纠葛缠绕的关系。

二、启蒙与救亡的双重奏

在民族救亡的危急时刻,流亡中学生将先进的知识理念传播到广大内陆乡村,为封闭的乡村世界带去抗战动员力量。国立第二十二中学在抗战西迁过程中,途径安徽、河南、湖北、陕西等内陆地区。在王鼎钧的笔下,抗战时期的流亡中学生可以分为两类,一类是在抗战动员召唤下逃离旧式家庭,实现个性追求的学生;一类是接受过新式教育的青年知识群体,他们以现代性视野对乡村落后的文化现象进行反思。

首先是受到抗战动员召唤,离开封闭乡村世界的学生。《申包胥》篇描写了一个绰号叫"申包胥"的流亡学生在流亡学校的经历。国文教师讲述申包胥哭秦廷的故事,因为老包哭求上学的经历,所以他在流亡学校中有"申包胥"的外号。老包来自一个乡村家庭,父亲被汉奸杀害,母亲经常受到村里流氓的骚扰。他上流亡学校的目的是想改善家庭在乡村的处境,寻求更好的发展机遇。但是他没能坚持读完流亡中学,最终因为对杀父之仇的愤怒离开了学校。在战争时代氛围和个人发展空间受阻的条件下,老包很容易走上左翼激进青年的道路。"他掉头而去,外面一团漆黑。"②王鼎钧在散文中的叙述很克制,没有替读者回答老包退学后最终去往哪个地方。但结合当时流亡中学校园内有学生组织左翼读书小组和学潮,老包很有可能前往了延安。《捉汉奸》描写了流亡学生在西迁途中的见闻。一位乡土社会的青年试图跟随流亡学生队伍离开愚昧封闭的宗法社会。学生们把混进队伍的小三儿当成汉奸,并上演了一场月夜捉人的闹剧。审问的结论是小三儿是该乡乡长家的听差,他不想再待在乡下,希望跨出封闭世界,跟随流亡学生队伍一起

---

① 〔日〕丸山升著:《鲁迅·革命·历史——丸山升现代中国文学论集》,王俊文译,北京大学出版社 2005 年,第 229 页。
② 王鼎钧:《山里山外》,生活·读书·新知三联书店 2013 年,第 90 页。(以下所引皆为此版本)

进入学校读书，前往更广阔的世界。几位流亡学生在商议后决定带他离开，"不管入学不入学，年轻人对抗战总有用处，他留在乡下，跟那个浑蛋乡长在一起，说不定有一天真的当了小汉奸！"①这些普通的乡村青年，受到抗战动员的感召，在民族危急时刻挺身而出。这正是国民政府开设流亡学校的目的，让青年成为抗战后备力量，传承中华民族的薪火。《小媳妇》也是写一个年轻的小媳妇跟随闯入的流亡学生离开山村的故事。小媳妇是一个年轻的寡妇，年纪轻轻就结了婚。新文学中有描述这一类乡村女性命运的作品，鲁迅《祝福》中的祥林嫂，就是在丈夫去世后被强迫改嫁，最终成为夫权和封建礼法的牺牲品。但不同于鲁迅式的深沉笔调，在王鼎钧以流亡学生视角的书写中，小媳妇的丈夫生前在县立小学当工友，经常带巴金、茅盾、叶绍钧和谢冰心的作品给她看。新文学为小媳妇在偏僻的山村打开观看新世界的窗口。但是，她的婆婆为了留住小媳妇，想招路过的流亡学生做上门女婿。几位流亡中学生凭借自己的智慧带领小媳妇跨出山村的封闭世界。这群流亡学生中很多自身就是从沦陷区和封建旧家庭逃离出来的，在国立第二十二中学西迁途中，他们将自身所携带的对现代世界的认知播撒在广大的内陆乡村腹地，某种程度上起到开启民智的作用。在西迁途中，流亡学生经常见到的场景是："他们老老小小虽然人数很多，却非常安静，连整个环境都没有什么声音，好像所有的声音都被刚才铺天盖地的马达声吞没了，吸干了，堵死了。而坐在车上的这个人，我，也仿佛成了一个怪物，被他们看了又看。"②流亡中学生本就是接受过新式教育的知识群体，当他们穿越内陆乡村，是作为"他者"闯入原先封闭自足的小传统社会。这种"他者"的闯入，让生活在小传统中的人认识到一种新的民族国家变局正在发生。他们跨出封闭的乡村小世界，走进流亡学校，并走向抗战这一更大的全国性舞台。

王鼎钧笔下还有另一类流亡中学生形象，他们是接受过新式教育的青年知识群体，以现代性的启蒙视野对乡村巫术进行文明批判。《山里山外》描写了流亡学生对乡村祭仪的反思。有一对老夫妻思念离家出走的儿子，村里的保长认为他们的儿子在外面做贼，赵先生与他据理力争，两家结下仇怨。赵先生想用民间的巫术和祭仪来证明儿子的清白，流亡中学生见证了乡村中这一极具仪式性的场面。仪式的最后，残忍的剁手指、拆庙行为在以流亡中学生为代表的现代性文明面前被阻止。"敌人在用新式的飞机大炮攻打中国，中国人还跪在菩萨面前砍自己的手指头，可怕！可怜！"③这里蕴含的是王鼎钧以流亡学生的启蒙视角对乡村陋习进行批判。他们信仰某种非理性神明，其中夹杂前现代的残酷祭仪，正是陈思和提出的"藏污纳垢"民间形态。但是，在对藏污纳垢的民间形态进行批判的同时，王鼎钧的态度又充满犹疑和矛盾。在王鼎钧的书写中，除了对乡村封

①　《山里山外》，第 199 页。
②　《山里山外》，第 231-232 页。
③　《山里山外》，第 284 页。

建愚昧文化的批判,还可以看到他对赵家老夫妻作为普通生命个体的理解与同情。愚昧落后的传统民间仪式可以被西方科学理性所批判,但老夫妻对儿子的思念却是人性的流露与表现,是人之常情。他们举行民间巫术仪式的目的是证明儿子的名誉,就这一点而言,赵氏父母的做法无可厚非。因而王鼎钧认为:"我的想法不同,你看这些山里人什么也没有,只有迷信,也幸而有迷信安慰他们支持他们,他们才活得下去。我们要是连迷信也破除了,他们还有什么。"①可以看到,王鼎钧是真正贴近人性去"爱"和理解"人",并没有高高在上的知识者审视姿态。《孟子·公孙丑上》中说人有"恻隐""羞恶""辞让""是非"四心,《山里山外》隐含王鼎钧对笔下人物的"恻隐"之心。

对当时正面临抗日救亡民族危机的中国而言,以国立第二十二中学为代表的流亡中学生在抗战时期深入中国的内陆腹地,某种程度上体现的是现代性文明视野对内陆乡村的启迪,是"启蒙"和"救亡"的双重变奏。

三、理想与现实的纠葛

值得注意的是,国立第二十二中学的学生虽然身处战争年代,但这一青年群体也有理想和现实的苦闷。在战争环境下,普通个体难以把握自身命运,个人理想和追求也容易破碎和幻灭。这是极具悲剧意识的。王鼎钧的《谁在恋爱》篇就讲述了流亡中学生顾兰和曹茂本之间的爱情悲剧。学校校规明文禁止学生之间恋爱,顾兰和曹茂本的秘密恋爱被发现,是由于治疗的偏方。抗战时期,由于流亡学校的医护条件不足,疥疮成为流亡学生群体的一大病患,学生私下流行各种治疗疥疮的偏方。曹茂本使用火药粉治疗疥疮,子弹发生爆炸,曹茂本也因此受了重伤。曹茂本和顾兰之间的秘密恋情由此在学校公开。原来两人经常在校外的弹坑中约会,互相倾诉在外对亲人的渴念,逐渐产生爱情。顾兰为了照顾身受重伤的曹茂本,不惜被学校开除。故事的最后,顾兰千里护送曹茂本回到家乡治病,表现出战时坚贞的爱情。顾兰千里护送他回家治病的行为,某种程度上早已超越普通情侣的关系,具有中国传统文化中的侠义和道义精神。青年学生克服艰困的学习和生活环境,人生苦闷和对爱情的追求也在流亡学校显得更加瞩目。

流亡学生在战时生存的艰难,也是国立第二十二中学的难题。在王鼎钧回忆录《怒目少年》②和《关山夺路》③的记述中,由于战时物资匮乏,加上校方吃学生空缺,甚至克扣国民政府教育部发给流亡学生的西迁费,导致学生的生存也成为问题。国立第二十二中学发生学潮,学生和校方对伙食权进行争夺,并改革伙食分配。关于国立第二十二中学学潮一案,国民政府教育部档案中对此有专门的档案卷宗进行了记载。在《国立第二十二中学"学潮"纠纷、〈新华日报〉剪报及该校情况报告等有关文书》卷宗中,有国立第二十

---

① 《山里山外》,第285-286页。
② 王鼎钧:《怒目少年》,生活·读书·新知三联书店2013年。
③ 王鼎钧:《关山夺路》,生活·读书·新知三联书店2013年。

二中学校本部教职员、国立第二十二中学校本部全体学生、汉阴县民众、陕西省政府与国民政府教育部的往来电文，这些电文对于还原国立第二十二中学学潮案具有重要的史料价值。

这则档案是国立第二十二中学学生以全体学生的名义致电学校所在地陕西汉阴县政府的电文：

国立二十二中学生以全体学生的名义致电汉阴县政府

县长钧鉴

生等多是从陷区流浪出的孩子，幸三十一年李仙洲先生在皖北阜阳创设成城中学，才使我们一千多学子得有依归。奈李先生身任军事重职，无暇理校，校中一切行政全委诸总务主任郑仲平先生掌理。奈郑氏不体李先生的苦心，自理校自来，经济径不公开，私刻全体学生私章，私吞公款生等。径不敢过问，若偶一问起，轻则暗中斥退，重则以"思想不正确"来加罪于我们。去年春，中原战起，本校车令西迁，过平汉路时，郑氏不知预设响，导致于路东遇敌，同学死伤二十余人。西迁期间，生等每人只发一千三百元，为数仅够我们副食费之半，教部新发之数百万迁移费，更不知郑先生置于何处。今年四月，郑氏校长、生等，本学校即家庭的观念而爱护学校，以师长为父兄，故对校长以往一切不再问及。但九月十日，本校负责炊事的同学发觉，替我们捣米的住户王岐山（因新食糙米事先必须细捣），在我们的食米内暗添腐臭坏米。当经负责同学讯电系本校总务主任张瑞亭，新喊使一时，使同学甚为不满。向郑校长提出多项合理的请求，幸蒙答允。但郑校长旋赴安康月余未返，致校中各项行政□至停顿。经生等再三函请，亦未返校。本月二十七日，生等突援师范部同学来信，谓校长于昨夜乘汽车来汉阴，今晨绝早乘车西去。至平梁铺，为我们挽留生等闻讯之下，不胜惊骇。询问校中师长，竟无二人预知生等。乃至平梁铺，请郑校长返校，处理校中问题。并与师范部同学仝向校长提出十九条请求与建议，并请郑校长委托留校代理人，以便去渝办理复员问题。但郑校长尚未委托得人。故近日来，我们请校长于校内结算以往各项有关学生的账目，对校长行动未加丝毫越规干涉。为剖析心迹，对校长自由问题，生等愿送奉钧座指示。但闻外间风传本校此次事端系奸党活动并传播，学生曾日夜步哨玉涧池周围五里，实不胜骇。异想生等多半来自陷区，受党国抚育多年，并皆已参加三民主义青年团。惟因战争阻碍，交通不便至团证尚未发下。而生等此次纯系要求本身生活改善，竟至遭此谣诬，实痛心极矣。想钧座必能深明其中真情，生等为表明心志愿重新加入汉阴三民主义青年团，至祈恩准。关于本校此次事端，生等愿遵从钧座指示谨呈钧安。

国立第廿二中校本部全体学生

十一月三日①

---

① 《国立第二十二中学"学潮"纠纷、〈新华日报〉剪报及该校情况报告等有关文书》，国民政府教育部档案，中国第二历史档案馆馆藏，全宗号：五，案卷号：7931。（注：原始档案中的漫漶处以"□"标示。）

国立第二十二中学校本部学生以全体学生名义向汉阴县政府陈述与校方发生矛盾的原因，其中重要的一点在于校方贪墨公款以及以腐臭坏米充当学生口粮，而校方对于学生的诉求采取绥靖政策，从而激发学生与校方之间的矛盾。

校方和学生的立场与说辞并不相同。国立第二十二中学校本部的职员在《告社会人士书》中对学生的"不法"行为进行了谴责：

告社会人士书

去秋，本校学生以食米细故，群殴总务主任并蓄意扩大风潮，擅组自治会，妄提无理要求，任性负气，不择手段，监视先生，囚禁校长。本校委会李主席委员仙洲莅校处理以后，又复迭次侮辱师长，防碍复课，致使校纪荡然，师道扫地。迁延迄今半年，于兹学生学业旷达甚巨，社会人士多所误解。同仁等既爱国家付托之重，又感桑梓义务之情，故不惮烦絮，再四劝导，期于法理人情之中，曲求息事宁人之计。然而言者谆谆，听者藐藐，上月教部督学莅临，剀切晓谕学生应即静候彻查。不意一部学生劫持全体，强留开除学生五十余日，妄欲危害治安，致督学难以措手。同仁等一面自惭教导无方，一面痛惜学生执迷不悟。爰于二月二十三日曾会商，仍本爱护学生之旨，一致决议将校本部迁移安康借机整理。冀学生悔悟自新，并贡献对学校之意见，以便同仁等协助校长共谋校务之改进。恐社会人士不明真象，敢布区区，幸维垂言。尚希不吝指教，学校幸甚，国家幸甚。

国立第二十二中校本部教职员仝启
三月三日①

学校教职员在电文中称学生殴打总务主任并蓄意扩大风潮，多次侮辱师长妨碍复课，致使校纪无存，师道扫地，批评了学生不尊师重道的行为。

此外，地方士绅也并不同情国立第二十二中学的学生。国立第二十二中学所在地汉阴县的士绅对学生的"不法"行为进行了控诉。其在致函国民政府教育部的电文中称：

代电

教育部长朱钧鉴。窃政府设立学校，意美法良不待赘陈。缘自抗战军兴，沦陷区青年多流离无归，属县僻处后方，于三十三年，因二八集团军李总司令仙洲派员率领国立二十二中全校师生，由皖迁陕经向地方，洽商高中部设于属镇。民等体念国家育才之苦心，接受高等之文化，遇事协助，惟力所至诓。自李总司令返防后，该校学生掀酿校潮，凌辱师长，罢课数月未决。全县民众捐款助粮，接济学生伙食。旋经李总司令暨本县前后两任县长调解，均无效果，后由教部两次派员解决。在复员期间，该校仍得保留。仰见政府

---

① 《国立第二十二中学"学潮"纠纷、〈新华日报〉剪报及该校情况报告等有关文书》，国民政府教育部档案，中国第二历史档案馆馆藏，全宗号：五，案卷号：7931。

爱护流亡学生之盛意,乃该校学生自此□日张,行动自由,不惟不潜心自修,奋勉自新,并不感谢地方之善意,给予同情之慰藉,反乃不讲公理,屡向地方借端寻衅,多方滋扰。如强占民房,剥削贫民,压迫老弱,摧残礼教,强伐树木等事实昭著,班班可查。镇民等以国立学校,且念流亡,一再忍让,息事宁人,近复变本加厉,为所欲为。顷于九月十四日,竟殴打邮政代办人员,妨害交通,捣毁商店,毒殴商民,擅行逮捕,拘禁行动,狂暴不一而足。而该校当局近在咫尺,不知何故对此事件置若罔闻,不加制止。想国家在此财政奇绌之际,月耗巨资,养此扰害地方殴打人民之学术,言之痛心。现值本省五六两区戒严时期,该校学生竟如此目无法,纪躁蹦人民,前途实属可畏。民众等遭此暴行,惴惴自危,除一面闭户自全,电请县府设法保护,并分别电恳层宪外合。亟电恳钧部俯顺舆情,迅予有效办法处理,以免他虞,不胜感激。迫切待命之至,汉阴县涧池镇。

全镇民众申删仝叩①

汉阴县涧池镇的民众以全镇民众的名义致函国民政府教育部,申斥国立第二十二中学的学生凌辱师长,罢课数月,并且滋扰地方如强占民房、剥削贫民、压迫老弱、摧残礼教、强伐树木等。

陕西省政府对于国立第二十二中学的学潮案采取客观的调查态度,对于校方、学生的行为进行了客观陈述。

陕西省政府代电

事由:据报汉阴二十二中学潮情形电,请查照由。

教育部公鉴。案查前据汉阴县县长王肇基报告,该县国立二十二中学潮发生后,该县长即派秘书关忠铎,随同该校李主任委员仙洲,召集教务主任及学生代表开会,讨论拟具解决方案及处理办法。学生均能悔悟自新,风潮已告平息。旋据情报,该校校纪不振,校方无法行使职权,前于元月五日开除捣乱学生孙兴成等二十一名。该生等竟未离校,且散布传单,并请同学援助其生活,现由全体学生食粮方面樽节维持。又据安康许专员报告,最近贵部派赵督学到校采取处理办法,与学生意见相左,遂致学潮复起。赵督学拟将校本部迁移安康,令学生重新登记,嘱代觅校舍一百余间。惟查安康较大住宅,均由各部队机关占用,实不易办刻。该校学潮正由李仙洲司令派员来安康,与赵督学协商处理中。为爱护学生,解决纠纷起见,请电商贵部,将该校酌移相当地区。俾学生观感一新,得以安心学业。各得情查,该校学潮业经本府电饬许专员及汉阴县长协助赵督学妥为处

---

①　《国立第二十二中学"学潮"纠纷、〈新华日报〉剪报及该校情况报告等有关文书》,国民政府教育部档案,中国第二历史档案馆藏,全宗号:五,案卷号:7931。

理,在案兹据。前情特电请查照为荷。陕西省政府教一寅养印。①

在陕西省政府致电国民政府教育部的电文中,还附有国立第二十二中学学生原意见一份以及致县长函一份,向校方申明学生方面的诉求。

校本部全体同学向校方提出之意见如下

一、合法组织学生自洽会。

二、照发五六七月份增加之副食费三千元。

三、辞退总务主任张瑞亭教官赵仲山。

四、今后开除学生请采纳学生自治会之意见。

五、教部所发之全部学生之主副食费,交由学生自理。由校方负责购粮,由学生向校方转购,并得查阅已经地方政府证明之粮价旬报单。

六、领取公费须由学生亲自盖章。

七、发递学生新私造之学生名章,离校及病故者在内。

八、全校师生言论绝对自由,及校中新有壁报不受校方干涉。

九、校方须按月发给老师薪金,前欠者补发。

十、由校方请回韩琴雨老师并补发薪金。

十一、可能范围内扩充医药室并加添医药费。

十二、请校方于一周内雇到理发匠。

十三、北院速建餐厅。

十四、由学生查核主副食费西迁费(教部新发之西迁费及西迁期内新发之公费),合作社医药费之账目。

十五、由学生负责查该学生因王岐山新受之损失,由校方勒令王岐山负责赔偿。

十六、学校新领之空名公费,由师生联合组织经济监核委员会,依师生共同之利益处理之。

十七、公布成城基金数目及现在处置情形。

十八、报告以前图书仪器之处理情形。

十九、校方应将西迁后部发有关学生事件之电报公文一律公开。

二十、由校方负责印发学校一览并制发校徽。

二十一、暑假军训期内之草鞋费由校方照发。②

① 《国立第二十二中学"学潮"纠纷、〈新华日报〉剪报及该校情况报告等有关文书》,国民政府教育部档案,中国第二历史档案馆馆藏,全宗号:五,案卷号:7931。

② 《国立第二十二中学"学潮"纠纷、〈新华日报〉剪报及该校情况报告等有关文书》,国民政府教育部档案,中国第二历史档案馆馆藏,全宗号:五,案卷号:7931。

国立第二十二中学的学潮发生时，王鼎钧正是该校的一名学生。在《关山夺路》中，王鼎钧回忆道："例如争'公费'，争菜金，然后两者统一，例如停止内战，国库省下钱来增加老师们的薪水，免除学生的学费，改善学生的伙食。哪个学生能反对增加公费、反对改善伙食、反对替清寒学生募助学金？……后来大规模的学潮在全国各地发生，国民政府束手无策，正因为找不到办法逆转人性。"①在回忆录里，王鼎钧以后视的视角反思当年发生的国立第二十二中学学潮案，并批评国民政府在国家治理方面的彻底失败。

只是，本质上的物质匮乏问题得不到解决，流亡学生即使争夺了校方的伙食权，却依旧不能维持学业。在这样的校园环境下，抗日战争逐渐走向胜利，学生也面临对未来道路的选择。王鼎钧和国立第二十二中学的很多学生一样，受当时时代风潮的影响，最终在抗战胜利后参军。这在他的回忆录第三部曲《关山夺路》中有专门的记述。

王鼎钧的流亡中学生书写反映了一代流亡学生在抗战时期的西迁见闻与青春困惑。他们不仅在西迁途中得到磨砺和成长，同时也思考和见证了中国现代历史的变迁，并且给封闭的内陆地区带去了现代文明的启迪。这群流亡中学生是中国现代历史上的小人物，也是民族危急时刻的薪火。历史学家的书写只对事件感兴趣，可能不会关注流亡学生群体的情感和内心世界，但是在王鼎钧的笔下，"小人物对历史有同样的发言权，因为他们以个体的真实体验，用文字记录了历史的另一面相"②。并且，王鼎钧认为："我一直觉得大人物属于历史，小人物属于文学。历史关心一路哭，文学关心一家哭。"③文中所征引"二史馆"档案文献属于史学的范畴，也是抗战时期国立中学背后的一种"大环境"。王鼎钧以个体视角所写的相关回忆录和散文，属于流亡学生在抗战时期的一种"小环境"。"大环境"对于还原流亡学生群体在抗战时期的生活"小环境"具有重要的价值。丸山升在研究中国现代文学时就提出："在以前的中国现代文学研究中，往往把作家在大环境下的选择密封于'历史的必然'中，而不大谈论个人的内心选择的契机及其样态。对此如果能够更深更广地予以阐明，也将有助于弄清小环境具有的意义。"④结合王鼎钧晚年的回忆录，这一抗战时期的特殊群体也逐渐浮出历史地表。

本文尝试文学研究和历史研究的互动，是想说明，文学可以提供历史性细节，一种"特别富于历史内涵和政治包孕性的生活片断，对这些生活片断的描绘，往往能更深刻地表现特定时代的精神实质"⑤，从而丰富历史的叙述，让大历史不再是冰冷的事件描述。而且，正如赵园所说："文学叙事与史学叙事，无非面对同一世界的不同态度，对于同一过

---

① 　王鼎钧：《关山夺路》，生活·读书·新知三联书店 2013 年，第 15-16 页。
② 　沈卫威：《"流亡学生"齐邦媛、王鼎钧对历史的见证》，《读书》2018 年第 10 期，第 34 页。
③ 　王鼎钧编著：《东鸣西应记》，南京大学出版社 2015 年，第 60 页。
④ 　〔日〕丸山升著：《鲁迅·革命·历史——丸山升现代文学论集》，王俊文译，北京大学出版社 2005 年，第 230 页。
⑤ 　王彬彬：《小说中的"历史性细节"——以打狗为例》，《小说评论》2011 年第 1 期，第 28 页。

程的不同想象方式与叙述策略。对于这种'不同'，客观/主观二分已不尽适用。其实较之史学，文学往往更富于生气，更不安分，更具有'革命性'，更有'突破'的冲动。"①对历史研究者而言，王鼎钧本身便是极具历史感的作家。他是抗战这一20世纪中国重要历史事件的亲历者。而且，他的写作记述了其个人历史及众多历史中的边缘人物，例如抗战时期的兰陵乡绅和流亡中学生，这些普通的下层百姓极少被史家所记载，但通过王鼎钧的文学书写，可以透过这些历史边缘人物的喜怒哀乐看到20世纪中国抗战时期的丰富细节。某种意义上，王鼎钧的个人历史及其文学创作就是一部20世纪中国的"微观史"。

---

① 赵园：《想象与叙述》，北京师范大学出版社2015年，第388页。

明代杂传研究综述

张静楠

内容摘要：明代作为中国古代杂传的探索与总结时期，杂传在数量与质量上均实现了显著提升。自 20 世纪后期以来，学界对明代杂传的研究逐渐增多。然而，研究对象多集中于明代中后期，前期杂传的研究相对较少。研究成果主要集中在杂传发展、理论批评、杂传考论以及特殊类型杂传等方面，但也存在一些问题，如研究对象多为著名作家作品、杂传文体意识薄弱、史学与文学双重属性未受到足够重视、杂传文献未得到充分挖掘等。因此，明代杂传的研究仍具有巨大的拓展空间。

关键词：明代杂传　研究综述　杂传理论　杂传考论

基金项目：国家社会科学基金重大项目"中国古代杂传叙录、整理与研究"（项目批准号：20&ZD267）

作者简介：张静楠：中国海洋大学文学与新闻传播学院博士研究生，研究方向：中国古代小说与小说文献，中国古代传记文学与文献。

　　中国古代杂传隶属于史部传记类，杂传虽然是"史"却"不在正史"，[①]在宋之前，多称为杂传或杂传记，自宋以降则称为传记。明代是中国古代杂传探索与总结的时期，其数量与质量均呈上升之势。然而，现代学术视域下的明代杂传研究直至 20 世纪后期才逐渐增多。学界对明代杂传的关注始于 20 世纪 80 年代，韩兆琦、陈兰村等学者在其著作中设有专门章节加以论述，其论点拓宽了明代杂传研究视野，产生较大影响。在已有的学术研究中，学者们多将焦点聚集在传记文上，对于传统杂传研究成果较少。本文论述的重点集中于研究史部传记类著录杂传的成果之上，对传记文的研究成果稍有涉及。明人作传多为补史之缺，学者们多将杂传作为史料文献，因此研究成果多属于史学或文献学领域，杂传作为独立文体的研究亟须重视。

[①]　[唐]魏徵等撰：《隋书》，中华书局 1982 年，第 982 页。

一、明代杂传文献目录、索引整理

明代杂传数量巨大，仅《明史·艺文志》《四库全书总目》史部传记类、传记类存目与《二十五史艺文志经籍志考补萃编续刊》中《明史·艺文志》史部传记类著录的明代杂传就有 740 余部，5000 余卷。明代杂传的文献搜集整理工作已有较为显著的成果。原哈佛燕京学社引得编纂处主编《八十九种明代传记综合引得》①是较早收录明代传记的工具书，该书收录焦竑《国朝献征录》、项笃寿《今献备遗》、徐纮《皇明名臣琬琰录》、童时明《昭代明良录》、雷礼《国朝列卿记》、王世贞《嘉靖以来首辅传》、黄金《皇明开国功臣录》、王兆云《皇明词林人物考》等 89 种传记作品，为检索明代人物传记提供便利。日本东洋文库《明代史研究文献目录》、香港新亚书院编《古今图书集成中明人传记索引》②均收录明代传记资料，对研究明代传记颇有裨益。此外，据台湾"中央图书馆"所编《明人传记资料索引》③广罗明清人文集 582 种，史传、笔记小说 65 种，以及单行年谱、事状、别传等，资料翔实，是明代传记研究的必备工具书。除了检索工具外，目前学界已出传记丛刊。如周骏富主编《明人传记丛刊》④将明人传记分为学林类、名人类、综录类，共 140 余种，收录多种杂传，为杂传文本的检阅与整理提供方便。北京图书馆出版社（今国家图书馆出版社）影印室辑《明代传记资料丛刊》⑤是依据《八十九种明代传记综合引得》，收录明代人物传记近 30 种，其中多种传记为明刻本、抄本，为明代杂传研究提供资料来源。然而，明代杂传数量庞大，在流传过程中留存的善本比例略低，多种杂传已佚或残存于其他文献之中，明代杂传文本及其相关文献还有待整理。

二、明代杂传的宏观发展研究

朱元璋于 1368 年称帝，明朝自此开启了长达 276 年的历史进程。在这一时期，杂传的发展呈现出不平衡的状态。明代中后期手工业与商业逐渐发展起来，受经济文化的影响，杂传的数量与种类日益增多。学者们根据时代背景，多将明代杂传的发展分为前期和中后期，既有整体研究，又有分阶段研究，其研究视角多集中于中后期的杂传之上。

在研究明代杂传发展的成果中，有两部传记文学史最值得注意，即韩兆琦的《中国传记文学史》⑥与陈兰村的《中国传记文学发展史》⑦。韩兆琦《中国传记文学史》（以下简称

---

① 引及编纂处校订：《八十九种明代传记综合引得》，中华书局 1959 年。
② 牟润孙等编：《古今图书集成中明人传记索引》，香港中文大学新亚书院明人传记编纂委员会，1963 年。
③ 昌彼得、乔衍琯、宋常廉：《明人传记资料索引》，中华书局 1987 年。
④ 周骏富主编：《明代传记丛刊》，明文书局 1991 年。
⑤ 北京图书馆出版社影印室主编：《明代传记资料丛刊》，北京图书馆出版社 2008 年。
⑥ 韩兆琦：《中国传记文学史》，河北教育出版社 1992 年。
⑦ 陈兰村：《中国传记文学发展史》，语文出版社 1999 年。

《传记文学史》）是传记文学史的开山之作。书中第七章《元明——旧式散传的继进与文学传记的新扬》，从第二节至第六节论述明代传记文学的发展状态。韩兆琦结合明代的政治经济文化背景，以成化元年（1465）为分界点，将明代杂传分为初期与中后期。韩兆琦认为明前期由于思想文化的专制统治，传记文学发展成就不高，故而注重论述中后期散传的思想特征与艺术成就，指出中后期文学传记普遍增加，其中还出现新的思想因素，以追求个性和生活欲望为主要内容。此外，传记作品突出真情实感，有着与市民相近或一致的思想倾向。第六节《传记体小说》论述了传记体小说在保留史传体制的基础上，发挥了想象性，增强了作品的艺术性。陈兰村《中国传记文学发展史》（以下简称《传记发展史》）第六章《明代市民传记的兴起与传记文学观的新突破》对明代传记文学整体发展进行概述。

　　韩兆琦与陈兰村在明代传记文学的分期、主要传记作家及其传记作品的选取、传记的艺术特色分析及侧重点相近。两部传记文学史虽然有诸多相似之处，然而亦有一些区别。首先，陈兰村较为注重杂传的市民化倾向，其著作中明确包含了市民传记的概念，在相应章节中更为突出地探讨了市民传记的世俗化倾向和审美趣味，强调明代传记文学的典型特征，相较于《传记文学史》更具针对性。其次，韩兆琦《传记文学史》将明代杂传以散传命名，《传记发展史》中称为传记文。两人不同的命名表现出其看待杂传的角度有所区别。再次，《传记文学史》最后一节是传记体小说，此论贯穿整部文学史，将传记体小说作为传记文学的外延。而《传记发展史》论述中晚期传记作品之审美趣味之后，加明代的传记文学理论与批评一节，阐述了彼时杂传文学理论的概况，还注意到作品与理论的结合，拓宽明代杂传理论的研究领域。

　　陈兰村《论明代中后期传记文学观的新突破》[①]《论明代中后期市民传记的审美趣味》[②]，两文的研究对象均为中晚期的市民杂传，与其发展史的观点相类。刘光耀，孙丽萍《论晚明传记文的世俗化倾向》将视角聚焦于晚明传记文的世俗化上，指出彼时传主多为普通人物，传文多记述传主生活中的日常琐事。并且，在艺术上表现出适合市民需要的审美趣味的特征。[③] 该文分析特点时概括性强，以传记文本为主，缺乏细致论述。王盼《中晚明传记文研究》从中晚明时期的传记文本出发，探究当时传记文在内容、艺术特色、价值等方面的新貌，以宏观角度对明中晚期的传记文进行研究，然而只选择具有代表性的传主形象及事迹进行分析。[④] 除此之外，还有一些研究亦将视角聚焦于中晚期传记文，与《传记文学史》与《传记发展史》观点相类，此处不多加赘述。

① 陈兰村：《论明代中后期传记文学观的新突破》，《浙江师大学报》（社会科学版）1991 年第 3 期，第 58-61、72 页。
② 陈兰村：《论明代中后期市民传记的审美趣味》，《贵州社会科学》1999 年第 4 期，第 62-67 页。
③ 刘光耀、孙丽萍：《论晚明传记文的世俗化倾向》，《哈尔滨学院学报》（社会科学版）2003 年第 9 期，第 76-79 页。
④ 王盼：《中晚明传记文研究》，苏州大学硕士论文，2011 年。

三、明代杂传理论研究

在明代，文人学士对《史记》《汉书》等经典史学著作的评点活动呈现出全面性特征，不仅从宏观层面进行整体性评价，还深入到微观层面，对各篇目进行细致入微的逐篇评点。同时，他们在史钞、史评、辑评等著述中，广泛融入对杂传理论的独到见解。明代文人学士在辨析文体时，展现出鲜明的辨体意识，其论述中不乏对杂传文体的深入探讨。此外，明代文人学士对杂传的理解与认知，亦深刻体现在他们所创作的杂传作品之中。明代文人学士对史学作品的评点、对杂传文体的辨析以及明代杂传文本，成为现代学者梳理和总结明代杂传理论的重要研究对象

近年来学界对唐宋派文人关于史学著作的评点、学习与接受的研究成果较多。如陈兰村《传记发展史》中单列一节论述"明代传记文学理论与批评"，结合明人传记写作，指出明人对传记文学表现人物的真实生活、真实情感有新的见解，具有鲜明的时代特色。还提出徐师曾在《文章辨体》中阐述杂传的文体价值，即对行状、墓志铭、墓碑文、墓表、传诔等解释来源、论述体制特点。另外，还说明胡应麟"史有别才"说也可应用于传记文学，其要求传记文学家具备充足的创作才能。陈氏关于传记文学理论与批评的论述对后来的研究具有启发性作用。俞樟华《古代传记理论研究》①绪论《古代传记理论鸟瞰》中对"明代的传记理论"进行论述，提出明代文人的传记理论主要是明人评点《史记》《汉书》等著作，关于怎么学习马、班传记文章问题的讨论，焦竑编纂《国史经籍志》等方面，认为其理论与实践不相符是诸多明人的通病；还提出明代传记理论的一大突破点便是对史传文学和小说的关系有了较为清楚的区分和评论。后来学者对于明人评点史学著作的研究亦集中明人对《史记》《汉书》的评点，②此处不再赘述。

通过分析重要杂传作家的作品，总结其传记理论是研究杂传理论的方法之一。如俞樟华、俞波恩《黄宗羲传记理论研究》从黄宗羲的文章书信中探讨其传记理论，指出黄宗羲常将传主置于一定的历史环境中予以考察，在如实描绘史实的基础上予以尽可能客观公允的评价，提出黄氏坚持至情论，反对虚情假意的雕琢与模仿，还指出黄氏注重通过细

---

① 俞樟华：《古代传记理论研究》，黑龙江人民出版社 2018 年。
② 学术论文如贝京：《归有光〈史记〉评点研究》，《中国文学研究》2005 年第 2 期；邓国光：《古文批评的"神"论——茅坤〈史记钞〉初探》，《文学评论》2006 年第 4 期；朱志先：《明代"〈史〉〈汉〉风"与归有光著述探析》，《湖南科技学院学报》2011 年第 9 期；王晓红：《茅坤〈史记钞〉文学价值探微》，《社会科学辑刊》2015 年第 3 期；周洁：《茅坤〈史记〉〈汉书〉比较的价值初探——以〈汉书钞〉为中心的讨论》，《开封教育学院学报》2017 年第 4 期；黄卓颖：《茅坤〈汉书钞〉及其评点价值》，《新世纪图书馆》2017 年第 6 期；王晓红：《文章学视野下茅坤对〈史记〉的接受》，《渭南师范学院学报》2018 年第 17 期；李德锋、鞠星：《论明中叶唐顺之批选〈史记〉〈汉书〉》，《廊坊师范学院学报》（社会科学版）2022 年第 1 期。学位论文如范文静：《〈史记评林〉文学价值研究》，安庆师范学院硕士学位论文，2012 年；纪田田：《唐宋派〈史记〉接受研究》，西南大学硕士学位论文，2018 年；甄杨林：《归有光评点〈史记〉研究》，陕西师范大学硕士学位论文，2019 年；何梅：《明代〈史记〉选本及茅坤〈史记钞〉意义探析》，西南大学硕士学位论文，2019 年。

节描写、趣闻轶事来刻画人物。① 与之观点相似的是邓富华《黄宗羲传记文学思想刍议》。② 冯小禄《作家传：值得重视的文学批评形式——以李开先为例》③认为李开先有意识地将其笔下的作家分成了两个系列，而其他人物实际上构成了第三个起配合作用的系列。还指出李开先作家传也成了批评当代文学的重要方式。杨玲、牛慧慧《王世贞传记论赞对"太史公曰"的模拟》提出王世贞传记论赞效仿"太史公曰"论赞的称谓、位置、语言、内容四个方面。但因传记文学商业化、程式化，王世贞传记论赞存在皆褒无贬的弊端，未能效仿"太史公曰"的善恶直评。④ 朱绯《传记文本的书写与重构——以〈嘉靖以来首辅传〉为例》通过分析《嘉靖以来首辅传》文本的生成与流传，探究传记文本在刊刻过程中的流变，指出传记中人物形象的变化及其意义。⑤

近年来，对传记文学进行多视角观察已经成为传记理论研究领域中不可或缺的一部分。学者们扩展研究视角，深入分析传记文的文体特征与叙事手段。如罗海燕《论宋濂传记文学的人学内涵》从人学的角度出发，认为宋濂的传记文学在哲学层面以人学思想为理论支撑；在创作层面以完整而具体的人为描写中心；在技法层面以虚实相济为主要的写人手段。⑥ 该文研究视角独特，是跨学科研究的成功尝试。朱舒扬《论袁宏道以"小说"为传体文》指出袁宏道传体文的创作手法加入"小说笔法"，使得行文风格雅俗共融，彰显出"奇""趣"的鲜明特征。⑦ 邱江宁《晚明人物小传的书写与现代传记的萌芽》指出由于晚明人物小传仅是以横断面的方式将传主生命中最具个性和独特性、独立性的一面加以张扬，并不像真正意义上的现代传记那样，以完整的形态表现传主作为人的丰富、复杂、多向度的个性特征和不可替代的气质。⑧ 该文将人物小传与现代传记进行对比分析，让古今传记相比较，对现代视域下的传记研究具有重要意义。常伟涛《文史互动：明代杂传书写策略初探》指出明代杂传沿袭了唐宋以来文史兼顾的书写方式，在保留着史学底色的同时，融入大量文学的笔法，最终确立了文史通融的杂传书写策略，并完成了杂传从史部向集部的转变。⑨

综上可见，明代杂传理论的研究主要集中在著名文人对《史记》《汉书》等史学经典的批评、对文章文体的辨析以及重要传记作家的传记理论等方面，然而，这些研究尚未形成

① 俞樟华、俞波恩：《黄宗羲传记理论研究》，《荆门职业技术学院学报》2006 年第 5 期。
② 邓富华：《黄宗羲传记文学思想刍议》，《文艺评论》2011 年第 8 期。
③ 冯小禄：《作家传：值得重视的文学批评形式——以李开先为例》，《云南民族大学学报》（哲学社会科学版）2010 年第 3 期。
④ 杨玲、牛慧慧：《王世贞传记论赞对"太史公曰"的模拟》，《档案》2018 年第 5 期。
⑤ 朱绯：《传记文本的书写与重构》，武汉大学硕士论文，2021 年。
⑥ 罗海燕：《论宋濂传记文学的人学内涵》，《社科纵横》2013 年第 7 期。
⑦ 朱舒扬：《论袁宏道以"小说"为传体文》，《运城学院学报》2021 年第 4 期。
⑧ 邱江宁：《晚明人物小传的书写与现代传记的萌芽》，《浙江师范大学学报》（社会科学版）2008 年第 4 期。
⑨ 常伟涛：《文史互动：明代杂传书写策略初探》，《中国海洋大学学报》（社会科学版）2022 年第 6 期。

系统的理论框架。尽管在不同程度上进行了理论探索，但目前仍未出现较为明晰且系统的明代杂传理论建设。

四、明代杂传与杂传作家的个案整理与研究

明人作传具有补史之缺的意识，致力于通过杂传形式补充正史未载或载而不详的内容。现代学者多从文献学或史学的角度出发，将明代杂传视为史料文献，对其进行深入研究。具体而言，学者们考证杂传的版本、作者、真伪、成书过程、内容正误等，旨在通过这些基础性工作，为杂传的进一步研究提供便利。或以史部传记类著录的杂传为研究对象，分析其史料文献价值，进一步丰富了明代杂传研究的内涵。

王世贞《嘉靖以来首辅传》是明代杂传考论的热点之一。孙卫国《王世贞〈嘉靖以来首辅传〉考论》认为该作的成书时间应于万历十八年（1590）左右，讨论书名中有无"内阁"二字的问题，并依据书中的点评，表示王世贞评判人物大多公正客观。① 岳天雷《王世贞〈首辅传〉若干史实考述——以〈高拱传〉为代表》通过《高拱传》考据高拱和徐阶的政见分歧、阁臣陈以勤致仕、阁臣赵贞吉致仕、高拱与徐阶互揭隐私、阁臣殷士儋致仕、高拱性格、高拱索贿纳贿、高拱与张居正交离、高拱失贿致死等事件，认为通过以上问题可以证明《高拱传》有失实之处。② 岳金西《王世贞〈高拱传〉史实探析》利用相近时期史料，揭示了《高拱传》的历史偏见所在，作者认为产生偏见的主要原因是王世贞与传主结有私怨，并且二者在政治史观上对立，以及资料来源的问题。③ 刘霞《〈嘉靖以来首辅传〉的最早版本及徐学谟形象之辩诬》介绍了万历二十年（1592）左右的"明刻本"与万历四十五年（1617）的茅元仪刊本两个版本概况。作者对比二者的差异，认为茅本极有可能是以明刻本或其所据底本的后出刊本，还指出关于徐学谟的书写乃是经过他人的篡改，篡改者的身份则有待进一步探究。④

焦竑《国史献徵录》、童时明《昭代明良录》、王鸿儒《摅曹名臣录》、黄金《开国功臣录》等杂传亦受到学者关注。如候君明《〈明史〉与〈献徵录〉相关人物传记考订》对《明史》与《献征录》中的相关人物传记进行了考订。文章借助《献征录》指出点校本《明史》仍存事件起止时间、人物生卒年、官职、人名字号、地名、其他事实以及用语等七种错误。⑤ 邹蓉《〈献徵录〉引明别集考》对《献徵录》引用的明别集存在的异文现象进行列举，分析其原因有可能是《献徵录》作者的失误、个人考量后的调整与加工以及依据的版本不同。⑥ 朱淑

① 孙卫国：《王世贞〈嘉靖以来内阁首辅传〉考论》，《历史档案》2008 年第 1 期，第 25-31 页。
② 岳天雷：《王世贞〈首辅传〉若干史实考述——以〈高拱传〉为代表》，《商丘师范学院学报》2011 年第 2 期，第 39-45 页。
③ 岳金西：《王世贞〈高拱传〉史实探析》，《人文中国学报》2017 年第 24 期，第 341-378 页。
④ 刘霞：《〈嘉靖以来首辅传〉的最早版本及徐学谟形象之辩诬》，《宁夏师范学院学报》2013 年第 5 期，第 5-18 页。
⑤ 候君明：《〈明史〉与〈献征录〉相关人物传记考订》，南京师范大学硕士论文，2016 年。
⑥ 邹蓉：《〈献徵录〉引明别集考》，江西师范大学硕士论文，2019 年。

芳《〈献徵录〉引〈明实录〉异文考》探究了《献徵录》以直接引用和间接引用吸纳《明实录》的内容，列举异文类型，并进行异文比较，考订其中错误。① 钱茂伟《童时明〈昭代明良录〉述略》认为《昭代明良录》的成书时间不晚于万历三十五年（1607）。② 单锦珩《〈掾曹名臣录〉著者考》考证了《掾曹名臣录》的著者，认为《四库全书总目提要》中所言为王琼撰的说法有误。③ 潘树广《〈掾曹名臣录〉撰者考——兼谈〈四库全书存目丛书〉的一点失误》根据该作品序言以及与《明史》对照，也认为撰者为王鸿儒。④ 刘曙初《黄金及其〈开国功臣录〉考》利用《千顷堂书目》、地方志以及《明史》等相近时期文献，考证了黄金生平和《开国功臣录》的写作经过、史料来源、宗旨、刻印情况以及现存版本。⑤ 潘承玉、吴艳玲《汲古阁一卷本〈宋遗民录〉伪书考》认为此作品是利用嘉靖初刊刻程敏政编十五卷本《宋遗民录》片接寸附而成，系伪书。⑥ 孟文强《皇甫涍〈续高士传〉考辨》认为《续高士传》《续高士传编目》《逸民传》为同一作品。⑦ 此外，对于《成化间苏材小纂》《昭代明良录》《皇明三元考》《殿阁词林记》《濂溪志》《圣学宗传》《使西日记》⑧等杂传亦有不同程度的考证，在此不多加赘述。

此外，杂传具有补史之阙的功能，现代学者重视其史学价值，多辩证杂传中史事，论述其文献成就及其影响。如王秋蓉《〈国朝献徵录〉中〈儒林〉〈艺苑〉二传整理研究》⑨对《儒林》《艺苑》二传的史料来源与具体内容进行分析，评价二传的优缺点，指出其对明人文集、地方志、碑传等史料的原文抄录现象保证了史料的原始性。曾祥旭《试论杨时伟和他的〈诸葛武侯书〉》认为《诸葛忠武书》的文献价值一方面在于能够提供大量史料，另一方面可与张澍《诸葛亮集》互通有无。⑩ 李想《〈嘉靖以来首辅传〉的史料价值及其局限性》

① 朱淑芳：《〈献徵录〉引〈明实录〉异文考》，江西师范大学硕士论文，2018 年。
② 钱茂伟：《童时明〈昭代明良录〉述略》，《文献》1990 年第 2 期，第 225-228 页。
③ 单锦珩：《〈掾曹名臣录〉著者考》，《文献》1998 年第 4 期，第 280-281 页。
④ 潘树广：《〈掾曹名臣录〉撰者考——兼谈〈四库全书存目丛书〉的一点失误》，《图书馆杂志》2001 年第 2 期，第 56-57 页。
⑤ 刘曙初：《黄金及其〈开国功臣录〉考》，《安徽史学》2002 年第 4 期，第 15-16 页。
⑥ 潘承玉、吴艳玲：《汲古阁一卷本〈宋遗民录〉伪书考》，《古籍整理研究学刊》2006 年第 2 期，第 82-84 页。
⑦ 孟文强：《皇甫涍〈续高士传〉考辨》，《黑龙江工业学院学报》（综合版）2017 年第 9 期，第 25-29 页。
⑧ 如刘建龙、戴立强：《祝允明〈成化间苏材小纂〉稿考辨》，《东南文化》2001 年第 5 期；刘九庵：《祝允明小楷〈成化间苏材小纂〉辨伪》，《故宫博物院院刊》1999 年第 1 期；蔡耀鹏：《祝允明〈成化间苏材小纂〉校注》，云南大学硕士论文，2019 年；钱茂伟：《童时明〈昭代明良录〉述略》，《文献》1990 年第 2 期；苏桂娟：《〈皇明三元考〉考论》，辽宁师范大学硕士论文，2012 年；邵宝凤：《〈殿阁词林记〉史料来源考》，《哈尔滨学院学报》2018 年第 4 期；邵宝凤：《〈殿阁词林记〉研究》，福建师范大学硕士论文，2019 年；王晚霞：《〈濂溪志〉版本述略》，《中南大学学报》（社会科学版）2011 年第 3 期；王晚霞：《日藏两种〈濂溪志〉价值考论》，《南昌大学学报》（人文社会科学版）2017 年第 4 期；杜建芳：《〈奇游漫记〉校注》，广西大学硕士论文，2009 年；吴兆丰：《〈圣学宗传〉初本、改刻及其相关问题》，《中国典籍与文化》2019 年第 3 期；付明易，田富军：《现存最早的刻本日记：国家图书馆藏孤本〈使西日记〉考》，《宁夏社会科学》2019 年第 6 期。
⑨ 王秋蓉：《〈国朝献徵录〉中〈儒林〉〈艺苑〉二传整理研究》，陕西师范大学硕士论文，2019 年。
⑩ 曾祥旭：《试论杨时伟和他的〈诸葛武侯书〉》，《南阳师范学院学报》（社会科学版）2011 年第 2 期，第 59-62 页。

提出《嘉靖以来首辅传》的价值体现在其为研究明代内阁制度最早的专著之一,并且翔实的内容不仅为《明史》中的传记提供了史料来源,还有助于填补其他记载的简略之处。[①]李鞠鸿《试论王世贞〈嘉靖以来首辅传〉的文献学成就》从文献学的角度指出该传的书写内容详尽,评价客观,可称为是研究明代内阁制度的专题史。[②] 朱冶《明王鸿儒〈掾曹名臣录〉的编纂特色与影响》认为王鸿儒的编写目的是经世致用。作者指出《掾曹名臣录》呈现出两个特点:一是扩大了名臣传记书写的类别和内容,二是其思想理念在彼时具有代表性,其价值体现在对后世的吏治理论的影响上。[③] 王晓璞,朱亚非《〈阙里志〉所见明代衍圣公袭封情况考述》考察《阙里志》所载衍圣公袭封情况,指出可以从其中侧面洞察明代"政统"与"道统"间的平衡和博弈。[④] 曾祥旭《明代杨时伟〈诸葛忠武书〉的文献价值》总结出《诸葛忠武书》的三个价值:一是该书有意纠偏而作,其撰述目的和对正王士骐《武侯全书》材料取舍值得肯定;二是其保存了大量事实材料,并对这些材料有考辨;三是其可以和清代张澍的《诸葛亮集》相合而观。[⑤]

　　通过对既有研究成果的系统梳理,可以发现学者们主要通过对比分析相似文献,揭示其中存在的差异、错误以及独特之处,并对文献内容的真伪进行辩证性考证。此研究路径在一定程度上丰富了相关史料,为后续的深入研究奠定了基础。然而,现有研究的焦点多集中于名家作品,对于明代杂传的考论则多从史学或文献学的角度出发,将其视为历史文献进行研究,而对明代杂传本身的文学价值及其他维度的探讨相对不足。由此可见,明代杂传的整理与考论在研究范围的拓展以及研究深度的挖掘方面,仍存在较大的提升空间。

五、明代特殊类型杂传的研究

　　明代手工业与商业的繁荣为俗文学的发展注入了新的活力。杂传的发展亦受到影响,最突出的特征是传主类型多样化。近年来,明代市民传记成为研究热点,特别是在商人杂传领域,杂传产生的原因、商人形象的塑造、作品蕴含的情感等问题愈受关注。商妇为女性杂传注入新鲜血液,然比重最大的贞洁烈女传在此时期数量激增,女性杂传亦是研究的热点之一。此外,隐逸、乡贤等特殊类型的杂传亦受到学者们的关注。

　　一是为学界关注度较高的商人杂传。首先,将重要文人的商人杂传作为研究对象的成果不在少数,最受学者关注的是王世贞之作品。孙礼祥对王世贞的商人传记作了系统

---

① 李想:《〈嘉靖以来首辅传〉的史料价值及其局限性》,《陇东学院学报》2008 年第 3 期,第 64-67 页。
② 李鞠鸿:《试论王世贞〈嘉靖以来首辅传〉的文献学成就》,《黑龙江史志》2015 年第 13 期,第 217-218 页。
③ 朱冶:《明王鸿儒〈掾曹名臣录〉的编纂特色与影响》,《华中国学》2018 年第 1 期,第 185-188 页。
④ 王晓璞、朱亚非:《〈阙里志〉所见明代衍圣公袭封情况考述》,《齐鲁师范学院学报》2023 年第 4 期,第 110-118 页。
⑤ 曾祥旭:《明代杨时伟〈诸葛忠武书〉的文献价值》,《南都学坛》2011 年第 2 期,第 74-77 页。

研究，其《王世贞商人传记研究》从地域文化背景、思想倾向等方面分析其作传原因，根据文本分析王世贞商人传记的文学价值，比较王世贞商人杂传与袁宏道、钟惺、谭元春三人商人传记的异同，并在比较的基础上探讨晚明商人传记的发展趋势。①《论王世贞笔下平民商人的崇官意识》通过分析王世贞传记中平民商人及其子弟为谋取官位所作的努力，指出平民商人的崇官意识。并分析平民崇官意识的原因及影响，指出其传记背后思想的封建性。② 其他文人的商人杂传研究如耿传友《汪道昆商人传记研究》结合汪道昆商人传记写作的时代背景与文化土壤，分析其作传原因及传记的史料价值、思想倾向，从题材选择、人物塑造、情感表达三个方面论述了汪道昆商人传记的文学价值，还分析其复古倾向、传记的功利性及受理学束缚的负面影响是商人传记文学性不高的原因。③ 其次，在不同文体中所见的商人传记研究。如黄开军《碑刻所见明清商人传记研究》搜集整理明清时期碑刻所录的商人传记 588 篇，以此为基础，考察碑传的发展及创作过程、碑传作者及其作传的情况、传主的群体特色等。④ 黄开军注意到碑传书写者将碑传文体的特色与商人的职业特性完美地结合起来。最后，从其他方面论述商人传记的研究。如张世敏一系列关于明代商人传记的论文，如《论明中期商人传记的分类与发展脉络》⑤《论文学商品化背景下作者群体特征的演变——以明中期商人传记作者为例》⑥《明代商人传记消费型态与作者群体特征》⑦《论明代传记与话本中的徽商形象》⑧《论文学消费与思想文化之间的关系——以明中期商人传记消费为例》⑨等，从文本内容及蕴含思想出发，探讨商人形象特征，分析其产生的社会背景，指出传记的特色。再如朱绍祖《商人传记文本的书写与差异——以明代侨居商人王海传记的考察为例》将不同传记文本中同一人物进行比较，指出传记作者的主观意识对文本的影响，用传记文本作为史料文献要多注意其真伪问题。⑩

二是关于女性杂传的研究。孔礼祥《论王世贞商人传记中的商妇形象——兼论王世贞的妇女观》分析了王世贞商人传记中正反面相反的两类商妇形象，指出王世贞看到商

① 孙礼祥：《王世贞商人传记研究》，安徽大学硕士论文，2004 年。
② 孙礼祥：《论王世贞笔下平民商人的崇官意识》，《沈阳工程学院学报》（社会科学版）2007 年第 1 期，第 83-86 页。
③ 耿传友：《汪道昆商人传记研究》，安徽大学硕士论文，2002 年。
④ 黄开军：《碑刻所见明清商人传记研究》，西南大学博士论文，2020 年。
⑤ 张世敏：《论明中期商人传记的分类与发展脉络》，《西部学刊》2014 年第 12 期，第 24-27 页。
⑥ 张世敏：《论文学商品化背景下作者群体特征的演变——以明中期商人传记作者为例》，《湖北经济学院学报》2015 年第 4 期，第 124-128 页。
⑦ 张世敏：《明代商人传记消费型态与作者群体特征》，《文艺评论》2015 年第 6 期，第 97-101 页。
⑧ 张世敏：《论明代传记与话本中的徽商形象》，《上饶师范学院学报》2016 年第 2 期，第 62-66 页。
⑨ 张世敏：《论文学消费与思想文化之间的关系——以明中期商人传记消费为例》，《文艺评论》2016 年第 10 期，第 49-55 页。
⑩ 朱绍祖：《商人传记文本的书写与差异——以明代侨居商人王海传记的考察为例》，《西南大学学报》（社会科学版）2018 年第 5 期，第 145-152 页。

妇既有德又有才的特征,指出其注意到妇女的才能是冲破封建思想束缚的体现。① 衣若兰《明清女性散传研究》提到明代女性杂传作者明显地已将女性的一生与个性极度地浓缩成题旨所凸显的某一面貌,忽略女性生命许多细节。通过分析节妇、烈妇、贤妇等不同类型的女性,指出贞节烈妇的比重最多。② 该文将明清女性散传作为一个整体,对于明代女性杂传的时代特征缺乏详细论述。

三是其他特殊类型杂传研究。如徐黛君《晚明杂传体隐逸类传编纂研究》指出隐逸类传最主要的文献来源是子部文献,从此变化探析得到晚明隐逸类传小说性征不断加强的结论。还提出传记作者在选人取事时具有"贯通古今""旁采诸传""彰显隐德"等特点,认为此类传记作品所塑造的隐士形象及其内蕴思想具有阶段性特征。该文从杂传编纂的角度探究杂传的相关问题,对于其他类型杂传的研究具有借鉴意义。③ 高璐,耿星烁《论明代医家传记的文体特征》指出明代医家传记的行文体例与书写目的直接相关,以存史为目的的医家传记,其写法沿袭《史记》传统;因人情赠答而促生的医家传记,其写法则类似于赠序,而在叙述传主的家世背景时,又混同了墓表、墓志铭的书写模式,呈现出多种文体互渗的现象。④ 其文的研究对象为明代传记文,对明代传统杂传特殊类型的研究亦有借鉴意义。张会会《"人以地灵、地以人显"——明代江浙私修乡贤传记探论》通过分析明代私修乡贤传的作者与传主,指出江浙地区的作品存量最多,具有地方性、集中性、私修性等特征,认为私修乡贤传具有师弟相承与家族传承两种形式,作者在选择传主时秉持"非乡人不录""酌公衡""重贤"三个原则,还提出作者在作传中完成了由"天下""庙堂"到"乡"的情感回归。⑤ 该文对于明代江浙地区的私修乡贤传做出准确概括,扩充了明代杂传特殊类型的研究。

可见,在明代杂传研究领域,学界对商人、女性等具有鲜明时代特征的特殊类型杂传研究成果较为丰硕,此类研究在一定程度上反映了明代社会的特定风貌与群体特征,然而对于其他特殊类型杂传的关注度则相对匮乏,研究力量亟待加强。当前,多数学者仍将研究聚焦于传记文范畴,致使明代传统杂传特殊类型的探讨陷入相对边缘化的境地。并且在研究进程中,部分学者对杂传文体的独特意识尚未清晰确立,未能充分挖掘杂传文体自身的特质与内涵,进而影响了对其文本本身以及文本背后所蕴含的深层次价值意

① 孙礼祥:《论王世贞商人传记中的商妇形象——兼论王世贞的妇女观》,《安徽广播电视大学学报》2004 年第 1 期,第 109-117 页。

② 衣若兰:《明清女性散传研究》,中国明史学会、湘潭市人民政府编:《第十三届明史国际学术研讨会论文集》,湖南人民出版社 2009 年,第 714-729 页。

③ 徐黛君:《晚明杂传体隐逸类传编纂研究》,浙江师范大学硕士论文,2018 年。

④ 高璐、耿星烁:《论明代医家传记的文体特征》,《宝鸡文理学院学报》(社会科学版)2024 年第 1 期,第 113-117 页。

⑤ 张会会:《"人以地灵、地以人显"——明代江浙私修乡贤传记探论》,《中国社会历史评论》2020 年第 1 期,第 174-184、300 页。

蕴的深入探究与精准解读。在这些方面均有待于学界进一步拓展研究视野、深化研究方法，以期获得更为全面、深入且系统的认识。

六、明代杂传整理、研究中的问题及展望

在中国古代杂传研究领域，中古杂传的研究成果已较为丰硕且渐成体系。例如，熊明的《汉魏六朝杂传研究》《汉魏六朝杂传集》《汉魏六朝杂传叙录》，以及尹福佺的《中古杂传研究》等专著均已出版，这些成果不仅在文献整理上具有重要价值，还从史学与文学的跨学科视角对杂传进行了系统研究。此外，相关学术论文亦为数众多，为中国古代杂传研究提供了范例。相较之下，明代杂传相关的研究虽成果众多，且关注此领域的学者逐渐增多，研究视野也在不断拓展，但尚未形成完整的研究体系。当前研究多集中于传统传记文，对明代杂传特殊类型的探讨仍显不足，且在研究过程中对杂传文体意识的把握不够清晰，文本及其背后蕴含的价值仍有待进一步挖掘。

首先，文献是研究的基础，严谨的校对与系统的辑佚工作是文献完善过程中不可或缺的重要环节。然而，当前的杂传考证工作主要聚焦于知名杂传，大量未被关注的杂传仍处于研究视野之外。此外，高质量的杂传集与叙录对于构建杂传研究的基础框架具有关键作用，但明代杂传集与叙录的整理与辑佚工作尚未得到有效开展。因此，学术界对校对、辑佚杂传文本的关注度亟待提升。其次，在明代杂传的研究中，整体性研究的缺失较为明显。目前，明代杂传在传记文学史中的呈现仅限于某一章节的讨论，尚未有系统性的专著问世。无论是针对作家作品的分析，还是杂传理论的探讨，均呈现出个案研究较多而整体性研究不足的状况。此外，学者们在研究过程中往往将明代杂传割裂为前后两段，过度关注明代中后期的杂传作品，而对前期杂传、两个时期之间的转变以及整个明代杂传的发展脉络等问题的研究则相对薄弱。再次，杂传的兴盛可追溯至汉魏六朝时期，自唐以降，杂传在文体上经历了持续的创新与发展。宋代出现了"言行录""事迹""谈录"等新体杂传，经过宋元两代的进一步发展，杂事、杂录、杂记等类型成为明代杂传的主要表现形式。明代杂传创作在文体与理论上均呈现出显著的创新特征。然而，纵观当前明代杂传的研究进程，针对杂传文体的研究成果相对较少。部分学者在研究杂传时，往往将其视为散文的一种，主要聚焦于论述其艺术特色，而对其他方面的关注则相对不足。在理论研究方面，同样存在类似问题，缺乏对杂传文体独立性的深入探讨。从次，在明代杂传的研究中，学界多将其作为某类研究的资料文献使用，这种情况贯穿于中国古代杂传历代研究之中。具体到明代杂传研究，学者的研究视角多集中于商人、女性等方面，且局限于重要作家作品，对于其他类型的杂传研究则相对较少。最后，元代时期各民族的相互融合已较为明显，在元之后，明代多民族融合之势进一步加深。杂传作为传统文化中极为重要的一部分，在不同民族的文献中均有留存。然而，目前可见的明代杂传研究，

大部分关注汉文文献,而满蒙藏文等非汉文文献中的众多杂传仍有待发掘。

明代作为中国古代杂传发展的重要时期,呈现出显著的时代特征。杂传作者群体庞大,编撰者身份多样,传主形象特征鲜明,体现了当时社会的文化风貌。因此,明代杂传的研究须在文学、历史、哲学、经济等多学科交叉的背景下进行,以全面揭示其丰富的内涵和价值。明代杂传研究可以从文献整理与叙录、历史发展与理论体系、文化内涵与作者身份、史学与文学价值四个方面进行。首先,搜集现存的杂传善本、辑校本,整理、汇集散佚于其他文献中的杂传文本,整理出一份可靠的杂传叙录。并在此基础上,通过汇辑校勘的形式对明代杂传进行整理,为明代杂传研究及其相关研究提供可靠的文本。其次,明代杂传受社会各因素的影响,呈现出发展不平衡的特点。按照明代不同历史发展阶段,分段总结各时期杂传特色,进而概括明代杂传演变的整体脉络,建构明代杂传理论体系。再次,明代杂传的作者大多具有多重身份,杂传中收录的人物类型亦多种多样,作者创作原因复杂,背后蕴含着深刻的文化意义。深入发掘明代杂传的文化内涵,是明代杂传研究的重要方面。最后,明代杂传处于特殊的时代背景之中,兼具史学与文学双重价值。一方面,作为重要的文献资料,明代杂传保留了众多正史之外的史料,其史料价值有待进一步挖掘;另一方面,明人作传时既有对史传传统的继承,又在理论及实践方面进行创新,如杂传中出现种类众多的人物,作者的书写角度对比前代出现新突破等,其文学价值亦值得重视。

综上所述,明代杂传在中国古代杂传的发展历程中,处于探索与总结的关键节点,其学术价值丰富多元,蕴含着深厚的研究潜力,亟待学界予以更为深入的挖掘与系统的学术耕耘。

当代香港的传记文学研究

全　展

内容摘要：当代香港的传记文学研究，以 1997 年香港回归祖国为界，可分为前后两个时期。前一时期为方兴未艾的初创期，后一时期为渐次繁荣的发展期。香港回归之前，"香港—内地"间的文学往来包括传记文学阅读与研究未曾中断；香港回归之后，"香港—内地"间的传记文学研究交流日益广泛，形成对话与多元的互补，20 余年间，寒山碧为着力推动香港传记文学的研究步伐尽心竭力，厥功至伟。

关键词：香港　传记文学研究　当代

基金项目：国家社科基金社科学术社团主题学术活动资助项目"当代中国传记文学研究史(1949—2020)"(项目批准号：22STA015)

作者简介：全展，荆楚理工学院文学传播研究所教授，中国传记文学学会副会长，中外传记文学研究会副会长。主要从事中国当代传记文学研究。

当代香港的传记文学研究，以 1997 年 7 月 1 日香港回归祖国为界，可分为前后两个时期。1997 年回归之前，香港文学在香港的生存环境呈一种"放任"状态，其传记文学研究也显得相当零散和薄弱；香港回归之后，独立的法定组织——香港艺术发展局(类似"文联")对香港文学创作与研究予以积极支持，由此开启了香港文学发展的新天地，传记文学研究也随之出现崭新格局、全新拓展，取得骄人的成绩。

一、香港传记文学研究的状貌

(一)初创期：方兴未艾

前一时期的香港传记文学研究，我们称之为初创期，以曹聚仁、胡菊人、林曼叔、黎活仁等人为突出代表。

曹聚仁(1900—1972)，浙江浦江人，著名学者、作家、报人。1950 年到香港，任《星岛日报》编辑，一生著述颇丰，其传记作品影响较大的有《文坛五十年》《鲁迅评传》《鲁迅年谱》《我与我的世界》等。《我与我的世界》，香港三育图书文具公司 1973 年出版，其中《代序：谈传记文学》一文，以漫谈的形式娓娓道来，其中涉及不少著者对传记文学的看法。曹氏自谓"近二十年间，我看过属于传记文学的专集，在五百种以上"。认为刘汝明将军的自传"写得虎虎有生气，在我所看过的五百多种传记中，自是第一流作品而真实性也很高"。认为曹汝霖的回忆录《一生之回忆》"实在糟透了"，这部传记的失败在于"失之于浮夸、颠倒了轻重"。

曹聚仁十分赞赏刘绍唐主编的《传记文学》杂志、《传记文学丛书》，"颇多可诵之作"；并赞赏当代世界三大传记家——英国的史特拉奇、德国的庐德威克、法国的莫洛亚，指出："庐德威克的作品够分量，史特拉奇的作品够绅士派头，我却爱莫洛亚的活泼有生气"，"莫洛亚一直是'我所心向往之'的新传记作者"①。

胡菊人（1933—　　），广东顺德人，香港著名专栏作家、文学评论家。初中毕业到香港，先后担任过《大学生活》总编辑、《中国学生周报》社长、《明报月刊》主编、《中报》总编辑等。他的《评郭沫若的杜甫观》（《明报月刊》1972 年 2 月号），严肃批评了郭沫若《李白与杜甫》一书所体现的极"左"思潮。通过查阅大量的史料，胡菊人"运用充分说理的方法批评郭沫若不该对杜诗作许许多多的'强解'、'曲解'、'错解'，以摘去杜甫'人民诗人'的桂冠"②。

林曼叔（1941—2019），广东陆丰人，当代作家、著名文学研究家。1962 年旅居香港，曾任《展望》《南北极》杂志编辑、《观察家》《文学研究》主编、《文学评论》总编辑。他的《评郭沫若的〈李白与杜甫〉》指出："在这部著作里，郭沫若先生对李杜的生平及其创作有着不少新的见解。然而新的见解并不就是正确的见解合理的见解。郭沫若先生提出的所谓新见解只不过是玩弄机械的阶级论，歪曲历史事实而构成的。"为此，他"试图从历史事实出发对《李白与杜甫》一书所存在的问题提出商榷"③。

需要指出的是，林曼叔在该书出版之前，便在《展望》杂志 1972 年 4 月至 12 月（总第 245～261 期）连载过许多文字，其《前言》指出：

郭沫若先生的《李白与杜甫》（北京人民文学出版社 1972 年），是"文化大革命"时期第一部关于中国古典文学研究的著作。这在政治要求下所写的一部书，其学术的价值也就颇受质疑。

由于作者执着阶级论偏见，其对历史的观察与分析，对历史人物的评价也只放在阶级成份的格子里而加以褒贬，而不可能从具体的历史条件下对其作品作出具体分析，其

---

① 张瑞德：《代序：谈传记文学》，曹聚仁著《我与我的世界》，上海三联书店 2014 年，第 1-5 页。
② 古远清：《香港当代文学批评史》，湖北教育出版社 1997 年，第 123 页。
③ 林曼叔：《评郭沫若的〈李白与杜甫〉》，新源出版社 1974 年，第 1 页。

结论之片面也就无可避免了。

在《论杜甫诗歌的人民性》一文中，林曼叔指出："郭沫若先生在他的新著《李白与杜甫》里，从极端的阶级论的偏见出发，对杜甫的伟大的文学成就作了全盘的否定，被指为是'站在地主阶级的立场，统治阶级的立场，而为地主阶级、统治阶级服务'的牛鬼蛇神。……郭沫若先生机械地庸俗地运用了阶级分析的方法，否定了杜甫诗歌现实主义精神及其深厚的人民性，从而剥夺其'人民诗人'的称号。"[1]在《杜甫的儒家思想》一文中，林曼叔指出："郭沫若先生除了片面地从'阶级意识'、'门阀观念'、'功名欲望'、'地主生活'几个方面去贬抑杜甫，同时又从'宗教信仰'否定'人民诗人'杜甫。"认为"郭沫若先生刻意抹煞了杜甫作为一个儒者积极的进步的一面，而片面地过份地强调了封建时代的知识分子消极的一面"。

1972年，林曼叔应巴黎第七大学东亚出版中心之约，撰写了《中国当代文学史稿·一九四九——一九六五大陆部分》（巴黎第七大学东亚出版中心1978年）。该著由林曼叔、海枫、程海合著，林系主要执笔者。"此书写于香港，印于香港……因而我们认定它是香港学者的著作，而非法国华裔学者所写。"[2]

书中谈到了历史剧具有的强烈的现实性与战斗性。认为历史剧的创作是这个时期的重大收获。这不仅仅是因为历史剧创作的蓬勃发展，使当时的文坛平添一番色彩，更重要的是因为这些剧作里面隐含着极其深厚的不寻常的现实意义。论者指出："郭沫若的《蔡文姬》和《武则天》，为我们创造了具有民主风度的君主形象曹操和武则天，剧作者岂只在写历史而已，而是苦心地曲折地体现了现实的普遍愿望。田汉的《关汉卿》、《谢瑶环》，吴晗的《海瑞罢官》等，更以热烈的笔墨，批判了黑暗的社会现实，歌颂敢于为民伸冤的知识分子（关汉卿），敢于为民请命的清官好官（谢瑶环、海瑞），这正是人民所寄望的英雄，要改变罪恶的现实是多么需要像关汉卿，像谢瑶环，像海瑞这样敢于拼命的人物啊！"[3]此外，书中还略微提到了20世纪五六十年代的革命回忆录。

针对石一歌的《鲁迅传（上）》（上海人民出版社1976年），学者黎活仁（1950— ）曾写《石一歌的〈鲁迅传〉（上）》（《抖擞》1977年1月号）予以批评。这种批评是海外最早也是绝无仅有的批评，而在内地则直到粉碎"四人帮"之后才有类似的批判文章。作者认为："此书下笔轻率，许多史实均经不起查证，且有拔高阿Q的革命性之处。""限于历史条件，作者没看到此书在配合'四人帮'篡党夺权造舆论，但在学术性上，黎活仁此文写得极

[1] 林曼叔：《评郭沫若的〈李白与杜甫〉》，新源出版社1974年，第1-2页。
[2] 古远清：《香港当代文学批评史》，湖北教育出版社1997年，第176页。
[3] 林曼叔、海枫、程海：《中国当代文学史稿·一九四九——一九六五大陆部分》，巴黎第七大学东亚出版中心1978年，第10页。

有水准。"①

对林非、刘再复合著《鲁迅传》（中国社会科学出版社 1981 年），黎活仁在《现代中国文学的时间观与空间观》（业强出版社 1993 年）一书中，从神话学的角度去分析，将宏观与微观结合起来去评价其得失。"评价时不见得处处准确"，但"此文以原型的文学批评方法指出《鲁迅传》有拔高鲁迅之处，把鲁迅描绘成一贯正确的'太阳神'是不科学的，这确实应引起该书作者乃至大陆同行的注意"②。

（二）发展期：渐次繁荣

后一时期的香港传记文学研究，我们称之为发展期，以寒山碧、郭久麟、林曼叔、孙德喜、方宽烈等人为突出代表。

1995 年，香港艺术发展局成立。香港回归之后，特区政府将其指定为全方位发展香港艺术的法定机构，其"职责是促进和改善艺术的参与和教育，以及发展艺术的知识、实践、欣赏、接触及评论，务求提高整个社会的生活素质。具体的工作是在全港的层面上计划、推广及发放拨款支持艺术发展（工作上的范围包括文学、表演、视觉和电影艺术）；为艺术发展拟定建议；为艺术发言，鼓励艺术欣赏及寻求对艺术的支持；积极实施艺术政策、计划和活动"③。香港艺术发展局全力支持艺术表达自由，由此大大促进了传记文学创作的繁荣与研究的兴盛。

寒山碧（1938— ），原名韩文甫，海南文昌人，学者，香港著名传记文学家。1962 年毕业于广州师范学院，1968 年秋到香港，从事撰述与编辑工作。先后担任过《东西方》月刊社长兼总编辑、东西文化事业公司总经理兼总编辑、《文学与传记》主编。曾任第二、三届海南省政协港澳委员，香港艺术发展局委员、文学组主席。其传记作品代表作为《邓小平评传》，研究论著主要有《香港传记文学发展史》。

《香港传记文学发展史》（东西文化事业公司 2003 年）的出版，有力地矫正了先前所有《香港文学史》（包括内地、香港的同名出版物）忽视传记文学的弊病，填补了中国传记文学研究的一大学术空白。"它的出现，标志着香港传记文学学科的不断成熟，不仅是对中国传记文学学科的普及，更是对香港传记文学这门学科的总结与提高。"④寒山碧具有香港学者鲜明主体性——"独行侠"的个性特色，其文学史视野开阔而包容。他在《后记》中坦言："本书非以作者国籍为取舍标准，而是以传记出生（初版）地为取舍标准，作者只

---

① 古远清：《香港当代文学批评史》，湖北教育出版社 1997 年，第 125 页。
② 古远清：《评黎活仁的现代文学研究》，《学术研究》1995 年第 2 期，第 110 页。
③ 陈云：《香港有文化——香港的文化政策》（上卷），香港花千树出版有限公司 2008 年，第 321 页。
④ 全展：《香港传记文学研究的新创获——评寒山碧〈香港传记文学发展史〉》，《中国现代、当代文学研究》2006 年第 11 期，第 7 页。

要是华人，其著作中文初版在香港印行或发表，我们皆视之为香港传记文学。"①史著中的传记文学涉及传记、自传、回忆录等，以政治人物为主，文化人物次之，其他人物又再次之。著者从大量的传记文学中遴选出有代表性的、有言说价值的作品作为评说对象，在评述的过程中始终将其放在时代背景、文学思潮、学科建构的视野之中，以清晰呈现香港传记文学的"发展"轨迹。著者秉持"信史为主"的原则，胸怀坦荡，实事求是，敢于褒贬传记现象、作家作品，富有思想和激情，因而使得这部史著兼具较高的学术价值和丰富的史料价值。

寒山碧在香港和内地还发表有多篇传记研究论文，如《六七十年代香港传记文学的发展、特色及其影响》(《文学与传记》1999 年第 6 期)、《曹聚仁——不成材的记者，及格的史家》(《香江文坛》2003 年 7 月号)、《曹聚仁的〈鲁迅评传〉序》(《荆门职业技术学院学报》2006 年第 2 期)、《香港传记文学的高潮与低潮》(《荆楚理工学院学报》2009 年第 8 期)、《中国古代传记特色初探》(《荆楚理工学院学报》2011 年第 4 期)。这些论文，史料翔实，论析深入，多有独到的学术发现。

郭久麟(1942—)，四川外国语大学教授，传记文学作家、研究家。1999 年 1 月，在香港天马图书有限公司出版《传记文学写作论》。作为一个热心传记写作的作家，郭久麟"觉得应该把几千年来传记写作的诸多问题作一些探讨和研究，也把自己近十年来的创作体会作一番总结和梳理"②，因而在写作中自觉融进了他多年来从事传记文学写作的一些看法、作法、经验和教训，理论与实践并重，能给人以启发。

林曼叔不为尊者讳，以敢于批评前辈学者而闻名于学术界。对曹聚仁以朋友身份所写的《鲁迅评传》，林曼叔一方面认为"曹聚仁是应该了解鲁迅的，加上他有相当的史学研究功底，既能鉴别史料，又能组织史料，应可以写出较为翔实的传"③，但同时也指出其不当之处和有所怀疑之处。如曹聚仁说："我曾经对鲁迅说：'你的学问见解第一，文艺创作第一，至于你的为人，见仁见智，难说得很。不过，我觉得你并不是一个难以相处的人。'他也承认我的说法。"林曼叔认为这是"死无对证的'机密'记述"。他说："看过鲁迅的文章的人都会知道，他是最怕被人戴上纸糊的帽子的。什么'前辈''导师''战士''主将''盟主'等等一大堆，鲁迅何曾接受？"林氏认为《鲁迅评传》有不少自吹成分，其写作动机也很可疑。比如鲁迅是不主张写自传也不提倡别人为他立传的，可曹聚仁写了不少很可能属文艺创作的鲁迅与他本人的对话，说鲁迅如何默认曹聚仁为他写传，并潜意识认为他虽然不姓"许"但仍是最适合为鲁迅作传的人，这显然属"谬托知己"。④ 此外，关于曹

① 寒山碧：《香港传记文学发展史》，东西文化事业公司 2003 年，第 735 页。
② 郭久麟：《传记文学写作论》，香港天马图书有限公司 1999 年，第 210 页。
③ 林曼叔：《鲁迅在香港的朋友》，上海鲁迅纪念馆编：《上海鲁迅研究》，上海社会科学出版社 2015 年，第 72-84 页。
④ 古远清：《中外粤籍文学批评史》，广东人民出版社 2018 年，第 125 页。

聚仁对鲁迅的悲观主义及虚无主义的论述,林氏认为是缺乏理据的,且淡化了鲁迅抗拒绝望的意志和对民族献身的精神,也减弱了鲁迅的批判精神和战斗精神。[1] 这种种看法,充分体现在他写的《评曹聚仁的〈鲁迅评传〉》[2]《鲁迅与"托尼学说"——再评曹聚仁的〈鲁迅评传〉》[3]两文之中。

　　林曼叔十分关注内地作家/学者的传记文学,先后在香港报刊发表了多篇评论文章。回归之前有《尹在勤的〈何其芳评传〉》(《南北极》1980 年 7 月号)、《徐铸成的〈哈同外传〉》(《星岛日报》1983 年 5 月 10 日),回归之后有《梁培恕的〈梁漱溟传〉》(《亚洲周刊》2002 年 2 月号)、《王亚蓉的〈晚年的沈从文〉》(《香港作家》2003 年 3 月号)等。这些书评虽体现出评论家的一些见解与看法,但多以图书内容的介绍为主,学理性一般。

　　2006 年,林曼叔、孙德喜编著《寒山碧作品评论集》,由香港文学研究出版社和文思出版社联合出版。"《寒山碧作品评论集》收集了香港和内地学者对寒山碧先生三十多年来各类作品的评论,使我们对作家的创作历程及其作品的特色有更为深入的认识。"[4]评论集分为第一辑《寒山碧的创作道路》、第二辑《寒山碧的诗和散文及其他》、第三辑《寒山碧的长篇小说〈还乡〉》、第四辑《寒山碧的传记文学》。其中,第四辑收录有 8 篇论文:张振金《寒山碧的〈邓小平传〉与香港的传记文学》、周伟民《直笔与中立——海峡两岸三地以及国际上思想文化界对寒山碧〈邓小平评传〉的研究与评论》、孙帆《在自由中逼近真理——论寒山碧的三卷本〈邓小平评传〉及〈邓小平最后岁月〉》、孙德喜《世纪之交的理论检阅——评〈香港传记文学的发展及其影响〉》、房福贤《一部值得一读的好书——简评寒山碧先生的〈香港传记文学发展史〉》、刘小平《寒山碧的传记文学观及文学史写作》、孙德喜《双重身份的叙述——论寒山碧新著〈香港传记文学发展史〉》、全展《香港传记文学研究的新创获——寒山碧〈香港传记文学发展史〉》。这些论文,或论述寒山碧《邓小平评传》《邓小平传》的价值特色、国际影响,或评论《香港传记文学发展史》《香港传记文学的发展及其影响》的开创意义、敏锐发现,大多注重学理性,评价具体,客观公允,论述精辟,见解独到。

　　2016 年,孙德喜的《寒山碧评传》由香港文思出版社出版。这部评传以流畅的文笔和较翔实的史料艺术地再现了寒山碧复杂而坎坷的人生道路、个性特征,且科学而理性地评价了传主的文学创作与学术研究,其中第九章《传记创作》,在叙述传主在传记文学写作道路上的艰苦跋涉时,还夹叙夹议,客观介绍并评论了寒山碧的传记文学特别是《邓小平评传》在海内外的巨大影响,其中既有对其成就的充分肯定,又有一些切中肯綮的批评

①　林曼叔:《鲁迅在香港的朋友》,上海鲁迅纪念馆编:《上海鲁迅研究》,上海社会科学出版社 2015 年,第 72-84 页。
②　林曼叔:《评曹聚仁的〈鲁迅评传〉》,《文学评论》2009 年第 5 期,第 110-131 页。
③　林曼叔:《鲁迅与"托尼学说"——再评曹聚仁的〈鲁迅评传〉》,《文学评论》2010 年第 7 期,第 23-38 页。
④　林曼叔、孙德喜编著:《寒山碧作品评论集》,香港文学研究出版社、香港文思出版社 2006 年,第 3 页。

意见。对寒山碧其他的传记作品，孙德喜认为大多显得有些逊色，但还是有其存在的价值。在此基础上，著者归纳总结道："就寒山碧的传记创作总体而言，还是以评传为主，而且在香港传记文学史乃至大中华的传记文学史上都可以占据一定的地位。"①孙德喜认为寒山碧在评传写作中的精彩议论，给作品增色许多，其议论具有以下四大特点："首先，以现代民主思想意识审视传主的所作所为和人生态度"；"其次，努力挖掘传主人生重大转折、思想演变和性格形成的深层原因"；"再次，深入探讨传主内心潜藏着的情感秘密和人性善恶"；"第四，强烈的爱国主义情感"。②

　　该书第十三章《学术研究》，谈到了寒山碧的传记文学研究，重点评述了寒山碧的论文《六七十年代香港传记文学的发展、特色及其影响》《鲁迅评传·序》，以及专著《香港传记文学发展史》。著者认为："寒山碧特别重视文学的真实性问题。他根据自己长期的传记文学创作的经验进而上升到对于文学真实性的深入思考。"指出："在《六七十年代香港传记文学的发展、特色及其影响》中，寒山碧在总结香港的传记文学创作的特点时，严厉批评了一些过气的政客所撰写的自传和回忆录'逶过于人，夸大自己的作用和功勋'。在评论上个世纪六七十年代香港传记文学作家的具体创作时，寒山碧侧重于他们各自在资料搜集上的得失及其史料价值。"③

　　方宽烈(1925—2013)，香港作家，享有"文坛掌故专家"之称，其传记研究文章主要有：《曹聚仁和他未完成的自传》《香港艺术家的传记》《香港清末民初的掌故和传记》等。《曹聚仁和他未完成的自传》值得一读。20世纪60年代，作者经常和曹聚仁"晤叙"，曹氏关于史料的真知灼见给他启发良多。论文由曹氏自述有关的两本书——《蒋畈六十年》《我与我的世界》谈起，认为前者只谈到他家乡蒋畈的环境和他在育才学团读小学的情况，以及家人亲友个别的遭遇，都是属于早期的；后者晚年才开笔，而又因病魔所缠，只完成这一册"未完成的自传"，虽说有相当的史料价值，可惜只写到1933年就搁笔了，实在可惜。作者从曹氏自传进而分析其人生观——"书生报国"，认为传主禀赋中国旧式文人的"天真"思想。《香港艺术家的传记》《香港清末民初的掌故和传记》两篇，谈及影人自传、名伶传记、画家传记等，全为"书话的写法"，"只作简单的介绍而无适当的评论"。④

二、香港传记文学研究的特色

　　当代香港的传记文学，是在特殊历史/政治背景下发展起来的。"自由孕育和造就了

① 孙德喜：《寒山碧评传》，香港文思出版社2016年，第195页。（以下所引皆为此版本）
② 《寒山碧评传》，第195-198页。
③ 《寒山碧评传》，第321页。
④ 寒山碧：《香港传记文学发展史》，东西文化事业公司2003年，第736页。

香港传记文学的辉煌"①。"香港这个中国历史上受异族殖民统治时间最长、回归后又以特区形态存在的区域，其独特的历史存在导致了其文化/文学形态的特殊性。……港英殖民当局和特区政府对香港文学在总体上采取的是'少有干预'姿态"②，因此香港的传记文学研究也就因了这种"少有干预"而呈现出以下基本特色。

（一）香港回归之前，"香港—内地"间的文学往来包括传记文学阅读与研究未曾中断

过去香港是英国殖民地，中西文化交流频繁，而在两岸分治的情况下，香港也是两岸接触的桥梁，包括旅港、居港及本土的传记界人士共同促进了香港传记文学研究的发展。比如郭沫若的评传《李白与杜甫》，人民文学出版社 1971 年 11 月出版。面对著者"扬李抑杜"的鲜明观点，内地学界当时虽有不同意见，却都撰文而不发或隐而不写。但香港作家、学者却率先提出了严肃而认真的批评意见。如前所述，先是胡菊人在《明报月刊》1972 年 2 月号发表《评郭沫若的杜甫观》，接下来便有林曼叔在《展望》杂志 1972 年 4 月至 12 月连载的《评郭沫若的〈李白与杜甫〉》。再如石一歌的《鲁迅传（上）》，上海人民出版社 1976 年 4 月出版，香港学者黎活仁在《抖擞》1977 年 1 月号便发表《石一歌的〈鲁迅传〉（上）》予以批评。它如林曼叔对《蔡文姬》《武则天》《关汉卿》《谢瑶环》《海瑞罢官》等传记剧的评论，对 20 世纪五六十年代革命回忆录的关注等，都说明了香港学者假香港可以自由查阅书籍资料，得以臧否内地传记之事实。虽然上述文章或著述有些观点并非十全十美或难于赞同，却常常给人以新发现的喜悦。

（二）香港回归之后，"香港—内地"间的传记文学研究交流日益广泛，形成对话与多元的互补

其亮点体现在以下四个方面。

一是内地学者/作家积极参与在香港举办的传记文学研讨会。最早的是 1999 年 9 月 18 至 19 日，香港艺术发展局资助的"香港传记文学学术研讨会"。联合主办单位有：东西文化事业公司、《春秋》杂志社、《香港传记人物》杂志社、夏菲尔国际出版公司、《文学与传记》杂志社等。"大会主要讨论了传记与传记文学的区别、香港传记文学的界定、香港传记文学的分类和特色、海峡两岸暨香港传记文学的比较、有代表性的传记文学作家作品的评价、香港传记文学对内地的影响及黄世仲生平研究等等。"③与会内地作家、学者有白桦、姜义华、叶永烈、陈子善、古远清、张振金、吴定宇、宗道一、周伟民等。

---

① 寒山碧：《香港传记文学发展史》，东西文化事业公司 2003 年，第 23 页。
② 丁帆主编：《中国现当代文学制度史》，作家出版社 2020 年，第 643 页。
③ 古远清：《香港传记文学的一次检阅——记香港传记文学研讨会》，寒山碧主编《香港传记文学发展特色及其影响》，东西文化事业公司 2000 年，第 560 页。

再就是 2009 年 7 月 22 日至 24 日，香港艺术发展局资助的"中华传记文学（香港）国际学术研讨会"。此次会议由香港艺术发展局主办、香港大学中文学院协办，旨在推广传记文学的创作与研究。"三十多位来自北京、上海、天津、重庆、江苏、安徽、湖北、山西、广东、台湾、香港、韩国首尔及美国华盛顿等地的学者及作家聚首香江，就中国的传记文学作详细探索，讨论传记文学的发展历程与特色，揭示传记文学别树一帜的文类创作风格与理论，并肯定重要的传记文学作家及作品地位。"[①]应香港艺术发展局的邀请，以中国传记文学学会会长万伯翱为团长，国务院参事室参事乔宗淮、国家大检察官许海峰为顾问的学会代表团共十余人赴港参加了这次盛会。

二是香港作家、学者积极参与在内地举办的传记文学研讨会。中国传记文学学会主办或支持的数次学术会议，大都有香港作家/学者的身影与声音。如 2008 年 9 月在广州召开的"中国传记文学（中短篇）优秀作品研讨会"，内地及港台的作家学者共 50 余人出席。香港艺术发展局委员、文学组主席寒山碧与会，以《从高潮走向低潮的香港传记文学》为题演讲。正是在这次会议上，经中国传记文学学会提出倡议召开"中华传记文学（香港）国际学术研讨会"，得到了寒山碧的积极响应。2010 年 12 月在北京召开的"中国传记文学（古代）国际学术研讨会"，来自中国内地、港台地区以及美国、日本等国家的 80 余位学者和作家出席了会议，寒山碧应邀作了"中国古代传记特色初探"的发言，胡志伟（香港中国现代史学会会长）作了"气势磅礴　结构浑成——论两汉三国的优秀传记作品"的发言。2011 年 12 月在曲阜召开的"孔子孟子传记国际学术研讨会"，来自美国、加拿大、日本、中国内地与香港 40 余人与会，翟志成（香港理工大学教授）作了"批林批孔时期的孔子形象"的发言。2012 年 10 月在韩城召开的"司马迁传记文学国际学术研讨会"，近百位来自美国、加拿大、日本、中国内地及港台地区的专家学者与会，廖伯源（香港新亚研究所所长）作了题为"《史记·卫将军骠骑列传》的史实问题"的演讲，寒山碧作了题为"试论司马迁刻画人物的艺术"的演讲。2013 年 10 月在上海召开的"华人传记与当代传记潮流国际学术研讨会"，来自中国内地、港台地区以及美国、英国、法国、加拿大、澳大利亚、日本、新加坡等国家的 60 余位专家学者与会，寒山碧谈了"胡秋原与《胡秋原传》"。2014 年 11 月在运城召开的"司马光传记文学学术研讨会"，来自中国内地、港台地区以及美国的 40 余位学者、作家与会，詹杭伦（香港大学教授）作了题为"论司马光《温国文正公文集》中的几篇传记"的演讲，温冯月珊（香港女作家）作了"历史的诗篇"的发言。

三是香港学者与内地学者合作编辑香港文学研究专著，内地学者在香港出版作家评传，为香港文学研究特别是传记文学研究留下了宝贵的历史资料。最典型的如前述《寒

① 寒山碧等主编：《理论探讨与文本研究——中华传记文学国际学术研讨会论文集》，中华书局（香港）有限公司 2010 年，第 591 页。

山碧作品评论集《寒山碧评传》的出版。前者由香港学者林曼叔、内地学者孙德喜（扬州大学副教授）编著，被列入香港艺术发展局资助的《香港文学研究丛书》；后者由孙德喜独自著作，同时得到香港艺术发展局的资助和扬州大学出版基金赞助。

四是香港学者在内地图书、学术期刊发表论文，在高校作主题演讲；内地学者在香港出版研究专著、在文学杂志发表评论。如寒山碧应邀为复旦大学出版社 2006 年出版的曹聚仁《鲁迅评传》写《序》，在内地高校学报发表多篇传记论文，并在复旦大学、同济大学、海南大学、海南师范大学等高校演讲传记文学创作与研究；如郭久麟在香港出版《传记文学写作论》，艾晓明、孙德喜、周伟民、房福贤、裴毅然等人在《文学与传记》《香港文坛》《百家》发表多篇传记评论。

三、寒山碧着力推动香港传记文学研究步伐

早在 1973 年，寒山碧便在香港《东西风》月刊发表《从〈鲁迅评传〉看曹聚仁》，显示出他对传记文学研究的浓厚兴趣。香港回归之后，寒山碧着力推动传记文学研究步伐，殚精竭虑，运筹帷幄，从创建作家组织、创办传记期刊，到筹备并主持召开传记文学研讨会，出版论文集，20 余年间香港传记文学事业发展的每个阶段，都深深烙下了寒山碧闪光的足迹。他对传记文学事业充满深挚热爱，为香港传记文学的发展做出了重要贡献，充分显示了他的前瞻意识、博大胸襟、高尚品格和无私奉献。他坦言作家要"把自己的青春热情奉献给社会，奉献给人民，奉献给后世……以期为我们生存的时代留下一点形象的印记"①。

1998 年，寒山碧组织成立香港传记作家协会并出任会长。1999 年，他创办并主编《文学与传记》杂志，不仅发表传记文学作品，还发表传记文学研究论文，为培养传记文学创作与研究新人而不懈努力。

（一）组织召开"香港传记文学学术研讨会"

1999 年 9 月 18 至 19 日，香港艺术发展局资助的"香港传记文学学术研讨会"在香港崇正总会举行。寒山碧作为这次研讨会的筹委会主席，香港传记作家协会会长，会上他不仅作了"六七十年代香港传记文学的发展、特色及其影响"的演讲，而且会后为《香港传记文学发展特色及其影响（香港传记文学学术研讨会论文集）》一书写了序言。他满怀深情地指出："传记文学是香港花圃里的一朵奇葩，启始于五十年代，七八十年代发展非常迅速非常蓬勃，成绩非常突出，大部头的成功作品不断涌现，而且非常畅销。不仅成为香港读者重要的精神食粮，而且成为全球华人读者重要的精神食粮。同时还有多本传记作

---

① 寒山碧：《我的文学思考》，天地图书有限公司 2008 年，第 49 页。

品被翻译为英文、日文,成为外国读者和研究中国问题专家的重要的参考资料。"他积极肯定研讨会所取得的成果,"经过两天的宣读论文和热烈讨论,香港传记文学学术研讨会圆满结束,收集在这里的就是研讨会的二十篇论文和有关评论。这些论文从二十世纪初的黄世仲谈到六、七、八十年代香港的传记文学;从评论传记作品的具体内容谈到传记作家应有的史德史识,内容非常丰富,是传记文学的爱好者和研究者不可或缺的参考书"①。

"香港传记文学学术研讨会",对于中国传记文学研究有着非同寻常的开启意义。这是香港回归之后传记文学研究领域一次具有划时代意义的会议。作为港台与大陆传记文学交流的推手,寒山碧主动向香港艺术发展局申请举办研讨会,率先打开了一扇全方位认识港台传记文学与大陆传记文学的窗口。

首先,出席这次会议的学者/作家,分别来自中国大陆及港澳台地区,由此开启了中国传记文学研究史无前例的全新局面。与会者包括白桦、姜义华、叶永烈、陈子善、古远清、张振金、吴定宇、宗道一、周伟民、寒山碧、方宽烈、廖卓成等,大家欢聚一堂,热烈讨论了中国传记文学包括大陆、港台传记文学的现状和发展历程。他们或为研究传记文学、台港澳暨海外华文文学的知名学者,或为撰写作品的传记名家、文学大家,或为学报主编、资深编辑,自由的言说,思想的碰撞,研讨与争鸣,加上论文评论员陆铿、何沛雄、俞旭、施议对等名流的精彩点评,让人获益匪浅。

其次,会后由东西文化事业公司编选出版了寒山碧主编《香港传记文学发展特色及其影响(香港传记文学学术研讨会论文集)》,涉及理论研究、文学史探讨、作家作品批评等三方面,集中展示了香港传记文学研究的最新成果。

理论研究主要有白桦的《有记忆是人类的骄傲》,这是一篇传记综论。作者从有记忆是人类的骄傲、传记文学的范围、传记文学作者的严肃性、真实和想象、求真之路是极为艰难的等五个方面漫谈,清新可读。姜义华的《传记文学勃兴的文化分析》,认为传记文学于 20 世纪五六十年代最初崛起于中国香港及台湾地区,八九十年代则在中国大陆盛极一时。文章探讨了传记文学自身的史学价值与文学价值,并结合这一时期中国社会文化的特殊背景及文化发展趋向作了探究,分析了传记文学在中国大陆勃兴的文化意义。李崇威的《传记文学的重要性》,首先从传记与传记文学的释义出发,谈到古代传记文学的分类,再叙述传记与传记文学的不同之处;接下来从创作严谨而美、启迪后进、口述历史的兴起等三个方面,扼要论述了传记文学的重要性。

文学史探讨主要有寒山碧的《六七十年代香港传记文学的发展、特色及其影响》。这篇史论颇具史家眼光,清晰勾勒出 20 世纪六七十年代香港传记文学发展的历史轨迹。

---

① 寒山碧主编:《香港传记文学发展特色及其影响》,东西文化事业公司 2000 年,第 5、6 页。

作者悉心挖掘大量翔实的史料，如数家珍，娓娓道来，让人充分感受到了香港传记文学的思想和艺术魅力。与此相映成趣的是古远清的《香港传记文学存在着、发展着》，论述了香港传记文学的分类、社会批判功能、强烈的针对性和时效性，以及某些作品客观存在的过度商业化、粗制滥造等病症。许承宗的《台港两地传记文学回顾》，概略介绍了港台两地传记文学的发轫经过，以及个人对传记写作条件及写作环境的观察。

作家作品批评主要围绕曹聚仁、寒山碧、郑义等人的传记展开。陈子善的《与其写成"神"，不如写成"人"——曹聚仁的〈鲁迅评传〉简评》、方宽烈的《曹聚仁和他未完成的自传》、张振金的《韩文甫的〈邓小平传〉与香港的传记文学》、周伟民的《直笔与中立——海峡两岸三地以及国际上思想文化界对寒山碧〈邓小平评传〉的研究与评论》、蔡敦祺的《郑义传记文学作品的特色》等篇，从不同维度论述了香港传记名家各自代表性作品的思想内蕴、艺术特质及其深远影响，同时也如实指出某些作品的遗憾之处或缺陷。其中，周伟民论文最后提出的三个问题——"传记文学创作，是一种神圣的事业还是一门世俗的职业？""优秀的传记文学作品所首先追求的，是文学的表现形式还是传记文学家内在的生命激情？""香港作为一个开放的多元文化并存的国际大都会，怎样引导传记文学走向新的阶段？"等，关涉传记文学理论与实践的核心命题，问题意识突出，具有在场性、当下性，发人深省，催人奋进。此外，廖卓成的《论台湾儿童传记》评述了一大批台湾儿童传记作品。

最后，研讨会开创了大陆与港台传记文学、台湾与香港传记文学之比较研究的先河。叶永烈的《香港与大陆传记文学的比较》，从大陆传记作家的角度出发，不仅论述了香港传记文学对于自己的传记文学创作的影响，而且还着重比较了大陆与香港、台湾传记文学的特色，以及各自的长处和短处，分析了海峡两岸暨香港传记文学作家不同的生存环境以及在社会和文学界不同的地位。张觉明的《台港两地传记文学的比较》，认为香港及台湾先后成为亚洲四小龙，更使得传记在台港两地的发展突飞猛进，而显示出不同的特色。文章从专业出版社、重视口述历史、政治人物传记最热门、现役将领传记日增、本土企业家传记渐多、女性传记充斥女性作者增加、开始注重大陆领导人传记、台湾有文字狱香港则无等八个方面，概述了台港传记文学的异同。

（二）组织召开"中华传记文学（香港）国际学术研讨会"

2005 年元旦，寒山碧就任香港特别行政区艺术发展局文学界委员，同年当选香港艺术发展局文学组委员会主席。2008 年，他连任文学组主席，直至 2010 年底卸任文学组主席职务。在这期间，2009 年组织召开了"中华传记文学（香港）国际学术研讨会"。

"中华传记文学（香港）国际学术研讨会"，2009 年 7 月 22 日至 24 日在香港公共图书馆举行。这是中国传记文学研究领域一次重要的会议。研讨会旨在以多元、开放的视角深化传记文学本体及理论与实践问题，紧紧围绕"中华传记文学""理论探讨""文本研究"等关键词研讨，凸显了传记文学学科话语的时代性与前沿性。

首先，研讨会会集了中外传记文学界许多有成就、有代表性的人士。与会学者多为研究传记文学多年的专家教授，包括杨正润、郭久麟、朱文华、全展、朱旭晨、施建伟、李洁非、孙昌武、朴宰雨、郑尊仁等理论家、批评家；与会作家亦在传记文学写作深耕多年、经验丰富而独具风格，包括万伯翱、寒山碧、石楠、韩石山、董保存、俞健萌、吴东峰等；还有来自外交档案、法学、历史学、传记文学学会管理等一线的专家，如乔宗淮、王丽、胡志伟、张洪溪等。

开幕式——欢迎酒会致辞别开生面。香港艺术发展局文学组主席寒山碧首先致辞，他指出："传记文学是文学的一个特殊品种，它与其他文学类别有一个最大不同的地方，就是它之所言必须真有其事，不容许虚构，因此传记文学作家需要付出加倍的真诚。因为你所写的不是供人消遣的虚拟故事，而是历史上曾经存活过的对国家民族或经济文化有过重大影响的人物，他的生活经历，他的思想言行可供后代借鉴，岂不可战战兢兢细心考证？"他说"传记文学作家首先必须是史家，然后才是文学家。"①并勉励大家以齐太史、晋董狐为榜样，弘扬传记文学之正气，同传记写作中的不正之风作斗争。中国传记文学学会会长万伯翱接下来致辞，重点谈了真实是传记文学的灵魂，相信大家会畅所欲言，探讨今后怎样把传记文学搞得更好。

其次，为期三天的大会演讲及评论紧张而有序，成果丰硕。与会学者/作家，围绕传记文学的理论探讨、回顾与前瞻、作品研究和其他等议题，分为六个时段进行了热烈而深入的讨论，并回答了热心听众（包括旁听的香港市民）的一些提问。②

涉及传记文学学科话语时代性的问题，主要有传记文学的真实与虚构、历史性与文学性、传记写作的原则方法、创作思考、思想解放与文体革新、传记比较、传记编辑与译注、自传研究、传记文学的历史建构等。

万伯翱《也谈谈传记文学真实与虚构之间的升华》，引用经典并结合个人的创作实践，从历史层面探讨了传记文学的真实性，提出必须以真为本对传记进行文学升华，在创作时应挖掘传主的情感世界，突破传统束缚。寒山碧《略论传记文学的历史性与文学性》，认为传记文学首先是"传记"是历史，然后才是"文学"；首先必须符合历史真实，然后才追求文学真实。朱文华《把握矛盾，求得统一——传记写作理应把握的几个原则方法》认为，应辩证地处理好"个体与全局""静止与发展""平面与立体""重大活动与私生活"等四大矛盾关系，进而又从整体上协调上述各方面，最终求得从各个局部地辩证统一提升

---

① 寒山碧等主编：《理论探讨与文本研究——中华传记文学国际学术研讨会论文集》，中华书局（香港）有限公司2010年，第4页。
② 全展：《中华传记文学（香港）国际学术研讨会综述》，《荆楚理工学院学报》2009年第8期，第19-22页。

为整体的即全局的和谐统一。石楠《我对传记文学和传记小说的创作思考》，结合自己创作《画魂——张玉良传》等作品的实践，思考了传记、传记文学和传记小说的区别，指出自有传记以来就不存在绝对真实的传记作品，传记文学应追求史实与艺术的统一。全展《传记文学三十年：思想的解放与文体的革新》认为，1978 至 2008 年三十年，是中国改革开放的三十年，也是大陆传记文学蓬勃发展的三十年。思想解放语境中的传记文学，其发展历程分为以下三个阶段：复苏与振兴（1978—1989）、崛起与嬗变（1990—2000）、鼎新与拓展（2001—2008）。思想的解放为传记文学的发展提供了较充分的条件，而传记文学也以文体革新、文体勃兴的丰硕成果回馈给这一伟大而辉煌的时代。李洁非《传记文学的勃兴》，从社会文化视角去观察和诠释中国传记文学发展的内在规律性，论述了改革开放以来中国传记文学勃兴的四大成因。施建伟《比较香港的政治人物传记和富豪传记》指出，与其说是比较两者的学术价值，还不如说是比较两种传记作家对独立思考品格和独立人格的坚定性，说到底，是不同的写作人之间学术人格和文化自觉性的比较。吴东峰《中华传记文学中人物描写传统及其文学品质》认为，纪实性和文学性相融合是中华传记文学的基本特性。俞健萌《新时期，传记呼唤文学》指出，新时期以来的中国传记文学空前繁荣，但精品力作并不多见。作者从文学价值观、美学价值观出发，呼唤传记的"文学"性、可创作性，以真正让传主"活"起来。胡志伟《我怎样撰写、编辑、译注传记作品》，从七个方面较详细地分享了自身的经验体会。

郭久麟《寒山碧〈邓小平评传〉与唐德刚〈胡适杂忆〉之比较》，在评析两部作品之思想艺术特色的基础上，扼要比较了作品的人物、题材、语言、风格之不同。王晋光《自辩　谤书　实录——论〈王映霞自传〉》，从三个维度详细论述了《王映霞自传》独具的书写价值和存在意义。葛亮《由〈银元时代生活史〉看传记文学的历史建构》，以文本细读的方式，阐释了陈存仁的《银元时代生活史》向世人呈现了一个色彩多元的民国"银元时代"，体现了"传记"与"历史"间微妙而不可分割的联系。

涉及传记文学学科话语前沿性的命题，主要有传记文学的现代化、传记危机与出路、作者的法律权利与风险防范、档案与传记文学、徐志摩传记的社会学空间、章太炎传的缺陷、宗教人物传记、自传小说《小团圆》、左翼文人传记、20 世纪中国传记文学在韩国的译介问题等。

张洪溪《传记文学的现代化与中国传记文学学会》，以现代性为主线，回顾了新中国成立六十年来中国传记文学的发展历程，多视角还原了中国传记文学现代化进程中的历史情景，追述了中国传记文学学会成立十八年来在推动传记文学发展繁荣进程中发挥的作用和开展的主要工作。杨正润《危机与出路：关于传记现状的思考》认为，近三十年来中国传记取得了巨大成就，但在其发展过程中也潜伏着危机，其中有外部的原因、历史的原因，也有传记自身的原因。面对挑战和危机，论者提出传记家应当坚守原则并抵抗商业大潮的侵袭和浮躁的社会心态，同时又与时俱进，进行方法的革新。王丽《传记文学创作的自由度——作者的法律权利与风险防范》，援引《我的前半生》著作权属之争、齐白石作品维权系列案、虹影传记小说《K》侵权案等影响较大的传记文学作品纠纷案例，详细剖析传记文学创作的法律权利，提醒作家创作时严守界限，防范风险。乔宗淮《档案与传记文学》认为，历史档案为传记文学提供了丰富的素材和事实依据，也为判别事实的真实性提供了依据，政府部门和社会应进一步重视档案工作，为传记和传记文学的创作提供更加便利的条件。韩石山《徐志摩传记的社会学空间》，意在为徐志摩正名，还他以本来面目，给他以公正的评判。作者认为徐志摩无论功业还是人品都是中国近代文化史上的一位杰出人物。朴宰雨《20世纪中国传记文学在韩国的译介脉络与意义》，将中国现代传记作品韩译的发展脉络分为四个阶段考察：20世纪60年代与20世纪70年代、20世纪80年代、20世纪90年代、21世纪，继而论述了20世纪中国传记文学在韩国的译介的多重价值。

　　单周尧《不完整的传记——论章太炎传》，认为作者所读过的18种章太炎传都不完整，竟没有一本深入讨论章太炎的小学即文字音韵学。文章除指出现存章太炎传的缺陷外，还提出若干补救的方法。孙昌武《作为传记文学的僧传》指出，南北朝后期到两宋之际，僧传成为这一阶段文学创作中值得重视的成果被创作出来。作为独特的史传体裁，艺术表现具有鲜明特色；作为宗教文化成果，亦具有不同于一般传记作品的特征，也有局限和缺陷。郑尊仁《台湾当代宗教人物传记》，详细探讨了台湾当代宗教人物传记的现状、主题、写作手法等，并结合理论与实际作品揭示此类传记之艺术特色。朱少璋《传记文学的各种可能——以苏曼殊传记为例》，以苏曼殊为考察焦点，尝试透过归纳分析，指出造就"苏曼殊传记热"的内外在条件，并对比分析多种具有代表性的苏曼殊传，从而展示传记文学在创作上的各种可能。黄昌勇《中国左翼文人传记写作研究——以丁玲传记为例》，从传记作者的价值取向和学术思想的变迁中透视丁玲传记写作的成就问题，从而勾勒中国左翼文人传记写作的基本线索和发展趋向。朱旭晨《张爱玲传记写作与研究综述——兼及〈小团圆〉的传记式阅读》，在"张爱玲热"的当口回顾与总结张爱玲传记写作与研究状况，对《小团圆》展开传记式阅读，将有望推进人物传记的整体性研究及传记观念的革故鼎新。邓昭祺《张爱玲自传小说〈小团圆〉初探》，从《小团圆》面世后的讨论焦点出发，尝试在作者的其他著作、作者亲友的著作和作者前夫胡兰成的《今生今世》里，找出与《小团圆》内容相关的资料，详加分析比较，或许能更准确更深入地了解张爱玲的生平和内心世界。

　　再次，会后由中华书局（香港）有限公司2010年出版了寒山碧等主编《理论探讨与文本研究——中华传记文学国际学术研讨会论文集》。这部论文集还收录了因故未能与会者的文章，如耿云志《传记文学：历史与文学之间——从胡适提倡传记文学说起》、孙德喜

《论传记文学作家的主体性——以〈从战争中走来〉为例》；收录了"研讨会讲评"——陈国球、黄维樑、詹杭伦、汤浩坚、黄坤尧、黄仲鸣 6 人的精彩点评，以及"附录：答问环节辑录"，可让人充分领略"一国两制"下的香港研讨会的多元风采。考虑到内地读者不易读到该书，中国青年出版社 2011 年出版了中国传记文学学会编《传记文学新近学术文论选》。

钱锺书研究

钱锺书"言之无物"说阐解

张　治

内容摘要：当下语文教育及大众文艺存在片面强调"言之有物"的现象，过度重视内容"意义"，忽视"无意义"文学成分。钱锺书通过对古代诗歌语助词、无意义诗、滑稽文学等分析，指出"言之无物"在增强艺术效果、激发想象力等方面有独特价值。如诗歌中语助词和专名运用、"无意义诗"能吸引儿童且具音乐感等。其中，在他对于杜甫、韩愈等经典作家的诗学研究中，也同样揭示"言之有物"被过分强调背后的误读。钱锺书的观点表达了对五四以来现代文学观念的反思，其见解对当下及未来中国语言与文学发展具有重要启示意义，促使人们重新审视文学创作与批评中"意义"的界定及价值。

关键词：言之无物　钱锺书　语文教育　文学批评

基金项目：国家社会科学基金一般项目"现代文学视域下的《钱锺书手稿集》研究"（项目批准号：21BZW125）

作者简介：张治，中国海洋大学文学与新闻传播学院教授，博士生导师。研究方向：西方小说汉译史，世界文学格局里的中国文学现代化问题。

钱锺书《谈艺录》曾长篇累牍地细引相关例句，以论诗歌中使用"之乎者也而以焉哉"等语助词或所谓"虚字"的艺术效果问题：

> 诗用虚字，刘彦和《文心雕龙》第三十四《章句》篇结语已略论之。盖周秦之诗骚，汉魏以来之杂体歌行，如杨恽《拊缶歌》、魏武帝诸乐府、蔡文姬《悲愤诗》、《孔雀东南飞》、沈隐侯《八景咏》，或四言、或五言记事长篇，或七言，或长短句，皆往往使语助以添迤逦之概。①

至《管锥编》总论《老子王弼注》处，也批评"以语助为无助于事，以虚字为闲字、浮词"

---

① 钱锺书：《谈艺录》，商务印书馆 2011 年，第 172 页。（以下所引皆为此版本）

的俗见①。另见论《毛诗正义·关雎》处②，在此想要特别留意的是其中引徐渭《奉师季先生书》的一段话，谓"《诗》之'兴'体，起句绝无意味，自古乐府亦已然。乐府盖取民俗之谣，正与古国风一类。今之南北东西虽殊方，而妇女儿童、耕夫舟子、塞曲征吟、市歌巷引，若所谓《竹枝词》，无不皆然。此真天机自动，触物发声，以启其下段欲写之情，默会亦自有妙处，决不可以意义说者"③云云。钱氏赞为"深得作诗之理"，现在看来也合乎一切文学创作的道理。从语助虚字到兴体起句，都有不能完全凿实在"意义"上的"妙处"。

这不过是文学批评话题里的老生常谈，但很值得引来纠正当代中国语文教育观念中对于所谓"言之有物"一说的偏执强调。所要针对的问题，即是过度重视有充实内容的"意义"在解读和创作中的分量，而轻视于虚空着眼的"无意义"文学成分；同时也造成了穿凿附会的简单曲解习惯。

一、"言之有物"的问题

众所周知，当下应试教育压迫下的中小学的语文课业，越来越重视字句串讲，要求句句凿实。在此精确而又严苛的显微镜式视角面前，任何经典作品都难逃一年年的家长、老师通力合作细抠字眼的检查。如朱自清《荷塘月色》删除"又如刚出浴的美人""峭楞楞如鬼一般"等比喻语句，萧红《火烧云》原不足八百字的选段更以与主题无关的理由被删减了二百多字。由此回顾新中国成立以来的戏曲、相声等通俗文艺的改良运动，其中，对庸俗内容的删减改造，也包含了对与文艺作品主题无关之部分内容的零容忍态度。然而从语文教育到大众文艺，假如只要求突显主干，而为此删削枝叶，恐怕不能实现甚至严重减损原本作品的审美意趣。特别是20世纪90年代市场经济环境建立之后，由崇利而更重视实干，则"言之有物"也成为人们对于言语表达习惯的一种认同，甚至有时成了鄙薄审美需要的一种对立面。

这种认知选择上的风气，和当代中国政治环境的变迁颇有关系。早在延安整风运动中，毛泽东就发表过著名演讲《反对"党八股"》，其中列举当时文风的第一条罪状，就是"空话连篇，言之无物"。原本针对的是照搬理论、机械教条的革命演说和宣传文字。但在此后意识形态高压下，这种政治诉求下的矫正运动逐渐消泯了原有的边界，成为各方面生活的统一信条。1956年7月1日《人民日报》刊载作为改版宣言的《致读者》，为党中央副秘书长胡乔木撰写，该文对新闻写作文风提出改进措施，要求报纸上的文字应力求"言之有物，言之成理，而且言之成章"。

① 钱锺书：《管锥编》，生活·读书·新知三联书店2007年，第631页。（以下所引皆为此版本）
② 《管锥编》，第110-113页。
③ 《徐文长三集》卷16《奉师季先生书》之三，见《徐渭集》（第二册），中华书局2015年，第458页。

　　众所周知，"言之有物"的说法，语本《易经·象传·家人》："君子以言有物而行有恒"①；李道平《纂疏》引《礼记·哀公问》："敢问何谓成身"，孔子对曰"不过乎物"②，又《诗经·大雅·烝民》言"有物有则"。儒家思想将"物"阐解为仁、孝之道的义理。周易系统里的"家人"之卦，取风火性急之象，"言有物而行有恒"，就是告诫"君子"当此更要谨言慎行。至于尚质轻文，重实用而轻文艺的思想，也早在先秦法家、墨家著作里有所体现。此后如扬雄之"华实副"（《法言·修身》），王充之"疾虚妄"（《论衡·佚文篇》），都从不同角度强调实质内容的重要，然而鲜见单纯以"言之有物"来表达崇实之思想的。

　　至清初桐城文人戴名世在《答赵少宰书》，借用《中庸》"诚者，物之终始，不诚无物"③的说法，用以表达为其文论之核心思想。"诚"即如"君子修辞立其诚"之"诚"，可视为崇尚真实情感的坦诚精神面貌。而"物"便是有助于呈现这种面貌的实在例证和客观依据。故又说：

　　《家人》之《象》曰："君子以言有物而行有恒"，夫有所为而为之之谓物，不得已而用之之谓物。近类而切事，发挥而旁通，其间天道具焉，人事备焉，物理昭焉，夫是之谓物也。④

　　与他交游甚深的方苞，随后提出《春秋》到《史记》乃至一切"深于文者"具备的"义法"之说，实则着眼于具体文章作法："义即《易》之所谓'言有物'也，法即《易》之所谓'言有序'也"（《又书货殖传后》），分别指的是文章的内容题旨和布局剪裁。他在《书归震川文集后》一文也秉持这样的角度而立论：

　　孔子于《艮》五爻辞，释之曰："言有序。"《家人》之《象》，系之曰："言有物。"凡文之愈久而传，未有越此者也。⑤

　　戴名世所言之"物"侧重于行动的事，作者基于此而有感发；方苞对"有物"的理解也与此相类。其《杨千木文稿序》说：

　　古之圣贤，德修于身，功被于万物。故史臣记其事，学者传其言，而奉以为经，与天地同流。其下如左丘明、司马迁、班固，志欲通古今之变，存一王之法，故纪事之文传。荀卿、董傅守孤学以待来者，故道古之文传。管夷吾、贾谊达于世务，故论事之文传。凡此皆言有物者也，其大小厚薄，则存乎其质耳矣。⑥

　　是从圣贤经传之下分为纪事、道古、论事三类，谓在儒家思想的统领之下，一切有益

①　杨天才、张善文：《周易》，中华书局 2011 年，第 332 页。
②　[元]陈澔注，金晓东校点：《礼记》，上海古籍出版社 2016 年，第 572 页。
③　陈晓芬、徐儒宗译注：《论语·大学·中庸》，中华书局 2011 年，第 339 页。
④　[清]戴名世撰，王树民编校：《戴名世集》卷 1《答赵少宰书》，中华书局 1986 年，第 6 页。
⑤　[清]方苞著，刘季高校点：《方苞集》卷 6《书归震川文集后》，上海古籍出版社 1983 年，第 117 页。
⑥　[清]方苞著，刘季高校点：《方苞集·集外文》卷 4《杨千木文稿序》，上海古籍出版社 1983 年，第 608 页。

于发扬经典、辨析事理、记载史实、通达世务的作品都在"有物"的范围。①

此后章学诚治史学而同时颇重视文章的艺术规律。《文史通义·文理》也曾提出"夫立言之要，在于有物"②，大意在于以文载道；但他同时也重视文章自身之理，因此，并不废止"文字之佳胜"的追求。大概也是"言有物而行有恒"的意思，如刘熙载《艺概》所谓文章要先尽事理而后讲笔法之说，即上文方苞之"义法"的轻重次序。

由此可见，古代文论家不管是如何阐解"言之有物"，都仅在儒家道统思想的视野内着眼于内容题材，且不涉及具体字句上的写作法则。而进一步去除"文以载道"的观念同时又强化诗文内容实质，以建构现代思想与语言之间的直接联系，主要还是五四新文化运动一代人所做到的。胡适《文学改良刍议》所言"八事"，第一条便是"须言之有物"。他在解说时先否认了"文以载道"之说，是将作者的情感和思想作为"物"的两个方面。假如联系"八事"其他更有破坏度的"不摹仿古人""不用典"这类要求，则"物"的择取只能近取诸身，即要求作者的思想、情感而不受传统的约束，从而解放个性。③ 后来胡适在《建设的文学革命论》里又加阐解，变成"八不主义"，其一是"不做'言之无物'的文字"，并总结为"要有话说，方才说话"。④ 就是在这里，态度才变得激烈起来，因正反两面立论的边界划得太清晰分明，看不到历代文论往往擅于表达的那种模糊、朦胧之处。"要有话说，方才说话"，这似乎需要作者先掌握并确定他表达的意愿和内容，而实际上的诗文写作并非总是如此。

此后的国文教育家们也并未彻底照搬胡适激进的白话文学主张。朱自清参加 1933 年清华大学入学考试国文科目阅卷，审批了两千多份试卷，不免感慨：

……我们并不妄想人人能做美文，但希望说些切实的话，所谓"言之有物"。⑤

并不将之视为过高的标准或是首要的信条。如鲁迅也曾说："我是爱读杂文的一个人，……因为它'言之有物'"⑥，也是明确限定此标准在于"杂文"的范畴，即可不考虑文学性、抒情性等传统文章之因素。1934 年 11 月，《中学生》杂志主要围绕当时社会所关注的中学生作文程度问题，先后刊发了多篇论争文章⑦，代表了整个二三十年代社会舆论和教育界对于中学生国文水平整体退化的广泛批评之声。叶圣陶在《再读〈中学生国文程度的讨论〉》中，对《中学生》刊出的 8 篇争鸣文章逐一点评，纠正有些作者对于"言之有物"

① 邬国平、王镇远：《清代文学批评史》，上海古籍出版社 1996 年，第 418-419 页。
② ［清］章学诚著，罗炳良译注：《文史通义》，中华书局 2012 年，第 407 页。
③ 胡适：《文学改良刍议》，《新青年》1917 年第 2 卷第 5 号，第 1 页。
④ 胡适：《建设的文学革命论》，《新青年》1918 年第 4 卷第 4 号，第 1-2 页。
⑤ 佩弦：《高中毕业生国文程度一斑》，《独立评论》1933 年第 65 号，第 9 页。
⑥ 鲁迅：《徐懋庸作〈打杂集〉序》(1935)，《鲁迅全集》第 6 卷，人民文学出版社 2005 年，第 302 页。
⑦ 潘新和：《中国现代写作教育史》，福建人民出版社 1991 年，第 214-221 页。

陈义过高的问题，重提"物"就是"自己的思想感情"而已。结合同时期他在关于中学生文言水平以及要不要复古的争论中的表现，可知叶圣陶此时的表述很接近胡适当时的主张。而他的目的则在于唤醒中学生对于国家社会现实情况的关注。到40年代初，朱自清和叶圣陶都开始接受国文教育方针上的失败。朱自清辨析具体情况，认为中学生文言能力变差了，但口语表达比从前还是增进了。[①] 与他不同的是，叶圣陶则认为自己前面提出的目标并不能实现："现在学生能够看书，能够作文，都是他们自己在暗中摸索，渐渐达到的；他们没有从国文课程得到多少帮助，他们的能看能作，当然不能算是国文教学的成绩"[②]。今天看来，这问题可能依然存在，就是在大多数情况下，急功近利或想要号召学生关注个性的语文教育方式，往往并不能成功。因此说来，假如言之有物就是能真诚地书写自己的情感与思想，那么问题在于，何谓"自己的情感与思想"？

直至改革开放的新时期，这一类以"言之有物"为招牌而避开"个人才能与文学传统"这种实质问题的话语表述依然大行其道。随便翻看一册指导文章写作的书籍，都可以看到。比如说把"言之有物"称为写作文章应该特别注意掌握的"共同法则"，"必须要有具体丰富的思想内容，而不能从概念到概念，空口说白话，一点也不沾实际的边儿"，"绝不能面壁虚构，凭空杜撰"[③]。或是声称"言之有物，是说要有实际内容，不要讲空话"，并与"言之有理"（讲道理）、"言之有序"（有条理）互相联系，共同体现在一篇文章之中[④]。这三者也被并称为"文章三昧"（编造者甚至不知"三昧"和数字三并无关系），竟然被宣扬为"中国古代写作实践中长期积累的宝贵经验"[⑤]。这种蒙昧于文学理论批评传统的教条主义话语，和庸俗化的现实主义文学信仰结合，使"言之有物"说本身成了最为"空口说白话"的条条框框。当"朦胧诗"重新进入阅读视野，当拉美魔幻现实主义文学家获得诺贝尔奖，都成为挑战20世纪80年代中国读书人文学认知和语文常识的事件。像博尔赫斯那样精通于"杜撰""虚构"的伟大作家，或是卡尔维诺、埃科等擅以想象力、抽象思考或书斋学识描写非现实生活的作品，陆续得到译介而为中文世界所熟悉，也都逼迫着我们从不同的角度来看待"言之有物"的意义。

二、何妨"言之无物"？

如果需要纠正当代语文教育中片面强调"言之有物"的弊端，就不妨考虑一下"言之无物"在哪些方面具有无可替代的益处。

---

① 朱自清：《中学生的国文程度》，《国文月刊》1940年第1卷第1期，第3-4页。

② 叶圣陶：《〈国文杂志〉发刊辞》，《国文杂志》1942年创刊号第1期，第3页。

③ 张蕾：《文章写作指要》，山东教育出版社1987年，第120页。

④ 杨荫浒：《文章写作二十五讲》，吉林人民出版社1983年，第72页。

⑤ 林文勉等编：《基础写作辞典》，湖北辞书出版社1989年，第47页。

（一）有声而无字

前文已提及古代诗歌中以语助词或所谓"虚字"来增强诗歌之艺术效果的例子。这种方式主要还是"以文为诗"的思路，其中擅长者为韩愈。同是唐代古文运动的代表人物，柳宗元诗中就不采用这个方法。后世模仿而著名者，有明末清初的竟陵派，还有清代诗人钱载等。原本诗中采用虚字有纠正"柏梁体"全为实字弊病好处，但过于热衷于虚字入诗也有变得酸腐的弊端。

还有一条时常被后世诗家当作"终南捷径"而容易失去效果的作诗技法，即以人地之专名入诗。宋长白《柳亭诗话》卷24"明句"条："唐人诗中用地理者多气象。余谓明人深得此法"。比如《池北偶谈》卷18，王士禛评价徐祯卿《在武昌作》："洞庭叶未下，潇湘秋欲生"，以为"千古绝唱，非太白不能作"。但若是较真的话，洞庭湖在湖北，潇湘是湖南，这怎么能同时看到呢？所以晚清李慈铭在日记中就认为"地名错出，尤为诗病"。这种诗中排地名的写法是明前后七子学唐诗的一种爱好，比如李白有一首《峨眉山月歌》："峨眉山月半轮秋，影入平羌江水流。夜发清溪向三峡，思君不见下渝州。"28字有5个地名，占去了12个字，王世贞《艺苑卮言》中就对之评价极高。钱锺书还举了很多具体的诗句例子，然后认为明人学盛唐以此为捷径，而学江西者则不好用人名地名。这是唐宋的一条分界。钱锺书已指出这就是明人学唐诗的一个重要特征，这个用专名的诗歌特点，就是有声而无字，即言之不必有物，诗中蕴难传之妙。① 但显然片面追求这个终南捷径是有问题的，反而是失去神韵的。

西方叙事史诗传统里早就出现了连缀专名见长的成就，如《伊利亚特》第二卷"船名表"列述双方军队的带军将领，或是赫西俄德《神谱》《名媛录》那样满篇神名。罗马修辞学家哈利卡纳苏斯的狄奥尼修曾说："以优美之词语构成的那等语句必定是优美的，而优美之词语则由优美之音节和字符所组成"②，就特别肯定了荷马史诗"船名表"列述人、地专名而保持诗行音节优美的能力。后代诗家一向都有效仿者，但未必能完成音节上的美感。如6世纪拉丁文诗人维南修斯·弗图纳图(Venantius Fortunatus)，常自命诗学承继荷马，又好在诗中展现人名，但有人指出他一句诗出现了6个希腊人名，却犯了4处音长节奏的错误③。原本古典史诗里满篇专名是为了记载、纪念和教诲，后世读者念诵时只有看到音节而不解本意，反而从音声谐和上发觉音乐感。

---

① 《谈艺录》，第694-704页。

② Dionysius of Halicarnassus, "On Literary Composition", xvii, in *Critical Essays*, "Loeb Classical Library", p. 115, Harvard University Press, 1985.

③ 〔英〕约翰·埃德温·桑兹：《西方古典学术史（第三版）》第1卷，张治译，上海人民出版社2010年，第426页。Cf. Michael Roberts, *The Humblest Sparrow: the Poetry of Venantius Fortunatus*, pp. 108-111, University of Michigan Press, 2009.

因此，闻一多论上古诗歌"有声而无字"，只涉及感叹字①；语助入诗，则是从以文为诗的思路展开；中西诗以"言外之意"的"神韵"为更高境界，则兼顾人、地专名成为独特的一条门径。

(二)无意义诗与滑稽文学

另一种不从诗文意义上对创作进行要求和规定的做法，是所谓"无意义诗"。"无意义诗"（Nonsense poetry），也称荒诞诗，或异想诗（whimsical poem）。是一种故意忽略主旨以追求滑稽、想象的效果，并经常玩弄语言和文体。特点是字词上进行杜撰、打破逻辑关联以及呈现无法落实的意象，置传统词义于不顾。著名的代表诗人是英国的爱德华·李尔（Edward Lear，1812—1888）。著名的语文学家吕叔湘曾写长文向中国读者介绍过他②，并译出三首"五句头"（limerick，五行诗，押韵模式为 AABBA）和一首代表作《猫头鹰和猫咪》（*The Owl and the Pussycat*）：

> 猫头鹰和猫咪出海去玩儿，
> 坐的是豆绿色的漂亮船儿。
> 他们带了点儿蜂蜜，钱带的不老少，
> 外边儿包上一张五块钱的钞票。

该诗是李尔为文学家兼历史家的西蒙兹（John Addington Symonds）的两岁半的爱女所作，并在几年后在儿童世界大为流行，每个孩童都倒背如流。说明这种信口胡诌的诗歌却因其字面的有趣和无意义的特性而深深吸引儿童，即便是成人也可因其创造力和幽默感而欣赏。后来，杰出的英文教授、《英汉大词典》主编陆谷孙将李尔的诗集译成中文，题为《胡诌诗集》（海豚书馆 2011 年），序言中充分肯定这种放弃义理教育、侧重以无道理的童趣诗作，在达到吸引儿童爱好的同时又具备音乐感，从而使幼儿体验英语节律达到自然教化之功效。"谁能把'Chippy-wippy sikky tee/Bikky-wikky tikky mee/Skippy-chippy wee'说得极溜，那么非但/i/和/iː/两个元音音素能够读准，英语的节奏意识也会大大增强"③。

另一部典型的无意义文学作品，是刘易斯·卡洛尔的《爱丽丝漫游奇境》。1922 年，语言学家赵元任就以白话文翻译了这部童话作品。原作本身对于艺术想象力的激发，似乎是具有无穷的能量的。

赵元任译者序中说这是一部笑话书，笑话可以分很多种，伏尔泰的小说是讽刺的笑

---

① 闻一多：《歌与诗》，《闻一多全集》第 10 册，湖北人民出版社 2004 年，第 5-8 页。
② 吕叔湘：《语文常谈》，生活·读书·新知三联书店 2021 年，第 184-199 页。
③ 陆谷孙：《胡诌诗集·译者絮语》，海豚书馆 2011 年，第 2 页。

话，马克·吐温是形容得过分，还有的是取巧的笑话，有的是装傻的笑话。但是这部书里的笑话另是特别的一门，它的意思在乎"没有意思"。这句话怎么讲呢？有两层意思：第一，著书人不是用它来做提创什么主义的寓言的，他纯粹拿它当一种美术品来做的，第二，所谓"没有意思"就是英文的 Nonsense，中国话就叫"不通"。但是凡是不通的东西未必尽有意味……"不通"的笑话，妙在听听好像成一句话，其实不成话说，看看好像成一件事，其实不成事体。

随即赵元任却说此书又是一本哲学的和论理学的参考书。论理学说到最高深的地方，本来也会发生许多"不通"的难题出来，有的到现在还没有解决。原书虽然可以讲给幼童听，但作者随意发挥的没有意思的一些想象情节，却无形中和某些哲学思辨的命题相通。周作人在这年 3 月发表书评，对于赵元任的这个观点大为称赞，他引述德昆西的话，只有异常才能的人，才能写没有意思的作品。周作人说："儿童大抵是天才的诗人，所以他们独能赏鉴这些东西。"继而引述英国学者的话，说："利亚没有意思的诗和加乐尔的阿丽思的冒险，都非常分明的表示超越主义观点的滑稽。他们似乎是说，'你们到这世界里来住罢，在这里物质是一个消融的梦，现实是在幕后。'阿丽思走到镜子的后面，于是进奇境去。"①

这种反意义的滑稽文学并非仅限于儿童文学。我们在成人文学里也可以找到修辞家敢于冒天下之大不韪而引起最直接反应的滑稽效果。钱锺书看重库尔提乌斯《欧洲文学与拉丁中世纪》一书，曾由《楚辞·九歌·湘君》的"采薜荔兮水中，搴芙蓉兮木末"二句，阐发历代中西诗歌中有关"世事反经失常"的讽世自伤之意。② 在或庄或谐之间，有些能破学说教义之执，有些则纯粹以名理矛盾之语来破颜解颐。后者说的就是这类"无意义"诗文，举例就是笑话集《一夕话》里的"一树黄梅个个青，响雷落雨满天星；三个和尚四方坐，不言不语口念经"，以及"爱尔兰无理语"（Irish bull）与小儿"纠绕语"（tangle-talk）等等。

康德曾说，"在一切引起活泼的撼动人的大笑里必须有某种荒谬背理的东西。笑是一种从紧张的期待突然转化为虚无的感情"③。通过人最直接的生理需要和最简单的心理活动，也许更能说明文学理论上的"修辞立其诚"，最简单的诚意就是要认同人心，而不是板着脸压抑甚或禁止发笑，或是装腔作势地提倡"幽默"。钱锺书读范寅《越谚》，有一句"屁股眼里吹喇叭"（卷上《孩语孺歌之谚十七》），原本不过是痢疾的戏称而已。他想起元散曲里有"屁则声乐器刁决"的句子（刘庭信《寨儿令》），正好和但丁说地狱里的魔鬼用

① 仲密：《自己的园地·七 〈阿丽思漫游奇境记〉》，《晨报副镌》1922 年 3 月 12 日第 1 版。
② 《管锥编》，第 917-923 页。
③ 康德著：《判断力批判》上卷，宗白华译，商务印书馆 1964 年，第 180 页。

屁眼吹喇叭的名句(Ed egli avea del cul fatto trombetta)形成对照。① 精神分析学家们提出，这个文学艺术里时常遭到禁忌的部位，也就成为关联着敏感和感性、表达着反抗与倔强的所在。

（三）表达"无病之呻吟"

胡适提出"文章八事"里最少受人争议的，便是"须言之有物"与"不作无病之呻吟"这两项。议论者一般在此都不会觉得有问题，但钱锺书在 20 多岁写的《中国文学小史序论》里就偏偏指出这两者都不能作为一种文学建设的原则。他说只有能无病呻吟而使得读者信以为有病，才是文艺之佳作，而"言之有物"在文艺上也属于大可不必的。到底是否无病呻吟不是最重要的，最重要的是能不能过批评家和读者的关：

> 所谓"不为无病呻吟"者即"修词立诚"(sincerity)之说也，窃以为惟其能无病呻吟，呻吟而能使读者信以为有病，方为文艺之佳作耳。文艺上之所谓"病"，非可以诊断得；作者之真有病与否，读者无从知也，亦取决于呻吟之似有病与否而已。故文艺之不足以取信于人者，非必作者之无病也，实由其不善于呻吟；非必"诚"而后能使人信也，能使人信，则为"诚"矣。②

半个世纪后，钱锺书在日本早稻田大学演讲"诗可以怨"，又在爱知大学讲"粉碎'四人帮'以后中国的文学情况"，这两个题目有一定的内在关联和共同的时代背景，是从当时的"伤痕文学"而感发的。钱锺书说，既然"穷苦之言易好"，那么写好诗就要说"穷苦之言"。但憔悴、断肠这些经历太难受了，能不能不捱穷受苦，只说"穷苦之言"？"于是长期存在一个情况：诗人企图不出代价或希望减价而能写出好诗"。于是出现了乔装打扮的思想和情感。另外，《谈艺录》中钱锺书分析明代人学唐诗点缀地名的做法，说这是有声而无字，并引证以西方神秘主义诗学的观点，由此我们也可以得出言之不必有物的结论。因此，言之有物、不作无病之呻吟，也无法作为保证文学进步的方向。非正面歌德的文学，才是中西文学的主流。有时颂扬过去，也是对现在不满。然后追述中西文学里的"不平而鸣""发愤著书"的例子，又对韩愈说的"物不得其平则鸣"重新阐释，指出原意是忧乐皆不平也，就是"心血来潮"之处，所说的是有情感触动而写作。

"穷苦之言"的好诗多，从而断言只有如此才能写成好诗，是逻辑错误。但是这种见解却很普及，十九世纪西方浪漫派诗家多持此说。尤其是 Walter Muschg 写的大书《悲

---

① 钱锺书：《容安馆札记》，商务印书馆 2003 年，第 1068 页；（以下所引皆为此版本）又见其《词林摘艳》笔记，《钱锺书手稿集·中文笔记》第 5 卷，第 64 页。

② 钱锺书：《写在人生边上·人生边上的边上·石语》，生活·读书·新知三联书店 2002 年，第 105 页。（以下所引皆为此版本）

剧的文学史》（*Tragische Literaturgeschichte*）里说，诗常出于隐蔽着的苦恼。[①]

就是说，虽然认为"伤痕文学"是合理的存在，但并不意味着只有这样才是好作品，或只要这样就是好作品。接下来钱锺书引出一个新的问题，既然"穷苦之言易好"，那么写好诗就要说"穷苦之言"。但憔悴、断肠这些经历太难受了，能不能我不捱穷受苦，只说"穷苦之言"呢？钱锺书原话是"于是长期存在一个情况：诗人企图不出代价或希望减价而能写出好诗"[②]。于是会有乔装打扮的思想和情感，钱锺书说这好像"蚌病成珠"那句话的一个引申，就是要假病而产生真珠。《西游补》言"做个风雨凄凉面"，这是以无病呻吟所呈现的最好讽喻。

鲁迅名言谓"长歌当哭，是必须在痛定之后的"，这切中了一个问题：艺术构思往往不能在情感最激烈的时候成功，因此不平而鸣，不论是哀乐均不是在情绪激荡、"心血来潮"的顶点上所发。更何况大多是"眼前何曾有愁事"。因此，研究者要用实证主义的方法，来做什么"以言逆志"，做什么知人论世的文章，其实都是上了当。比如把陆游夸大为爱国诗人，或是在郑孝胥还没显露行迹的时候把他当成栋梁人物。袁宏道感慨，"自从老杜成诗名，忧君爱国成儿戏"。这样的文学就好像是过去欢场上的"脱空经"，钱锺书说这个花样繁多，"不仅是许多抒情诗文，譬如有些忏悔录、回忆录、游记甚至于国史，也可以归入这个范畴"[③]。假如我们熟悉他一向持论时对于"文如其人"这种说法不以为然，那么可以在此认识到，钱锺书坚持于揭示修辞的虚假性，这一点也必然使"言之有物"的自然成理而站不住脚。故而在为杨绛《干校六记》作"小引"时，他提出应多一篇"记愧"，就在于深知"修辞立其诚"容易流于空话，中国文学还需要从头培养深刻反省的忏悔精神。

（四）说到无言

当语言文字表达得出的不平、愤怒和苦恼，是轻易道得出的，或是不足以产生深层次共鸣的，那么是否还有另一条表达的道路，将晦涩难解的诗歌通向更高深的境界？

《谈艺录》第八八则是钱锺书谈西方神秘主义诗学的重要条目。开篇先说：

一九二五年法国神甫白瑞蒙（Henri Brémond）夙以精研神秘主义文献得名，刊《诗醇》讲义，一时耳目为之更新。[④]

《诗醇》原题就是 *La Poésie pure*，只有 27 页，出版时是和别人的著作一起刊印的。白瑞蒙是将情感美学发挥至极端的"纯诗"论者，在他看来诗歌只是一种"无法定义的着

---

① 钱锺书：《七缀集》，生活·读书·新知三联书店 2004 年，第 125-126 页。（以下所引皆为此版本）
② 《七缀集》，第 127 页。
③ 《七缀集》，第 129 页。
④ 《谈艺录》，第 652 页。

魔状态"，这种状态足以建立起来与神秘实体的接触，"传达我们灵魂的深奥"。诗歌如同祈祷，具体的内容和意义都不重要。"好比头脑简单的人朗诵圣诗……诗之所以令人愉快，往往在于它们的用意含混"。可以说是极端反对理智，独尊情感。他认为诗歌的本质在于文字背后，一切艺术门类，"文字、音符、色彩、线条——它们都追求成为祈祷"。钱锺书再三借由其学说而谈论"诗如乐无意"的观点，并引出"声无哀乐"的一篇附说，后来又在《管锥编》里继续阐发。在《谈艺录》中，钱锺书用法国大诗人克洛岱尔给白瑞蒙当陪衬，他说：

克洛岱尔(Paul Claudel)谓吾人性天中，有妙明之神(anima ou l'âme)，有智巧之心(animus ou l'esprit)；诗者、神之事，非心之事，故落笔神来之际(inspiration)，有我(moi)在而无我(je)执，皮毛落尽，洞见真实，与学道者寂而有感、感而遂通之境界无以异(un état mystique)。①

这里对"神""心"的区别在于：

西洋谈艺，……文格有 Mind 与 Soul 之殊。近来 Henri Brémond：*Prière et Poésie*第十二章分别 Animus ou l'esprit 与 Anima ou l'âme，所谓 Soul 若 Anima，其词其意，即中土所谓神也。……西洋文评所谓 Spirit，非吾国谈艺所谓神。……即"意在言外""得意忘言""不以词害意"之"意"字。②

再三申明个体主观之我(je)，便是"我执"，所具为"意"；而诗兴来时，在于排斥了"我执"的宾格受者之我(moi)，方能领会其"神"。这就将文学教育至高层次的诗教升华至某种神秘的宗教体验。白瑞蒙正是这样将具有声调之美的诗歌与宗教联系起来的：

神秘诗秘(le mystère poétique)，其揆一也。艺之极致，必归道原，上诉真宰，而与造物者游；声诗也而通于宗教矣。③

谓形式背后有思想渊源：诗篇可作卜辞，占卜之辞也"不害为诗"。读者幽期独会，面对声诗的阅读感受，也会类似于祈祷的效果。但钱锺书并不是说，文学是宗教的附庸，形式是思想的奴仆的。他只是说，两者有类似的规律特征。新柏拉图主义哲学宗师普罗提诺把感性直觉的文艺和理性思辨的政教进行沟通，认为都可以达到一个向上而与神明往来，认识完美超然之世界的结果。

钱锺书读克罗齐《诗学》，听闻 17 世纪西班牙的神学家莫利诺(Molinos)学说，是所谓"寂静派"代表人物，主张寂静默然，不光是无言，还有无欲、无思，等等，上帝才会眷顾

---

① 《谈艺录》，第 653 页。
② 《谈艺录》，第 111-112 页。
③ 《谈艺录》，第 653 页。

你，这些看法与东方的宗教修习感悟非常契合。钱锺书读《老子》"天地不仁，以万物为刍狗"，也认为是和斯多葛哲学的"无感受"、基督教神秘宗的"圣漠然"都是相通的。此外，钱锺书论诗时常论及"绝圣弃智"，引用意大利文艺复兴时期思想家布鲁诺说的"至圣之无知"（santa ignoranza）"至神之失心风"（divina pazzia）等等。《管锥编》尤赞其在当时最喜阐发相反相成之理，可称深明和而不同之旨。钱锺书还特别关注 17 世纪德国巴洛克诗歌运动里出现的两个西里西亚派，对其中的代表人物都比较熟悉，他们的作品蕴涵着丰富的神秘主义思想。如《管锥编》里译安格卢斯·西莱修斯（Angelus Silesius）的诗句，"帝天即在身，何必叩人门"。简单说，这些认知都指向言外之意的诗学追求，徒然以"言之有物"说为信条者，能为此保留一片余地吗？

三、杜韩二家的诗学真面目

仔细分辨起来，"言之有物"的过分强调背后，是出于对现代汉语诗文写作要体现的中心思想、核心主题存在刻意拔高的目的。这种宏大化了的主题无论是代表着启蒙、革命、民族战争、阶级斗争，还是歌颂时代与祖国，往往都是不容其他"无意义"成分进行干扰的。这也就是中学生作文常见一种虚假高腔的文风的原因，也与中国文学常识里对经典作品存有误读的习见有关。在探索研究钱锺书未完成的学术论述时，可以找到他对这个问题的关注。

《管锥编》计划要写的"续编"里，最重要的是对杜甫和韩愈的研究，可惜未能完稿。2020 年《钱锺书选唐诗》问世，其底本出自钱锺书甄选《全唐诗》、杨绛在 1983 年到 1991年间抄录的手稿。"不抱商业目的（不是出版社的约稿，没有字数、体例上的限制），也不受组织干预（非单位委托的任务，选什么不选什么可以自己决定）"①，这在很大程度上保证了这部选本中钱锺书自家读唐诗的独特口味、兴趣。但正如《宋诗选注》篇数最多的是陆游，《选唐诗》也以意思浅近平白的白居易诗为最多②。杜甫在选目分量上占第二位，共选 117 题，174 首。但其实这可能才是钱锺书心中的唐诗第一人，选目在某种程度上代表了钱锺书的杜诗评价，算是以选家眼光表达的古典文学批评。

对照钱锺书读书手稿，我们可以看出他选杜诗的一些标准，由此可认知"管锥续编"未能完成的"杜少陵诗"论稿里的某些见解。包括对杜诗鲜活有趣之冷门佳作的重视，比如《容安馆札记》第 790 则曾引《七月三日亭午已后校热退晚加小凉稳睡有诗因论壮年乐事戏呈元二十一曹长》《壮游》的诗句，以及《醉为马坠诸公携酒相看》里的"骑马忽忆少年

---

① 《钱锺书选唐诗》"出版后记"，人民文学出版社 2020 年，第 1159 页。参看周绚隆：《钱锺书选唐诗》，《读书》2020年第 11 期，第 43 页。
② 《谈艺录》，论"放翁时用白香山句"一处（第 310 页）。

时,散蹄迸落瞿塘石"等①,钱锺书评价:"夸说少年豪侠之状,翩翩自喜。此题当让放翁、稼轩后来擅胜。杜陵野老虽为之先,殊乏风致。"《醉为马坠诸公携酒相看》入选了《钱锺书选唐诗》,研究者指出钱锺书一定欣赏"老杜把这一件生活中不顺心的琐事写得很有趣"②。而对于老杜的某些传统名篇,钱锺书却有一些"酷评"。比如被置于《全唐诗》杜诗卷首的《奉赠韦左丞丈二十二韵》,简单说即不喜"致君尧舜上,再使风俗淳"的高腔大言。《谈艺录》起初评价陆游诗中铺排爱国情怀的"作态"甚至"作假"时,就先提到了杜诗里的这个问题:

> 少陵"许身稷契","致君尧舜";诗人例作大言,辟之固迂,而信之亦近愚矣。若其麻鞋赴阙,橡饭思君,则挚厚流露,非同矫饰。然有忠爱之忱者,未必具经济之才,此不可不辨也。③

后来在讨论金元时期元好问、刘因等北人最好的七律声调问题时,总结其优点是高歌慷慨,气色苍浑,缺点则是有些摆架子,不够真挚。其中,引李拔可的话,说元好问诗有的像架子花脸"活曹操"黑头黄三,有的像武生杨小楼。然后引出七律诗作的"杜样"这个概念,钱锺书说杜甫七律本来兼备众体之长的,像陈师道那样细瘦有神是一派,或者如杨慎那样具有生拗白描之笔;但也有"万里悲秋长作客,百年多病独登台"这样雄浑高阔、势大声弘的。后世所说"杜样",往往就是后一种。能兼顾两体的,只有李商隐。黄庭坚、陈师道都不学这个杜样的,什么时候人学杜样呢,中晚唐有,再就是两宋之际"流传兵间"能体会杜甫身世的陈与义,然后就是陆游,再就是元好问。到元好问这里,高腔空洞的流弊不能免了,但毕竟是"家国感深,情文有自"。这种"杜样"在明代遭到王世贞之外的七子效仿,被人讥笑为"无病呻吟"。再到明末,陈子龙这里,才算承继发扬陈与义、元好问的这个传统。而"杜样"的问题就是从"致君尧舜上,再使风俗淳"的高腔大言而来。后来钱锺书在为《杜诗详注》做札记的时候对这两句还有发挥:

> 按二句千古称述,予不敢责子美虚声大言,而怪其夸口而未顺理成章耳。《南史·刘系宗传》记齐武帝常云:"学士辈不堪经国,唯大读书耳。沈约、王融数百人,于事何用?"语甚轻薄,然未及此篇。上文只云:"读书破万卷,下笔如有神。赋料扬雄敌,诗看子建亲。"操术如彼,便足以致治兴邦乎?何谈之容易!《论语·先进》记孔门四科,政事、文学尚分户殊途也。元、明人小说院本写伍子员文武全才,可以安邦定国。临潼斗宝,智服强秦,不过凭猜谜拆字。子美借吟诗作赋之才,复大同小康之治,其旨何以异乎?若杨升庵

---

① 《容安馆札记》,第 2504 页。
② 高丹:《〈钱锺书选唐诗〉:一份"钱选杨抄"的独特唐诗选本》,https://www.thepaper.cn/newsDetail_forward_10346342,2020-12-10。
③ 《谈艺录》,第 329 页。

在，必如其待《丽人行》然，伪托古本，杜撰两句，使词意圆足矣。偶见姚石甫《识小录》卷二论子美此诗，亦谓自标语，不过"一文士之雄耳"，乃接云致君尧舜，浮夸不类，诗律未细。窃喜吾意暗与之合也。①

自宋人号称"千人注杜，五百人注韩"以来，黄庭坚所谓的"老杜作诗，退之作文，无一字无来处"似乎就是对少陵昌黎诗学的一种最高评价。然而在钱锺书看来显然并非如此，不仅杜甫有生拗白描之诗法，韩愈诗也有同样的新造语，只不过要和过去那些被人们查索不出来头的生僻词汇进行区别。黄庭坚所言虽只是杜诗韩文，但后人其实也把"无一字无来处"的特征扩大到了韩诗上。钱锺书提出更重要的是诗歌意象上的推陈出新，终究是有才能的作家可以提炼出更精妙的表达，跃升至更高的思想境界。比如韩愈《秋怀诗》第一首的"浮生虽多途，趋死惟一轨"，钱锺书将之与鲍照《观漏赋》的"死零落而无二，生差池之非一"相比较，在札记里称赞为"［后］来居上"、《管锥编》激赏为"更简洁醒豁"②。文句背后的意思，涉及"人生基本事实"，即无可躲避的死亡终点③，"前面"就是"坟墓"(鲁迅《过客》)。《管锥编》此处还对比了古希腊哲人阿那克萨戈拉的名言和西塞罗以拉丁文所作的转译，其中采用了类似韩诗的表述用语，显然是认可韩愈身上具有的哲学意味和宗教关怀。类似例子，《管锥编》还引到过韩文《送温处士赴河阳军序》，所谓"伯乐一过冀北而马群遂空，非无马也，无良马也"，这与《诗经》里的"岂无居人？ 不如叔也"、《韩非子》里的"廷无人""国无臣"以及《论衡》里的"非无人也，无贤人也"的表述方式相近。虽然也不算戛然独创，但有用语上的独特翻新方式，不能算作"用字"上的"无一字无来处"了。故而钱锺书在此称"捉置一处，以质世之好言'韩文无字无来历'者"④。其实就是以韩愈诗文为例，否定对他所谓用字或者词汇上的有来头的赞许，肯定的则是翻出新花样的"自作语"。在《管锥编》其他章节，钱锺书还赞美了韩愈《三星行》的诗句"不祇引申而能翻腾"⑤，指出《蓝田县丞厅壁记》的文句"岂如皎然《诗式》所谓'偷意'耶"⑥，《杂说》四更是"以摇曳之调继斩截之词"，做到"后来益复居上"⑦，如此等等。假如《管锥编》之"续编·昌黎集"真能成稿，这个话题一定更为深入和丰富。

钱锺书为1957年初版钱仲联《韩昌黎诗系年集释》所作书评里，评价此书在韩诗注释上所树立的四项标准有未尽理想之处：(1)对用语出处的推究未尽透彻稳妥，(2)对创作本事的考证和解释过于穿凿，(3)对韩愈作诗才能的认识体现不够准确，(4)汇集众家

① 《容安馆札记》，第2489页。
② 《容安馆札记》，第1264页，"后"字衍，据"犹今视昔"整理本补；《管锥编》，第2051页。
③ 张文江：《管锥编读解》，上海古籍出版社2024年，第570-571页。
④ 《管锥编》，第177页。
⑤ 《管锥编》，第255页。
⑥ 《管锥编》，第534页。
⑦ 《管锥编》，第945页。

注释却不立主见。其中第 3 项，涉及如何使读者深入理解韩愈写作的技术，即韩愈自道的"力去陈言"（《答李翊书》），这需要研究者"多把韩愈自己的东西彼此联系，多找唐人的篇什来跟他的比较"①：前者可以看出韩愈自我追求上是否能贯彻这个原则，后者则可以避免受时兴俗语的干扰。假如发现某处设喻觉得神妙，堪称"奇语"，那就要把类似设喻的例子尽力举出，才能发现创辟生动的"奇语"韩愈居然都只用过一次，而平易寻常的说法倒是一用再用。

也许韩愈以为一般人用惯用熟的字法不妨在诗里再三出现，因为读者往往让它当面滑过，不会特别留心；字法愈薪新奇特，产生的印象愈深，读者愈容易注意到它的重见复出，作者就愈得对描摹的那个事物形态不断的增加体会，新上翻新，奇外出奇，跟自己来个竞赛，免得人家以为他技穷才尽。②

而在当时也许是寻常说法的用语，假如被孤立地看待，也很容易将某时代流行的俗套言语看成作者的独创了。

钱锺书看来，韩愈的论文尊经，"口不绝于吟于六艺之文"，实是从义章上发迹。1961 年读马其昶《昌黎文集校注》③，笔记至《答窦秀才书》处录韩愈自述早年经历，有"念终无以树立，遂发愤笃专于文学"语，批注说"可见昌黎本是学文，非学道也"④；这也可以参见《上兵部李侍郎书》里自道的"性本好文学"及"奋发乎文章"，以及《与陈给事书》里的"愈也，道不加修，而文日益有名"。"沉浸醲郁，含英咀华"，乃是昌黎念兹在兹之处。《谈艺录》写韩愈在北宋大受称赞，当时对韩愈"概夺而不与"者，持完全否定意见的，只有王安石，终生持论都是责备求全。钱锺书为韩愈申辩，大概意思是赞同朱熹的"退之死款"，谓韩愈在道学和佛教上都无所用心。1951 年，陈寅恪作《论韩愈》，提出了很多见解，主要是说韩愈思想受孟子影响⑤。同时也提出韩愈受佛教禅宗的影响，其实只有一个依据，就是韩愈幼年在广东韶州（今广东省韶关市）住过（其兄韩会贬官至此）；禅宗六祖惠能弘法处，就在韶州。这显然证据不足⑥。陈寅恪维护韩愈的伟大形象，认为古文运动就是尊王攘夷，从禅宗吸收思想，故以《原道》推崇《礼记·大学》，使得"抽象之心性与具体之政治社会组织可以融会无碍"；还提出韩愈古文和传奇小说写作直接相关，"以文为诗"乃是佛家偈颂的进步形式，等等。这些看法在钱锺书心里可能都站不住脚，在他看来，韩愈就是

---

① 《写在人生边上·人生边上的边上·石语》，第 345 页。
② 《写在人生边上·人生边上的边上·石语》，第 346 页。
③ 总评说：此书"即本朱子《考异》，而以何义门、姚惜抱等批尾语及沈文起《补注》附益之，绝无新见，并《全唐文纪事》亦不解采撷。桐城舍姜坞外，莫非陋儒。通伯较读书，治退之《集》毕其生，而所得止此，亦可哀矣！"
④ 钱锺书：《钱锺书手稿集·中文笔记·第 10 册》，商务印书馆 2011 年，第 93 页。
⑤ 陈寅恪：《论韩愈》，《历史研究》1945 年第 2 期，第 105-144 页。
⑥ 黄云眉：《读陈寅恪先生论韩愈》，载黄氏著《韩愈柳宗元文学评价》，山东人民出版社 1957 年，第 69-71 页。

个杰出的文学家，跟佛教和道学都关系不大。他给钱仲联所作的书评里讨论注韩诗的 4 项标准，第 1 项就是如何查考用语来源，举《归彭城》这首诗里的"刳肝以为纸，沥血以书辞"为例，就反驳历代注家以为出自释典的看法，引相关佛经文字，辨析历代诗语用法，提出"韩愈并非引用释典，而是极力避免释典"①。只不过这种用语由于太流行，不读释典也可以知道，躲避不开，只好稍夹杂以《拾遗记》和《黄帝难经》的用语进行拼凑②。而第 2 项对创作本事的考证和解释过于穿凿，其实主要矛头更是指向"以诗证史"的注诗倾向③：

> 有些地方"推求"作诗的"背境"，似乎并不需要。笺注家干的是细活儿，爱的是大场面；老为一首小诗布置了一个大而无边、也大而无当的"背境"，动不动说得它关系世道人心，仿佛很不愿意作者在个人的私事或家常琐事上花费一点喜怒哀乐。④

而钱锺书后来又读《全唐文》卷五百二十八顾况《戴氏广异记序》，见此文梳理唐初传奇文学与六朝志怪小说的血脉联系，更指出"俗学每谓唐人传奇大盛，韩、柳古文与有力焉，余素非之"⑤，针对的是陈寅恪在《元白诗笺证稿》早已提出的观点。他也曾在 20 世纪 80 年代中期向汪荣祖讲过这个问题，谓"唐人传奇在古文运动前已有"云云⑥。

不需再解释，我们一定都理解自号"中书君"的钱锺书肯定会赞许《毛颖传》这样的俳谐之作，他常记得古人将这种小说文笔和司马迁《史记》相比拟的看法⑦，指出韩愈虽然算不得道统里的代表人物，却是"以六经为文章"的成功实践者，故而"酌古斟今，自成馨逸"，各体都自然胜人一筹。"明七子"里的李何王李诸家学作《毛颖传》而不成，"血指汗颜，正苦未能臻此熟境"⑧。

钱锺书晚年看到历史浩劫终结之后的"伤痕文学"在 80 年代初的流行，想起中西古今历代文学里常出现的一种抒情方式，都可以归结为韩愈的"物不得其平则鸣"（《送孟东野序》），以及"欢愉之词难工，而穷苦之言易好"（《荆潭唱和诗序》）。然而这种习以为常的说法，真是如此吗？无论如何，也许"韩公文其妙处皆非世所竞赏者"⑨。假如时间能允许钱锺书完成《管锥编》的少陵、昌黎部分，我们一定可以读到远比这里所提到的材料和已有意见更精彩、更有趣的讨论。

---

① 《写在人生边上·人生边上的边上·石语》，第 341 页。
② 参看《容安馆札记》第 633 则，"窃疑退之恶太类释典语，故易'皮'为'肝'，以掩其迹耳"。
③ 《韩昌黎诗系年集释》的 1984 年修订本除了去掉书目里的钱基博《韩愈志》和注释里引的《谈艺录》，还在书末"诸家诗话"结尾增补了陈寅恪《论韩愈》一文的摘要。
④ 《写在人生边上·人生边上的边上·石语》，第 343 页。
⑤ 《容安馆札记》，第 2003 页。
⑥ 汪荣祖：《槐聚心史：钱锺书的自我及其微世界》，中华书局 2020 年，第 12 页。
⑦ 《谈艺录》，第 160-161 页。参看钱基博《韩愈志》里的评价（"笔墨游戏，而闳深肃括，自然老健，须玩其神气有郁于篇章之外"），见《钱基博集·韩愈志/韩愈文读》，华中师范大学出版社 2012 年，第 94 页。
⑧ 《容安馆札记》，第 1771 页。
⑨ 《容安馆札记》，第 134 页。

小结

钱锺书对于中西文学不同传统里的诗学见地进行总结和评价,其实是在与五四以来的现代文学观念进行对话。除了本文涉及的"言之有物"问题,另外关于复古、用典、骈偶、套语、文法等方面,我们也都可以在他著作里发现相对应的深入讨论,往往见解和依据都迥异于主流的习见与常识。我们容易对钱锺书博学睿智的见识印象深刻,然而更可贵的是这些见识往往与当下乃至未来的中国语言与文学发展命运息息相关。所陈列的相关例证,也足以提供富于新意和令人警醒的启发。

早在 20 世纪 40 年代末,钱锺书以杂语断章的方式讥讽对于"物"的某种迷信:

在斯宾诺沙(Spinoza)的哲学里,"心"跟"物"(matter)是分得清清楚楚的;他给"物"的定义是:只有面积体积(extnsion)而绝无思想(thought)。许多言之有物的伟大读物都证明了这个定义的正确。①

斯宾诺莎心物平行论见于其《伦理学》一书中。钱锺书在此或许不过只是想指出"言之有物"说无法触及人的思想和情感,不过是胶柱鼓瑟,死于句下,变成了盲信文字、书本的奴隶。他给英译本陆游诗选所作的书评里也说,研究中国文学的大学教授发现了以研究爱国人物来进行爱国的途径,于是把陆游的诗当成达到目的的资料或是口实②。这番感慨极为沉痛,令我们想起了约翰生博士的名言:"爱国主义是一个无赖的最后避难所"(Patriotism is the last refuge of a scoundrel)③,这当然是针对"假爱国主义"而发。从发现中国文学批评里固有的一个特点是往往比附于人身,到再三批评"风格即人"(le style, c'est l'homme)或"文如其人"观点的靠不住,钱锺书一直反感于诗家文人们由此信条而不断粉饰、掩饰、创造、塑造自我形象的种种表现。故有"巨奸为忧国语,热中人作冰雪文"④、将"作者修词成章之为人"(persona poetica)与"作者营生处世之为人"(persona pratica)混为一谈的严厉评判⑤。

而在关于"不平则鸣""诗可以怨"的讨论中,钱锺书还提出了另外一个方面的问题:

古代评论诗歌,重视"穷苦之言",古代欣赏音乐,也"以悲哀为主";这两个类似的传统有没有共同的心理和社会基础? 悲剧已遭现代"新批评家"鄙弃为要不得的东西了,但是历史上占优势的理论认为这个剧种比喜剧伟大;那种传统看法和压低"欢愉之词"是否

① 钱锺书:《杂言——关于著作的》,《观察》1948 年第 4 卷第 2 期,第 18 页。
② 钱锺书:《钱锺书英文文集》,外语教学与研究出版社 2005 年,第 347 页。
③ 鲍斯威尔著:《约翰生传》,蒲隆译,上海译文出版社 2023 年,第 692 页。
④ 《谈艺录》,第 418 页。
⑤ 《管锥编》,第 2158 页。

也有共同的心理和社会基础?[①]

　　认为悲剧比喜剧伟大,认为悲哀的诗句胜过滑稽的言语,"宛若一切造艺皆须如洋葱之刺激泪腺,而百凡审美又得如绛珠草之偿还泪债"[②]。这难道不也是信仰"言之有物",遂由文艺创作的教育者、指导者、实践者和接受者通力合作所造成的吗?

---

①　《七缀集》,第 130 页。
②　《管锥编》,第 1510 页。

钱锺书的"人""文"观探析

——以《谈艺录》为中心

王　振

内容摘要："人""文"关系是文学批评的重点论题之一，中外文评多有所涉及。"文如人"将文章与人的肌体紧密联系对应，构成中国文评的一个特点。"文如人"与"文如其人"是两回事，钱锺书在论著中或繁或简地对后者的"道德化"偏颇和绝对化倾向有所质疑。在论述这一问题时，钱锺书将潘岳《闲居赋》中自我形象的建构与《晋书·潘岳传》中对传主的塑造相对照，发掘出潘文中的高蹈期许和其现实卑劣作为之间的巨大差异。在对"文如其人"进行理论批评的同时，钱氏对历史中的这种现象保持"同情之理解"，他以为：文章的风格和内涵受时空、体制、受众等多重因素影响，文格与人格不必尽同，历史中同一作者的多篇文章风格迥异的情况并非个案，文章中的"我"与行事时的"我"皆为作者"真我"。此外，"文如其人"与"以诗证史"的文学传统也有密切关联，二者都存在实证主义的极端化倾向，这与研究者的考据索隐癖以及对文史关系的认知差异有关。

关键词：钱锺书　《谈艺录》　"文如其人"　以诗证史　传记

作者简介：王振，中国海洋大学文学与新闻传播学院博士研究生。研究方向：中国近现代文学。

引语

《文学杂志》1937 年第 1 卷第 4 期刊登了钱锺书《中国固有的文学批评的一个特点》一文，该文较早地向世人传达了钱锺书有关中国文学批评与人之特殊关系的把握与理解。发表该文章时，钱锺书尚未学成归国，刚凭《十七、十八世纪英国文学中的中国》通过答辩，并于同年入法国巴黎大学进修。早在清华大学求学时期，钱锺书就建立了比较文学的观念，并在《清华周刊》《新月月刊》《大公报》等刊物上发表了多篇文章，在学校内和社会上引起了不少关注。① 文学批评自然离不开对作者其人、其文,及人、文关系的把握,钱锺书在不同论著的多处,或专门或简谈,对"文如其人"观失之偏颇进行批判的同时,也流露出对"为文"与"立身"不一致的现象的同情之理解。

"把文章通盘的人化和生命化(Animism)"②,是钱锺书所谓的中国固有的文学批评的一个特点,西方文评并非没有"人化文评",但西洋文评将文学"人化"现象的规模、程度与理论深浅难与中国文评相匹敌,钱锺书用了三类例子来证明这一观点:一是西洋谈艺著作中有关阳刚、阴柔的讨论,属于美学范畴,算不上文评意义上的人化;二是"一切西洋谈艺著作里文如其人或因文观人的说法,都绝对不是人化";三是西洋谈艺著作人化理论在程度上"未达一间"。如此便满足了其在文章开端对"固有"这一词的限定,突出了中国文评之"特点"。从头到脚,从骨髓到皮肤,从魂魄到气息,毫不夸张地说,身体的每个部位,皆能在中国文学批评的评价体系内有所对应。重点在于,这已经成为中国文学批评者的习惯话语,而西方文评里的人化修辞,无非是"偶然的比喻","并未渗透西洋文人的意识,成为普遍的假设和专门的术语"。且不谈刘勰《文心雕龙》、钟嵘《诗品》、曹丕《典论·论文》这些著名文学批评作品,"我们自己喜欢乱谈诗文的人,做到批评,还会用什么'气''骨''力''魄''神''脉''髓''文心''句眼'等名词"③。即便是评价不高的翁方纲④,钱锺书也承认他"精思卓识,正式拈出肌理,为我们的文评,更添上一个新颖的生命化名词",发掘出皮肤上的文章⑤。在文章"人化"的问题上,中西文评对其的理解和认知究竟存在哪些差异? 钱锺书独具只眼,做出了极为重要的区分。中国文章"人化"已经达到"化人"的圆融境,即人文交融,混同一气,而西方文评对文章的人化还仅仅停留在"化"的阶段,文与人之间仍有清晰的"二元平行"界限。仔细辨析这两种"人化"程度,之间存在很大差异。"西洋谈艺因'外察'有余,而'内省'不足,以至于不能将'人化'的倾向,推演到如中国般的精微成熟。"⑥

将文章"人化",绝不等同于"文如其人",这是一个比较重要的概念上的区分。与"文如人"不同,"文如其人"是在"文格"与"人格"关系层面的讨论,这点并非中国文评之固有,自然也称不上特点,但这不意味钱锺书就认为它不重要。实际上,钱锺书在不同的著作中都对"文如其人"及相关问题有所涉及。《谈艺录》第四十八则,钱锺书对"文如其人"观进行了集中讨论,在《谈艺录》后续出版时,周振甫更是为该则加上了"文如其人"的名头。

① 张文江:《钱锺书传:营造巴比塔的智者》,上海人民出版社2016年,第224页。
② 钱锺书:《中国固有的文学批评的一个特点》,《文学杂志》1937年第1卷第4期,第4页。
③ 钱锺书:《中国固有的文学批评的一个特点》,《文学杂志》1937年第1卷第4期,第4页。
④ 在论龚自珍诗学渊源时,钱锺书提到翁方纲,说:"夫以覃谿之尘羹土饭、朽木腐鼓,定庵尚有节取,而况笔舌灵慧如瓯北者哉。"参看《谈艺录》第三十九则《龚定庵诗》。
⑤ 钱锺书:《中国固有的文学批评的一个特点》,《文学杂志》1937年第1卷第4期,第4页。
⑥ 汪荣祖:《槐聚心史:钱锺书的自我及微观世界》,台湾大学出版社2014年,第226页。

一、理论批评与现实同情：文章格调与作者人格间的张力

"以文观人，自古所难"，然自古以来，持"文如其人"观点的大有人在。钱锺书提到西汉扬雄在《法言·问神》中的一句话："言、心声也，画、心画也。声、画形，君子小人见矣。"①在钱锺书看来，扬氏以为言为心声，文本是作者心迹的直接吐露，通过对文本进行辨析，便可以对作者的人品进行直接判断。文格与人格直接对等是不可取的，阅读诗文只能作为了解一个人的途径。不排除文如其人的存在，但是"文如其人"观往往陷入二元对立、非此即彼的窘境。实际上，扬雄"心画心声"应当还有另外一种理解。在"言、心声也，画、心画也。声、画形，君子小人见矣"之前，扬雄说道："言不能达其心，书不能达其言，难矣哉！惟圣人得言之解，得书之体，白日以照之，江河以涤之，灏灏乎其莫之御也。"②不了解作者其人，便很难理解作者其文，而若是了解作者，则他文章中的言论、用意和作者的心情就很明白。"夫其言虚，而知言之果为虚，则已察实情矣；其人伪，而辨人之确为伪，则已识真相矣；能道'文章'之'总失'作者'为人'之真，已于'文章'与'为人'之各有其'真'"。《孟子·万章下》有言："颂读诗，读其书，不知其人，可乎？"这句话表面上意思是只颂读一个人的诗书，而不去真正了解这个人，是不可取的。实际上，孟轲没有将"读书"和"知人"等而视之。

阅读一个人的诗文，可以获取对作者的认知，这是毋庸置疑的，但是诗文传达的信息与作者真实想法和现实作为有很大出入的现象，在历史上也是大量存在的。钱师吴宓文章立论于人文主义，与其师白璧德一样都对浪漫主义极力拒斥，然而在钱氏眼中，吴宓是个彻头彻尾的浪漫主义者，他"在理智上所痛恨的正是他在情感上所喜爱的"，对爱情的肆意追求但求而不得所生出的悲剧与苦恼，正是其浪漫气质的最好体现。

钱锺书从诗文和传记出发，将二者进行对照，发掘文章风格与现实人格的扞格之处，从而进一步支撑、印证其文不必如其人，文格不必与人格相对的观点。以潘岳及其文为例，《闲居赋》写于潘岳 50 岁官场失意时，初读其文，感其清心寡欲，性情高蹈，颇有陶渊明之风范。然了解其人后再读其文，便发现潘岳的自我形象建构技巧的高明。《晋书·潘岳传》中写道："岳性轻躁，趋世利，与石崇等诣事贾谧，每候其出，与崇辄望尘而拜。构愍怀之文，岳之辞也。谧二十四友，岳为其首。谧《晋书》限断，亦岳之辞也。其母数诮之曰：'尔当知足，而干没不已乎？'而岳终不能改。既仕宦不达，乃作《闲居赋》曰：……"③将《晋书》所载与《闲居赋》所言对照而读，可见潘岳言辞之虚伪。张溥认为："闲居一赋，板

---

① ［汉］扬雄著，韩敬译注：《法言》，中华书局 2012 年，第 126 页。
② ［汉］扬雄著，韩敬译注：《法言》，中华书局 2012 年，第 126 页。
③ ［唐］房玄龄等：《晋书》，中华书局 1974 年，第 1504 页。

舆轻轩,浮杯高歌,天伦乐事,足起爱慕。孰知其仕官情重,方思热客,慈母拳拳,非所念也。"①赵翼《廿二史札记》中说道:"《潘岳传》载《闲居赋》,见其迹恬静而心躁竟也。"元好问《论诗三十首》有云:"心画心声总失真,文章宁复见其人。高情千古闲居赋,争信安仁拜路尘!"在元好问看来,作家创作文本中所吐露的心迹,传递的信息往往与现实有很大差距,并不能偏听偏信,写出《闲居赋》这种卓绝作品的潘安,竟然是一个俯拜路尘、汲汲营营的钻营家,矛头直指"文如其人"这一观念。北宋蔡京书法姿媚豪健、痛快沉着,于其时享有盛名,时人评蔡书为"其字严而不拘,逸而不外规矩,正书如冠剑大人,议于庙堂之上;行书如贵胄公子,意气赫奕,光彩射人;大字冠绝古今,鲜有俦匹"②。若用扬雄"心画心声"来裁定,蔡京人品必定如他的书法一般端正。然《宋史》将蔡京列入《奸臣传》中,传中直言不讳,写道:"京天资凶谲,舞智御人,在人主前,颛狙伺为固位计,始终一说,谓当越拘挛之俗,竭四海九州之力以自奉。帝亦知其奸,屡罢屡起,且择与京不合者执政以梏之。京每闻将退免,辄入见祈哀,蒲伏扣头,无复廉耻……见利忘义,至于兄弟为参、商,父子如秦、越……卒致宗社之祸,虽谴死道路,天下犹以不正典刑为恨。"③奸臣嘴脸,跃然纸上。钱锺书将历史中这种现象概括为"巨奸为忧国语,热中人作冰雪文"④。这种现象不仅存留于古书之中,钱锺书对同时代的这种现象也深有体会。钱锺书与周围事伪文人的诗作,便可作为辩证看待"文如其人"观的最好注解。钱锺书在上海沦陷时期创作了一批旧体诗,侧面反映出他的风骨与担当。在此期间,钱锺书既与李拔可、陈病树、孙颂陀这些虽处敌伪控制之地却仍坚守民族气节、绝不随波逐流的旧式文人交往,也不得不与冒孝鲁、龙榆生这类附逆事伪文人遭逢、交际。⑤ 钱锺书不仅严正不苟,更是对附逆的诗友、旧朋行劝诫的义务,屡次在诗文酬答表露不要为声名所累的忠告。然无论是龙榆生还是冒孝鲁,皆无视钱锺书苦心一片,为了名利行苟且之事,在卖国的道路上越走越远。与之截然相反的是,钱锺书同样是蛰居上海,但在民族大义和大是大非面前,始终保持自己的坚定立场,不为名利所动容,这种气节在阅读他的《夜坐》《漫兴》等旧体诗时可以明显体会。

钱锺书不胜悲戚于故乡的沦陷,于 1938 年秋天与杨绛同乘法国邮船"阿多士Ⅱ(Athos Ⅱ)"回国,钱由香港上岸,转道至昆明任西南联大教授,杨则直接返回上海。"国破堪依,家亡靡托",彼时的处境钱锺书自己形容为"如危幕之燕巢,同枯槐之蚁聚",侍奉亲眷,在夹缝中偷生。《谈艺录·序》中,钱氏交代了《谈艺录》写作的原因:"销愁舒愤,述

① ［明］张溥撰,殷孟伦注:《汉魏六朝百三家集题辞注》,中华书局 2007 年,第 161 页。
② ［明］陶宗仪:《书史会要》,北京师范大学出版社 2016 年,第 117 页。
③ ［元］脱脱等:《宋史》,中华书局 2000 年,第 10623 页。
④ 钱锺书:《谈艺录》,生活·读书·新知三联书店 2007 年,第 426 页。(以下所引皆为此版本)
⑤ 解志熙:《"默存"仍自有风骨——钱钟书在上海沦陷时期的旧体诗考释》,《文学评论》2014 年第 4 期,第 92-102 页。

往思来。讬无能之词，遣有涯之日。以匡鼎之说诗解颐，为赵岐之乱思系志。"实际上钱锺书是希望这一作品在战争平息之后能够为世人所知的，所以他说道："苟六义之未亡，或六丁所未取，麓藏阁置，以待贞元。"论者以为，钱锺书这些言辞也展现了他在思考个人存亡之外民族文化的保存问题。钱锺书葆有一种乐观主义的态度，这在生死存亡之际就显得极为不易和珍贵。面对糟糕的处境，他并没有丧气，而是认为"时日曷丧，清河可俟"，此处"日"可作双关语，除"时间"义外，应当还有指代"日军"的含义。① 钱锺书对战争终将结束，日军必会战败是葆有希望的，"一个人的命运仍然与他自己的人民在一起；我不在意闯它一下"②。否则，他也不会选择在战争全面爆发之时毅然选择回国。因此，钱锺书其言其行可作"文如其人"观。

质疑"文如其人"观的第二个层面是同一人面对不同述说对象时，对同一问题的看法也会有所差距。"一人所作，复随时地而殊；一时一地之篇章，复因体制而殊；一体之制复以称题当务而殊。"③在《与山巨源绝交书》中，嵇康再三责备山涛不了解自己的生性疏懒与散淡，同时申说自己不愿出仕的"七不堪，二不可"，讽谑的同时不失逻辑，通过此文，嵇康对黑暗时局的鄙夷显露无遗④。撰写此文时的嵇康，应是一个狷狂的斗士，然而在《家诫》一文中，嵇康对自己的儿子嵇绍的劝诫可谓苦口婆心，语重心长："所居长吏，但宜敬之而已矣，不当极亲密，不宜数往，往当有时""夫言语，君子之机，机动物应，则是非之形著矣，故不可不慎"⑤等等。嵇康如此一位狷狂的斗士，却教导孩子要藏锋，难怪钱锺书说："嵇叔夜之《家诫》，何尝不挫锐和光，直与《绝交》二书，如出两手。"⑥至于诗人作诗，为了营造某种意境，形成某种风格，苦心孤诣，遣词造句的例子，更是不可胜数，然而往往用力过猛，空有其形，而无其神，最终落得画虎不成反类犬的下场，这也与"文如其人"的观点有所扞格。

钱锺书以为在评价"人"和"文"时，应"姑且就事论事，断其行之利害善恶，不必关合言行，追索意响，于是非之外，别求真伪，反多诛心、原心等种种葛藤也"⑦。文章中"人"和现实中的"人"若能做到一致则可，做不到一致也无可厚非，"未必即为'心声失真'""言固不足以定人，行亦未可以尽人也"⑧。所谓言文一致，背后隐藏着道学家对文人内外一致的道德要求的强调，不必看得过于重要。人生在世，多的是无可奈何之事，言无可奈何之

---

① 《谈艺录》，序言。
② 汪荣祖：《槐聚心史：钱锺书的自我及微观世界》，台湾大学出版社 2014 年，第 80 页。
③ 钱锺书：《管锥编》第 4 卷《全上古三代秦汉三国六朝文 一九五 全梁文卷一一》，生活·读书·新知三联书店 2007 年，第 2159 页。
④ ［晋］嵇康：戴明扬校注《嵇康集校注》上册《与山巨源绝交书》，中华书局 2014 年，第 195-230 页。
⑤ ［晋］嵇康：戴明扬校注《嵇康集校注》上册《家诫》，中华书局 2014 年，第 544-545 页。
⑥ 《谈艺录》，第 426 页。
⑦ 《谈艺录》，第 430 页。
⑧ 《谈艺录》，第 429-430 页。

语，"常有言出于至诚，而行牵于流俗"。言行不一正体现了人性的复杂和语言的含混多义。"作者修词成章之为人"与"作者营生处世之为人"不可混为一谈①。《闲居赋》毋庸置疑是千古高论，不应因潘岳的人品和行为而全然否定这篇美赋的价值，它不仅体现了魏晋时期普遍流行的高蹈气质、隐逸田园的畅想，同时也体现了文人自我形象的建构之术，可以将其作为潘岳的"自传书写"来看待，探究其中的修辞术和作者本人对自身经历的强调和遮蔽背后的心理动机与自我困境。对于陶渊明的高评，到了北宋达到了极点。至今陶渊明仍如幽灵一般，盘踞在文人的心头。如陶渊明一般被奉为神明的人，尚且有《闲情赋》，萧统评价其为"白璧微瑕"之作，然而，正是《闲情赋》的存在，使得陶渊明神性之外，多了一丝人性的光辉，这要感谢北宋以来的文人没有因为慕陶而武断删去该赋，否则陶氏便只能飘在云端由人瞻仰了。钱锺书在《管锥编》论《全上古三代秦汉三国六朝文　一九五　全梁文卷一一》中对做人与作文的问题有进一步论述。此外，钱锺书所说的"见于文者，往往为与我周旋之我；见于行事者，往往为随众俯仰之我。皆真我也"②，通过后来其做出的修改、增补少作以及为年少口无遮拦得罪旁人而道歉的行为，可以理解这句话更为深刻的内涵，"执笔尚有夜气，临事遂失初心"③。谈到修改少作这一并非罕见的行为或许也可作质疑"文如其人"的论据。现代文学家巴金、郭沫若等人就不断对自己的小说、诗作进行修改，并且这种修改并非小修小补，有时是关涉文章结构乃至情节、人物的改动。不明就里的读者因不同的版本可能会得出有关同一作者的不同理解。由此可见，同一作家的同一作品的不同版本也会影响世人对作家的判断。

　　文是否如人的前提应当建立在对某人文风和人品极为了解的前提下，并且最初论述"文如其人"这一问题时，应当只是一个关系判断的问题。然"文如其人"提出后被赋予了文章、道德等多层面的涵义，并且试图将其置于本质主义层面的讨论。言行一致，言为心声逐渐成为文人的理想和自我标榜并进而成为世人对文人评价的标准。因此，文如其人内涵和外延的扩充和异化过程是一个极为重要的且可以继续讨论的问题。

二、"文如其人"说彰显的历史观

　　钱锺书对"文""人"关系的看法表现在他谈论诗歌艺术时，对文人作品中有别于其公众形象、展露其真实性情趣味的文章很感兴趣。他特别在意对文学家、诗人文章"人性"的发掘，其文中透露出的人性与其所宣扬、所经营的人设有扞格。正因如此，一些道学家、理学家得以回归到"真"的层面。北宋时期，韩愈的名气可谓极盛，钱锺书称之为"千

---

① 钱锺书：《管锥编》第 4 卷《全上古三代秦汉三国六朝文　一九五　全梁文卷一一》，生活·读书·新知三联书店 2007 年，第 2158 页。
② 《谈艺录》，第 429 页。
③ 《谈艺录》，第 429 页。

秋万岁，名不寂寥"①。欧阳修推崇其为"文宗"，是赞许其在文章层面的成就；石介尊其于"道统"，则是认可其在儒学传道系统和脉络中的正统地位。既然称其为文宗，那么不吝于对其文章遣词造句、修辞设色、布局谋篇的夸耀与溢美；称其为道统，就会强调其文章是怎样的有益于世道人心，对社会稳定团结如何如何。无论是"文宗"还是"道统"，都是后人有意建构或本人刻意营造的形象。人们对偶像的要求，极为严苛。这些人物在历代文人的标榜之下，成仙成圣。形象愈高大，则愈失真，愈没有人情味。在钱锺书看来，"退之可爱，正以虽自命学道，而言行失检、文字不根处，仍极近人"②。

钱氏比较认可韩愈《毛颖传》，笔名"中书君"即出自此篇。为毛笔立传，可谓前无古人。韩愈以毛笔拟人，先交代传主的家世，其次叙述其生平经历，最后模仿太史公的口吻对"毛颖"的历史功绩进行评定，体例上是按照史传的模式写作的，但是其中不乏作者掺杂的有趣想象，语言幽默诙谐，深刻隽永。更为重要的是，这篇文章采用了游戏笔墨，彰显了文人趣味。该类文章的好坏优劣很难获得公允的评价，往往会因为作者身份的高低以及后世的评价而浮沉。《毛颖传》在唐五代时的评价不高，而宋朝以后的评语则多以褒扬为主，如明人胡应麟所说："今遍读唐三百年文集，可追认西汉者仅《毛颖》一篇。"无疑这种评价就有过誉之嫌。然而，如此游戏笔墨，依旧没有摆脱"载道"之旨趣，并且因为借着"俳谐"的外衣，韩氏的讽刺锋芒更为尖锐。这样一篇游戏文字，不仅曲折"言志"，更深层面也"载道"。钱锺书对其"词旨虽巧，情事不足动人，俳谐之作而已"③的评价承认了它构思巧妙之处，但是遗憾其传达的情志仍是老生常谈的"不遇"之情和对皇家无情的讽刺，没有什么新意动人之处。"游戏文章"虽偏离文章正统，语言充满谐趣，不够典雅，甚至追求"言不亵不笑"，但不可否认它饱含机锋、趣味，体现着作者的别样思考，闪耀着人性，往往在这类文章中能够看到作者的怀抱和真性情。

"文如其人"在"立身"与"文章"层面试图寻找某种呼应，论者以为"文如其人"这一观点的提出除"道德文章"的要求外，还与世人的窥私欲、好奇心以及文人的考据癖有很大关系。我们不能轻易对这种看法和作法下对或者错的判断，因为它是有局限性的，只在一定阈值内是正确的。而从古至今，我们从来没有放弃过将某一观念、理论、看法做普适性的描述。但是将文学完全视为某种现实的反映就剥夺了文学自身的主体性，越出了文学本体的探讨。

"文如其人"与"以诗证史"的说法也有相通之处，这两种观点都没有将文章看作独立的个体，而是认为它是人格和现实在某种程度上的反映。这一观念不仅停留在诗文中，

①　《谈艺录》，第158页。
②　《谈艺录》，第161页。
③　《谈艺录》，第162页。

小说戏剧等文学形式亦受到此种观点的影响。由于作者会对现实进行高度概括和虚构的艺术化处理，因此读者往往会将情节与作者生平经历和社会现实进行对照，发掘其中关联，并给予解读。毋庸置疑，将文章与作者为人处世相对照的方法会有助于读者对文章的理解，然而这一索隐方式也会成为阅读障碍。以李贺诗为例，姚姜湖为李诗歌作注时，多穿凿附会之语，他认为"昌谷无奇处，无不可解处"，他在《昌谷集注》自序中表示李贺所处的元和之朝内忧外患，李贺忧虑世道人心，在诗歌中针砭时弊，为了避免杀身之祸，只能采用隐喻的手法说出。这种"将涉世未深、刻意为诗之长吉，说成寄意于诗之屈平"的作法，在钱锺书看来是"逞其臆见，强为索隐"，"不解翻空，务求坐实"，无非"夫子自道"罢了。①

钱锺书举了李贺作"女娲炼石补天处，石破天惊逗秋雨"，无须亲见此景的例子来批驳"必经此境，始能道此语"的观点。这一观点关涉作者才情。有才之人，并非需要"更境"方才能够能道境中语，"知识必自经验始，而不尽自经验出"②。构造不曾经历、现实中不实际存在的情境，需要作者想象力的点染，这比描绘实景实情更考验才情和能力，而这正是区分佳作与否的重要标准之一。奇幻瑰丽的想象与工笔的现实描绘代表中国古代诗歌两大主要风格：浪漫主义与现实主义，孰优孰劣一直是世人争论的焦点，并且这一论争蔓延到其他小说、戏曲等文学体裁，尤其是在战争时期或特殊年代。关于这一问题的论争，文学能否如实反映社会现实，成为评判文学作品好坏的首要标准，现代主义、浪漫主义、虚无主义作品往往成为批判的对象。无疑，这是"以诗证史"观在某些层面的再现。

"以诗证史"还关涉历史研究材料的范围、证史的合法性问题。对于"以诗证史"，钱锺书在论著中多次或隐或显的有所指涉，语多批判，集中表现在《谈艺录》论李贺诗的部分。几处语词多少都有对陈寅恪"以诗证史"观念的影射、质疑乃至批驳。此外，钱锺书对陈寅恪证明杨贵妃入宫前是否为处女的行为很不以为然，认为其"无谓"，此事已为学林的周知。无论是"以诗证史"还是关于杨贵妃的考证，都暴露出二人关于文史二者之间关系的认知差异。胡晓明在其文《陈寅恪与钱锺书：一个隐含的诗学范式之争》中指出了陈、钱二人在文学研究上侧重点的差异：陈注重以诗证史，这出于他史学家的身份；钱注重对文学进行美学层面的分析与批评，这当然不脱其文学家的立场。③"以诗证史"的研究方法不自陈始，但因陈的提倡和践履在现代达到了高潮。钱锺书论学虽不仅执文学一端，能做到文、史、哲圆融，然而根基还是在于文学，其对陈"以诗证史"的批评，论者以为

---

① 《谈艺录》，第115页。
② 钱锺书：《管锥编》第4卷《全上古三代秦汉三国六朝文　一九五　全梁文卷一一》，生活·读书·新知三联书店2007年，第2161页。
③ 胡晓明：《陈寅恪与钱钟书：一个隐含的诗学范式之争》，《华东师范大学学报》（哲学社会科学版）1998年第1期，第67-73页。

存在一定错位和非学术研究的因素。

　　汪荣祖在《槐聚心史》中提到德国汉学家莫宜佳(Monika Motsch)对钱锺书、杨绛为人为文两方面的评论,她认为钱做人"较内向,不擅辨事,往往逆来承受,但为文时"较尖锐,在意人性与文化的通性",而杨做人"较外向,遇事有主意,勇于排难解困",文章却"较内敛,偏重其个人的世界"[①],二人处事与为文风格难以做到统一,也可算作"文""人"断难统一的注脚。钱锺书对"文如其人"并非全盘否定,而是对其偏颇之处和历史中试图以偏概全的"普适性"话语的质疑。钱氏看待问题始终葆有一种辩证的眼光,并非为了始终立于不败之地的讨巧法,而是深刻意识到历史中人各执一端时所体现的二元论的缺憾和不足,当然这不意味着钱氏没有自己的看法判断,言论没有偏颇以及没有自己的立场,他也经常性地"断章取义",他的这些偏颇往往成为被攻击和质疑的靶子,他认为"偏见"是"思想的放假"。也正是这些偏颇的存在削减钱的神性,回归到对其学者身份的冷静客观的讨论中,有关钱锺书的研究才可以进一步展开。有趣的是,有关钱锺书其人、其文的研究,部分学者似乎对钱锺书私下和公开对某人及作品评价的差异以及前后变化感兴趣,仍然没有逸出"文如其人"的老路子,这也算是中国文评始终偏执的一个特点。

---

① 　汪荣祖:《槐聚心史:钱锺书的自我及微观世界》,台湾大学出版社 2014 年,第 88 页。

会文未来论坛

传记谱系中的曾巩形象塑造与文化政治背景

操瑞轶

内容摘要：碑、传文本对于研究历史人物形象及其背后政治文化具有重要意义。曾巩最以文学家的身份名世，其传记文本则呈现出内涵丰富的曾巩形象。从曾巩逝后的碑传到宋元史传，由于作者心态、政治潮流的变化，曾巩反新法的形象逐渐确立。传记共同奠定了曾巩文道合一的儒家士大夫形象，史传则透露出现实活动中的文道裂痕。而濮议之争、曾巩为政风格的叙事差异，则是政治环境、文化传统等作用的结果。不同传记文本以及传记与现实的叙述异同，更加完整地展现了曾巩在历史情境中的人物形象及背后的文化与政治背景，曾巩的传记形象也可视为他不同维度的接受侧面，同时揭示出不同传记文体写作特征及历史文本的生成过程。

关键词：曾巩　传记　历史形象　文化　政治

作者简介：操瑞轶，南京大学文学院硕士研究生。研究方向：中国古代文学。

　　曾巩（1019—1083）最以文学家的身份为人所知，如《宋史》本传的论赞全就其文章发论："曾巩立言于欧阳修、王安石间，纡徐而不烦，简奥而不晦，卓然自成一家。"[1]相关研究主要集中于他的文学与史学成就，至于个人形象与生平行迹方面，多为考订事实与探求其文学经典地位成立的过程[2]。而曾巩作为士大夫在历史现实中的形象，则几无讨论。本文着眼于曾巩的历史形象与现实活动，从曾巩的传记文本谱系切入，试图更加完整地呈现曾巩的形象及其后文化与政治的内涵。

　　曾巩身后形成了系列传记文本，考述如下。第一，曾巩去世后的行状、碑志，即曾肇

---

①　［元］脱脱等：《宋史》卷 319《曾巩传》，中华书局 1985 年，第 10396 页。

②　近年来如李贵《曾巩生平若干问题辨正》（《中华文史论丛》2020 年第 4 期）、李全德《论北宋〈局事帖〉的主旨与作者》（《美术研究》2016 年第 6 期）、刘永强《北宋中期士人文化心态与联姻取向——以曾巩及南丰曾氏家族为个案的考察》（《浙江学刊》2023 年第 3 期）等从不同角度丰富了曾巩生平研究，裴云龙《古文传统与理学思想的涵容——曾巩散文经典化历程及学理意义考论（1127—1279 年）》（《励耘学刊》2016 第 1 期）、黎清《曾巩散文的经典化及其多维阐释》（《江西社会科学》2020 年第 11 期）、张洲《曾巩文学接受史研究》（《广东社会科学》2022 年第 4期）等探讨了曾巩文学经典化的过程。即使涉及性情品格，也是就文章层面立论。

《子固先生行状》、林希《朝散郎试中书舍人轻车都尉赐紫金鱼袋曾公墓志铭》、韩维《朝散郎试中书舍人轻车都尉赐紫金鱼袋曾公神道碑》①。这些传记都由曾巩之至亲故交创作。曾肇为曾巩之幼弟，少时即"从兄中书舍人子固学"②，行状写于曾巩逝世的当年十月③。林希为曾巩的同年及姻亲，其女嫁曾巩之子曾绾，曾巩亦曾应林希之请为其祖母作墓志铭。志曰"以七年六月丁酉，葬公南丰从周乡之源头"，其文当撰于下葬时间之前。韩维嘉祐间与曾巩同在馆阁，又与曾氏家族有交谊，与曾肇多有唱和，其女嫁曾肇长子曾纮。宋代官方修史制度较为完善，往往征求臣下的传状以备修史之用，如曾巩充英宗实录检讨时，就申请获得英宗朝亡殁臣僚的行状、神道碑、墓志，"仰本家亲属限日近修写"④。可见这些传状文献是后来史传的重要来源，撰者在创作时也具备存史意识。第二，史传。首先是宋代修撰的本朝史，宋代官修史籍有起居注、时政记、日历、实录、国史等。实录为编年体，有臣僚附传，《神宗实录》应当附有曾巩传，但今不得见⑤。《四朝国史》为南宋所修神宗、哲宗、徽宗、钦宗四朝之史，包含了北宋神宗、哲宗时编修的"国史"，其中有曾巩之传，今已亡佚，可从其他文献辑录遗文。其次是宋代私家修撰的史书，南宋纪传体史书《东都事略》有《曾巩传》，其他编年史如《续资治通鉴长编》等亦有关于曾巩的材料，可能影响到曾巩列传的编写。最后是元修《宋史》之《曾巩传》。《宋史》史源复杂，取材于宋朝国史以及私家撰述、杂史笔记，《曾巩传》的情况须予以具体分析。第三，言行录一类的文献。《四库提要》将部分言行录、学案列入史部传记类，杨正润《现代传记学》也将言行录列为中国古代传记分类之一⑥。朱熹《三朝名臣言行录》、黄震《古今纪要》录有曾巩条，《宋元学案》有曾巩小传及附录，虽不是人物的完整传记，但材料的选取、排列反映了曾巩形象及编纂者的思想特点。此外，明代宋史研究较为兴盛，涌现诸多宋史著述，但其中的曾巩传记多摘取前代传文组织成篇，如王洙《宋史质》、柯维骐《宋史新编》、王惟俭《宋史记》等书，文字基本不出前代范围，故而于此不再讨论。

---

① 曾肇《子固先生行状》，见于《曲阜集》，亦被《名臣碑传琬琰集》收录，题作《曾舍人巩行状》；林希《朝散郎试中书舍人轻车都尉赐紫金鱼袋曾公墓志铭》，该墓志有实物出土（洛阳：《宋曾巩墓志》，《文物》1973年第3期）；韩维《朝散郎试中书舍人轻车都尉赐紫金鱼袋曾公神道碑》，见于《皇朝文鉴》与《南阳集》。三者亦皆附于曾巩文集卷尾，这种情况至迟见于元刻本，如大德八年（1304）丁思敬刻本《元丰类稿》与密韵楼藏《南丰先生元丰类稿》，且为明清诸刻本沿袭。中华书局所编《曾巩集》中的三篇传文则参校了曾巩文集的各重要版本。由于以上各版本之间没有明显差距，本文以中华书局《曾巩集》为主，重要不同处参考其他版本。
② ［宋］曾肇：《曲阜集》附录，杨时《曾公神道碑》，《景印文渊阁四库全书》，台湾商务印书馆1986年影印本，第1101册，第407页。
③ 仅见于《名臣碑传琬琰集》所收曾巩行状的文末："元丰六年十月，弟肇述。"
④ ［宋］曾巩撰，陈杏珍、晁继周点校：《曾巩集》卷32《英宗实录院申请札子》，中华书局1984年，第474页。
⑤ 《续资治通鉴长编》卷310录入曾巩《请令州县特举士札子》并注曰"朱本削去"，引自《神宗实录》的元祐初修本，但不能确定是否为附传内容。
⑥ 杨正润：《现代传记学》，南京大学出版社2009年，第243页。

一、反新法形象的逐渐确立

曾巩自嘉祐二年（1057）登进士第至元丰六年（1083）逝世，仕宦生涯主要处于变法派执政时期。他并非政治焦点中的人物，总体来说传记没有呈现较大反差。然而从传状碑志到史传，仍可看到时代因素于其中留下的蛛丝马迹。

首先来看各传记对曾巩与变法相关举动的描写。行状中明确提及曾巩应对变法的有两条①：

> 是时州县未属民为保伍，公独行之部中，使几察居人，行旅出入经宿皆籍记，有盗则鸣鼓相援。又设方略，明赏购，急追捕，且开人自言，故盗发辄得。

> 在齐，会朝廷变法，遣使四出，公推行有方，民用不扰。使者或希望私欲有所为，公亦不听也。②

墓志则基本沿袭行状的写法：

> 是时，州县未属民为保伍，公独行之。设方略，明赏购，急追捕，且开人自言，盗发辄得。由是奸寇屏迹，民外户不闭，道至不拾遗，狱以屡空。会朝廷初变法，公推法意施行之，有次第，民便安之。后使者至，或希望私欲有所为，公不听也。③

"保伍"可泛指乡村组织互保的形制，由来已久。宋代也可专指保甲之法，如熙宁七年（1074）神宗下诏"今为保伍，人情非所便安"④。此处强调"州县未属民为保伍"，当是专指。且从时间上来看，熙宁三年（1070）十二月始在京畿一带实行保甲法，后来逐渐推行到各地，六年（1073）八月，河北、河东、陕西五路之外者始行保甲编制。根据语境，此事发生于曾巩在齐治盗时，齐州属京东路，曾巩知齐于熙宁四年（1071）六月到任，六年九月前离开，是时境内没有正式政策，确实是率先响应。保甲意在维护基层秩序，同时寓有改革兵制的军事目的。不过后来在各地推行时"止排定保甲，免习武艺"⑤，曾巩编排保伍也主要着眼于基层治理，通过记簿管理、巡察捕盗以稳定治安。他多次提到齐州乃号称难治的"剧郡"，保甲被用来应对齐地多盗讼豪猾的风气。同时曾肇极有分寸地点出"民用不扰"，当时攻击新法的重要罪证之一是生事扰民，这样既体现曾巩有效推行了朝廷变法，又与喜事之徒区分开来，真正利于地方。

---

① 有研究认为碑志的描写涉及募役法和青苗法，如荣宪宾《曾巩治齐与王安石变法》（《东岳论丛》1987 年第 4 期）、王琦珍《曾巩评传》（江西人民出版社 1990 年，第 19-20 页），然而变法之前地方官员也会从事此类工作。故而即使文中特指变法，也不会给人以强烈的变法观感、在时代风向的变化下引起注意。
② 《曾巩集·附录》，第 792-793 页。
③ 《曾巩集·附录》，第 799 页。
④ ［宋］李焘：《续资治通鉴长编》卷 251，熙宁七年三月庚申条，中华书局 1993 年，第 6129 页。
⑤ ［宋］李焘：《续资治通鉴长编》卷 246，熙宁六年八月戊戌条，第 6000 页。

　　行状与墓志都作于元丰年间，彼时执行新法是官员必须应对的日常事务①，而曾肇长期在地方任职，新法是他不可回避的问题。行状与墓志的撰写者以平和的叙述点明相关事迹，也表明他们一定程度上对新法的认可。总体而言，曾肇的政治态度较为折中，晚年偏向旧党。然而熙宁初，其弟曾布为变法骨干而进用，他也经王安石之荐由地方小吏担任馆职与学官②，此时态度可能偏向支持新法。林希熙丰间长期在京任馆职，仅是"政治边缘人"③，生平立场经常随时而变，于具有公共性质的墓志不会违背潮流。曾巩本人在变法方面与王安石政见不合，知齐州时自我慨叹"未应久作林泉主，天子今思旧学臣"④，可见其初衷未变。但在实际政事中，他对具体政策的态度值得注意。他自言在亳州"推行保甲之法，以禁盗贼"⑤，在元丰所上《申明保甲巡警盗贼札子》中则继续关注这一问题并提出切实建议。可能是在盗贼多发之州推行保甲法的成效，切实让他感到此项变法在地方治理中的作用。

　　神道碑至少作于元祐四年（1089）⑥，则不语及变法事，仅有"公属民为伍，谨几察，急追胥，且捕且诱，盗发辄得"之句，以模糊的表达将保甲混同于地方官的一般事务⑦。韩维明确反对变法，并且坚守自身立场。他虽不是激烈的保守派，并未尽废新法，然而他对保甲无甚好感。熙宁三年（1070）他推辞御史中丞之命，王安石"恶其言保甲事"⑧，顺水推舟令其仍袭知开封府的旧任。保甲法最先在开封府实行，熙宁四年（1071）三月，韩维奏言"诸县团结保甲，乡民惊扰"，使得王安石"数为上辨说甚苦"⑨。故而行状与墓志所言变法之事自然为其不取。

　　如前所述，曾巩基本游离于政治核心之外，响应新法的举动只是绝大多数官吏的常规行为。然而南渡之后，将北宋灭亡归罪于变法的意识形态愈加浓厚，王称尤为注重阐

①　方诚峰：《北宋晚期的政治体制与政治文化》，北京大学出版社 2015 年，第 4-8 页。

②　［宋］曾肇：《曲阜集·附录》，杨时《曾公神道碑》，第 407 页。

③　李华瑞：《林希与〈林希野史〉》，《李埏教授九十华诞纪念文集》，云南大学出版社 2003 年，第 44-57 页。

④　《曾巩集》卷 7《郓州新堂》，第 116 页。

⑤　《曾巩集》卷 32，第 469 页。

⑥　根据"今天子为延安郡王"，可初步确定神道碑写于哲宗朝，而其创作时间尚能进一步考定。关于曾巩之父的封赠情况，行状、墓志皆言"赠光禄卿"（本官），神道碑则曰"赠右银青光禄大夫"（寄禄官）。元丰改制以阶易官，起到"寓禄秩、叙位著"作用的本官为寄禄阶所取代。银青光禄大夫于元祐三年（1088）二月始分左右，按新制光禄卿一阶换为中散大夫，距银青光禄大夫有六阶，当为累赠所得。此时易占之子为官者唯有布、肇，苏辙于元祐元年至二年（1086—1087）的翰林学士任上作有《文臣升朝追封父母妻》，追赠曾布父曰"追锡崇阶之赠"，但不能确定是否追赠为此品阶。此外，行状与墓志皆叙曾巩之子曾纲为"承务郎"，独韩维写作"右承务郎"。该品阶于元祐四年十一月始分左右，绍圣二年（1095）四月又恢复原貌。可知此碑下限为绍圣二年，姑以元祐三年为上限。

⑦　《宋史》也如此记录："巩配三十一人，又属民为保伍，使几察其出入，有盗则鸣鼓相援，每发辄得盗。"（［元］脱脱等：《宋史》卷 319《曾巩传》，第 10390 页。）

⑧　［元］脱脱等：《宋史》卷 315《韩维传》，第 10307 页。

⑨　［宋］李焘：《续资治通鉴长编》卷 221，熙宁四年三月己酉条，第 5392 页。

发"熙宁之启衅"①。在理学信仰的背景下，"崇道德而黜功利"成为《宋史》修撰者价值判断的标准②，以批判的观点继续为王安石及其变法盖棺论定。曾巩由于反对新法而出外，终神宗朝未得到大用，既德行无亏，又有才学，遂被定为正面人物，史传中明确涉及新法的内容便被删除。

进一步来看，传记言及的人物数量较少，符合曾巩无所依附、防患远人的形象。碑志没有提及曾巩与具有争议的政治核心人物的交集，史传则加入曾巩与王安石的互动，如《东都事略》：

> 初与王安石友善，安石称其文辞，以譬"水之江汉星之斗"。神宗尝问巩："卿与王安石最密，安石何如人？"巩曰："安石文学行谊不减扬雄，以吝故不及。"神宗遽曰："安石轻富贵，不吝也。"巩曰："臣谓吝者，安石勇于有为，而吝于改过耳。"神宗颔之。③

李心传称《东都事略》"特掇取《五朝史传》及《四朝实录附传》（即神宗、哲宗、徽宗、钦宗四朝），而微以野史附益之"④，吸纳了不少野史的内容。以上曾巩与神宗议论王安石的对话，应当源于陈师道《后山谈丛》：

> 子曾子初见神宗。上问曰："卿与王安石布衣之旧，安石何如？"对曰："安石文学行义，不减扬雄，然吝，所以不及古人。"上曰："安石轻富贵，非吝也。"对曰："非此之谓。安石勇于有为，吝于改过。"上颔之。⑤

曾巩与王安石在熙宁初年由于政见分歧而交疏⑥，曾巩对于安石不听劝告感到失望，这条记载是可能的。而陈师道不满新学，系苏门成员在绍圣间遭遇贬谪，除诗歌外对王安石颇有微词，以上内容体现他对王安石过于自信而偏执的性格的认知。此条亦为攻王甚力的《邵氏闻见后录》所采录⑦。在史书中，"吝于改过"不仅是王安石为人行事的问题，更是力排众议、主持变法的动力，他正是在"自信所见，执意不回"的强势推动之下为王朝招致祸患。《宋史》将此段材料前部分改写为"少与王安石游，安石声誉未振，巩导之于欧阳修，及安石得志，遂与之异"⑧，更加明确地指出，在王安石"得志"即出任参知政事之后，曾巩与其分道扬镳，点明政治上的分歧。二人关系的消极转化，除了从侧面丰富王安石的负面形象，也深化了曾巩站在变法对立面的基调。相较之下，碑传对于变法派，或语焉

---

① ［清］纪昀等：《钦定四库全书总目》卷50，中华书局1997年，第692页。
② ［元］脱脱等：《宋史》附录，阿鲁图等《进ость史表》，第14255页。
③ ［宋］王称著，孙言诚、崔国光点校：《东都事略》，齐鲁书社2000年，第379-380页。
④ ［宋］李心传撰，徐规整理：《建炎以来朝野杂记》，大象出版社2019年，第90页。
⑤ ［宋］陈师道：《后山谈丛》，中华书局2007年，第52-53页。
⑥ 刘成国：《王安石与曾巩交疏辨》，《抚州师专学报》1999年第4期，第7页。
⑦ ［宋］邵博撰，刘德权、李剑雄点校：《邵氏闻见后录》卷20，中华书局1983年，第157页。
⑧ ［元］脱脱等：《宋史》卷319《曾巩传》，第10392页。

不详，或避而不谈。曾肇描绘曾巩外任时的艰难处境："既与任事者不合，而小人乘间又欲挤之。"任事者为谁？当是此间掌权的变法派执政。到了史传编纂的年代，当代的顾忌已经消退，故而加以直书。

实际上，曾巩虽以反对变法而外任，但应对外界环境的变化时，他的心态是微妙的，并且不断作出调整。外任时他并非如此平静，碑传在此作了常见的隐晦。在地方上曾巩虽然留有许多放达悠闲的诗作，但流连自然美景时仍为不可抹去的心事牵扰，"念时方有为，众智各驰骋。独此得逍遥，固知拙者幸"①，不与有为的众人同道，在逍遥中传达出寂寞之情。同时，思归的情绪随着在外日久与身体衰老而愈发强烈和迫切。元丰元年（1078）召判太常寺的任命（最终未及到任又改知明州）到来之时，他欣喜地写道："曲台殿里官虽冷，须胜天涯海角时。"②曾巩对于变法的态度也存在转变。在自请出外前，他曾上《熙宁转对疏》劝告神宗不要急于变法，自然是毫无结果。他的态度影响到了自己的仕途，王安石当政时，神宗欣赏曾肇，询问他学术的来源，得知来自曾巩后，"上默然"③。然而到了元丰元年，他在《自福州召判太常寺上殿札子》中即明言"变革因循，号令必信"④，认为神宗的变法行之有效。《亳州谢到任表》更是借称赞封禅之义，表达愿意"镂诸金玉，述陛下赫赫之功"⑤，为神宗创造的太平盛世润色鸿业。元丰三年（1080），他争取到上殿奏事的机会，精心结撰的《移沧州过阙上殿札子》中最核心的观点是，大宋的兴隆超越三代，神宗的变革法度更是发扬祖宗的光辉⑥。不论是出于地方实践的感受还是入朝的渴望，曾巩自我选择赞同新政，而他仕途的转折点也在于此。

在风云变幻的熙丰政坛，曾巩的表现显得平淡，他既无所依附，又防患自保，少有公开直指变法的言行，故而没有鲜明的事件供史书宣扬。总体而言，由于碑传作者立场倾向的差异，曾巩行为中的变法因素从自然渗透转为有意隐去；而随着对变法的追责，曾巩既由在新法问题上有歧见而出外，《东都事略》《宋史》添加的材料和所用笔法便进一步加深了他反新法的形象，同时隐含对王安石及其新政的批评，由此可见政治文化的嬗变。而身处当时环境中，在个人理想与实际处境的共同作用下，曾巩在具体事务上对新法确有一定赞同，而对时局的心态则更为复杂微妙。

---

① 《曾巩集》卷5《北湖》，第68页。
② 《曾巩集》卷8《北归三首（召判太常）》，第133页。
③ ［宋］朱熹撰，李伟国点校：《八朝名臣言行录》三朝名臣言行录卷9，上海古籍出版社、安徽教育出版社2010年，第653页。
④ 《曾巩集》卷29，第437页。
⑤ 《曾巩集》卷27，第417页。
⑥ 《曾巩集》卷40，第440—444页。

二、文道的弥合与裂痕

　　各篇传记从赞美文章的谨严有法到肯定其性情的醇儒之正，从这个意义上看，曾巩堪称文道合一的典范，正如南宋理学家开始系统接受与升格曾巩之文①，突出其内容符合儒家道德观念的纯正性。然而这更多是学理上的讨论。传记也提供了许多现实事迹，可帮助我们从常被忽视的实践环节展开进一步考察。需要注意的是，"道"在文章的社会功能之外，还包括实际行为对理想人格的实践，即一种经世致用的传统。

　　一方面，传记共同塑造了曾巩文道合一的儒家士大夫形象。曾巩传记勾勒出他在文统与道统谱系中的位置，其中文道往往合一标识。行状首先奠定了曾巩文学的基调，并将其置于先王之后道术衰微的大背景：他的学术本于经典，纠俗学之谬、复儒学之正；其文章注重探讨古今治乱得失，以经纬当代政治，有鲜明的现实指向。神道碑写道："自唐衰，天下之文变而不善者数百年。欧阳文忠公始大正其体，一复于雅。其后公与王荆公介甫相继而出，为学者所宗，于是大宋之文，炳然与汉唐侔盛矣。"以欧阳修开革新文体的风气之先，曾巩、王安石绍续其业，北宋古文运动发展叙述的模式初步形成，并在宋代经过反复言说②，最终凝结于《宋史·文苑传》中。

　　现实行迹主要落实在道德与政事两端。传记共同赞扬了曾巩孝友、廉洁、恬退等符合宋代士大夫理想人格的品质，在此不再赘述。在文道统系的构建中，传记除了标榜学术，也强调曾巩"施于政事"，这是经术在政治生活中的体现。具体来看，传记对曾巩仕宦经历进行叙述剪裁时，九年编校书籍的低级馆职均仅在列叙官职时介绍，重点在于对曾巩人生后两阶段的记录。而碑传与史传在此的叙述侧重点有所不同。

　　地方与中央事迹是展现曾巩一生功业的重点内容，所占比例的差异体现了各家的评估标准与不同文体的写作需求。碑传要尽可能地展现曾巩的功业，他十二年地方守令的任职历时长、事务多，自然在篇幅上占据记事的大部分。行状约为 43.6% 与 8.7%，可见曾肇于完整记叙兄长事功最为用力；墓志删减了部分地方事迹，约为 41.3% 与 12.0%；神道碑均进行了删削，分别为 20.9%、12.7%。然而此类事务性工作在记叙中容易流于琐碎，故碑传既列举州郡工作的繁剧与曾巩的地方治理能力，又突出其才位不配的处境，曾肇以"其材虽不大施，而所治常出人上"统摄地方事迹，林希亦以"公素慨然有志于天下事，仕既晚，其大者未及试"总结。而到了史传，《东都事略》的记事差距较大，王称仅以

---

① 裴云龙：《古文传统与理学思想的涵容——曾巩散文经典化历程及学理意义考论（1127—1279 年）》，北京师范大学文学院主办：《励耘学刊》2016年第 1 辑，学苑出版社 2016 年，第 58-60 页。
② 如孙觌《送删定姪倅赵序》"庆历、嘉祐间，欧阳文忠公以古文倡，而王荆公、苏东坡、曾南丰起而和之，文章一变醇深雅丽，追复古初，文直而事核，意尽而言止"，叶适《习学记言》"文字之兴，萌芽于柳开穆修，而欧阳修最有力，曾巩、王安石、苏洵父子继之，始大振"等。

"通判越州,历知齐襄洪福明毫沧州"①一笔带过地方经历,后文却录入曾巩回京后两次上疏议经费的大量内容,地方与中央内容的比例达到 1.8％ 与 76.7％。《东都事略》秉持"叙事约而该"②的观念,因此略去了一般性的地方事务,而以《议经费札子》为重。至于《议经费札子》,李焘在其末尾就注明"此据本传附见"③,证明国史已将其附于曾巩本传之后。李焘于淳熙二年(1175)二月进呈治平四年至元符三年(1067—1100)的《续资治通鉴长编》,而淳熙七年(1180)十二月《四朝国史》的列传部分仍未修成④,因此《续资治通鉴长编》所参国史必非南宋重修,其所参史料当为北宋所撰《神宗正史》,说明彼时它在曾巩的诸多议对中早已格外引起史家的注意,故而《神宗正史》之曾巩传的中央事迹比例应当也偏高。《宋史》的地方与中央比例又与碑志相似,但也特别强调这条札子。从传状文献"数对便殿"的总括到各史传中《议经费札子》的专举,究其所因,当是它触及始终困扰宋朝的结构性问题——冗官与冗费,陈均《皇朝编年备要》在神宗皇帝条中将此置于"本朝财用"后⑤,洪迈《容斋随笔》以此条为"今日官冗"⑥。与此相应,雍正《江西通志·曾巩传》的按语也感叹道:"史传特录其议经费一疏,得毋以此为未竟其用乎?"⑦总之,碑传与史传都描写曾巩在政治生活中对道的实践,但是采取了不同的方式。

另一方面,史传展现出曾巩文与道的裂痕,这在以颂美为基调的碑传中不曾出现。《东都事略》与《宋史》皆以此结尾:

> 吕公著尝告神宗,以巩为人行义不如政事,政事不如文章,以是不大用云。

其间透露导致曾巩不大用的原因在于,神宗在认知上接受了曾巩"行义不如政事,政事不如文章"的才性缺陷。据王明清《玉照新志》记载,初本《神宗实录》多取司马光《涑水记闻》,其中包括"常山吕正献之评曾南丰"⑧。可见这一评价在《神宗实录》中就已经出现,很有可能进入《神宗正史》,继而被后来史书吸纳。同样,《续资治通鉴长编》高度赞扬曾巩文章的辞采与道德意识,但笔锋一转,指出他实践中品行的欠缺:

> 巩所为文,章句非一律,虽开阖驰骋,应用不穷,然言近指远,要其归必止于仁义。至其行,不能逮其文也。吕公著常评巩,以为为人不及论议,论议不及文章。⑨

① ［宋］王称著,孙言诚、崔国光点校:《东都事略》,第 377 页。
② ［清］纪昀等:《钦定四库全书总目》卷 50,第 692 页。
③ ［宋］李焘:《续资治通鉴长编》卷 310,元丰三年十一月壬子条,第 7519 页。
④ ［宋］王应麟撰,武秀成、赵庶洋校证:《玉海艺文校证》卷 12,凤凰出版社 2013 年,第 571 页。
⑤ ［宋］陈均撰,许沛藻等点校:《皇朝编年纲目备要》卷 20,中华书局 2006 年,第 496-497 页。
⑥ ［宋］洪迈撰,孔凡礼点校:《容斋随笔·容斋四笔》卷 4,中华书局 2015 年,第 521 页。
⑦ 雍正《江西通志》卷 83,1732(清雍正十年)刻本。
⑧ ［宋］王明清撰,汪新森、朱菊如校点:《投辖录 玉照新志》,上海古籍出版社 1991 年,第 45 页。
⑨ ［宋］李焘:《续资治通鉴长编》,卷 314,元丰四年七月己酉条,第 7609 页。

　　李焘在自注中又补充田昼所作《王安礼行状》的内容，这当是该评价的较早来源，兹引如下：

　　曾巩以文学称天下，在熙宁、元丰间，龃龉不用。王安礼荐于上，曰："巩之词采足传于后，今老矣，愿俾修文当代，成一家言。"上曰："公著尝谓巩行义不及政事，政事不逮文学。果然，无足为者。"安礼曰："诚如其言，请取其最上者。"上乃用巩为史官。①

　　田昼之文不见全貌，上述这段话直呼王安礼之名，明显是对原文的转述。那么这展现了曾巩怎样的形象呢？就《王安礼行状》而言，基于行状的性质，该事件应当是称赞王安礼有识人之明，将曾巩这一沉沦的人才举荐上用，且能识别其最出众之才、将之置于合适职位。可见这段材料的重点在于陈述曾巩的才性偏向及其之用，并对皇帝因不同才能高下而起的漫不经心进行纠偏，而非评鉴这几样才能的优劣。然而《续资治通鉴长编》采掇后则转为对曾巩品行相对逊色的谴责（当然也有可能《神宗正史》就存在这种表述）。这样，碑传中努力塑造的文章政事之平衡被打破，史家眼中曾巩的龃龉不完全是由于自身的低调、外部的挤压，还有为人与治政才能不足这一关键缺陷。该条在此后的南宋私修史书中亦为杨仲良、陈均所录，写作"为人不及议论，议论不如文章"②。《宋元学案》将曾巩列于庐陵学案之下，小传来源于《宋史》，内容多有删减，但仍保留此句评价。小传之后的一条附录则采用叶适《习学记言》："曾某不附王安石，流落外补，汲汲自纳于人主，其辞皆诡而哀。要之，其文与识皆未达于大道。"③叶适对曾巩持评多有负面，即使在文学领域也多有不同于主流的批评，或是出于解构朱熹树立的道学偶像的目的④。全祖望订补学案时在道学之外关注道德事功，此段内容与前文交织在一起，补充论证曾巩行义的缺陷。可以看到在此话语中，曾巩的才性被分为三个部分：行义（为人），政事（论议），文章（文学）。其间使用的词汇有所差异，论议或为针对政治史事而发的观点性文字，如《群书会元截江网》在国史卷中所言："以曾公巩之文学见称士类，犹谓议论不及文章。"⑤无论如何，三者呈现出实用性递减的特征，以曾巩的实际表现低于文学撰述，是这些材料的共同观点。这表明曾巩道德、才干不如文学的特质是史家共识，有必要在传记中加以直书。

　　品行讥刺的内容被史家一再采用，透露出曾巩形象的一个侧面。这涉及一个经典问题：文章与事功的关系及文士的评价。早在汉代，士大夫阶层已形成政务与文化的二重

---

①　［宋］李焘：《续资治通鉴长编》，卷314，元丰四年七月己酉条，第7609-7610页。

②　［宋］杨仲良：《皇宋通鉴长编纪事本末》卷81，江苏古籍出版社1988年，第2647页；［宋］陈均编，许沛藻等点校：《皇朝编年纲目备要》卷21，第505页。

③　［清］黄宗羲原著，全祖望补修：《宋元学案》卷4，中华书局1986年，第211-212页。

④　马茂军：《南宋古文运动者对北宋古文运动的反思与超越——以叶适为中心考察》，《华南师范大学学报》（社会科学版）2015年第6期，第170页。

⑤　佚名：《群书会元截江网》卷30，《景印文渊阁四库全书》，第934册，第442页。

角色特征。但是若没有致用传统的依托，文章的地位始终尴尬。北宋士大夫集学者、文人、官员的身份于一体，而曾巩最以文章名天下。黄震"不徒以文鸣而今徒以文鸣"①的辩驳，恰好说明了曾巩文章名世的形象与该形象带来的焦虑。南宋时期，曾巩散文在理学家的推动下开始走向经典化。朱熹年少时就爱看曾文，极为欣赏他"词严理正"的文风。然而以《朱子语类》为例，其中对于曾巩在文章与实践方面的评论走向二分。曾巩的主要污点在于因入朝不得而诌媚神宗，尤其是沧州过阙所上的札子，"归美神宗更新法度，得个中书舍人"②，但朱熹在批判时亦不得不承认其文极妙。黄震十分推崇曾巩，评价不可谓不高，但他说"南丰好凭势陵民，尝为人所讼，似犹不护细行。文昭则端严可畏，有大臣风"③，"不护细行"是道德评价所责备的文人做派，出自曹丕《又与吴质书》："观古今文人，不护细行，鲜能以名节自立。"④可见他潜意识中仍不免以文人目之，认为曾巩不如其弟曾肇有大臣之风。此外，《古今纪要》《三朝名臣言行录》中的曾巩事迹多沿袭碑传，但共同收录以下事例："子固时不奔丧，为乡议所贬……子固好依漕势以陵州，依州陵县，依县陵民。"⑤不奔丧的传闻朱熹已经辩诬。至于欺压百姓，文中未详说实际情况。朱熹所引材料源自司马光《温公日记》，在此句前面该文还提到，曾公亮于山阴任内因贱买民田遭到弹劾，曾易占为其谋划遮蔽，曾公亮因而"深德易占"。黄震将其并列写作"宰山阴贱市民田。及第时乡人作感圣恩道场。依漕陵县，依州陵民"⑥，将曾公亮之事安置于曾巩身上，对材料进行了错误拼接。如仇鹿鸣所说，"从某件张冠李戴的名士轶闻中又折射出那个时代对于某位名士的集体想象"⑦，可见曾巩品行瑕疵的流传给部分后世文人造成了先入为主的印象。

本文通过文本网络的引申勾陈，可见碑传和史传从不同角度呈现了曾巩文道合一的形象，而不同于碑志的全篇赞美，史传书写暗示了他现实品行的缺陷，并且追溯史源，宋代官修史籍就有此类记载。言行录文献则保留了更多德行有瑕的事例。总体来说，曾巩是文道兼备的儒者君子，但我们也不能忽视，他的形象中文章学术与实际才性间存在一定裂痕，影响到了后世的评价。借此也可进一步了解当时评判才行的文化心理。

三、事件三题

传记叙述的不一之处，有些涉及曾巩立身大节，特就此三处发覆。

① ［宋］黄震：《慈溪黄氏日抄·古今纪要》，《黄氏日抄》卷50，上海图书馆藏元后至元三年刻本。
② ［宋］黎靖德编，王星贤点校：《朱子语类》卷130，中华书局1986年，第3106页。
③ ［宋］黄震：《黄氏日抄》卷50。
④ ［魏］曹丕撰，夏传才等校注：《曹丕集校注》，河北教育出版社2013年，第109页。
⑤ ［宋］朱熹撰，李伟国点校：《八朝名臣言行录》三朝名臣言行录卷第9，第651页。
⑥ ［宋］黄震：《古今纪要》卷19。
⑦ 仇鹿鸣：《魏晋之际的政治权力与家族网络》，上海古籍出版社2012年，第23页。

其一,濮议之争。出身旁支的英宗以仁宗嗣子入继大统,即位后在生父濮王尊号的问题上,掀起了礼制与政治层面的斗争,是为"濮议"。英宗对称"皇伯"不满,于治平二年(1065)六月下诏博考典故,希望为称皇考寻求理论依托。曾巩《为人后议》即作于此段时间。而作为英宗朝的重大事件,行状与神道碑都未记载,唯有墓志提到:

> 公于取舍去就必应礼义,未始有所阿附。治平中,大臣尝议典礼,而言事者多异论。欧阳公方执政,患之。公著议一篇,据经以断众惑,虽亲戚莫知也。后十余年,欧阳公退老于家,始出而示之,欧阳公谢曰:"此吾昔者愿见而不可得者也。"①

墓志援引此事意在证明曾巩的遵守礼义,同时点明欧阳修是其中重要角色。曾巩作为欧阳修的学生,终身服膺恩师。《为人后议》的观点与欧阳修非常相似,从父母之亲不可绝出发,认为为人后者当为亲生父母降服以尊大宗,但不应改变父母之名,故而肯定称皇考。不同之处在于,欧阳修主张即园立庙,并且不反对追濮王为皇,"就使称皇,亦是师丹所许者也"②。他力图维护英宗的利益,参与促成了太后手诏尊濮王为皇、三位夫人为后之事③,尽管英宗谦让不受,但不排除以退为进、"欲为异日推崇之渐"的用心④。而曾巩坚决否认立庙奉祀与加封位号,他强调称皇考仅以维系父子亲缘,同时要保证"尊无二上",规避父子亲情与帝位正统的矛盾。这表明《为人后议》是曾巩依据经典详尽论证的结果,并非完全迎合欧阳修与政府⑤。至于当时不向人出示,当是由于曾巩行事慎重,身处"微有一言佑朝廷,便指为奸邪"⑥的环境,出于避祸心理,不敢宣扬于外。濮议对欧阳修的仕途和身心造成严重打击,熙宁年间仍回忆辩诬⑦。他退居在家见到曾巩的文章,感到释怀。墓志所言可谓得实。

曾肇与韩维不提濮议,并非未注意此事,而是由于立场不同隐去⑧。治平四年(1067)曾肇方中进士,没有亲历此事。但在其他碑志中可见端倪,如《范忠宣公墓志铭》写道:

> 时方议濮安懿王典礼,大臣与从官异论。公言:"陛下亲受仁宗诏而为之子,与前代定策入继之主异,请如从官议。"……时已诏罢追尊,趣公就职,公犹以不皆如从官议,请

---

① 《曾巩集·附录》,第 801 页。
② [宋]欧阳修撰,李逸安点校:《欧阳修全集》卷 121《濮议》卷 2,中华书局 2001 年,第 1855 页。
③ 虽然欧阳修一再辩称中书对于太后手诏之事丝毫不知情,但各种记载都透露此种信息。参见丁功谊:《人情与礼制的冲突——濮议中的欧阳修》,《宁夏社会科学》2013 年第 3 期,第 114-118 页;张钰翰:《北宋中期士大夫集团的分化:以濮议为中心》,姜锡东主编:《宋史研究论丛》,第 14 辑,河北大学出版社 2013 年,第 19-41 页。
④ [宋]李焘:《续资治通鉴长编》卷 207,治平三年正月癸酉条,第 5029 页。
⑤ 叶适《习学记言》曰:"曾巩语修且无以其所议示人,是内惧众哗而外姑以诏修尔。"评价过于尖刻。
⑥ [宋]欧阳修撰,李逸安点校:《欧阳修全集》,卷 120《濮议》卷 1,第 1850 页。
⑦ 《濮议》卷 2:"先帝每语及此事,则不胜其愤。"[宋]欧阳修撰,李逸安点校:《欧阳修全集》,第 1854 页。
⑧ 唐亚飞《曾巩〈为人后议〉问题一则》(《文史知识》2020 年第 9 期,第 114-117 页)认为,行状、神道碑未载此事是由于"此事在宋代没有引起足够的重视",似未尽其意。

去益坚。公在台，数言人所难言，及争濮王事，引谊据经，语斥大臣尤切，繇是名震天下。①

范纯仁时任殿中侍御史，是台谏的中坚力量，就称皇考一事论列不已，并直指欧阳修、韩琦、曾公亮等宰臣，认为太后妥协的诏令是权臣逼迫的结果。曾肇录其论奏之语，显然赞赏范纯仁的"异论"与不迎合执政的风骨。意见不行，尽管皇帝挽留，范纯仁也辞职求去，更是名节之士的表现。同时旁观他为曾公亮所作的行状记事详细，但亦不提濮议。

据现有材料看，韩维称遭罢黜的吕海等人是"国之忠臣"，执政越过韩维将敕命直接送达被贬台官家中、韩维恐怕贬斥台谏导致"自此陛下耳目益壅蔽矣"②，都可见，在宰执与台谏士大夫的权力争夺中，他明显支持台谏派。韩维于元祐间为范镇所作的神道碑亦以称赞的口气说道：

公时判太常寺，率礼官上言："凡称帝号及若皇考，立寝庙，论昭穆，皆非是。"③

台谏在濮议中赢得了朝野上下的声誉，而执政违背士大夫公议，随着英宗的离世黯然收场。熙宁年间韩琦为欧阳修作墓志铭，他作为政治同盟于此事极力为欧辩护，亦不得不顾忌士人政治的大环境。他回避尊号之是非，塑造欧阳修并非主议者的被动姿态，突出其应对台官诋毁的气度④。曾巩的主亲说不合二人观点，又与士论违背，故而在称美的碑志中皆被隐去。至于后世传记，濮议是曾巩平生的隐藏事迹，同时事件本身聚讼纷纷，自然也都不见其文。

其二，曾巩地方治理的风格。碑传和《宋史》多选取解民众之疾苦的事例，体现符合儒家价值典范的良吏形象。而部分史传的定论值得注意：

巩知福州，治尚威严。（原注曰"本传"，当出自国史）⑤
巩为治尚威严。（《东都事略》）⑥

威者，有威可畏⑦；严者，教命急也⑧。"威严"作为一种为政风格，刚毅不苟、令人敬

---

① 曾枣庄、刘琳主编：《全宋文》，上海辞书出版社、安徽教育出版社 2006 年，第 110 册，第 113 页。
② ［宋］李焘：《续资治通鉴长编》卷 207，治平三年正月壬午条，第 5037 页。
③ 曾枣庄、刘琳主编：《全宋文》，第 49 册，《端明殿学士银青光禄大夫致仕柱国蜀郡开国公食邑二千六百户食实封五百户赠右金紫光禄大夫谥忠文范公神道碑》，第 251 页。
④ 韩琦《宋故推诚保德崇仁翊戴功臣观文殿学士特进太子少师致仕上柱国乐安郡开国公食邑四千三百户食实封一千二百户赠太子太师文忠欧阳公墓志铭》："台官携愤不已，遂指斥公为主议，上章历诋，必请议定，及以朝廷未尝议及之事，肆为诬说，欲惑众听……公退伏私居，力请公辨。"（［宋］欧阳修撰，李逸安点校：《欧阳修全集》，第 2703 页。）
⑤ ［宋］王象之撰，赵一生点校：《舆地纪胜》卷 128，浙江古籍出版社 2012 年，第 2891 页。
⑥ ［宋］王称著，孙言诚、崔国光点校：《东都事略》，第 377 页。
⑦ ［汉］许慎撰，［清］段玉裁注：《说文解字注》，上海古籍出版社 1981 年，第 615 页。
⑧ ［汉］许慎撰，［清］段玉裁注：《说文解字注》，第 62 页。

服，体现治理的成效、长官与国家的威望，国史侧重展示的是曾巩干练刚严的个性与能力。其实行状在地方事迹中用三分之一的笔墨讲述曾巩在难治之地平治盗贼与维护法令，这些都是威严的体现。但威严在文化传统中也具有执行严刑峻法的含义，司马迁即以之为循吏的对立面："奉职循理亦可以为治，何必威严哉？"①曾巩对此是敏感的，赵抃称赞他"政术严简"，虽然"简"已在一定程度上修正了"严"，但他并不满意，因为他的自我期待是达到"归于慈恕"②。在北宋文献中，威严类词汇含义丰富，不妨以时人的运用语境来佐证。威严是一种治理风格，如《宋史·欧阳修传》曰："知开封府，承包拯威严之后，简易循理，不求赫赫名，京师亦治。"③赵抃也是一位具有威严属性的官员，苏轼《赵清献公神道碑》铭曰"其在官守，不专于宽，时出猛政，严而不残"④，在突出其特点时有分寸地使用限制性词汇。而有时与宽缓无为相形之下，威严似乎略失一筹，如曾肇《范忠宣公墓志铭》"齐多盗讼，前守率尚威严，公独治以恩信"⑤。为了避免带来过度的负面联想，碑传以宽缓之语相对，如行状中"聪明威信"只起到"济之"的作用，总体上仍是"不劳而治"。神道碑则写道："其为政，严而不扰，必去民疾苦而与所欲者。"强调其清静仁爱。由此可见传状文献更注重叙事的分寸，以维护传主的良好形象。

其三，碑传对平辈兄弟的记录与家族记忆的塑造。记叙祖先世系与婚姻子嗣情况，是碑志书写家族人际关系的惯例，而传主的平辈亲属并不是必要言及的对象，除非与传主关系极其密切或成就斐然、有助家声。各传记多数提及了曾巩弟妹，强调他孝友的品质和对家族的兴续之功。曾肇从亲情出发，最为详细地描写了兄长在父亲失官经济困窘时竭力供养家庭、侍奉父母，在早孤之后让四弟九妹在仕途与婚姻各得其所的情景。碑志则进一步突出曾氏兄弟尤其是布、肇二人的成就，以墓志为例："公既以文章名天下，其弟牟、宰、布、肇，又继中进士科。布尝任翰林学士，肇以选为尚书吏部郎中，与公同时在馆阁，世言名家者推曾氏。"⑥这不仅展示曾巩之弟表现出色，更于家族书写中表明，在曾巩的影响之下曾氏家族文学兴盛，文化资本又带来科第的成功与政治地位的煊赫，使得曾氏跃而成为名门。这一叙述模式亦在曾氏子孙碑铭序文的书写中成为家族记忆的重要部分，成为家族繁荣的象征与凝聚力的载体，如孙觌为曾布之子曾纡所作《曾公卷文集序》曰："而三人尤称于天下，曰中书舍人巩，以文儒道德为学者宗，号南丰先生。曰右丞相布，以正言直道历事三朝，有勋有劳，在受之籍，谥文肃。翰林学士肇，高文硕学，出处

① ［汉]司马迁：《史记》卷119《循吏列传》，中华书局2013年，第3099页。
② ［宋]曾巩：《齐州答青州赵资政别纸启》，转引自金程宇《新发现〈永乐大典〉残卷中的曾巩佚文》，《学术月刊》2004年第9期。
③ ［元]脱脱等：《宋史》卷319《欧阳修传》，第10378页。
④ ［宋]苏轼撰，孔凡礼点校：《苏轼文集》，中华书局1986年，第523页。
⑤ 曾枣庄、刘琳主编：《全宋文》，第110册，第115页。
⑥ 《曾巩集·附录》，第801页。

大节与先生齐名，谥文昭。"①汪藻为曾肇之子曾緟所作《奉议郎知舒州曾君墓志铭》在列叙曾巩兄弟三人之后写道："同时鼎峙为名臣，于是曾氏之名益彰彻于时，士大夫以氏族名家皆出其下。"②这体现出宋代士族的家族意识与发展风尚。而史传文体相对不过分表彰一家私门，此类叙述自然为其不取。

四、结语

从曾巩的传记文本中，可以看到其中的细微差异。从行状到神道碑，随着作者个人倾向的不同，曾巩行为中的新法因素被逐渐淡化；而南渡后由于对新法的贬斥，史传通过援引其他材料深化了曾巩形象的反新法特征。传记文本共同表彰了曾巩的德行与文学，而碑传与史传从不同的侧重点展现他的政绩。同时史传引入了对他行义与事功的负面评价，不同于碑志的隐恶扬善，体现褒贬兼发的原则。这些记录构成了曾巩形象中文与道的裂痕，体现了士大夫对理想人格的评判。而濮议本身存在争议，又是曾巩不太公开的隐形事件，故而在传记中消失；对曾巩治理风格和家族情况的叙述，则反映文化传统与文体限制的影响。一人多传的文本系统展示了曾巩在为政、文学、道德上不同维度的形象，与曾巩的自我创作相对照，其中既有联系、又有一定差异，可见传记与传主存在相对距离。从中我们感受到不同作家的情感取向如何影响对同一人传记的写作，政治文化的变迁及其对传记取材、叙事策略的作用，以及文体规范的制约如何导致文本间的差异。如在感情驱使之下，曾肇为兄长撰写的行状论述尤详，篇幅远在其他传记之上，同时以第一人称抒情议论，徐师曾《文体明辨》以"唯叙事实"为正体，"因叙事而加议论焉"为变体③，可见这是突破文体的写作。同时，厘清宋代官修史籍与南宋史书、元末《宋史》曾巩传内容的关系，有助于了解历史叙述体系的差异以及历史文本的生成过程。

---

① ［宋］孙觌：《鸿庆居士集》卷 31，清光绪常州先哲遗书本。
② ［宋］汪藻：《浮溪集》卷 27，清乾隆武英殿聚珍版。
③ ［明］吴讷、徐师曾：《文章辨体序说　文体明辨序说》，人民文学出版社 1998 年，第 53 页

瞿佑《剪灯新话》中的秘境空间探析

王成娟

　　摘　要：瞿佑在《剪灯新话》中构建了独特的秘境空间，主要有"龙宫"秘境、"桃花源"秘境、"天河"秘境和"三山福地"秘境四种类型。秘境空间的构建和现实空间有着密不可分的联系，小说中的地理书写与现实地理特征相吻合，体现出浓厚的江浙印记。秘境空间是小说叙事的重要组成部分，与现实空间共同构成了二元空间模式，具有独特的叙事结构和功能。同时，秘境空间包含着深刻的主题内涵，暗示着瞿佑对现实世界的反思与重构。秘境空间既是瞿佑对前人作品不同程度的改写，也是其个人心态的凝结与表达，与元末明初的时代背景有着密切的联系。

　　关键词：《剪灯新话》　秘境空间　地理书写　叙事　主题

　　作者简介：王成娟，山东大学儒学高等研究院硕士研究生。研究方向：明清文学与文献。

引言

　　秘境空间主要是指神秘的、不为人所知的疆域，早在古代小说萌芽时期，人们便凭借对世界秩序的理解构建了仙化的秘境。《列子·汤问》中就出现了有关海上仙山的记载："渤海之东不知几亿万里，有大壑焉，实惟无底之谷，其下无底，名曰归墟。""其中有五山焉：一曰岱舆，二曰员峤，三曰方壶，四曰瀛洲，五曰蓬莱。""其上台观皆金玉，其上禽兽皆纯缟。珠玕之树皆丛生，华实皆有滋味，食之皆不老不死。"①《列子·汤问》中详细描绘了仙山秘境的地理位置以及仙话传说，仙化的秘境描摹不仅影响着后世对仙境的渴慕，而且对后世小说的创作产生了深远的影响。在魏晋南北朝时期，秘境空间已经较为广泛地出现在小说中，例如干宝在文言志怪小说集《搜神记》中创造了仙境、冥界等秘境空间，其

---

① 〔晋〕张湛注，〔唐〕卢重玄解，〔唐〕殷敬顺、〔宋〕陈景元释文，陈明校点：《列子》，上海古籍出版社2014年，第130页。

中的《胡母班》，细致地描摹了胡母班进入异域泰山府的故事。到了唐代，小说的秘境空间叙事更加成熟，例如唐传奇《洞庭灵姻传》叙述了柳毅为龙女传书而进入"龙宫"秘境的故事，详细地描写了"龙宫"秘境的具体形态以及龙王的社会关系，具有独特的艺术想象力。明代瞿佑的《剪灯新话》也延续了秘境空间叙事的这一传统。

　　瞿佑，字宗吉，钱塘人，历经元末明初战乱，洪武中，授仁和训导和临安教谕，升任周府右长史，著有《香台集》《剪灯新话》《乐全稿》《乐府余音》《归田诗话》等。瞿佑在其文言小说集《剪灯新话》中塑造了多种秘境空间，并注入了特殊的个人情感和时代内涵，表达了自己对现实世界的反思和对理想世界的追求。

一、《剪灯新话》中的秘境空间及其类型

　　秘境空间是《剪灯新话》的重要组成部分，瞿佑在其中描摹了各种奇特的异域空间，有美妙的仙山楼阁，有神秘的水府世界，还有诡谲的幽冥地府……此篇论文选取其中独特的秘境小说进行讨论，分别是《水宫庆会录》《龙堂灵会录》《天台访隐录》《鉴湖夜泛记》和《三山福地志》，各文章中的秘境空间类型主要有"龙宫"秘境、"桃花源"秘境、"天河"秘境和"三山福地"秘境四种。

（一）"龙宫"秘境

　　"龙宫"秘境是佛教文化和中国龙文化相结合的产物，后来逐渐成为古代小说中常见的文学意象，衍生出内涵深厚的龙宫文化。早在唐代，传奇小说中就已经形成了较为成熟的"龙宫"秘境叙事，一定程度上影响了瞿佑的"龙宫"秘境小说。关于唐传奇和《剪灯新话》的关系问题，程国赋在《〈剪灯新话〉与唐人小说》中论述："《新话》中至少有八篇小说在人物塑造、情节结构诸方面很大程度上受到唐人小说的影响。"①《水宫庆会录》便是这八篇小说之一。虽然《水宫庆会录》对唐人小说有所借鉴，但是其中"龙宫"秘境的设计依旧具有独特的创造性，可以说瞿佑笔下的"龙宫"秘境是对唐传奇的模仿与再创造。《水宫庆会录》不再采取《洞庭灵姻传》中龙女授书的秘境进入方式，而是设计了"龙王奉邀"的情节。"龙王奉邀"的缘由是主人公的才华。这种变化表明由于小说创作潮流、创作阶层以及时代背景的变化，"龙宫"秘境小说融入了新的内涵，因才华进入"龙宫"秘境的情节体现出浓厚的文人心态。进入秘境之后，小说从主人公余善文的视角描摹了"龙宫"秘境的建筑陈设以及集会场景，其创作的上梁文直接将龙宫的富丽堂皇展现了出来："挂龙骨以为梁，灵光耀日；缉鱼鳞而作瓦，瑞气蟠空。列明珠白璧之帘栊，接青雀黄龙之

---

①　程国赋：《〈剪灯新话〉与唐人小说》，《明清小说研究》1999 年第 1 期，第 199 页。

舸舰。琐窗启而海色在户,绣闼开而云影临轩。"①同时,小说中关于龙王们集会场景的描写更趋于世俗化:"二舞既毕,然后击灵鼍之鼓,吹玉龙之笛,众乐毕陈,觥筹交错。"②小说中的庆会场景与现实生活相类似,其中,独具海洋特色的意象又凸显出"龙宫"秘境的与众不同。总之,《水宫庆会录》中的"龙宫"秘境既是对唐传奇的模仿与继承,又融入了作者的个人心态,具有独特的意蕴内涵。

《龙堂灵会录》中的秘境叙事结构与《水宫庆会录》相似,故事的主要情节都为"主人公具有才华——因才华受邀进入'龙宫'秘境——'龙宫'秘境集会——主人公离开秘境",但是二者的主要故事内容并不相同,小说的主题内涵也有着极大的差异。《龙堂灵会录》中的"龙宫"秘境主要从关键人物子述的叙事视角展开,子述由于在龙王堂题诗而被邀进入"龙宫"秘境。在秘境内,子述目睹了吴江三高范蠡、张翰、陆龟蒙和伍子胥的集会,以及伍子胥和范蠡之间的冲突,而后以诗文的形式描摹了"龙宫"秘境:"黄金作屋瓦,白玉为门枢,屏开玳瑁甲,槛植珊瑚珠。"③此首诗文与《水宫庆会录》中的上梁文类似,都极力地铺陈"龙宫"秘境的恢宏壮美。同时这首诗文还叙述了三高与伍子胥相会的故事:"胥山之神余所慕,曾谒神祠拜神墓。相国不改古衣冠,使君犹存晋风度。座中更有天随生,口食杞菊骨骼清。平生梦想不可见,岂期一旦皆相迎。"④虽然《水宫庆会录》与《龙堂灵会录》中的秘境叙事结构非常相似,但是《龙堂灵会录》中的主要故事内容为吴江三高与伍子胥的相会,小说紧紧围绕吴江三高祠的祭祀对象这一问题,以吴江三高和伍子胥在"龙宫"秘境中集会的方式发表议论,为"龙宫"秘境融入了新的内涵。

(二)"桃花源"秘境

在故事结构层面上来看,《天台访隐录》是瞿佑对《桃花源记》的模仿,故事情节的设计与《桃花源记》有着极大的相似性,其故事结构都为"主人公偶入秘境—秘境中有村庄—村人延接—与村人谈论历史—离开秘境,后寻秘境而不得"。同是《天台访隐录》与《桃花源记》也有所不同,瞿佑在其中融入了独特的历史记忆与时代印记。

《天台访隐录》构建了以天台山为秘境的地理空间,在山岳之中设计了独特的"桃花源"秘境。故事中的徐逸因采药而误入秘境,秘境中"有居民四五十家,衣冠古朴,气质淳厚,石田茅屋,竹户荆扉,犬吠鸡鸣,桑麻掩映,俨然一村庄也。"⑤村庄中有一位老人邀请

---

① ［明］瞿佑:《剪灯新话》,乔光辉校注《瞿佑全集校注》第 2 册,浙江古籍出版社 2010 年,第 660 页。(以下所引皆为此版本)
② 《剪灯新话》,第 665 页。
③ 《剪灯新话》,第 788 页。
④ 《剪灯新话》,第 788 页。
⑤ 《剪灯新话》,第 706 页。

徐逸到家中去,并且向他讲述了村庄的形成过程,南宋末年战乱频发之际,老人与避难者迁徙到了天台山深处来躲避战乱,在此地构建了与现实世界隔绝的秘境世界。该文中秘境的内部景象以及形成过程与《桃花源记》中的秘境并无二致,差异较大的是,《天台访隐录》用大量篇幅叙述了徐逸与老人之间有关历史的交流。文中老者问如今"是何甲子",徐逸为之略述了三代历史变迁的过程,历史兴亡之感油然而生,这种情感也凝结在老者所作的诗歌中:"一片残山并剩水,几度英雄争鹿!算到了谁容谁辱?""羊胛光阴容易过,叹浮生待足何时足。"①小说借用诗笔表达了时代变迁、韶华易逝的悲伤之感。同时徐逸和老人谈及了文天祥忠贞爱国的事迹,表达其难以实现自身抱负的悲哀,还叙述了贾似道当权乱政,吕文焕手下将领"扼吭"而死的故事,传递了对末世的感慨,"可怜行酒两青衣,万恨千愁谁得知"则直接将此种怅惘的心绪抒发出来。议论结束后徐逸与老人挥袖而别,离开秘境,小说以再寻秘境而不得结束,这种情节设计为秘境空间增添了神秘意蕴,具有独特的艺术魅力。

(三)"天河"秘境

《鉴湖夜泛记》讲述的是成令言游鉴湖时穿越"天河"秘境的故事,故事的主角成令言是素爱游山水的隐士,常常乘着一叶小舟遨游于会稽,由于其"夙负高义,久存硕德",因此织女邀请成令言会面。进入秘境后,成令言所看到的"天河"秘境是超凡脱俗的。"须臾,至一处,寒气袭人,清光夺目,如玉田湛湛,琪花瑶草生其中,如银海洋洋,异兽神鱼泳其内。乌鸦群鸣,白榆乱植。"②瞿佑在《鉴湖夜泛记》中尤其注重环境的描写与烘托,仙境的描摹与鉴湖的氛围以及织女与成令言的人物形象是相协调的,小说由此更显浑然天成。

在"天河"秘境中,故事的主体部分是织女和成令言的交流。织女诉说自己本是天帝之孙,夙禀贞性,但是下界人民愚氓好诞,将她与牵牛作配,侮辱了她清白的节操。织女向成令言表达与牵牛之情实属污蔑,传达了"夫欲界诸天,皆有配偶,其无偶者,则无欲者也"③的观点。同时织女还否定了后羿嫦娥与高唐神女的故事,认为这些都是渎神之说,云英遇裴航、兰香嫁张硕、彩鸾遇文萧都是"情欲易生,事迹难掩"之事。之后织女以瑞锦二端相赠,托成令言为其证明清白,成令言回到旧所,却选择长游不返,小说最终以主人公于玉箫峰成仙而结束,这种设计与前文成令言的隐士身份以及人物行动相呼应,可见作者构思的巧妙之处。《鉴湖夜泛记》以"鉴湖通天"的情节营造了神秘的"天河"秘境,借助织女神的言论传递了"无偶者无欲"的观点,具有独特的时代性与创新性。

---

① 《剪灯新话》,第 708 页。
② 《剪灯新话》,第 807 页。
③ 《剪灯新话》,第 811 页。

（四）"三山福地"秘境

瞿佑在《剪灯新话》中还构建了"三山福地"秘境，"三山福地"秘境与前人小说中的幽冥世界相似，是交织着善恶轮回观念的异域世界。

《三山福地志》讲述的是元自实由于至正年间山东大乱，家财被盗贼所掠，不得已前往福建向缪君要回所借的路费，而缪君却再三推却不肯将钱财奉还。自实因家境艰难、无人相助，抑郁不乐，自投于三神山的八角井中。之后文中有这样一段描写："其水忽然开辟，两岸皆石壁如削，中有狭径，仅通行履。自实扪壁而行，将数百步，壁尽路穷，出一弄口，则天地明朗，日月照临，俨然别一世界也。"①此处对于秘境入口的描摹类似于《桃花源记》中"初极狭，才通人，复行数十步，豁然开朗"的描写方式，具有浓厚的改写痕迹。八角井内部是类似冥府的"三山福地"秘境，元自实在其中吃了道教仙果交梨火枣，可以知道前世的事情，由此元自实清楚了自己因前世文学自高，不肯汲引后士，所以今世不识字。同时，元自实在其中看到了人们的因果报应，丞相贿赂当受幽囚之祸，监司刑罚不振、郡守徭役不均，皆以枷杻加其身，此处的描摹进一步强化了善恶轮回的观念，极具警诫意义。由于元自实进入了"三山福地"秘境并在其中受到了道士的引导，因此，他回归现实之后才能避开时祸，得以安稳生活。虽然"三山福地"秘境带有前人作品中幽冥世界的影子，但是独特的秘境设计使得幽冥世界融入了新的文化内涵，尤其是"自实受道士引导而避祸"这一情节直接体现了"福地"的意蕴。

总之，瞿佑在《剪灯新话》中构建了多种秘境空间类型，秘境空间的设计既是对前人作品不同程度的改写，也蕴含着个人的创造力与想象力，是《剪灯新话》中独具特色的一部分。

二、秘境空间构建的地理书写

《剪灯新话》中秘境空间的构建往往与现实中某个特殊的地点相勾连，并依据当地的自然地理特征构建，这种设计既使得秘境空间的存在自然合理，又反映了现实空间的真实地理特征。

《剪灯新话》中的秘境小说一般都会确切地点明故事发生的时间和地点，故事发生地的选址也往往具有特殊性。《水宫庆会录》便是如此，其故事开头写道："至正甲申岁，潮州士人余善文于所居白昼闲坐"②，直接点明了故事的地点是广东潮州，这一地点的设计体现了瞿佑的良苦用心。选址潮州可以更好地凸显余善文的境遇，潮州远在岭南，自古

---

① 《剪灯新话》，第 673 页。
② 《剪灯新话》，第 659 页。

便是贬谪之地，以潮州为小说地点侧面表现出余善文偏居一隅、怀才不遇的处境。同时，潮州地处南海之滨，和南海龙王有着密切的联系，具有浓厚的龙王信仰，"龙宫"秘境出现在此地也就不足为奇。早于元代李好古在杂剧中就将潮州和南海龙王联系在一起，杂剧《张生煮海》记叙了潮州儒生张羽和龙王的女儿琼莲相恋的故事。瞿佑也选择将潮州和海神信仰联系在一起，记叙了潮州士人受邀前往"龙宫"秘境庆会的故事。这种设计既与人们普遍的认识经验相符，切合潮州一带的龙王信仰，又创造了独特的"龙宫"秘境故事，为处于南海之滨的潮州增添了神秘性。

《龙堂灵会录》以吴江龙王堂为故事发生的地点，小说开头写道："吴江龙王堂，堂，盖庙也，所以奉事香火，故谓之堂，或以为石崖陡出，若塘岸焉，故又谓之龙王塘。其地左吴松而右太湖，风涛险恶，众水所汇，过者必致敬于庙庭而后行。"①瞿佑引用范成大《吴郡志》中的记载介绍了吴江龙王堂，并点明了过者必须祭拜而后行的风俗，为子述于庙中作诗致敬、因诗才而被邀前往龙宫的故事情节埋下了伏笔。瞿佑选址于吴江龙王堂还与吴江三高祠有关，他在《归田诗话》中写道："吴江三高亭，祠越范蠡、晋张翰、唐陆龟蒙，或题一诗于上云：'人消吴痴信不虚，追崇越相果何如。千年家国无穷恨，只合江边祀子胥。'"②值得注意的是，瞿佑借助"龙宫"秘境实现了越范蠡、晋张翰、唐陆龟蒙以及伍子胥的集会，这种巧妙的设计与吴江三高祠有着密切的联系，体现了真实的地域特征。由此，小说形成了虚中有实，实中有虚的艺术特色。

《天台访隐录》中"桃花源"秘境的设计与天台山是相关联的，小说以徐逸在端午日入天台山采药为故事起点："台人徐逸，粗通书史，以端午日入天台山采药，同行数人，惮于涉险，中道而返。惟逸爱其山明水秀，树木阴翳。"③文中的描摹既点明了天台山险峻的地理特征，又描绘了端午时节天台山的风光。关于天台山的自然外貌，《太平御览》中记载："《启蒙记注》曰：'天台山去人不远，路经福溪，（溪）水（梁）险清冷，前有石桥，路径不盈尺，长数十丈，下临绝冥之涧，惟忘其身，然后能济。济者梯岩壁，扪萝葛之茎度，得平路，见天台山蔚然绮秀，列双岭于青霄。上有琼楼玉阁天堂，碧林醴泉，仙物毕具。晋隐士白道猷得过之，获醴泉紫芝灵药。'"④《启蒙记注》中的描写远比瞿佑笔下的天台山生动形象，此处的记载表明天台山是一座峻秀的山峰，这里山路艰险，人迹罕至，有着独特的仙话传说。正因如此，天台山独具神秘性，"桃花源"秘境的设计也更加自然合理。同时，瞿佑安排主人公徐逸借助瓢流进入秘境也具有相应的现实基础，《临海记》中记载："天台山

---

① 《剪灯新话》，第 778 页。
② 《剪灯新话》，第 443 页。
③ 《剪灯新话》，第 705-706 页。
④ ［明］李昉等编，夏剑钦、王巽斋校点：《太平御览》，河北教育出版社 1994 年，第 354 页。

超然秀出,山有八重,视之如一帆,高一万八千丈,周回八百里。又有飞泉,悬流千丈似布。"①根据记载,天台山由于山高险峻,有飞泉瀑布生于其中,借助涧水巨瓢进入"桃花源"秘境具有真实的自然依据,秘境空间与现实空间的距离仿佛只有涧水之隔,小说的描摹由此更具真实感。

《鉴湖夜泛记》中秘境空间的设计与鉴湖的自然地理特征呈现浑然天成的艺术特色。鉴湖是浙江一个重要的蓄水湖泊,秦观曾经写过《游鉴湖》一诗,瞿佑在《归田诗话》中评价:"淮海诗如'翡翠侧身窥绿酒,蜻蜓偷眼避红妆',艳冶之情可见也。"②但是秦观此诗难掩清丽闲适之感,足见鉴湖是当时游赏观光的佳处,至今仍吸引着不少文人墨客,留下了许多佳作。瞿佑也是如此,他在《鉴湖夜泛记》中描绘了鉴湖天然的美景,"初秋之夕,泊舟千秋观下。金风乍起,白露未零。星斗交辉,水天一色。时闻菱歌莲唱,应答于洲渚之间。"③这里的描摹侧重于鉴湖的自然美,借此可以衬托出成令言的雅趣,烘托小说的气氛,为成令言去往"天河"秘境埋下了伏笔。同时,水天一色的鉴湖与超凡脱俗的"天河"秘境的基调是相吻合的,超现实空间与现实空间之间的连接显得更加自然合理,呈现浑然一体的状态。

《三山福地志》中"三山福地"秘境的发生与福州三山有关。关于三山,当地流传着一句谚语:"三山藏,三山现,三山不可见。"九仙山、乌石山、越王山是其中可现之山,罗山、冶山、闽山是其中隐藏之山,灵山、芝山、钟山是不可见之山,可见福州的别名"三山"具有深厚的地理渊源。同时福州三山是道教的圣地,有着浓厚的道教信仰,《三山福地志》中也有着明显的道教色彩,其中有关道士以及道教法术的描写体现出浓厚的道教文化。小说选址于福州三山与元末明初福建的战乱也有着密切的关系,故事中涉及的"张士诚令印"表明了这一点,虽然文中有关战乱的描写没有占据较大的篇幅,但是"道士为自实指避兵之地"的故事情节足以表现出小说选址于福州的巧妙。《三山福地志》中还有一个重要的意象——八角井。八角井是秘境的进入方式,是连接秘境空间与现实空间的重要环节。八角井不是虚构的文学意象,而是福州的真实地理景观,它的存在和福州温泉有着密切的联系。《八闽通志》记载:"十槽汤,在汤门外百步余。汤泉,在府城东崇贤里。数十步辄进一穴,或出河渠中。味甘而性和,热甚者气如硫磺,能熟蹲鸥。"④据相关资料记载,"十槽汤"是五代时期十个石匠发现地下有热水涌出,打通供大家洗浴的石槽,在石匠驻地附近还有部分木匠,因与石匠同浴不便,又寻找了其他汤源,建成八角井,于是八角井便成了福州四大温泉古迹之一。瞿佑以真实存在的八角井为秘境入口,构建了"三山

---

① ［明］李昉等编,夏剑钦、王巽斋校点:《太平御览》,河北教育出版社1994年,第354页。
② 《剪灯新话》,第436页。
③ 《剪灯新话》,第807页。
④ ［明］黄仲昭:《八闽通志》,福建人民出版社1990年,第69页。

福地"秘境，体现出当地真实的地域特征。总之，《三山福地志》中秘境空间的设计与现实世界有着密不可分的联系，从战争底色到道教文化与温泉文化，故事中融入了福州的地理特征，具有独特的地域特色。

　　总结来说，秘境空间依据真实的地理环境设计，与现实空间之间的界限较为模糊，秘境空间的入口往往是在现实空间中具有神秘性的地方，比如山岳、湖泊等，这种秘境构建方式较为符合人们普遍的认知经验，故事情节的设计显得更加真实合理，具有独特的艺术表现力。瞿佑的秘境小说一般都有着明确的时间与地点，小说空间的描摹与真实的地域特征是大体相符的。对于瞿佑这一叙事方式，陈文新提出："瞿佑恢复了唐人传奇取材于当下人生的传统。"①陈文新认为《剪灯新话》中明确的时间与地点与取材于当时的传统是分不开的，其中蕴含着创作的写实精神。尤其值得注意的是，《剪灯新话》中的秘境小说中还有着真实的地理书写，小说"内层空间"的构建会受到"外层空间"的影响，秘境空间与现实的地理空间有着密切的联系，表现出鲜明的地域特征。《剪灯新话》中的地理书写表明了瞿佑对江浙一带地理空间的熟悉，比如在《天台访隐录》中，瞿佑将天台山险峻秀丽的真实地理特征描摹了出来，并依此设计了"桃花源"秘境，这表明瞿佑熟知当地的自然地理状况。小说家在创作时，往往需要一定的历史地理知识，尤其是《剪灯新话》中记叙了明确的时间与地点，有着细致的地域空间描摹，足以体现出瞿佑的地理知识积累。《咏物诗序》中提到："瞿先生宗吉，问学该博，识趣超迈，而肆力于诗文。"②明代张益所写的序直接点明了瞿佑的博识，文中引用的孙兴公《天台赋》与范成大的《吴郡志》等文献资料进一步印证了这一点。瞿佑在秘境小说中的地理书写不仅与才高博识有着密切的联系，还离不开瞿佑战乱时期辗转四方的经历。至正四年（1344），国家局势动荡不安。"元政不纲，盗贼四起。""而方国珍已先起海上。他盗拥兵据地，寇掠甚众。天下大乱。"③关于战争中瞿佑的行迹，郎瑛《七修类稿》中记载："生值兵火，流于四明、姑苏。"④《蟫精隽》中记载："生值元末兵燹间，流离四明，岌乱姑苏。"⑤关于岌乱，向志柱提出："'岌乱'应为'岜岞（会稽）'二字形近而讹"⑥的观点。这些记载表明瞿佑年少时期因战争流离于浙江、江苏一带，而到了至正十三年（1353），"张士诚据高邮，自称诚王"⑦，受此影响，瞿佑与瞿父南归临安。辗转江苏、浙江等地的经历使得瞿佑对当地的地理环境以及文化风俗有着更为清晰的认知，对《剪灯新话》的创作起到了重要的推动作用。

---

①　陈文新：《文言小说审美发展史》，武汉大学出版社 2007 年，第 471 页。

②　《剪灯新话》，第 110 页。

③　［清］张廷玉等：《明史》，中华书局 2000 年，第 1 页。

④　［明］郎瑛：《七修类稿》，上海书店出版社 2001 年，第 359 页。

⑤　［明］徐伯龄：《蟫精隽》，台湾商务印书馆 1987 年影印文渊阁《四库全书》本，第 97 页。

⑥　向志柱：《〈稗家粹编〉与中国古代小说研究》，商务印书馆 2018 年，第 81 页。

⑦　［清］张廷玉等：《明史》，中华书局 2000 年，第 2 页。

三、现实空间与秘境空间的对立与流动

《剪灯新话》中的秘境空间是与现实空间相对的超现实空间，超现实空间的构建在古代小说中较为常见，且往往和现实空间相互联系。瞿佑的秘境小说遵循了现实空间与超现实空间组合的创作理路，在空间的流动中，现实空间和秘境空间共同完成小说叙事，形成了现实空间与超现实空间相对的二元空间模式。

《剪灯新话》中的秘境小说既关注现实空间，也注重超现实空间的展现，二者共同构成完整的叙事，但是秘境空间往往是秘境小说的叙事中心，故事的主要情节、人物的主要行动几乎都是在超现实空间内部完成的。以《水宫庆会录》为例，小说的中心空间是秘境空间，瞿佑从多个角度对"龙宫"秘境进行了描摹，其中包括主人公余善文的叙事视角，文中的上梁文直接揭示了主人公视角下"龙宫"秘境的具体形态，还包括细致的场面描写，小说对宴会舞蹈以及龙宫宾客们宴饮等场面的描写生动形象，仿佛将"龙宫"秘境的生活再现于眼前。然而，秘境小说对现实空间的描写往往较为简略，一般只是简单交代了地点或者为秘境空间进行铺垫渲染。不仅是《水宫庆会录》遵循这种叙事方式，其他秘境小说中的秘境空间也往往是作者更注重刻画的对象。《龙堂灵会录》《天台访隐录》和《鉴湖夜泛记》的叙事中心都是超现实空间，这三篇秘境小说的共同点在于其中秘境空间设计的目的是表达个人的观点，瞿佑尤其倾向于在其中融入自己对于历史或者现实问题的看法。在《天台访隐录》中，徐逸进入了天台山深处的"桃花源"秘境，并在秘境中和老人谈论了宋代以来的时代变迁，传递了时代兴亡之感，侧面展现了瞿佑对历史的态度。《鉴湖夜泛记》和《龙堂灵会录》也是如此，超现实空间成了自由表达观点的场所，《鉴湖夜泛记》涉及了对情欲问题的讨论，《龙堂灵会录》则表达了对"三高祠"问题的思考。对于这一类秘境小说，超现实空间依旧是小说的中心空间，小说的主要观点都是在秘境空间内部表达的，现实空间往往并不占据主导地位。尽管如此，现实空间依旧是必不可少的一部分。《鉴湖夜泛记》通过对鉴湖的描摹营造出一种神秘超逸的氛围，为成令言进入"天河"秘境进行了烘托，《龙堂灵会录》和《天台访隐录》中的现实空间为主人公提供了穿越超现实空间的场所，从而使得秘境空间的出现更加真实合理。虽然秘境小说的叙事中心往往是超现实空间，但是现实空间为秘境空间的设计提供了穿越的重要支点，二者是不可或缺的。

同时，现实空间与超现实空间之间存在着密切的关系，呈现迥异又统一的特点。首先超现实空间往往是现实空间的对立面，二者差异明显。例如《水宫庆会录》中的"龙宫"秘境和现实世界之间存在着较大的差异，这种差异主要是通过人物行动展现出来的。在超现实空间中，余善文利用自己的才华得到了重用和尊重，在现实世界中却选择归隐，现实空间和超现实空间中人物的行动使得这种差异对比更加鲜明。《天台访隐录》中的"桃花源"秘境也是如此，自陶渊明的《桃花源记》问世后，"桃花源"秘境便成为和平安宁的世

外桃源的象征，与之类似，天台山深处的"桃花源"也象征着与战乱世界相异的安宁世界。其次，现实空间和超现实空间是一体两面，不可分离的，二者共同构成了完整的叙事结构。虽然"龙宫"秘境与"桃花源"秘境都是与现实世界对立的超现实空间，但是秘境空间和现实空间是不可分离的，它们只是小说主题表达的不同维度。现实空间与超现实空间之间的差异对比鲜明，二者的结合使得小说的主题更加突出，是既对立又统一的存在。《三山福地志》也很好地体现了现实空间与超现实空间的统一性，由于元自实和缪君之间的纠葛，现实空间中的秩序发生了短暂的失衡，超现实空间的出现平衡了现实空间的秩序，小说以"现实空间——现实空间失衡——超现实空间——现实空间平衡"的结构完成了叙事。与其他秘境小说不同的是，现实空间在《三山福地志》中占据了较大篇幅，元自实与缪君之间的瓜葛以及二人的命运都在现实空间中得以展现。同时，现实空间的场景转换较为频繁，自实暂居之处、缪君的居所、市中小庵等场景都通过元自实的人物活动连接了起来。超现实空间则建构了能知过去未来的幽冥秘境，是小说情节的关键部分，元自实在其中得到了道士的指点，得以避开战乱，现实世界的秩序由此恢复平衡。《三山福地志》中的超现实和现实空间是相互联系的，超现实空间弥合了现实空间的失序，并且实现了对现实空间的超越，体现出二者的互补统一性。

　　在秘境小说中，叙事空间是人物行动以及故事情节发生的地点，在叙事中具有情节构建的功能，是小说情节的重要组成部分。叙事的完成还伴随着叙事空间的转换，小说故事情节的演进与叙事空间的转换有着密切的联系，叙事空间的转换使得故事情节得以展现，从而推动故事情节的发展。《剪灯新话》中秘境空间的转换主要包括进入秘境和离开秘境。关于秘境的进入，《剪灯新话》中秘境的进入方式一般有两种。一种是受邀进入秘境的小说叙事，主人公往往是受到神力的引导才能完成空间的转换，比如《鉴湖夜泛记》中的秘境进入方式便是如此："舟忽自动，其行甚速，风水俱馺，一瞬千里，若有物引之者。"[①]"若有物引之者"表明成令言得以进入秘境是由于织女的神力，这是《剪灯新话》中较为常见的秘境进入方式。另一种是偶入秘境，《天台访隐录》中便是主人公徐逸因采药偶然进入"桃花源"秘境，误入天台山瓢流才进入秘境，类似"山中遇仙"的故事情节，《三山福地志》是主人公偶然投入三山八角井，从而得以进入秘境。这种巧妙的设计使得秘境空间的进入方式具有独特的艺术魅力，叙事空间的转换带有浓厚的神秘色彩，小说的故事情节更具吸引力。由现实空间进入超现实空间一般是秘境叙事的开始，秘境空间的进入意味着故事情节的向前推进，情节发展往往由此进入另一层面，叙事节奏进一步加快。叙事空间转换对于情节推动的重要作用还体现在秘境空间转入现实空间，转入现实空间意味着叙事节奏的进一步加快，大部分的秘境小说选择在现实空间中结束，所以超

---

① 《剪灯新话》，第 807 页。

现实空间转入现实空间表明小说情节的进一步推进，为小说叙事的完成进行铺垫。同时，中国古代小说中叙事空间的转换多和人物行动联系，人物行动连缀起了小说空间，使得现实空间和超现实空间构成一个有机整体。比如《龙堂灵会录》中的子述，他并不是小说展现的主要人物，但是他目睹了龙堂内吴地三高与伍子胥的会面，他的行动伴随着秘境空间叙事的开始与结束，具有推动小说情节发展的重要意义。

此外，叙事空间的转换代表着叙事时间的流逝，《中国古代小说三维论》中提出："尽管，在动态空间之中必然伴随着时间的流淌，但是，时间的流淌必须通过空间的变化或者变换来表现。"①《剪灯新话》秘境小说中的叙事时间往往并不明晰，在部分秘境小说中会提及"瞬息而至""到家则已半月矣"等表示时间，主要是以空间的转换表示叙事时间的省略。当现实空间转入超现实空间的时候，叙事时间的流逝已经包含在空间转换之中，现实空间和超现实空间的转换为故事情节的发展做了铺垫与渲染，从而将故事向前推进。

总之，秘境小说中的现实空间与超现实空间组合构成了完整的叙事结构，都是小说叙事结构中必不可少的组成部分，而叙事空间的转换是小说故事情节发展的关键，与小说叙事的完成有着密不可分的联系。

四、秘境空间叙事的主题内涵

小说空间不仅是小说情节的重要组成部分，与情节发展有着密切联系，空间还往往被"主题化"，有着深刻的内涵意蕴。《剪灯新话》中秘境空间的主题化内涵主要有两种，一种是象征着瞿佑心中的理想世界，一种是表达对现实社会秩序的反思。

其一，《剪灯新话》中秘境空间往往具有某种象征意味，是小说主题内涵的重要表现。《水宫庆会录》中的"龙宫"秘境象征的是文士心中理想化的世界，瞿佑从文士的角度描摹了一个尊贤重士的世界。小说中，由于余善文的才华，广利王派了力士二人邀请他前往龙宫作上梁文："遂与之偕出南门外，见大红船泊于江浒。登船，有两黄龙挟之而行，速如风雨，瞬息已至。"②"大红船"的迎接方式展现了龙王邀请余善文的诚意，反映了对文士的尊重。在东、西、北海龙王聚会之时，发生了一件很戏谑的事情，将故事的主题进一步深化。广利王从臣赤鲼公面对余善文的到来说道："彼白衣而末坐者为何人斯？乃敢于此唐突也。"③对此，广利王斥责道："文士在座，汝乌得多言。"④面对从臣的指责，余善文得到了龙王的保护，这个情节展现了对有才之辈的尊重，凝结了现实中文士的美好愿望。瞿佑在超现实空间中构建了尊贤让士的理想世界，与余善文所处的现实世界形成了强烈的

---

① 黄霖、李桂奎等:《中国古代小说叙事三维论》,上海书店出版社 2009 年,第 171 页。
② 《剪灯新话》,第 660 页。
③ 《剪灯新话》,第 663 页。
④ 《剪灯新话》,第 663 页。

对比，这种对比侧面展现了瞿佑的文人心态。张瀚《刻〈瞿存斋先生文集〉》云："当是时，天下初定，中国所喜好弓矢搏击，薄文墨不为。已而纵马放牛，渐修文教。……先生抱辅世之才，挟华国之策，独不见用，即用又不尽其长，竟沉郁下僚。"①由于处于动荡的时代背景下，瞿佑难以实现自己的抱负，虽然他有着辅世的才能，却没有合适的机遇。明初，朱元璋在将近十年的时间里废行科举，这一点让无数的士子失去信心。于是瞿佑在《水宫庆会录》中创造了一个能够让文士实现自我的超现实空间，以表达自己对施展才华的渴望和对理想世界的追求，"龙宫"秘境恰好将瞿佑的这种心态表达了出来。《天台访隐录》中的"桃花源"秘境也具有某种象征性，象征着与战乱世界相对的和平世界。"桃花源"秘境是由于先祖带领避难者去往天台山躲避战乱而构建的，这里没有战火，居民安居乐业，是战乱世界的对立面，这种设计展现了处于战乱之际的人民对现实世界的不满和对理想世界的追求。"桃花源"秘境将战乱中人民的心态展现了出来，暗示着其对理想社会的追求。《三山福地志》中的"三山福地"秘境也是如此，其主要表达了两种象征内涵：一是劝善惩恶的幽冥世界，二是战乱中的理想世界。瞿佑在《剪灯新话》序中提到："今余此编，虽于世教民彝莫之或补，而劝善惩恶，哀穷悼屈，其亦庶乎言者无罪，闻者足以戒之一义云尔。"②"三山福地"秘境便蕴含着"劝善惩恶，哀穷悼屈"的主题，在秘境世界中，元自实看到了丞相、监司等官员因失职渎职而受到惩罚，这一情节突出了"三山福地"秘境的"劝善惩恶"的内涵。而文中的善人元自实由于受到道士的指引得以安居，恶人缪君却惨死于战乱的情节突出了"哀穷悼屈"的内涵。同时，"三山福地"秘境还象征着战乱中的理想世界，在战乱之际，元自实由于偶入秘境而得以避开战乱，体现了战乱之际无数人民内心的愿望，这与瞿佑所构建的"桃花源"秘境有着某种相似之处。其实，并不只是《天台访隐录》与《三山福地志》，瞿佑创作的小说中总是笼罩着战争的底色，比如《爱卿传》中涉及的"张士诚陷平江"，《翠翠传》中的"张士诚兄弟起兵高邮"等等，都体现出瞿佑和元末明初战乱之间的密切联系。瞿佑经历过元末明初的战乱时代，战争给他的内心带来了无法抹平的创伤。战争过后，瞿佑又经历着明代朱元璋的高压统治政策，精神上受到极大的摧残。在战争易代的影响下，他对现实世界的归属感大大下降，对现实世界的失望也投射到小说的创作中，因此小说构建了超现实空间表明心迹，以寄托对和平与安宁的向往。

其二，秘境空间作为超自然的仙境，是小说主题表达的重要场所，在部分秘境小说中，瞿佑融入了自己的个人观点，并借助秘境空间表达了对现实秩序的反思。

《龙堂灵会录》是瞿佑基于对"三高祠"问题的思考而创作的小说，其中凝结着瞿佑对现实问题的反思，独特的是瞿佑设计了"龙宫"秘境以实现范蠡、张翰、陆龟蒙和伍子胥的

---

① ［清］黄宗羲编：《明文海》第三册，上海古籍出版社 1994 年，第 635 页。（卷 238，第八页）
② 《剪灯新话》，第 654 页。

会面,超现实空间使四位不可能相聚的人物会聚一堂。对于瞿佑的这种设计,学界有多种观点,杨义认为:"《龙堂灵会录》大概是由于宋代周密《齐东野语》记载的吴江地区有祀奉越国范蠡、晋人张翰和唐末陆龟蒙的'三高祠',而触发历史评议的兴会的。"①周光培在《明代笔记小说》中提出:"瞿宗吉所著吴江龙王堂记,中间设伍子责范相国之语,皆祖宋人王义丰《馆娃赋》中意也。"②陈益源也持此观点,这些观点都有一定的合理性,为进一步探讨《龙堂灵会录》的创作来源提供了方向。对于《龙堂集会录》和三高祠的关系问题,《利害相关——明清以来江南苏松地区民间信仰研究》中有这样的记载:"明清时代,吴江县当地有三高祠和三忠祠两座著名的祠庙,前者建于南宋,祭祀范蠡、张翰、陆龟蒙三人,后者建于明初,祭祀伍子胥、张巡、岳飞三人。但对于这两座祠庙,从宋代以来就一直有人提出异议,以《礼记》等经典著作为依据,认为其祭祀对象有违祭法标准。"③其中祭祀对象是否有违祭祀标准的争论主要集中在三高祠中的范蠡,尤其在瞿佑前后的时代争议较大,当时的一些文人都曾经发表过自己的看法,瞿佑只是当时争议"三高祠是否应该祭祀范蠡"的缩影。对于三高祠中祭法问题的讨论,徐师曾《三高三忠祠议》云:"相沿至今,四百余年。人方仰其遗风,而于祭法则未暇议也。惟宋苏轼、刘寅元、瞿佑、谢应芳,我朝谢常、莫旦数公议之。瞿佑之辞,跌宕剀切。盖寓言以斥之耳,然怪诞不经不足录也。"④黄宗羲认为对于三高祠问题,只有为数不多的人发表过观点,其中瞿佑的言论是切合实际的,但是以志怪小说的方式表达太过荒诞。这些记载足以表明瞿佑创作的出发点,即面对现实中三高祠问题的争议,瞿佑借助超现实空间实现了吴江三高与伍子胥的集会,并以这种方式让伍子胥等人充分表达内心的想法。在"龙宫"秘境中,伍子胥表达了自己的千古不平之气,范蠡表达了功成身退的人生观,张翰表达了自己的不愿面对八王之乱,宁愿回归故里的想法,陆龟蒙则直接表达了自己归隐的追求。瞿佑借助超现实空间中实现了伍子胥等人的会面,并使得"龙宫"秘境成了抒发个人观点的场所,对于"三高祠"祭法的问题,瞿佑在范蠡让位于伍子胥的情节中表明了自己的价值选择,并且让伍子胥抒发自己的不平之气,从而表达对现实问题的不满,以此突出对现实秩序的反思。《鉴湖夜泛记》也与之相似,其中的"天河"秘境是抒发瞿佑个人观点的场所,是小说主题表达的重要支点。《鉴湖夜泛记》中主要传递的是瞿佑有关"情欲"的观点,即"无偶者无欲"。陈益源曾经提出:"《后山诗话》辨《高唐赋》尝言:余谓欲界诸天,当有配偶;其无偶者,则无欲者也。这几句话,虽被清何文焕叱为'丑甚',但宗吉却欣赏不已,几乎把它原原本本地摆进

---

① 杨义:《中国古典小说十二讲》,上海三联书店 2007 年,第 76 页。
② 周光培:《明代笔记小说》,河北教育出版社 1995 年,第 234 页。
③ 王健:《利害相关——明清以来江南苏松地区民间信仰研究》,上海人民出版社 2010 年,第 131 页。
④ [清]黄宗羲:《明文海》,上海古籍出版社 1994 年版,第 711 页。

《鉴湖夜泛记》里。"①瞿佑借助织女之口表达了人是可以无欲的,不必都有配偶的观点,侧面反映了自己对"情欲"的态度和看法,以此表达对现实世界中普遍流行的"人皆有欲"思想秩序的反思。

总之,秘境空间与小说的主题有着密切的联系,它既代表着瞿佑心中的理想世界,暗示着其在战乱易代之际的个人追求,又是瞿佑表达对现实问题的反思的重要支点,具有深刻的内涵意蕴。

结语

秘境小说的独特之处在于打破了时空的界限,实现了现实和超现实空间的穿越,作者得以在另一个空间维度内表达人生经验与感悟,小说的故事情节由此更具吸引力。《剪灯新话》中的秘境小说便是如此,瞿佑以独特的创造力和想象力构建了秘境空间,并且在其中融入了自己在战乱易代之际的感慨与期望,以创新性的方式表达了对现实世界的思考,具有独特的艺术价值。

受叙事传统影响,《剪灯新话》中的秘境小说呈现现实空间与超现实空间并存的特点,超现实空间作为一类特殊的空间类型,并不仅仅是故事发生的场所,往往具有表现作者心态和小说主旨的重要作用。《剪灯新话》的重要价值就在于展现了元末明初易代之际文人的心态,蕴含着对现实世界的不满。这种不满的心态影响着小说的创作,比较明显的表现是瞿佑描摹的秘境空间有着与现实空间格格不入的基调,表现出对现实世界的疏离,流露出一定的归隐倾向。例如主人公在经历了超现实空间之后,往往会在另外的空间选择归隐,"神山"一般是归隐的场所,《水宫庆会录》中的名山、《鉴湖夜泛记》中的玉箫峰暗示的便是归隐之地。此类归隐空间也表露出瞿佑的归隐心态,《剪灯新话》中的主人公并不同于唐传奇与宋元话本中的人物,他们并没有借助超现实力量考取功名,或者娶得神女,光宗耀祖,反而大部分选择了遁世归隐,以表达对现实世界的不满。同时,由于受到时代的影响,瞿佑的秘境小说也在一定程度上展现了元末明初的时代背景,部分小说中点明了张士诚作乱的真实背景,其中理想化秘境空间的构建和元末明初的战争有着密切的联系,反映了战乱易代之际人民内心的愿望。总之,《剪灯新话》中的秘境小说以艺术化的方式构建了超现实的秘境空间,为后世提供了窥探瞿佑个人心态以及人生经历的独特视角,也打开了记录元末明初时代背景的另外一个窗口,具有独特的时代价值。

---

① 陈益源:《从〈娇红记〉到〈红楼梦〉》,辽宁古籍出版社 1996 年,第 128 页。

派系论争、文史范式与士人心态交错下的传记书写

——以石珤形象塑造为中心的考察

王炫宁

内容摘要：历史真实视阈下的河北名臣石珤恪守己道，性格相对正直，因与杨廷和有隙被召入阁，又在"大礼议"事件中未通过嘉靖帝的服从性测试而见弃，其诗文大多承继平正典雅的茶陵之风，在文坛颇受美誉。在政治派系斗争与文学团体论辩、史传碑志文体范式、士人个体心态等主客观因素的交错干预下，杨一清《吏部尚书石文隐公神道碑》创造了石珤高洁超脱的纯臣形象与作为茶陵派文脉正宗传人的崇高文学史地位，过庭训、钱谦益等人对此完全服膺；《明史·石珤传》则着力凸显石珤因政见不合被排挤的悲剧命运，其刚正不阿的性格侧面被过分强化。两种石珤形象的建构是中国古代传记文学程式化书写的典型反映。

关键词：石珤　传记　形象塑造

基金项目：国家社科基金重大招标项目"《畿辅丛书》整理及其《续编》编纂"（项目批准号：16ZDA177）

作者简介：王炫宁，山东大学文学院硕士研究生，研究方向：中古文献文化史。

在古代中国，当事人的亲友或史官为其撰写传记时，囿于文体传统范式的影响，兼之或秉持流芳百世的价值追求，或立足播宣教化的官方意志，往往旁出事实，创造理想的人物形象，经后人同质化模仿后形成固定的书写程式。本文讨论的主角石珤即是范例。政治上，石珤历任翰林院检讨、国子监祭酒、吏部侍郎、礼部侍郎、吏部尚书等职，官至太子太保、武英殿大学士，是明孝宗、武宗、世宗朝三朝元老；文学创作层面，石珤有《熊峰集》传世，一度被视为茶陵派殿军①。吊诡的是，当我们试图层层拨开文献的迷雾，回到历史现场，则不难发现，无论是石珤的当代同僚杨一清，抑或代表清王朝修史意志的张廷玉等人，其笔下的石珤形象均与历史事实有较大差距。寻绎其间缘由，有利于进一步加深我

---

① 李浩、段睿：《茶陵派殿军石珤年谱》，《古籍研究》2020 年第 2 期，第 232-258 页。

们对传统人物传记书写的理解，具体到本课题，即揭橥嘉靖朝派系论争、碑志史书文体流变、士人特殊经验心态对石珤形象塑造复杂交错的干预作用。当前畿辅学研究方兴未艾，石珤人物形象亦素来为治明史所乐道[1]，兹略陈拙见于下，以供学界参考。

一、函矢相攻与护讳矫饰：碑传、史传石珤形象的矛盾特质

嘉靖朝以降，与石珤相关的传记文献大多仅列置其职官变迁或奇闻轶事，若论详瞻，则当推杨一清所撰《吏部尚书石文隐公神道碑》与张廷玉等人所修《明史·石珤传》。然两传于石珤致仕前后事迹、文学史地位评价等方面的叙述存在若干难以解释的逻辑矛盾与明显的讳饰痕迹，其各自塑造的石珤核心形象也大相径庭。

（一）同僚的盖棺论定：杨一清《吏部尚书石文隐公神道碑》

石珤同僚杨一清于嘉靖八年（1529）十二月[2]作《吏部尚书石文隐公神道碑》（下简称《神道碑》）具言石珤事迹行状，其中描写石珤致仕前后细节及其文学史地位称：

> 上辍视朝一日，谕祭九坛，赐谥文隐，而葬事则戒有司治之……予友少师李文正公每谓予曰："诸后进可托以柄斯文者，其石氏季方乎!"……丁亥，锦衣官有构飞语诘辅臣者，并中伤公，遂逮群下廷鞫之，台谏皆白公无他。予三上章为公等力辩之，公不自白，唯求去。疏再上，许之，既入谢，僦民车归私第，自是闭门不出。邑人稀识其面，而人望益归重之……其在内阁有所论列，多触忌讳，上优容之……屡典文衡，以平正简要取士，力去浮夸险怪之说，文体为之一变，自为文亦称是。诗歌冲澹沉着，成一家言。文正公曰："邦彦诗词皆中规度，而七言古诗尤超脱凡近，众所不及。"[3]

《神道碑》精心塑造的石珤形象与历史事实存在抵牾。杨一清关于致仕前后细节的

---

① 既有著论大多在探究茶陵派或明中叶京畿阁臣时附带石珤诗文简析。历史真实视阈下的石珤其人研究方面，李浩师与段睿共编年谱，广辑史集文献与石刻材料，依时间脉络全面考辨石珤家世、行治、交游、创作等信息，得出其与嘉靖帝自谏章圣太后谒世庙事件后在政治上彻底决裂、最终忧愤而卒等结论，参见李浩、段睿：《茶陵派殿军石珤年谱》，《古籍研究》2020 年第 2 期，第 232-258 页。石珤传记人物形象关照方面，周寅宾、周亭宇注意到杨一清、张廷玉等人有诗文秀出、被李东阳当作茶陵派继承人，性孝友、端庄谨严、以身作则，孜孜奉国的石珤形象书写，见周寅宾：《李东阳与茶陵派》，湖南师范大学出版社 2008 年，第 273-274 页；周亭宇：《石珤诗文研究》，西南大学硕士学位论文，2017 年，第 7-11 页。李浩师注意到，继杨一清在碑志、行状等带有程式化传统色彩的文体中对石珤在茶陵派中的地位例行溢美后，四库馆臣又出于尊茶陵而抑七子的目的主观采撷其说证成己论，使得历来对石珤的文学史评价趋于想象的崇高，与笔者合著文章发微，详参李浩、王炫宁：《官学约束下的文本改写与史实重构——〈四库全书总目·熊峰集〉提要发覆》，《古典文学研究》2023 年第 2 期，第 68-71 页。

② 杨一清自言："以卒之明年十二月四日襄事，公侄东溆公之子中府都事经谓公墓上之石未有书，请予书之。"见〔明〕杨一清：《吏部尚书石文隐公神道碑》，〔明〕李正儒纂修：《藁城县志》卷 9《碑记》，国家图书馆藏明嘉靖十三年（1534）刻本，第 37 页。

③ 〔明〕杨一清：《吏部尚书石文隐公神道碑》，〔明〕李正儒纂修：《藁城县志》卷 9《碑记》，国家图书馆藏明嘉靖十三年（1534）刻本，第 34-37 页。

书写中将石珤塑造成了得上垂怜、高洁避世的纯臣形象,一似其人生荣死哀,然夷考其实。首先,《神道碑》详写石珤嘉靖朝以前的仕宦经历,对石珤入阁后的具体政绩则含混其词,仅以"多触忌讳"等语櫽括其事,并极言嘉靖帝坚持挽留的包容优待与台阁群臣抗声力挺的壮观景象,好似政治环境一派祥和,至于石珤触碰何人之何种忌讳则一概未加叙述。纵观石珤生平,在罹患疾病等多重苦难打击下,他官运不甚亨通,"黾勉二十年,十事九失意"①。从常情常理而论,成为内阁重臣对石珤而言乃是苦尽甘来、理应大书特书的荣耀之事,但杨一清对本阶段发生的事情加以选择性忽略。其次,《神道碑》叙述石珤致仕始末甚为疏阔,但言王邦奇流言诬陷,石珤犹不自陈清白,两次上书主动辞职,而且竟然不乘自己的车辆,租借民车默默返乡,隐居不出,大有清者自清、超脱尘世之意。然若嘉靖帝真心优待石珤,又怎会因为王邦奇恶意构陷的言论同意石珤致仕?且据杨一清所说,石珤请辞是为证道,本应衣锦还乡,为何遽然乘坐不合礼制的民车草草离开?最后,《神道碑》开头渲染石珤丧葬极尽哀荣,与全文营造的君臣和谐的氛围相呼应,通过嘉靖帝对石珤丧葬的高度重视突出石珤的名臣形象,但石珤所得谥号"隐"多有批评贬低之意②。总之,杨一清对石珤从政末期的形象塑造启人疑窦。

此外,在文学史地位层面,杨一清通过引入石珤座师李东阳的评价、对比他人才干凸显石珤独领风骚的文坛传奇形象。类似处理亦有可议之处:首先,杨一清在一众关于石珤文才的评价中,唯采信李东阳"可柄斯文""众所不及"的高度评价揄扬石珤可继承李东阳的衣钵。今搜诸史料,李东阳对石珤确实多有赞赏。如弘治六年(1493)石珤因病暂归,李东阳作《送石邦彦检讨序》,称"邦彦蕴才饬行,必欲企古之人""于文章必能鸣一代之盛,于功名必有益乎一世之人,于道义必能全所赋之天"③。不过,根据《列朝诗集》记载,李东阳视弟子邵宝为"衣钵门生",且交付绝笔④,信中将自己与邵宝比作欧苏,李东阳是否持有石珤是唯一可以赓续茶陵文脉之后生的观点有待商榷。其次,杨一清突破茶陵派内部比较的藩篱,称颂石珤多次平衡文学主流的走势,诗文平正冲澹,能够自成一脉。《神道碑》称,在石珤的影响下,原本浮夸猎奇的文风猝然一变,俨然将石珤比作唐之燕许、北宋之欧阳修。不过,文学优劣、高下的评价往往具有主观性,杨一清没能征引充足论据支撑他的观点,其评价准确度、权威性仍可讨论。

① [明]石珤:《熊峰集》卷7《自惜二首》(其一),[清]纪昀等:文渊阁《四库全书》影印本(第1259册),台湾商务印书馆1986年,第619页。

② 今人辑明以前"隐"谥含义,大体为"隐拂不成""不尸其位""隐括不成""不明误国"等贬义,见汪受宽:《谥法研究》,上海古籍出版社1995年,第408-409页。

③ [明]李东阳著,周寅宾、钱振民校点:《李东阳集》(第2册)卷8《送石邦彦检讨序》,岳麓书社2008年,第483页。

④ [清]钱谦益撰集,许逸民、林淑敏点校:《列朝诗集》丙集第五《邵尚书宝》,中华书局2007年,第2970页。

（二）史臣惜心：《明史·石珤传》

逮清之时，张廷玉等人修撰《明史》，对石珤致仕原因的解读与《神道碑》迥然不同：

议"大礼"时，帝欲援以自助，而珤据礼争，持论坚确，失帝意，璁、萼辈亦不悦……明年春，奸人王邦奇……诬珤及宏为奸党……（帝）责珤归怨朝廷，失大臣谊，一切恩典皆不予。归，装襆被车一辆而已。都人叹异，谓自来宰臣去国，无若珤者。[①]

《明史》本传中的石珤正直不屈、一夫当关，显系知其不可而为之的三朝元老、守制之臣形象。与《神道碑》篇幅详略安排截然相反，《明史·石珤传》修纂者着眼石珤入阁后得罪嘉靖帝及张璁、桂萼等一众政治新宠的现实困境，直书君相间的尖锐矛盾，揭示出石珤后期仕途起伏与明代重要政治事件"大礼议"间的关联，明确指出嘉靖帝怨怼石珤、横加指责、褫夺恩典的厌恶态度，呈现了残酷皇权威压下石珤的弃臣形象。另外，史官在石珤凄惨的去国待遇与百姓的议论惋惜上多费笔墨，安插京都百姓感叹有明以来权臣告老从未有像石珤这样仅乘狭窄简陋的车辆的狼狈境遇，侧面彰显嘉靖帝的凉薄不仁，有意呈现石珤坚守原则与底线、反沦为政治牺牲品的凄惨景象，字里行间流露出对这位三朝元老的同情、怜惜和对嘉靖帝决绝行径的批判。不过，就《熊峰集》中的应制唱和诗作来看，嘉靖帝对石珤也并非毫无恩命，且石珤交谊甚广，在朝中并非孤立无援，这种为营造传记悲壮氛围过多掺杂主观判断的人物塑造手法也不无刻意营构之弊。

二、主观操纵的史实选录：碑传、史传石珤形象的片面建构

考索诸史，可知《神道碑》所述石珤政治、文学形象都与事实存在较大偏差，《明史·石珤传》虽不避石珤与嘉靖帝间难以弥合的政治隔阂，但过分强调了石珤毫无朋党、孑然一身的受害者形象，两传所呈现的人物形象都只是真实石珤的不同经历与人格侧面。

（一）"圣主贤臣"？

首先，嘉靖帝与石珤绝非杨一清笔下传统的"圣主贤臣"的理想形象，黄佐《南雍志》与王世贞《明诗评》皆用"罢归"形容石珤致仕[②]，谈迁《国榷》中也有"议世庙见忤"的记录[③]，所谓石珤自请致仕实为入阁后针对"大礼议"事件多次公开抗议嘉靖帝失败、后者已经萌生将其踢出权力中心想法的前提下被迫为之。关于罢免事由，《明史·石珤传》摘录

---

① ［清］张廷玉等：《明史》卷190《石珤传》，中华书局1974年，第5049页。
② 详参［明］黄佐：《南雍志列传》卷20《石珤传》，周骏富辑：《明代传记丛刊》（第21册），明文书局1991年，第71页；［明］王世贞：《明诗评》卷3《石文隐珤》，周骏富辑：《明代传记丛刊》（第8册），明文书局1991年，第68页。
③ ［明］谈迁著，张宗祥点校：《国榷》卷54己丑嘉靖八年条，中华书局1958年，第3393页。

得较为详尽：

> 三年五月,诏以吏部尚书兼文渊阁大学士入参机务……及廷臣伏阙泣争,珤与毛纪助之。无何,"大礼"议定,纪去位。珤复谏……帝得奏不悦,戒勿复言。明年建世庙于太庙东,帝欲从何渊言,毁神宫监,伐林木,以通辇道。给事中韩楷,御史杨秦、叶忠等交谏,忤旨夺俸。给事中卫道继言之,贬秩调外。珤复抗章,极言不可,弗听。及世庙成,帝欲奉章圣皇太后谒见……珤乃上疏曰："……圣祖神宗行之百五十年,已为定制,中间纳后纳妃不知凡几,未有敢议及者,何至今日忽倡此议? 彼容悦佞臣岂有忠爱之实,而陛下乃欲听之乎? 且阴阳有定位,不可侵越。陛下为天地百神之主,致母后无故出入太庙街门,是坤行干事,阴侵阳位,不可之大者也……"奏入,帝大愠。①

　　按照史臣的说法,石珤自入阁后三次驳回皇帝旨意是致仕的直接原因。今见文献中"三封内批忤旨"的说法最早出现在嘉靖朝进士项笃寿的记载②,后钱谦益、朱彝尊皆直接沿用③,张廷玉等人应该是广采史料后选择接纳此说,明确三次内批忤旨分别指左顺门哭谏、论杨秦等谏"毁林凿道通世庙"遭罚之臣不当夺俸、劝章圣太后不应谒世庙二事。网罗明人记载,嘉靖三年(1524)四月,杨廷和、蒋冕相继离阁,随后嘉靖帝命毛纪、石珤入阁,期待二人能支持自己为生父生母加尊位入皇统的最终目的,但毛纪秉政后依然不从。不久,嘉靖帝想去掉生父尊号当中的"本生"二字,毛纪与石珤见到嘉靖帝旨意不愿苟从,合疏抗争,七月十五日,何孟春等人煽动群臣号哭于左顺门谏诤此事,毛纪与石珤跪伏于百官之首④。这一集体性的激切之举彻底触怒嘉靖帝,他下令记录参与左顺门哭谏的所有官员姓名,抓捕带头闹事者下狱,石珤同毛纪又上疏伸张不可去"本生"之论⑤。毛纪被逼致仕后,石珤再次上疏劝谏嘉靖帝回头是岸,嘉靖帝已然十分不悦。嘉靖四年(1525)四月,嘉靖帝又想在太庙东为生父别建世庙,为方便乘辇谒见,想大兴土木毁殿伐林修道,为此大肆惩罚谏臣,石珤抗疏反对。嘉靖五年(1526)九月,嘉靖帝突然传谕礼部称太后想要拜谒世庙,要求礼部考证典故、制定礼仪,张璁引大婚礼代以祭礼,引发石珤不满,他不但批评嘉靖帝悖逆祖宗,还公然指责章圣太后牝鸡司晨,本意是提醒嘉靖帝不要一味遵奉母命破坏祖宗成式,但在嘉靖帝看来,这封攻击性极强的奏疏就是石珤递上的绝

① [清]张廷玉等:《明史》卷190《石珤传》,中华书局1974年,第5048-5049页。
② [明]项笃寿:《今献备遗》卷40《石珤》,[清]纪昀等:文渊阁《四库全书》影印本(第453册),台湾商务印书馆1986年,第711页。
③ 详参[清]钱谦益撰集,许逸民、林淑敏点校:《列朝诗集》丙集第五《石少保珤》,中华书局2007年,第2944页;[清]朱彝尊选编:《明诗综》卷25《石珤》,中华书局2007年,第1285-1286页。
④ 廖道南在仵瑜墓志中写道:"十月五日戊寅,少宰氏何孟春率百官伏阙死争,大学士毛纪、石珤取帖伏于前。"见[明]焦竑:《国朝献徵录》卷35《承德郎礼部主客清吏司主事赠光禄少卿东瀍仵公瑜墓志》,周骏富辑:《明代传记丛刊》(第110册),台湾明文书局1991年,第626页。
⑤ 《嘉靖以来首辅传》:"上怒甚,逮为首者下诏狱,纪乃与大学士石珤复伸其说,报闻。"见[明]王世贞:《嘉靖以来首辅传》卷1"毛纪"条,[清]纪昀等:文渊阁《四库全书》影印本(第452册),台湾商务印书馆1986年,第430页。

交书,因此彻底与之决裂,石珤在内阁从此无法立足,《明世宗实录》亦云石珤"以议世朝神路及章圣皇太后谒庙事,反覆争论,忤旨,乞致仕,许之"①。石珤驾鹤后,嘉靖帝精心拟定了"文隐"这一谥号,表面针对石珤致仕后闭门不出的行为特征,实际嘲讽石珤"昏聩不明事理",昭示不从君命的下场。嘉靖八年(1529)十一月,吏部都给事中刘世杨借石珤无谥的谎言打掩护,试图劝嘉靖帝另换褒奖谥号,嘉靖帝对此的答复是"石珤有谥已久,乃言无谥……俱属欺罔",竟下诏谪其为江西布政司②。石珤已经去世一年,嘉靖帝对石珤入阁后的所作所为仍然记忆犹新,可见其对石珤的厌恶不满和决意巩固君权的态度,所谓"优诏不许"根本不可能出于君臣情谊③。《神道碑》俱隐此节,套用"君主开明、臣下直谏"的传统君臣传记模式为本朝辩护,只陈述石珤以主动请辞回应锦衣官污蔑的事态表面偷换概念,疏于展露石珤担忧传统宗法礼教隳堕、忧国忧民的痛苦心境,弱化了石珤刚烈的人物形象,使之一定程度上趋于平淡。《大学士石文隐公珤传》相关叙述与《神道碑》类似④,过庭训《本朝分省人物考》(下简称《人物考》)、钱谦益《列朝诗集》也全盘采纳了这种扬美盖恶的人物形象塑造。相对来说,《明史·石珤传》对致仕背景的实情交代更加贴近历史真实。

(二)"鲠介出尘"?

石珤真实性格并非两传分别特殊称道的单一式的清亮或果敢。纵观其作品文笔,综合各家史料,石珤确实刚方守节,但他并非完美无瑕的铁血战士,很多时候表现出世俗意义上明哲保身的婉曲心态。正德时,庶吉士王廷陈曾经欲与舒芬等七人联章抗言武宗南巡之弊,时为王廷陈之师的石珤见其言奋激无度,出于连坐利益考虑强行阻止,王廷陈又在墙壁上赋《乌母谣》大肆讽刺,石珤不悦⑤。张廷玉等人似乎对标类似王廷陈般宁折不弯的性格书写石珤在内阁时的举措,但石珤和王廷陈明显互不理解对方作为。石珤身为阁臣,家中又世代为官,家族教育的熏陶与官场大环境的作用使其熟知自保手段,嘉靖帝即位初,杨廷和调职夺权,石珤在杨廷和的打压下反而韬光养晦,化解矛盾,最终顺利进入内阁。随后,他虽然坚守自己的原则公开抗疏直谏,但并非《明史·石珤传》描述的那

---

① 黄彰健校勘:《明世宗实录》卷 97"嘉靖八年正月"条,"中央研究院"历史语言研究所 1962 年,第 2273 页。
② 黄彰健校勘:《明世宗实录》卷 107"嘉靖八年十一月"条,"中央研究院"历史语言研究所 1962 年,第 2526-2527、2529、2532 页。
③ 此论得之于高晓晗师兄教示,详参高晓晗、李浩:《石珤与"大礼议"视域下的嘉靖朝政治生态》(未刊稿)。
④ 此传称:"丁亥,锦衣官有构飞语讦辅臣者,并中伤珤,台谏皆白珤无他,力辩之。珤不自白,惟求去。疏再上,许之。儳民车归私第,闭门不出,而望益归重……屡典文衡,以平正简要取士,力去浮夸险怪之说,文体为之一变,自为文亦称是。"见[明]焦竑:《国朝献徵录》卷 15《大学士石文隐公珤传》,周骏富辑:《明代传记丛刊》(第 109 册),明文书局 1991 年,第 535 页。
⑤ [清]张廷玉等:《明史》卷 286《王廷陈传》,中华书局 1974 年,第 7359 页。

般成为众矢之的。唐枢《国琛集》评："公不逐时好，然亦不迥立异帜。"①可见石珤行稳持重，并非一味鲠介之人。石珤诗文中屡屡可见其信奉传统儒家观念，志于匡扶天下的取向②，更非杨一清笔下人淡如菊、飘然归隐之辈。综上，两传都主观选录了石珤的真实性格，其人物形象塑造颇具典型化之嫌。

（三）"独秉斯文"？

就茶陵派乃至整个文坛而言，石珤的文学地位并未达到《神道碑》所形容的高度。其实，向来注重提携后进的李东阳对后进诸生鼓励皆不遗余力，类似的评价并非只集中于石珤一人，首章所论邵宝便是一例。另外，邵宝也曾得到类似的文学史评价，钟惺尝曰"空同出，天下无真诗，真诗惟邵二泉耳"③，则此种亟称"唯一"类型的评价实为时兴泛泛之评，无法反映石珤的真实地位。从文学与政制关系角度看，英宗后，诸帝奋战于维护君权的政治主场，无暇监控文教，李东阳为文坛霸主之时，已经无法把持文柄、维持茶陵"正宗"的向心力，唯馆阁是尊的不刊之论异变为各执一端的创新尝试，文风背离所谓"主流"，渐趋多样并存④，茶陵派、前七子、唐宋派相继活跃，相比之下，石珤文学作品的经典化显然不及各派代表人物轰轰烈烈，杨一清也深知阁臣文学话语主导权日渐倾颓的局势，不过在《神道碑》中不予承认，试图建构石珤延续辉煌的能手形象。杨一清"唯珤一人"的说法《弇州别记》《南雍志》尚未承袭，而经过庭训《人物考》的服膺，到钱谦益则不顾其中茶陵正宗的主流文学风格部分与他对石珤"淹雅清峭，讽谕婉约"⑤的评论龃龉而直接沿用，婉约之下又直接衔接李东阳"唯石季氏方乎"的评论，造成"李东阳对背离茶陵文风的特点予以称赞"的歧义语病，表述相当割裂，再到与钱谦益文风迥异的朱彝尊的《明诗综》同样选择径采《神道碑》之说，至于《〈四库全书总目·熊峰集〉提要》对前人的全部承袭⑥，这种抬高石珤文学史地位的模式化建构已经由个人书写上升至集体书写范畴，该种程式描写下石珤的人物形象必然伤于真实，趋向不切实际的崇高。

柯林武德曾从历史哲学视域分析历史创建过程中的失实现象：

① ［明］唐枢：《国琛集》下卷《石珤》，《丛书集成初编》（第3392册），中华书局1985年，第135页。
② 石珤因疾病缠身偶有归隐之思，但更多为排解之语，渴望出仕立功酬志依然是他的人生价值主流，这在他的诗歌中屡屡体现，如《秋夜》："旧书消日裁千卷，壮志驱人尚九州。"《拟古秋怀》："仰山益惭高，涉途恐废半。愿驰骐骥足，不负孙阳叹。"《自惜二首》（其二）："伏枥心尚雄，凌霜干须老。"见［明］石珤：《熊峰集》卷4、7、7《秋夜》《拟古秋怀》《自惜二首》（其二），［清］纪昀等：文渊阁《四库全书》影印本（第1259册），台湾商务印书馆1986年，第539、609、619页。
③ ［清］钱谦益撰集，许逸民、林淑敏点校：《列朝诗集》丙集第五《邵尚书宝》，中华书局2007年，第2970页。
④ 饶龙隼：《明中期文柄旁落下的文坛变局》，《中山大学学报》（社会科学版）2020年第6期，第13页。
⑤ ［清］钱谦益撰集，许逸民、林淑敏点校：《列朝诗集》丙集第五《石少保珤》，中华书局2007年，第2944页。
⑥ 《〈四库全书总目·熊峰集〉提要》："珤出李东阳之门，东阳每称：'后进可托以柄斯文者，惟珤一人。'……珤诗皆平正通达，具有茶陵之体，故东阳特许之。当北地、信阳骎骎代兴之日，而珤独坚守师说，屡典文衡，皆力斥浮夸，使粹然一出于正。"见［清］永瑢：《四库全书总目》卷171《〈熊峰集〉提要》，中华书局1965年，第1495页。

历史学中最本质的东西就是记忆和权威……他（笔者按：指历史学家）从其中挑选出来他认为是重要的，而抹掉其余的；他在其中插入了一些他们确实是没有明确说过的东西；他由于抛弃或者修订他认为是出自讹传或谎言的东西而批评了它们……我们似乎是接受我所称之为常识性的理论的东西，同时又声称我们自己有选择、构造和批评的权利。①

柯林武德认为，史官的主观记忆甚至是历史的权威，他们可以通过保留、删汰、捏造或将自身好恶加诸事实等方式"行使权利"，将不完全等同于事实的润色后的文字称为历史，传记书写亦是如此。杨一清通过选择性采撷史料事实、针对性重组发生原因、程式化强调崇高地位，隐去自己学生卷入巨大的政治漩涡的实情，其粉饰的石珤的人物形象塑造缺乏典型，而张廷玉等人则将石珤的失败完全归结于黑暗的统治与不怀好意的同僚，其刚正不阿的典型特点又被过度强化。两者都加入了作传者主观态度，利用文字引导性建立艺术性话语，对原有史实进行了加工改造。

三、集体与个人交错干涉：碑传、史传石珤形象建构的深层原因

杨一清、过庭训、钱谦益、张廷玉等人程式塑造石珤人物形象的传记文本背后隐藏着政治派系斗争与文学团体优劣之辩、碑文墓志史书等文体范式、士人特殊行为习惯心理等多重主客观原因。下文分条详述。

（一）难言之隐与必达之情：政治派系纷争与文学团体论辩

不少学者业已关注到嘉靖初期各方势力复杂的冲突合作的动态特征，石珤触怒嘉靖帝最终罢职不是简单针对礼仪的观点看法的不和，而是以嘉靖帝为首的君主派与以杨廷和为首的内阁派的较量。嘉靖帝即位后为维护自身承继正统的地位，树立君王权威，逐渐摆脱内阁控制，也为给亲生父母尊名之荣，就兴献王朱祐杬与章圣太后蒋氏入皇统相关礼节与阁臣来回拉扯数十次之多，几乎贯穿整个统治生涯，上百名朝臣交章陈述己见，多人仕途受到牵连，具体事实描述在各家史书著述中屡见不鲜。值得注意的是，石珤在"大礼议"事件中并不始终扮演否定者、阻碍者的角色，而是以嘉靖三年（1524）五月入阁为界，经历了从左右摇摆、不置可否到公开驳斥的转变，这些行为实际统一于自身独特的礼义道德原则驱使。汰除支持"大礼"一派编撰的《明伦大典》《大礼要略》等文献与反对"大礼"诸臣的章表奏议等主观立场显著的史料，可证石珤在嘉靖帝即位初并不反感后者为生父生母加尊号提议的态度。正德十六年（1521）冬十月，面对内阁派沸反盈天的抵制浪潮，尚耽幼弱的嘉靖帝选择隐忍，其与杨廷和的第一回合交锋以后者完胜告终。杨廷

① 〔英〕柯林武德著：《历史的观念》（增补版），何兆武、张文杰、陈新译，北京大学出版社 2010 年，第 232-233 页。

和乘胜追击,将不断冒头支持嘉靖帝的新科进士张璁外调南京任刑部主事,并托人告知张璁切勿再支持"大礼"。与此同时,石珤也面见张璁,但意旨与杨廷和南辕北辙。面对这个不服输的执拗后生,石珤语重心长提点张璁到南京后要克制冲动、谨言慎行,莫要心灰意冷、大意懈怠,并称其所提倡的"大礼"最终一定会实现①。如果石珤出于麻痹张璁使其安分守己、间接达到平息嘉靖帝议论尊号的欲望的目的而殷勤嘱托,也不当在杨廷和占据压倒性优势的政局中说出诸如"大礼说终当行"之类内容,且石珤为人较为真诚正直,在祸不及自身的情况下不当掩饰己见。石珤起初倾向支持"大礼"的原因可能有二:第一,嘉靖帝步步为营,此时没有提出殊为过激的要求,石珤不是腐儒,反而认为旁系宗室即位本就是有明以来的首见现象,则为其生父生母加尊号无前代之例是理所当然,这是嘉靖帝不忘本的仁孝之举,本来无可厚非;第二,数月前,杨廷和因与石珤政见多有不和对其横加排挤,致使石珤五月任吏部尚书而七月即罢,石珤对杨廷和党同伐异的嚣张行为十分厌恶,张璁的类似遭遇博得了石珤的同情。不过,石珤也并未公开支持张璁,《嘉靖以来首辅传》载:"而会大礼议起,宏(笔者按:费宏)颇测知上意所向,凡廷和等三臣所持议,虽预名其间,不复为特疏,石珤最晚入,然亦有特疏,而上遂心德宏议礼之臣。"②此事发生在正德十六年(1521)十一月费宏第三次进入内阁加封少保之后,嘉靖三年(1524)正月杨廷和致仕之前,石珤没有像费宏那样揣度上意投机取巧,也没有单独草疏劝诫嘉靖帝不依不饶的议礼行为,恰恰回扣其坦率依照自己心中的天平衡量政事、不会刻意讨好任何一方的性格特征。总的来看,石珤入阁前对嘉靖帝的想法有顺有拒,嘉靖帝正是窥见石珤与杨廷和的嫌隙,结合石珤相对温和的行为,误认为其有被拉拢的可能,才满怀希望批示石珤入阁。

当嘉靖帝进一步提出毁林开道、太后谒庙等要求时,其并不餍足于为生父加帝号,欲使天下承认兴献王一脉的正统地位的最终目标暴露无遗,看清嘉靖帝贪婪本性的石珤深惧王朝秩序混乱与各方权力失位的后果,饱含责任担当情怀坚决站在嘉靖帝的对立面。然而,嘉靖帝即位已久,君主派力量不断壮大,受制于"不想废帝准则"与文官集团自身缺陷的内阁大臣在"大礼议"事件中正落于下风,石珤在君权派胜利已成定局的情况下,与嘉靖帝及势头正盛的张璁、桂萼等"议礼新贵"唱反调,三封内批表达反对意见,已经让嘉

---

① 多种史料称石珤曾找即将离京的张璁谈话,谈话具体内容记录也几无差距。《熙朝名臣实录》:"尚书石珤语璁曰:'行矣,慎之,大礼议,久当见用耳。'"见[明]焦竑辑:《熙朝名臣实录》卷12《太保杨文忠公》,《四库全书存目丛书》(第107册),齐鲁书社1996年,第181页;《皇明大政记》:"掌詹事石珤语之曰:'第慎之,大礼说终行也!'"见[明]朱国祯辑:《皇明大政记》卷25补遗"正德十六年"条,《四库全书存目丛书》(第16册),齐鲁书社1996年,第386页;《罪惟录》也称:"时掌詹事石珤复语璁:'大礼说终当行,勿倦。'"见[清]查继佐著:《罪惟录》(第1册)卷12《世宗纪》,浙江古籍出版社1986年,第216页。

② [明]王世贞:《嘉靖以来首辅传》卷1"费宏"条,[清]纪昀等:文渊阁《四库全书》影印本(第452册),台湾商务印书馆1986年,第432页。

靖帝大失所望，甚至怀疑自己错判了石珤与杨廷和的关系，所以此时王邦奇诬陷石珤属杨廷和一党的滑稽言论才使嘉靖帝警觉非常，朝野支持石珤的声音愈兴旺，嘉靖帝愈以为石珤实为阁臣党间谍，须除之而后快。综论之，石珤致仕是"大礼议"事件主要政治派系错综复杂斗争的代表性结果，昭示着继杨廷和辞职后以嘉靖帝为首的支持小宗入大宗一派的又一次重大胜利，另外，石珤自己年迈多病、身心俱疲也是其告老的重要原因之一①。在嘉靖朝日渐敏感的政治环境中，直书石珤先颇为认同后骤然反对的真实表现毫无疑问会触怒当权者，且杨一清本人亦卷入这场危险的派系争斗当中，作为嘉靖帝议礼观点的支持者，书写反对者的下场本就容易惹来质询，只能按下难言之苦涩，在石珤碑志中将"大礼议"相关事迹一笔抹去以求保全。

另外，明中后期不同文学流派的形成及文风探索与钱谦益本人立场影响了石珤文学史地位被不断程式化塑造现象的形成。自成化始，台阁体、茶陵派、复古派先后亮相，钱谦益《列朝诗集》曰：

> 江西之派，中降而归东里，步趋台阁……公（笔者按：李东阳）以金钟玉衡之质，振朱弦清庙之音……北地李梦阳一旦崛起，侈谈复古，攻窜窃剽贼之学，诋諆先正以劫持一世，关陇之士坎壈失职者，群起附和，以击排长沙为能事……百五十年之后，西涯一派焕然复开生面，而空同之云雾渐次解驳。②

按照钱氏之说，台阁体最初发源于明初标榜唐音的江西派，代表人物为刘崧。成化、弘治年间，文坛急需一派坐镇服务于民族振兴，李东阳为代表的茶陵派就此崛起，他们大气恢宏的馆阁描写代表朝廷正声，为人称颂，然而以李梦阳为首的前七子却不顾当朝清音，掀起复古文风，带头诋毁李东阳，误导当世文人，对茶陵复古缺乏考索的士人罔顾事实，争相攻击李东阳及茶陵派，至于钱谦益时由于好友鼎力辩解，茶陵派才重见天日，复古之风渐次消弭。如此看来，在以李梦阳为首的复古派对茶陵派的不断攻击下，在平正典雅与"文必秦汉，诗必盛唐"的文学理论之争中，石珤作为李东阳的得意门生，诗文承袭平正典雅的茶陵之风，成为文坛之雄，不负众望地展现了茶陵的典雅正统风范。然而，石珤诗文风格多有突破平正的一面，其身份也并非茶陵的唯一继承者，茶陵派文风是台阁体的一种，复古派中有很多人本就出于李东阳之门，其文学主张可以说是茶陵别调③，二

---

① 石珤于弘治六年（1493）称病告假，弘治十一年（1498）骤发眼病，双目几近失明，迁延数年不愈，多以诗文排解病痛磨难与伤感之情；亲人、师友相继离世，年华老去却仍不得其志，敏感的石珤忧思羸疾，后多次以衰病乞休皆不得，至嘉靖六年（1527）致仕前已经疲惫不堪，见李浩、方艺融《突破"茶陵正宗"——疾病与石珤的文学创作》，《古典文学研究》2022年第2期，第125-129页。

② ［清］钱谦益撰集，许逸民、林淑敏点校《列朝诗集》甲集第一四、丙集第一《刘司业崧》《李少师东阳》，中华书局2007年，第1540、2699-2700页。

③ 孙学堂《从台阁体到复古派》，《陕西师范大学学报》（哲学社会科学版）2002年第4期，第63页。

者在当时不以派系自居,而且是前后继承的关系,根本没有发生钱谦益所说的激烈的排斥争端。钱谦益本人先是崇尚复古派,后在李流芳的影响下倒向唐宋派,反对复古,又在师法程嘉燧的过程中逐渐认同李东阳的茶陵之风,为了推崇他所弘扬的"文坛正统",将派系思维作用于茶陵与复古的关系陈述当中,将李梦阳为首的"前七子"构建为与茶陵派相对立的恶势力加以对照,贬抑和斥责复古派,肯定和称扬茶陵体[①],"以记丑言伪之才,济以党同伐异之见"[②],严重违反了文学真实。在钱谦益自行想象的派系斗争话语中,塑造石珤崇高的文学史地位是必达己情的有效手段,其无条件服膺的《神道碑》的相关说法被多种典籍采信,逐渐流于一种程式化建构,降低了石珤人物形象的真实性。

(二)谀美与教化:碑志史笔文体流水线范式

中国古代传记文本主要依托碑志、史书、小说等载体,碑志文体在发展过程中流于同质化的谀美传统与史笔撰述前代故实时传达的教化倾向也促成了石珤传记形象的重构。首先,墓志铭肇始于先秦,主要内容为纪功颂德,受死者为大的传统观念影响,加之适度鼓吹逝者功绩并不会对现实世界产生干扰,因此事实基础上的美化修饰成为碑诔类文体约定俗成的写作传统。神道碑记录逝者生平事迹,内容与墓志铭类似,不同的是,前者高立于墓道前,生者常常得见,后者则埋入地下与逝者共眠。某种程度上来说,神道碑长期代表现实社会对墓主盖棺论定的评价。汉晋时期,为追求身后荣名,逝者家属委托能文之人撰写碑文墓志时,往往要求抬高逝者地位,受托者不便拂意而照做,文字夸饰之风更胜,已经严重脱离事实,东汉蔡邕有"吾为碑铭多矣,皆有惭德"[③]之叹,赵逸有"生时中庸之人耳,及其死也,碑文墓志,莫不穷天地之大德,尽生民之能事……侫言伤正,华辞损实"[④]之评。唐人正大光明传扬这一原则,大倡谀墓风气,碑志行状无不扬美盖恶,并套用固定情节模板,艺术性与真实性进一步失衡,碑志沦为公式化的创作。明清时期,碑文墓志仍旧没有脱离虚美的程式窠臼,杨一清《神道碑》遮掩嘉靖时期君臣血雨腥风的矛盾冲突,改削石珤复杂的人格多面,隐讳石珤忤逆帝意被罢黜的不体面的事实,正是碑文墓志扬美盖恶传统的标准体现。

其次,正史书写代表官方立场,随着国史修纂制度的不断完善,史书中的政治教化意图也越来越明显,当历史真实中的榜样无法满足统治者的思想引导需求时,史官倾向选择性改造传主事迹,主观建构符合要求的人物形象。清廷统治之初,贵族与平民冲突尤为激烈,封建君主为加强集权力量,缓和民族矛盾,摧毁明朝在民间的良好信誉,彰显自

---

① 何宗美:《茶陵派非"派"试论——"茶陵派"命名由来及相关问题的考辨》,《文学遗产》2012年第6期,第101-103页。
② [清]永瑢:《四库全书总目》卷190《〈明诗综〉提要》,中华书局1965年,第1730页。
③ [南朝宋]范晔撰,[唐]李贤等注:《后汉书》卷68《郭太传》,中华书局1965年,第2227页。
④ [北魏]杨衒之撰,周祖谟校释:《洛阳伽蓝记校释》卷2《城东景兴尼寺》,中华书局2022年,第54页。

身夺得政权的合理性，往往着力对明朝中后期政治积弊大书特书，对受到波及的大臣代表深切同情，借机唤起百姓对官方论断的认同。张廷玉等人在撰写大礼议牵涉的主要大臣传记时，详述嘉靖帝对他们的无端斥责对前者形象加以贬低，以中正守节等模式化评价为杨廷和等阁臣派鸣冤。史官翻看大量文献资料，发现石珤入阁后壮志难酬的不幸遭遇与其修史的政治教化目的十分吻合，于是通过都人诧异宰臣去国无有如此凄凉景象等细节的重点书写对石珤悲惨的结局予以强化，突出其鲠介刚方的孤臣形象，去除了石珤前期对"大礼"的绥靖态度，企图单方面突出嘉靖政治社会黑暗残酷的特征，正是历史书写特定立场作用于人物传记形象的典型表现。

(三)行为习惯与个体性格：复杂的士人心态

多样的士人心态作用于石珤传记人物形象塑造，成为真实形象向艺术化、模式化的传记形象转化的牵引线。对杨一清来说，改动石珤致仕细节亦是出于私心。初识之时，杨一清对这位才学惊艳的年轻人比较看重，《神道碑》自叙石珤"为诸生时，年未冠……常以其父宪使公之命来谒余，以文为贽"①，怀念石珤尚未中举时奉父之命以文为礼频繁拜谒的往事，两人往来通好 40 余年，作为长辈，杨一清痛心于石珤潦草的际遇，关注石珤身后名节的塑造，弱化他坚守自己原则底线的形象，不忍回顾因此招揽的种种祸事；当石珤被劾求去之时，杨一清尝上书为之力辩试图挽救，结果石珤仍然被黜，在挫败感与自责心态作用下，杨一清不经意间增添了石珤的致仕行为的主动性，影响了石珤的人格塑造；嘉靖八年(1529)九月杨一清在"议礼新贵"势力的攻击下被迫辞职，两个月后为石珤作碑，虚构嘉靖帝与石珤圣主贤臣的关系，间接美化嘉靖帝充满政治考量的冷酷行为，不无讨好嘉靖帝徐图东山再起的倾向。遗憾的是，杨一清最终没能等来嘉靖帝的重新启用，嘉靖九年(1530)八月，忧愤不已的杨一清含恨而终。相比于杨一清与"大礼"双方盘根错节的情感瓜葛，万历年间出生的过庭训具备以更加冷静客观的眼光重新审视史实的条件，且其自幼博览群书，又与一众好友反复考论、商榷本朝人物生平事迹，直至达成共识，对相距年代不远的石珤与"大礼议"、茶陵与七子间的真实关系应当了如指掌②，《人物考》的私撰特性又一定程度上摆脱了各方势力的意志作用，过庭训理应秉笔直言。然而，个人传记编纂习惯促使他最终沿袭了杨一清《神道碑》中石珤致仕及文学史地位的相关描述。

---

① ［明］杨一清：《吏部尚书石文隐公神道碑》，［明］李正儒纂修：《藁城县志》卷 9《碑记》，国家图书馆藏 1534(明嘉靖十三年)刻本，第 34 页。

② 过庭训自述："余少受经于先侍御九山公……乙酉、丙戌间，馆于南大司寇孙简肃公家，因得读郑端简《吾学编》与《古今言》，从中探讨本朝人物……壬辰后，则余馆于给谏佑山冯公家，故多藏书。余得宏岸其耳目，与其孙孝廉铭忠朝夕切磨者十余年，而余友榜首赵若无、给谏陆开仲时为过从，争出己见以商榷人物，初各不相下，后复相合，而其中去取，自信亦不甚舛谬矣。"见［明］过庭训：《本朝分省人物考》序，周骏富辑《明代传记丛刊》(第 129 册)，明文书局 1991 年，第 7-10 页。

过庭训在序言中自谓:

> 取其长,非不搜其短,而长处居多,宁舍短而取长,要其终非不原其始,而晚节能盖,宁略始而取终。宣尼不云乎:"多闻择其善者而从之。"①

过庭训认为,写传记要着重强调人物长处,这并不意味着完全抛弃人物短处,而是传记成篇后,要使长处较短处篇幅为多,宁说好话,不取短处;同时,他尤其注重人物结局,要使人物晚年成就能概括早年行为,宁隐开端,只取结果。在这种原则习惯的指导下,过庭训最终选择只交代石珤致仕的最终结果与文学史地位的夸耀之辞。钱谦益与上述二人心态的不同之处在于,他塑造人物形象主动服务于自身需求的动机十分明朗,杨一清与过庭训都是经过重重限制与考量导向新结果,而钱谦益早早明晰自己理想中的石珤最终印象,依照自己心仪的人物形象挑选《神道碑》作为继承对象,借此支持茶陵派、反对复古派,重振馆阁文柄。上述士人在传记形象塑造过程中,或多或少受到自身心态的作用,借石珤形象的艺术化书写自身话语,这也是传记文学主观性的一大反映。

结语

张轲风评价明清时期李志刚史传的建构性时说:

> 历史真实被包裹在复杂的主观表达和书写体系之中,很多看似盖棺定论的历史书写,往往是依据特定人群在特定情境下传递出的有限信息拼接而成的局部图景,而不尽然是事实之呈现。②

历史的书写是拥有史官身份的部分人群在固定话语体系卜重新裹上主观包装的过程,它来源于事实却又不尽然是事实的复刻,这种性质同样适用于传记文学。石珤本是遵循己道的相对正直的藁城士族,因与杨廷和有隙被召入阁,又因无法接受嘉靖帝欲以婚礼请章圣太后谒见世庙等越礼行为未通过后者的服从性测试而见弃,最终抱憾而终,其诗文大部分具有平正典雅的特征,对当时的文风产生了一定的影响。在政治派系斗争与文学团体论辩、碑志史笔文体范式、士人个体行为习惯心理等主客观因素的交相影响下,石珤人物传记呈现程式化、典型化的隐美特征,先是杨一清出于被清算的恐惧与对长辈的怜惜心态,在碑文墓志虚美传统的影响下,选择性摘录史料事实,针对性重组致仕原因,程式化强调文学地位,套用了传统意义上圣君贤臣的形象范式,隐藏石珤与"大礼议"的密切关联,弱化他坚刚不可夺其志的性格,正侧面描写相结合塑造他得上垂怜、高洁超脱的模式化名臣形象,构建他作为茶陵唯一继承者力擎文柄的崇高文学史地位,后来过

---

① [明]过庭训:《本朝分省人物考》序,周骏富辑:《明代传记丛刊》(第129册),明文书局1991年,第23-24页。
② 张轲风:《乡党政治、士人心态与历史人物书写——以明清史传中的李至刚为中心》,《史学月刊》2023年第2期,第114页。

庭训、钱谦益分别出于自身习惯与需求直接继承杨一清的传记文本。张廷玉等人站在清王朝立场上为前代修史，秉持肯定以杨廷和为首的反对"大礼"的阁臣派证成嘉靖朝政治生态黑暗可怖的原则，着力凸显石珤的命运悲剧博取民众认同，塑造他因政见不合被排挤的弃臣形象，其刚正不阿的性格侧面又被过分强化。杨一清等人利用文字话语的引导性采撷加工既定史实、糅合主观态度，在碑传、史传中重新塑造了两种典型传主形象，是中国古代传记文学程式化书写的典型反映。

征稿启事

　　《中国传记评论》是由中国海洋大学传记与小说重点研究团队负责编辑出版的学术论文集。本书立足学术前沿，观照中外古今传记文学文本、文献及其理论问题。设有中外传记文献整理、中国古代传记研究、中国近现代传记研究、国外传记研究、中外传记史研究、比较传记研究等栏目。设立"特稿"专栏，发表名家新论；设立"未来论坛"专栏，发表学界新秀高论。

　　《中国传记评论》聚焦中外古今传记文学文本、文献、理论等诸方面，既欢迎具有创造性、思想性、前沿性的理论研究成果，也欢迎具有考据性、实证性、基础性的文献整理成果。

一、来稿注意事项

　　1. 本书仅接受电子文档（投稿邮箱见后）。文档请用 word 文档格式。

　　2. 本书要求稿件具有原创性。来稿若不属本刊范畴，或不合学术规范，或经查证一稿多投，将径予退稿。

　　3. 来稿请使用简体字，稿件字数以 2 万字左右为宜。

　　4. 来稿请另页注明作者信息，包括姓名、工作单位、研究方向、联系方式以及学术简历等。

二、稿件格式要求

　　1. 稿件内容。

　　★来稿正文应依次包括如下内容：

　　文章标题，内容摘要，关键词，基金项目，作者简介，正文。

　　★文章标题：限 20 字以内，副标题不超过 18 字。使用 word 自动标题 3 号格式，宋体。

　　★内容摘要：字数在 300 字以内，5 号字仿宋。

　　★关键词：一般为 3 至 5 个，两个关键词之间空一个字符，5 号字仿宋。

　　★基金项目：来稿如系课题成果，请在题注中说明，并注明课题的批准编号。

　　★作者简介：姓名，单位或学校，研究方向。

　　2. 正文格式。

　　★正文使用宋体五号字。引文使用仿宋五号字，缩进两格。

　　★正文需要分节。一级标题用"一"（依次类推），使用 word 自动标题 4，宋体。二级标题用"（一）"使用 word 自动标题 5，宋体（依此类推）。

★正文中涉及公历世纪、年代、年、月、日、时刻和计数、计量等，均使用阿拉伯数字。

★正文中所使用的图片，包括以图片形式出现的自造字，应当准确清晰。

3. 注释格式。

★引文出处与注释文字（即对正文的附加解释或补充说明），一律使用页下注形式。每页连续编号，用①②（依次类推），小5号字，宋体。朝代或国名加"［］"。换页重新编号。

A. 专著

［朝代］编著者：书名（卷、册），出版社及出版时间，页码。

例：

①李剑国：《唐前志怪小说史》，人民文学出版社2011年，第35页。

②鲁迅：《鲁迅全集》第九卷《中国小说史略》，人民文学出版社2005年，第239页。

引用同一文献二次以上、在不同页引用同一文献者，均需提供完整信息，不得省略。

B. 论文

［朝代或国名］作者：篇名，刊名（或连续出版物名），刊期（或出版社及出版时间），页码。

例：

①查洪德：《以传奇为传记：姚燧散文读札》，《文学遗产》2011年第1期，第138-140页。

②吴丽娱：《从唐代礼书的修订方式看礼的型制变迁》，《中国古代法律文献研究》第8辑，社科文献出版社2014年，第148-177页。

C. 古籍文献

［朝代］作者：书名（卷或册），版本（抄本/刻本/石印本/影印本/整理本），版刻或出版时间，页码。

例：

①［汉］司马迁：《史记》卷2《夏本纪》，日本岩崎文库藏唐抄本。

②［清］钱泰吉：《曝书杂记》卷3，清咸丰六年（1856）蒋氏别下斋刊本，第20页。

③［宋］卫湜：《礼记集说》卷11，［清］纳兰性德辑：《通志堂经解》（第12册），江苏广陵古籍刻印社影印本1996年，第405页。

④［南朝宋］刘义庆撰，［南朝梁］刘孝标注，余嘉锡笺疏，周祖谟等整理：《世说新语笺疏》，上海古籍出版社1996年，第45页。

D. 析出文献

［朝代或国名］作者：书名（卷或册），出版社及出版时间，页码。

例：

①［清］孙星衍：《史记天官书补证》，张舜徽编《二十五史三编》第2分册，岳麓书社1994年，第621页。

E. 外文文献

遵从该文种注释习惯。下列格式仅适用于英文文献：

作者. 书名或篇名（斜体）. 出版地：出版社，出版时间：页码.

例：

①Hacker Andrew. *An Introduction to Literary Criticism*. Boston：D. C. Heath and Company，1961：324.

②Li Jianguo，Chen Hong. *The History of Chinese Fiction（The Ming Dynasty）*. Beijing：Higher Education Press，2007.

③Zha Hongde. Romance as Biography：Commenton Yao Sui's Essay. Literary Heritage，2011(1)：138-140.

三、作者简介

作者简介应包括姓名，单位或学校，职称，研究方向。联系方式包括邮箱，电话，邮寄地址。

四、论文标题、关键词英译

论文标题及关键词的准确英译，置于文末。

五、稿件处理

1. 本书采用双向匿名审稿制度。编辑部一般在收到来稿后三个月内将审稿结果通过邮件告知作者。由于各种不确定因素，若编辑部未能如期告知审稿意见的，请作者于三个月后邮件咨询稿件进度。如需撤稿，请及时告知编辑部。

2. 本书不向作者收取审稿费、版面费等任何费用。稿件一经采用，本书将寄赠样书（每位作者 2 册）。

3. 投稿邮箱：zgzjpl@163.com。

4.《中国传记评论》已许可中国知网以数字化方式复制、汇编、发行、信息网络传播本书全文。本书所有文章均可在中国知网查询、阅读和下载。

5. 诚挚期待学术界的支持与帮助。征稿长期有效，欢迎来稿。

《中国传记评论》欢迎随时来稿，稿件将及时审理，如录用，将依据来稿时间先后排定发表辑次。

中国海洋大学传记与小说研究团队

《中国传记评论》编辑部